EL HECHIZO
DEL AGUA

FLORENCIA BONELLI

EL HECHIZO DEL AGUA

Obra editada en colaboración con Grupo Planeta – Argentina

© 2022, Florencia Bonelli

© 2022, Grupo Editorial Planeta S.A.I.C. – Buenos Aires, Argentina

Derechos reservados

© 2022, Editorial Planeta Mexicana, S.A. de C.V.
Bajo el sello editorial PLANETA M.R.
Avenida Presidente Masarik núm. 111,
Piso 2, Polanco V Sección, Miguel Hidalgo
C.P. 11560, Ciudad de México
www.planetadelibros.com.mx

Diseño de portada: Departamento de Arte Grupo Editorial Planeta S.A.I.C.

Primera edición impresa en Argentina: abril de 2022
ISBN: 978-950-49-7584-7

Primera edición impresa en México: abril de 2022
ISBN: 978-607-07-8623-5

Impreso en los talleres de Impresora Tauro, S.A. de C.V.
Av. Año de Juárez 343, Col. Granjas San Antonio,
Iztapalapa, C.P. 09070, Ciudad de México
Impreso y hecho en México / *Printed in Mexico*

A Miguel Ángel, el primero en leer esta novela
(para corregirla, no en vano es de Virgo).

A mi hermana Carolina, pura Luna en Piscis.

A su hijo Tomás, Sol en Capricornio y Luna en Virgo.
¡Qué parecido habría sido a la tía Flor!

Porque las estrellas al variar su disposición
cambian los destinos.

Astronomica, de MARCUS MANILIO,
poeta y astrólogo latino (circa siglo I d. C.)

PRIMERA PARTE

Volviendo
(a Buenos Aires)

Como es arriba es abajo.

Extracto de *El Kybalión*,
de HERMES TRISMEGISTO,
sabio de la Antigüedad.

Capítulo I

Domingo 7 de julio de 2019.

El chico debía de tener unos quince años, dieciséis a lo sumo, y viajaba solo a juzgar por el cartelito con el logo de Iberia que llevaba al cuello y que rezaba «Menor no acompañado». Iba sentado a su lado en la clase turista del vuelo Madrid-Buenos Aires que aterrizaría dentro de unas horas en Ezeiza.

Al principio no le había prestado atención, absorta en la idea de que no llegaría a tiempo a su ciudad natal. Algo, no obstante, la distrajo. Se trató del fondo de pantalla del celular del adolescente, una foto, la cara sonriente del cantante Diego Bertoni, líder de la banda de rock argentina DiBrama, que encabezaba los rankings de los países hispanohablantes.

¿Por qué seguía sorprendiéndola que le sucedieran cosas insólitas? Con el Ascendente en Acuario, regido por el planeta Urano, más conocido como «el loco», su vida había estado y estaría signada por eventos inesperados y, sobre todo, desconcertantes, muchas veces dolorosos. Intentó quitarle importancia y se convenció de que no resultaba tan disparatado que un adolescente tuviese la foto del ídolo juvenil del momento.

El fondo de pantalla desapareció para dar vida a Spotify. Le extrañó que tuviese conexión a Internet, un servicio que se pagaba caro en los aviones.

Los dedos del adolescente se movían con agilidad mientras buscaban entre las opciones ofrecidas. Ahora que lo estudiaba, se dio cuenta de que tenía el mismo corte de pelo de Bertoni: las sienes rapadas y la coronilla cubierta por un pelo castaño, lacio y bastante largo, que había atado en una coleta a la usanza del músico. Se preguntó si, al igual que Bertoni, a veces lo peinaría en un rodete. Y no tuvo duda de que, de no haber sido imberbe, habría llevado una barba espesa aunque bien recortada como la de su ídolo.

Cerró los ojos en un acto ineficaz que pretendía borrar los recuerdos. Inspiró para aquietar las pulsaciones, sin mayor resultado. Encendió el Kindle y se puso a leer el libro de la astróloga norteamericana Donna Cunningham, *Sanando los problemas de Plutón*. Iba recién por Plutón en la Casa II, cuando lo que le interesaba era llegar a la siete, la de la pareja. Apretó los labios, enojada. El chico a su lado no tenía nada que ver con la oleada de memorias y de recuerdos que estaba asaltándola. La azotaba cada día desde hacía mucho tiempo, demasiado tiempo, a decir verdad. Había estado a punto de leer Plutón en la Casa VII apenas comprado el libro la semana anterior. Y todo porque era *su* ubicación de Plutón, la de él.

El avión se sacudió brusca y repentinamente. El indicador del cinturón de seguridad se encendió con un pitido y a continuación la voz del comandante inundó la cabina para anunciar que atravesaban por una zona de turbulencias.

Abandonó el Kindle y buscó el cinturón. Notó entonces que el adolescente se sujetaba a los brazos del asiento y que fijaba la vista al frente con una mueca crispada. La presión que ejercía con los dientes se vislumbraba en el modo en que se le marcaban los músculos de la mandíbula.

La desbordó la compasión propia de su signo, el último del Zodíaco, el de la constelación de los peces, conocido como Piscis. Más que compasión, le había explicado Cecilia Digiorgi, su astróloga y mentora, ella, como hija de Piscis, experimentaba el dolor ajeno en su propio ser. Hipersensibilidad neptuniana la llamaba, porque el planeta Neptuno era el regente de Piscis.

—No es fácil ser pisciano en este mundo tan hostil, querida Brenda —la había prevenido más de tres años atrás al leerle la carta natal—. Mejor dicho, es muy difícil —concluyó y subrayó el adverbio «muy».

Se ajustó el cinturón y apoyó la mano sobre la rígida del chico, que giró bruscamente la cabeza y le destinó una mirada de ojos despavoridos.

—Ya pasa —lo animó con una sonrisa—. Es solo un momento.

Un nuevo sacudón la despegó del asiento; de no haber estado sujeta habría caído fuera. No recordaba turbulencias tan brutales. El adolescente le apretó la mano hasta hacerle doler; ella se la sostuvo. Los sacudones cesaron pocos minutos más tarde.

—Gracias —murmuró el chico con voz disonante y le soltó la mano.

—De nada. Es la primera vez que paso por turbulencias tan fuertes. Da muchísimo miedo, ¿no? Tomá un poco de agua —le sugirió y le señaló la botellita insertada en el bolsillo del asiento delantero—. Te va a venir bien.

El adolescente obedeció. Resultaba palmaria su incomodidad; lo mortificaba haber revelado cuánto miedo tenía. Podía leerle la mente y sentir lo mismo que él. Lo dejaría en paz. Recuperó el Kindle dispuesta a volver a la lectura.

—¿Cómo te llamás?

—Brenda. ¿Y vos?

—Francisco. ¿Cuántos años tenés?

—Veintitrés. ¿Y vos?

—Casi dieciséis. Viajo solo —agregó deprisa y Brenda reprimió la sonrisa ante el despliegue de arrogancia.

Francisco también le contó que era porteño, pero que vivía en Madrid con la madre desde hacía dos años. Estaba volviendo a la Argentina aprovechando el verano europeo para pasar los meses de vacaciones con el padre, que había prometido llevarlo a esquiar a Las Leñas.

—También me va a llevar al concierto de DiBrama —añadió con una esperanza enternecedora—. Ya compró las entradas. Las compró hace meses, apenas el Moro anunció que terminarían la gira por Latinoamérica en Buenos Aires. —Había llamado a Diego Bertoni por su sobrenombre, el Moro. —Se agotaron en pocas horas. Conocés a DiBrama, ¿no? —Brenda asintió. —Claro, ¿quién no lo conoce? ¡Son lo más! El tema nuevo, *La balada del boludo*, está en el puesto número uno del ranking. ¿Lo escuchaste? —Brenda volvió a asentir, aunque no fuese verdad. —Me mata. Es medio balada romántica, medio reguetón, medio indie rock. La rompe. Y ese comienzo con violines… Qué genios.

—Sabés mucho de música.

—Quiero ser músico —declaró—. Mi inspiración es el Moro. Y un poco Manu. ¿Sabés quién es Manu? —No le dio tiempo a asentir. —Es el baterista de la banda, el mejor amigo del Moro. Rafael también

15

es muy amigo del Moro, pero a Manuel lo conoce desde jardín de infantes. ¡Qué masa tener amigos así! Por eso a la banda la llamaron Di-Brama, por Diego… Ese es el verdadero nombre del Moro —aclaró—, no sé si sabías —dijo y de nuevo prosiguió sin esperar la respuesta—. Lo demás está por Rafael y Manuel. Bueno, y por Brenda. La b es de Brenda. ¡Justo! ¡Como tu nombre! Brenda era parte de la banda. Pero se fue antes de que se hiciese famosa. Los chicos no quisieron sacar la b porque dijeron que ella siempre iba a estar con ellos. Y Rafa dijo el otro día que está en mayúscula porque ella era la mejor de los cuatro. No es que Brenda se murió, ¿eh? Pero dejó la música. Hay videos con ella en YouTube. Ella y el Moro eran los vocalistas. Dicen que en vivo tenía una voz que la partía. Qué bajón que se haya ido. Yo la busqué por las redes, pero no hay nada. Brenda Gómez se llama.

—¿Sabés tocar algún instrumento?

—Quiero aprender los mismos que toca el Moro: la guitarra y el piano. La rompe *mal*.

—Lo admirás mucho, ¿eh?

—Sí, muchísimo. Es un genio como músico y es re buena persona. Mirá. —Encendió el celular e ingresó en su cuenta de Instagram, @fran_pichiotti2003.

—Tenés conexión.

—La azafata me dio una tarjetita con un código para conectarme. Se las dan gratis a los de business.

—Conque tenés coronita.

—Es porque viajo solo, supongo. Pero mirá —insistió—, hace meses le mandé un mensaje y él me respondió. ¡Él mismo! Mis amigos dicen que respondió la secretaria, pero yo sé que fue él.

—¿Cómo estás tan seguro?

—Mirá.

Buscó el usuario de Diego Bertoni y Brenda atisbó que tenía dos millones y medio de seguidores antes de que Francisco ingresara en «Mensaje» para mostrarle el corto intercambio mantenido con su ídolo unos meses atrás.

—Yo le escribí porque estaba mal —explicó—. Se acababa de morir mi abuelo en Buenos Aires y no podía viajar para el entierro. Le conté al Moro que escuchar su canción *Todo tiene sentido (excepto que no estés aquí)* me hacía olvidar de que mi abuelo se había muerto. Y mirá lo que me contestó.

Brenda se inclinó sobre la pantalla ofrecida y leyó: *Fran, convertí la tristeza por la muerte de tu abuelo en fuerza para hacer algo que a él lo hubiese puesto orgulloso de vos. Eso hice yo cuando murió mi hijo. Le prometí que me convertiría en un músico del que estaría orgulloso y lo logré. Abrazo.*

¿Por qué tenían que sucederle esas cosas?, volvió a cuestionarse al borde del llanto. Si algo le había enseñado la astrología era que, por el principio de correspondencia, como era arriba era abajo, como era adentro era afuera. Lo que sucedía fuera de ella se correspondía y se reflejaba en las energías que bullían en su interior. De alguna manera mágica e inexplicable, ella misma las generaba. O tal vez el cosmos se las enviaba porque las necesitaba. Como fuese, nada era casual. Por cierto, no era casual que ese chico se hubiera sentado junto a ella en un avión con cientos de pasajeros y que le mostrara el mensaje en el cual Diego Bertoni mencionaba a su hijo muerto.

—Él nunca habla del hijo que se le murió —comentó Francisco, en tanto Brenda forcejeaba para desabrocharse el cinturón—. Ni siquiera dice cómo se llamaba.

—Disculpame —barbotó con voz rara y agradeció ocupar un asiento junto al pasillo que le permitió una escapatoria rápida. Estaba costándole refrenar las lágrimas.

Se encerró en el baño y se reclinó en el lavatorio. Su largo cabello castaño se deslizó hacia delante y le ocultó el rostro. Se mordía el labio y apretaba los párpados. Las letras del mensaje se repetían en su mente. *Eso hice yo cuando murió mi hijo. Le prometí que me convertiría en un músico del que estaría orgulloso y lo logré.* «Ni siquiera dice cómo se llamaba», había declarado Francisco.

Alzó la vista con un miedo que se propuso vencer. Tardó en despegar los párpados. Veía borroso a causa de las lágrimas.

—Bartolomé Héctor —tartamudeó sin aliento—. Así se llamaba su hijo —susurró casi sin voz.

Se cubrió el rostro y rompió a llorar. El estruendo de las turbinas ahogaba los espasmos causados por el quebranto y ella daba rienda suelta a un dolor tan profundo como devastador. Aunque intentaba

17

calmarse, estaba resultándole imposible. Se incorporó y echó la cabeza hacia atrás. Se quedó mirando el techo del minúsculo baño, aún corta de aliento y con la mirada turbia. Alzó el puño al cielo y lo sacudió con rabia.

—¿Qué querés de mí? ¡Qué! ¡No te entiendo! ¿Por qué me hacés esto? Y la b la dejó por su hijo, no por mí.

Se hizo un nudo con el propio cabello y se enjuagó la cara. Se la secó con pasadas lentas mientras se estudiaba la nariz roja y los ojos inyectados.

—¿Alguna vez pasará este dolor? —le había preguntado a Cecilia no mucho tiempo atrás.

—Disminuirá, supongo. Aunque suene trivial, el tiempo cura las heridas. Y alejarte y tomar distancia como has hecho también ayuda —había añadido.

Alejarse no había servido porque el dolor anidaba en ella, se nutría de su debilidad y crecía hasta ocuparla por completo, tanto que en ocasiones le cortaba la respiración.

Salió del baño. No volvería a su asiento, no aún. Se dirigió hacia la cocina. La azafata enseguida accedió a prepararle un té al descubrirle la expresión congestionada. Lo bebió allí mismo, de pie, mientras hojeaba la revista del avión.

—Mira lo que te he conseguido, guapa —dijo la azafata y le entregó cuatro barras de chocolate con el logo de Iberia—. Venga, dale un bocado y verás cómo después las cosas no parecerán tan malas.

—Gracias. Qué amable —susurró y, aunque no tenía deseos de comer, lo hizo porque de pronto se sintió lánguida.

Al regresar a su asiento, Francisco se quitó los auriculares y la contempló, preocupado.

—¿Estás bien? ¿Te pasó algo?

—Ya me siento mejor —aseguró, mientras se echaba en la butaca; le dolía el cuerpo.

—¿Fue por mi culpa? El marido de mi mamá dice que hablo mucho y que aturdo a la gente.

—No fue por tu culpa en absoluto —expresó y lo miró a los ojos.

Notó que eran de un color indefinido entre el gris y el verde. «Como los de Diego», se dijo, aunque los de él poseían una intensidad única, tal

18

vez por lo renegrido de las pestañas, que le conferían el aspecto de un delineado negro y que le habían ganado el sobrenombre de «El Moro».

—Fueron las turbulencias —mintió—. Mirá lo que conseguí. —Le entregó las barras de chocolate.

—¡Qué masa! Estoy cagado de hambre. ¡Uy, perdón! El marido de mi mamá también dice que soy un bocasucia.

—No hay drama. No me asustan las malas palabras. Dale, comé. Son tuyas.

—No —se opuso el chico—. Solo una. Es lo justo.

—Yo me arreglo con esta —aseguró y le enseñó la que había abierto en la cocina.

—¡Gracias, Brenda!

Comieron en silencio.

—¿Y? —se interesó ella—. ¿Le hiciste caso al líder de DiBrama y convertiste el dolor en fuerza?

Francisco asintió mientras se daba tiempo para tragar.

—Sí, y fue espectacular. Yo sabía que mi abuelo estaba preocupado porque a mí no me iba bien en el nuevo colegio de Madrid. Odiaba todo de ese lugar y extrañaba el cole de Buenos Aires. Cada vez que hacíamos Skype, él me preguntaba cómo me iba y yo le contaba.

—¿Entonces?

—Entonces, después de leer el mensaje del Moro, me puse las pilas y levanté las notas en las materias que tenía abajo, que eran casi todas —agregó con una sonrisa tímida—. Pero no me quedé ahí. El Moro me había dicho que le había prometido a su hijo que se convertiría en un músico del que él estaría orgulloso. Yo le prometí a mi abuelo que me convertiría en el mejor alumno, para que él estuviese orgulloso.

—¿Lo lograste?

—Sí. Este año terminé con el mejor promedio de mi curso.

—¡Genio! —exclamó y le ofreció la mano, que Francisco chocó con orgullo—. Tendrías que escribirle y contárselo.

—¿Al Moro?

Brenda asintió.

—Creo que le va a encantar saber cuánto te ayudó con sus palabras.

—¿En serio? ¿Te parece? No quiero ser pesado. Soy súper fan, pero no soy de esos frikis que acosan a su cantante favorito.

—Estoy segura de que le va a encantar.

«Como buen virginiano», meditó, «ama ser útil para los demás». Y se acordó de lo que le había contado Mabel, la abuela materna de Diego, a quien llamaban Lita. «Desde chiquito, mi Dieguito solo quería ayudar y ser útil. Igual que ahora», había añadido mientras lo contemplaba con una mezcla de amor y de añoranza en tanto Diego ponía la mesa. Él le guiñó un ojo, lo que bastó para que el corazón le latiera velozmente.

—No sé si escribirle —dudó Francisco—. No creo que me responda otra vez. Además, está de gira. Hoy tocaban en México DF. ¿Qué hora será allá? —Consultó el celular. —Deben de estar en medio del concierto. El de Buenos Aires va a estar a pleno. Lo van a hacer en Vélez, el 4 de agosto. No veo la hora de que llegue ese día. ¿Soy muy zarpado si te pido tu usuario de Instagram?

—No tengo Instagram. Ni Twitter ni Facebook. —Rio ante la cara de asombro de Francisco. —Sí, lo sé, soy un bicho raro. Pero si querés, te dejo mi número de celular.

—¡Sí, buenísimo!

El chico lo grabó en su listado de contactos bajo el nombre «Brenda del avión».

—¿En qué barrio vivís? —quiso saber Francisco—. Mi viejo vive en Recoleta.

—Yo vivo en Madrid, a decir verdad. En Malasaña.

—¿Me estás jodiendo? ¡Uy! —Se tapó la boca. —Perdón.

—Cero drama. Sí, vivo en Madrid.

—Yo vivo en El Retiro.

—¡Qué lujo! —bromeó Brenda y Francisco se encogió de hombros.

—Y en Buenos Aires —se interesó—, ¿dónde parás?

—Mi casa está en Almagro.

—¿Vas a visitar a tu familia?

—Viajo porque mi abuela está internada, muy mal.

—¡Qué bajón!

Se quedó mirándolo, incapaz de hablar. Lautaro, su hermano mayor, la había llamado por teléfono el día anterior de madrugada para avisarle que habían internado a su abuela materna con un severo cuadro de neumonía. Aunque el llamado la aterró, no la sorprendió; hacía días que, debido a su proverbial poder intuitivo, vivía con una opresión en el plexo solar y soñaba con la abuela Lidia. Ahí estaba la respuesta. No quería pensar en que llegaría tarde. Necesitaba acallar la voz que la prevenía de que se aproximaba el momento en que le tocaría despedirse de su abuela. Bien sabía que esa voz no se equivocaba; formaba parte de los dones (o las maldiciones) con que contaba por haber nacido bajo el signo de los peces.

—¿Estás contento de vivir en Madrid? —preguntó para cambiar de tema y Francisco la entretuvo con sus historias y ni siquiera dejó de hablar cuando les sirvieron el desayuno faltando un par de horas para el aterrizaje.

—¿Y vos qué hacés en Madrid, Brenda?

—Soy asistente ejecutiva y estudio astrología y tarot.

Estaba acostumbrada a la reacción de las personas cuando decía lo que estudiaba.

—¿Eso es para escribir el horóscopo en las revistas?

Brenda rio.

—Podría dedicarme a eso, pero a mí me interesan otros usos de la astrología.

—¿Cómo por ejemplo?

—Conocerme a mí misma y mi destino. Y conocer a los demás para comprenderlos.

—¿Para eso sirve la astrología?

—Entre otras cosas.

—Suena zarpado. ¿Y el tarot? Eso es con las cartas, ¿no?

—Similar a la astrología, solo que son las cartas las que te hablan de vos y de tu destino. En la astrología se usa la ubicación de los planetas en el momento en que naciste.

—Es medio brujería eso, ¿no?

—En realidad es mágico, como lo es todo. Si te fijás, para las cosas más importantes no tenemos respuestas racionales ni lógicas.

—¿Tipo?

—De dónde viene el ser humano y para qué estamos en esta vida. ¿Somos seres inmortales? ¿Dónde vamos cuando morimos? ¿Nos reencarnamos?

—¡Qué bajón! Es cierto, estamos en bolas.

—¿De qué signo sos, Fran?

21

—De Sagitario, pero no tengo idea qué significa. ¿Y vos?

—Soy de Piscis —declaró con fingida vanidad—, el mejor signo.

—¿El mejor?

—El más complejo —explicó, risueña.

—¡Qué casualidad! DiBrama tiene un temazo que se llama *Nacidos bajo el hechizo de Piscis*. ¿Lo escuchaste?

La azafata se inclinó para retirarles las bandejas y Brenda aprovechó para escabullirse al baño. Con el portacosméticos en mano, se ubicó al final de una cola de tres personas. No le molestaba esperar. Dejaría pasar el tiempo para que Francisco olvidase lo que acababa de preguntarle. Regresó tras haberse cepillado el pelo y maquillado un poco para ocultar la noche de insomnio, llanto y emociones extremas.

—¡Guau! —exclamó Francisco al verla—. Estás re linda.

—Gracias —dijo y sacudió las pestañas en actitud coqueta—. ¿Mejoré un poco?

—Una banda —confirmó el chico en su modo histriónico, que, ahora sabía, provenía de su Sol en Sagitario—. ¿Tenés novio? Sí, seguro tenés —se contestó de inmediato.

—Estoy saliendo con alguien, sí, pero es muy reciente. Y vos, Fran, ¿tenés novia?

—No, pero me gustan dos chicas, una de Madrid, compañera del cole, y otra de Buenos Aires, la sobrina de la mujer de mi papá. En realidad, son tres, porque hay otra que me encanta, pero es mucho más grande que yo y dudo de que me dé bola.

Brenda se echó a reír y supuso que había algún componente geminiano en la carta natal de Francisco que lo volvía inconstante y encantador.

—¿Soy muy zarpado si te pido que nos saquemos una foto?

—Para nada. De paso les das celos a las chicas que te gustan —propuso y le guiñó un ojo.

La foto terminó en Instagram con un comentario. *Brenda, la más copada compañera de viaje*.

Capítulo II

Distinguió a su hermano Lautaro entre el gentío apenas cruzó las puertas tras el control de la aduana. Junto a él se encontraba Camila, su novia, con la que convivía desde principios del año anterior. Habían madrugado para ir a buscarla temprano a Ezeiza.

Al verlos de la mano, enamorados como el primer día, se le estranguló la garganta. Ser romántica y emotiva formaba parte de la compleja personalidad adquirida por haber nacido un 1º de marzo.

Camila la vio primero y soltó a Lautaro para correr hacia ella. Se abrazaron en silencio y, aunque venía controlando las ganas de llorar, cuando alzó la vista y se encontró con los ojos oscuros e insondables de su hermano —rayos láser escorpianos los llamaba Cecilia—, las lágrimas rodaron sin remedio. Lautaro la abrazó y ella sintió alivio. Era poderoso su hermano nacido bajo el influjo del escorpión. Y ella lo amaba profundamente. Gracias a su Venus en la Casa III, la de los hermanos, siempre se habían llevado bien, aunque existió un tiempo en que ella lo había detestado.

—Solo la abuela es capaz de hacerte volver, ¿eh? —fue el comentario de Lautaro mientras le acunaba el rostro y le secaba las mejillas con los pulgares largos y delgados.

—¿Cómo está?

Lautaro torció la boca y le quitó el asa de la maleta. Camila la desembarazó del bolso de mano y la tomó del brazo.

—Vamos —propuso y se pusieron en marcha hacia la salida—. ¿Qué querés hacer, Bren? ¿Ir un rato a tu casa para cambiarte o...?

—Quiero ir al hospital —la interrumpió—. Quiero ver a la abuela lo antes posible.

Los primeros minutos del viaje transcurrieron en silencio. Aún no amanecía. Brenda observaba el paisaje de la autopista Riccheri sintiéndose ajena, como si lo viese por primera vez. Se había ido hacía más de dos años, escapando, y nunca había vuelto. Su madre, Lautaro y Camila habían ido a visitarla, pero nunca la abuela Lidia, que se quejaba de que los viajes largos la postraban.

Camila se giró en el asiento del acompañante, estiró la mano y entrelazó los dedos con los suyos. Brenda se la besó y se la apoyó en la mejilla. Qué taurina de fierro era su cuñada. La amaba por buena mina, pero sobre todo por que amaba tanto a Lautaro.

—Te queda re bien el bronceado —comentó su cuñada.

—Estuve unos días con Ceci y Jesús en su casa de Alicante.

—Estás tan linda, Bren.

—Vos también, cuñadita. Estás hecha una diosa.

—¿Tuviste un buen viaje?

—Sí, bueno, dentro de lo que cabe. Contame de la abuela.

—Los antibióticos no están haciendo efecto. Ya probaron con los más potentes. Nos dejan ingresar en la terapia intensiva aun fuera del horario de visitas porque los médicos dicen que… —Camila se mordió el labio. —Está muy perdida, Bren. No reconoce a nadie. Le habla a tu abuelo como si estuviese ahí.

—Es que él *está* ahí, Cami.

Camila asintió, incapaz de articular. Tras unos segundos comentó:

—Sabía que ibas a decir eso. Tal vez vos logres verlo. Si hay alguien con el poder para ver a tu abuelo, esa sos vos, Bren.

Se miraron fijamente. Sobraban las explicaciones. Camila había abrazado la astrología mucho antes, cuando ella todavía la juzgaba cosa de gente ignorante. Por fortuna, y gracias a Cecilia, había superado el tiempo de la ceguera y ahora sabía que, con el Sol en Piscis y con Neptuno, su regente, en la peculiar Casa XII, la de los misterios y la de lo oculto, ella poseía una capacidad extraordinaria para conectar con otras dimensiones.

Aunque se preparó para el encuentro con su madre, al avistarla en la puerta del Sanatorio Güemes, se desmoronó. Ximena la envolvió en sus brazos y Brenda se permitió sentir como cuando era pequeña y la poderosa Luna en Cáncer la sumía en un sortilegio de amor puro, eterno, cálido y acogedor. En parte también se había alejado de Buenos Aires para romper el encantamiento que de otra manera la habría mantenido sumida en una irrealidad.

En esa circunstancia, sin embargo, necesitaba el abrazo de su madre tanto como el aire. Ximena entendía sin palabras; entre ellas siempre había sido de ese modo: abrazos silenciosos, miradas cómplices, caricias consoladoras. «A vos no necesito explicarte nada», le había confiado Diego en una oportunidad. «Entendés todo sin palabras.» «Es una de las habilidades con las que contamos los nativos con Luna en Cáncer», le habría respondido, solo que él era un escéptico de la astrología, por lo que ella había preferido callar.

—¿Cómo estás? —quiso saber Ximena mientras la besaba en la frente.

—Mal. Quiero ver a la abuela ahora mismo. Cami dijo que nos dejan entrar aunque no sea el horario de visita.

—Sí, nos permiten el libre acceso, pero solo dos por vez.

En tanto Lautaro se ocupaba de buscar estacionamiento, las tres mujeres ingresaron en la recepción del Sanatorio Güemes. La acobardó la energía cargada de miedo que inundaba la recepción. Pero en especial la acobardaron las escenas asociadas a ese lugar al que conocía de memoria. Habían transcurrido más de dos años, que no bastaban para borrarlas. El paso del tiempo nunca sería suficiente. El dolor la paralizaba. Cruzó una mirada con Ximena, que asintió y la sujetó por la cintura.

—Sí podés —la alentó como si le hubiese leído la mente—. Tu abuela te espera.

En la unidad de cuidados intensivos le ordenaron que se lavase las manos con un jabón bactericida y que se cubriera con un delantal descartable. Pese al aroma punzante del antiséptico, al ingresar en el cubículo de la abuela Lidia la alcanzó un perfume masculino, que identificó enseguida: el agua de colonia que su abuelo Benito había usado desde que ella tenía memoria. «Oh, sí», pensó, «él está aquí». El aroma se intensificaba a medida que se aproximaba a la cabecera. Tal vez gracias a la confirmación de que su abuelo estaba allí, junto a la mujer a la que había amado, Brenda conjuró la valentía para inclinarse y mirarla a la cara.

La impresión fue enorme. Había envejecido desde el último Skype diez días atrás. Tenía la piel muy arrugada, con una alarmante coloración cenicienta, y los párpados sumidos. Dormía o estaba sedada, no sabía con certeza. La besó en la frente. Se incorporó y descubrió que su abuela había abierto los ojos. La contemplaba con una mirada consciente, en absoluto perdida. La mujer se retiró la máscara de oxígeno con una decisión sorprendente.

—Brendita, tesoro —susurró con voz seca—. Viniste a despedirte.

—¿Cómo no iba a venir, abu?

Ximena le colocó una silla detrás y la obligó a sentarse. Tomó la mano derecha de su abuela y se la llevó a los labios para luego pegársela a la mejilla.

—No quiero que te vayas —suplicó con los ojos cerrados.

—Tu abuelo está aquí —expresó Lidia con un anhelo que la obligó a alzar la vista.

—Lo sé. La habitación huele a él.

La sonrisa de su abuela la impresionó, la colmó de vida, la rejuveneció. Escuchó el sollozo de Ximena.

—Sabía que vos lo sentirías. Brendita, tesoro mío… —sollozó Lidia—. No veo la hora de ver a Bartolomé para contarle cuánto lo amás.

Le dolía la garganta y la cara de aguantar y se obligó a aflojar la presión que ejercía en la mano de la abuela.

—Abrazame, tesoro.

Se puso de pie y, sorteando sondas y cables, abrazó el cuerpo delgado, pequeño y extenuado de la mujer que había sido un sostén en el peor momento de su vida. Y lloró con la desesperada sensación de que sería muy difícil seguir adelante sabiendo que su abuela ya no formaba parte de la realidad perversa a la que llamaban vida. Las palabras de Cecilia, que aseguraban que ella era una mujer privilegiada, con dos de las polaridades más complejas y poderosas del Zodíaco, la neptuniana y la uraniana, le sonaron ridículas. Ella no era nada, era menos que nada. Lo había perdido todo y ahora estaba por perder algo más.

Volvió a impresionarla la fortaleza que conjuró la abuela Lidia para obligarla a que la mirase y halló tal determinación en sus ojos desleídos que a Brenda le dio por pensar que los médicos se equivocaban; no estaba muriendo.

—Quiero que busques a Diego. Quiero que lo perdones. Quiero que vuelvas con él. Quiero que seas feliz.

Rara vez mencionaba a Diego Bertoni. Su familia y sus mejores amigas sabían que era un nombre tabú. La única que lo mencionaba con la desfachatada sinceridad que la caracterizaba era Cecilia, que la acusaba de negadora y le echaba la culpa a su Júpiter en la Casa XII.

Sacudió la cabeza y se mordió el labio.

—No me pidas eso, abuela —contestó con voz entrecortada y fatigosa—. Diego está en el pasado. Él siguió adelante.

—Siguió como pudo, pero no es feliz. La fama no es felicidad, Brenda. Yo daría la vida por vos y por tu hermano, mis únicos nietos. Por eso te lo pido, por tanto que te adoro, tesoro mío.

Le sobrevino un acceso de tos. Brenda se apartó cuando su madre se apresuró a colocarle la máscara de oxígeno. Entraron dos enfermeras y les pidieron que aguardasen fuera.

—Se esforzó mucho —se angustió Brenda—. Fue mi culpa.

—Te dijo lo que necesitaba decirte para irse en paz. No fue tu culpa ni la de nadie. —Ximena la atrajo hacia su pecho y la encerró entre sus brazos. —La deben de estar sedando y dormirá un buen rato. Vamos a la cafetería a tomar algo.

* * *

Pasó la mañana entre la unidad de cuidados intensivos y la cantina del sanatorio. Al mediodía, Millie y Rosi, sus mejores amigas, la acompañaron durante el almuerzo. Trabajaban en el estudio contable del padre de Millie, pero disponían de la tarde para acompañarla dado que ese lunes era no laborable; al día siguiente se celebraba el 9 de Julio. Si bien habían ido a visitarla a Madrid, hacía más de un año que no se veían, por lo que las horas transcurrían y el parloteo no cesaba.

A Emilia «Millie» Rossman la conocía de toda la vida, desde el jardín de infantes, y probablemente debido a la imposibilidad de su Luna en Cáncer de apartarse de los afectos fue que se decidió por Ciencias Económicas, la carrera que Millie había elegido para caminar tras los pasos del padre. «Estudiar Economía», le había explicado Cecilia, «es lo contrario a algo neptuniano, y como vos, por tener Neptuno en Casa XII, sos una neptuniana inversa, es lógico que hayas elegido una carrera tan alejada de esa realidad de hechizos y esoterismo propia de Neptuno y de su signo, Piscis».

Era consciente de que había perdido más de dos años estudiando una carrera que, ahora lo veía con claridad, se ubicaba en las antípodas de su esencia. Igualmente, el tiempo en la Universidad del Salvador le había obsequiado a una de las mejores personas que conocía, Rosalía «Rosi» Dumoni, a quien ella y Millie habían acogido en el refugio que componía su sacra hermandad con pasmosa llaneza, como si la conocieran desde el jardín de infantes.

—No me jodas, Rosi —la provocó Millie, una escorpiana sin pelos en la lengua—. ¿Me querés hacer creer que no pasó nada con Daniel el otro día?

—Daniel es el primo de Marti, ¿no? —quiso saber Brenda.

Martiniano «Marti» Laurentis era otro amigo que le debía a la carrera de contador público.

—Sí —respondió Rosi—. Hablando de Marti, está al tanto de todo, incluso de que llegabas hoy. Se lo conté anoche por teléfono. Está de viaje, pero me dijo que apenas vuelva viene a verte.

—No desvíes el tema, querida Rosalía —la increpó Millie—, y andá desembuchando qué pasó con Daniel.

A punto de responder, Rosi, una virginiana a quien nada se le escapaba, siguió la línea visual de Brenda, que se había congelado en la pantalla del televisor gigante de la cantina, la cual transmitía un primer plano del líder de DiBrama, que interpretaba el último hit de la banda, *La balada del boludo*, en un estadio lleno de jóvenes. La leyenda al pie rezaba: «La banda argentina conquistó anoche al público azteca. Éxito rotundo».

—Ey —Rosi le apretó la mano—. ¿Querés que pida que cambien de canal?

—Rosalía —se enojó Millie—, ¿por qué la alentás a que esconda la cabeza como el avestruz? Dejala que lo mire. Ojalá el televisor no estuviese mudo, porque entonces podría oír la letra de la canción, que, como todas las canciones que el Moro compuso, es para ella.

—Bajá un cambio, Millie —exigió Rosi—. No es el momento para esto.

—¿Cuándo es el momento, entonces? Me embola que sea un pecado hasta mencionar su nombre.

Brenda estiró la mano y sujetó la de Millie, que la sacudía en el aire para remarcar sus declaraciones.

—No peleen, por favor. Saben que no lo soporto. Tenés razón —concedió—, he sido una inmadura al hacer de cuenta de que él no existe.

—¡Bravo! —exclamó Millie—. Por mucho que hagas de cuenta que no existe no lograrás que desaparezca. Vos bien sabés que a nosotras nos rompe los cocos bastante seguido para preguntarnos de tu vida.

A punto de explicarle que Diego Bertoni, con su Luna en Piscis en la Casa X, se preocupaba por el bienestar de todo el mundo y que ella era solo una más, prefirió callar. En cambio, y muy a su pesar, preguntó:

—¿Todavía quiere saber de mí?

Millie elevó los ojos al cielo y soltó un bufido de exasperación.

—¿Vos sos pelotuda, Brenda Gómez, o qué? El tipo está loco por vos ¿y vos me preguntás si todavía quiere saber de vos? Sí, quiere saber de vos. Y no le queda otra que preguntarnos a nosotras porque vos ni siquiera tenés un puto usuario de Instagram.

—Hablé por teléfono con él hace unos meses. El 18 de marzo, para ser más precisa.

—¡Qué! —se pasmó Rosi al tiempo que Millie exclamaba:

—*What the super fuck!* ¿Y decidiste callártelo, no compartirlo con nosotras? Agarrame, Rosi, porque te juro que estoy a punto de arrancarle el pelo, un poco porque se lo envidio y otro poco porque es una boluda a pedales. La canción tendría que ser *La balada de la boluda*, y no *del boludo*.

Brenda sonrió con gesto cansado.

—No te rías. En serio tengo ganas de pasar a la violencia física.

—No fue importante —se justificó.

—Y dice que no fue importante, la muy pelotuda. Vamos, contanos todo *ahora*.

—Me dijo que estaba en Madrid por trabajo —recordó sin alzar la vista mientras jugaba con un sobrecito de azúcar.

—¿Te llamó al celu? —quiso saber Rosi—. Te juro que nosotras no se lo dimos.

—No tiene mi celular —confirmó Brenda—. Me llamó al teléfono de Medio Cielo.

—¿Quién le dijo que trabajás ahí? Tu vieja —conjeturó Millie—. Después de todo, es su ahijado y ella lo a-do-ra.

—Fue mi abuela, lo sabía por ella. Mamá lo adora, sí, pero respeta mi decisión. Mi abuela no tanto —dijo y frunció la nariz—. Le contó que estaba trabajando y estudiando en una escuela de astrología. De todos modos, no le dijo cómo se llamaba ni le dio el teléfono. Según él, era la séptima escuela de Madrid a la que llamaba.

—¿Siete escuelas de astrología en Madrid? —se sorprendió Rosi—. ¿Da para tanto el mercado?

—Ay, Rosi —se exasperó Millie—, no me vengas ahora con tus análisis virginianos. —Dirigiéndose a Brenda, la instó a seguir: —¿Y? ¿Qué hiciste? Se te habrá caído el auricular de la mano.

—Con mi Ascendente en Acuario —replicó Brenda—, estoy aprendiendo a esperar que ocurra lo más loco. Pero sí, fue terrible. Yo atendí como siempre, diciendo la fórmula que usamos para saludar, por lo que él me escuchó primero y me reconoció de una. Cuando dijo: ¿Brenda?, el corazón me dio una patada en el pecho, les juro.

—Y con esa voz… —acotó Millie con expresión ensoñadora—. ¿Brenda? —repitió, imitando el timbre ronco y grave por el cual Bertoni era famoso en el mundo de la música.

—Estuve a punto de cortar, pero… No sé, no pude. Le dije que sí, que era yo. Y los dos nos quedamos callados. Gracias por no cortar, me dijo. Le pregunté cómo había conseguido el teléfono y ahí fue cuando me contó que era la séptima escuela de astrología a la que llamaba. Le pregunté qué quería. Entonces me dijo que estaba en Madrid por trabajo y que quería verme. Como me quedé callada, enseguida aclaró que también estaban Manu y Rafa y que se morían por verme; que podíamos salir los cuatro a cenar. Le dije que no. Me preguntó si estaba saliendo con alguien. Le habría respondido que no era asunto suyo, pero de nuevo no pude. Le dije que no y él me dijo que él tampoco, que no era verdad lo que se decía en las redes. Le contesté que no sabía lo que se decía y que no quería saberlo.

—*Oh, my gosh* —exclamó Millie.

—Se ve que no era tan errado lo que se chusmeaba en las redes porque ahora está con ella —comentó Rosi.

—¿Te referís a la modelo esa, la tal Ana…? —Millie chasqueó los dedos mientras intentaba recordar. —Ana… las pelotas.

—Ana María Spano —precisó Rosi.

A Brenda la sofocaron los celos, que intentó disimular tomando el último trago de café; estaba helado. No conocía a la modelo y la pusieron de mal humor las ganas que la asaltaron de buscarla en Google. ¿Por ella no había vuelto a llamarla sabiendo dónde localizarla? Que no hubiese intentado contactarla otra vez le dolía más de lo que se permitía aceptar. «¡Ponete de acuerdo, loca!», se exigió. «Le dijiste que no volviese a llamarte y él cumplió.»

—¿Y? —la instó Millie—. ¿Cómo terminó la cosa?

—En nada —admitió Brenda—. Cuando le dije que tenía que cortar, se puso mal y me dijo que me amaba.

—¡Madre mía! —volvió a exclamar Millie.

—¡Qué romántico! —se aunó Rosi y Brenda las contempló alternadamente con un ceño.

—Muy romántico —ironizó, simulando una indiferencia que estaba lejos de sentir—. Esto fue a mediados de marzo y ahora ya está con otra. Se le pasó rápido el amor. Imagino que no ha vuelto a llamarlas a ustedes para preguntarles por mí desde que está con la modelo.

—No seas injusta —terció Millie—. Si es cierto lo de la modelo, sería la primera vez que está con una mina. Manu y Rafa las coleccionan. Una distinta cada semana. El Moro, en cambio, parece un monje. —Brenda exhaló un bufido y miró hacia otro lado. —En serio, Bren, es la verdad. Además, ni siquiera sabemos si es cierto lo del fato con esa minita, la tal Spano.

—Creo que es cierto —confirmó Rosi—. El otro día los mostraron en un programa de chimentos…

—Basta —la detuvo Brenda—. No me importa nada de él. ¿Están las dos sufriendo un ataque de amnesia? ¿No se acuerdan de cómo fueron las cosas? Se supone que son *mis* amigas incondicionales, no las de él.

—Sí —contestó Millie—, tus amigas incondicionales a las que no les contaste esto.

Brenda le clavó la mirada.

—Cortala con tu rencor escorpiano. No se los conté porque…

—¿Por qué? —la animó Rosi.

—Porque me da miedo hablar de él. Me da miedo admitir que sigue siendo importante.

Los ojos se le llenaron de lágrimas. Rosi y Millie la abrazaron, y Brenda emitió un sollozo reprimido.

—Perdón —susurró Millie—, perdón. No quiero que llores.

—¿Por qué no puedo olvidarlo? ¿Por qué no puedo seguir adelante con mi vida como él sigue con la suya? Me fui a vivir lejos, ya pasaron más de dos años, ¿qué más tengo que hacer?

—Tenés que enfrentar que todavía lo amás.

—¡No! —respondió en un grito susurrado.

—¿No me dijiste vos que lo que negamos nos somete y lo que aceptamos nos transforma? —le recordó Rosi.

—Lo dijo Carl Jung —la corrigió Brenda.

—Quién sea. Me parece una frase genial.

—No puedo amar a un boludo —declaró mientras arrebataba una servilleta y se secaba los ojos.

—Debés de tenerle un poquito de rencor para decirle boludo —se sorprendió Millie—. Vos nunca decís malas palabras.

—Bueno, lo de boludo él mismo lo admite —comentó Rosi con una sonrisa—. No por nada escribió *La balada del boludo*. Por cierto, es copada esa canción. —Se puso a tararear el estribillo. —*Boludo, boludo, bastante pelotudo… No es contagioso, tampoco peligroso, pero ella dice no, no. Yo, la del embudo no… La, la, la.* No me acuerdo de cómo sigue —admitió.

—Rosi, por favor —suplicó Brenda—. Desde que empecé este viaje tengo la impresión de que lo encuentro por todas partes. —Se cubrió el rostro en actitud exasperada.

—¿Cómo es eso? —se interesó Millie.

Brenda les refirió lo de Francisco, su compañero de viaje.

—Es muy fuerte —declaró Rosi al final del relato.

Millie, en cambio, le recordó:

—¿No sos vos la que siempre repite eso de como es arriba es abajo, como es adentro es afuera? Tenés un elefante en la sala y no querés verlo. Sos de los que dicen: Haz lo que digo mas no lo que hago. Porque la verdad es que no hacés un carajo para cerrar esa herida de una vez, y el cosmos, como vos lo llamás, sigue indicándote con su superdedo intergaláctico la mierda que tenés que limpiar. Y vos, mirando para otro lado.

—Bren —intervino Rosi con acento comprensivo—, solo queremos que vuelvas a ser la chica alegre que eras. Yo extraño mucho a la Brenda de la sonrisa eterna y de la risa fácil. La de las bromas que me hacían reír todo el tiempo.

—Esa Brenda ya no existe, Rosi. Murió el 13 de marzo de 2017.

Tanto Millie como Rosi bajaron la vista. Sonó el timbre de un celular. El de Brenda. Consultó la pantalla, segura de que era Gustavo; le había prometido que la llamaría antes de irse a dormir. Se trataba de un número desconocido. Eran las dieciocho y treinta; en España las veintitrés y treinta. Demasiado tarde para que se tratase de un alumno de la escuela de astrología por lo del curso de tarot de verano. Atendió igualmente.

—¿Brenda?

—Sí. ¿Quién habla?

—Francisco.

—¿Francisco? —repitió, desorientada.

—Francisco Pichiotti. Nos conocimos en el avión. ¿Te acordás?

—¡Fran! Sí, claro. Disculpame. Estoy un poco perdida, sin dormir y sufriendo el jet lag. ¿Cómo estás?

—Bien. ¿Y tu abuela?

—No muy bien, Fran. No hay muchas esperanzas.

—Qué bajón.

—¿Vos todo bien?

—Sí, pero… No sé, creo que metí la pata.

—¿Qué pasó? —Brenda se incorporó en la silla. Le cambió el ritmo cardíaco, se le aceleró repentinamente, pues intuía por dónde venía la cosa.

Rosi y Millie, que seguían el diálogo con atención, abrieron grandes los ojos y le preguntaron con gestos de mano qué sucedía. Apartó la vista para que no la distrajeran.

—Al final me animé y le envié al Moro el mensaje para contarle lo que había hecho, como vos me dijiste.

—Buenísimo —lo alentó y trató de ocultar la ansiedad y el miedo.

—Sí, buenísimo porque me respondió enseguida.

—¡Qué genial! —simuló alegrarse.

—Sí, pero creo que me contestó porque quería saber de vos.

Brenda se cubrió la frente con la mano y bajó los párpados.

—Bren —se preocupó Rosi—, ¿qué pasa?

Sacudió la mano para desestimar la cuestión.

—¿Cómo es eso, Fran?

—Le mandé la foto que nos sacamos en el avión. Quería mostrarle a la chica que me había convencido para que le escribiese. —Hizo una pausa antes de admitir: —Se la agregué para hacerme el canchero. Vos sos muy linda.

Pese a todo, torció la boca en una sonrisa.

—Gracias, Fran. Vos también sos muy lindo.

—Gracias, pero sé que soy feo. —No le permitió que lo sacase del equívoco; el chico se adelantó y afirmó rápidamente: —Vos sos Brenda Gómez, ¿no? La solista de DiBrama antes de que la banda se hiciese famosa.

—¿Te lo dijo Diego?

—¿Vos lo llamás Diego?

Sí, lo llamaba por su nombre.

—Sí —confirmó—. Es Diego para mí. ¿Él te dijo que yo había sido la solista de DiBrama? —preguntó de nuevo.

—No, pero lo deduje. No entiendo cómo no te reconocí de los videos que hay en YouTube —se cuestionó el chico.

—Estoy un poco cambiada —señaló Brenda.

—¿Por qué no me lo dijiste?

—Nunca hablo de eso. Pero ¿por qué decís que metiste la pata?

—Mejor te mando una captura de pantalla de los mensajes que nos mandamos por Instagram. ¿Tenés WhatsApp?

Unos minutos más tarde Brenda leyó el intercambio entre Francisco y quien lo había sido todo para ella.

Francisco Pichiotti: *Hola, Moro! La rompe tu nuevo tema* La balada del boludo. *DiBrama es lo más. Te escribo porque una chica que conocí en el avión me dijo que te escribiese y te contase cuánto me ayudaste cuando murió mi abuelo. Vos me dijiste que convirtiera el dolor en fuerza e hiciera algo de lo cual mi abuelo habría estado orgulloso. Y lo hice. Levanté todas las notas y terminé con el mejor promedio. Y la re sube. Gracias! Ahí va la foto de la chica que conocí en el avión. Sos mi ídolo.*

DIEGO BERTONI: *¡Hola, Fran! Gracias por contarme que te sirvieron mis palabras. Qué suerte tuviste de viajar con Brenda. La conozco de toda la vida y te aseguro que es la mejor persona que existe. ¿Hace mucho que viajaron juntos?*

FRANCISCO PICHIOTTI: *Llegamos hoy a las seis de la mañana a Buenos Aires. Ella viajó desde Madrid porque su abuela se está muriendo. Está muy triste. Creo que se fue a llorar al baño del avión.*

DIEGO BERTONI: *Gracias por contármelo.*

FRANCISCO PICHIOTTI: *De nada. Nos vemos en el recital de Vélez.*

DIEGO BERTONI: *Voy a poner tu nombre en la lista de invitados especiales así podés saludarme después del recital.*

FRANCISCO PICHIOTTI: *Es la mejor noticia del mundo. Gracias, Moro! Sos lo +.*

Les extendió el celular a Rosi y a Millie, que leyeron los mensajes en pocos segundos.

—Bueno —habló Rosi tras un silencio—, el Moro no tuvo que hacer un gran esfuerzo para que el tal Fran le soltase el rollo.

Brenda se encontró con la mirada de Millie, que la escrutaba sin pestañear. «Rayos láser escorpianos», se recordó y supo que su amiga le señalaría una verdad irrebatible que ella no quería escuchar.

—Hiciste de todo para que Diego se enterase de esto, ¿no?

—No exageres —fingió fastidiarse—. Tiene dos millones y medio de seguidores. ¿Cómo iba a imaginar que leería el mensaje de este chico? Encima estando de gira —remató.

—A mí no me engañás —persistió Millie—. Vos, que ni siquiera tenés Facebook, lo alentaste para que le escribiera, te sacaste una foto con el pibe, que, sabías, terminaría por toda la Red, y encima le diste tu teléfono. ¿Te das cuenta de tu comportamiento manipulador? Y después me decís a mí manipuladora.

Brenda le sostuvo la mirada. Le habría explicado: «Con el Sol en conjunción con Marte, soy casi como una ariana, querida Millie. Y la destreza para manipular cuenta entre mis características». Pero no era necesario, Millie la conocía desde la salita de cuatro y sabía todo acerca de ella, incluso que había tomado la mamadera hasta los siete años, que gustaba de Diego Bertoni desde que se acordaba y también los detalles de su primera vez.

—Sí, me doy cuenta —aceptó—. Admito que jugué con fuego.

—Morías por quemarte —la provocó la escorpiana.

—Sí, creo que sí.

Capítulo III

Millie y Rosi se despidieron con la promesa de que mantendrían los celulares encendidos. En tanto regresaba con su abuela, anheló darse una ducha y descansar. Se encontró con Ximena en el pasillo, junto al ingreso de la unidad de cuidados intensivos. De seguro había salido para atender la llamada que la mantenía pegada al teléfono.

—Sí, llegó muy temprano esta mañana —la oyó decir y supo que se refería a ella.

Hizo un gesto de interrogación, ante el cual Ximena se limitó a fijarle la mirada con expresión neutra. Una sospecha se le alojó en el pecho hasta convertirse en una pulsación dolorosa. «Es Diego», se convenció. Aunque sabía que su madre y Diego se mantenían en contacto —después de todo Ximena era la madrina de bautismo—, verla conversando con él la afectó profundamente. Se instó a marcharse, a seguir su camino hacia el interior de la unidad de cuidados intensivos y dejar todo atrás; sin embargo, fue incapaz de apartarse.

—Al mediodía tuvieron que conectarla al respirador —informó Ximena—, por lo que está sedada. —Guardó silencio antes de contestar—: No te avisé para no preocuparte en medio de la gira. No es necesario que vengas, querido. Sería una locura viajar desde México... —Se interrumpió y Brenda la vio esbozar una sonrisa colmada de ternura. —Sé que la querés muchísimo y ella a vos. Pero insisto: no cometas locuras. Estás muy exigido con esta gira por Latinoamérica. —Otra sonrisa dulce. —Está bien, está bien —concedió—. Te mantendré al tanto.

Su corazón pisciano, bueno y sensible, se alegraba de que, pese a lo sucedido, el vínculo de Diego con su madre no se hubiese roto. Otras partes más oscuras de su carta la arengaban para que se rebelase. ¿Acaso Ximena no conocía al dedillo los hechos que le habían desbaratado la vida? ¿No sabía que Diego Bertoni era en parte culpable de las vivencias delirantes que había atravesado?

Le pareció oír la voz de Cecilia, que le advertía: «Querida Brenda, con tu Luna en oposición al loco de Urano, con tu Ascendente en Acuario y, por sobre todo, con tu polaridad uraniana, tendrás que aprender a hacerte cargo de la locura que habita en vos». Según la astróloga, Diego se había convertido en la proyección de lo que ella debía encarnar: un ser desprejuiciado, creativo y, en especial, rebelde.

«Como es arriba es abajo», repitió mentalmente, «como es adentro es afuera». Era ella, con su energía disruptiva, subversiva y loca, la que generaba las situaciones disparatadas que habían plagado su vida desde el comienzo. Negarlas, según Cecilia, era la única cosa de locos. Servía como excusa que, con Júpiter en la Casa XII, negar la realidad se le diese fácil.

Le vino a la mente la frase de Jung, que Rosi había citado antes, solo que ella la enunció completa, de memoria; lo hacía cada tanto, cuando tenía la impresión de que estaba perdiendo el rumbo; la mantenía alerta. *Aquellos que no aprenden nada de los hechos desagradables de la vida fuerzan a la conciencia cósmica a que los reproduzca tantas veces como sea necesario para aprender lo que enseña el drama de lo sucedido. Lo que niegas te somete. Lo que aceptas te transforma.*

En un susurro, repitió:

—Lo que niegas te somete. Lo que aceptas te transforma.

Percibió una mano sobre el hombro y supo que se trataba de su madre. Se volvió y la contempló en silencio. Le habría preguntado tantas cosas. «¿Hablás a menudo con él? ¿Qué sabés de su vida? ¿Está saliendo con la tal Spano? ¿Te pregunta por mí? ¿Es feliz?»

—Era Diego —informó Ximena—. Dice que se enteró de lo de la abuela por un fan de él, que es amigo tuyo.

Brenda alzó las cejas en un gesto que podría haberse juzgado como una mueca de asombro, aunque también como una de desinterés.

—¿Qué historia es esta del amigo tuyo que es su fan?

—No lo sé —mintió.

—Quiere venir —declaró Ximena y la máscara de Brenda se resquebrajó.

—No —exhaló antes de pensar.

38

—Está en México, por lo que lo veo muy improbable.

—Mamá, por favor, no me hables de él como si nada hubiese sucedido. ¡No lo soporto!

La madre le acunó las mandíbulas y la besó en la frente.

—Perdoname, hija. No quiero que te pongas mal.

Se le echó al cuello y apoyó la mejilla en su seno como cuando era chica y tenía miedo.

—Qué lindo es que me abraces, ma. Te extraño tanto. Todos los días.

—Amor mío —susurró Ximena y la apretó contra su cuerpo—. Debés de estar destruida. Andá a casa —la conminó—, date un baño, comé algo sustancioso y te vas a dormir.

—Descanso un poco y después vuelvo y me quedo el resto de la noche con ella.

—Nos vamos a quedar con Lauti. Pese al bronceado, estás muy pálida, hija. Quiero que descanses.

—Lauti tiene que ir a la fábrica mañana.

—Primero y principal, mañana es feriado, 9 de Julio —le recordó Ximena—. Segundo, Juan Manuel está a cargo de todo.

La tranquilizó saber que el negocio familiar estaba en manos de Juan Manuel Pérez Gaona, el padre de Camila, quien desde hacía varios años se desempeñaba como el gerente general de la fábrica de recipientes de plástico que Héctor, el padre de Brenda, había fundado en los ochenta.

Se tomó un taxi en la puerta del sanatorio y, tras indicarle la dirección al chofer, le envió un mensaje por WhatsApp a su hermano para avisarle que lo relevaría en unas horas. Lautaro protestó que, tras una noche en vela en el avión, era insensato que no durmiese cómoda en su cama, a lo cual ella replicó que había viajado desde Madrid para estar con la abuela Lidia.

Guardó el celular y se relajó en el asiento. Apoyó la nuca en el respaldo y dejó caer la cabeza hacia el costado para observar la ciudad sumida en la noche y abarrotada de ruidos y luces. La golpeó la misma sensación de esa mañana, cuando el paisaje cercano a Ezeiza le resultó tan poco familiar. Le vino a la mente lo que aseguraba el astrólogo Eugenio Carutti, que por destino al nativo con Ascendente en Acuario le tocaba encarnar al diferente, convertirse en el sapo de otro pozo, en el extranjero. *Es una experiencia inevitable y al principio necesariamente dolorosa para el Ascendente en Acuario*, explicaba. ¿Ella ya no era de allí ni de allá? Porque, pese a las amistades que había forjado en Madrid, tampoco la consideraba *su* ciudad. Una lágrima le rodó por la mejilla, que se quitó deprisa, con bronca. Se incorporó y cuadró los hombros. Detestaba sentir lástima de sí misma, típico de la naturaleza pisciana en un nivel poco elevado, y también lo era la incapacidad de cortar con los vínculos que la lastimaban. ¿Había recorrido un largo camino, sufrido tanto y emergido de las cenizas para regresar al punto de partida por el simple hecho de haber vuelto a Buenos Aires?

Cayó en la cuenta de que la radio del taxi sonaba a un volumen bastante elevado. A punto de pedirle al chofer que lo bajase, se detuvo, atraída por un ritmo alegre que invitaba a bailar. Conocía el género, *cumbia pop.* La voz de la solista era hermosa y se imaginó a su antigua profesora de canto, Juliana, analizando la tesitura, que dependía del timbre, como también el volumen, la extensión y la *coloratura.*

El locutor irrumpió en los últimos acordes para anunciar que acababan de escuchar el gran éxito de la banda uruguaya Toco Para Vos, *Su fiel admirador.* Extrajo el celular para *googlear* el nombre del grupo; en cambio alzó la vista rápidamente al oír que hablaban de DiBrama.

—¿Podría apagar…?

—¡Qué temazo! —exclamó el chofer y subió el volumen. Aprovechó el semáforo en rojo para volverse hacia ella. —¿Le molesta, señorita?

Sacudió la cabeza para negar. Un poco para darle a entender al cosmos que había recibido el mensaje y también por curiosidad, se inclinó hacia delante y preguntó:

—¿Cómo se llama esta canción?

—*Tuya y mía.* La compuso el Moro Bertoni, el líder de DiBrama.

—Gracias —dijo en un susurro que el muchacho no oyó.

Se echó de nuevo en el asiento y volvió a recostar la nuca en el respaldo. Fijó la vista en el techo del automóvil y se rindió.

Reconocía a Diego Bertoni en cada nota, en cada estrofa, incluso en la forma en que armaba las frases, en cómo usaba las palabras, el modo en que combinaba las rimas y los instrumentos. Era un músico talentoso, nadie podía negarlo. Con su Luna en Piscis y Neptuno en la Casa VIII, la de los miedos, los secretos y los deseos no revelados, pero en especial la de la muerte y de la transformación, poseía una capacidad creativa que perturbaba por provocadora y oscura. Sabía que Diego se atrevía a expresar con la música lo que callaba en los demás ámbitos.

Tuya y mía le había dicho el chofer que se titulaba. Se concentró en las estrofas. Resultaba posible que la letra careciese de sentido, como sucedía con muchos temas de rock. No obstante, al acordarse de la afirmación de Millie, que las canciones compuestas por el Moro eran para ella, se puso nerviosa. De pronto acobardada, iba a ponerse los auriculares y escuchar algo de Toco Para Vos cuando, tras un solo de batería de Manu, la voz ronca de Bertoni —algunos la comparaban con la de Kurt Cobain— cantó un verso que atrajo su atención: *Flotabas en un océano de amor*, dijo, y ella supo exactamente de qué hablaba.

> *Antes flotabas en un océano de amor.*
> *¿Dónde estás ahora? Decímelo, por favor.*
> *Decime al menos que no hace frío.*
> *Quiero saberlo porque ya no vivo.*
> *¿Dónde estás ahora? Yo sigo con mi huida.*
> *¿Estás dentro de ella, que era tuya y mía?*
> *Que era mía y la perdí*
> *cuando le mentí, cuando la herí.*

* * *

Al entrar en el departamento del que faltaba desde hacía tanto tiempo, extrañó el recibimiento del bueno de Max, el labrador retriever de Lautaro, que ahora vivía con él y Camila. Apareció Modesta, la empleada peruana que los atendía desde que ella era una niña de nueve años. Se abrazaron y la mujer se apartó para secarse los ojos con el delantal.

—Estaba por irme al sanatorio —le explicó mientras entraban en la casa—, pero me llamó la señito Ximena y me dijo que me quedase, porque usted estaba al llegar. ¡Ay, niña Brenda! ¡Qué linda alegría en medio de tanta desgracia! ¡Cuánta falta le hacía usted a su madrecita, mi niña! A todos, para qué le voy a mentir. Ya nadie ríe ni canta en esta casa. Usted se llevó la alegría, mi niña.

41

—Ya no río ni canto, Modestiña.

—Ay, qué lindo que me llame Modestiña. Venga, pase. Le tengo lista la bañera para que se dé un lindo baño. ¡Con este frío! Usted siempre fue friolenta, mi niña. —Le aferró las manos y se las refregó para que entrasen en calor. —El niño Lauti trajo su valija hoy al mediodía. Ahí se la dejé en su recámara. Vaya, que yo termino de preparar la lasaña a la boloñesa. Se va a rechupar los dedos.

—Estoy segura de que sí —expresó, más allá de que no tuviese hambre—. Gracias, Modestiña.

Tanteó la pared hasta dar con el interruptor. Encendió la luz. Permaneció en el umbral, desde donde contempló el interior del dormitorio, una fotografía de lo que había sido su vida y de lo que nunca volvería a ser. Se había ido escapando, a las apuradas, pues nada la retenía en ese lugar. Todo se había congelado en ese punto de no retorno, el escenario donde se habían intercambiado las últimas palabras.

Soltó el aliento. Estaba cansada del miedo, de los recuerdos, del pasado, del presente y del futuro. Estaba harta de sufrir y de querer convencerse de que ese hueco enorme en su interior se había cerrado cuando en realidad crecía con cada inspiración.

El timbre del celular la sobresaltó. Temió que fuese Ximena para darle la peor noticia. Consultó la pantalla con manos temblorosas. El alivio la hizo sonreír. Era Gustavo Molina Blanco, el fotógrafo madrileño de treinta años que le había presentado Joan, el hijastro de Cecilia, cuatro meses atrás y con quien había empezado a salir luego de que la cortejara y la halagase con una creatividad, una devoción y en especial una paciencia que aun ella, con el alma aterida de dolor, había sabido apreciar.

La sorprendió al presentarse en Alicante unos diez días atrás. Cecilia y Jesús, encantados de verlo, le pidieron que abandonase la habitación del hotel y que se instalara en una de las de huéspedes de la casa que daba sobre la Playa de San Juan. Fueron cuatro días en los que Brenda se olvidó de todo. Gustavo alquiló un auto y la llevó a recorrer la costa. Comieron mariscos hasta saciarse y caminaron por la playa mientras él le refería sus aventuras como corresponsal de guerra *free-lancer*.

La última noche, la del sábado 29 de junio, recorrían la playa de Benidorm tras haber sucumbido a una fuente de arroz con bogavante, cuando Gustavo la sujetó por los hombros y la besó apasionadamente al tiempo que con una consideración infinita, como si intuyese que ella era una criatura frágil y huidiza. No regresaron a la casa de la Playa de San Juan, sino que durmieron en un motel de la ruta, donde hicieron el amor, la primera vez para Brenda después de más de dos años.

—Tu Marte en Piscis —le había advertido Cecilia— es más romántico que pasional. Necesitás del romance para que el sexo tenga sentido. En caso contrario, te parecerá algo frío, sórdido. En una palabra, insoportable.

Gustavo Molina Blanco, un sagitariano con Luna en Géminis, poseía un espíritu inquieto, inquisidor y pletórico de energía. Sin embargo, la trataba con la consideración propia de un libriano, con detalles y gestos que la impresionaban porque le daban la pauta de que estaba atento a cada uno de sus deseos sin necesidad de que ella los manifestase, condición que su Luna en Cáncer, acostumbrada a ser comprendida sin palabras, valoraba. Estaba loco por ella, al menos eso declaraba. Y ella le permitió que la sedujese y que la hiciera olvidar. Con todo, a la mañana siguiente de esa noche mágica en Benidorm, al despertar entre sus brazos, la asaltaron unas ganas locas de volver a Buenos Aires.

Se despidieron por la tarde; él tenía que regresar a Madrid. Ella permanecería con Cecilia y Jesús unos días más, hasta el miércoles 3 de julio. El lunes 8 reabrirían la escuela para un curso de tarot de verano, por lo que precisaban ocuparse de varias cuestiones. Solo que el domingo 7 por la madrugada recibió la llamada de Lautaro y por la noche ya volaba hacia la Argentina.

De todos modos, había pasado tiempo con Gustavo desde su regreso de Alicante. Habían almorzado juntos el jueves y el viernes y transcurrido el sábado con unos amigos. Lo terminaron solos en el departamento de él en el barrio de Chamberí comiendo pizza y viendo una serie de Netflix. Gustavo le pidió que se quedase a dormir, pero Brenda le anunció que regresaría a su casa. Le puso como pretexto que no tenía una muda porque no habría sabido cómo explicarle que la opresión en el plexo solar que la acompañaba desde hacía unos días la tenía inquieta y que necesitaba estar sola. Su presentimiento terminó por confirmarse con el llamado de Lautaro pocas horas más tarde.

—Hola.

—Amor —respondió Gustavo y Brenda se tensó; no se acostumbraba a que emplease el mote cariñoso; la incomodaba, a decir verdad.

—¿No es tardísimo allá? —se apresuró a preguntar, mientras sacudía la muñeca izquierda para que bajase el reloj—. Es la una y media, ¿no?

—No podía dormir —admitió el madrileño—. El calor pero sobre todo saberte tan lejos me tienen con los ojos como platos. ¿Qué me dices de tu abuela?

—No hay mucha esperanza. Los antibióticos no están haciendo efecto.

—Lo siento tanto. Quisiera estar ahí contigo.

—Lo sé.

—¿Ya les has hablado de mí a tu familia y a tus amigas?

—No hubo oportunidad —mintió y de pronto le dio una gran pereza enfrentar la reacción de Millie y de Rosi. Y también la de Ximena.

«¿Por qué lo oculto?», se cuestionó e intentó convencerse de que, desde el regreso de Alicante, no había tenido tiempo. ¿Ni siquiera lo había tenido ese día en el que habían almorzado juntas y compartido una larga sobremesa, en la cual, por cierto, solo hablaron de Diego Bertoni?

—Comprendo —dijo Gustavo y su resignación la alcanzó a través de la línea.

—¿Cómo va tu trabajo?

—El miércoles parto para Colombo, la capital de Sri Lanka.

—¡Oh! —se asombró.

—Cadena 3 me ha contratado para participar en un documental sobre los atentados de Pascua. No te lo mencioné porque me lo han confirmado recién hoy.

—¡Te felicito!

Gustavo siguió contándole. Ella, con aire ausente, se dirigió hacia la pared donde colgaba la plancha de corcho con fotografías. Acarició la de su padre con ella recién nacida y la del abuelo Benito. Amaba ese collage de imágenes que representaban los mejores momentos de su vida. ¿Por qué de entre las decenas y decenas de fotografías su mirada cayó en una de Diego Bertoni? ¿Qué hacía allí? No la recordaba. De hecho, estaba segura de que era la primera vez que la veía. Quitó la chinche que la sujetaba y la despegó del panel.

Gustavo le decía lo bien que le había caído el director del documental mientras ella contemplaba el rostro del hombre que había amado locamente desde que tenía memoria. «Que todavía amo», terminó por sincerarse. El impacto fue enorme. Se le escapó un sollozo.

—¿Amor? —se preocupó Gustavo—. ¿Sigues allí?

—Sí —logró pronunciar en un susurro agitado—. Aquí estoy.

—Estás llorando, Brenda. ¿Noticias de tu abuela?

La preocupación de Gustavo la devastó. «¿Qué estoy haciendo?», se preguntó.

—Gustavo…

—¿Qué sucede, Brenda? Estás alarmándome.

—Estoy bien. Dame un momento.

—Pues claro —replicó él, solícito como siempre.

Apartó el teléfono para tomar aire; lo expulsó lentamente. Estudió la fotografía. Reconocía el lugar: era el bar karaoke The Eighties, donde solían tocar con DiBrama gracias a la recomendación de su amiga Bianca Rocamora, conocida de los dueños. La dio vuelta y se sorprendió al encontrar una dedicatoria con la caligrafía de Diego. *Brenda y yo en The Eighties, sábado 4 de marzo de 2017. Para mi madrina, con amor.*

Esa noche les había ido especialmente bien tras el éxito en Cosquín Rock el fin de semana anterior. ¡Qué felices estaban! Rafa y Manu, fieles a su estilo, se hacían los locos, sacaban la lengua y colocaban las manos en la clásica posición *reggaetonera*. Diego y ella daban su propio espectáculo. En honor a la verdad, no se les veían las caras. Él la había aferrado por la nuca y por la mandíbula y, allí, frente a todos, sin importarle nada, como era su costumbre, la había besado.

Sus párpados cayeron de modo inconsciente y soltó el aire con suspiros entrecortados al evocar sus labios gruesos y carnosos y su lengua moverse dentro de ella. La recorrió un escalofrío. ¿Era posible que aún la afectase de ese modo?

—Nunca te conté mi historia —habló tras esa pausa con la voz debilitada.

—No sabía que tuvieses una especial —replicó Gustavo con acento delicado.

—Sí, tuve una. Y creo que no ha terminado. Volver al sitio donde ocurrió está removiendo las cosas que pensé acabadas cuando hui a Madrid.

—Me dijiste que viniste a vivir aquí para trabajar con Ceci y estudiar en su escuela.

—En parte es verdad.

—Pero no es *toda* la verdad —señaló Gustavo.

—No toda, no.

—Cuéntamela, entonces. Quiero conocerla.

Se mordió el labio y se cubrió la frente con la mano. Estaba preocupándolo y no lo toleraba.

—Estoy tan confundida, Gustavo.

—Háblame, dímelo todo, amor.

—Estoy muy cansada —admitió y se dejó caer en la cama.

—Vete a dormir, entonces. Mañana será otro día y verás las cosas desde una perspectiva más positiva. Ahora estás rendida. El jet lag puede llegar a afectarnos emocionalmente. Lo sé por experiencia propia.

Pese a la amargura, Brenda estiró los labios en una sonrisa. Era tan sagitariano el dulce Gustavo, siempre optimista, lleno de fuego y pasión por la vida. Cecilia aseguraba que, cuando la realidad no les gustaba, podían convertirse en negadores recalcitrantes.

—Buenas noches, entonces.

—Buenas noches, amor. —Él, tras una pausa, dijo: —Te amo, Brenda.

—Lo sé.

Se desvistió con un agotamiento infinito alojado en los músculos. La ropa quedó regada por el suelo. No conjuró la voluntad para levantarla. Lo haría después. Tomó la foto, se hizo del celular y entró en el baño en suite donde la aguardaba la bañera llena con sales. Probó el agua con el pie y se deslizó dentro cuidando de no salpicar la imagen ni el teléfono. Se relajó y apoyó la nuca sobre la toalla enrollada que Modesta le había preparado.

Cerró los ojos; le ardieron, y el ardor la estremeció. Respiró pausada y profundamente como le habían enseñado en yoga para calmar las palpitaciones. Abrió YouTube en el teléfono y buscó por primera vez una canción de DiBrama, la que había escuchado en el taxi, *Tuya y mía*, y, en tanto la voz de Diego Bertoni inundaba cada rincón de su cuerpo y de su mente, se concentró en la fotografía. Fue relajándose y permitió que los recuerdos largamente censurados despertasen y la hicieran sentir viva.

SEGUNDA PARTE

Volviendo
(al pasado)

Don't get too close.
No te acerques demasiado.

It's dark inside.
Está oscuro dentro.

It's where my demons hide.
Es allí donde mis demonios se esconden.

Extracto de la canción *Demons*
de Imagine Dragons.

Capítulo IV

Los Bertoni formaban parte de su vida desde siempre y Diego le gustaba desde que tenía memoria. Mabel Fadul, la madre de Diego, era amiga de Ximena del primario y, cuando Héctor Gómez ingresó en la Escuela Pública N° 2 en segundo año, confabularon y pergeñaron varias estratagemas para que «el nuevo» notase a su compañera Ximena Digiorgi, que se había enamorado de él antes de que terminara la primera semana de clase. La notó y en el fin de semana largo de Pascua de 1976 se pusieron de novios. Mabel exultaba de alegría por su amiga.

En el 85 le pidió a Ximena que le presentase al compañero con quien preparaba las últimas materias de la carrera de Contaduría Pública. David Bertoni se llamaba, un chico de San Luis, alto, pintón, con un jopo rubio que le caía sobre la frente amplia y ojos celestes que la cautivaron a primera vista. A Ximena, Bertoni le resultaba un poco pedante, aunque admitía que era responsable, inteligente y simpático. Con Héctor se llevaba muy bien.

Las dos parejas se volvieron unidas y compinches, tanto que cuando en el 90 nació Diego, el primogénito de Mabel y de David, a nadie sorprendió que eligiesen como padrinos de bautismo a los recién casados Ximena y Héctor, quien para ese entonces ya había fundado la fábrica de recipientes de plástico en la localidad de San Justo, de la cual David formaba parte como un factótum de las cuestiones administrativas y contables.

Ximena y Héctor adoraban a Dieguito y lo mimaban y lo consentían, un poco para compensar el régimen estricto y exigente de David, quien, con solo cuatro años, lo obligaba a sumar y a restar y a escribir su nombre y apellido. Pese a adorar a la abuela materna Lita y a sus tías Silvia y Liliana, hermanas menores de Mabel, Dieguito prefería transcurrir el tiempo con sus padrinos, en especial con Héctor, que le enseñaba karate y que lo llevaba de paseo a Temaikén, al Parque de la Costa y al cine.

En el 94 nacieron la hija de los Bertoni, Lucía, y el primogénito de los Gómez, Lautaro, y para Dieguito fue un duro golpe. Celoso y confundido, se encaprichaba fácilmente, lloraba por todo y vivía en penitencia, incluso se ligaba una que otra bofetada de David. De nuevo Héctor intervino para paliar la situación. Los sábados iba a buscarlo temprano para llevarlo al gimnasio a practicar karate y luego a su casa para que pasase el día con ellos. Así como el amor por sus padrinos se expandía, nunca se encariñó con Lautaro, que tampoco le prestaba atención. Guardaban una prudente distancia y ninguno molestaba al otro.

Sin embargo, cuando en el 96 nació Brenda, Dieguito no apartaba sus ojos de ella. Llegaba a lo de Gómez y corría al dormitorio para verla dormir en el moisés. Se le ponían los cachetes colorados cuando Ximena le preguntaba si quería cargarla, a lo cual asentía con una sonrisa tímida. Se apoltronaba en el sofá y la sostenía hasta que los brazos se le llenaban de agujetas y aun así nada decía y seguía cargándola, hasta que alguien se la quitaba y él se enojaba, aunque lo disimulaba; había aprendido a golpes a reprimir las emociones.

Mabel le contó a Ximena que la maestra de Dieguito le preguntó quién era Brenda porque él la dibujaba como si fuese un miembro de la familia. Según la docente, la llamaba «mi hermanita». Así como jamás se refería a Lucía, a Brenda en cambio la tenía presente de continuo. Le estaba encima en las fiestas familiares y una vez se lo pasó encerrado en una habitación entreteniéndola porque el payaso que habían contratado para el festejo del cumpleaños de Lucía la asustaba y la hacía llorar.

Para Brenda, Diego encarnaba al héroe de las películas de Disney que tanto amaba. Con su corazón irremediablemente pisciano y romántico, dibujaba príncipes y princesas que siempre eran Diego y ella. Nunca lo vio como a un hermano y jamás dio por descontada su presencia pese a que las familias se reunían a menudo. Verlo siempre le causaba una alegría desbordante. Corría a sus brazos. Él la levantaba porque era un chico fornido y la hacía dar vueltas. A veces, cuando iba con su mamá a visitar a Mabel, ella solo pensaba en encontrárselo y vivía como una gran frustración la ausencia de Diego o cuando estaba con otros chicos, porque entonces la saludaba con afecto, pero no le dedicaba un minuto.

A los siete años acordó con su mejor amiga Millie que les anunciarían a sus padres que al año siguiente concurrirían a la Escuela Pública Nº 2 y todo porque era la de Diego. A Lautaro se le permitía ir a la escuela de sus padres. ¿Por qué ella tenía que concurrir al Santa Brígida? No le importaron las razones de Ximena y de Héctor —Lautaro precisaba las tardes libres para su entrenamiento en karate—, solo contó que zanjaron la cuestión sin atender a sus sentimientos y le comunicaron que bajo ningún concepto la cambiarían a la Escuela Pública Nº 2; continuaría asistiendo al Santa Brígida, donde practicaba deporte y aprendía inglés. Millie tampoco tuvo suerte. Igualmente, de nada habría servido obtener el beneplácito de los padres de Millie si Brenda tenía que seguir en la escuela de siempre.

Brenda detestaba la diferencia de seis años que la separaba de Diego. Resultaba evidente que él no la tomaba en serio y, a medida que el tiempo pasaba, el abismo entre ellos se ensanchaba. No se atrevía a decirle que gustaba de él. Millie, la única al tanto de su aflicción, la animaba a que lo hiciera. Se lo pasaban planeando la manera e imaginando el escenario más conveniente. Se decidieron por escribir la confesión en una carta que Brenda le entregaría el 4 de septiembre en la celebración por el cumpleaños número diecisiete de Diego. Millie, que le pidió consejo a su hermana de quince, le recomendó que no incluyera dibujitos porque él era un chico grande y los encontraría muy infantiles.

Nunca le entregó la carta. Esa tarde, apenas puso pie en lo de Fadul —los cumpleaños se festejaban en la casa de los abuelos de Diego—, lo buscó entre la gente y lo descubrió haciéndole arrumacos a una chica a quien él mismo presentó como su novia. A ella, en cambio, la llamó «hermanita adoptiva». Por fortuna se quedaron poco tiempo porque Héctor no se sentía bien. Tiempo atrás le habían diagnosticado cáncer de pulmón. Nadie se explicaba cómo un hombre sano y deportista como él, que nunca había fumado, hubiese desarrollado un tumor tan agresivo.

Esa noche del 4 de septiembre Brenda se metió en la cama y se largó a llorar. Lloraba porque había perdido a Diego y porque tenía miedo de perder también a su papá. Aunque los abuelos Lidia y Benito aseguraban que se curaría, a ella la torturaba la sensación contraria. Se odiaba por no compartir el optimismo familiar, pero no había nada que se pudiera hacer con ese presentimiento.

Se hizo la dormida cuando Ximena entró en el dormitorio. Su madre se quitó las pantuflas y se recostó junto a ella. Se limitó a abrazarla y a besarle la sien empapada, y eso bastó para que la opresión en el pecho cediese. Muchos años después comprendería que su Luna, la que marca el vínculo afectivo con la madre, al ubicarse en la constelación de Cáncer, propiciaba una relación estrecha en la cual holgaban las palabras. Ximena entendía sin necesidad de explicaciones.

—Vas a tener que esperar un poco.

—¿Para qué, ma?

—Para que Diego se dé cuenta de que gustás de él.

A punto de negarlo, soltó un suspiro, resignada.

—Ahora tiene novia. Y es re linda, ma.

—Una flor no hace primavera.

—¿Qué quiere decir eso?

—Que una novia no significa que lo hayas perdido para siempre.

Asintió para nada convencida. Desde su punto de vista, lo había perdido para siempre. Le dolía el corazón de tanto sufrir.

—Ma, ¿papi se va a morir?

—No, amor mío.

* * *

Héctor murió pocos días más tarde, el 13 de septiembre. Brenda lo vivió como si se tratase de una pesadilla confusa, enredada, imposible de explicar. En el cementerio parque donde lo enterraron observó con fascinación el cajón de madera lustrosa que bajaba al foso emitiendo un chirrido que la hipnotizó.

Nada la impresionó tanto como el llanto de Diego. Lloraba más que nadie, más que ella, que Lautaro, que los abuelos, que la propia Ximena. Su llanto la enmudeció y se distrajo mirándolos fijamente, a él y a la novia, que intentaba consolarlo sin éxito. A Diego parecía fastidiarlo que la chica lo acariciase. ¿No se daba cuenta la muy tonta? Incluso ella, que estaba bastante lejos, lo percibía.

Tras el entierro, se instalaron con los abuelos en la quinta de San Justo, que habían comprado el año anterior. Cecilia Digiorgi, madrina de Brenda y prima hermana de Ximena, iba todos los días a visitarlos. Siempre caía con cosas ricas y sorpresas, como juegos de mesa para

Lautaro y muñecas para ella. Cecilia era divertida y ocurrente y no se cansaba de proponer salidas, paseos y aventuras. Brenda siempre la había querido, pero compartir con ella los días tras la muerte de Héctor propició que el vínculo se consolidase. Le gustaba hablar con Cecilia porque no tenía problema en mencionar a Héctor ni de explicarle el extraño asunto que era la muerte, temas que no se animaba a tocar con el resto porque presentía que buscaban evitarlo o hacer de cuenta que nada malo ocurría.

Los Bertoni los visitaron tres días después del entierro. David tenía que hablar con Ximena de las cuestiones de la fábrica y hacerle firmar unos papeles. Brenda corrió a la cocina para traerle a Diego una porción del *lemon-pie* que había hecho con Cecilia. Quería que lo probase. Al regresar al comedor, no lo vio por ningún lado. Lo buscó en el jardín y lo halló en la parte trasera, sentado en el suelo con la espalda contra la pared de la casilla donde guardaban los aparejos de jardinería. Él no la vio enseguida y ella se quedó estudiándolo. La impresionó que estuviese fumando. No sabía que fumaba. Fumar era malo, ¿no? Hacía mal a los pulmones. Su papá, sin embargo, nunca había fumado y se había muerto de un cáncer de pulmón. Ella no entendía nada.

Se quedó prendada contemplándolo. Agarraba el cigarrillo entre el pulgar y el índice y fruncía el entrecejo cuando lo succionaba. Le llamó la atención el cigarrillo; era distinto de los de la mamá de Millie, ni tan largo ni tan derecho y terminaba en una punta enrollada.

Diego alzó la vista y la descubrió. Le dirigió una sonrisa mientras apagaba el cigarrito contra la pared y se lo metía en el bolsillo de la campera.

—Hola, Bren.

Se aproximó. Todavía se suspendía en el aire el olor del tabaco, solo que era muy distinto del usual, más dulzón, más agradable.

—Hola —contestó de pronto tímida—. ¿Querés probar el *lemon-pie* que hicimos con Ceci? —Extendió el plato, que Diego recibió con una expresión asombrada. —Si no te gusta, no tenés obligación de terminarlo —lo exoneró y Diego rio soltando el aire por la nariz porque se había llenado la boca con el pastel.

Cerró los ojos e hizo un ruido de complacencia mientras masticaba.

—Este *lemon-pie* es lo más, Bren. Es mi torta favorita, ¿sabías?

—Sí, lo sabía. Por eso le pedí a Ceci que me enseñara.

Diego se quedó mirándola, primero seriamente, luego sonrió y le indicó que se sentase a su lado sobre el césped.

—¿Seguís jugando al hockey?

—Sí.

—¿Te gusta?

—Sí. ¿Qué otra torta te gusta?

—La chocotorta —respondió Diego sin dudar.

—La chocotorta es lo más —acordó, embelesada al ver cómo él engullía el último bocado y raspaba el plato—. ¿Y tu novia? ¿Por qué no vino?

—Ya no tengo novia. Nos dejamos.

—Ah —susurró y se mordió el labio para atajar la sonrisa—. ¿Estás triste por eso?

—No. Estoy triste por otra cosa.

—¿Porque mi papá se murió?

Diego agachó la cabeza y la movió para asentir. Brenda advirtió a través de los mechones largos y rubios que apretaba los ojos y sumía los labios entre los dientes. Le cubrió la mano con la suya.

—Si querés llorar, llorá —lo instó—. A mí no me importa.

A ciegas, Diego la estrechó en un abrazo. Se aferró a él y le pareció la sensación más linda que había experimentado jamás.

—Tu viejo era el mejor tipo del mundo.

La turbó que lo llamase «viejo» porque de ese modo hablaban los chicos grandes. Y Diego, por ser mucho más grande, no la tenía en cuenta. Y la decepcionó que se apartase y que evitara mirarla. Quería decir algo inteligente y chistoso que la hiciese parecer más grande. Nada le vino a la mente y ahí se quedó, sentada junto a él, sintiéndose una tonta.

* * *

Cecilia Digiorgi conoció a un español por Internet y se fue a Madrid a vivir con él, lo cual significó otro duro golpe para Brenda recibido pocos meses después de la pérdida del padre. En la familia se hablaba de «la locura» que estaba cometiendo Cecilia, que abandonaba todo para ir detrás de un tipo de quien nada sabía.

—No me sorprende —declaró Verónica, la hermana de Cecilia—. Siempre ha sido una loca a la que le gusta escandalizar por el simple placer de escandalizar. Nunca puede hacer nada normal, como todo el mundo.

—Querida hermana —dijo Cecilia con solemnidad fingida—, no olvides lo que decía Krishnamurti: «No es signo de buena salud estar bien adaptado a una sociedad profundamente enferma».

—Me tenés cansada con tus gurúes y tu esoterismo. No se va a ninguna parte con eso —sentenció y Cecilia soltó una carcajada, que Brenda imitó no porque comprendiese lo que hablaban sino porque le resultó contagiosa.

—No sabemos cuáles son sus reales intenciones —intervino la abuela Lidia—. Tu madre está realmente preocupada.

—¡Pero tía Lidia! —se burló Cecilia—. Ya tengo cuarenta y cinco años. Dudo mucho de que quiera secuestrarme y traficarme con fines sexuales.

—¡No hables así frente a los chicos! —exclamó el abuelo Benito—. Si mi hermano estuviese vivo, no aprobaría esta locura.

—Pero tu hermano se fue hace mucho —retrucó Cecilia— y ya no se preocupa por las cuestiones terrenales.

Brenda observaba el intercambio, fascinada por la alegría de Cecilia y también por su personalidad fresca y desprejuiciada. La amaba porque hacía reír a Ximena. Temía que, una vez que partiese, su madre se sumiera en una pena sin fin.

Cecilia partió hacia España y, aunque hablaban por teléfono y tiempo después por Skype, no era lo mismo. Regresó en el 2009 para las fiestas de fin de año y para presentar a Jesús, su esposo español. Bastaron pocas horas en compañía del madrileño para que la familia se convenciese de que no había sido tan disparatada la idea de dejarlo todo por él. Jesús era un arquitecto cincuentón simpático, viudo y con dos hijos universitarios, que querían mucho a la nueva mujer del padre.

Aunque los Bertoni pasaron Año Nuevo con ellos, Diego no fue de la partida. La desilusión de Brenda resultó demoledora. Había estrenado el vestidito divino que Cecilia le había traído de España con la única ilusión de que él la viese. Ya tenía trece años y diez meses; de seguro se daría cuenta de que no era una niña.

Lo cierto era que se volvía cada vez más difícil encontrarlo. Casi no participaba de las reuniones familiares y, cuando se lo cruzaba, la saludaba con afecto y seguía su camino, siempre apurado, siempre escapando. Brenda prestaba atención cuando su madre y Mabel cuchicheaban en la cocina porque en general hablaban de él, de lo mal que se llevaba con David, de su negativa a estudiar Ciencias Económicas, de su pasión por la música y de la banda de rock que había creado con dos amigos buenos para nada como él, según la opinión de David.

Cecilia la notó de capa caída y se sentó junto a ella durante la cena de fin de año. Charlaron sin cesar y Brenda terminó por confesarle su amor por Diego, un secreto que solo compartía con Millie. A Ximena no había sido necesario contárselo; se había dado cuenta sola.

—¿Por qué no lo llamás por teléfono después de las doce para saludarlo?

—¿Qué? —se pasmó—. ¡No! No me animo.

—¿A vos te gustaría que él te llamase? —Brenda asintió—. A él también, estoy segura.

Esperó con un ansia incontenible a que se hiciesen las doce y media y lo llamó con el celular de Ximena. Diego la atendió enseguida.

—¿Ximena?

—No. Soy Brenda. —Se oían voces elevadas y música a alto volumen.

—¿Hola? —repitió debido al silencio que cayó del otro lado de la línea.

—¿Pasó algo? ¿Estás bien?

—Sí, estoy bien. Te llamaba para desearte feliz Año Nuevo.

Diego soltó una carcajada extraña.

—¡Gracias, Bren! ¡Feliz Año Nuevo para vos!

—¿Más tarde podrías venir a la quinta para estar con nosotros?

—No puedo. Estoy con unos amigos y de aquí nos vamos a tocar a un boliche.

—¿Es cierto que tenés una banda de rock?

—Sí, es cierto.

—¿Cómo se llama?

—Sin Conservantes.

Aunque el nombre le pareció horrible, dijo:

—Es copado.

—¡Gracias!

—¡Amor! —Una voz femenina irrumpió en la conversación y Brenda se sobresaltó. —¿Qué hacés todavía aquí? ¡Vamos!

—Tengo que irme, Bren.

—Bueno.

—Gracias por llamarme.

—De nada.

—Te mando un beso —dijo Diego y a continuación se escuchó otra vez la voz femenina que exigió saber:

—¿Bren? ¿Quién es Bren?

Diego cortó la llamada y aunque Brenda no escuchó la respuesta, se la imaginó: «No es nadie. Una nena a la que conozco desde que nació». Corrió a su dormitorio y se echó en la cama a llorar. Era el tercer año consecutivo que empezaba llorando, los dos primeros porque extrañaba a su papá y ese 31 de diciembre de 2009 lloraba porque extrañaba a su papá y porque odiaba a Diego Bertoni.

* * *

Lo odiaba. Igualmente moría por saber de él. Le pidió amistad en Facebook y él la aceptó. También seguía la página de Sin Conservantes. Poco después cayó en la cuenta de que no había sido una buena idea porque en muchas fotos Diego salía con chicas que se le colgaban del cuello. Leer los mensajes que le escribían era peor que ver las fotos.

Una tarde entró en la cocina y se quedó de una pieza al descubrir que Mabel lloraba. Ximena la consolaba y le aseguraba que iban a hallar una solución. Después se enteró de que David había echado a Diego de la casa porque había pasado el fin de semana preso por conducir borracho. La palabra «borracho» le provocó un escalofrío que la dejó muda y paralizada. ¿Diego se emborrachaba? La tranquilizó saber que había salido de la cárcel y que vivía en lo de su abuela Lita; ella amaba a la abuela Lita.

Cerca de Navidad, David y Diego se reconciliaron gracias a la intercesión de Ximena, que le dio un trabajo en la fábrica bajo las órdenes del padre. Brenda empezó el 2011, el año de su decimoquinto cumpleaños, sin lágrimas. La perspectiva de transcurrir el verano en San Justo yendo a la fábrica y viendo a Diego todos los días le pareció el plan más alucinante.

Nada resultó como había previsto. Diego ya no era Diego sino una sombra de lo que ella recordaba. Sonreía forzadamente y la evitaba. Le contestaba con monosílabos y seguía tratándola como si fuese una nena y no una chica de casi quince años. ¿No se daba cuenta de que se maquillaba y que le habían crecido los pechos?

La gran desilusión llegó una tarde de fines de enero cuando lo acompañó fuera de la fábrica y en el ingreso descubrió que lo esperaba una mujer en un automóvil de un rojo brillante, como rojo era el lápiz labial que había usado para pintarse la boca. La reconoció enseguida de las últimas fotos y videos de la página de Sin Conservantes. Era la nueva voz de la banda. ¡Y qué voz! La rompía.

Al verlos avanzar, la mujer se bajó del auto y caminó hacia ellos sonriendo, sacudiendo los largos bucles platinados y meneando las caderas. Llevaba una minifalda que apenas le tapaba la bombacha y el inicio de unas piernas que habrían lucido igual de largas y flacas aunque hubiese calzado pantuflas y no esos zapatos de taco alto. Tal vez por eso meneaba la cadera, coligió Brenda, porque caminar con esos tacazos en la gravilla no debía de resultar fácil; tampoco debía de serlo conducir. Para esa mujer no existían los imposibles.

Diego la presentó como Carla y, aunque temió que agregase «mi novia», no lo hizo. Un rato después, cuando Carla le pasó las llaves y le dijo: «¿Manejás vos, amor?», la esperanza se le hizo añicos.

—¡Ay, tu primita! —exclamó Carla cuando Diego le dijo quién era.

—No somos primos —la corrigió Brenda.

—Sí, lo sé —admitió la chica—. Pero es que Di te quiere como a una hermanita o una primita, por eso lo dije.

«¿Di?»

—¿Vamos? —intervino Diego con mala cara—. Chau, Bren —se despidió con tono brusco y se inclinó para besarla en la mejilla.

Siguió con la vista el auto que se alejaba por la ruta hasta que desapareció. Regresó al interior de la fábrica con el corazón destruido y sintiéndose estúpida, fea y sobre todo una muy poco sofisticada adolescente. Llamó a Millie para contarle y por mucho que se instó a contener el llanto, resultó imposible.

—¡Tu Dieguito me tiene las bolas de hormigón armado, Bren! —se quejó empleando su consabida sinceridad—. ¿No te das cuenta de que para él sos solo una hermanita y que nunca te va a ver de otro modo? ¿Cuándo la vas a cortar con estar pendiente de él? Yo ya tuve dos novios y vos ni siquiera te diste un beso en la boca con nadie. Y no es porque nadie quiera dártelo —aclaró.

Le prometió a Millie que intentaría olvidarlo. En verdad quería lograrlo. Pensar en Diego solo causaba penas. Estaba harta de vivir en la expectativa para luego ver cómo las ilusiones se destrozaban en cada ocasión. No lo culpaba; él jamás le había prometido ni insinuado nada. Ella sola se había hecho toda la película. Olvidaría a Diego, se juró. Por lo pronto, resolvió, no volvería a la fábrica.

Meses más tarde explotó el escándalo cuando Ximena descubrió que David Bertoni, su mano derecha, responsable del sector más sensible, el de las compras y el control del depósito, robaba desde hacía años; desde la muerte de Héctor para mayor precisión. Mabel apoyó a su esposo, por lo que una amistad de toda la vida acabó en una amarga ruptura seguida por denuncias y demandas por ambas partes. David exigió una indemnización millonaria y Ximena contraatacó presentando una denuncia por robo y fraude. Se decía que, para evitar el arresto, los Bertoni se habían fugado. Algunos los hacían en San Luis.

Brenda vivió la pelea de las dos familias del mismo modo que había vivido la muerte del padre, como sumergida en una pesadilla de la cual solo una imagen emergía con claridad: la de la última vez que había visto a Diego, cuando le presentó a Carla y le dijo «chau, Bren» tan bruscamente. Nunca olvidaría su cara triste y su mirada sin esperanza. Le dolía cada vez que lo evocaba.

Rompiendo la promesa que le había hecho a Millie y que se había hecho a sí misma aquella tarde de fines de enero, lo llamó al celular. Quería decirle que nada había cambiado, que seguía queriéndolo, que no le importaba lo que su papá hubiese hecho, ella sabía que él era honesto y bueno. Lo llamó en repetidas ocasiones y a distintas horas. Siempre la atendió el contestador. Se atrevió a ingresar de nuevo en su perfil de Facebook solo para descubrir que la había bloqueado.

Capítulo V

Bianca Rocamora, la mejor amiga de Camila Pérez Gaona, poseía la voz más alucinante que Brenda conocía y desde que la escuchó cantar temas de los ochenta en un bar karaoke de Palermo Hollywood deseó hacerlo igual que ella. Habló con la profesora de Música del Santa Brígida, que le recomendó que tomase clases con una colega que le enseñaría los rudimentos del solfeo.

Juliana Silvani le cayó bien desde el primer encuentro. Delgadísima, alta y con una cabellera oscura, tupida y llena de rulos, se presentó contándole que hacía cuarenta años que habitaba en este mundo e igual tiempo en el de la música, porque, le aclaró, no recordaba un momento de su vida sin melodías y porque la música era un mundo *per se*, una realidad dentro de la realidad, que ayudaba a hacer llevadera la vida. Brenda no comprendió hasta varios años más tarde las palabras de la docente.

—¿Por qué querés aprender a cantar? —la sorprendió al preguntarle.

«Porque quiero impresionar al chico que me gusta», respondió su corazón. Su mente contestó:

—Porque hace unos días escuché cantar a una amiga de mi hermano y aluciné. Quiero aprender a hacerlo como ella.

La profesora debió de juzgarla razón suficiente porque asintió con gesto grave.

—¿Te emocionó?

—Muchísimo —admitió Brenda—. Me cayeron lágrimas cuando cantó *Wuthering Heights,* una canción de los ochenta...

—La conozco —la interrumpió la Silvani—. Es de Kate Bush. Y no es de los ochenta. Es del 78. Era una de mis canciones favoritas en la adolescencia. Todavía lo es.

—Amaría aprender a cantarla —se entusiasmó Brenda.

La invitó a pasar a un salón de la vieja casona de Caballito donde había un piano de cola junto a una puerta ventana que se abría a un jardín en el que destacaban las azaleas. Brenda transcurriría horas inolvidables en ese salón que se convertiría en un lugar familiar, donde aprendería mucho más que a cantar: aprendería a reconocer que la música era pura magia, un arte inexplicable que no estaba en ninguna parte al tiempo que las ocupaba todas, en especial el corazón del compositor, cuya sensibilidad se revelaba extrema, condición fundamental para entrar en contacto con el mundo casi esotérico de las notas y de las melodías. A medida que ese mundo se abría ante sus ojos, Brenda amaba más profunda y reverencialmente a Diego Bertoni. Hacía casi dos años que no lo veía ni sabía de él y sin embargo se sentía conectada con su esencia como no lo estaba con la de ningún otro ser humano.

Aunque se trataba de un arte casi místico, aprendió que en la música había técnica y normas muy estrictas. Años más tarde Cecilia le explicaría que todo lo pisciano (según ella, la música era el arte pisciano por naturaleza) necesitaba de un lado virginiano que pusiese orden en el caos de Neptuno y que lo presentase de un modo que permitiera ser transmitido. Virgo le brindaba a Piscis el lenguaje con el cual comunicar su magia. Pero eso lo supo mucho tiempo después.

Por aquel entonces, se dedicaba con afán a aprender a solfear. No era cuestión de cantar a tontas y a locas, como decía la Silvani. Se precisaba dominar la técnica para no dañar las cuerdas vocales y alcanzar sin esfuerzo las notas más elevadas. Resultaba fascinante cómo de un modo natural iba ampliando el vocabulario y se amigaba con las partituras que en un principio le habían parecido chino mandarín.

Iba una vez por semana, los miércoles. Transcurrido poco tiempo decidió que no le bastaba, por lo que le pidió a la Silvani que le recibiese también los sábados por la tarde después del entrenamiento de hockey. Aunque protestó aduciendo que no le permitía descansar, la Silvani aceptó porque la verdad era que se había encariñado con Brenda. De hecho, los sábados la esperaba con el almuerzo. Comían juntas y charlaban de música, tras lo cual se ponían a trabajar. En uno de esos almuerzos Brenda conoció a Leonardo Silvani, sobrino y orgullo de Juliana, que le había enseñado a tocar el piano a los cuatro años y luego lo había preparado para ingresar en el Instituto Superior de Arte del

Teatro Colón, donde se había recibido de cantante lírico. Era tenor y estaba haciendo una carrera prometedora con una compañía italiana. Estaba de paso por Buenos Aires de camino a Chile.

Aunque le dio vergüenza, Brenda accedió a cantar para él. Cantó una cavatina de *La traviata* que venía preparando para Ximena, amante de la ópera, en especial de la obra del maestro Verdi; planeaba interpretarla el día del festejo de su cumpleaños. También cantó *Rolling in the Deep*, de Adele, con notas muy elevadas especialmente en el estribillo.

—Tenés una voz con una ductilidad encomiable —la halagó Leonardo.

—Es realmente notable —ratificó la Silvani—. Pasa del lírico al pop como si nada.

—El cambio de resonancia lo hacés con tanta naturalidad —se asombró el tenor, pues la transición entre el canto nacido en los resonadores de pecho a los de cabeza implicaba una destreza difícil de dominar.

—Es que sabe manejar muy bien el aire —apuntó la Silvani—. Tiene un sostén abdominal óptimo y la respiración costodiafragmática ya es parte de su modo de respirar —acotó con una risita orgullosa.

—Es como si en la voz de Brenda —continuó el tenor— se resumieran una soprano ligera, otra lírica y una dramática. Tu voz es multicromática, Brenda —afirmó con un entusiasmo sincero—. Tenés agudeza, volumen y gravedad, las tres cualidades al mismo tiempo.

—Gracias —dijo y detestó ponerse colorada.

—Alcanza la do seis sin esfuerzo —comentó la Silvani y hablaba de una de las notas musicales más elevadas—. ¿Y reparaste en su articulación, Leo?

—La noté, sí. Te felicito, tía. Hiciste un trabajo increíble.

—Es una de mis discípulas más entusiastas. Y sabe cuidar su voz muy bien.

—¿Qué edad tenés, Brenda?

—Diecisiete.

—¿Ya decidiste qué vas a estudiar?

—Ciencias Económicas. Para contadora pública.

—¡Qué desperdicio! —se lamentó Leonardo—. Harías una carrera estupenda en el ISA.

—Se refiere al Instituto Superior de Arte —le explicó la Silvani—, la escuela del Teatro Colón. Leo estudió allí y se recibió con honores.

—Muchas de mis compañeras envidiarían tu voz. ¿Hace cuánto que le enseñás, tía?

—Un año, más o menos —precisó y Leonardo alzó las cejas, asombrado—. Viene dos veces por semana y es muy aplicada en la ejercitación que le doy para la casa.

—Mi hermano me quiere echar —bromeó Brenda—. Está harto de las vocalizaciones y de los ejercicios de calentamiento. El único que no se queja y me escucha con paciencia es mi perro Max.

Leonardo no compartió la broma. La acompañó hasta la vereda y, mientras se despedían, la miró con fijeza. Brenda cayó en la cuenta de sus hermosos ojos azules.

—Pensalo bien, Brenda —la instó—. Creo que deberías dedicarte al canto profesional. Tenés una voz que conquistaría el corazón más duro.

«¿El de Diego Bertoni?», se preguntó.

* * *

Durante el camino de regreso, Brenda analizó lo que Leonardo Silvani le había sugerido. Estudiaría Ciencias Económicas para formar parte de la empresa familiar. Le parecía natural, incluso divertido, trabajar con Ximena. Se llevaban bien y se entendían con la mirada. Lautaro, que ya había empezado la carrera de Ingeniería Química, y ella flanquearían a su madre y la protegerían de los estafadores. A esas razones se le sumaba otra no menos importante: Millie también planeaba estudiar para contadora y las dos habían acordado ir a la misma universidad. Todo cerraba y estaba en su lugar. ¿Por qué la tentaba la idea de ingresar en el ISA? Sabía que Bianca Rocamora se preparaba para superar el durísimo examen de ingreso. Se le ocurrió preguntarle. Bianca le hablaría con franqueza, sin mezquinarle ninguna información.

Se trataba de un hechizo, se convenció con una racionalidad que la protegía de las ideas estúpidas que a veces le asomaban en la mente. La música era su pasión, pero no le daría de comer ni le serviría cuando tuviese que hacerse cargo de la fábrica. No desbarataría los planes bien trazados en pos de un sueño loco. ¿Por qué siquiera destinaba un instante para evaluar la posibilidad? A veces la asustaban sus pensamientos.

Igualmente *googleó* a Leonardo Silvani y además de averiguar que tenía treinta años y que la compañía lírica para la cual trabajaba se llamaba Vox Dei, con base en Milán, se dedicó a ver videos de YouTube y fotografías. Era decididamente atractivo: alto, delgado, con la piel morena, rizado cabello negro y sus penetrantes ojos azules. En varias imágenes aparecía con una mujer, una soprano de Vox Dei, una húngara de nombre Maria Bator, mayor que él y que cantaba como los dioses, o al menos así lo juzgó al verla interpretar *Ebben? Ne andrò lontana*. Le pediría a la Silvani que se la enseñara. Tal vez la profesora consideraría el pedido como un acto pedante, pues era una pieza compleja, con notas elevadísimas. Le prometería que se esforzaría por aprenderla. De una exquisitez sublime, la había emocionado hasta las lágrimas. Quería incorporarla al repertorio para el cumpleaños de Ximena.

Pensó en Diego y, como siempre, la tristeza le quitó el entusiasmo por todo, por aprender el aria, por planear el futuro, incluso por levantarse de esa silla y vestirse para ir a la previa en la casa de un compañero del Santa Brígida.

¿Qué sería de él? Desde la pelea entre las familias se había cortado toda comunicación. Sospechaba que Ximena seguía en buenos términos con Lita Fadul, la madre de Mabel. Tiempo atrás la había descubierto hablando por el celular y justo oyó cuando decía claramente: «Bueno, Lita, ahora me despido». Lita, la abuela de Diego, era la única Lita que conocían. A continuación había agregado: «Usted ya sabe, me llama por cualquier cosa que precise. Sin dudar». ¿Por qué se evadió antes de que Ximena advirtiese su presencia? ¿Por qué no se quedó para preguntarle de qué habían hablado? Porque tenía miedo. No quería saber de Diego ni de su vida, no quería que le contase lo feliz que era pese a que hacía tanto que no la veía. «¡Jamás piensa en vos, idiota!», se reprochó. Ya ni con Millie tocaba el tema porque su amiga elevaba los ojos al cielo y simplemente le ordenaba: «Cortala con ese».

Incapaz de vencer el anhelo por verlo, entró en la página de Facebook de su banda de rock. Por lo visto, Sin Conservantes seguía tocando en bares del Gran Buenos Aires y en otros sitios como cines de barrio y teatritos de medio pelo. La conformaban los cuatro miembros de siempre: Diego, Manu, Rafa y Carla, que ahora se hacía llamar Carla Queen.

Sumergirse en el mundo de Sin Conservantes reafirmó lo que sabía: ella no pertenecía al entorno de Diego; nada tenía que ver con su forma de ser ni de ver la vida. Tal como le había sucedido la tarde en que conoció a Carla, se sintió fea y poco sofisticada. Pero lo que la golpeó con dureza fue volver a ver a Diego. El impacto fue tremendo porque la metamorfosis era radical y no solo contaba el cambio en el aspecto físico; también el cambio en su actitud la pasmó, pues miraba con ojos cargados de ira; nada quedaba del dulce chico que la había tratado tan bien. Llevaba el pelo largo y la cara cubierta por una barba espesísima y rojiza. Una hilera de aros le cubría las orejas y tenía un piercing en la ceja derecha. De las tantas fotos que vio hubo una que la afectó particularmente: Diego con el torso desnudo tocaba la guitarra eléctrica y sacaba la lengua, que también tenía un piercing. Tatuajes en tinta negra le cubrían los antebrazos y el pecho. Se acordó del verano de 2011 cuando él trabajaba en la fábrica y un día ella le pidió que le mostrase los pocos diseños que tenía en el antebrazo derecho. Se acordó también de que se los tocó con el índice, apenas si los rozó con la punta del dedo, y del modo abrupto en que él retiró el brazo. «Me hacés cosquillas», se había justificado.

Otra foto lo mostraba con Carla mientras se daban un beso en la boca sobre el escenario. Diego le rodeaba la cintura con el brazo derecho mientras con el izquierdo sujetaba el mástil de la guitarra que le colgaba en bandolera. La imagen transmitía energía, sensualidad, entusiasmo, intimidad, todas las sensaciones y los sentimientos que habría amado compartir con él.

Llamó a Millie para decirle que no saldría esa noche. Se excusó con que acababa de bajarle la menstruación y que le dolían los ovarios; se sentía desganada.

—Nunca te duelen los ovarios —desconfió Millie—. Vamos, decime, posta, qué te pasa.

—Entré en el Facebook de Sin Conservantes —se atrevió a confesar y aunque esperó la reprimenda de su amiga, no llegó; solo la alcanzó un suspiro desde el otro lado de la línea.

—Voy para tu casa —dijo Millie en cambio—. Yo tampoco tengo muchas ganas de salir.

—Gracias —susurró.

La necesitaba en esa instancia en que había aceptado que Diego Bertoni y ella jamás estarían juntos.

* * *

A poco de comenzar el 2014 y apenas ingresada en la Facultad de Ciencias Económicas, Brenda sufrió una nueva pérdida: la del abuelo Benito. Murió mientras dormía y, aunque la consolaba que lo hubiese hecho de una manera apacible y sin sufrimiento, no le bastaba para aceptar que no volvería a verlo, ni oírlo, ni abrazarlo.

Hugo Blanes era un alumno del último año de Contaduría Pública que se desempeñaba como ayudante de cátedra en Contabilidad de primero. Según Millie era atractivo y en opinión de Rosalía Dumoni, la nueva compañera de estudios, era muy inteligente. A Brenda le caía bien por otra razón: la hacía reír. En la bruma de dolor en que había quedado sumida tras la muerte del abuelo Benito, la juzgaba su virtud principal. Pronto resultó claro que el joven ayudante mostraba una preferencia por la alumna Brenda Gómez.

—No seas tan indiferente, Bren —la instaba Rosi—. Tenés mucha competencia. Paloma Rodríguez está caliente con él y le tira los galgos cada vez que puede.

—¡Es un potranco! —afirmaba Millie—. ¿Sabés cómo lo parto en ocho como a una pizza? No dejo ni las migas.

Brenda sonreía y nada decía. La verdad era que le habría encantado que le gustase. En realidad, le gustaba, no iba a negarlo, pero una sombra se alzaba para opacar el principio de entusiasmo. Hacía tiempo que se prohibía siquiera pronunciar su nombre con el pensamiento; no obstante, siempre estaba ahí para angustiarla.

A fines de 2014, faltando pocos días para terminar las clases, Hugo las encaró en la cantina de la facultad y las invitó a tomar un café. Millie primero y Rosi después inventaron excusas y los dejaron solos. Brenda también pensó en huir pero, movida por la compasión, decidió quedarse unos minutos. No se arrepintió y los minutos se convirtieron en una hora que transcurrió riéndose. Hugo era ocurrente y poco complicado, inteligente y caballeroso. Y la contemplaba como si la considerara hermosísima y la escuchaba como si cada palabra que emergiese de su boca fuese una verdad revelada.

—¿Estás saliendo con alguien? —le preguntó de repente y su actitud segura y relajada mutó un poco.

—No.

—¿No? —repitió y alzó las cejas—. ¿Cómo es eso posible con lo linda que sos?

«Es posible porque el chico que amo desde que tengo uso de razón no me quiere», habría respondido. «Ni siquiera se acuerda de mí», habría rematado. La asaltó una amargura que pugnó por ocultar y que Hugo no registró.

—Nunca he estado de novia.

—¡Imposible! —se escandalizó él y profirió una risotada entre incrédula y contenta.

Paloma Rodríguez se aproximó a la mesa y Hugo se puso de pie, lo que agradó a Brenda. Se dijo: «Sus modales son impecables». La chica quería consultarle unas dudas sobre los temas del recuperatorio de la semana siguiente, por lo que Brenda aprovechó para batirse en retirada. Hugo no era de la misma opinión.

—¿Me aguardás un momento, Paloma?

—Sí, claro —respondió la chica.

—Te acompaño hasta la escalera —propuso Hugo y Brenda aceptó.

Caminaron unos metros sin hablar rodeados por el murmullo incesante de la cantina. Al llegar al pie de la escalera se miraron con nerviosismo.

—Me encantaría volver a verte fuera de la facu —expresó Hugo—. ¿Tenés ganas de que salgamos el sábado? —Enseguida agregó: —Puedo presentarles unos amigos a Millie y a Rosi. Son muy copados.

—Millie está saliendo con un chico, pero Rosi no.

—¿Esto quiere decir que aceptás?

Brenda asintió y la sonrisa de Hugo le provocó una agradable sensación. Era consciente de que no se acercaba a lo que Diego le había hecho sentir, pero, reflexionó, era hora de dar vuelta la página.

Capítulo VI

Seguía amando a Diego Bertoni en secreto. La avergonzaba amarlo, no porque su padre los hubiese estafado sino porque a él nada le interesaba de ella y en especial porque ella salía con Hugo desde hacía casi nueve meses. Se sentía una traidora y no culparía a la insistencia ni a la persecución de Hugo por haber claudicado. Sí, era cierto, él se había mostrado incansable, pero ella acabó cediendo porque se había propuesto poner una piedra sobre el pasado. Cansada de amar sin ser correspondida, quería saber de qué se trataba eso de estar con alguien que la quisiera.

¿Era normal que siguiese amando a un chico que no veía desde el 2011? ¿Había algo en ella que no funcionaba bien? A veces creía que estaba medio loca. Como fuese, Diego Bertoni seguía clavado en su corazón. Se le aceleraba el pulso cuando de tanto en tanto se atrevía a ingresar en la página de Sin Conservantes o cuando se despertaba con una alegría irrefrenable por haber soñado con él, para deprimirse inmediatamente después al darse cuenta de que era solo un sueño.

En ocasiones, cuando la confusión y la tristeza la aturdían, deseaba correr a los brazos de su madre y contarle la verdad. Se refrenaba. Ximena estimaba a Hugo. Además, podía oír el consejo que le habría dado: «Si no lo amás, dejalo». Millie y Rosi sospechaban que la cosa no marchaba bien porque después de casi nueve meses de noviazgo aún no habían hecho el amor. Compartían una gran intimidad, pero no se atrevía a dar el gran paso. ¿Por qué? También conocía la respuesta a esa pregunta.

Las clases de canto con Juliana Silvani representaban el gran escape de su vida confusa y triste. Llegaba a la vieja casona de Caballito e ingresaba en un mundo sin tiempo ni presiones. Cantaba y se transportaba a una dimensión donde el miedo, la desilusión y el desamor no existían. Pese a que con las exigencias de la facultad le quedaba poco tiempo para asistir a las clases y las prácticas en su casa, prefería sacrificar horas de sueño antes que abandonar la música. Los resultados saltaban a la vista. Su voz alcanzaba niveles de perfección que hasta asombraron a la propia Bianca Rocamora cuando, durante el último cumpleaños de su hermano, interpretó *Insensitive*, el tema de Lautaro y Camila, y otras canciones.

—¡Bren, tenés una voz magnífica! —había aclamado Bianca, que desde hacía casi dos años estudiaba en el ISA—. Estoy impresionada. Es obvio que estás aprendiendo con alguien.

—Seguro que vos la conocés porque da clases en el Colón. Se llama Juliana Silvani.

—¿En serio? —se pasmó—. La Silvani es una genia, pero todos le tenemos miedo porque es súper exigente. ¿No me digas que también te da clases de lírico? —Brenda asintió entre halagada y avergonzada. —¡No te lo puedo creer!

—Y no sabés lo bien que canta —intervino Ximena y le contó que para su cumpleaños había preparado *Ebben? Ne andrò lontana*.

—¡Qué! —siguió admirándose Bianca—. Yo necesito escuchar eso —declaró toda entusiasmada, por lo que Brenda interpretó la famosa aria de *La Wally* y aunque era consciente de que se había equivocado en varias notas, aceptó los aplausos con orgullo, y como soñó con cantar un día junto a Bianca le pidió a la Silvani que le enseñase dos duetos que Ximena amaba, *Barcarola* y *Viens, Mallika*.

—No sé para qué tanto esfuerzo —fingió fastidiarse la profesora— si, como dice mi sobrino, le escondés esta voz prodigiosa al mundo.

—Porque me gusta —replicaba Brenda y la abrazaba y la besaba en la mejilla, así de grande era el afecto que se profesaban—. Además, usted no soportaría estar sin mí —argumentaba.

Leonardo Silvani le había pedido amistad a través de su página de Facebook, por lo que Brenda sabía de él y de sus triunfos no solo en los teatros europeos sino en los asiáticos, sobre todo en los del mundo árabe. A veces chateaban y hablaban de música y a ella el tiempo se le pasaba volando. Sin duda, la música era la gran constante en su vida.

Y su amor por Diego Bertoni.

* * *

—No es normal que no hayan garchado todavía, Bren —trató de razonar Millie—. Hugo debe de amarte mucho para bancarse este histeriqueo. ¿Cuánto hace que están juntos? Están saliendo, lo que se dice salir, desde marzo —respondió ella misma—. Estamos llegando a fin de año y ustedes todavía en veremos. ¿Tenés planeado empezar el 2016 siendo virgen?

—No sé, Millie.

—¿Hugo no te presiona? —quiso saber Rosi, siempre más moderada.

—No es que seamos dos monjes —se justificó Brenda—. Nos satisfacemos mutuamente.

—¡No es lo mismo, Bren! —exclamó Millie—. ¿Qué excusa le das para no coger como se debe? —inquirió y le clavó la mirada—. ¿No será que…?

Brenda le temía a esa mirada acusada, que tanto le recordaba a la de su hermano Lautaro.

—¿Qué? —se impacientó.

—Vos no querés acostarte con Hugo porque estás pensando en el Moro Bertoni —declaró y empleó el apodo por el cual se lo conocía en el mundo de la música.

—¿Es así, Bren? —preguntó Rosi, que estaba al tanto de la historia con el líder de Sin Conservantes.

—No, no es así.

Millie soltó un bufido exasperado y Rosi se quedó mirándola con ojos dolientes.

—A nosotras no nos mientas —exigió Millie—. Somos tus hermanas de la vida, Bren. Mentite a vos misma, pero no a nosotras.

Alternó vistazos turbios de lágrimas entre sus queridas amigas y se mordió el labio. «Antes muerta que admitir la verdad», se juró. Y la verdad era que tenía miedo, más bien pánico, de que mientras Hugo estuviera dentro de ella, ella pensase en Diego Bertoni.

* * *

El lunes 4 de enero de 2016 Brenda entró por última vez en la página de Facebook de Sin Conservantes. Se juró que, luego de esa ocasión, pondría fin a la obsesión por Diego Bertoni y se entregaría plenamente a Hugo, que la amaba y le tenía una paciencia infinita, sin mencionar que Ximena y la abuela Lidia lo apreciaban. Habían transcurrido juntos el Año Nuevo y el fin de semana en la quinta de San Justo y se había tratado de cuatro días maravillosos en los que la había hecho reír y olvidar. Cierto que Lautaro lo contemplaba como si estuviese esperando que cometiese un error, pero así era su hermano. Camila, que sabía mucho de astrología, la consolaba diciendo que, por ser escorpiano, Lautaro era difidente. Ella no creía en la astrología, pero admitía que acertaba en esa y en otras características de su hermano mayor, como que era intenso, dominante y controlador.

Entró en la página y la desconcertó que no hubiese movimientos desde la última vez que había ingresado, el 4 de septiembre, cumpleaños de Diego. Incluso en esa fecha la página le había dado la impresión de estar congelada en una publicación de julio de 2015, cuando la banda tocó en las fiestas patronales del partido de General Arriaga. ¿Se habría disuelto? Aunque buscó información, no halló nada. Después de dos horas de investigación infructuosa se dio por vencida y cerró la laptop con un suspiro. Se cubrió la cara con las manos y se quedó quieta.

Se puso de pie, resuelta a ponerle fin a esa locura. Se bañó, se hizo el brushing y se puso un conjunto que le encantaba de pollerita de algodón y blusa de gasa. Se maquilló con ligereza y se perfumó con el *Nina* que Hugo le había regalado para Navidad.

—Voy a Capital —les anunció a Ximena y a la abuela Lidia, que hacían jardinería en el parque de la quinta—. Me quedo a dormir allá.

—Estás muy linda, tesoro.

—Gracias, abu.

Subió al auto y bajó la visera para estudiarse en el espejo. La conformó lo que vio. Forzó una sonrisa antes de ponerse los lentes para sol y encender el motor. La ruta estaba despejada porque ella iba en sentido contrario al tráfico que se desplazaba desde Capital hacia el Gran Buenos Aires. Calculó que llegaría alrededor de las siete de la tarde y que para ese momento Hugo estaría de regreso de la oficina. Trabajaba en el importante estudio contable del padre y, justamente, por ser el hijo del dueño, se empeñaba para dejar en claro que no tenía coronita. Meditó que tal vez, con el objeto de hacer buena letra, se quedase después de hora. Se debatió entre darle una sorpresa o enviarle un mensaje para advertirle de que estaba llegando. ¿Y si no lo encontraba en casa? Se decidió por seguir adelante con la sorpresa. Ella tenía un juego de llaves del departamento; entraría y lo esperaría. Se entusiasmó al planear que iría preparando algo rico para recibirlo con la cena.

Se detuvo antes en un Farmacity para comprar profilácticos. Había de tantas marcas, tipos y hasta sabores que se quedó delante de la góndola, desorientada. Se pasó un buen rato leyendo las cajitas hasta que decidió preguntarle a Millie. La llamó por teléfono.

—¡Te decidiste! —exclamó.

—Sí, pero ahora no tengo mucho tiempo. Después te cuento.

—Claro que me vas a contar. Todos los detalles —la conminó.

Compró los que su amiga le indicó y salió del local nerviosa y con el corazón desbocado. Subió al auto y se instó a calmarse. Al llegar a la avenida de los Incas, avistó un taxi esperando en la entrada del edificio de Hugo. Encendió las balizas en doble fila y aguardó; tenía planeado ocupar el sitio que pronto desocuparía el taxi. Consultó la hora: eran las siete menos diez y aún había luz de día.

Tamborileaba los dedos sobre el volante para seguir el ritmo de un tema de Ed Sheeran cuando se detuvo abruptamente y se incorporó en el asiento al ver que su compañera de la facultad Paloma Rodríguez, con el pelo mojado y la cara sonriente, salía del edificio de Hugo y subía al taxi. A la confusión le siguió un mal presentimiento. Maniobró para acomodar el auto en el espacio frente al ingreso y bajó. En tanto subía por el ascensor se acordó de que, desde el año anterior, Paloma era ayudante en la cátedra de Contabilidad de primer año en la cual Hugo se desempeñaba como jefe de trabajos prácticos desde que había obtenido el título de contador. En opinión de Rosi y de Millie, a Paloma no le importaba dar clases sino estar cerca de él.

La extrañó que la puerta estuviese sin llave. Entró y se quedó quieta en la recepción mientras olfateaba claramente un perfume femenino. Se le cayó el llavero, que causó un estruendo al dar contra el suelo.

—¿Todavía estás aquí, Palo? —exclamó Hugo mientras avanzaba por el pasillo—. Creí oír que cerrabas la…

Brenda lo vio aparecer con una toalla en torno a la cintura. Se detuvo en seco al descubrirla junto a la puerta.

—Amor…

—Paloma ya se fue. Acabo de verla subir a un taxi. —Elevó el llavero para mostrárselo. —Aquí te las devuelvo —dijo y las apoyó en un mueble—. Te deseo que seas feliz.

Se volvió hacia la puerta, pero Hugo la detuvo por el brazo.

—Soltame, Hugo. No me toques. —Con calma, agregó: —Por favor.

—No significa nada, Bren, te lo juro. Nada. Te amo, amor. Te amo, Bren. Sos el amor de mi vida.

—Hugo, no te reprocho nada. Te juro que no te reprocho nada. Yo no soy la persona justa para vos. Vos merecés a alguien que sea tuya plenamente.

—¡Y vos lo sos! Vos sos mía plenamente.

—Te aseguro que no lo soy —dijo y se marchó.

Bajó corriendo por las escaleras y salió a la vereda sintiéndose libre y ligera.

* * *

Transcurrió el resto de enero entre la quinta de San Justo y la casa en Pinamar de Millie. Dado que las tres habían rendido en diciembre todas las materias de segundo año, no debían preocuparse por los estudios hasta el comienzo de clases en marzo, por lo que se lo pasaban juntas, en especial para levantarle el ánimo a Millie, que acababa de terminar una relación de más de dos años.

En su caso, la ruptura con Hugo no le causó grandes consecuencias. A veces sentía nostalgia, que se esfumaba enseguida. Lo que prevalecía era el sentimiento de libertad; se había quitado un peso de encima. Hugo, en cambio, no lo superaba. Al principio la buscó con una persistencia que habría podido juzgarse acoso, incluso se presentó una vez en la quinta de San Justo, donde los guardias le permitieron ingresar dado que la patente de su automóvil aún figuraba en el registro. Brenda no estaba, había ido al supermercado con Ximena y la abuela Lidia, pero Camila le contó que Lautaro salió a recibirlo y que estuvieron conversando un rato.

—Yo veía todo desde la ventana del ingreso —le contó su cuñada—, pero no escuché qué se dijeron. A tu hermano se lo veía tranquilo, como es él, pero Hugo se agarraba la cabeza y parecía angustiado. Al final se fue con una cara de desolación que me dio pena.

—¿Qué te contó Lauti?

—Cuando le pregunté qué había pasado, me dijo: Siempre supe que era un falluto. Después, llamó a la guardia y les ordenó que eliminasen la patente de Hugo del registro de invitados.

Aunque no regresó a la quinta, Hugo siguió llamándola y enviándole mensajes varias veces por día. Movida por la lástima, cada tanto lo atendía y charlaban. En más de una ocasión estuvo a punto de ceder, sobre todo cuando él se largaba a llorar.

* * *

Cecilia Digiorgi llegó de Madrid el 2 de febrero de 2016 dispuesta a quedarse una temporada en Buenos Aires, el tiempo que fuese necesario para vaciar y poner en venta la casa de su infancia —la madre había muerto el año anterior— y ordenar las cuestiones impositivas y legales. Precisaba el dinero para abrir una escuela de astrología en Madrid y si esperaba a que su hermana Verónica se ocupase, la casa se convertiría en una ruina, al menos eso aseguraba en su estilo histriónico.

Cecilia se instaló los primeros días en la quinta y, aunque las conversaciones que sostenía con Camila acerca de los astros y de su influencia la marginaban, Brenda se mantenía pegada a ella. Siempre había querido a su madrina; siempre la habían atraído su personalidad fresca y su pasión por la libertad. ¿Por qué le caía tan bien si eran tan distintas? Sin mencionar que, desde que había hecho ese curso en Madrid, la obsesionaba la astrología, algo en lo que ella no creía.

—Brendita —le comunicó una tarde mientras tomaban mate—, tu madre ya me dijo la hora de tu nacimiento, así que estoy haciéndote la carta astral. Mañana la termino y te la leo.

—Uf —se quejó Camila—, no sabés las veces que intenté leerle la carta, Ceci, y jamás quiso.

—No creo en esas cosas —adujo y se encogió de hombros.

—La astrología —habló Cecilia— no es una religión. No es cuestión de creer o no creer. Nadie dice no creo en la matemática. Con la astrología es lo mismo. Es una ciencia, una de las más antiguas que existen. Ya los sumerios, ocho mil años atrás, estudiaban la influencia de la energía electromagnética de los astros en la vida terrestre. Pero ¡no diré nada más! —exclamó, alegre de nuevo—. Mañana, cuando te lea la carta, la evidencia será tan aplastante que no te va a quedar otra que decir: Ahora sí creo en la astrología.

* * *

Se fijó la hora de la lectura para las tres de la tarde, cuando el sol los acobardaba y los mantenía dentro de la casa junto al aire acondicionado. Brenda estaba intrigada, contagiada por el entusiasmo de Cecilia y de Camila.

Se ubicaron en la sala, sobre la alfombra, en torno a una mesa centro, donde Cecilia extendió varias hojas impresas con un círculo dividido en porciones y lleno de símbolos extraños y líneas rojas y azules.

—¡Es chino básico para mí! —se quejó risueña.

—Es la imagen del cielo en el momento en que vos naciste, Bren —explicó Camila—. Esta era la disposición de los planetas en el preciso momento en que vos asomabas la cabeza en este mundo.

—Exacto —corroboró Cecilia—. Y debo agregar que tenés una de las cartas más interesantes que he visto en mi tiempo como astróloga.

—¿Interesante? —repitió—. Eso no suena muy bien. Se usa esa palabra cuando algo es malo.

—En astrología nada es bueno ni malo —replicó Cecilia—, simplemente *es*. Son las herramientas con las que naciste, las que el cosmos te brindó para que vivas la vida que te corresponde. Estará en vos aprender a usarlas bien o mal. Pero la herramienta no es ni buena ni mala.

—OK —dijo asombrada ante el cambio en el comportamiento de su madrina, que se había vuelto profesional y severo.

—No voy a negarte que hay cartas astrales con mayores desafíos que otras. Lo que hay que tener en claro es que cuando una carta tiene energías complejas dará como resultado una vida más rica y obligará a la persona a salir de su zona de confort y a convertirse en un ser más profundo y, con suerte, más elevado. En cambio, si la carta es fácil —dijo e hizo el gesto de entrecomillar la palabra fácil—, podría dar como resultado una vida más mediocre.

—¿Mi carta es una con desafíos?

—Sí, lo es. Con muchos y fuertes desafíos. Y es preciso que me escuches bien para que a partir de ahora las energías que te manejan desde el inconsciente pasen al consciente y seas vos, Brenda Gómez, quien las maneje a ellas y las utilices para vivir a pleno.

—OK —susurró, cautivada por completo.

—Osho dijo —citó Cecilia— que el único pecado es la falta de conciencia.

—¿Qué significa?

—Según estudios recientes, el comportamiento del ser humano es consciente solo en un cinco por ciento (otros hablan de un tres). Esto quiere decir que el restante noventa y cinco por ciento de las cosas que hacemos, pensamos y decimos nacen de un sector al cual no accedemos ni manejamos: el inconsciente. Pues bien, la astrología es una herramienta que nos permite sumergirnos en esa caja negra y aprender en verdad cómo somos y por qué hacemos y pensamos las cosas que hacemos y pensamos.

—¿Qué tiene la carta de Bren que la convierte en un gran desafío? —se interesó Camila.

—Por lo pronto es pisciana —aseguró Cecilia y Camila asintió—. Querida Bren, cuando vos naciste el 1º de marzo de 1996 a las cuatro y cuarto de la madrugada, en la ciudad de Buenos Aires, el Sol se hallaba en la constelación de Piscis. Por eso digo que sos pisciana.

—¿Por qué es un desafío ser de Piscis? —se preocupó Brenda.

—Porque es una energía que los humanos no reconocemos. Es transpersonal, es decir, va más allá de la persona, del individuo, del ego. Piscis es el signo que nos enseña que todos somos parte del Todo con mayúscula, de Dios, si querés darle un nombre más común. Piscis vino a decirnos que somos gotas en un gran océano de amor y que el individuo y el ego no existen. ¿Te imaginás cómo sería explicarle a una criatura como el ser humano, que construye su vida en torno al ego, que el ego no sirve para nada? ¡Sale corriendo y a los gritos! —Se quedó callada mientras se apretaba el mentón y estudiaba el extraño círculo. Alzó la vista y se la clavó para expresar: —No es fácil ser Piscis en este mundo tan hostil, querida Brenda. Mejor dicho, es muy difícil.

—¿Por qué? —preguntó en voz baja, inexplicablemente conmovida.

—Porque ustedes nacen en carne viva y perciben el dolor ajeno como si lo sintiesen dentro de ustedes mismos.

La declaración la dejó estupefacta por lo certera. Debido a una razón indescifrable, siempre se había esmerado en ocultar esa característica, que ella juzgaba como una debilidad, y todo para que llegase Cecilia, la loca de la familia, como la llamaba Verónica, y desvelase su secreto sin pudor.

Cecilia extendió la mano a través de la mesa y le arrastró la lágrima que le surcaba la mejilla.

—Sé que has intentado hacerte la fuerte y ocultar lo que la sociedad considera una desventaja —le confesó—, pero dejame que te diga que solo estás haciéndote daño porque eso es exactamente lo que sos: un ser en extremo sensible y amoroso capaz de sentir el dolor de los demás en su propia carne. Viniste a este mundo para eso, para conectar con el dolor y para compadecerte de las criaturas que lo habitan. Todos los signos de agua (Cáncer, Escorpio y Piscis) son muy sensibles, pero la sensibilidad de Piscis… —Cecilia se mordió el labio y sacudió la cabeza, de pronto ella también emocionada. —La sensibilidad de los piscianos no es de este mundo. Son capaces de ver y percibir cosas que los demás no vemos ni percibimos. Son los videntes del Zodíaco.

—¿En serio?

—Lo son. Si te ponés a estudiar tu vida estoy segura de que te vas a acordar de situaciones en las que percibiste muchas cosas, pero al juzgarlas raras, las negaste.

—Sí, es así —admitió con un temblor en la barbilla.

Camila le sujetó la mano y ella se la apretó. Cecilia se secó los ojos y sonrió.

—Pero el cosmos, querida Bren —continuó más animada—, no satisfecho con haberte convertido en esta criatura hipersensible y resonante, te puso al misterioso planeta Neptuno, el rey de Piscis, en la Casa XII, la casa de Piscis.

—¿Tiene polaridad neptuniana? —se asombró Camila.

—¡Y uraniana!

Camila ahogó una exclamación. Brenda alternaba vistazos desconcertados entre las dos y no atinaba a preguntar.

—¡Explíquenme! —exigió al fin—. No entiendo nada. ¿Qué es la Casa XII?

—Como ves —replicó Cecilia y señaló el círculo zodiacal con una lapicera—, el Zodíaco está dividido en doce signos, los que ya conocés: Aries, Tauro, Géminis, etcétera, y en doce casas, que son doce escenarios de la vida. Por ejemplo, la Casa III, que corresponde al tercer signo, el de Géminis, es la casa de los hermanos, de los primos y de los vecinos; es también la casa de la comunicación. Si hay planetas en esta casa, dependiendo cuáles sean y si tienen otros aspectos, el nativo tendrá un vínculo con los hermanos y los primos más fácil o más complicado. Vos tenés a Venus en la Casa III, el planeta del amor y de la creatividad, por esa razón siempre tuviste una relación armónica con Lauti.

—¿Y si una casa está vacía?

—¡Mejor! Los astrólogos decimos: Casa vacía, vida tranquila.

—La Casa XII es especial —señaló Camila—. ¿No es cierto, Ceci, que la Casa XII es especial?

—Muy especial, como todo lo que tiene que ver con Piscis. Piscis es el último signo, el número doce, por eso su casa es la doceava. Es una casa difícil de definir porque se relaciona con conceptos como el inconsciente colectivo, lo esotérico, los sueños. Se dice que los planetas de la Casa XII desbordan los límites de esta casa y bañan toda la carta.

—¿Y yo tengo a Neptuno ahí?

—Sí, al amoroso y romántico Neptuno. Y también al loco de Urano y al bonachón de Júpiter.

—Madre mía —suspiró Camila.

—¿Es malo? —inquirió Brenda y enseguida se corrigió—: Nada es bueno ni malo.

—Exacto —afirmó Cecilia—. Cami dice madre mía porque esos tres planetas son de una potencia enorme. Estando en la Casa XII multiplican varias veces su poder. Y es esa ubicación de Neptuno, Urano y Júpiter lo que hace que tu carta sea tan peculiar y un desafío para la vida. Porque lo más importante que tenés que entender, Brenda querida, es que tu vida nunca será normal ni tradicional. Tenés la carta de una mujer que vivirá una vida intensa, fuera de los cánones que la sociedad define como los correctos. Pero no quiero perderme en el caos pisciano. Volvamos al orden de Virgo.

—¿Piscis es caótico?

—¡El más caótico!

—Ahora sabés por qué sos tan desordenada, Bren —rio Camila.

—Habrá que explicárselo a mamá y a Modesta para que dejen de protestar. Soy pisciana, les voy a decir, ¿qué quieren que haga?

—Ese aspecto de Piscis, el caos, es una de las sombras del signo. Es necesario controlarlo porque en verdad no es fácil vivir en el caos. Un cierto orden se precisa. Por eso tenés que mirar a tu opuesto complementario, el servicial y ordenado Virgo. Pero volvamos a tu carta —propuso—. Te decía que tenés Neptuno, el rey de Piscis, en la casa de Piscis, una posición que te convierte en neptuniana. Es como si fueses una doble pisciana. Pisciana al cuadrado. Tu sensibilidad y tu capacidad de videncia deben de ser elevadísimas. Sos poderosa, querida ahijada.

—No me siento poderosa —expresó—. Al contrario.

—¿No se siente poderosa porque es neptuniana inversa? —tentó Camila y Cecilia asintió.

—Exacto. Siendo neptuniana, de un modo inconsciente le temés al poder de esa energía y de inmediato te situás en el lado contrario y te volvés saturnina, es decir, caés bajo la influencia del planeta Saturno, que es lo opuesto de Neptuno. Es el planeta del orden, de la ley, de la obligación, del límite, del trabajo y de la carrera profesional. Por eso elegiste algo tan rígido y duro como las Ciencias Económicas.

Brenda se envaró con la última declaración. No deseaba oír lo que hacía tiempo sospechaba, que detestaba ir a la facultad. Si no hubiese sido porque concurría con Millie y con Rosi, ya habría abandonado.

—¿No tendría que haber elegido contaduría?

Cecilia apretó los labios y negó con la cabeza.

—Sé por qué la elegiste. Lo hiciste por dos cosas. Primero, y como acabo de explicarte, para escapar de tu alma pisciana, sensible, soñadora y romántica. Y segundo, porque no querés alejarte de tu mamá. Querés trabajar con ella.

Brenda se quedó estupefacta.

—¿Cómo lo sabés?

—Porque estoy viendo la ubicación de tu Luna. Cuando naciste, la Luna estaba en el signo de Cáncer. Al igual que la Luna es el astro más cercano a la Tierra, la madre es lo más cercano al niño, por eso la energía de la Luna rige el vínculo de afecto que tenemos con nuestra madre, y vos tenés uno de los más estrechos y lindos del Zodíaco. A Ximena no necesitás explicarle nada; ella entiende todo. Te abraza y eso es suficiente para que el mundo vuelva a estar derecho.

Brenda soltó una carcajada.

—Es tan preciso lo que decís —se admiró.

—No lo digo yo —aclaró Cecilia—, sino la astrología tras miles y miles de años de estudio y observación.

—Según entiendo —aportó Camila—, los nativos con Luna en Cáncer nunca quieren dejar de ser hijos.

—Correcto —ratificó Cecilia—. Es a causa de tu Luna que tomaste la mamadera hasta los siete años. ¡Y costó sacártela!

—¡No! —carcajeó Camila—. ¡Nunca me lo contaste!

—No es algo de lo que suelo alardear —replicó Brenda con los pómulos encendidos.

—Es una hermosa Luna la de Cáncer —retomó Cecilia—, pero, como toda Luna, es una energía asociada a la infancia y hay que superarla para convertirse en adulto responsable del propio destino, sobre todo con un Ascendente como el tuyo, Bren.

—¿Cuál es su Ascendente? —se interesó Camila.

—Nada más ni nada menos que Acuario.

—Guau —exclamó su cuñada entre dientes—. Ahora se completó el desafío.

—¿Qué es el Ascendente? —se impacientó Brenda—. ¡Díganme, por favor!

—Es la energía que viniste a aprender. Te resistirás a ella porque durante tu vida te moverás entre tu Sol, que es Piscis, y tu hermosa Luna, que está en Cáncer, y también te sentirás tentada de seguir los pasos de Saturno. Pero el destino te dirá todo el tiempo: No, querida Brenda, tu camino es por aquí, por Acuario.

—¿Cómo es el camino de Acuario?

—Es el camino de la libertad. Es el sendero en el cual se rompe con los cánones preestablecidos. En él se aprende a aceptar al otro que es completamente distinto, opuesto en realidad. Te van a pasar cosas locas, muy locas, y gracias a ellas te convertirás en mejor persona. Por cierto, no es un camino en el que te dedicarás a liquidar impuestos y a confeccionar balances, de eso podés estar segura.

—Dios mío —se descorazonó—. Hice todo mal.

—¡Ah, no! —la amonestó Cecilia—. No hiciste nada mal. Hiciste lo que pudiste siendo absolutamente inconsciente de las energías poderosísimas que te rigen. Pero, Bren, ¿te creés que es casualidad que yo sea tu madrina, una mujer a la que toda la familia califica de loca, y que sea yo misma la que te esté explicando esto? Yo soy uraniana como vos, porque también tengo a Urano en la Casa XII. Así que, querida ahijada, somos almas gemelas. Y soy la primera ayuda que Acuario te envía para que recorras tu camino.

Brenda se arrastró hasta el otro lado de la mesa y abrazó a Cecilia. Se echó a llorar.

—Perdón —se disculpó—. Últimamente lloro por todo.

—Prerrogativa de los piscianos —bromeó Camila.

—Exacto —confirmó Cecilia—. Además, Neptuno entró en su signo, es decir, en Piscis, el 4 de febrero de 2012 y se quedará allí hasta el 2025, por lo que todos estaremos muy sensibles, ni qué hablar de los piscianos. Pero será durante este año, querida Bren, el 2016, que a vos te pasarán cosas muy fuertes porque Neptuno se ubicará en el grado diez de Piscis, y tu Sol está justamente en el grado diez de Piscis. Los grados se alinearán a partir de abril —precisó— y habrá otras dos fechas clave en este proceso de retrogradación: agosto de 2016 y febrero de 2017.

—¿Qué cosas me pasarán en esos meses?

—No sé con exactitud, pero se tratará de vivencias que te cambiarán profundamente, que te obligarán a conectar con tu verdadera esencia, que te exigirán que te quites la máscara saturnina que usás como mecanismo de defensa contra tu corazón neptuniano y acuariano. Ahora estás prevenida, por lo que te mantendrás atenta y no tendrás miedo. Todo será para tu crecimiento personal.

—Además —intervino Camila—, con el Ascendente en Acuario se tiene que estar preparado para lo imprevisible, porque Acuario es el loco del Zodíaco y siempre sorprende. Con él, los planes no valen de nada.

—Tal cual —ratificó Cecilia.

—¿Tendría que dejar Ciencias Económicas? —se atrevió a susurrar.

Cecilia inspiró profundamente antes de contestar.

—Creo que sabés la respuesta a esa pregunta. De igual modo, dejame que te diga que el destino de los piscianos es el arte. En el arte drenan la energía tan peculiar que los habita y que a veces los angustia y los aleja del mundo. La música es el arte pisciano por naturaleza. Que estudies canto es tu Piscis rogándote por que lo aceptes. Estudiar Economía es lo contrario a lo neptuniano y como vos, por tener Neptuno en Casa XII, sos una neptuniana inversa, es lógico que hayas elegido una carrera tan alejada de esa realidad de hechizos y esoterismo propia de Neptuno y de su signo, Piscis. Querés que todo cierre, que uno más uno sea igual a dos. Pero siendo vos una Piscis con Ascendente en Acuario nada cierra, Brenda, nada cuadra. Todo es cualquier cosa. Es hora de que aceptes que tu vida será cualquier cosa excepto dos más dos igual a cuatro.

Capítulo VII

Cecilia se trasladó a Capital y se instaló en el departamento de los Gómez en Almagro para ocuparse de vaciar la casa de sus padres y ponerla a la venta. Brenda partió con ella y, aunque expresó que quería darle una mano, lo cierto era que deseaba proseguir la charla sobre astrología. Nunca había hablado acerca de sí misma con tanta profundidad y todo giraba en torno al análisis de la carta astral. ¡Qué necia había sido al negarse en las ocasiones que Camila le ofreció leérsela!

—Es lógico que te hayas cerrado a la astrología —explicó Cecilia una mañana en que vaciaban los muebles de la cocina—. Uno de los problemas de los nativos con la Luna en Cáncer es que se vuelven reacios a enfrentar un conocimiento profundo de sí mismos.

—¿Por qué? —quiso saber Brenda mientras recibía la vajilla y la colocaba sobre la mesa.

—Porque lo juzgan innecesario. ¿Para qué, dicen ustedes, necesito conocerme si mamá lo sabe todo de mí, me conoce del derecho y del revés y ni siquiera tengo que explicárselo? —Brenda reía por lo bajo y agitaba la cabeza—. Igualmente —continuó Cecilia—, creo que vos también te negaste a profundizar en tu personalidad porque le temés a ese lado loco y uraniano tan potente en vos. De un modo instintivo, te protegiste tras una coraza de chica normal, cumplidora y seria cuando todo el tiempo te pasaban cosas locas y pensabas en cosas locas.

—¿No soy normal, Ceci?

—Definime normalidad.

—No sé, ser como es todo el mundo.

—Te voy a recordar dos cosas que decía el sabio Krishnamurti: primero, «no es signo de buena salud estar bien adaptado a una sociedad profundamente enferma». Y segundo, «cuando me comparo con otro me destruyo a mí mismo». Cada uno es como es, Bren. Somos piezas únicas, con una configuración única. Tenemos que vivir de acuerdo con esa configuración porque si tratamos de adaptarnos a la configuración que la sociedad nos marca como *normal* nos convertimos en personas profundamente infelices.

—No quiero ser loca —se empecinó.

Cecilia soltó una carcajada y le pasó una olla.

—No lo seas —replicó antes de agregar—: Cuando decimos que Urano es el loco del Zodíaco y que los uranianos son locos, no nos referimos a la locura como el trastorno o la condición patológica, aunque podría darse el caso. Nos referimos a una personalidad transgresora, creativa, que viene a romper con los cánones viejos y perimidos. El desafío que te plantea tu polaridad uraniana es el siguiente: comprender que te habitan dos energías, una que te hace temerle a lo imprevisto, al cambio, a la inseguridad y por lo tanto tendés a ser muy previsible y preferís moverte en ámbitos seguros. La otra energía es una que te empuja a ser libre, a romper con todo lo establecido, a no involucrarte emocionalmente, a no conectar con el otro en un plano que precise de un gran compromiso.

—¿Cuál es el desafío de esa polaridad?

—Aprender a moverte hábilmente entre las dos energías sabiendo que sos las dos cosas, que tenés capacidad para poner orden y seguridad en tu vida al tiempo que podés ser libre y creativa.

—¡Uf! —se quejó—. Es difícil.

—Pero divertido. Nunca vas a aburrirte con una carta como la tuya. Lo que te pasó con Hugo es muy uraniano. El imprevisto absoluto —lo definió—. Y también un poco neptuniano.

—¿Por qué neptuniano?

—¿Nunca te preguntaste por qué elegiste ese día para ir a visitarlo sin anunciarle que lo harías? Nada es casualidad, querida Bren, nada. Grabátelo en la cabeza. Todo sucede por alguna razón. Y ese día tu poderosa intuición neptuniana te condujo hasta su casa para que cayese el velo que tenías delante de los ojos. ¿De qué signo es Hugo?

—Su cumple es el 11 de junio.

—Ah —masculló—, geminiano. El signo más mutable del Zodíaco. Digamos que no se caracterizan por ser fieles. Su virtud no pasa por ahí.

Estuvo a punto de pedirle que le hablase de alguien nacido un 4 de septiembre, pero se abstuvo. En cambio, preguntó:

—Ya me explicaste el desafío de la polaridad acuariana. ¿Cuál es el desafío de la polaridad neptuniana?

—Aprender a fluctuar entre dos comportamientos antagónicos, uno en el que serás muy racional y escéptica y otro en el que serás romántica, sensible, crédula y mística. El aprendizaje no será fácil, pero estoy segura de que siendo consciente como estás comenzando a serlo ahora acabarás por dominar la energía de cada polo de modo conveniente para vos. Ni pura razón que te lleve a ser una piedra, ni pura sensibilidad que te exponga al mundo como si estuvieses desnuda e indefensa. Vos, querida Bren, sos, por sobre todas las cosas, infinitamente sensible, perceptiva y esotérica, pero al mismo tiempo tendrás que filtrar la información que te llega tomando lo útil y desechando lo que no te sirve. Este será el servicio que le prestarás a la sociedad.

—¿Cuál? No entiendo.

—El de ser una bruja, una chamana, porque eso es lo que sos y para eso viniste al mundo.

* * *

Al día siguiente, mientras acomodaban en cajas la ropa de la madre de Cecilia, ella alzó la mirada y Brenda advirtió que tenía los ojos arrasados. Soltó la prenda y caminó rápidamente hacia ella. Se abrazaron.

—Verónica me dijo que no me ayudaría porque no estaba preparada para esto —comentó con voz entrecortada—. Yo, que soy bastante vanidosa y me creo superior, le dije que yo no tenía problema. Y aquí estoy, moqueando y sufriendo.

—¿Hacemos un recreo y nos tomamos unos mates? —propuso Brenda y caminaron abrazadas hasta la cocina.

Se ocupó de cambiar la yerba y de disponer los aparejos y unos bizcochos de grasa en un plato, mientras Cecilia sollozaba y se sonaba la nariz. Brenda cebó el primer mate y se lo extendió.

—Qué rico —comentó Cecilia con acento gangoso—. Me hacía falta. Si es duro perder a los padres a esta edad, no quiero imaginar lo que fue para vos a los once años.

—Todavía no sé cómo lo superé —admitió Brenda y se quedó con la vista fija en el mantel—. Siempre me sentí culpable por una cosa.

—Lo sé —expresó Cecilia.

—¿Qué sabés? —se asombró.

—Sentís culpa por haber experimentado alivio de que no fuese tu mamá la que murió. Estabas convencida de que sin ella habría sido imposible seguir adelante.

Le tembló el mentón y asintió tras un velo de lágrimas. Percibió la mano de Cecilia que le apretaba la suya.

—Es muy típico de la Luna en Cáncer, Bren, no sientas culpa. La madre lo es todo para el niño con esa Luna. Su mundo entero. El aire que respira. Todo —remarcó.

—Yo adoraba a papá. Todavía lo adoro y lo extraño tanto.

—Lo sé. Tu capacidad para amar es infinita, Brenda. Es la belleza de Piscis, esa incondicionalidad que tienen en el amor.

—Pero ayer dijiste algo que me quedó en la mente y que se contrapondría a mi gran capacidad de amar.

—¿Qué? —se interesó Cecilia.

—Que por mi polaridad uraniana tiendo a no involucrarme emocionalmente, a no conectar con el otro en un plano que precise de un gran compromiso.

—Es una característica de los uranianos porque el compromiso y el apego les quita la libertad que valoran por sobre cualquier cosa. Pero si no te resuena, tal vez vos no pongas el acento en esta cualidad. Antes que nada, sos pisciana —le recordó.

—Es que sí me resuena —confirmó Brenda—. Fue lo que me pasó con Hugo.

Cecilia aguzó la mirada y se quedó mirándola con actitud analítica.

—¿Sabés qué creo, Bren? Que Hugo fue parte del esquema de corrección y seriedad que necesitás para escapar de la locura uraniana que te habita. Me atrevo a decir que no lo amabas. Ni un poco.

—Es cierto, no lo amaba —farfulló.

«Amo al mismo chico desde que tengo memoria. ¿Es normal, Ceci?» ¡Cuánto ansiaba preguntárselo! Pero le daba vergüenza hablar de Diego Bertoni. Su amor inexplicable por él, ¿se trataría de una consecuencia de la polaridad uraniana? Porque sin duda era loco amar al mismo chico desde la infancia y ser incapaz de olvidarlo pese a que habían transcurrido casi cinco años desde la última vez que lo había visto.

* * *

Esa noche telefoneó a su madre, que seguía instalada en la quinta. Hablaron un rato acerca de los avances de la mudanza y después Brenda le comentó cuánto estaba aprendiendo de sí misma gracias al conocimiento astrológico de Cecilia.

—Ma —habló tras una pausa—, necesito pedirte algo, pero no quiero que me preguntes nada, por favor.

—¿Qué necesitás pedirme?

—La hora de nacimiento de una persona.

—Doce menos cinco de la noche —expresó Ximena—. Veintitrés y cincuenta y cinco —precisó.

—No te dije quién es la persona.

—Es Diego.

La Luna en Cáncer era poderosa, meditó.

—Sí, es él. Sabía que sabrías la hora de su nacimiento.

—Estaba con Mabel en la sala de parto. Lo vi nacer.

—¿En serio? Nunca me lo contaste. ¿Y David?

—No se animó a entrar. Decía que se iba a impresionar. Entramos Lita y yo, a pedido de Mabel. Había un reloj en la pared y cuando Diego nació, no me preguntes por qué, alcé la vista y me fijé en la hora. Nunca la olvidé.

—Lo hiciste porque sabías que yo querría saberla un día.

Ximena soltó una risotada.

—Ni siquiera eras un proyecto en mi vida, pero me alegra haberlo hecho si con esta información te hago feliz, amor mío.

—Muy feliz, ma.

—¿Le vas a pedir a Ceci que le haga la carta astral?

—Si me animo.

Ximena volvió a reír.

—No tengo duda de que te vas a animar.

* * *

Al día siguiente, mientras fotografiaban los cuadros y otros adornos que pondrían a la venta en Mercado Libre, Cecilia le contaba acerca de su proyecto para la escuela de astrología.

—En cierto modo —explicó—, ya tengo una especie de escuelita en casa. Pero la verdad es que la actividad está floreciendo y los pedidos están aumentando. Ya no hay sitio en casa y si sigo invadiendo los espacios domésticos, Jesús me va a echar. Por eso se nos ocurrió la idea de comprar esta casa vieja en el barrio de Malasaña y remodelarla para abrir la escuela. Jesús ya está en eso. Como imaginarás, siendo arquitecto se ocupará de todo.

—¡Ah! Ya la compraron.

—Así es.

—¿No era que necesitabas el dinero de la venta de esta casa para comprar una en Madrid?

—Y lo necesito. Jesús me prestó el dinero para comprarla porque de otro modo la habríamos perdido. Es una hermosa casa y estaba a un excelente precio. Pero es imperativo que se lo devuelva. Yo, siendo Ascendente en Capricornio, no puedo permitirme depender de un hombre. Asumir las responsabilidades de mi vida y sostenerme por mí misma es lo que vine a aprender, aunque depender de otro me tiente más que un pedazo de torta Rogel —remató y Brenda rio porque sabía que Cecilia era golosa—. La independencia es el lema de mi Ascendente.

Brenda se quedó meditativa. Por fin, quiso saber:

—Y yo, que tengo el Ascendente en Acuario, ¿qué debo hacer?

—Aprender a esperar lo inesperado, a lanzarte a la vida sin condicionamientos del pasado ni de los mandatos sociales. Aprender a que la creatividad es más fructífera en grupo que individualmente. Vas a tener que aceptar ser la rara, el sapo de otro pozo, la que no encaja, la que rompe con los ordenamientos impuestos. —Cecilia profirió una risotada y le acarició la mejilla—. Cambiá la carita. No te asustes. El destino será tu gran maestro y él te irá indicando el camino y también te irá brindando los maestros que te enseñarán a abrazar tu naturaleza libre y distinta.

—Vos sos mi primera maestra.

—Estoy segura de que tu Ascendente me trajo aquí en este momento particular de tu vida para iniciarte en esto de la astrología. Pero es probable que ya hayas tenido otros maestros, personas que transgredían y que se rebelaban.

«Diego», pensó de inmediato. ¿Acaso no estudiaba música y canto inspirada en su pasión?

—Ceci, no quiero abusar de vos, pero tengo muchas ganas de pedirte que me leas la carta astral de una persona muy especial para mí.

—¡Con todo gusto! ¿Tenés los datos? —Brenda asintió. —Anotámelos aquí —dijo y le paso un bloc— y dame unos días para que la estudie.

* * *

Pasaban los días y Cecilia no le mencionaba la lectura de la carta astral de Diego. Temía que se hubiese olvidado. Trabajaban sin descanso en una casa que había acumulado recuerdos y cosas durante más de cincuenta años, por lo que regresaban a la noche dobladas de cansancio y emocionalmente extenuadas. Picoteaban algo, se daban un baño y se iban a dormir.

De algo estaba segura: no volvería a pedirle a Cecilia la carta de Diego. Tal vez de esa manera el destino se las ingeniaba para indicarle que lo olvidase. Ahora que se había convencido de que todo sucedía por una razón y que de cada circunstancia se debía extraer un aprendizaje, viviría ese olvido de Cecilia como una respuesta.

El viernes 26 de febrero, cuando el camión de la empresa de mudanzas se llevó los últimos muebles a un depósito, con la casa vacía y lista para recibir al tasador de la inmobiliaria, Brenda y Cecilia se fundieron en un abrazo.

—Gracias, gracias, Bren. No habría podido hacer esto sin tu ayuda. Después de que se vaya el de la inmobiliaria, nos vamos a pasar el fin de semana a la quinta y ahí te voy a hacer la lectura de la carta que me pediste. Me tomé todo este tiempo porque quería estudiarla bien.

La desbordó una alegría que se habría juzgado excesiva porque después de todo, ¿qué significaba la lectura de su carta astral? Sin embargo, la invadía la certeza de que ese acto los acercaría de algún modo.

—Solo te pido una cosa —dijo Brenda y Cecilia asintió—. Que cuando me la leas estemos solas. Quiero hacerlo en privado.

—Claro, lo haremos a solas.

El momento se presentó el sábado después del almuerzo. La abuela Lidia se retiró a descansar, Lautaro y Camila salieron a caminar para aprovechar el día nublado y fresco, y Ximena, tras lanzarles un vistazo, les anunció que se iba a la peluquería.

—Tu madre olfatea que algo tramamos —señaló Cecilia—. Ay, qué conexión tan espléndida tienen ustedes dos. ¿Vamos a tu cuarto? —propuso y Brenda dijo que sí.

Se sentaron como los indios sobre la alfombra, donde Cecilia apoyó las hojas con las ruedas zodiacales impresas. Levantó una, se calzó los lentes y leyó:

—Esta persona nació el 4 de septiembre de 1990 a las veintitrés y cincuenta y cinco en la ciudad de Buenos Aires. —La miró por sobre el filo de los anteojos en el gesto de quien solicita confirmación, por lo que Brenda asintió. —Es de Virgo, con Luna en Piscis y Ascendente en Tauro. Ya iré explicándote cada una de estas características, pero antes me gustaría aclarar que en esta carta prevalece el elemento tierra. En principio esto nos daría una persona opuesta a una neptuniana como vos, que tendés a vivir en un mundo de ensueño y no en la realidad. Podríamos afirmar, entonces, que este nativo está bien plantado en la realidad. Sin embargo, tiene Luna en Piscis y me temo que esta Luna tiñe toda su carta.

—¿Es una Luna complicada?

—Como todo lo que tiene que ver con Piscis y Neptuno, sí, es una Luna compleja, muy difícil de superar. Lo más probable es que esta persona haya nacido en una familia en la cual la figura femenina es muy fuerte. Nació dentro de un matriarcado, porque esta Luna no se reduce a la propia madre, como ocurre con la tuya, la de Cáncer, sino que refiere a una *gran* madre, que el niño identifica con *su* madre pero también con una abuela muy presente, con tías, con amigas de la familia. Deben de ser una gran influencia en él, incluso en su vocación.

Brenda enmascaró la sorpresa. La descripción no habría podido ser más exacta. Recordaba a Lita, la abuela materna de Diego, que le había enseñado a tocar el piano, y a las dos tías, Silvia y Liliana, que adoraban a Diego y lo mimaban como si fuese el príncipe heredero. Y no había que olvidar a la madrina, a Ximena, que lo había protegido y consentido. Ahora que se ponía a pensar, los cumpleaños de Diego siempre se habían celebrado en la casa de la abuela. De niña, lo había tomado como algo natural; ahora comprendía el porqué.

—Vos y esta persona deben de tener una afinidad especial —expresó Cecilia.

—¿En serio? —se ilusionó.

—Fijate, aquí tengo tu carta. —Extendió otra hoja y la señaló con una lapicera. —Hay mucha afinidad porque la Luna de él está en el grado doce de Piscis, en tanto que tu Sol está en el grado diez de Piscis. Su Luna está casi encima de tu Sol. Cuando esto ocurre, la conexión entre las personas es fuerte y armónica.

«¿Por qué entonces él puede vivir sin mí?» Añoraba conocer la respuesta. Preguntó en cambio:

—¿Por qué decís que la Luna en Piscis es una Luna difícil de superar?

—Porque como todo lo relacionado con Piscis y con Neptuno, es una energía que hechiza al nativo. Está cómodo en esa realidad de ensueño en la que siempre existirá la gran madre que lo protegerá y lo nutrirá. Son personas en extremo sensibles que detestan conectar con la realidad porque no soportan la dureza del mundo. Suelen ser víctimas de adicciones. Es tan fuerte el deseo de evadirse de la dureza de la vida que caen en las drogas o en el alcohol o en ambas cosas.

—Oh —exclamó, mientras evocaba la vez en que lo había visto fumar un porro. En aquel momento no había sabido qué era; lo comprendió con los años.

—El Ascendente en Tauro le duplicará las ganas de evadirse de la realidad, de la materia. Tauro es un signo lento, que se mueve con los ritmos de la naturaleza. La persona con este Ascendente en general anhela acelerar los procesos y lo anhela con una intensidad inmanejable, en especial el nativo de esta carta que, con Marte en la Casa I, la casa de la personalidad, es un símil ariano. Debe de sentir una frustración permanente.

—¿Qué tendría que hacer?

—Aprender a controlar el deseo y saber distinguir lo necesario de lo que constituye un capricho. A Tauro no lo mueve el deseo sino la necesidad. Comprender esto es muy complicado, porque los otros signos pueden considerar a Tauro perezoso. No lo es, porque cuando el toro detecta la necesidad y se pone en movimiento no hay poder en el Zodíaco que lo detenga.

—¿Qué significa moverse por necesidad?

—Significa especialmente desechar los caprichos y sobre todo la vanidad, moverse solo cuando hay un objetivo que pueda aportar al enriquecimiento, al *verdadero* enriquecimiento, de la vida del nativo. Mirando esta carta, te diría que esta persona tiene que moverse hacia una actividad en la cual las emociones y los sentimientos lo sean todo.

—¿Cómo sabés eso? —se interesó Brenda.

—Porque tiene la Luna, el astro de las emociones, muy cerca del Medio Cielo y en la Casa X, la de la carrera profesional. Con Luna en Piscis y la Luna en la Casa X sería ideal que esta persona se dedicara a una actividad artística.

—¡Ama la música! —dijo sin pensar, con un entusiasmo que la avergonzó.

Cecilia la estudió con una mirada inquisitiva por sobre el filo de los lentes.

—Es una excelente elección. La música es tan pisciana y al mismo tiempo necesita tanto de Virgo. Y este nativo es virginiano, no nos olvidemos de ese detalle.

—¿Qué significa ser de Virgo?

—Virgo es tu opuesto complementario, Bren. Esta persona tiene mucho que aprender de vos y vos de ella. Virgo es un signo de tierra, pero mutable. Esto suena a contrasentido. ¿La tierra mutable? La tierra es lo más fijo que hay. Y, sin embargo, Virgo cuestiona permanentemente lo fijo, lo quiere perfeccionar para hacerlo más eficiente. Se dice que los virginianos vinieron a este mundo a marcarles los errores a los demás signos. Pueden volverse muy fastidiosos si no saben medir su capacidad de crítica natural. En su favor vale decir que son los más serviciales del Zodíaco. Necesitan que la vida tenga un sentido para levantarse por las mañanas; en caso contrario, se deprimen. Si lográs perdonarle que sea tan quisquillosa y perfeccionista, esta persona podría ser una fiel y constante compañera.

—¿Qué puedo darle yo, que soy pisciana?

—Lo que un Virgo puede aprender de un pisciano es a ser compasivo. No lo son, hay que decirlo. Siempre están observando la realidad con un ojo crítico, buscando dónde falla el sistema para arreglarlo de inmediato, por lo que suelen ser duros e inflexibles. No se detienen a escuchar razones. El sistema no está funcionando por la ineficiencia de alguien, y punto. Las razones de ese alguien no les interesan.

—¿Qué puede enseñarme Virgo a mí?

—Sobre todo a poner límites, a ser más selectiva, a ordenar tus pensamientos y tu vida. Virgo detesta el caos, mientras que Piscis vive en un caos perpetuo. En especial en esto puede ayudarte un virginiano, a combatir el caos.

Rio al recordar cuánto la habían admirado de chica el orden y la limpieza en el dormitorio de Diego, cuando el de ella parecía un nido de ratas, de acuerdo con la expresión de Ximena.

—Hay otro aspecto de la vida de este nativo que es importante destacar: el vínculo con su padre.

—¿Ah, sí?

—Debe de tener una relación compleja con el padre, de mucho conflicto —expresó—. Al tener la Luna en oposición al Sol y Saturno en Capricornio en la Casa VIII, el padre es una figura con la cual este nativo tiene dificultad para conectar en un plano de armonía. Siempre están enfrentados. El conflicto es inevitable. La exigencia del padre debe de ser intolerable para él. Pero el padre también debe de temerle, porque habiendo nacido en una noche de luna llena, esta persona llegó para echar luz sobre los misterios y las oscuridades de la familia. Este nativo se anima a poner en evidencia lo que se intenta ocultar. —Cecilia se tomó el mentón y guardó silencio mientras estudiaba el mandala zodiacal. —Con Saturno en la Casa VIII, la casa de los recursos ajenos, podría darse que el padre fuese un estafador.

—¡Oh! —volvió a exclamar, incapaz de reprimir al asombro.

—¿Lo es? ¿Su padre es un estafador?

Asintió lentamente y Cecilia se quedó mirándola. Brenda estaba segura de que había hecho la conexión y adivinado de quién se trataba. Agradeció que no lo nombrase. La asaltó una emoción repentina e incontrolable y se echó a llorar. Cecilia chasqueó la lengua y la abrazó.

—Lo amo, Ceci. Lo amo tanto —balbuceó entre sollozos.

—Lo sé, tesoro. Lo has amado desde que eras chiquita.

—Y tengo la impresión de que voy a amarlo la vida entera. Es como una maldición.

Cecilia la obligó a incorporarse y le sujetó la cara. La miró directo a los ojos.

—Amar como vos amás, Brenda, nunca, *nunca* será una maldición. Y si viniste a este mundo para amarlo la vida entera, que así sea.

—Que así sea —repitió con voz gangosa y rio, dichosa.

Capítulo VIII

Brenda descubrió que la lectura de una carta astral no se agotaba en una sesión y en los días sucesivos continuó aprendiendo otros aspectos de su rueda zodiacal y de la del «nativo», como siguió llamando Cecilia a Diego. Ahora comprendía dónde radicaba la complejidad de los seres humanos, si se consideraban las múltiples energías planetarias que participaban en el instante del nacimiento.

Contagió su entusiasmo a Millie y a Rosi, quienes se instalaron en la quinta de San Justo el último fin de semana antes del comienzo de clases para que Cecilia les hiciese una lectura *express*, pues, según aclaró, no había contado con tiempo suficiente para estudiar las cartas en profundidad. Con todo, sus amigas quedaron estupefactas ante los aciertos y las coincidencias.

—¡Sos una genia, Ceci! —exclamó Millie.

—No yo —la corrigió—. La genia es la astrología.

—¿Cómo es posible que recién a esta edad nos vengamos a enterar de que la astrología es tan fantástica? —se enojó Rosi.

—La astrología es una herramienta de autoconocimiento —explicó Cecilia—. Se la ocultó y luego se la denigró y se la prohibió para evitar que iluminase las mentes y las vidas de la población. Pero nos aproximamos a la era de Acuario, en la cual la libertad y el conocimiento serán para todos.

—La astrología no resuelve los problemas —señaló Lautaro—. Siempre tenemos la misma discusión con Camila. Reconozco que está bueno saber cómo es uno, pero la astrología no nos brinda las herramientas para solucionar los conflictos que hay dentro de la carta.

—Buen punto —concedió Cecilia—. Y es cierto. Para eso existen otras disciplinas, como la terapia psicológica. No obstante, el primer paso para resolver un conflicto es conocerlo, esto es, sacarlo del inconsciente y pasarlo al consciente. Carl Jung, un gran psiquiatra suizo y astrólogo, decía: «Hasta que lo inconsciente no se haga consciente el subconsciente seguirá dirigiendo tu vida y tú lo llamarás destino».

—¡Qué excelente frase! —apuntó Camila—. Para mí la astrología es en sí misma muy sanadora —declaró y miró a Lautaro—. Al menos esa es mi experiencia.

Brenda vivía el aprendizaje con una gran exaltación. Intuía que se le había desvelado una verdad fundamental que llegaba a su vida para cambiarla radicalmente. Una opresión agradable le invadía el pecho, como si se encontrase en un compás de espera de que ocurriese algo definitivo. Gracias a las conversaciones con Cecilia, ahora conocía su poder de videncia y premonición, por lo que no desestimaba la percepción.

Tras haber repetido ese «que así sea» en relación a su amor eterno y desesperado por Diego, terminó aceptando que reprimirlo y negarlo era de necios. Con un Ascendente como el de ella, capitaneado por «el loco», dejó de preguntarse si cada cosa que sentía o pensaba era un disparate, y no volvió a cuestionarse si era una chica normal o si estaba un poco loca. Se permitió la libertad de ingresar en la página de Facebook de Sin Conservantes tantas veces como lo deseara, más allá de que los resultados fueran nulos porque no había nuevos posteos desde la última vez. Igualmente repasaba las fotografías y los videos que quedaban de los tiempos en que la banda tocaba.

Regresar a la facultad de Ciencias Económicas significó un duro golpe al entusiasmo vivido desde la llegada de Cecilia. Era consciente de que, tarde o temprano, debería enfrentar la realidad: no podía seguir adelante con la farsa.

Volver a toparse con Paloma y con Hugo no fue tan difícil como había temido. Ella ya no era la misma. A Paloma la veía todos los días; a Hugo se lo cruzaba los miércoles, cuando asistía para dar su clase de Contabilidad, y, aunque se las ingeniaba para evitarlo, él siempre la interceptaba y le rogaba que fuesen a tomar un café y a charlar.

—Nosotros no hemos terminado, Brenda —expresó con acento y mirada agresivos una mañana en el pasillo de la facultad, justo delante de la puerta del aula, mientras la sujetaba por la muñeca.

—Soltame, Hugo —exigió entre dientes.

—¿Todo bien, Bren? —intervino su compañero Martiniano Laurentis, alto y corpulento.

Hugo la soltó.

—Sí, Marti, todo bien —contestó—. ¿Entramos? —dijo y el chico extendió el brazo en el gesto de cederle el paso.

En otra oportunidad, mientras comían algo en la cantina de la facultad, Paloma Rodríguez se aproximó a la mesa.

—Brenda, quiero pedirte que dejes de atender las llamadas de Hugo porque lo confundís.

—¡Ah, bueno, pero mirala a la pibita esta! —exclamó Millie—. Decile vos, que estás en tratos íntimos con ese gusano, que deje de molestarla.

—Millie, por favor —intervino Brenda y se volvió hacia Paloma—. Hace semanas que no le respondo los mensajes ni las llamadas —declaró y era cierto, pues desde la lectura de su carta, desde que había comprendido tantas cosas, había cambiado algunas actitudes, una de ellas había sido acabar con la lástima que Hugo le inspiraba y cortar definitivamente con él, pues Cecilia le había explicado que un Piscis básico y oscuro no sabe romper con los lazos tóxicos. «Suelen cometer una y otra vez los mismos errores», le advirtió y ella se juró que no volvería a salir con un chico del que no estuviese enamorada. No solo se lastimaba a sí misma, sino que arrastraba en su egoísmo al otro. Hugo estaba sufriendo y ella se sentía culpable.

—Si es cierto que no atendés sus llamadas —persistió Paloma—, ¿por qué Hugo dice que están dándose un tiempo y que, tarde o temprano, volverán a estar juntos?

—¡Rajá, Paloma! —se mosqueó Millie y se puso de pie.

La chica no se movió e insistió con la mirada para que Brenda respondiera.

—Si es cierto que Hugo dice eso —contestó—, está mintiendo. No pienso volver con él. Ahora, por favor, dejanos comer en paz.

Paloma se alejó a paso rápido y airado. Brenda la siguió con la vista en su retirada, incapaz de sofocar la compasión que la chica le inspiraba. Ella sabía lo que era amar en vano.

—Me estoy acordando de lo que te dijo Ceci —comentó Rosi, y Millie y Brenda se volvieron hacia ella—. Que con el Ascendente en Acuario te van a pasar siempre cosas locas.

* * *

A fines de marzo el profesor de Contabilidad de Costos les exigió que eligiesen una empresa, preferentemente una industria, para realizar diversos trabajos de campo a lo largo del año. Los grupos se conformarían con cuatro alumnos. Millie, Rosi y Brenda estuvieron de acuerdo en invitar a Martiniano Laurentis, que además de piola, era responsable e inteligente.

La elección natural habría recaído en la fábrica de recipientes de plástico de los Gómez si la cuestión de la distancia no se hubiese presentado como una complicación, por lo que finalmente aceptaron la propuesta de Martiniano, que ofreció el restaurante orgánico de su madre, situado en Palermo Hollywood. Presentaron la moción al titular de la cátedra, que la aceptó enseguida.

El primer trabajo consistía en un estudio profundo de la organización de la empresa, desde el *layout* del salón y de la cocina y la descripción de los procesos de producción hasta la cantidad de empleados, el organigrama y su constitución legal. Aprovecharon que la madre de Martiniano y el jefe de cocina contaban con más tiempo dado que, por reformas, el local permanecería cerrado durante un mes, para fijar las entrevistas durante ese periodo. Acordaron el primer encuentro para el jueves 7 de abril por la tarde, después de la facultad.

—El jueves no vengan muy arregladas —les advirtió Martiniano—. Miren que están los pintores y el local es un quilombo.

El 7 de abril, tras almorzar en la cantina de la facultad, se trasladaron en el automóvil de Martiniano, que les contó que uno de los pintores era Franco, su hermano mayor.

—Él y los otros chabones que pintan pertenecen a un grupo de recuperación. Viven todos en una casa y tienen que mantenerla —comentó—. Por eso trabajan como pintores y albañiles.

—¿Grupo de recuperación? —se extrañó Rosi.

—De las drogas y del alcohol. Mi hermano es cocainómano —declaró Martiniano sin un ápice de vergüenza.

—Guau —susurró Millie—. ¿Desde cuándo consume?

—Desde los dieciséis. Ahora tiene veinticuatro. Le pegó duro el divorcio de mis viejos. Pasó por todos los institutos de recuperación que puedan imaginar. Se mantenía limpio durante unos meses, pero siempre recaía. Ya me había hecho a la idea de que antes de los treinta me tocaría enterrarlo.

Rosi se escandalizó; Millie asintió con solemnidad, y Brenda percibió un escalofrío que la hizo temblar.

—¿Saben la cantidad de veces que hubo que internarlo por sobredosis o porque se había agarrado a piñas con alguien? No podía durar mucho. Estaba buscando matarse. La última vez, lo metieron preso y mi papá tuvo que gastar una ponchada de guita en abogados para sacarlo.

—¿Esta casa de recuperación es mejor que las otras? —preguntó Brenda.

—¡Puf! —exclamó—. Es infinitamente mejor. Es otra cosa, a decir verdad. Los chicos entran ahí a laburar y a romperse el culo. Durante las primeras semanas se desintoxican y lo hacen sin ayuda de químicos ni medicamentos, y los asisten los chicos que están ahí desde hace meses. No hay enfermeros ni nada de eso. Ahí todos colaboran con todos. Se van turnando para cocinar, limpiar, lavar la ropa. Creo que la diferencia radica en que están ocupados y con la mente puesta en cosas útiles. El gran problema del drogadicto es que no hace otra cosa que pensar en la próxima dosis. Son egoístas y egocéntricos porque solo quieren satisfacer la adicción. Viven para eso. Pero en esta casa logran desviar el pensamiento porque ahí son parte de un grupo y para que la cosa funcione todos tienen que hacer su aporte. Está copado. Es un ambiente muy amigable y relajado, pero también saben que si no cumplen con las consignas los expulsan. Sin excepciones.

—Dijiste que trabajaban para mantenerla —expresó Rosi—. ¿Eso quiere decir que no pagan para estar ahí?

—No, no se paga nada. La casa se sostiene con el trabajo de los chicos y también con donaciones privadas. No se admiten donaciones de partidos políticos ni del Estado. No quieren saber nada con los políticos ni con el gobierno. Pero en honor a la verdad la casa se sostiene mayormente con el trabajo de los chicos porque con las donaciones no hacen nada.

—Además trabajan para mantenerse ocupados —le recordó Brenda.

—Exacto. En la casa les enseñan oficios. Algunos trabajan la madera, otros son mecánicos de automóviles, otros arreglan aparatos eléctricos, otros pintan y hacen albañilería, como mi hermano. Hay un chef que va una vez por semana y les da un curso de cocina ad honorem. Es un ex adicto que se recuperó en la casa.

—¿Esta casa pertenece a una ONG? —se interesó Rosi.

—Es una ONG, sí. Se llama Desafío a la Vida y la manejan dos curas.

—¡Dos curas! —se alborotó Millie.

—Yo reaccioné igual cuando mi vieja me lo dijo. Enseguida pensé que eran pedófilos y pervertidos, como la mayoría de los curas, pero no, estos dos son muy copados. Se ve que hay curas como la gente. El padre Antonio tiene setenta años y hace cuarenta que trabaja con todo tipo de adicciones. De hecho, en la casa hay adictos a las drogas, pero también al alcohol, al juego, al sexo, a la pornografía. Uf, se sorprenderían de saber las cosas a las que se puede ser adicto.

—¿Y el otro cura? —lo instó Brenda—. ¿Es piola también?

—El padre Ismael cumplió este año cuarenta y cinco y es muy piola. Toca la guitarra como los dioses, así que todos los domingos, cuando vamos a visitar a mi hermano, él está ahí tocando y cantando con los chicos.

—¿Van todos los domingos? —se interesó Brenda.

—Todos los santos domingos —respondió—. Mi hermano espera nuestra visita como si fuera el agua en el desierto. Se me parte el alma porque a muchos nadie va a visitarlos, así que mi vieja les hace de madre a varios ahí adentro.

—¿Tus viejos van los dos? —preguntó Millie.

—Vamos los cuatros, mis viejos, mi hermana Belén y yo. Lo pasamos joya. Tuvimos que esperar para poder ir. El primer mes, mientras se desintoxican y se adaptan a la vida de la casa, no pueden tener contacto con la familia, y es muy duro para ellos. Y para la familia también.

—Che, Marti —intervino Millie—, con esto de que a la casa la manejan dos curas, ¿los chicos tienen la obligación de ir a misa y todo ese bodrio?

—No, para nada. La manejan dos curas pero la casa no es confesional. Es más, hay dos chicos judíos. Si querés, vas a misa. Si no querés, no vas. Hay absoluta libertad. Ellos pueden irse cuando quieren. Las puertas están abiertas. Eso sí, si deciden quedarse, las reglas de la casa se cumplen a rajatabla. Por ejemplo, a las ocho tienen que estar todos adentro. Se tienen que bañar todos los días, sin excepción. No se pueden decir malas palabras ni alzar la voz. Se tienen que tratar con respeto, pedirse las cosas de buen modo y agradecer por todo. Tienen que hacer ejercicio físico. Ahí en la casa tienen un gimnasio re bien equipado, todas las máquinas hechas por los chicos, y va un yogui profesional y les da clases de yoga una vez por semana, y no saben qué bien les hace. Después de la clase de yoga tienen meditación y eso les baja mucho las revoluciones y, sobre todo, el ego. Porque como les dije antes, los adictos son una montaña de ego. Solo piensan en ellos.

—¡Qué terrible depender de la droga o del alcohol para vivir! —se desconsoló Brenda—. Que esas dos sustancias dirijan tu vida debe de ser espantoso.

—Es más que espantoso, Bren. Y lo es también para los que queremos a un adicto.

Brenda y Martiniano se miraron, y ella advirtió la tristeza que trasuntaban los ojos de su compañero.

—¿Por qué no compramos unas facturas y las llevamos para tomar mates con tu hermano y sus amigos en una pausa que hagan? —propuso—. Yo traje el equipo del mate.

—Siempre pensando en los demás, ¿eh, Bren? —señaló Martiniano.

—¡Uf, Marti! —intervino Millie desde el asiento trasero—. No tenés idea. Ahora sabemos que es de ese modo porque es pisciana, así que no podemos culparla a la pobre.

* * *

El restaurante de la madre de Martiniano, una vieja casona de tres pisos de principios del siglo XX, se hallaba en la calle Armenia, casi en la esquina con Soler. Entraron en el garaje y Martiniano detuvo el auto detrás de una van blanca con el logotipo de Desafío a la Vida en letras azul Francia.

Apenas apagó el motor los alcanzaron los sonidos de voces masculinas, música de radio y ruido de herramientas. Salió a recibirlos Gabriela, la madre de Martiniano, y se mostró tan simpática y accesible que Brenda se encariñó de inmediato. Como le sucedía con frecuencia desde que Cecilia la había iniciado en la astrología, se preguntó de qué signo sería, dónde tendría a Neptuno y dónde a Urano.

—Como verán, los pintores invadieron casi todas las habitaciones —señaló Gabriela—, pero están haciendo un trabajo excepcional, así que no me quejo. Nos vamos a instalar en el patio, aprovechando este día tan lindo.

Se asomó uno de los pintores, Franco a juzgar por el parecido con Martiniano. Los hermanos se saludaron con un abrazo. Brenda notó que Franco llevaba un mameluco blanco y una gorra del mismo color, las dos prendas con el logotipo de Desafío a la Vida en azul, lo cual le dio la pauta de la seriedad y de la buena organización de la ONG.

Aparecieron tres chicos igualmente uniformados, con manchas de pintura en las caras sonrientes. Brenda calculó que tendrían entre veinte y veinticinco años. Martiniano los presentó como José, Ángel y Uriel.

—Falta el jefe —aclaró Franco—. Subió un momento. Ya baja.

—Pero miralo al hermanito menor —bromeó Ángel—. Lo pasa mal en la facultad con todas estas compañeras tan lindas.

—Mis amigas son *off-limits* —advirtió Martiniano.

—¿Por qué tus amigas somos *off-limits*? —se plantó Millie—. Rosi puede ser, que está de novia, pero Bren y yo estamos solteritas.

—¡Esa es la actitud! —exclamó Uriel; los demás rieron.

Martiniano alzó las manos en la actitud de quien se rinde y asintió.

—OK —cedió—, pero nosotros estamos aquí para hacer un laburo. Cada uno a lo suyo.

—Trajimos facturas y mate para después —comentó Millie—. Pero Marti tiene razón: primero la obligación; luego el placer.

—¡Así se habla! —exclamó Ángel y desapareció tras sus compañeros.

Gabriela los aguardaba en un patio de baldosas y techo de vidrio que permitía el ingreso de luz. A Brenda le resultó un sitio encantador con las paredes cubiertas de hiedra y grandes macetas de terracota con naranjos. Se sintió a gusto apenas cruzó el umbral. Antes de ubicarse en una de las sillas pidió permiso para pasar al baño. Martiniano la acompañó hasta el pie de la escalera que conducía a las plantas superiores y le indicó que el baño privado se encontraba en el segundo piso, la primera puerta a la derecha.

Subió lentamente mientras se permitía admirar la carpintería de la escalera y las molduras de yeso del cielo raso. La atrajo un vitral en el descanso y se inclinó para estudiar el escudo dibujado con múltiples rombos de colores. Se dio vuelta al oír un ruido a sus espaldas y allí, en la cima de la escalera, avistó a Diego Bertoni. La observaba en tanto se limpiaba las manos con un trapo con aguarrás a juzgar por el aroma punzante.

Esa noche, más en posesión de sus facultades, analizaría la impresión brutal que significó tenerlo frente a ella después de cinco años. En ese momento desestimó la onda que la surcó de pies a cabeza, las manos que le temblaban y la atípica presión que le inundó los ojos.

—¡Diego! —pronunció y subió corriendo los escalones que la separaban de él sin real conciencia de lo que hacía.

Lo vio retroceder. La contemplaba con un ceño profundo. Brenda se percató de tres cosas: de la bandana roja que le cubría la cabeza, la misma que usaba cuando subía al escenario; de la barba espesísima, rojiza y larga; y de que había aumentado varios kilos. ¿Cómo lo había reconocido tan fácilmente? Se lo acordaba delgadísimo en las últimas fotos de la página de Sin Conservantes. No se trataba de que estuviese excedido de peso, sino de que había vuelto a ser el Diego que ella conocía; aunque a decir verdad no era el mismo porque lucía más macizo, más imponente en su altura, con brazos gruesos bajo las mangas del mameluco blanco. Después notó con contundente efecto lo que en el pasado no había encontrado peculiar: sus ojos. La fascinó la extraña combinación de pestañas negrísimas y párpados como delineados de negro y el contraste con los iris claros, de una tonalidad entre el gris y el verde. El conjunto resultaba impactante y le valía el mote de «El Moro».

—Diego, soy Brenda. Brenda Gómez. —Hizo el ademán de acercarse para darle un beso, pero él se puso fuera de su alcance. —¿No me reconocés?

—Sí, te reconozco —admitió y su voz grave y rasposa la tomó inadvertida—. No te saludo porque estoy sucio, lleno de polvo —aclaró—. ¿Qué hacés aquí? —inquirió con una brusquedad que la descolocó.

—Vinimos a entrevistar a la dueña para un trabajo de la facu. El hijo, Martiniano, es compañero mío.

Diego alzó el mentón y las cejas en un gesto entre asombrado y pedante que volvió a descolocarla.

—¡Qué lindo verte después de tantos años! —exclamó muy nerviosa, incómoda, sintiéndose una estúpida—. ¿Cómo has estado? ¿Qué ha sido de tu vida?

—Nada especial —contestó y se quedó mirándola con fijeza, el ceño siempre profundo y severo—. Fue bueno verte, pero ahora te dejo. Tengo que seguir con mi trabajo.

La esquivó y bajó rápidamente por la escalera. Brenda no se dio vuelta para seguirlo. Quedó paralizada y con la vista fija en la nada. Se olvidó de ir al baño. Descendió aturdida y desorientada. Se sentó junto a Millie y no escuchó una palabra de lo que Gabriela les comentaba. En su cabeza se repetía la escena que acababa de vivir. Se acordó de lo imprevisible de su carta natal, impregnada por Urano y por Acuario, y también de lo que le había advertido Cecilia, que en abril sucedería algo que le cambiaría radicalmente la vida. «Hoy es 7 de abril», se dijo.

—¿Dónde estás? —le susurró Millie, en tanto Rosi y Martiniano atendían a la explicación de Gabriela—. Bajá a la tierra.

—Diego Bertoni está aquí —farfulló y aferró la mano de su amiga—. Es uno de los pintores.

—*What the holy fuck!*

—Por favor —suplicó—, no digas nada. Después hablamos.

La siguiente hora la transcurrió como sumergida en un entorno acuoso y turbio, pues con esa calidad la alcanzaban las palabras que intercambiaban sus compañeros, primero con la dueña y después con el jefe de la cocina. Si alguien se percató de su expresión ausente y de su mutismo no lo señaló.

—¿Hacemos un recreíto? —propuso Martiniano—. Che, Bren, ¿te prepararás unos ricos mates?

Asintió con expresión sombría. Rosi lanzó una mirada inquisitiva a Millie, que le hizo un gesto con la mano para indicarle que después le explicaría. Marcharon las tres a la cocina para calentar el agua y aprestar las facturas en un plato, en tanto Martiniano invitaba a su hermano y a los amigos a merendar. Se ubicaron en el salón cuya contraventana comunicaba con el patio. Brenda entró con la bandeja y lo primero que notó fue que Diego no formaba parte del grupo. Lo ubicó en el patio, sentado con el torso echado hacia delante y los antebrazos en las rodillas. Fumaba. Sujetaba el cigarrillo con el índice y el pulgar y, aunque detestaba el vicio, le encantó cómo fruncía la cara cada vez que daba una pitada.

—¿Qué le pasa al Moro? —se extrañó Franco.

—Estaba bien hasta hace un rato —comentó José, el más callado y tímido—. Cuando bajó, traía una cara… Como si hubiese recibido una mala noticia.

«¿Yo soy la mala noticia?», se preguntó Brenda.

—Seguro es la Carla esa —aventuró Uriel y, a la mención del odioso nombre, Brenda se alteró—. Qué mina pirada, por Dios.

—Un domingo la agarró de las mechas a mi hermana —contó Ángel— porque decía que estaba alzada con el Moro y que lo buscaba.

—Decí que no estaba el padre Antonio, solo el padre Ismael, porque si no, la fleta y no vuelve a poner pie en la casa.

—¿El padre Ismael qué dijo? —quiso saber Rosi.

—Que lo dejaba pasar, pero que tenía que cuidarse de cometer otra… Usó una palabra.

—Torpeza —musitó José.

—Eso, torpeza. Que se cuidase de cometer otra torpeza o que se olvidara de volver.

—Cuando lo llama Di —comentó Franco y agudizó la voz de un modo ridículo— me crispa.

—Manu y Rafa me contaron —intervino Ángel— que se habían dejado por una *gran* caga… metida de pata que se mandó la loca esa, pero después volvieron.

—Un pelo de concha… —empezó a decir Martiniano.

—¡Ey! —lo detuvo Franco y le palmeó el hombro—. Hay damas presentes, hermanito.

—Perdón —farfulló Martiniano y lanzó un vistazo compungido a las compañeras.

—Voy a llevarle un mate —anunció Brenda y movió la mano para señalar a Diego.

—Buena idea —la alentó Ángel—. Tal vez le cambie el humor.

Acomodó en un platito dos sacramentos con pastelera y se puso de pie con el mate recién cebado. Se dirigió hacia el patio con la mirada fija en él, que le ofrecía el perfil mientras seguía fumando inclinado hacia delante. Se tocaba la barba y el bigote con un movimiento mecánico y repetitivo, la vista perdida en vaya a saber qué reflexión. ¿Pensaría en Carla?

¡Qué hermoso era! Lo apreciaba con otra actitud, una más consciente, más de mujer, y advertía detalles que en el pasado había dado por sentados, como la nobleza de su frente ancha y la perfección de su nariz recta, larga y masculina. ¿Cómo usaría el pelo? Le descubrió un rodete a la altura de la nuca, por fuera de la bandana.

—Diego —lo llamó con voz suave para no sobresaltarlo.

Él, sin modificar la posición, giró la cabeza hacia la derecha y la observó con una expresión que transmitía fastidio. Le extendió el mate. Él no lo aceptó y continuó mirándola.

—Te traje un mate —señaló como si la obviedad de la situación no bastase—. Amargo, como a vos te gusta —aclaró y sintió alivio cuando él lo recibió.

—Gracias —dijo y de nuevo su voz la tomó como por asalto y la afectó incluso en un plano físico.

El platito con las facturas le tembló en la mano, por lo que se apresuró a depositarlo en la mesa de jardín. Lo señaló antes de evocar:

—Mamá siempre compraba sacramentos con crema pastelera porque a Dieguito le encantaban. —Rio por lo bajo, pero como él no le festejó la broma, se calló. —Bueno, tomalo tranquilo. Tenemos otro mate ahí adentro.

Regresó al interior de la casa. Se preguntó si Diego la seguiría con la mirada. Vestía unos jeans viejos, de entrecasa, que no le hacían justicia a sus piernas largas ni a su trasero respingado. Tampoco la remera blanca de mangas cortas era de lo mejor, aunque le iba entallada y le marcaba los senos y la cintura. Como se había peinado con una cola de caballo, él no apreciaría qué largo tenía el pelo. Quizá no se presentara otra oportunidad para mostrárselo. La perspectiva de no volver a verlo le profundizó la tristeza. ¿Por qué la trataba como si fuesen extraños? ¿Se habría resentido tras el despido del padre y la posterior demanda penal? En realidad, razonó, habría debido ser ella la ofendida. Después de todo, David Bertoni los había estafado tras años de amistad y aprovechándose de la muerte de Héctor.

Siguió cebando mates y analizando la causa del comportamiento hostil de Diego. Su teléfono soltó un pitido que le anunció la entrada de un mensaje en WhatsApp. Volvió a proferir el molesto sonido antes de que ella terminase de entregarle un mate a José y apoyase el termo.

—Se ve que alguien está impaciente por que le contestes —dijo Rosi.

—Puede ser el grupo de los egresados 2013 —conjeturó—. A veces es un bombardeo.

—No —la contradijo Millie—. En ese caso me sonaría a mí también.

Chequeó el WhatsApp. Era Hugo. Le avisaba que estaba fuera del restaurante y le pedía que saliera un momento; quería hablar con ella.

—¡Dios! —exclamó en un susurro.

—¿Problemas? —se preocupó Martiniano.

—Es Hugo —anunció y miró alternadamente a Rosi y a Millie—. Dice que está aquí afuera.

—¡Qué! —se asombraron las dos.

—No entiendo cómo se enteró de que estaba aquí.

—¡Lo voy a matar! —exclamó Rosi—. Me juego que fue Santos.

—¿Tu novio? —preguntó Martiniano, y Rosi asintió antes de añadir:

—Anoche estuvieron mensajeándose. Jamás imaginé que le diría que vendríamos aquí. Lo voy a matar.

—Pero antes de que vos lo asesines, yo le voy a cortar las bolas en juliana —aseguró Millie, y los chicos agitaron las manos e imitaron aullidos de dolor.

—Voy a pedirle que se vaya —dijo Brenda—. Ya vengo.

—Te acompaño —ofreció Millie e hizo el ademán de ponerse de pie.

—No. Ustedes siempre terminan discutiendo —expresó Brenda.

Abandonó la silla y, al volverse para salir, se dio cuenta de que Diego se hallaba bajo el dintel con el mate y el platito vacío en la mano. La observaba. Se marchó sin destinarle otro vistazo.

Hugo, en un traje de corte impecable y con la corbata en su sitio, la aguardaba apoyado en el costado de su Audi A4. Se aproximó con una sonrisa. Hizo el intento de besarla en la boca. Brenda lo empujó.

—¿Qué te pasa, Hugo? ¿No entendés que terminamos? ¿Por qué viniste hasta aquí?

—Porque no contestás mis llamadas ni mis mensajes. No me dejás alternativa, amor.

—La alternativa es que no vuelvas a llamarme ni a mandarme mensajes. Seguí con tu vida como yo sigo con la mía.

—No. Mi vida y la tuya son la misma cosa.

La asustaron la declaración y la manera en que le clavó la vista, de pronto serio, con un brillo extraño en los ojos.

—Por favor, andate. Y no vuelvas a buscarme. Vos y yo terminamos.

Se giró para regresar dentro, pero Hugo la tomó por el brazo y la atrajo hacia él con un tirón brusco que la colocó contra su pecho.

—¡Soltame! —exclamó—. ¡Dejame ir!

—¡Ey! —El vozarrón llegó desde atrás. —Quitale las manos de encima. Ahora. ¡Ya!

Brenda descubrió a Diego con la vista fija en Hugo, que se puso nervioso al adivinar lo definitivo de la fuerza que comandaba al tipo del pañuelo rojo, que, implacable, devoraba los metros en su dirección. Rememoró, entonces, la ocasión en que Cecilia le explicó qué significaba que Diego tuviese a Marte, el guerrero, en la Casa I, la de la personalidad, la del temperamento.

—El planeta Marte en esa posición —había asegurado la astróloga— es irrefrenable. El nativo siente que no lo controla, que su fuerza de impulso y su instinto guerrero se activan sin que él pueda controlarlo. El guerrero se le escapa.

—¿Esto lo hace agresivo? —se preocupó Brenda.

—Agresivo, sí. También impaciente, ansioso y sobre todo vital, lleno de energía. Jamás va a escapar de las situaciones de peligro. Por el contrario, les hará frente, incluso las buscará, las provocará. Y le molestará sobremanera que le digan qué tiene que hacer o por dónde tiene que ir. Él traza su propio destino y no tiene otro líder más que a sí mismo.

Esas palabras evocó Brenda en tanto lo observaba avanzar hacia ellos con la determinación esculpida en el gesto. Hugo aflojó la sujeción y Brenda aprovechó para empujarlo y colocarse fuera de su alcance. Los dos eran altos, pero Diego era más fornido. La diferencia de tamaño no acobardó a Hugo, que lo encaró para pelearse.

—¿Qué te metés? Estoy hablando con mi novia.

—Me pareció escuchar que te pedía que la soltaras y que te fueses. Así que rajá.

—A mí no me va a decir qué hacer un albañil de mierda.

Diego rio con sarcasmo y se rascó la barba.

—Te entiendo, pero ¿sabés qué pasa? Este albañil de mierda conoce a Brenda desde el día en que nació, literal, y en ausencia de su hermano Lautaro y de Héctor, su padre, que en paz descanse, me toca protegerla. Y si no la dejás en paz, te voy a dar duro y parejo para que tengas y guardes. Ahora rajá de acá porque te aseguro que me pican las manos de tantas ganas que tengo de hacerte mierda.

Hugo alternó vistazos rabiosos entre Diego y Brenda.

—Esto no termina acá —declaró en dirección a Brenda mientras la apuntaba con el índice.

Se subió al automóvil y arrancó haciendo chirriar los neumáticos. Lo siguieron con la mirada hasta que dobló a la izquierda en Soler. Diego se encaminó hacia el restaurante.

—¡Diego! —lo llamó.

Se giró abruptamente con la rabia esculpida en las facciones.

—Oh —exclamó ella y se detuvo antes de chocar con él, que se inclinó hacia delante para ponerse a la altura de sus ojos.

—Deberías ser más selectiva con los chabones con los que andás. Por más que ese tipo se ponga traje y maneje un Audi, tiene el cartel de cagador colgado en la frente. —Dio media vuelta y cruzó el portal del restaurante.

Brenda correteó por detrás y lo detuvo sujetándolo por el brazo. Diego se apartó con un gesto desmedido.

—No ando con él. No ando con nadie —aclaró y de pronto se sintió como una idiota dándole explicaciones que él no pedía y que por cierto no le interesaban—. ¿Por qué me tratás mal, Diego?

Soltó una carcajada forzada.

—¿*Yo* te trato mal?

—¿Es por lo que pasó con tu papá?

—¿Vos qué creés?

—Creo que vos sos una cosa y tu papá otra. Lo que él haya hecho no tiene nada que ver con vos. Vos no sos como él.

—¿Cómo estás tan segura?

—Porque tengo memoria. Porque me acuerdo de cómo eras.

—¿Por qué me preguntaste qué había sido de mi vida?

—¿Cómo por qué te pregunté? Hace cinco años que no sé nada de vos. Te llamé muchas veces y nunca contestaste mis llamadas. Me bloqueaste en tu Facebook.

—¿Tu vieja no te habla de mí? —preguntó él haciendo caso omiso de los reproches.

—¿Mamá?

—Yo he estado en contacto con Ximena todos estos años. ¿Ella no te habla de mí? —Brenda, sumida en una confusión paralizante, atinó a negar con la cabeza, y le dolió que Diego esbozase una sonrisa irónica.

—Está claro que Ximena no quiere que su preciosa hijita esté cerca de uno como yo, así que lo mejor va a ser que nos digamos chau aquí y ahora.

* * *

El resto de la tarde Brenda se lo pasó reprimiendo las ganas de llorar y conjeturando el significado de la situación vivida. La lastimaban la indiferencia de Diego y la bronca que ella le generaba. ¡Cuánto había cambiado! ¿Dónde se había perdido el chico bueno y considerado que la había hecho sentir amada? Estableció la última vez en que Diego había sido el dulce Diego: aquella ocasión a la salida de la fábrica, en el verano de 2011, la tarde en que le presentó a Carla. Uriel la había llamado «mina pirada» y Ángel había referido el escándalo con su hermana. ¿Sería la responsable de la metamorfosis de Diego? ¿Lo habría inducido a las drogas? ¿O sería un alcohólico? ¿O las dos cosas? No veía la hora de enfrentar a su madre.

A última hora, mientras recogían los papeles y se disponían a partir, se apareció Uriel, cambiado y listo para marcharse con la mochila al hombro.

—Che, chicas, los muchachos y yo queríamos invitarlas el domingo a la casa. Nos juntamos con nuestras familias y amigos y hacemos de todo menos aburrirnos. ¿Les gustaría venir? Aquí el joven Martiniano siempre va. Él puede decirles lo bien que lo pasa.

—Los domingos en la casa son una masa —ratificó el susodicho.

—Nos encantará ir —replicó Brenda y sonrió por primera vez en varias horas—. Gracias por invitarnos.

—¡Allí estaremos! —se entusiasmó Millie—. ¿A qué hora vamos?

—Tipo tres de la tarde.

Caminó a paso enérgico hacia la escalera. No quería cruzarse con Diego, no se expondría otra vez a su actitud radiactiva. Subió corriendo al segundo piso y echó llave al entrar en el baño. Salió unos minutos después y sofocó un grito al topárselo.

—Casi me matás del susto —le recriminó.

—No quiero que te aparezcas por la casa el domingo.

—¿Por qué? —preguntó con acento dolido.

—Ese no es lugar para vos. Y yo no tengo ganas de pelearme con los chabones con los que convivo por tu culpa.

A punto de replicar desde el ego ofendido, se quedó mirándolo, intentando descubrir al ser sensible escondido tras la máscara de rencor. Su Luna en Piscis lo dotaba de una sensibilidad extrema de la cual él se defendía tiñendo su conducta con la inflexibilidad del Sol en Virgo y la impaciencia de Marte en Casa I, pero ella veía más allá. No era pisciana y neptuniana por nada. Anhelaba estirar la mano y acariciarle la barba porque percibía cuánto necesitaba del contacto físico y del amor verdadero. Le quitaba el aliento su belleza. Qué bien le quedaban esa camisa azul oscuro y los jeans blancos. Se había quitado la bandana y rehecho el rodete en uno muy alto, apenas por debajo de la coronilla. ¡Cuántas chicas lo desearían! ¡Cuántas caerían ante esa mirada exótica! Se descorazonó al concluir que ella era una más.

—Ya le dije a Uriel que iríamos —respondió con una calma sorprendente—. No puedo retractarme ahora. Se lo veía muy contento cuando le confirmamos que iríamos.

—No vas a ir. No quiero que vayas.

—Y yo no quiero que haya guerra ni hambre en el mundo y ya ves —se encogió de hombros—, no hay día en que no los haya. No siempre conseguimos lo que deseamos. Chau —lo saludó y se movió rápidamente hacia la escalera.

Bajó corriendo. Resultaba imperioso huir de él y de su aura de bronca. Martiniano ya había sacado el auto a la calle. Se despidió de los chicos con besos apurados y ratificó que se verían el domingo.

* * *

Entró en su casa. Max la esperaba moviendo la cola y gañendo. Se tiró panza arriba a la espera de las cosquillas y de las caricias que ella siempre le prodigaba. Solo que ese día Brenda no estaba para juegos.

—Hoy no, Maxito —dijo y siguió hacia el dormitorio de Ximena.

Llamó a la puerta. Su madre la invitó a entrar. La halló sentada frente al tocador; se limpiaba el cutis. Se miraron a través del espejo.

—¿Por qué traés esa cara, hija? —se preocupó y giró sobre el taburete—. ¿Pasó algo?

—Hablame de Diego, mamá. De Diego Bertoni —puntualizó y se quedó callada, de brazos cruzados, de pie junto al ingreso, la mirada fija en la expresión desconcertada de Ximena.

—¿Por qué querés hablar de él?

—Porque hoy, después de cinco años, me lo encontré de casualidad. Y me dijo que durante todo este tiempo ha estado en contacto con vos. ¿Es cierto?

—Es cierto —admitió Ximena y se volvió hacia el espejo para quitarse la crema de limpieza.

—¿Por qué nunca me lo dijiste? —se impacientó Brenda y avanzó en su dirección.

—Porque vos estabas enamorada de él y quería preservarte de su capacidad destructiva. —Ximena se puso de pie y salió al encuentro de su hija. —Haría cualquier cosa por protegerte y por preservarte del dolor.

—Dolor fue perder su amistad. Dolor fue no saber de él, ma. Vos sabías cuánto sufría. Hablame de él. Contame todo.

—Me decís que hoy lo viste. ¿No te contó él de su vida?

—Para nada. Prácticamente no me dirigió la palabra y me trató mal. No entiendo nada —se desmoralizó—. Él me quería, ma. Yo sé que me quería.

—Sí, te quería, pero no como vos a él, sino como a una hermana menor.

—Hablame de él. Quiero saberlo todo. No podés negarme la verdad ahora que sé que me la ocultaste todo este tiempo.

Ximena inspiró profundo y exhaló el aire con actitud cansada. Asintió y le indicó que se sentase en el borde de la cama.

—Diego ha sido siempre un ser muy especial. David y Mabel son demasiado básicos para comprenderlo, en especial David, que es tan severo y pedante. Era impaciente con Diego. Por eso tu padre, que lo adoraba, iba a buscarlo los fines de semana para mantenerlo lejos de David, porque sabíamos que le pegaba.

—¿Y Mabel? —se extrañó Brenda—. ¿No protegía a su hijo?

—Mabel es una esclava de David. No haría nada para contradecirlo ni para fastidiarlo. Tu padre lo preservó lo mejor que pudo. Pero tu padre nos dejó y creo que fue Diego el que sufrió el peor impacto a causa de su pérdida. Quedó pataleando en el vacío. Tu padre habría sabido protegerlo de la ira de David cuando Diego se negó a estudiar Ciencias Económicas porque quería estudiar Música. Yo intenté hacerlo, pero no cuento con la sabiduría ni la fortaleza de Héctor. Desde 2008 todo fue cayendo en picado y se convirtió en una bola de nieve. Las peleas eran continuas. Diego vivía más en lo de Lita que con su familia. Había comenzado a drogarse y a tomar de modo excesivo. Después explotó la bomba en 2011, cuando descubrí la estafa de David Bertoni. Diego estuvo muy mal por eso. Muy mal —remarcó—. Aumentó el consumo de cocaína y comenzó a mezclarla con whisky. Lita me llamó en tres ocasiones para que la llevase al hospital porque lo habían internado por sobredosis o por descompensación por pasarse días sin comer ni tomar otra cosa que no fuese whisky.

Brenda se cubrió la boca con la mano y atajó un alarido. El corazón le latía, desenfrenado. ¿Su Diego, su adorado Diego atravesando ese tormento y ella viviendo en el país de las maravillas? Era la preciosa hijita a la que Diego se había referido; él tenía razón, era una nenita estúpida y mimada. Tonta, muy tonta.

—Mamá, ¿por qué me mantuviste afuera de esto? Él me necesitaba.

—No, Brenda, él no te necesitaba. Él necesitaba a un grupo de profesionales que lo ayudase a salir de la espiral de muerte y de destrucción en la que había caído.

—¿Por qué cayó en esa espiral? —preguntó y enseguida se acordó de lo que Cecilia le había explicado acerca de la propensión a las adicciones de las personalidades con Luna en Piscis. *Es tan fuerte el deseo de evadirse de la dureza de la vida que caen en las drogas o en el alcohol o en ambas cosas*, había asegurado, y qué acertada resultaba su afirmación a la luz de los hechos. La sobrecogió una compasión arrolladora. Las lágrimas le velaron la vista y se mordió el labio para no explotar en llanto.

Ximena chasqueó la lengua y la cobijó en su seno. Brenda alzó los pies y se ovilló sobre la cama.

—Diego es un chico muy sensible y busca en las drogas y en el alcohol la evasión para soportar la realidad. Le cuesta asumir las responsabilidades de un adulto.

—No me importa. Vos sabés que yo lo amo. Que lo he amado desde que tengo memoria.

—Pero él ahora es incapaz de amarte, hija. De amar a nadie. En estas circunstancias es un ser mezquino y egocéntrico.

—¡No! —dijo y se incorporó—. El Diego bueno y dulce está ahí adentro, atrapado en el mundo de la droga, pero ahí está. Yo lo sé.

—Sabía que ibas a enarbolarte como la defensora de pobres y ausentes como has hecho toda la vida. Amor mío —le acunó la cara y la miró a los ojos con ternura infinita—, no quiero que sufras. Vos lo amás y sé qué profunda es tu capacidad para amar, pero él no te ve de ese modo, menos que menos en estas circunstancias.

—Pero ahora está viviendo en esa casa de recuperación. Lo vi muy bien.

—¿Dónde lo viste? —se interesó Ximena.

Brenda le relató el encuentro.

—Martiniano dice que es el mejor lugar de recuperación en el que ha estado su hermano Franco.

—Es un sitio excelente —concedió Ximena—. Lo encontré como suelen encontrarse las cosas que te cambian la vida: de casualidad. Estaba como loca porque hacía más de quince días que Diego estaba preso en los calabozos del Departamento Central de Policía, el de la avenida Belgrano.

—¡Preso!

—Diego ha pasado por tantas —se lamentó Ximena—. Por todas, diría. Estuvo varias veces preso, pero esta vez era grave porque no se trataba de una trifulca callejera o por deambular borracho en la vía pública sino porque había cometido lesiones graves. Tadeo se portó muy bien.

—¿Tadeo González es el abogado de Diego? —se sorprendió, y Ximena asintió—. ¡Qué ironía! Justo Tadeo, que se ocupó de la denuncia contra David Bertoni.

116

—A Diego le tiene un gran cariño. Consiguió sacarlo, pero el juez impuso la condición de que se lo internase en un centro de desintoxicación y rehabilitación. En el Departamento de Policía conocí al padre Antonio Salla, que se ocupa de los presos con adicciones. Es un hombre magnífico, con un espíritu elevado. Dios lo puso en mi camino.

¿Cómo era posible que su madre hubiese tenido una doble vida y que ella no se hubiese dado cuenta? ¿Qué tan cierto era lo de la conexión con la madre cuando se nacía bajo el influjo de la Luna canceriana? ¿Sería ella una bobalicona incapaz de ver más allá de sus narices, concentrada en estupideces?

—Pero ahora estoy muy enojada con Diego. Hace semanas que no lo llamo ni voy a visitarlo a la casa. Se arregló de nuevo con esa tipa, la tal Carla. Habían cortado por no sé qué chanchada que hizo. No estoy al tanto de los detalles, porque Diego me oculta mucho. Pero me la encontré un domingo en la casa de recuperación cuando tu abuela y yo fuimos a visitarlo. Diego no me esperaba y estoy segura de que se quiso morir cuando me vio llegar porque él sabe lo que pienso de esa mujer. La culpo a ella de las adicciones de Diego —expresó Ximena y a Brenda la alarmó el odio que destelló en los ojos por lo usual serenos y amorosos de su madre—. Ella lo arrastró a ese infierno.

—¿Es adicta?

Ximena asintió antes de agregar:

—No tiene ninguna voluntad de desintoxicarse y quiere arrastrar a Diego a la perdición porque no se anima a ir sola. El egoísmo de los adictos es inmenso.

—Manu y Rafa, sus mejores amigos, ¿ellos también se drogan?

—En principio no, pero en el mundo en que se mueven, el de la música y esos antros a los que van a tocar, de seguro tomarán mucho y por lo menos fumarán marihuana.

—Martiniano dijo que los chicos de la casa pueden irse cuando quieren, que son libres. ¿Diego también?

—No es el caso de Diego —expresó Ximena—. Él está ahí desde hace casi ocho meses por orden del juez, que aprobó la moción que Tadeo presentó cuando le propusimos la casa de Desafío a la Vida.

—Y Lauti, ¿cuánto sabe de esta cuestión con Diego?

—Está al tanto de que sigo pendiente de él y de todos los problemas que ha tenido.

—Ah, Lauti sabe.

—No aprueba que me ocupe de Diego. Dice que tiene padres.

—Y Mabel y David, ¿qué hacen?

—Nada —afirmó con acento despectivo—. Mabel y David se fugaron a San Luis y desde allí hacen de cuenta que Diego no existe. Y es mejor así. Solo saben cometer errores y complicar las cosas. Lita y yo estamos pendientes de él.

—No deberías habérmelo ocultado, ma —insistió Brenda.

—Tal vez no debería haberlo hecho, hija, y te pido perdón. Pero… —dejó caer los párpados y tomó una inspiración profunda—. ¡Qué difícil es educar a los hijos! Siempre estás preguntándote si hacés bien o hacés mal. Encima yo, sin tu padre… Es todo más difícil.

—¡Sos la mejor madre del mundo! —exclamó Brenda y abrazó a Ximena.

Enseguida la reconfortó la sensación de bienestar que la invadía cuando estaba en contacto con ella, su refugio, su roca. Se apartó, desbordada de amor y de emoción, y la miró a través de un velo de lágrimas.

—¡Lo amo, ma! Hoy volví a verlo y me sentí tan… ¡viva! —concluyó.

—Pero me dijiste que no te trató bien.

Apretó los labios y agitó la cabeza para negar.

—Era como si se avergonzase de sí mismo —masculló por fin con el llanto entre los labios—. Era como si no quisiera que lo viese como a un adicto.

—Se avergüenza, lo sé —confirmó Ximena—. Nunca te conté que Diego iba todos los días a visitar a tu padre al sanatorio, todos los santos días, dos veces por día, al horario de visitas de la una y el de las siete. No faltó nunca. Amaba tanto a tu padre. Yo estaba con Héctor el día en que le juró que él nos protegería a los tres, pero sobre todo a vos y a mí. Tu padre sonrió (ya no podía hablar) y le estiró la mano. Diego se la besó. —Ximena se apretó la nariz y cerró los ojos.— Murió pocas horas más tarde —acotó casi sin aliento.

Volvieron a abrazarse y lloraron amargamente. Al cabo, Ximena fue al tocador y tomó dos pañuelos de papel tisú. Le alcanzó uno a su hija.

—Diego siente que le falló a tu padre —expresó Ximena—. Esa vergüenza que percibiste es real. Su vergüenza es doble, con vos y con la memoria de Héctor. —Le acarició la mejilla tibia y enrojecida. —¡Cuánto desearía que lo olvidaras!

—Es imposible, ma.

* * *

Tras el diálogo con Ximena, Brenda quedó exhausta física y emocionalmente. Se sumergió en la bañera llena de agua tibia con sales aromatizadas a la lavanda. Se acordó del consejo de Cecilia, que meditase al menos media hora por día. Buscó una música acorde y se acomodó con una toalla en la nuca.

Practicó los ejercicios de respiración que le había enseñado la Silvani e imaginó las escenas que le había indicado Cecilia. Desistió unos minutos después. Poner la mente en blanco luego del terremoto que había significado encontrar a Diego Bertoni no se presentaba como una tarea infructuosa sino insensata.

Lo recordó enfrentando a Hugo. *Resulta ser que este albañil de mierda conoce a Brenda desde el día en que nació, literal, y en ausencia de su hermano Lautaro y de Héctor, su padre, que en paz descanse, me toca protegerla.* La piel se le erizó bajo el agua y no porque sintiera frío; de hecho, sentía calor. Se rozó los pezones erectos y deslizó la mano entre las piernas fantaseando con que eran los labios carnosos de Diego. En el momento del orgasmo, sus ojos la contemplaban con fiera intensidad, como si la alentasen a gozar, y volvió a verlo como esa tarde cuando se lanzó en su rescate con la bandana roja en la cabeza y la mirada orlada de negro fija en Hugo. Le había parecido un pirata. Su belleza le había robado el aliento.

«No le fallaste a papá, amor mío», pensó y sonrió ante lo fácil y natural que había resultado llamarlo amor mío. «Hoy cumpliste tu promesa cuando me protegiste de Hugo.»

Salió de la bañera relajada y contenta pues había tomado una determinación. Envió un mensaje a Cecilia pidiéndole que se comunicasen vía Skype el sábado. Ansiaba contarle lo vivido y pedirle su opinión.

* * *

Brenda pasó la mañana del sábado en lo de Juliana Silvani haciendo ejercicios respiratorios, luego de vocalización y por último trabajando la fortaleza del diafragma, que, en palabras de su profesora, era el instrumento primordial del cantante. Terminó la clase relajada y cargada de una energía revitalizadora como solo el canto le proporcionaba.

Comió rápidamente y se encerró en su dormitorio porque a las tres de la tarde había quedado con Cecilia para charlar por Skype. Desde el jueves por la noche venía examinando con Millie y con Rosi el encuentro con Diego y si bien le encantaba intercambiar opiniones con sus amigas, tenía la impresión de que sus razonamientos carecían del matiz esotérico y astrológico que dotaba el análisis de profundidad.

—Creo que Neptuno en el grado diez de Piscis —expresó Brenda tras el saludo— está demostrando su potencia.

—¿A qué te referís?

Le contó acerca del venturoso encuentro con Diego Bertoni y fue meticulosa al relatarle cómo habían ocurrido los hechos.

—Madre de Dios —susurraba la astróloga cada tanto—. Es muy fuerte.

—No me trató bien, Ceci. Me trató como si estuviese ofendido. Con mamá suponemos que es porque le dio vergüenza toda la situación.

—No me extraña —expresó Cecilia— teniendo como tiene el Nodo Sur en Leo.

—¿Qué es el Nodo Sur?

—Los nodos lunares son dos, el Nodo Norte y el Nodo Sur. Son dos puntos imaginarios en tu carta. El que llamamos Sur representa el karma, las experiencias de las vidas pasadas —aclaró—. Es una energía que se debe abandonar. El nativo tiene que encaminarse hacia el Nodo Norte, que está exactamente en el punto opuesto. Es lo que llamamos el darma, el destino del alma, algo así como un supra ascendente. Pues Diego tiene su Nodo Sur en Leo por lo que me atrevo a decir que debe de ser un tipo orgulloso, y si tenemos en cuenta que el Nodo Sur está muy cerca de Júpiter, Júpiter —reiteró—, el que todo lo expande y agranda, podría llegar a ser engreído. *Muy* engreído. Tu teoría de que te trató con agresividad porque se sintió avergonzado no es en absoluto descabellada.

—¿Qué tendría que hacer para encaminarse hacia el Nodo Norte?

—Hacia Acuario —puntualizó Cecilia—, porque Leo y Acuario son opuestos complementarios. Diego tiene que entender que no es desde el ego que brillará sino siendo uno más del grupo. ¿Me pregunto cómo se llevará con los miembros de su banda de rock?

—Él es el líder —señaló Brenda y vio que Cecilia torcía la boca.

—Lo supuse, y no solo por este Nodo Sur en Leo sino por su Marte en la Casa I, que lo convierte en un ser independiente, el artífice de su propio destino. Es interesante el ejemplo que usamos los astrólogos para graficar el Nodo Sur en Leo —comentó Cecilia, sonriendo—, y digo que es interesante porque tiene que ver con la música. Decimos que tener el Nodo Sur en Leo es como haber sido Madonna en la vida pasada y ahora al nativo le toca cantar en un coro. ¿Qué pensás hacer? —preguntó a quemarropa.

Brenda contestó con igual resolución:

—Quiero conquistarlo. Quiero que me vea como a una mujer. Ya no soy la hijita de Héctor y Ximena, seis años menor que él. Esos tiempos quedaron atrás.

—¿Qué hay con sus adicciones? El hechizo de su Luna en Piscis es muy poderoso y te aseguro que no será fácil para él superarlo.

—Quiero ayudarlo —declaró.

Cecilia se quedó mirándola con expresión seria.

—¿Qué hay con Carla, la mujer que, según tu madre, lo lleva por el camino del mal?

—Habían cortado, pero se arreglaron —acotó incapaz de simular la amargura.

—Debe de ser una mujer en extremo posesiva —expresó Cecilia—, que lo busca una y otra vez.

—¿Por qué lo decís?

—Porque Diego es Ascendente en Tauro. La fuerza del apego, una característica muy taurina, es tema obligado para este nativo. Es necesario que la experimente, pero como la rechaza, la proyecta en los otros. El otro es el posesivo, el que se le pega como una lapa y no quiere soltarlo. Es común que lo vivan en los vínculos amorosos. En el caso de Diego todo se complica a causa de su Luna en Piscis, por la cual él mismo tiende a volver confusas las cosas y a perpetuar los vínculos tóxicos. Le cuesta cortarlos. Además —retomó tras un breve vistazo a la carta de Diego—, hay un aspecto que no te mencioné y que tiene un rol fundamental en su vida. Plutón está en la Casa VII, la de la pareja. Y no solo eso, la Casa VII a su vez está en Escorpio.

—¿Qué significa?

—Plutón, el regente de Escorpio, es el planeta de la muerte y de la transformación. Tenerlo en la casa de la pareja significa que nada será fácil en ese ámbito. Habrá una intensidad permanente, un conflicto permanente. Un destruir y renacer constantes. Los nativos con esta ubicación son de esos que sostienen relaciones tóxicas durante años. Rompen y se arreglan. Vuelven a romper y se vuelven a arreglar.

—¿Esto es inevitable?

—Es inevitable, sí —ratificó Cecilia—. El círculo vicioso se puede cortar si el nativo toma conciencia de la fuerza que lo domina y la utiliza para profundizar en su psique y en la de su pareja con el objetivo de lograr juntos una transformación absoluta, una comunión de almas, diríamos. Es un proceso doloroso, porque implica la muerte del ego para que nazca un nuevo ser, el de ellos dos como una pareja sólida, casi indestructible.

—Me temo que esta Carla es una rival de mucho peso —se desmoralizó—. Además de que es atractiva y sexi, lo conoce a Diego desde hace años. Ella es parte de la banda. Y tiene una voz alucinante.

—Con todo esto en contra —razonó Cecilia—, ¿aun así querés intentar conquistarlo? —Brenda asintió. —Entonces, atenta, pisciana. Ya hemos hablado de que Piscis tiende a comprar buzones y a inmolarse por causas perdidas. —Se colocó el índice bajo el ojo en el gesto de alerta. —Recordá que el único pecado es la falta de conciencia. Y vos ahora sos muy consciente de las energías que te habitan. Empléalas con sensatez.

Capítulo IX

El domingo, aunque la acompañaban Millie y Rosi, estaba muy nerviosa.

—No te preocupes, Bren —dijo Rosi—. No le di la dirección de la casa a Santos para evitar que se la pasara a Hugo.

—Dudo de que ese imbécil vuelva a joder —opinó Millie sin volverse; iba conduciendo—. Después de la intervención del Moro creo que no le quedaron ganas de seguir haciéndose el psicópata. Si es tal cual nos lo contaste, Bren, es lo más romántico de la historia.

—Se lo conté tal cual —ratificó Brenda mientras se cercioraba de que la chocotorta no hubiese sufrido daños tras haber saltado a causa de un bache—. No fue tan romántico. Me defendió como a una hermana y después me trató mal.

—Pero vos no le viste la cara que puso cuando Millie le explicó que tu ex novio acosador estaba afuera molestándote.

—Salió como una flecha —intervino Millie y rio con dichosa malicia.

—Estoy nerviosa —admitió.

Rosi, que ocupaba el sitio del acompañante, se giró y le extendió la mano, que Brenda aceptó de inmediato.

—Tranqui, amiga —susurró—. Todo saldrá bien.

—Aquí estamos nosotras para protegerte —expresó Millie.

—Tengo miedo de que me eche —admitió Brenda.

—¡Que se atreva! —exclamó Millie—. A nosotras nos invitaron los chicos. Él no es el dueño de la casa. Yo se lo voy a dejar muy claro si se hace el pelotudo. Vos dormí sin frazada.

Pese a todo, Brenda rio. Se instó a relajarse y a disfrutar de la visita a la casa. La intrigaba conocer el sitio donde vivía Diego desde hacía casi ocho meses. Se encontraba en la ciudad de Avellaneda, por lo que apenas cruzaron el puente Pueyrredón supo que estaban cerca. Consultó la hora en su celular: tres y cinco de la tarde.

—Estás re linda, Bren —comentó Rosi—. Te quedan pintadas esa pollera y la blusita.

—Tal vez deberías haberte puesto algo más sexi —replicó Millie—. Ojo —aclaró—, el conjunto te queda pintado, como dice Rosi, pero es demasiado… no sé, romántico, inocentón.

—Pero ella se viste así siempre —alegó Rosi—. Además, la pollera es entallada y le queda por encima de las rodillas. Con esas sandalias con un poco de taco se le lucen las piernas zarpadas que tiene. ¡Ojalá yo las tuviera! —deseó.

—El pelo lo tenés lindísimo —la elogió Millie—. Esas ondas naturales te quedan muy bien. Tomá —dijo y arrojó la cartera hacia atrás—. Buscá mi *gloss* y ponete un poco. ¡Te pintaste re poco, Bren!

—Pero tenés un perfume exquisito —intervino Rosi—. Me gusta una banda. Es muy fresco.

—Es de mamá. Me dijo que era ideal para una tarde calurosa como la de hoy.

—¿Sabe tu vieja que venís a verlo a Diego? —inquirió Millie.

—Sí —contestó Brenda y la miró con seriedad a través del espejo retrovisor.

—¿Y? ¿Qué dice?

—No le gusta mucho la idea —admitió.

—Es lógico —señaló Rosi.

Llegaron guiadas por el GPS. La casa se encontraba próxima al Museo Ferroviario. De hecho, la ONG la había construido en los ochenta en un predio donado por Ferrocarriles Argentinos. Millie detuvo el auto, se dio vuelta para mirarla y le guiñó un ojo, y el ritmo cardíaco de Brenda se desbocó.

La casa le pareció preciosa, con su amplio jardín delantero bien mantenido, el techo de tejas a dos aguas y una galería con macetas y sillones de madera blanca. En tanto avanzaba por el camino de lajas hacia el ingreso, Brenda decidió que le gustaba la tonalidad amarilla con que la habían pintado y le pareció que combinaba a la perfección con el suave celeste de las ventanas.

Millie le mandó un mensaje a Martiniano para advertirle que habían llegado, por lo que su compañero salió a darles la bienvenida. Se encontraron a mitad de camino en el sendero.

—Los chicos van a alucinar cuando las vean —les confesó—. Estaban seguros de que no vendrían. La gente los margina por ser adictos —añadió con ojos tristes que enseguida se iluminaron al cruzar el umbral y anunciar—: ¡Ey, hombres de poca fe! Miren quiénes vinieron.

Uriel, Franco, Ángel y José saltaron de sus asientos y se aproximaron entre exclamaciones y sonrisas. Tras el caluroso recibimiento, las invitaron a pasar y les fueron presentando a los demás. A Brenda se le armó un lío de nombres y rostros. No se consideraba como un talento de los piscianos retener ese tipo de información, sobre todo cuando a ella le interesaba encontrar solo una cara. Sí prestó atención cuando José le explicó que en la casa vivían diecisiete chicos, dos de los cuales estaban aún en su período de desintoxicación, por lo que no bajarían. Los otros quince y sus familiares y amigos —una treintena de personas, calculó— se hallaban diseminados por el salón, que era muy amplio, fresco y luminoso, con ventanas y contraventanas que daban a la galería. Había varios grupos de sillones y de sofás, una televisión encendida con el volumen bajo, una mesa de ping-pong, otra de metegol y una de pool, donde avistó a Diego, quien, inclinado para realizar un tiro, lucía absorto en el destino de la bola que se disponía a golpear. Rosi y Millie ya lo habían ubicado y lo observaban con gestos ceñudos. Resultaba improbable que no las hubiese visto con el bullicio que habían armado los chicos. Las ignoraba.

La indiferencia de Diego no le dolió tanto como divisar a la mujer que, apostada en el otro extremo de la mesa de pool con un taco en la mano, se movió con meneos deliberados para posicionarse junto a él. Comenzó a acariciarle la espalda. La reconoció enseguida; se conservaba igual que en el verano de 2011, con su largo cabello platinado y los labios rojos.

—¿Esa es la tal Carla? —interrogó Millie y Brenda asintió—. Quiero que lo sepan: la odio.

Carla alzó la mirada de pestañas postizas y fijó los penetrantes ojos verdes en Brenda, que le sonrió para establecer contacto. La mujer no respondió al gesto y se incorporó cuando Diego realizó el tiro. Le susurró al oído sin dejar de mirarla. Diego se volvió hacia ellas y, tras un vistazo, alzó los ojos al cielo con evidente fastidio y agitó la cabeza.

—¿Quién se cree que es? —se indignó Rosi.

—Quiero irme —declaró Brenda, consciente de que hablaba la parte huidiza y miedosa de su Sol en Piscis.

—De ninguna manera —sentenció la escorpiana Millie—. No le vamos a dar el gusto, en especial a ella, que te tiene una envidia y unos celos más evidentes que las pestañas postizas que usa. Se merecen esos dos. Como dice mi abuela, Dios los cría y ellos se amontonan. Vamos a saludar —propuso.

A punto de negarse, Brenda se recordó que se encontraba allí para conquistarlo. No se acobardaría ante el primer escollo.

—Vamos —dijo, y las tres se encaminaron hacia la mesa de pool.

—Diego está todo tatuado —comentó Rosi en un susurro— y tiene los brazos muy trabados. ¿Hará pesas?

—Obvio, Rosi —contestó Millie.

Carla las observaba con una sonrisa ladeada, apoyada sobre el taco. Brenda se convenció de que nunca había visto un cuerpo tan escultural como el de esa mujer. Enfundado en unos jeans ajustadísimos, probablemente elastizados, parecía la obra de un escultor. ¿Practicaría gimnasia? Las puntas onduladas del cabello le rozaban el inicio de un trasero respingado y pequeño.

—Le metería el palo ese por el culo —masculló Millie—, para que deje de hacer poses como si fuera una puta buscando clientes.

—¡Ay, Di, mirá quién vino! —exclamó Carla cuando las tuvo a corta distancia—. ¡Tu primita! ¿Y qué traés ahí? —Brenda no hizo a tiempo de poner el recipiente fuera de su alcance antes de que Carla retirara la servilleta que lo cubría. —¿Qué es? —preguntó y arrugó la nariz con una mueca de repugnancia.

—Una chocotorta —respondió Brenda, mientras Millie le arrebataba la servilleta y la tapaba de nuevo—. Es la torta favorita de Diego —expresó en su dirección.

Por mucho que él fingiera concentrarse en el próximo tiro, se percibía su incomodidad, su fastidio y en especial su vergüenza. ¡Cómo se arrepentía de estar ahí!

—¡Di, la chocotorta es tu torta favorita! —proclamó Carla en un gesto sobreactuado—. Tantos años compartiendo la cama y nunca me lo contaste.

—Ahora entiendo por qué terminó drogándose —intervino Millie y Carla se volvió bruscamente y la fulminó con ojos feroces, que desvelaron su índole—. Es obvio que tenía que colocarse para cogerte —añadió.

Brenda se dio vuelta cuando unas risotadas explotaron a sus espaldas. Dos chicos, que evidentemente habían captado el exabrupto de Millie, se aproximaban a la mesa de pool. Los reconoció enseguida: Manu y Rafa, los mejores amigos de Diego, los otros músicos de Sin Conservantes.

—¡Quién te creés que sos para hablarme así, pendeja del orto!

—Gracias por lo de pendeja —contraatacó Millie—. Lástima que no te pueda devolver el piropo porque o bien ya sos una señora o estás hecha percha, no puedo determinar cuál de las dos. ¿Te inyectás colágeno en los labios? —preguntó e inclinó la cabeza hacia delante y aguzó la mirada.

Más risotadas. Brenda observaba la escena como sumida en un estado de hipnosis. Carla se lanzó en dirección de Millie. Diego apoyó el taco sobre la mesa con un estruendo innecesario y le cruzó el cuerpo para evitar que se moviese.

—Dejame pasar. La voy a surtir a la pendeja.

—No —habló él por primera vez y Brenda se estremeció—. No quiero quilombo, ya lo sabés. —Acto seguido, le digirió una mirada asesina a Brenda; ella igualmente le sonrió. —¿Qué hacés aquí si te dije que no vinieras?

—Sos *muy* pelotudo, Diego Bertoni —se enfureció Millie y las carcajadas de Manu y de Rafa inundaron el salón y llamaron la atención del resto—. Vamos, Bren. No vale la pena. Dejalo que siga con la señorita colágeno. Se merecen los dos imbéciles.

Cecilia le había advertido que con Plutón, el planeta del poder, en la Casa XI, la de los amigos, podía ser víctima de amistades peligrosas o bien rodearse de personas fuertes e intensas que proyectasen su propio Plutón. Saltaba a la vista que se trataba de lo segundo.

Se dirigían hacia el grupo donde se encontraban Martiniano y el resto cuando Millie se volvió repentinamente, elevó el índice en dirección de Diego y le advirtió:

—Te veo probando un bocado de la chocotorta de Bren y te meto ese palo por el culo, ¿me oíste?

—¡Uy! —exclamó Manu e hizo un gesto de dolor.

—Solo imaginarlo y se me frunce todo —comentó Rafa.

—¿Son pelotudos o se hacen? —se escuchó que Carla los increpaba—. ¿Por qué la festejan a la imbécil esa?

—Está claro que tenés la idea fija con el taco de pool y el culo de la gente —susurró Rosi en tanto se alejaban.

—De la gente no —la corrigió Millie—. Solo de esos dos pedazos de mierda.

Brenda avanzaba apretando el recipiente contra el estómago sin darse cuenta de que solo conseguía acentuar la náusea. Caminaba impulsada por el instinto. La visita estaba resultando peor de lo previsto. Diego la había hecho sentir de más; ella no pertenecía a su entorno.

* * *

El grupo las acogió y les hicieron lugar en los asientos dispuestos alrededor de una mesa centro. Si se habían percatado del momento de tensión cerca de la mesa de pool, no lo mencionaron. Belén, la hermanita de Martiniano, de doce años, se pegó a Brenda. La contemplaba con fascinación, como si la encontrase la chica más linda e interesante.

Además de la chocotorta, habían llevado facturas y los aparejos para el mate, por lo que se pusieron a servir y a cebar. Manu y Rafa se aproximaron.

—¿Nosotros podemos comer una porción de chocotorta? —preguntó Manu con la mirada fija en Millie—. ¿O corremos el riesgo de que nos pase lo mismo que al Moro?

—Si me prometés que vos y tu amigo no son tan… —se corrigió al advertir la presencia de Belén— tontos como él, sí, pueden probar la chocotorta.

Brenda les sirvió y los chicos recibieron los platos prodigándole sonrisas y miradas cargadas de curiosidad. Dedujo que estarían acordándose de ella, de cuando se la encontraban en los cumpleaños de Diego, y ella iba con trenzas y tenía aparatos en la boca. Se ubicaron del otro lado de la mesa y, tras saborear el primer bocado, alzaron los tenedores en un gesto de aprobación, a lo que Brenda respondió con una sonrisa.

La charla prosiguió ligera y animada. Cada tanto explotaban risotadas gracias a las ocurrencias de Millie y de los muchachos de la casa. Había uno llamado Anselmo, bajito y delgadísimo, que poseía un humor mordaz y ocurrente, que a Brenda hizo reír y olvidar por un momento el maltrato de Diego. Notó que vestía una camisa con mangas largas pese a la jornada calurosa y dedujo que ocultaba los antebrazos para evitar exponer algún tipo de herida. ¿Habría intentado suicidarse cortándose las venas? ¿O se autoflagelaría? ¿O tendría la vena radial llena de las marcas de los pinchazos? Al sonreír, ocultaba los dientes carcomidos a causa del consumo de drogas, posiblemente heroína o metanfetamina, las más dañinas para la salud bucal según les habían enseñado en una clase especial en el último año del secundario.

Pese al ambiente distendido, Brenda percibía las corrientes de dolor y angustia que surcaban el espacio de la amplia sala. Las sentía en torno a ella como cintas que iban ajustándose, aprisionándola. En el pasado la experiencia le había causado pánico; en esa instancia sabía que era consecuencia de su hipersensibilidad neptuniana, una característica de su temperamento tan genuina como el color de sus ojos. Solo tenía que aprender a preservarse y a controlarla.

—Es la chocotorta más rica que comí en mi vida —declaró Belén en dirección de Brenda.

—Gracias, Belu. Si querés, te enseño mi secreto —dijo y le guiñó un ojo.

—¡Sí, dale!

Entraron dos hombres, dos curas, pensó Brenda al advertir los alzacuellos en sus camisas celestes. Uno tenía el pelo completamente blanco, el otro era joven y atractivo. Debían de ser el padre Antonio y el padre Ismael.

—Siempre llegan a esta hora porque primero van a ver a los chicos del orfanato —explicó Belén.

—¿Tienen también un orfanato? —se admiró Brenda, mientras los observaba saludar con abrazos y apretones de mano a los familiares; los conocían a todos y les brindaban un trato informal y confianzudo.

A Brenda le resultó notorio el cambio que se operó en las maneras de los curas al saludar a Carla; sus semblantes se tornaron circunspectos y no hubo intercambio de besos sino apretones de mano muy formales. Más que formalidad, meditó Brenda, había desconfianza.

—Aquí veo rostros nuevos —señaló el padre Antonio al aproximarse al grupo donde se hallaban Brenda, Millie y Rosi.

—Son las amigas que le mencioné, padre —intervino Ángel.

—Pensaron que no vendrían —les recordó el padre Ismael, en tanto se inclinaba para saludarlas con un beso.

Franco, el hermano de Martiniano, hizo las presentaciones.

—Brenda es la hija de Ximena, la madrina del Moro —apuntó Rafa, lo que confirmó a Brenda que la recordaba.

Hubo un momento de sorpresa y de comentarios obsequiosos por parte del padre Antonio.

—La extrañamos a tu mamá —expresó Ismael—. Hace varios domingos que no viene.

—Está encula… —empezó a decir Manu y se interrumpió ante la mirada severa del padre Antonio—. Está enojada con el Moro porque se arregló con Carla.

Los sacerdotes asintieron con expresiones neutras. Brenda les ofreció chocotorta y mate y los dos aceptaron. Anselmo y José les trajeron sillas y los curas terminaron instalándose con ellos.

—Aquí falta música —se quejó Manu—. ¿Qué pasó con su guitarra, padre? —le preguntó a Ismael.

—Me la olvidé en el orfanato.

—Si quieren música —intervino Millie—, acá mi amiga —señaló a Brenda— tiene la voz más alucinante que existe.

Se le arrebataron los cachetes; los sentía arder. No quería cantar frente a tanta gente. Lo hacía en los cumpleaños y en otras fiestas familiares. Exponerse en ese sitio lleno de desconocidos y de conocidos hostiles se le presentó como una empresa imposible.

—¡Bren, plis, plis! —rogó Belén y le aferró el brazo—. Cantá alguna canción de Katy Perry, te lo imploro.

—Adora a Katy Perry —comentó Gabriela, la madre de Martiniano.

—Bren la rompe cantando *Hot'n Cold* —señaló Rosi.

—¡No! —exclamó la nena—. ¡Es mi tema favorito de todos los tiempos! —aseguró y los adultos soltaron una carcajada.

Brenda, aún riendo, alzó la vista y se encontró con la mirada de Diego clavada en ella. La sonrisa se le esfumó y apartó la vista, incómoda.

La entristeció comprender que él había erigido un muro construido con vergüenza y orgullo y que se habían convertido en extraños.

—¡Pero miren quién nos honra con su presencia! —exclamó Rafa y se puso de pie.

—¡Vieja linda! —lo siguió Manu.

Se alejaron a pasos rápidos hacia la puerta principal, por donde ingresaban una anciana y dos mujeres de unos cincuenta años. Aunque la encontró ligeramente encorvada y con el cabello más blanco y ralo, reconoció a Lita, la abuela de Diego. La acompañaban sus hijas, Silvia y Liliana, parecidas a Mabel; las tres poseían el mismo aire de familia.

Rafa y Manu abrazaban y besaban a la anciana mientras le decían piropos y ella los amonestaba por mentirosos. Brenda no les prestaba atención y seguía a Diego con la mirada. La había impactado la metamorfosis de su semblante, que se iluminó al ver a las tres mujeres. Apoyó el taco sobre la mesa, apagó el cigarrillo en un cenicero y cruzó el salón a largas trancadas. A Brenda no le pasó inadvertido que Carla siguiese jugando al pool y fumando y ni siquiera se volviese una vez para mirar la escena.

Lita y Diego se abrazaron. La energía de amor incondicional que se arremolinó en torno a ellos la emocionó. Su madre se equivocaba, Diego todavía era capaz de amar. Amaba a esa anciana quizá como no amaba a ningún otro ser vivo. El descubrimiento la hizo feliz, inmensamente feliz, y compensó la amargura que tenía alojada en el corazón desde que había vuelto a ver a Diego Bertoni.

Los padres Antonio e Ismael se levantaron y, cumpliendo con su rol de anfitriones, fueron a recibir a las recién llegadas. Brenda no perdía detalle y percibió con qué respeto saludaban a la abuela y a las tías. Carla se mantenía en su rincón y seguía jugando sola y fumando.

Lita tomó del brazo a Diego, que la acompañó con un caminar lento hasta un grupo de sillones donde la ayudó a sentarse; le colocó un almohadón en la parte baja de la espalda y la mujer le acarició la mejilla barbuda. A Brenda le habría gustado saludarla, pero temía enfurecer a Diego y provocar una escena que arruinase lo que claramente era el único momento valioso para él.

—¿No vas a cantar, Bren? —Belén la contemplaba con una expectación que la desarmaba.

Había creído que gracias a la interrupción propiciada por la llegada de Lita se olvidaría de ella y de su canto. Acarició la mejilla de la nena.

—Tal vez los demás no quieran.

—¡Todos queremos! —exclamó Uriel—. Che, Anselmo, traé la compu que buscamos en YouTube el karaoke de *Hot'n Cold*.

Anselmo se evadió fuera de la sala hacia un sector en el que Brenda había avistado las escaleras que, dedujo, conducían a los pisos superiores. Habría amado conocer el dormitorio de Diego. Lanzó un vistazo rápido en su dirección y lo pilló en el instante en que se inclinaba sobre la mano de la abuela y se la besaba. La asaltó una emoción incontrolable al imaginarlo besando la mano de su padre el día en que le prometió que los cuidaría cuando él ya no estuviese. Se puso de pie y carraspeó antes de decir:

—Ya vengo.

Se encerró en el baño y se contempló en el espejo. Tenía los ojos inyectados de aguantar el llanto. Se impuso no llorar. No le permitiría a la peor parte de su corazón pisciano que la dominase. No sentiría lástima de sí misma. Ella solita se había metido en ese lío. Diego le había exigido que no fuese y ella lo había desafiado. Ahora no moquearía como una niña. Tenía que afrontar la situación con la prestancia de un adulto. Emplearía su inconmensurable sensibilidad neptuniana para derramar amor y alegría a través del canto.

Dejó correr el agua hasta que se calentó. Hizo gárgaras para preparar las cuerdas vocales. Realizó unos ejercicios respiratorios que le distendieron el diafragma. Por último, practicó unas vocalizaciones sin alzar mucho el tono. Se sentía confiada. Conocía bien la voz de Katy Perry y sus registros máximos estaban por debajo de los suyos.

De regreso en la sala se encontró con que Anselmo se ocupaba de las últimas conexiones; hasta micrófono y parlantes había conectado a la laptop. De seguro la acústica del sitio dejaba mucho que desear, pero ella no estaba allí para dar un examen sino para alegrar a esas personas agobiadas por el peso de las adicciones.

Igualmente estaba muy nerviosa. Diego la oiría y también Carla, que era una cantante profesional con una voz prodigiosa. Decidió ubicarse de modo que quedasen a sus espaldas y le pareció juicioso concentrarse en los ojitos chispeantes y emocionados de Belén. Cantaría para ella, resolvió.

Tomó el micrófono y dio una última y larga inspiración antes de asentir en dirección a Anselmo para que iniciara la pista de YouTube. El comienzo con las baterías le aceleró el corazón de una linda manera, como solo la música se lo hacía palpitar. Era pisciana, más que pisciana, era una poderosa neptuniana, y ese era su arte. Se sentía como pez en el agua mientras repetía las estrofas y hacía la mímica para acompañar el sentido de las frases. Belén se esforzaba por imitarla y pronto escuchó que los demás las alentaban con las palmas. Estiró la mano hacia la nena, que la aceptó enseguida. La obligó a ponerse de pie y siguieron cantando juntas y bailando. Uriel sacó a bailar a Millie y Franco a Rosi y pronto todos se movían en torno a ella y a Belén, aun Gabriela y su ex esposo.

La canción terminó y Brenda y Belén se fundieron en un abrazo mientras el salón explotaba en aplausos, bravos y silbidos.

—¡Sos lo más, Bren! —le susurró Belén con fervor y Brenda la apretó contra su pecho.

Alguien la aferró por el brazo y la apartó de Belén. Era Martiniano, que la contemplaba con una mezcla de alegría y asombro.

—¿Me estás jodiendo, Bren? ¿Vos cantás así y yo no sabía nada?

—¿Viste lo que es, Marti? —intervino Millie, orgullosa del talento de su amiga.

El grupo la rodeó para alabarla y felicitarla. Se abrió un corro que dio paso a los curas; se aproximaban aplaudiendo.

—¡Criatura! —prorrumpió el padre Antonio—. ¡Qué voz! Nos has dejado a todos atónitos.

—¡Atónitos es poco! —admitió el padre Ismael.

—¡Otra! ¡Otra! —empezó a corear la gente, aun los chicos y los familiares reunidos en sectores más alejados.

—¡Sí, Bren! —la animaron sus amigas.

—Elija usted, padre Ismael —sugirió Ángel.

—Yo no sé nada de música moderna —se excusó el sacerdote—. Soy de la época de Pink Floyd y de Queen.

—¡Bren la rompe con Queen! —aseguró Millie—. Era la banda favorita de su papá.

Era cierto, Héctor le había inculcado el amor por Freddie Mercury y por Queen desde que era muy chica. También Diego los amaba gracias a la influencia de su padre. Fue un instante en el que se permitió mover la vista hacia su sector y el instante se perdió en el infinito. No habría sabido explicar, solo se trató de un parpadeo, menos de un segundo, y sin embargo ella lo vio como si se quedase congelada delante de él, como habría deseado para estudiarlo y aprenderse cada planicie, cada ángulo, cada peculiaridad de su amado rostro. Y en esa eterna y efímera mirada que cruzaron ella descubrió la abierta admiración que acababa de inspirarle con su canto.

—Padre Ismael, ¿le gustaría que cantase *Don't Stop Me Now*? —propuso y rio ante la mueca extática del sacerdote—. Anselmo, ¿está la pista de *Don't Stop Me Now*?

—¿La qué?

—El karaoke —aclaró.

—¡Listo! —afirmó el chico un momento después y aguardó a que Brenda le diera la señal.

Tras las primeras estrofas lentas, la música adquirió un ritmo frenético que contagió el ánimo de la gente. Aplaudían y bailaban, aun el padre Ismael. El padre Antonio se mantenía aparte, aunque acompañaba con las palmas y sonreía. Ella seguía con Belén tomada de la mano. La hacía reír por el modo en que se empeñaba en imitarla. Era adorable.

Se esmeró en las últimas estrofas, en las que la música se transformaba drásticamente para languidecer en unos tonos melancólicos, sin palabras, simples unidades melódicas en las que prácticamente cantó a capela y su voz se destacó.

De nuevo la casa se estremeció con la bulliciosa aprobación del público. El padre Ismael, aún agitado, la aferró por los hombros y le habló al oído para que lo escuchase.

—Es un talento que Dios te dio, Brenda, un don con el que hacés feliz a la gente. Hacía muchos años que no veía este sitio tan lleno de alegría y de vida. Gracias.

—De nada, padre. Ojalá pudiera hacer más.

—No tenés idea de lo que has hecho hoy por estos chicos.

Vibraba de alegría y de orgullo, de amor por la humanidad y pasión por la vida. Comprendía con cabal entendimiento que, de acuerdo con lo que le habían augurado los planetas al nacer, su destino estaba en la música y no en las frías Ciencias Económicas.

—Ahora es el turno del padre Antonio —declaró Franco—. Padre, vamos, elija otra canción.

—Oh, no, no —se excusó el hombre—. Yo soy muy viejo para estas cosas. No entiendo nada de música moderna. Lo mío es la ópera y nunca me muevo de ahí.

—¡Brenda la rompe con la ópera! —intervino Rosi—. Bren, por favor, cantá la que le cantaste a tu mamá el otro día en la quinta. Esa… —agitó la mano en el acto de esforzarse por recordar—. Era un nombre en italiano.

—¿Tal vez *Ebben? Ne andrò lontana?* —sugirió.

—¡Esa! —confirmó Rosi—. No sabe, padre, se me puso la piel de gallina cuando la escuché. Y eso que yo de ópera no entiendo nada ni me gusta mucho.

—¿Sabés cantar el aria de *La Wally?* —la interrogó el cura y Brenda notó su escepticismo.

Aunque se trataba de una pieza complicada, con registros muy elevados, se sentía segura de interpretarla. La conocía de memoria; la había aprendido tiempo atrás, enamorada de la composición después de escuchársela entonar a la soprano Maria Bator, la pareja de Leonardo Silvani.

—Sí, padre, sé cantarla —ratificó—. Pero no sé si los demás querrán escucharla. No a todos les gusta el canto lírico.

—¡Claro que queremos escucharte! —intervino Gabriela—. *Muero* por escucharte cantar lírico.

Se echó a reír cuando Uriel se lanzó a batir las palmas para marcar el grito de «¡Lí-ri-co! ¡Lí-ri-co!». Alzó las manos en un gesto de rendición y realizó una genuflexión para saludar al público como le había enseñado la Silvani.

—Bren, ¿cómo se escribe el nombre de esa canción? —quiso saber Anselmo—. Es para ver si está la música.

Dudaba de que existiese. Tecleó el nombre del aria con la palabra karaoke al lado y la sorprendió comprobar que sí existía. Lo descartó enseguida porque el pianista no respetaba el tempo al que ella se ajustaba. Buscó otro y tras escucharlo unos segundos se decidió a usarlo. Habría sido más emotivo cantarla con la melodía ejecutada por la orquesta, como hacía en el estudio de la Silvani, sobre todo la parte final con los timbales y los violines en toda su gloria. Tendría que conformarse con el acompañamiento del piano.

Cerró los ojos y se tomó unos segundos para inspirar y relajar los músculos, en especial el diafragma. Alzó los párpados y lo vio a él. Se había puesto de pie tras el asiento de Lita. Descansaba las manos sobre los delgados y pequeños hombros de la anciana. Incluso desde esa distancia, Brenda percibía en su propia carne la expectación que lo dominaba. Lo sentía tenso. «Tiene miedo por mí», se convenció. «Tiene miedo de que falle.» Ahora, se propuso, cantaría para él.

Anselmo le extendió el micrófono y ella movió la cabeza para negar.

—Esta es sin micrófono —aclaró en un susurro—. Cuando alce la mano, apretá *play*, por favor.

Alzó la mano y los primeros acordes del piano inundaron el salón enmudecido. Bajó los párpados para encerrarse en el canto doliente de Wally, que triste y resignada, debía abandonar el hogar y a su amor. Bastó la primera estrofa para que se alzara un murmullo desde el perplejo auditorio. No la sorprendió. La disparidad entre el canto ligero y el lírico era brutal; en todo diferían. Debían de juzgarlas las voces de dos personas distintas. La Silvani siempre ensalzaba la ductilidad que poseía y que le permitía cambiar con la simpleza de un chasquido de dedos.

A ella solo le importó lo que Diego estuviese experimentando y, como si se hubiese abierto un canal directo entre ella y él, aun así, ciega al entorno, la alcanzaron su estupor, su admiración y en especial su tristeza. Anhelaba correr a él y confesarle que lo amaba, que nada importaba, ni sus adicciones, ni su vergüenza, ni su angustia. Ella lo amaba, infinitamente lo amaba.

Hasta allí había cantado sin cometer fallas. Se aproximaba la coda, cuando le exigiría a su voz uno de los máximos registros. Lo haría con el corazón y sería como un grito de amor dirigido a Diego. Le expresaría con el canto aquello que tal vez nunca le confesaría con palabras.

—*Ne andrò sola y lotaaaaaana e fra le nubi d'ooooor.*

Me iré sola y lejos y entre las nubes de oro. El aria acabó y ella mantuvo los ojos cerrados. Uno, dos, tres segundos de silencio. Hasta que el padre Antonio murmuró con voz insegura:

—Dios te bendiga, hija.

Los aplausos y los bravos y los vivas inundaron la estancia con una energía impregnada de aturdimiento, como si el público acabara de darse cuenta de que había atestiguado un milagro, un portento, algo que desafiaba las leyes naturales.

El padre Antonio se había quitado los anteojos y se secaba las lágrimas con un pañuelo. Brenda se acercó y le sonrió y el hombre volvió a emocionarse.

—Ni Anna Netrebko me conmueve como acabás de hacerlo vos, querida —admitió el sacerdote—. ¡Qué voz! ¡Qué don!

—Gracias, padre —alcanzó a susurrar, ella también conmovida, antes de que el círculo se cerrase a su alrededor y la elogiaran con felicitaciones y comentarios exaltados.

Rosi, servicial y observadora, le pasó un mate caliente y la guio para que se sentase.

—Debés de estar agotada —razonó—. ¡Te pasaste, Bren! —exclamó en un susurro y le apretó el brazo—. Sos tan genia cantando, amiga.

—Permiso —pidió una voz cascada y el grupo que la circundaba se abrió.

Lita, del brazo de Diego, se hallaba del otro lado de la mesa centro. La contemplaba con ojos arrasados y una sonrisa benévola. Brenda le devolvió el mate a Rosi, se puso de pie y salió al encuentro de la anciana, que le tendió las manos.

—Hola, Lita —la saludó—. No sé si se acuerda de mí…

—Cómo no voy a acordarme de la muñequita de Héctor, la luz de sus ojos.

Brenda emitió una risa congestionada y la abrazó. Saludó después a Silvia y a Liliana, que no cesaban de elogiarle la extraordinaria voz. Se sentaron en el sofá, Lita junto a Brenda, sus manos siempre unidas. Diego permaneció de pie, en silencio, atento a su abuela.

—¿Sabías que yo también era cantante? —inquirió la anciana. Brenda negó con la cabeza—. Era cantante de tangos —expresó con orgullo—. Así lo conquisté a mi Bartolomé, cantando tangos en una fiesta familiar.

—Sabía que tocaba el piano, pero no que cantase tango —admitió Brenda.

—Todavía toco el piano. Y así como mi madre me contagió su pasión por la música, yo se la contagié a Silvia —dijo y la señaló— y

137

a mi nieto. —Brenda evitó dirigir la vista hacia Diego. —Los dos aprendieron a tocar el piano conmigo. Dieguito lo toca mejor que yo —declaró con orgullo.

—Silvia es profesora de música —añadió Liliana— y, además del piano, toca muy bien la guitarra. Ella le enseñó a Dieguito.

—Pero ni por asomo canto como vos, Brenda —confesó Silvia.

—Cualquiera puede aprender a cantar —desestimó y añadió enseguida—: ¡Cómo me gustaría escucharla cantar un tango, Lita!

—Ah, no, querida, mi voz no es la de antes. En cambio, yo desearía escucharte a vos cantar *Naranjo en flor* o *Cambalache* o *El firulete*.

—O *Un tropezón*, mami —sugirió Silvia y Lita asintió.

—Le prometo que los voy a aprender y se los voy a cantar —dijo y al ímpetu de la promesa le siguió el peso de la realidad: era muy probable que nunca volvieran a verse.

—Gracias, tesoro.

La anciana le apoyó la mano sobre la mejilla y a Brenda la surcó una sensación agradable, familiar, como si la tocase Ximena. Le vino a la mente lo que Cecilia le había explicado acerca de la Luna en Piscis de Diego, la que había propiciado que naciera dentro de un matriarcado, con una abuela importante y también con tías y amigas de la familia como figuras centrales. *«Deben de ser una gran influencia en él, incluso en su vocación»*, había añadido la astróloga sin imaginar lo acertado de la declaración.

—Bren —intervino Millie—, perdoná que te interrumpa, pero son casi las siete y Rosi tiene que estar en Capital antes de las ocho.

—Sí, sí —se apresuró a contestar—. Me despido y nos vamos —prometió.

—Millie y yo recogemos todo —dispuso Rosi—. Vos despedite tranquila.

Brenda se puso de pie y se inclinó para ayudar a Lita. Diego, en un movimiento rápido y solícito, se aproximó para tomar del brazo a su abuela. Rozó la mano de Brenda. Lo tenía junto a ella, sus cuerpos casi se tocaban. Se empecinó en mantener apartada la vista. La guiaba la certeza de que si lo miraba en ese instante, con el corazón en carne viva, resultaría devastador. Quería ahorrarse tanta amargura, consciente de que, pasado ese domingo, la vida se reanudaría para siempre sin Diego. Había llegado hasta esa casa decidida a conquistarlo y se había estrellado contra el muro de arrogancia y de vergüenza tras el cual Diego ocultaba su verdadero ser, ese que ella amaba y que, sospechaba, aún lo habitaba. El muro, se recordó, también se había construido tras años de relación con Carla, un vínculo demasiado poderoso para abatirlo.

* * *

Durante el viaje de regreso Millie y Rosi hablaron atropelladamente para contarle detalles que ella se había perdido por hallarse absorta en el canto.

—Señorita colágeno se mandó mudar mientras cantabas la canción de Queen —informó Millie.

—¡No sabés la cara que tenía, Bren!

—Claro, había dejado de ser el centro de atención —dedujo Millie—. ¿De qué signo será la culebra?

Brenda sonrió. Desde que Cecilia las había iniciado en los secretos de la astrología, se preguntaban a menudo por las coordenadas astrales de las personas.

—Lo más notable —prosiguió Rosi— es que ni siquiera pasó cerca de la familia de Diego.

—De Diego no, Rosi —la corrigió Millie—. De *Di* —aclaró y deformó la voz hasta convertirlo en un chirrido fastidioso.

Se echaron a reír y a Brenda la risa le hizo bien. Necesitaba descomprimir la opresión que le había regresado al pecho tras haberse despedido de todos excepto de Diego, que había desaparecido en el momento de la partida. Le dolió ese último desprecio.

—¿Qué hizo Diego cuando ella se fue? —se interesó muy a su pesar.

—La acompañó afuera —contestó Rosi.

—Debió de ser una despedida sin muchos arrumacos —conjeturó Millie— porque volvió enseguida adentro.

—¿Qué hicieron la abuela y las tías cuando vieron que Carla se iba?

—No la vieron —recordó Millie—. Estaban como hipnotizadas viéndote a vos. Además, la muy turra pasó por atrás. Parecía que se escondía.

—Bren, no sabés cómo marcaba el ritmo con el pie la viejita —comentó Rosi—. Era un amor, con el rodetito blanco y los lentes al estilo John Lennon. Parecía salida de un cuento.

—Es para tenerla en la mesa de luz —afirmó Millie—. ¡Y qué bien te trató, Bren! Te compensó por las guarradas del nieto.

—No quiero que lo odies, Millie.

—¿Por qué? —inquirió y le clavó los ojos a través del espejo retrovisor—. ¿Tenés esperanza con él?

—No, después de hoy no —admitió.

* * *

Max la esperaba en la puerta y, aunque tenía el ánimo por el suelo, se obligó a acuclillarse y a hacerle mimos y cosquillas. Lo agarró de las orejas y le besó la cabeza.

—Te amo —susurró y el perro soltó un gañido lastimero.

El labrador debía de percibir su tristeza, más bien su angustia, pues, pese a que Lautaro lo llamó para salir de paseo, se negó y no se apartó de su lado.

Era consciente de que la necesidad obedecía a un comportamiento infantil propio de la Luna en Cáncer y sin embargo se adentró en la casa buscando a Ximena para que la consolase. La encontró en la terraza tomando mate con la abuela Lidia. Se acomodó sobre sus rodillas y la abrazó. Max volvió a lloriquear y le apoyó el hocico en el muslo.

—¿Así que andamos con mamitis aguda? —comentó Lidia.

—Sí, abu —susurró con la mejilla apoyada en el hombro de su madre.

Poco a poco las palpitaciones fueron aquietándose, la opresión cediendo y las ganas de llorar menguando. La sedaba el diálogo trivial y en voz baja entre su madre y su abuela. Un rato después, decidieron entrar para ocuparse de la cena, por lo que Ximena la obligó a incorporarse. Se miraron fijamente.

—Todo va a estar bien, amor mío —le aseguró y Brenda asintió sin convicción.

Capítulo X

Aunque no había logrado su cometido, la visita a la casa de recuperación trajo consecuencias inesperadas. La primera fue el mismo lunes, cuando Ximena le mandó un mensaje para avisarle que el padre Antonio quería hablar con ella; adjuntaba el número del celular. Lo llamó pasadas las dos de la tarde, apenas terminada la última clase. No aguantaba la intriga y estaba haciéndose ilusiones de que tuviera relación con Diego Bertoni, lo cual, trató de convencerse, era improbable.

El padre Antonio atendió enseguida y, tras repetirle lo impactados que habían quedado tras su interpretación, le explicó el motivo del interés por contactarla.

—Ismael y yo administramos un orfanato —dijo, algo que Brenda sabía gracias a Belén—, ahí mismo, en Avellaneda, junto a la parroquia donde trabajamos. Y siempre estamos pensando en cosas que puedan ayudar a los niños. Son treinta y uno —aclaró—, veintiuna nenas y diez varones. Aquí viene el pedido —advirtió con acento risueño—. Se nos ocurrió que vos podrías enseñarles a cantar. Tal vez una vez por semana. O una vez cada quince días. Sé que, como toda chica joven, estarás muy ocupada con tus cosas, pero como ayer le dijiste a Ismael que te gustaría hacer más…

—Me encantaría ayudarlos, padre, pero yo no soy profesora de canto —se excusó—. Me parece que sería irresponsable de mi parte.

—Pero si cantás como cantás —la interrumpió el sacerdote— es porque tenés una profesora o un profesor que te ha enseñado. No sos una improvisada.

—No, no lo soy —admitió—. Desde hace cuatro años estudio con una profesora de canto lírico del Teatro Colón.

—Eso explica mucho —manifestó el cura—. Si bien tenés un talento natural y un registro de voz de soprano, está claro que alguien muy capaz te ha entrenado. Para nosotros es suficiente credencial.

Brenda pensaba rápidamente, tironeada entre el deseo de aceptar y el miedo a cometer errores o a ser incapaz de estar a la altura de la tarea.

—No sé tocar el piano —replicó— y una profesora de solfeo *necesita* acompañarse con el piano.

El padre Antonio rio del otro lado de la línea.

—Con que uses la computadora como hicieron ayer en la casa es más que suficiente. Brenda —dijo el cura con una inflexión—, en verdad no se trata de que los chicos aprendan a cantar sino de que pasen un momento creativo y alegre. Dios sabe que han tenido y tienen pocos momentos felices en su corta existencia. Y ayer dejaste una alegría en la casa como yo nunca había sentido. Fue mágico tu canto. Tu presencia —acotó tras una brevísima pausa.

—Pero usted no me conoce, padre, no sabe qué clase de persona soy. Yo estaría tratando con niños. Es una gran responsabilidad, es algo muy serio.

—Que lo menciones —puntualizó el cura— habla bien de vos. Por un lado, conozco a tu madre. Sé que es una mujer excepcional. Además anoche, mientras cenábamos en la casa, Ismael… Él fue el de la idea de pedirte esto —aclaró—. Pues Ismael lo comentó con los chicos de la casa y Diego nos proveyó las mejores referencias.

—¿Ah, sí? —balbuceó.

—Nos dijo que eras la persona más dulce y buena que él conocía y que ponía las manos en el fuego por vos.

La asaltó una oleada de emoción que le impediría seguir hablando. Era buena y dulce; igualmente, él no la quería.

—No podríamos pagarte —siguió hablando el padre Antonio.

Brenda carraspeó para aflojar el nudo en la garganta.

—¿Cómo podría cobrarles, padre?

—¿Aceptás, entonces?

—El miércoles por la tarde tengo clase de canto con mi profesora. Me gustaría hablar con ella, pedirle su opinión y su consejo. ¿Puedo llamarlo el miércoles por la noche para contarle qué decidí?

—¡Por supuesto! Pero desde ahora te digo que me pondré a rezar para que seas la profesora de canto de los chicos. ¡Le voy a encender una vela a Santa Cecilia, la patrona de los músicos! —aseguró.

La segunda consecuencia se presentó el martes por la tarde, mientras practicaba unos ejercicios de varianza para el primer parcial de Estadística. Estaba resultándole un soporífero, por lo que se encaminó a la cocina para prepararse un café.

Sonó el teléfono fijo. Atendió Modesta.

—Es para usted, niña Brenda —informó la empleada y Brenda hizo un gesto de extrañeza; nadie la llamaba al fijo.

—Gracias, Modestiña. —Se calzó el inalámbrico entre el hombro y la oreja y siguió batiendo el café instantáneo con el azúcar. —¿Hola?

—¿Brenda? —habló una voz cascada y vieja—. Soy Lita, la abuela de Diego.

Apoyó la taza sobre la mesada y empuñó con firmeza el auricular.

—¡Lita! ¡Qué sorpresa!

—Disculpá que te moleste...

—Ninguna molestia. Al contrario. ¿Cómo está?

—Aquí, tirando. ¿Y vos? Tan linda como siempre —se contestó a sí misma—. Y tan dulce.

—No diría lo mismo si pudiese verme —objetó Brenda—. Estoy con una pinta que ni se imagina. Y en cuanto a lo de dulce, estaba estudiando Estadísticas y le aseguro que esa materia saca lo peor de mí.

La anciana rio abiertamente.

—Yo te vería dulce y linda igualmente —afirmó con acento divertido—. Si estás estudiando, no quiero quitarte mucho tiempo.

—Me encanta que me haya llamado —confesó Brenda—. ¿En qué puedo ayudarla, Lita?

—Tal vez te parezca un programa chino, pero quería invitarte a tomar el té a casa una tarde de estas, la que vos dispongas. Me encantaría charlar con vos. Tuvimos poco tiempo el domingo en la casa —justificó—. Todos querían tenerte un ratito y yo no quise acapararte, pero la verdad es que me quedé con ganas de que charlásemos. Pero si se te complica mucho...

—¡Para nada! —respondió, exaltada, feliz—. Me encantaría charlar con usted. Y que me cuente de cuando cantaba tangos.

—¡Qué épocas aquellas! —expresó con añoranza—. Será un placer compartirlas con vos.

Acordaron que se verían el viernes a las cuatro de la tarde.

—Lita, ¿sigue viviendo en la misma casa? ¿Esa a la que íbamos para los cumples de Diego y de Lucía?

—La misma, tesoro, construida con las manos de mi Bartolomé.

—Oh —se asombró—. No sabía que la había construido él.

—Gran maestro mayor de obra, mi esposo —declaró con un orgullo conmovedor y Brenda reflexionó que tal vez por eso Diego, de entre los oficios que se enseñaban en la casa, había elegido el de pintor y albañil.

Se despidieron. Brenda apoyó el teléfono con aire ausente. Tal vez se trataba de un error visitar la casa de Lita, no porque corriese el riesgo de encontrarse con Diego —descartaba esa posibilidad— sino porque inevitablemente hablarían de él y evocarían las escenas de su infancia. Ir a lo de Lita no la ayudaría en su propósito de olvidar a Diego.

La tercera y última consecuencia ocurrió el miércoles, en un recreo entre Matemática Financiera y Economía Pública, mientras tomaban un café en la cantina con Martiniano. Hablaban de Costos. El profesor les había indicado las consignas de la segunda etapa de la investigación.

—Mi vieja dice que podemos ir mañana al restaurante para hacer el trabajo —comentó Martiniano.

Millie, Rosi y Brenda intercambiaron miradas conspirativas.

—¿Van a estar los chicos de Desafío a la Vida? —preguntó Millie.

—Sí, todavía tienen para un par de semanas más. Se mueren por volver a verlas —expresó en tono confidente—. Quieren invitarlas de nuevo el domingo, pero a un asado. Te van a pedir que cantes, Bren —advirtió—. Todavía me pateo la mandíbula, Gómez. Casi me caigo de tujes cuando cantaste eso último que cantaste.

—Un aria —señaló Rosi.

—Era como si cantase otra persona completamente distinta. ¿De dónde sacás esa voz? ¡Y con lo flaquita que sos!

—Flaquita pero con buenas formas —la defendió Millie.

Martiniano no tuvo tiempo de replicar. Sonó el timbre de su celular y atendió al ver que se trataba de Gabriela. Tras saludarla, le preguntó:

—¿Confirmado para mañana por la tarde, ma? —Tras un silencio en el que Martiniano asintió y sonrió, le extendió el teléfono a Brenda. —Mi vieja quiere hablar con vos.

—Sí, claro —contestó, desorientada, y recibió el aparato—. Hola, Gabriela.

—Brenda, querida, ¿cómo estás?

—Bien. ¿Y usted?

—Bien, gracias a Dios. Mirá, no quería molestarte, pero Belén me tiene loca desde el domingo. Me persigue pidiéndome que te pregunte si podrías darle clases de canto.

Brenda sonrió con ternura al evocar a la entrañable y vivaz Belén. Empleó los argumentos esgrimidos con el padre Antonio. Al igual que él, Gabriela los rebatió uno por uno. Al final, terminó la conversación del mismo modo que con el sacerdote, pidiéndole tiempo. Esa tarde vería a la Silvani y le pediría consejo.

Terminaron el café y marcharon al segundo piso, al aula de Economía Pública. En el trayecto se cruzaron con Hugo Blanes, que salía de la clase de Contabilidad. Brenda se tensó al encontrarlo con la mirada. La tensión cedió ante la sorpresa que significó que Blanes bajase la vista y se evadiera por el corredor dando largas trancadas.

—¡Uy! —celebró Rosi—. Ahí va uno con el rabo entre las piernas.

—Se ve que le cayó la ficha después de que el Moro le parase el carro la semana pasada.

Brenda lanzó un vistazo furibundo a Millie, que acababa de cometer una infidencia frente a Martiniano. El chico hizo un ceño antes de preguntar:

—¿Cuándo se vieron Blanes y el Moro?

—No importa, Marti —desestimó Brenda.

—Importa —objetó—. Ahora me empieza a cerrar por qué Franco me llamó el otro día para averiguar si conocía a tu ex. Le dije que sí y me sometió a un interrogatorio: cómo se llamaba, dónde trabajaba. Cuando le pregunté para qué quería saber me dijo que no era asunto mío y que no fuese tan chismoso.

—*Oh, my God!* —exclamó Millie y aferró la mano de Brenda, que se la apretó en un acto inconsciente.

—¿Creen que lo mandó el Moro a preguntarme? —se cuestionó Martiniano.

—¡Obvio que sí! —afirmó Millie.

—Debió de ir a increpar a Hugo, Bren —dedujo Rosi.

—¿Te estaba molestando? —se interesó Martiniano—. El otro día me dio la impresión de que estaba poniéndose *heavy*, en la puerta del

145

aula —puntualizó—. Lo vi que te agarraba y que te zarandeaba. Por eso intervine.

—Hiciste muy bien, Marti —celebró Millie—. Sí, la acosaba. Y el día en que fue a buscarla al restaurante de tu vieja, se comportó como un psicópata. Hacía falta que un macho con las pelotas bien puestas le parase el carro.

—¿Ahora es un macho con las pelotas bien puestas? —la provocó Rosi—. El domingo lo trataste de pelotudo —le recordó— y amenazaste con hacerle un estudio proctológico usando el taco de pool si llegaba a tocar la chocotorta de Bren.

Martiniano rompió en sonoras carcajadas.

—Que sea un macho con las pelotas bien puestas —alegó Millie— no implica que el domingo no se haya comportado como el peor ortiva *ever*. Al menos sirvió para algo —concluyó y se encogió de hombros—. Lo espantó al gusano de Hugo.

* * *

La Silvani la alentó a que aceptara las dos propuestas, la del padre Antonio y la de Gabriela. Y le regaló un cancionero para niños. Ese miércoles se lo pasaron planificando la clase con los huérfanos y con Belén.

Le mandó un mensaje de WhatsApp a Cecilia para contarle. Le respondió pocos minutos después, pese a que era muy tarde en Madrid. *Creo que el cosmos está siendo bastante claro con vos, querida Bren. Tu destino es la música. Y el esoterismo*, agregó y acompañó el comentario con el emoticón que guiñaba un ojo.

Un peso en el estómago le impedía disfrutar de la decisión que había tomado y, tras llamar al padre Antonio y a Gabriela, que celebraron su respuesta positiva, se encerró en su dormitorio a meditar acerca de la confidencia de Martiniano, que Franco había estado averiguando acerca de Hugo Blanes. Sin duda, algo había sucedido para que su ex la rehuyera en el pasillo de la facultad.

Al día siguiente Rosi echó luz sobre el misterio. Santos, su novio, le había contado que el martes por la mañana Hugo recibió en su oficina del Microcentro la visita del doctor Tadeo González y de un tal Diego Bertoni. El primero era el abogado de la fábrica de los Gómez, a quien Hugo conocía por habérselo cruzado en los festejos familiares. El segundo era un amigo de la familia.

—¡Bren, te pusiste blanca! —se asustó Rosi.

—Sí, amiga —afirmó Millie, ceñuda—. Vení, sentate aquí.

Se sentía floja y se le sacudían ligeramente las piernas.

—Es que no desayuné —explicó y se dio cuenta de que también le temblequeaba la voz.

En tanto Rosi corría a la cantina en busca de sobrecitos de azúcar, Millie la abanicaba. Martiniano entró en el aula y, al ver el cuadro, se aproximó y la estudió antes de indicarle que colocase la cabeza entre las rodillas y que, mientras él la presionaba hacia abajo, ella intentase alzarla.

—¿No vas a matarla de ese modo, Marti? —se preocupó Millie.

—Sé de estas cosas. En rugby más de una vez nos baja la presión por algún golpe fuerte. Esta técnica te levanta enseguida.

Brenda comprobó que Martiniano sabía lo que hacía; un momento después se sentía mejor. De igual modo la cubría un sudor helado y una liviandad extraña le entorpecía el uso del cuerpo. Rosi la obligó a comer azúcar.

—Ya estoy mejor —susurró—. Muchas gracias a los tres.

—Estuviste a punto de desmayarte —señaló Millie.

—Es que no desayuné —insistió.

—Sí, claro, no desayunaste.

Fue necesario esperar a que terminase la hora de Microeconomía para que Rosi les siguiese refiriendo los eventos del martes por la mañana.

—Hugo le contó a Santos que Bertoni estaba cambiado, que ya no parecía el albañil que había visto la semana pasada. Iba de traje y corbata.

—Debió de rajar la tierra —comentó Millie en tanto Brenda intentaba imaginárselo.

La última vez que lo había visto con traje había sido durante el velorio y el entierro de su padre.

—¿Para qué fueron? —se impacientó.

—Habló solo el abogado. Le dijo que estaba al corriente del acoso al que estaba sometiéndote, que no solo tenían los mensajes que te mandaba al celular, sino que Bertoni era testigo de que había ejercido violencia física sobre vos el jueves 7 de abril en la calle Armenia al 1900. Dice que hasta le especificó la hora —detalló Rosi, asombrada.

—¿Cómo supo lo de los mensajes? —se cuestionó Millie.

—Se lo habrá dicho mamá —conjeturó Brenda, aunque le costaba aceptar que Ximena, al corriente de la estrategia de Tadeo González, se la hubiese ocultado. Enseguida recordó que su madre, en el afán por preservarla del dolor, la había mantenido al margen de su vínculo con Diego.

—No creo —replicó Millie—. González es amigo de tu vieja. Le podría haber preguntado a ella por Hugo en lugar de que Franco lo llamase a Marti.

—Millie tiene razón —secundó Rosi—. Para mí, el abogado y Diego actuaron por su cuenta sin decirle nada a tu vieja para no preocuparla.

—Si es así —perseveró Millie—, ¿cómo supieron lo de los mensajes?

—No es difícil imaginar —infirió Rosi— que si un tipo está acosando a una chica la cocine a mensajes y a llamadas. Está claro que el abogado y Diego se jugaron al mencionarlo.

—Es muy probable —concedió Millie.

—Cuestión —retomó Rosi— que le dijeron que venían como caballeros a pedirle que te dejara en paz y que no volviese siquiera a acercarse a vos, de lo contrario realizarían una denuncia en la Oficina de la Mujer en la Corte Suprema de la Nación.

—Esto se pone cada vez mejor —dijo Millie, entusiasmada, y se restregó las manos.

—No lo hace por mí —manifestó Brenda.

—No, claro, lo hace por mí —replicó Millie, mordaz.

—Lo hace por la memoria de papá —alegó y les contó lo que Ximena le había revelado días atrás acerca de la promesa de Diego a Héctor.

—Igualmente creo que lo hace por vos, Bren —insistió la escorpiana.

—Es lógico que Bren no quiera hacerse ilusiones —intervino Rosi esgrimiendo su racionalidad virginiana—. Por un lado, tenemos el *pequeño* detalle de que Diego está con la tal Carla. Por el otro, no perdamos de vista que le comunicó de una manera bastante clara que no quiere verla.

Nadie ponía en tela de juicio que la lógica virginiana servía para poner orden en su corazón caótico y romántico de pisciana, pero ¡cómo la fastidiaba! Aunque ella misma argumentase que Diego había enfrentado a Hugo para cumplir la promesa hecha a su padre, la seducía la idea de que en realidad luchaba por ella, para protegerla y porque estaba celoso. La voz de Cecilia se introdujo en sus ensoñaciones: «*Atenta, pisciana. Ya hablamos de que Piscis tiende a comprar buzones y a inmolarse por causas perdidas*».

—No voy a ir al restaurante —anunció al mediodía al término de la última clase—. No quiero toparme de nuevo con él. Prometo compensar al grupo ocupándome de pasar en limpio el trabajo en Word.

Sus amigas asintieron, desanimadas.

* * *

A eso de las tres de la tarde, mientras estudiaba en su dormitorio, Brenda oyó el sonido del WhatsApp que indicaba el ingreso de un mensaje. Era un audio de Millie.

Ay, amiga, comenzaba muy efusiva. *Si hubiese podido filmar la expresión del Moro cuando Marti les explicó a los chicos que no habías venido porque esta mañana casi te desmayaste en la facu y que no te sentías muy bien. ¡Era de película su cara de preocupación! Yo lo fichaba de cerca porque quería ver su reacción cuando se diese cuenta de que vos no estabas. ¡No sabés cómo te buscaba haciéndose el disimulado! Me daba risa, te juro. Entonces Uriel preguntó por vos y Marti les explicó lo del cuasi desmayo. Flasheé con la cara del Moro. Ahora te dejo, tenemos que seguir con el laburo. Si hay más novedades te mando un audio. Te quiero. Chau.*

A Brenda le costó volver al ejercicio de Matemática Financiera. Sonreía a la nada y se quedaba mirando un punto indefinido. Por momentos se ilusionaba, en otros regresaban a su mente las palabras de Rosi y de Ceci. El siguiente audio de Millie no colaboró para aplacar la inquietud.

¡El Moro acaba de preguntarme por vos! Oh-my-gosh! Se me acercó y me dijo que sabía que no era santo de mi devoción pero que necesitaba

preguntarme algo. Le advertí: «Si bardeás aunque sea un poco, te trompeo porque tengo los huevos al plato con vos, Diiii». Cuando le dije Diiii, el muy turro sonrió, y te juro, Bren, tiene la sonrisa más linda del planeta. Está mejor que el helado de dulce de leche con nueces, hay que reconocerlo. Pero no te preocupes, amiga, para mí es como si fuese una mina. Bueno, te cuento. Me dijo: «¿Es verdad que Brenda casi se desmayó hoy en la facultad?». Yo asentí haciéndome la seria. «¿Sabés por qué?», me preguntó. Obvio que no podía decirle la verdad. Le metí el verso que nos metiste vos, que no habías desayunado. Y porque me dio lástima verlo tan intranquilo… Ya me estoy pareciendo a vos, que tenés lástima de todos. En fin, le dije que no se preocupara, que era algo común en personas con la presión naturalmente baja como la tuya. Me di cuenta de que moría por preguntarme otras cosas, pero no se animaba. Justo lo llamó Ángel y tuvo que irse. Pero ¡qué momento, amiga! Ojalá lo hubieses visto con tus propios ojos. Cuando llego a casa te llamo y hablamos. Te quiero.

Millie la llamó pasadas las ocho, mientras Brenda preparaba un *lemon-pie* para llevar a la casa de Lita al día siguiente. Estaba ansiosa por contarle que los chicos habían vuelto a invitarlas el domingo a comer un asado, tal como les había anticipado Martiniano.

—Rosi preguntó si podía ir con Santos —dijo Millie—. Como el domingo no está de guardia, Rosi lo tiene que llevar. Medio pelmazo —se lamentó—, pero bue. Obvio, los chicos dijeron que sí. Ofrecimos llevar la carne. Está clarines que no nadan en plata. Pero no quisieron y nosotras no insistimos para no ofenderlos. Nos pidieron que lleváramos las ensaladas y un postre. Ah, insistieron en que no se suspende por mal tiempo. Mueren por que vayamos.

—Me parten el alma, Millie.

—Lo sé, Bren. Pero creo que son felices en la casa.

Brenda no era de la misma opinión. El domingo anterior había percibido las corrientes de tristeza y de pesadumbre, aunque los chicos intentasen ocultarlas a sus familiares y amigos.

—La cereza del postre llegó cuando dije en voz bien clara y fuerte y mirando al Moro que no sabía si vos ibas a ir. ¡Las caras que pusieron! Pero la cara *mo-nu-men-tal* fue la del Moro. Creo que si alguna vez existió una expresión llena de culpa esa fue la de él en ese instante.

—Y los chicos —se interesó Brenda—, ¿te preguntaron por qué no iría? No quiero que piensen que los evito o los margino.

—Ooooobvio que preguntaron. Más que nada quieren que *vos* vayas. Sos la estrella, Rosi y yo lo tenemos asumido.

—¿Qué les dijiste?

—Les di una respuesta evasiva. La cuestión quedó medio abierta. Me pareció mejor de ese modo por si te decidías a ir.

—No, Millie —replicó con determinación—. No voy a someterme de nuevo a la tortura del domingo pasado.

—Al final salió mil puntos —le recordó—. Cantaste como los dioses, la dejaste reventada a la señorita colágeno y todos te aplaudieron de pie.

—Pero él no, Millie. Y yo solo cantaba para él. Mejor me quedo en casa y voy adelantando el trabajo de Costos.

—El domingo no querés ir, pero mañana vas a tomar el té a la casa de la abuela —la acicateó su amiga.

—Acepté porque no hay ninguna posibilidad de encontrármelo ahí.

—Eso lo sé —admitió Millie—, pero ¿qué pretendés estrechando lazos con la viejita? Es un amor, no digo que no, pero…

—No podía negarme, Millie —argumentó.

* * *

El viernes por la mañana, en tanto conducía hacia la facultad, puso el manos libres y llamó a Tadeo González. Respondió enseguida.

—Brendita querida —la saludó con el cariño al que la tenía acostumbrada.

Brenda no comprendía qué esperaba Ximena para formalizar la relación. El doctor González se había ocupado de las cuestiones legales derivadas de la estafa de David Bertoni y desde 2011 se comportaba como un profesional intachable y un amigo fiel. Era divorciado desde hacía más de una década, tenía dos hijas casadas y estaba enamoradísimo de Ximena. Hablaría con su madre para preguntarle qué la detenía.

—Tadeo, perdón que te llame tan temprano. Espero no importunarte.

—En absoluto, querida. Siempre es una alegría escucharte.

—Igualmente —dijo.

—¿En qué puedo serte útil?

—Me enteré de que vos y Diego Bertoni fueron a ver a mi ex el martes por la mañana.

—Ah —masculló el hombre, de repente incómodo—. Yo...

—Tadeo, por favor, no quiero que te pongas mal —habló rápido para evitar malentendidos—. Solo llamaba porque quiero saber cómo fueron las cosas.

—¿Blanes te dijo algo? ¿Te enteraste por él?

—No fue por él —confirmó—. De hecho, me lo crucé el miércoles en la facu y me sorprendió que, al verme, bajase la vista y saliera prácticamente corriendo.

—¡Bien! —se congratuló el abogado—. Veo que nuestra visita dio resultado.

—Sí, y te lo agradezco porque comenzaba a ponerse denso. Solo quiero saber cómo te enteraste de que estaba molestándome. ¿Fue por Diego?

—Sí —admitió a regañadientes.

—Sé que vos lo conocés bien.

—Lo conozco bien, sí. Tu madre lo adora y yo he llegado a tenerle mucho cariño. Es un gran chico pese a todo.

—Me dijo mamá que vos estás ayudándolo con sus problemas legales.

—Sí.

La frustraba que el abogado se mostrara reacio y que la obligase a sacarle la información como si lo hiciera bajo interrogatorio.

—¿Cuándo te llamó Diego para avisarte de Hugo?

—El mismo jueves por la noche, el mismo día en que Blanes fue a buscarte a ese restaurante de la calle Armenia —acotó.

Brenda decidió hablar francamente.

—Por favor, Tadeo, contame cómo fueron las cosas. *Necesito* saber. Diego es muy importante para mí —confesó, asombrada de lo fácil que resultó admitirlo.

—Se ve que vos también sos importante para él porque cuando me llamó estaba muy perturbado por lo que había visto. Me dijo que si no hubiera tenido los ojos de la Justicia puestos en él, lo habría molido a golpes para hacerle entender que con vos no se juega.

152

—¡Qué suerte que te llamó! Habría odiado que se metiera en líos por mi culpa.

—Está haciendo buena letra con el juez. De hecho, el martes, antes de ir a verlo a Blanes, concurrimos muy temprano a una citación en el tribunal. El juez había pedido verlo.

—¿Y? ¿Cómo les fue?

—Muy bien. El padre Antonio nos acompañó y dio un informe más que halagüeño.

Sin remedio, se le arrasaron los ojos. Detuvo el automóvil; no seguiría conduciendo dominada por tal emoción.

—Después de la entrevista con el juez fuimos a la oficina de Blanes. Gracias a un amigo en común que tenés con Diego, pudimos saber dónde trabajaba.

—¿Los recibió sin una cita?

—Al principio la secretaria se hizo la difícil, pero le dije que estaba allí por vos y eso nos abrió la puerta de inmediato. Y ahora me decís que ayer prácticamente salió corriendo como la rata que es. ¡Cuánto me alegro, querida! Estos tipos suelen convertirse en serios problemas.

—Gracias, Tadeo. Gracias por haberme ayudado.

—Agradecele a Diego. Hizo de todo para conseguir los datos de Blanes. Se ve que te quiere mucho.

—Gracias —murmuró mientras meditaba que en realidad Diego lo hacía para mantener una vieja promesa y no porque la quisiera.

* * *

El viernes a las cuatro menos cinco de la tarde Brenda estacionó frente a lo de Lita, sobre la Arturo Jauretche, una típica calle adoquinada de Almagro, sombría en esa tarde nublada y desapacible. Bajó haciendo malabares con el paraguas —lloviznaba— y la fuente del *lemon-pie*. Se tomó un momento para observar la vieja casona construida por don Bartolomé. Siempre le había resultado un poco extraña, con sus dos entradas idénticas y dos portones iguales para sendos garajes. Una de las puertas de ingreso correspondía a la casa de Lita; la otra se abría a un pasillo largo, estrecho y a cielo abierto que conducía a otras dos viviendas. Se trataba de una propiedad horizontal. Se preguntó quiénes vivirían en las otras casas. Recordaba que, cuando ella era chica, Lita y don Bartolomé las alquilaban. De hecho, aquella antigua novia de Diego que conoció en su cumpleaños número diecisiete y que tanta amargura le causó era la hija de uno de los inquilinos.

Brenda sonrió al descubrir el rostro pequeño de Lita que la contemplaba desde la ventana. La cortina cayó y la mujer desapareció. Pocos segundos después se abrió la puerta de la casa principal. Lita la desembarazó del paraguas. Brenda se inclinó para besarla.

—¡Qué alegría tenerte aquí, Brendita! Pasá, pasá, querida.

—Gracias, Lita. —La emocionaba regresar a un sitio inexorablemente atado a Diego y a su historia con él. —¡Cuántos recuerdos me vienen a la mente! —susurró movida por el silencio y la mansedumbre de la casa—. El mismo exquisito olor —manifestó y bajó los párpados antes de tomar una inspiración profunda—. Cada casa tiene un aroma distinto y el de su casa, Lita, siempre me fascinó.

—Estuve haciendo scones y tarta de manzana —comentó la mujer—. Tal vez olés el perfume de la canela y el de la manteca derretida. ¿Qué traés ahí?

—Un *lemon-pie* —contestó y le extendió la fuente—. Hacía mucho que no lo preparaba. Espero que haya salido bien.

—La chocotorta del domingo estaba para chuparse los dedos.

Marcharon a la cocina. Brenda avanzaba como atrapada en un viaje en el tiempo. Los muebles y la decoración se mantenían como en la época de la infancia, lo que facilitaba las evocaciones. Había una gran variedad de fotografías expuestas en cuadros y en portarretratos que planeaba estudiar con detenimiento. La asombraba la familiaridad con la que se movía en ese entorno; se sentía como en casa y eso, para una Luna en Cáncer, era mucho decir.

Se ubicaron en la mesa del comedor principal. Lita se había esmerado al prepararla con mantel de hilo bordado a mano y un juego de porcelana; hasta un centro con flores naturales había. Lita probó el *lemon-pie* y le aseguró que jamás había saboreado uno mejor.

—A Dieguito le encantará —declaró—. Le voy a guardar un pedazo y se lo voy a llevar a la casa el domingo.

Brenda sorbió té. No sabía cómo preguntarle si el nieto estaba al tanto de que ella iría a visitarla esa tarde. Decidió relajarse y entregarse al afecto y a la charla interesante de esa mujer que había sido medular en la vida y en el destino de Diego. Le refería su pasión por la música, heredada de su madre, una aristócrata rusa que a duras penas había escapado de los bolcheviques. Se levantó y fue en busca de un viejo álbum de fotos que colocó sobre la mesa. Hojeó hasta hallar una imagen antigua con los bordes ajados y en tonalidad sepia.

—Mi madre, Yelena Sokolova —la señaló entre varias jóvenes—. Ella y sus hermanas —explicó—, listas para un baile en la corte de los Romanov.

—Qué mujer tan hermosa —se admiró Brenda—. Se parece a usted, Lita.

—Gracias, querida.

Siguió contándole la historia de Yelena, a quien cariñosamente llamaban Lena; le habló de su huida entre gallos y medianoche de San Petersburgo, del exilio primero en Turquía y luego en Francia antes de acabar en Buenos Aires, donde conoció a un sirio del cual se enamoró locamente y con quien se casó y tuvo cuatro hijas.

—Mi padre era empleado y amigo de los Fadul, la familia de mi Bartolomé. Este es él —afirmó mientras señalaba el retrato de un hombre joven.

—Su esposo era sirio también —se sorprendió Brenda, mientras apreciaba la imagen de un hombre alto, fornido y, a juzgar por la vieja fotografía en blanco y negro, de tez y cabello claro—. Me acuerdo de don Bartolomé —comentó—. No parecía sirio. Diría más bien que parecía un vikingo.

Lita soltó una carcajada que comunicaba dicha y también orgullo.

—Cuando lo conocí, Bartolomé tenía el pelo entre rubio y rojizo. Y unos ojos a veces verdes, a veces grises. Me hipnotizaban. Era un espectáculo de hombre, un poco como mi Dieguito. Dieguito se le parece mucho —expresó sin apartar la vista de la imagen.

—¿Cómo es que un sirio tenía pinta de escandinavo? —insistió Brenda.

—Mi hija Liliana, que es profesora de Historia, dice que durante las cruzadas a Tierra Santa, muchos caballeros de origen normando terminaron en Siria, donde o bien se quedaron para siempre o bien dejaron su semilla. Como fuese, hay muchas regiones de Siria y de Líbano con personas de piel muy blanca, ojos celestes y cabellos rubios o pelirrojos.

—¡Qué increíble!

—Igualmente los genes árabes están ahí —afirmó la anciana y buscó una fotografía moderna, a colores—. Era desconcertante, mi Bartolomé, con sus cejas gruesas y oscuras, sus pestañas tupidas y los párpados como sombreados. Dos razas en un rostro —manifestó mientras acariciaba la imagen del esposo difunto.

—Ahora comprendo —dijo Brenda— de dónde sacó Diego esos ojos tan lindos.

Se arrepintió enseguida de la declaración; se había propuesto no mencionarlo y a la primera oportunidad caía en la trampa.

—¿No le dicen el Moro a causa de sus ojos? —acotó Lita, ufana, y Brenda murmuró que sí.

Se sobresaltó con el sonido del timbre.

—¿Quién será? —se extrañó la anciana y se incorporó con bastante agilidad.

Brenda eligió quedarse sentada repasando los álbumes que, poco a poco, habían ocupado un gran espacio de la mesa. Se tensó al oír voces jóvenes, que saludaban a Lita con familiaridad. Eran Rafael y Manuel, quienes al encontrarla sentada a la mesa explotaron en una efusividad sincera.

—Todavía estamos alucinando con tu voz —expresó Manu mientras se metía un scone en la boca.

—No puedo sacarme de la cabeza la potencia con la que cantaste ese último tema —confesó Rafa.

—No es un tema —lo corrigió Lita—, es el aria de una ópera. Y si quieren tomar el té con nosotras son más que bienvenidos, pero se lavan las manos, toman asiento y comen como Dios manda, no como macacos.

—No, viejita —declinó Rafa y la besó en la coronilla—. Vinimos a ensayar un rato. Aunque sin el Moro… —dijo y dejó la frase inconclusa.

—¡Qué copado sería si cantases con nosotros, Bren! —proclamó Manu—. ¿No te pinta probar uno de estos días? Nosotros tenemos una habitación insonorizada aquí, en la casa de atrás, la de Diego —aclaró.

—¿Y Carla? ¿No ensayan con ella?

—Naaa —desestimó Rafa—. ¿Viejita, puedo llevarme un pedazo de esto? Se me está haciendo agua la boca.

—Es el *lemon-pie* de Brenda —aclaró la anciana—. Un pedacito nomás porque quiero llevarle el resto a Dieguito el domingo. Le encanta el *lemon-pie*.

—¿Vas el domingo a la casa, Bren? —se interesó Manu—. Los chicos nos dijeron que están organizando un asado con ustedes.

—No puedo —mintió—. Tengo mucho que estudiar.

—Qué bajón —se apenó Rafa.

—Teníamos unas ganas mal de escucharte de nuevo —expresó Manu—. Flasheamos el domingo cuando te vimos cantar, posta. Para nosotros sería alucinante ensayar un día con vos —persistió—. ¿No te pinta?

La idea le pintaba y cómo, solo que temía causar la ira de Diego.

—Estoy a mil con la facu y con mis clases de canto —se excusó.

—Aunque sea un día —bregó Rafa—. Así como hoy aceptaste tomar el té con la viejita, otro día ensayás con nosotros.

—No insistan —terció Lita mientras les servía un pedazo de *lemon-pie* a cada uno—. Es una chica muy ocupada.

—El día que vos quieras, Bren —arremetió Manu al percibir que vacilaba—, y a la hora que vos digas.

—No creo que a Diego le guste la idea —expresó por fin.

Lita alzó la vista y la contempló con un ceño.

—¿Por qué no le gustaría? —preguntó—. El domingo no cesaba de repetir que nunca había escuchado una voz tan perfecta como la tuya.

Incapaz de controlar el acto reflejo, se puso colorada.

—Olvidate de Diego y de Carla —la instó Manu y le guiñó un ojo y con el gesto le dio a entender que comprendía más de lo que dejaba entrever.

Quedaron en que les enviaría un mensaje para avisarles qué día de la semana siguiente se reuniría con ellos para cantar. Los chicos se fueron y Brenda se quedó nerviosa y llena de escrúpulos. ¿Había cometido un error al claudicar?

—¿Por qué pensás que Diego no querría que vos ensayaras con Manu y con Rafa? —volvió a preguntarle Lita una vez que se quedaron a solas.

—Porque la voz femenina de la banda es su novia Carla.

—¡Su novia, esa mujerzuela! —exclamó y Brenda se estremeció ante el desprecio con que Lita, usualmente afable, se refirió a Carla—. Ha sido la perdición de mi nieto. No la quiero aquí. Manu y Rafa pueden ensayar, pero ella no es bienvenida.

—¿Dónde ensaya toda la banda, entonces? —indagó.

—Antes sí ensayaban aquí con ella —se explicó—. Pero desde la última recaída de Diego y con todo lo que pasó… —Se le perdió la vista y Brenda percibió la angustia de la mujer.

—¿Sigue alquilando las otras dos casas? —le preguntó para rescatarla del tema.

—La primera sí. Se la alquilo a un matrimonio joven sin chicos. No están en todo el día porque trabajan como locos. La segunda es de Dieguito. Su abuelo así lo quiso antes de morir y sus tías, que lo adoran, estuvieron de acuerdo.

—Son tan divinas Silvia y Liliana. ¿Ellas dónde viven?

—Silvia vive aquí, conmigo. Nunca se casó. Y Liliana vive a pocas cuadras con su esposo. Se casó de grande con un viudo —acotó. Se inclinó para susurrar—: Lo conoció por la computadora.

—¿Por Internet?

—Eso, por Internet —confirmó Lita—. Chacho es un buen hombre —añadió.

—Entonces sus dos únicos nietos son Diego y Lucía.

—Sí, los hijos de Mabelita. Pero ahora que viven en San Luis las veo poco, a mi hija y a mi nieta, que a ese tránsfuga de yerno prefiero perderlo antes que encontrarlo.

—¿Cómo está Lucía? —preguntó más para evitar el tema de David que por verdadero interés; a la hermana de Diego nunca la había soportado.

Siguieron conversando con la confianza y la fluidez de una vieja amistad. Brenda espió el reloj de pared: eran las seis y cinco. No quería irse, pero tampoco abusar. Se propuso marcharse a las seis y media. Minutos después se oyó el chasquido de la llave en la puerta principal. Lita, tras consultar la hora, anunció:

—Debe de ser Silvia. Los viernes tiene clases hasta tarde.

Se equivocaba. Eran Diego y los chicos de la casa, José, Uriel, Ángel y Franco. Lita soltó una exclamación emocionada y salió a recibirlos.

158

Brenda medio se incorporó en la silla y volvió a sentarse, resignada. Tras saludar a Lita, Diego alzó la mirada y la fijó en ella con seriedad. No lucía asombrado de encontrarla allí, tampoco los chicos, que se acercaron a saludarla con sonrisas.

—En la casa todavía se comenta tu actuación del domingo pasado —declaró Uriel.

—Todos alucinamos —comentó Franco—. Martiniano me dijo que no tenía idea de que cantabas como los dioses y eso que te conoce desde hace más de dos años.

—Nunca lo menciono —se justificó Brenda—. Pocos saben que canto.

—A ver, permiso —oyó el acento grave de Diego y se le erizó la piel, un poco a causa de la emoción, otro poco a causa del miedo.

Los chicos se apartaron y Diego se erigió delante de ella haciéndola sentir chiquita y vulnerable. La miró con expresión seria aunque no enojada, tras lo cual se inclinó, le susurró «hola» y le dio un beso en la mejilla, un beso deliberado, lento, nada de un contacto rápido o del simple roce de pómulos, sino que le apretó los labios carnosos sobre la piel y a ella se le pronunció el erizamiento hasta endurecerle los pezones. Se puso nerviosa al reflexionar que, con ese corpiño y la blusita tan ligera, se le marcarían. Diego se demoró más de lo aceptable, incluso le pareció que la olfateaba, y si bien al verlo entrar lamentó no haberse maquillado, en esa instancia agradeció haberse perfumado con el Pure Poison que le había regalado Camila para su último cumpleaños.

—A ver —dijo Lita y Diego terminó el contacto y se retiró al otro extremo de la mesa—. Aquí les traigo mate.

Brenda, todavía aturdida, se percató de que los chicos estaban demasiado ocupados dando cuenta de las delicias pasteleras para haber notado el beso del compañero. ¡Qué distinta era esa actuación de la del jueves y del domingo pasados!, meditó. ¿A qué se debía el cambio? Ansiaba preguntarle por Hugo. Habría querido agradecerle por haberle puesto un límite. En honor a la verdad, habría querido preguntarle si lo había hecho movido por el deber nacido de la promesa o por ella.

—Paso al baño, abuela —anunció Diego y se evadió hacia el interior de la casa.

Brenda aprovechó para ponerse de pie. Los chicos la imitaron.

—Lita, yo voy a tener que irme —anunció—. Se me ha hecho un poco tarde.

—¡Eh, no! —se quejó Ángel—. Recién llegamos.

—No te vayas —pidió Franco.

—¿No te quedarías otro ratito, tesoro? —pidió Lita y Brenda, aunque tentada, se puso firme.

Saludó a los chicos, que le preguntaron si el domingo la verían en el asado, a lo cual respondió que no. Se dirigió al ingreso con el alma triste y confundida. Lita marchaba por detrás con igual ánimo. Recibió el impermeable de manos de la anciana y mientras se lo ponía, le prometió que, al día siguiente, le pediría a la profesora Silvani que le enseñase unos tangos. Lita le entregó el paraguas en silencio. Brenda se inclinó para besarla y la anciana le atrapó la cara entre las manos.

—Estás huyendo —afirmó con semblante sombrío—. ¿Qué te hizo mi nieto para que huyas? Él no es como su padre —declaró con el apremio de quien acaba de comprender la razón y, aunque era equivocada, Brenda no contaba con el tiempo para sacarla del error. Además, ¿qué le habría explicado? ¿Que su nieto la despreciaba? ¿Que la quería lejos? Era cierto: estaba huyendo; deseaba irse.

—Lo sé, Lita, sé que Diego no es como el padre, pero será mejor que me vaya ahora.

De regreso en el comedor, Diego no la encontró a la mesa. Franco le señaló el vestíbulo. Brenda, que lo había visto por el rabillo del ojo, dio un beso a Lita y se marchó. Abrió el paraguas porque llovía y cruzó la ancha vereda en dirección a su automóvil. En tanto luchaba por extraer las llaves de la cartera con una mano —en la otra tenía el paraguas— escuchó unos pasos a sus espaldas. Supo que era Diego.

—¡Brenda! —la llamó.

Se volvió movida por una fuerza sobre la cual no ejercía ningún control. Él se hallaba a pocos centímetros. Estaba mojándose. Recién en ese momento se percató de que tenía la barba recortada y de que, si bien seguía siendo muy espesa, la llevaba prolija. Dio un paso delante y elevó el paraguas para incluirlo dentro.

—Gracias —dijo él—. ¿Ya te vas?

—Sí —murmuró.

—Gracias por haber venido a visitarla.

—Me llamó por teléfono para invitarme —logró explicar— y no tuve corazón para decirle que no. No habría aceptado de haber sabido que vos vendrías hoy a su casa. Ella no lo mencionó. Si lo hubiese hecho, no habría venido —repitió—. Entendí perfectamente que no querés verme y te pido disculpas.

Se dio cuenta de que había caído en la verborrea típica de los neptunianos, la que, según Cecilia, emplean para ahuyentar a quienes constituyen una amenaza. «Al igual que el pulpo escupe la tinta para espantar a sus depredadores», le había explicado la astróloga, «los neptunianos escupen una parrafada de palabras sin contenido para aturdir y alejar a los demás». Se puso nerviosa mientras hurgaba de nuevo en la cartera para pescar las llaves. Diego seguía de pie frente a ella. La lluvia caía con más fuerza. Estaban empapándose. La situación se tornaba ridícula.

—Entendiste mal —habló él finalmente y levantó un poco la voz sobre el fragor de la lluvia.

La desembarazó del paraguas para facilitarle la búsqueda. Brenda alzó la vista y lo miró con bronca.

—¿Qué entendí mal?

—No pienses que no quiero verte.

—Me gustaría entender. Explicame, por favor, ¿qué debo pensar?

Diego se pasó la mano por la cara en un gesto exasperado y Brenda se acordó de lo que le había dicho Cecilia, que por tener la Luna, el astro de las emociones, en oposición a Mercurio, el analista, a Diego lo fastidiaba que se le exigiese que evaluara y explicase sus sentimientos, algo que, por destino, le ocurría con frecuencia.

—No tenía pensado venir hoy a lo de mi abuela —confesó—. Vine porque me llamó Rafa y me dijo que estabas aquí.

—No te entiendo. ¿Por qué venir si no querés verme? Si era para decirme que no aceptara la invitación al asado del domingo, quedate tranquilo porque…

Diego le puso el índice sobre los labios para acallarla y a Brenda se le cortó el respiro. Dio un paso atrás para romper el contacto; necesitaba ponerse fuera del alcance del poder inconmensurable que la había tocado y que aún le hacía tremar el cuerpo. Él se aproximó para cubrirla con el paraguas de nuevo.

—¿Volvió a molestarte el chabón del Audi?

—No, ni siquiera me ha enviado un mensaje —dijo y la emocionó la sonrisa que Diego le destinó, y se acordó de lo que Millie había afirmado, que tenía la sonrisa más linda del planeta.

Creyó que la tocaría o tal vez simplemente había levantado la mano para sujetar el paraguas y descansar la otra. Nunca lo sabría; Diego la dejó caer cuando un hombre lo llamó a gritos.

—¡Che, Moro! —vociferó desde un Mercedes-Benz amarillo estacionado en doble fila—. ¡Moro!

La transformación de Diego fue evidente más allá de que no se le alteró la expresión. Evidente para ella, que percibió bajo la piel cómo lo dominaban la rabia y el miedo. Sentía en su propio corazón el aumento de las palpitaciones y en la tensión de los músculos la ira creciente.

—¡Ey, Moro! —insistió el tipo del Mercedes amarillo, a quien Brenda veía a través de la lluvia—. ¡Acercate un momento para hablar!

—¿Quién es? —lo interrogó a sabiendas de que no tenía ningún derecho a inmiscuirse.

—Nadie, nadie —contestó él a las apuradas—. Mejor subí al auto antes de que termines empapada. Dame las llaves.

Se las entregó. La guio por el codo hasta la puerta del conductor y tuvo la impresión de que la cubría con el cuerpo para evitar que el hombre del Mercedes la viese. Abrió y la ayudó a subir.

—Quedate con el paraguas —le ofreció cuando él se disponía a cerrarlo—. Te vas a mojar.

—No importa —desestimó y lo deslizó en el asiento trasero—. Ahora andá —le indicó.

Cerró la puerta y se quedó ahí esperando que arrancase y que se fuera. Brenda siguió mirándolo a través del espejo retrovisor en tanto se alejaba por la Arturo Jauretche. Pese a la cortina de agua distinguió que Diego subía al Mercedes-Benz por el lado del acompañante y que cerraba la puerta. El vehículo no arrancó.

Al llegar a su casa, consciente de que sería incapaz de seguir con su vida si antes no se aseguraba del bienestar de Diego, contactó a Millie y, tras describirle someramente los hechos, le pidió que llamara a alguno de los chicos de la casa con el objetivo de averiguar acerca de él. Su amiga la llamó diez minutos más tarde.

—¡Por fin! —le reprochó.

—Ey, tranqui, acabo de cortar. Solo pasaron unos pocos minutos.

—Tenés razón, disculpame. ¿Qué averiguaste?

—Están todos bien rumbo a la casa. Van medio a los pedos porque no pueden llegar pasadas las ocho —le recordó y Brenda consultó la hora; siete y media.

—Diego estaba con ellos, ¿no?

—Sí, Bren, estaba con ellos —contestó con paciencia—. De hecho, iba manejando la van. ¿Podés explicarme qué pasa?

—Ya te dije. Me quedé con un mal presentimiento después de verlo subir al auto de ese tipo. Un Mercedes amarillo maíz.

—Color raro, ¿no?

—Sí. Todo me pareció raro.

—Tal vez era un amigo, Bren.

—No, ese no era amigo, Millie. Me llegó una energía muy mala.

—Si vos lo decís, bruja pisciana —bromeó.

Brenda no le festejó el chiste.

Capítulo XI

Programó la dirección del orfanato en el GPS de su automóvil. Al igual que la casa de recuperación, también quedaba cerca del Museo Ferroviario, sobre la calle Pitágoras. La esperaban a las tres y media. Apenas si había tenido tiempo de comer un sándwich entre la clase de canto y la hora de partir. De igual modo, no tenía hambre. Modesta había protestado mientras se aseguraba de que comiera hasta el último bocado.

—¿Qué pasa, niña Brenda? —se había preocupado—. Se me está quedando en los huesos —le reprochó—. ¿Por qué come tan poquito?

—No tengo tiempo de comer, Modestiña —mintió y le sonrió para tranquilizarla.

Lo cierto era que, desde la reaparición de Diego, había perdido un par de kilos. Pensó en Carla, en su cuerpo escultural, delgado y a un tiempo voluptuoso. ¿Se habría operado los pechos? Era lo más probable ya que resultaban demasiado grandes para una estructura tan delicada. Se miró los suyos. Eran normales, pero no atractivos como los de Carla. Se acordó de lo que le había dicho Cecilia ese verano, la frase de Krishnamurti: «Cuando me comparo con otro me destruyo a mí mismo». Era cierto, se sentía hecha pedazos. Y mientras conducía hacia el orfanato meditaba que Diego, y lo que estuviese relacionado con él, siempre le habían causado desilusión, ansiedad y muchas veces angustia, como la que experimentaba en ese instante al imaginarlo con la bellísima Carla. Tanto su madre como Lita la detestaban, sin embargo él la conservaba a su lado. ¿Por qué se había presentado el día anterior en la casa de su abuela? *«No tenía pensado venir hoy a lo de mi abuela. Vine porque me llamó Rafa y me dijo que estabas aquí.»* ¿Por qué?, volvió a preguntarse. ¿Para qué? ¿Para interrogarla acerca de Hugo? Podría haberle preguntado a Tadeo González.

¿A qué estaba jugando Diego? Primero la trataba con una indiferencia desdeñosa, después con abierta hostilidad para acabar confesándole que había ido a lo de Lita adrede, para encontrársela. ¿Acaso Virgo no era un signo constante y confiable, justamente lo opuesto al caos pisciano? ¿El consumo de drogas le habría alterado el comportamiento? Se lo imaginó aspirando líneas de cocaína. Nunca, desde que Ximena le había revelado la verdad acerca de Diego, se había atrevido a imaginarlo como un adicto o un alcohólico, y sin embargo lo era. Ya no podía sostener la figura del héroe. Era un hombre complejo, oscuro, al que no conocía. La ilusión de la niñez se caía a pedazos.

Se le endurecía el corazón. Su parte racional se hacía del control y le susurraba que lo olvidase, pero que lo olvidase de verdad, que lo extirpase de su mente, que era un bueno para nada, una complicación. Esa línea de razonamiento le brindaba una sensación de seguridad y de protección reconfortantes, solo que ella era consciente, gracias a la astrología, de que se trataba de un mecanismo de defensa nacido de las dos polaridades, la uraniana y la neptuniana: se posicionaba del lado de la fría razón para combatir la locura de Urano y el romanticismo de Piscis, que tanto miedo le despertaban. Cecilia también le había explicado acerca del sutil equilibrio entre la locura y la lucidez y entre la blandura y la rigidez. Su tarea consistía en transformarse en una experta de ese equilibrio. En la presente circunstancia, estaba costándole combatir el anhelo de volverse dura, fría y racional para proteger su corazón de los embates de un ser difícil como Diego Bertoni.

«Tal vez», se dio ánimo, «nunca vuelva a verlo». No regresaría a la casa de recuperación ni al restaurante mientras los trabajos de albañilería y pintura continuaran. Tampoco visitaría lo de Lita y si la anciana volvía a invitarla, la convencería de que se encontrasen en su casa o en un bar. Se esforzaría por mirar a otros chicos y darles una oportunidad. La sensatez de las decisiones no la salvaba, sin embargo, de la tristeza que, como un machete, iba cercenándole las ganas de vivir. Amarlo la angustiaba; intentar olvidarlo también.

A las tres y veinte detuvo el auto frente al portón de hierro negro que el padre Ismael le había descripto. Le envió un mensaje por WhatsApp para advertirle que estaba fuera. El portón se abrió segundos más tarde. El sacerdote la saludó con la mano y le hizo el ademán de que entrase. Se detuvo en una explanada que debía de hacer las veces de estacionamiento y también de cancha de fútbol y de básquet a juzgar por los arcos y las canastas. Recogió el cancionero y unas anotaciones que había realizado esa mañana durante la clase con la Silvani y bajó. El padre Ismael se acercó a saludarla tras cerrar el portón.

—¡Bienvenida, Brenda!

—Gracias, padre —contestó al tiempo que se percataba de una camioneta blanca con el logo de Desafío a la Vida, igual a la que los chicos usaban para trasladarse con las herramientas y los tarros de pintura.

No tenía por qué ser la misma, conjeturó, y casi un instante después su razonamiento se desmoronó cuando se abrió la puerta del conductor y descendió Diego Bertoni.

—El Moro y Anselmo acaban de llegar —le explicó el cura mientras los jóvenes se aproximaban—. El padre Antonio le pidió a Anselmo que te haga de asistente técnico como el domingo pasado —aclaró con ánimo divertido, que Brenda no compartió—. El Moro se ofreció a acompañarlo. Como es músico, al padre Antonio le pareció que podía serte de utilidad y lo autorizó a venir.

Lita empleó el verbo «hipnotizar» para describir lo que los ojos de don Bartolomé habían ejercido sobre ella. En verdad, la mirada de Diego la tenía hipnotizada; había caído en un hechizo que barría de un plumazo los razonamientos que la habían acompañado hasta allí y aunque se instaba a apartar la vista no lo conseguía. La fascinaban las dos mezclas genéticas, la árabe y la normanda, una oscura y la otra tan clara, un poco como era Diego, a veces pura luz, a veces mucha oscuridad. A diferencia de la tarde anterior, que había vestido una camisa de manga larga, en ese momento llevaba una remera que le exponía los brazos cubiertos de tatuajes.

No pronunció palabra al detenerse frente a ella. Se inclinó para besarla en la mejilla. El rito de la tarde anterior se repitió y de nuevo tuvo la sensación de que la olisqueaba.

—Hola —le susurró y los labios le rozaron el pabellón de la oreja.

De nuevo se le erizó la piel y aprovechó el cancionero y los apuntes para ocultar la evidencia.

—¡Bren! —exclamó Anselmo—. Aquí estamos el Moro y yo para hacerte de asistentes.

—Gracias. Como no sé tocar el piano, necesito la música de YouTube.

—Padre —intervino Diego—, si se pudiera conseguir un piano, yo vendría todos los sábados y asistiría a Brenda con la música.

Por fin comprendía cabalmente lo que Cecilia había intentado explicarle, eso de estar habitada por una polaridad, o más bien por dos. Ante la propuesta de Diego, una parte de ella gritaba que no, que era peligroso e insensato; la otra saltaba, reía y exclamaba: «¡Sí!». ¿Cómo acertar con el punto de equilibrio?

—Tenemos un piano viejo en la escuela parroquial —comentó el sacerdote—. Debe de estar muy desafinado.

—Yo puedo afinarlo —se ofreció Diego—. Incluso podría darles clases de piano a los chicos que tuviesen ganas de aprender.

—¡Eso sería realmente estupendo! —se entusiasmó el cura, por lo que Brenda, a punto de manifestar que con el karaoke de YouTube bastaba y sobraba, cerró la boca.

—También puedo enseñarte a vos, Brenda —sugirió sin sonreír, pero con ojos chispeantes.

No atinó a responder; se quedó mirándolo. Volvió a preguntarse: «¿A qué está jugando?». La entristeció confirmar que ya no lo conocía. «¿Qué fue de mi adorado Diego, el amor de mi vida?» Debió de traslucir la amargura en el gesto porque él la miró preocupado.

—¿Qué pasa? —quiso saber y le habló de buen modo, en un tono susurrado, y Brenda notó que alzaba la mano con la intención de tocarla por lo que se echó hacia atrás de manera instintiva. Él dejó caer el brazo con expresión vencida.

Cruzaron la explanada hacia el orfanato. El padre Ismael programaba el traslado del piano y conjeturaba acerca del mejor lugar donde instalarlo. Se detuvo antes de trasponer la puerta y dirigió una mirada agradecida a Brenda.

—No tenés idea de la ilusión con que están esperándote —comentó.

—Tengo miedo de defraudarlos —confesó.

—Cantá como cantaste el domingo —terció Anselmo— y los vas a dejar a todos chochos.

El padre Ismael abrió la puerta y le franqueó el paso a un vestíbulo amplio y fresco, de piso de granito y construcción barata, pero bien iluminado y decorado con plantas de interior. La envolvió una energía suave, muy benévola; se sintió a gusto y parte de la ansiedad se disolvió. Aparecieron dos monjas jóvenes seguidas por una treintena de niños. Durante la conversación con el padre Antonio para acordar los detalles, el cura le había comunicado que de los treinta y un nenes del orfanato diecinueve tomarían clases de canto.

—Los demás son demasiado chicos —había explicado— o tienen problemas de aprendizaje.

De igual modo, concluyó Brenda al contar rápidamente las cabecitas, todo el orfanato había venido a recibirla. Eran adorables con sus ropitas desgastadas pero limpias y sus ojitos curiosos. El padre Ismael les presentó a las hermanas Visitación y Esperanza, que los saludaron con simpatía. Luego se dirigió a los niños para indicarles que Brenda sería su profesora de canto y que tenían que hacerle caso como si estuviesen en la escuela.

Una niña, a la que Brenda le calculó unos ocho años, sacudió el brazo de la hermana Esperanza hasta conseguir que la monja se inclinara para oírla.

—Aquí Candelaria me dice que sos igual a Violetta.

Brenda rio. En nada se semejaba a la cantante, tal vez en el color del cabello y en el corte de la cara, pero ahí terminaba el parecido.

—Gracias, Cande. Violetta es muy linda.

—Vos también.

—¿Vas a enseñarnos a cantar las canciones de Violetta? —se atrevió a preguntar otra.

—Si eso es lo que quieren, sí.

Una aclamación contenida se levantó entre los niños, en especial entre las niñas, que se lanzaban vistazos cómplices y asentían. «Adiós, cancionero», pensó Brenda.

—Les presento a Anselmo y a Diego —dijo y los señaló—. Ellos se ocuparán de la música.

—Y si conseguimos afinar un viejo piano que hay en la escuela —manifestó el padre Ismael—, el Moro... quiero decir Diego, les enseñará a tocarlo a aquellos que lo deseen.

Los huérfanos comunicaron el entusiasmo en silencio; bastaba verles las miradas expresivas. Brenda se dio cuenta de que pese a la contextura de Diego y a sus brazos cubiertos de tatuajes —algunos atemorizantes, como una calavera—, lo contemplaban entre cautivados y curiosos. «Será su Luna en Piscis», meditó, «que es tan amorosa y maternal. Y hechicera».

Los condujeron a un salón donde habían dispuesto sillas para todos. Anselmo y Diego, tras estudiar las instalaciones eléctricas, se marcharon para regresar con los altoparlantes y la computadora. En tanto instalaban los aparatos y realizaban las conexiones, Brenda intentaba memorizar los nombres de sus diecinueve alumnos, siete varones y doce nenas. Los restantes se acomodaron en torno. Resultaba increíble lo bien que se comportaban, sin necesidad de que las monjas elevasen la voz.

Los observó allí sentaditos, expectantes e inocentes, sacudiendo los piecitos y riendo cuando la vida jamás les había sonreído a ellos, y la sobrecogió una emoción perturbadora; creyó que sería incapaz de reprimir el llanto. Se dio vuelta para ocultar el quebranto y simuló hurgar entre los apuntes. No había contado con su naturaleza pisciana al aceptar el encargo. Sentía que se desintegraba de amor, de dolor, de impotencia.

Diego se aproximó y se inclinó para susurrarle:

—Ey, ¿qué pasa? ¿Te sentís bien?

Asintió, conmovida de que hubiese percibido su desolación. «Es realmente poderosa su Luna», admitió, y también se acordó de la afinidad que los unía por tener ella el Sol y él la Luna en los mismos grados de Piscis.

—¿Te traigo algo? ¿Agua? ¿Un poco de sal? —ofreció, servicial como buen virginiano—. Me contó Martiniano que el jueves casi te desmayaste.

«Porque me enteré de que habías ido a increpar a mi ex», habría admitido.

—Estoy bien. Me emocioné al verlos ahí, tan obedientes y contentos. Pensé en lo poco que les dio la vida y me dieron ganas de llorar. Ya se me pasa —aseguró y se retiró el cabello de la cara e inspiró profundo.

Diego la escrutaba con el ceño pronunciado y ella deseó masajeárselo para que lo aflojara. «Siempre está ceñudo», pensó.

—Soy una tonta —dijo y soltó una risita.

—Para nada —contradijo Diego—. Siempre fuiste muy sensible.

La conmovió que mencionase el pasado compartido. Tenía la impresión de que recuperaba al antiguo Diego, al que ella amaba desde que se acordaba.

—¡Aquí todo listo! —exclamó Anselmo y los obligó a romper el contacto visual.

* * *

Las horas con los chicos transcurrieron sin que Brenda se percatase. La Silvani la había ayudado a organizar la clase de una manera pero, como solía ocurrirle, las cosas se habían desarrollado de otra. No lo lamentaba porque el salón se había colmado de canto, risa, música y baile en un espléndido desorden pisciano. Aun las monjas y el sacerdote habían participado en el aprendizaje de la canción de Violetta. Una de las niñas, Candelaria, la que afirmaba que Brenda se parecía a Violetta, le había facilitado un cuaderno en el cual, con caligrafía clara y redonda, había transcripto las composiciones más famosas. Se sometió a votación y eligieron *En mi mundo*. Brenda precisó de un momento para familiarizarse con la letra y la música del tema de la popular cantante argentina.

Resultaba fundamental organizarlos según las voces, lo que llevó más de lo previsto porque de pronto se volvieron tímidos y no querían repetir las entonaciones individuales que permitirían clasificarlos. A instancias de Diego, intervinieron con Anselmo para hacerse los payasos. Modulaban con voces disonantes que suscitaban carcajadas aun entre los adultos. Brenda simulaba horrorizarse y sacudía la cabeza y se tapaba los oídos. Diego tomó de la mano a un niño especialmente cohibido y lo invitó a vocalizar con él. Anselmo hizo otro tanto con una niña y de ese modo lograron probar las voces de los diecinueve, que quedaron clasificados en primero, segundo y tercer nivel, desde las más agudas hasta las más graves.

A eso de las siete, las hermanas Esperanza y Visitación, al ver a los chicos tan excitados y parlanchines tras la interpretación de *En mi mundo*, los obligaron a formar dos filas para marchar al baño y lavarse las manos antes de la cena. A Brenda se le expandía el pecho de ternura con la escena que componían los más pequeños —dos y tres años—, que obedecían y ocupaban los primeros puestos con solemne actitud. Visitación le había puesto en brazos a un bebé de seis meses. Anselmo cargaba a otro de once. Al regresar el silencio y la calma, Esperanza, la que imponía más autoridad, hizo una seña a los chicos para que se pusieran en movimiento.

—Es la única forma de manejar a tantos chicos —comentó el padre Ismael—, con mano férrea y disciplina.

—Son unos santos —opinó Brenda—. Me impresiona lo bien que se comportan.

—Vos ya podés irte —indicó el sacerdote y le quitó al bebé de los brazos—. Ustedes también, muchachos. Gracias por haberles traído tanta alegría.

—Puedo quedarme a ayudar, si lo necesitan, padre —se ofreció.

—No —intervino Diego, y los tres, Anselmo, el padre Ismael y Brenda, se volvieron para mirarlo—. Está oscureciendo y no quiero que vuelvas de noche a Capital. Yo no puedo acompañarte porque no hago a tiempo para volver a las ocho a la casa.

—Sí, sí —se apresuró a acordar el cura—, el Moro tiene razón. Esta zona no es muy segura cuando oscurece. Es mejor que te pongas en marcha.

—No puedo irme sin despedirme de los chicos —adujo y captó la mueca de exasperación de Diego.

Los chicos fueron regresando con las caritas y las manos lavadas y Brenda les anunció que se marchaba. Los más desenvueltos le pedían que se quedase, otros le preguntaban si volvería el sábado siguiente.

—Vamos, Brenda —escuchó decir a Diego con voz impaciente.

Era cierto, la noche iba avanzando hacia el oeste y tiñendo el cielo de penumbras. Brenda, sin embargo, no pensaba en el trayecto hasta Capital ni en la inseguridad. Sonreía y meditaba: «Me gustaría hacer esto la vida entera», porque estar entre niños enseñándoles a cantar le había conferido una sensación de plenitud que no recordaba haber experimentado.

—Tenés cara de contenta, Bren —declaró Anselmo mientras avanzaban por la explanada en dirección a los vehículos.

—Pensaba que podría dedicarme a esto la vida entera —confesó—. A enseñar canto a los niños.

—Sos muy grosa con los chicos —señaló—. Visitación me dijo que nunca los había visto tan contentos. Ayer Uriel nos dijo que no venís mañana al asado. Millie y Rosi sí —acotó—, pero vos no.

—No puedo —murmuró, de pronto desinflada.

—Nos contó Franco que le vas a dar clases a Belu también —expresó Anselmo.

—Empezamos la semana que viene —informó Brenda.

—A mí me gustaría... —empezó a decir Anselmo, pero Diego lo cortó.

—Dejala que se vaya. Es casi de noche.

A Brenda la incomodó que lo tratase con tanta dureza. Saludó a Anselmo con un beso en la mejilla.

—Gracias por ser el mejor asistente musical que existe —bromeó antes de dirigir la mirada a Diego—. Chau —saludó sin intención de besarlo.

—Te acompaño hasta el auto —dijo él en cambio, y se volvió a Anselmo para ordenarle—: Andá cargando las cosas.

—OK —contestó el muchacho con respeto y actitud solícita, y Brenda refrendó lo que había percibido en el restaurante, que Diego se erigía como una especie de jefe natural de esa variopinta tribu de ex adictos.

Caminaron en un silencio incómodo, al menos para Brenda.

—¿Con todos los pibes sos tan simpática?

—¿Con todos los pibes sos tan autoritario? —rebatió y pescó la sonrisa que le curvó los labios.

«No puede evitarlo», lo justificó en tanto se acordaba de su Nodo Sur en Leo, que le confería el aire arrogante, y su Marte en Casa I, que lo dotaba de un espíritu guerrero. «Es más fuerte que él.»

—Dame el número de tu GPS —ordenó Diego sin mirarla mientras tecleaba en la pantalla de su celular.

—¿Para qué?

—Tengo una aplicación que me va a permitir seguirte durante el recorrido hasta tu casa. Es para quedarme tranquilo —alegó.

La iluminación artificial provenía de un farol de la calle y echaba más sombra que luz sobre el rostro de Diego. Lo contemplaba, entre atónita y enojada, intentando leer sus razonamientos, esforzándose por comprender su naturaleza.

—No hace falta, gracias —replicó e intentó abrir la puerta del auto.

Diego apoyó el antebrazo sobre el travesaño y se le impidió.

—Dame el número, Brenda.

—¿A vos qué te pasa, me querés explicar? Primero me ladrás y me prohibís ir a la casa y ahora te tengo entre los pies todos los días. ¡Vos no sos mi papá, Diego! No necesito que me cuides, entendelo. Me he cuidado sola…

La sujetó por la mandíbula con una mano y la empujó ligeramente hasta tenerla contra el automóvil. Reclinado sobre ella, le estudió la cara con ojos veloces e inquisitivos, rigurosos y exigentes. Brenda no se daba cuenta de que se había puesto en puntas de pie y de que contenía el respiro. Tenía la mente en blanco y solo era capaz de seguirlo con una mirada cargada de ansias y de miedo, miedo de que dejase de tocarla. Percibía la presión de su cuerpo sobre el de ella, y una excitación como nadie le había provocado la hizo vibrar. Era una reacción que no comandaba. Y por tan poco. Se acordó de cuánto le había costado excitarse pese a los esfuerzos de Hugo. «Es porque lo amo», se convenció, consciente ahora de que con su Marte en Piscis, el sexo para ella carecía de sentido sin el marco de un romance adecuado que, aceptó con fatalismo, solo Diego Bertoni le habría proporcionado.

—No quiero que te me acerques —afirmó él en un susurro ardiente, sus labios muy cerca de los de ella y su aliento tibio que se le arremolinó en torno a la boca.

—¿Por qué? —preguntó en un hilo de voz.

—Porque estoy lleno de mierda y no soportaría que te rozase siquiera.

Se quedó mirándolo en la penumbra del ocaso, hechizada por los ojos oscurecidos como un antifaz sobre el rostro. Su corazón pisciano le habría implorado que la acogiese en su mundo lleno de mierda, a ella no le importaba. El instinto le marcó, sin embargo, que se ocultase y que actuara en contra de su índole.

—Entonces —lo desafió—, dejame ir.

Diego bajó los párpados y descansó la frente en la de ella. Exhaló un suspiro de derrota antes de admitir:

—No puedo —susurró con vehemencia—. Desde que volví a verte te tengo clavada en la mente todo el tiempo. Todo el maldito día clavada ahí —repitió.

Brenda le acunó la mejilla barbuda, abrumada de una dicha que le impedía hablar; temió que la voz le saliese temblorosa. Diego, sin abrir los ojos, respondió a la caricia con una inspiración profunda. Le pasó un brazo por la cintura y la pegó a él.

—Y yo —se atrevió a hablar Brenda y Diego abrió los ojos— te llevo clavado aquí —dijo y se señaló el costado izquierdo del pecho— desde que tengo memoria.

—¡Ey, Moro! —exclamó Anselmo desde la camioneta y Diego se apartó enseguida—. ¡Ya tengo todo cargado!

—¡Ya voy! —replicó de mal modo y abrió la puerta del automóvil.

Brenda se ubicó frente al volante. Diego cerró con más fuerza que la necesaria. Puso las llaves en contacto y bajó el vidrio. Diego apoyó los antebrazos en la ventanilla.

—¿Podrías enviarme un mensaje cuando llegues a tu casa? —pidió con actitud mansa—. Me quedo muy preocupado. Esta es una zona de mierda.

—No tengo tu teléfono.

—Es el mismo de siempre.

—¿El mismo de 2011? —Diego asintió. —Recordámelo, por favor.

Diego se lo dictó y ella lo registró entre sus contactos.

—¿En serio no podés ir mañana al asado?

—Me dijiste que no me querías en la casa —lo acicateó—. Me dijiste que no querías tener problemas con los chicos —presionó.

—Ahora sabés que no es por los chicos. Si podés ir mañana, andá. Había muy buena vibra después de que se fueron el domingo pasado. Suelen quedarse muy deprimidos, pero vos hiciste que fuera distinto. Andá mañana. Si podés —añadió con intención—. Tal vez tengas un compromiso —sugirió y Brenda intuyó que la sonsacaba.

—No, no tengo ningún compromiso.

—¿Ximena está enterada de que viniste a la casa el domingo pasa- do? —Lo preguntó con la vista al suelo mientras simulaba interesarse en algo a sus pies.

—Sí.

—¿No se opone? —quiso saber, siempre evitando mirarla.

—No.

Se oyó la bocina de la van tras lo cual Anselmo sacó medio cuerpo por la ventanilla y le recordó a los gritos que tenían que regresar a la casa antes de las veinte horas.

—Poné la cartera debajo del asiento del acompañante —le ordenó, de nuevo en su postura mandona, y se apartó del vehículo.

—Hasta mañana —lo saludó tras arrancar el auto—. Y gracias por haberme ayudado con los chicos.

Diego se limitó a asentir con el ceño que lo caracterizaba, distante, rígido, los brazos cruzados sobre el pecho. Ni siquiera la había despedido con un beso en la mejilla. Lo percibió de nuevo lejano, inalcanzable, y sospechaba que tenía que ver con la mención de Ximena. Condujo hasta Almagro sin inconvenientes, aunque con un peso en el corazón. Apenas entró en su casa, y mientras le hacía mimos a Max, tecleó un mensaje por WhatsApp para avisarle que había llegado bien. La respuesta apareció en la pantalla enseguida: un frío «OK».

* * *

Al día siguiente fueron hasta Avellaneda en el automóvil de Santos, que se quejaba de que él solo comía el asado con vino tinto y que con gaseosa le parecía un asco. Brenda sospechaba que no tenía ganas de participar, con vino o sin él. Ella tampoco iba de buen ánimo. Se había despertado a las tres y media de la madrugada y no había vuelto a conciliar el sueño. Estaba segura de que, a la mención de Ximena, Diego no solo se había alejado físicamente, sino que había vuelto a esconderse tras el muro. La aterraba la posibilidad de perder la ínfima conexión que había despuntado el día anterior. Esos minutos con él bastaron para demostrarle que vivía a medias, que no tenía idea de lo que era sentir realmente. Solo recordar su aliento sobre los labios o su mano ajustada en la curva de su cintura le aceleraba el ritmo cardíaco.

Durante las horas de vigilia se lo había imaginado también despierto, castigándose mientras se juzgaba una escoria humana. *«Estoy lleno de mierda y no soportaría que te rozase siquiera»*, le había confiado. Temía que siguiese pensando en sus padres, que los traicionaba mancillando a la hija. Evocó el resentimiento con que le había hablado el día del reencuentro: *«Está claro que Ximena no quiere que su preciosa hijita esté cerca de uno como yo, así que lo mejor va a ser que nos digamos chau aquí y ahora».*

Llegaron a la casa poco antes del mediodía. Bajó del auto con el corazón triste. Franco salió a recibirlos y se alegró al verla.

—¡Qué subidón que hayas venido, Bren! —dijo y le pasó un brazo por los hombros—. Los chicos van a alucinar.

Los guio a través del salón vacío y hasta la cocina, donde terminaron de preparar las ensaladas y guardaron el postre en la heladera. Los chicos entraban y salían, todos contentos de tenerla en la casa. Ninguno era Diego. Se moría por preguntar y callaba.

—Che, Uriel —dijo Millie—, ¿y el Moro?

Brenda detuvo el cuchillo con el que cortaba los tomates y mantuvo la vista baja y quieta.

—Todavía duerme. Parece ser que anoche no pegó ojo.

Brenda dejó caer los párpados. Su presentimiento se confirmaba. Habría corrido escaleras arriba y buscado su dormitorio para echarse junto a él en la cama y proponerle que se olvidasen de todo, de sus adicciones, de su mierda, de que ella era una preciosa hijita, de Ximena, de la memoria de Héctor, de todo, y que la amase. Quedarse allí cortando tomates estaba matándola. ¿Era normal amar con esa intensidad? Millie había estado varias veces de novia y, pese a ser escorpiana, nunca manifestaba sentimientos tan comprometidos ni profundos; otro tanto ocurría con Rosi, bastaba verla con Santos, a veces daban la impresión de ser amigos o hermanos.

Estaban todos a la mesa a punto de servir la carne y Diego no aparecía.

—Che, José, andá a buscar al Moro —indicó el asador, un tal Ricky.

—Ya fui —contestó José—. Sigue durmiendo y me dijo que no lo jo… que no lo molestáramos.

Millie y Rosi dirigieron miradas compasivas a Brenda. Sus emociones oscilaban como un péndulo entre cortar para siempre la obsesión por Diego Bertoni o cumplir la fantasía de un momento atrás. ¿Cortar para siempre la obsesión por Diego Bertoni? ¿A quién pretendía engañar? Lo había intentado durante los últimos veinte años sin resultado. ¿Los uniría algo sobrenatural? Bueno, *a ella* la unía algo inexplicable. En cuanto a él, lo dudaba.

Almorzaron en el jardín trasero donde se habían dispuesto largos tablones cerca de la parrilla. Al final de la comida, todos aplaudieron a Ricky y lo ponderaron, incluso el novio de Rosi. Brenda se unió al aplauso, aunque no habría sido capaz de distinguir entre el gusto de la morcilla y el de las mollejas; todo le había sabido igual, a nada. Ayudó a levantar la mesa y a lavar los platos. Fueron con Millie y Rosi al baño de las visitas, con varios cubículos y lavatorios. Querían retocarse el maquillaje e intercambiar opiniones.

—Al pelotudo del Moro —declaró Millie— habría que cantarle *Hot'n Cold*. Ayer te hizo entrar como un caballo y ahora te corta el rostro de este modo. ¿Qué tiene en la cabeza?

—¿Qué le habrá pasado? —se preguntó Rosi.

—Ya les dije —les recordó Brenda—, ayer la nombró a mamá y el cambio fue automático, un giro de ciento ochenta grados.

—¡Qué mambo que carga! —se exasperó Millie—. ¿Vamos?

—Primero me lavo los dientes —dijo Brenda—. Vayan yendo. Yo ya voy.

Al finalizar, y tras estudiarse en el espejo, se propuso cambiar la cara. No tenía derecho a arruinarles el domingo a los chicos. Se cubrió las ojeras, se aplicó rubor en los pómulos y brillo en los labios. Se perfumó con el Pure Poison y salió. La casa estaba silenciosa. Los chicos seguían en el jardín y sus risotadas la alcanzaban desde la distancia. En tanto se encaminaba hacia la zona de la cocina, la sorprendió un ruido metálico que se repetía con constancia, como el traqueteo de una máquina.

Recorrió el pasillo siguiendo la estela del sonido, que la guio hasta una puerta entreabierta. Se trataba de un gimnasio, bastante casero, concluyó al ver la confección de las máquinas, y se acordó de lo que les había contado Martiniano, que habían sido construidas por los chicos en sus talleres de carpintería y de herrería.

Abrió un poco, apenas un par de centímetros, y allí estaba Diego, sentado en una banca mientras levantaba una polea para ejercitar los músculos de los brazos y de la espalda. Quedó paralizada admirándole el torso desnudo cubierto de tatuajes negros que ella conocía gracias a las fotografías de la página de Facebook.

No sabía qué hacer, si revelar su presencia o dejarlo en paz, como era su deseo de acuerdo con lo que había expresado José, solo que ella no era la poderosa neptuniana que Cecilia afirmaba por nada. Olfateaba su confusión de una manera inequívoca; lo veía triste y solo.

Diego detuvo la práctica y se echó hacia delante. Apoyó los codos en las rodillas y se cubrió la cara con las manos.

—Diego —lo llamó con suavidad para no sobresaltarlo.

Él, igualmente, reaccionó con desmesura y, tras lanzarle un vistazo entre sorprendido y furibundo, se puso de pie, arrancó la remera de otra máquina y se la puso. Se aproximó a largas zancadas al tiempo que se secaba la cabeza y la barba con una toalla. Quería volver a tocársela, a la barba; el deseo se tornó arrebatador.

—¿Por qué estás aquí? —la interrogó con acento exigente—. No podés estar aquí.

—Fui al baño —balbuceó y señaló con el pulgar tras ella—. Y oí el ruido de la máquina y... Sabía que iba a encontrarte aquí —admitió—. Por eso vine. Porque quería verte. Necesitaba verte —acotó y se quedó mirándolo sin aliento, sin esperanzas, sin nada, sujeta a un hilo que probablemente se cortaría. Solo era consciente de una cosa: estaba diciendo la verdad y tal vez esa fuese la última oportunidad que le daría a su amor, pues ¿cuánto más lucharía si él no sentía nada por ella?

Alzó la mano y le rozó la barba. El contacto debió de ser intenso para él porque se puso rígido y cerró los ojos. Siguió tocándolo como lo había añorado tantas veces, cada plano de su amado rostro, la longitud de la nariz, las arrugas del entrecejo y el hueso de las cejas. Le parecía un sueño. Estaba tocándolo y él se lo permitía. Por último, le rozó los labios gruesos y carnosos y él respondió aferrándola de la muñeca y obligándola a entrar. Cerró tras ella, la apoyó sobre la puerta y se apoderó de su boca. Brenda se abrió al ímpetu incontenible del beso, de su lengua, de sus labios que querían succionarla, lamerla, devorarla. Sí, estaba devorándola. Movía la cabeza hacia uno y otro lado buscando el mejor ángulo para penetrarla como si ya no la hubiese llenado por completo. A la codicia del asalto se contraponía el roce de la barba. Era una experiencia novedosa; jamás había besado a nadie con barba. Por cierto, jamás la habían besado con esa maestría, pasión y libertad. Diego marcaba un antes y un después.

Cecilia le había advertido que Diego Bertoni, con Marte, el dios del deseo, en la Casa I, la de la personalidad, y con Plutón, el dios del sexo, en la Casa VII, la de la pareja, constituía un hombre de grandes y oscuros apetitos sexuales. Porque su beso no era como los otros. Por un lado era él quien la besaba, el amor de su vida, y con eso habría bastado para perderla en el huracán de sensaciones en el que estaba girando como una hoja al viento. Sin embargo, había algo más; existía un sustrato oscuro, amenazador y al mismo tiempo tentador que la impulsaba a querer entregarse a cualquier capricho que él le exigiese.

Diego cortó el beso y descansó la frente en su puño apoyado sobre la puerta, por encima de la cabeza de Brenda. Los dos respiraban de manera superficial y afanosa.

—Es imposible —expresó Diego.

—¿Qué? —quiso saber.

—Resistirme a vos.

—¿Por qué te resistirías?

—Por respeto a tu vieja, a la memoria de tu viejo. No soy lo que Héctor hubiese querido para su hija.

—Pero sos lo que *yo* quiero para mí. Lo has sido desde que tengo memoria. Acabás de darme el mejor beso de mi vida. Está claro que sos lo mejor para mí.

Diego rio, entre divertido y halagado, y Brenda rio con él, fascinada de verlo contento.

—¿Por eso no dormiste anoche?

—¿Cómo sabés?

—Lo presentí —admitió—. Uriel lo confirmó.

—¿Cómo es eso de que lo presentiste?

—Porque me desperté a la madrugada pensando en vos y era como si pudiese sentir tu angustia.

Diego le acariciaba la frente y la observaba con una mirada exigente y Brenda captó su incredulidad virginiana, que precisaba de la lógica para creer, y también percibió que él empezaba a enredarse en sus miedos, en sus complejos y en el falso sentido del deber. Se puso en puntas de pie y lo besó. Le mordisqueó el labio para tentarlo; quería que otra vez la hiciera sentir viva. No precisó demasiado; él enseguida cayó en la trampa de la provocación. Y la besó con pasión redoblada. Tenía la impresión de que no conseguirían cortar la energía que los mantenía unidos. Brenda pretendía que la fusión fuese completa. De sus cuerpos y de sus manos brotaba una pulsación que se tornaba ingobernable. ¿La sentía él también? Era una experiencia tan mágica como poderosa y única. Empezó a reír a causa de una dicha que experimentaba por primera vez en veinte años.

—Soy tan feliz —susurró sobre los labios calientes de él.

—Brenda. —Diego pronunció su nombre con reverencial admiración y ella supo que la magia que acababa de quitarle el aliento también lo había conmovido a él. —¿Cómo hago para mantenerte lejos de mí? ¿Cómo hago para sacarte de mi cabeza si ahora sé lo que es tenerte?

—No vas a sacarme de tu cabeza —manifestó con imperio.

—No tengo nada para ofrecerte. Estoy atrapado en esta casa. ¿Qué puedo darte?

—Te quiero a vos. Ofrecete vos —remarcó—. Sos lo más lindo que conozco. *Vos* sos lo que quiero.

Diego emitió una risa emocionada. La sujetó por las sienes y la besó en la frente, una vez, dos, tres, muchos y pequeños besos, hasta que Brenda notó que le temblaban los labios y que una cálida humedad le mojaba la piel.

—Te amo, Diego —confesó con voz estrangulada—. Vos sabés que te amo.

Se miraron en lo profundo de los ojos, las manos de ella fuertemente asidas a los hombros de él, los brazos de él posesivamente en torno a su cintura.

—Hace cinco años que no nos vemos —razonó Diego—. Si Ximena nunca te habló de mí es por un motivo, porque no quería alentar nada entre nosotros. Y tu vieja tiene razón porque vos no tenés idea del infierno por el que pasé. Por el que sigo pasando. Lo que fui siempre lo voy a ser —afirmó.

—Lo sé.

—No sabés nada —replicó, agresivo—. Soy y siempre seré un cocainómano y un alcohólico —manifestó con brutalidad—. Anoche la sed estaba volviéndome loco. Moría por un whisky. No sos consciente de lo que tenés frente a vos.

—Soy consciente de que te amo, aunque seas adicto a la cocaína y alcohólico y te amo sabiendo que siempre lo serás. Y cada día que me permitas estar a tu lado, tu desafío será el mío porque a partir de ahora quiero enfrentar lo que sea con vos.

Una emoción perturbadora distorsionó las facciones de Diego antes de que hundiese la cara en el cuello de Brenda y se echara a llorar. La pegó a su cuerpo y ella lo contuvo entre sus brazos, absorbiendo su dolor, quería recibirlo todo, desembarazarlo de él; lo había acarreado solo durante demasiado tiempo.

—Ojalá puedas sentir cuánto te amo —susurró Brenda entre sollozos.

Diego alzó la cabeza e inspiró profundo antes de secarse la cara con la manga de la remera. Brenda le acarició la barba y lo buscó con la mirada; él la evitaba.

—Sentís que te invado —manifestó—, que voy a exigirte cosas. Pensás que soy la hijita mimada que no entiende nada del mundo, de *tu* mundo, y que solo seré un estorbo.

—No pienso que serás un estorbo. Pero sí creo que tenés una idea de la vida que no coincide con la mía —afirmó.

—¿Cuál es tu idea de la vida?

—Por ahora, salir de aquí y volver a tocar.

—Yo pienso en la mejor manera de decirle a mi familia que detesto las Ciencias Económicas y que quiero dedicarme a la música. —Diego hizo un ceño y sonrió, primero lentamente, entre confundido y asombrado, luego abiertamente, desvelando la dentadura que la droga no había arruinado aún—. Y también pienso —añadió mientras le acariciaba los labios— en cómo hacer para que Diego Bertoni se dé cuenta de que no soy esa hijita preciosa y caprichosa que él cree que soy y que…

No le permitió terminar. Le cerró el puño en el pelo para echarle la cabeza atrás y volver a caer sobre su boca. Brenda percibía su erección y la invadía de nuevo la dicha de saberse entre los brazos del amor de su vida. Era un sueño, se repitió, como esos que tenía con él y que, al despertar, la decepcionaban, excepto que en los sueños no había experimentado tal intensidad, ni había sentido los labios calientes, ni había sido consciente de la mano de él que le apretaba el trasero, ni había inspirado el olor de su piel. La realidad era abrumadora en su potencia y perfección.

—Sos lo opuesto a mí —susurró él sobre su boca hinchada y roja— y no sé cómo hacer para alejarme de vos. Te juro que estoy intentándolo.

—No voy a permitir que vuelvas a alejarme de tu lado. Lo hiciste en 2011 por lo del lío en la fábrica. Ya no más.

—Ahora tendría que hacerlo por la mierda en la que me convertí —manifestó sin convicción, mientras la obligaba a exponer el cuello para mordisqueárselo.

—Yo también soy una mierda —expresó Brenda y Diego cortó el beso y se apartó para mirarla con una mueca de confusión—. Si soy la nenita mimada, caprichosa y malcriada que creés que soy, entonces soy una mierda.

Se contemplaron en silencio, al principio envueltos en un aire desafiante que poco a poco fue disipándose y convirtiéndose en una sonrisa en el rostro de Diego y en emoción en el corazón de Brenda. La besó con ligereza en los labios antes de afirmar:

—Sos tan perfecta como siempre supe que serías. Eras la nena más dulce y la menos caprichosa que conocía. Te convertiste en la mujer increíble que siempre supe que serías.

—Pero tanta perfección se me vuelve en contra si el chico al que he amado toda la vida no me quiere con él.

—¡Sí te quiere con él! —manifestó con un anhelo reprimido y volvió a besarla—. No tenés idea de cuánto te quiero conmigo. Pero sé que voy a lastimarte por ser quien soy. Es como si unos demonios viviesen en mí. No quiero que te lastimen.

—Me lastimás si me dejás de lado. Me lastimás tanto, Diego.

Las caricias y los besos se tornaron exigentes e ingobernables. Diego le había deslizado las manos bajo la pollerita de algodón y la sujetaba por los glúteos para refregarla en su erección. Ella lo acompañaba con un meneo de caderas; su cuerpo respondía de manera autómata. Una energía la dotaba de vigor y de dicha, sobre todo de dicha. Era difícil de explicar.

—Basta —decidió él y acabó con los besos, las caricias, los movimientos ondulantes—. Basta o te la pongo aquí, en el suelo —aseguró con el aliento entrecortado—. Y no quiero que nuestra primera vez sea acá.

—Mi primera vez.

Diego alzó la cabeza y la contempló con un gesto de abierta confusión.

—¿Sos virgen?

Brenda se puso colorada y asintió. Tuvo vergüenza; tal vez la juzgase poco sofisticada, una santurrona, una pacata, más calificativos que la posicionaban en las antípodas de él.

—¿Nunca lo hiciste? —Negó con la cabeza. —¿Ni siquiera con el chabón del Audi? —Movió de nuevo la cabeza para negar. —¿Por qué?

—Porque tenía miedo.

—¿Miedo de que te doliera? —sugirió él.

—Miedo de estar con él y pensar en vos.

Resultó evidente que no se esperaba la respuesta. Lo supo conmovido al tiempo que abrumado. Quizá, meditó, su amor le resultaba opresivo.

Los sobresaltó un golpeteo en la puerta.

—¿Moro, estás ahí?

—Sí, José. ¿Qué pasa?

—Manu, Rafa y Carla acaban de llegar. Preguntan por vos.

—Deciles que me ducho y voy.

—OK.

Esperó a que los pasos de José se perdieran para preguntar:

—¿Carla es tu novia? Decime la verdad. Si preferís estar con ella, yo lo voy a entender. Y no voy a volver a molestarte ni vas a volver a verme, pero…

Le selló los labios con un beso duro.

—Hablás mucho cuando te ponés nerviosa —le indicó el virginiano observador.

Le habría explicado que se trataba de un mecanismo de defensa pisciano alentado además por su Mercurio, el comunicador, en la Casa I; pero eligió mantener la boca cerrada.

—Carla y yo… —Diego se refregó la frente y apretó los párpados, y de nuevo Brenda se acordó de cuánto lo fastidiaba verse obligado a explicar las emociones y los sentimientos. —Es complicado —dijo con impaciencia—. Solo te pido que te mantengas al margen y que confíes en mí. No quiero que se dé cuenta de que estamos juntos.

«¿Sí?», le habría preguntado, ilusionada. «¿En verdad estamos juntos? ¿En verdad me querés con vos?» Consideró que no era la circunstancia propicia para realizar demandas sino para confiar. La parte racional de su polaridad mandó callar a la romántica y le aseguró que

Diego solo se divertiría con ella. Se quedaría con las dos, con Carla, la oficial, y con ella, la niña tonta, el juguetito nuevo para transcurrir el tiempo.

—¿Confiás en mí? —exigió saber Diego, y ella asintió.

* * *

Al entrar en el salón advirtió que, si bien habían llegado muchos de los familiares y amigos, no estaban Lita ni sus hijas. Millie y Rosi se aproximaron a paso rápido.

—¿Dónde te habías metido? —inquirió Rosi—. Hace rato que estamos buscándote.

—Estaba con Diego en el gimnasio —confesó en voz baja.

—Te partió la boca —señaló Millie—. Tenés los labios que parecen dos morcillas.

Brenda se los cubrió en un acto instintivo.

—No es verdad —la animó Rosi—. Tenés la boca tan linda como siempre. Tal vez un poco más roja. ¡Contanos *ya* los detalles!

Belén la divisó a la distancia y soltó una exclamación. Corrió a su encuentro.

—Después les cuento —prometió Brenda antes de que la niña se lanzara en sus brazos.

—¿Es verdad que el jueves vas a ir a casa a enseñarme a cantar? —Brenda asintió mientras le despejaba el rostro. —¡Estoy re feliz! —exclamó.

—El jueves —le explicó—, después de la facu, me voy directo con Marti a tu casa. Tu mamá me dijo que los jueves es tu día libre a la tarde.

—¡Sí! Llego a casa a las doce y media. ¿A qué hora vas a venir?

—Antes de las dos, creo. En la facu terminamos a la una.

—¡Viva! —exclamó y salió corriendo hacia el jardín donde se encontraba reunida su familia.

Se acercaron Manu y Rafa a saludarlas. Avistó a Carla por el rabillo del ojo; jugaba al metegol con Ricky, el asador.

—¿Y, Bren? —presionó Manu—. ¿Nos juntamos a tocar?

—¿Qué tal el viernes por la tarde?

No esperaban una respuesta positiva pues alzaron las cejas y sonrieron con franca sorpresa.

—¡Genial! —aceptó Rafa.

—Va a estar *muy* copado —vaticinó Manu.

Se aproximaron el padre Antonio y el padre Ismael.

—Ya me enteré de que ayer fue un éxito rotundo —comentó el anciano—. Acabo de estar con los chicos y todavía siguen hablando de vos y de la famosa Violetta. ¿Vos cómo lo pasaste? —se interesó.

—Muy bien, padre. Salí renovada.

—Y los asistentes que te mandé, ¿qué tal?

—Se portaron muy bien los dos. Me ayudaron muchísimo.

—Desde el sábado que viene, el Moro tendrá su piano —intervino Ismael.

—Nosotros también podríamos ir a ayudar —ofreció Manu.

—Si quieren ayudar —dijo el padre Antonio—, ¿por qué no tocan en la peña que estamos organizando con Ismael? —Se dirigió a Brenda. —Vos también podrías cantar. Estamos juntando fondos para solventar varias obras de mantenimiento de la casa y del orfanato y se nos ocurrió organizar una peña. ¿Qué dicen? —Paseó la mirada por Manu, Rafa y Brenda. —¿Se suman al proyecto?

—Si Brenda acepta cantar con la banda, sí —estableció Manu.

—¿Diego también participaría? —preguntó ella con timidez.

—Si él quiere… —expresó Rafa—. A menos que el padre Antonio y el padre Ismael no estén de acuerdo —se apresuró a agregar.

—Lo pensaré —prometió el anciano—. De igual modo, contamos con ustedes tres, ¿verdad? —presionó y los chicos dijeron que sí.

—Estamos planeando hacerla el sábado 21 de mayo —comentó el padre Ismael.

—¿Dónde sería? —se interesó Manu—. ¿Aquí, en la casa?

—No, en la casa no —contestó el padre Antonio—. En las peñas se sirven bebidas alcohólicas —agregó a modo de explicación.

—¿No sería una excelente prueba para los chicos? —dijo Manu—. Después de todo — razonó— las bebidas alcohólicas están por todas partes y ellos algún día tendrán que volver al mundo real.

—Todo a su debido tiempo —replicó el sacerdote con parsimonia.

—Si no es aquí, en la casa —habló Rafa—, ¿dónde la van a hacer?

—En la parroquia —contestó el padre Ismael—. Precisamos de la autorización del municipio para vallar y ocupar la calle. Es por el ruido más que por cuestiones de tráfico. Apenas nos concedan el permiso, les confirmaremos el día.

—Además —dijo el padre Antonio— estamos planeando algo que, si se da, podría servirnos para recaudar una buena cantidad de plata para afrontar muchos gastos que se avecinan. También te necesitaríamos, Brenda.

—Necesitaríamos tu voz —aclaró el padre Ismael.

—Pero bueno, todavía no está nada confirmado —matizó el padre Antonio—. Te avisaremos cuando tengamos más claro el panorama. Con la ayuda de Dios, estoy seguro de que lograremos concretar este proyecto también.

Los sacerdotes se alejaron para saludar a los familiares de uno de los internos y ellos cinco —Manu, Rafa, Brenda, Millie y Rosi— se dirigieron al sector donde había quedado Santos.

—Bren, estos curas te quieren sacar el jugo —comentó Manu entre dientes.

—Yo lo llamo explotación —apuntó Rafa.

—Si sirve para colaborar con la casa y el orfanato, me encanta ayudar. Y estoy segura de que será muy copado cantar con ustedes —afirmó—. Solo espero que no tengan problemas con Diego ni con Carla.

Santos se acercó con mala cara. Se iba, anunció, no aguantaba un minuto más. Brenda se puso mal porque Diego no se había presentado aún y ni siquiera podría despedirlo desde lejos. «Tal vez sea mejor», se convenció. Verlo otra vez cerca de Carla la habría devastado.

Capítulo XII

Brenda sabía que lo sucedido en la casa de Desafío a la Vida el domingo 17 de abril de 2016 constituía un punto de inflexión. Nada volvería a ser igual después de haber compartido con Diego la vivencia más extraordinaria de sus veinte años. Al entrar en su casa y saludar a su familia percibió que el lazo se afinaba, perdía fortaleza, aun el que la unía a Ximena, el cual había creído indestructible. Ahora existía un secreto que no compartiría con su madre. De todos modos, esa noche, mientras cenaban, Ximena le lanzaba vistazos curiosos, como si oyese sus latidos desenfrenados o le adivinara la sonrisa que amenazaba con curvarle los labios. Su madre, se recordó, le había ocultado el vínculo con Diego durante los últimos cinco años sabiendo cuánto lo amaba y lo añoraba; ella haría otro tanto dadas las circunstancias.

Repasó las escenas del gimnasio en la soledad del dormitorio mientras esperaba que llegara el sueño. Sonreía en la oscuridad al rememorar cada palabra de él, cada gesto, cada caricia compartida, cómo la habían hecho sentir los besos que le había dado. La asombraba la intensidad de la energía que la había poseído cuando sus bocas se tocaron. Sospechaba que no se trataba de algo común ni corriente. Millie jamás le había referido algo tan profundo ni trascendental cuando le contaba acerca de sus novios.

Sin embargo, como ocurría en su vida teñida del caos pisciano y de la locura uraniana, nada era fácil ni directo ni normal. Por un lado estaba Carla, de quien poco sabía y cuyo vínculo con Diego, que venía por lo menos desde 2011, era fuerte y, apostaba, turbulento. Evocó la fotografía de la página de Facebook en la que se besaban en el escenario. Saltaba a la vista que se trataba de una mujer desprejuiciada y experimentada cuando ella todavía era virgen. Estaba arrepintiéndose de haberle confesado a Diego su condición. Con Marte en la Casa I, debía de ser un tipo impaciente, con pocas ganas de lidiar con una chica inexperta.

Como si Carla y la influencia sobre Diego no bastasen, su familia se erigía como otra amenaza a la relación que acababan de iniciar. ¿En serio tenían una relación estable y de pareja como ella deseaba? Tal vez Diego no estaba habituado a ese tipo de vínculo comprometido y constante. Quizás a eso se refería cuando insistía en que eran opuestos.

Ese lunes por la mañana, en la facultad, no hizo otra cosa que pensar en él. No quería admitir que le dolía que no le hubiese enviado un mensaje y no quería admitirlo porque, se convencía, volverse una novia demandante y pegajosa lo espantaría antes de que hubiesen tenido la oportunidad de comenzar. Consultaba el teléfono bajo el pupitre cada pocos minutos y reprimía el deseo de escribirle. Millie y Rosi le lanzaban vistazos reprobatorios. Le habían aconsejado que no se hiciese ilusiones con uno como Diego, del cual ni siquiera sabían si estaba en pareja con Carla.

Brenda asistía a la última clase del lunes, la de Microeconomía, cuando Diego le envió un mensaje. *Llamame apenas puedas*, le ordenó. Decidió salir, comportamiento en el que jamás habría caído antes. Ahora todo era distinto. Además, las curvas isocuantas no podían importarle menos.

Se encerró en un cubículo del baño para llamarlo. Él la atendió enseguida y pronunciar su nombre le causó un erizamiento. Bajó los párpados en un acto mecánico que tenía mucho de resignación.

—Hola —dijo.

—¿Todo bien? —preguntó él, dueño de sí.

—Sí. ¿Y vos?

—Bien. —Cayó en un silencio en el cual Brenda captó que vacilaba.

—Quiero verte —terminó por admitir—. ¿Te pinta pasar un rato por el restaurante?

—¿A qué hora te quedaría bien que fuese? —quiso saber mientras disimulaba la alegría.

—Decime vos a qué hora te viene bien.

—Yo termino aquí en… —Le echó un vistazo al reloj de pulsera. —Salgo en media hora. A la una y media podría estar allá —calculó.

—OK. Mandame un mensaje cuando hayas llegado —le indicó en su tono mandón—. No toques el timbre de la puerta.

—OK.

—Nos vemos —se despidió y cortó.

Al regresar al aula, Rosi y Millie la contemplaron con ojos inquisidores, que Brenda ignoró. Tomó asiento y se dedicó a soñar con Diego y con el corto pero significativo diálogo que acababan de sostener.

Faltando unos minutos para terminar la clase, tenía todo guardado y estaba lista para salir. El profesor los despidió y ella se volvió hacia sus amigas para informarles que las esperaba en el baño, que se apurasen. Millie y Rosi la hallaron frente al espejo, donde se peinaba la larga y abundante cabellera.

—Diego me llamó —informó sin necesidad de preguntas—. Quiere verme.

—¿Ahora? —se extrañó Rosi.

—Sí, en el restaurante de la mamá de Martiniano. —Se inclinó ante el espejo para pintarse la boca. —¿Qué? —inquirió al encontrarse con las miradas de sus amigas.

Millie la abrazó por detrás y le apoyó la mejilla en la espalda.

—Sé que estás feliz —concedió—. Sé que esto es lo que has deseado desde que me acuerdo, pero tené cuidado.

—Queremos que estés atenta, Bren —señaló Rosi.

Se fundieron en un abrazo antes de que Brenda saliese corriendo. Llegó a Palermo Hollywood y encontró un sitio para estacionar sobre la misma calle Armenia, casi en la esquina con Nicaragua. Le escribió a Diego y se dispuso a esperar. Estaba muy nerviosa. Se dijo que le habría venido bien meditar. Lo descartó de inmediato. Tardaría un buen rato en apaciguar la respiración; además, no tenía cabeza para concentrarse. Decidió esperarlo fuera del auto. Caminó los pocos metros que la separaban de la esquina con Nicaragua.

Sus amigas estaban preocupadas y su madre había expresado abiertamente que deseaba que lo olvidase. Ximena, que adoraba a Diego y que lo conocía profundamente, lo quería lejos de su hija. ¿Qué término había empleado? «Capacidad destructiva», recordó. ¿Rosi, Millie y Ximena verían algo que ella era incapaz de advertir?

Giró para regresar al automóvil y lo descubrió avanzando hacia ella. Se detuvo en un acto inconsciente y se quedó mirándolo sin pestañeos, sin inspiraciones, sin pensamientos, solo lo veía a él, al amor de su vida, al que nadie quería cerca de ella y por quien ella habría estado dispuesta a todo. «Los piscianos», le había explicado Cecilia, «en un estado poco elevado de su sensibilidad, tienden a inmolarse por los demás». Sí, era cierto, se habría inmolado por él.

Notó que iba sin la bandana con que se cubría para pintar y saltaba a la vista que se había peinado y rehecho el rodete en la coronilla; lo tenía muy prolijo. Sin embargo, vestido con el mono salpicado de pintura, nadie habría dudado de que se trataba de un albañil o de un pintor. Él caminaba a paso tranquilo, sin ningún apuro, y la miraba con una fijeza que escondía una cuota de desafío. Sus ojos árabes lucían más sombreados que de costumbre; tal vez fuese el efecto de la luz, conjeturó, o tal vez la veta oscura se profundizaba cuando su temperamento se volvía hostil. Sus ojos parecían invitarla a que se avergonzase de su traza de obrero; esperaban que ella lo desdeñase para contar con una excusa para rechazarla y apartarla de él, pues si bien era cierto que Rosi, Millie y Ximena la querían lejos de Diego, era el propio Diego quien con más firmeza lo deseaba.

Habría corrido a su encuentro si no hubiese temido que lo juzgara cursi. Se trasladó a paso rápido, opuesto al andar despreocupado de él, y lo hizo con una sonrisa, opuesta a la severidad de su boca. Se detuvo a escasos centímetros y, sin que mediasen palabras, lo besó en los labios con el fervor compartido en el gimnasio el día anterior, solo que en aquella oportunidad lo habían hecho a escondidas y en ese momento lo hacían en una calle transitada y a la luz del día, expuestos a las miradas de los transeúntes. Anheló que el mensaje le llegase fuerte y claro.

—Hola —dijo con los labios aún pegados a los suyos.

Diego no contestó. La encerró en el círculo de sus brazos y volvió a atraparle la boca en un beso sin misericordia. Había rabia, tanta rabia, también impotencia y tanto deseo. Brenda gimió, incapaz de controlar la excitación que se difundía por su cuerpo.

Debían de estar dando un espectáculo escandaloso, vergonzoso incluso, y a ella no le importaba. Les gritaron desde un automóvil que se buscasen una cama y Diego se apartó. Siguió con un vistazo amenazador el vehículo en tanto Brenda lo observaba a él y le admiraba la belleza. Le enredó los dedos en la barba y lo obligó a que le prestase atención. Diego le pasó los labios por la mejilla y a ella, la simple caricia, volvió a estremecerla con un efecto exagerado.

—Me impresiona lo suave que es tu piel —susurró—. Qué difícil es sacarte las manos de encima.

—No quiero que me las saques —argumentó.

—Ahora no podría separarme de vos aunque quisiera —expresó y alzó la vista para mirarla—. Estoy duro. No puedo ir así por la calle. —Soltó una risita y le arrastró la punta de la nariz por la mejilla. —Alucino cuando te ponés colorada.

—Te parezco un tonta sin experiencia —se enfurruñó Brenda y Diego la besó en la mejilla.

—Me parecés lo más lindo que me pasó en mucho, mucho tiempo —le confesó al oído—. Pero ahora tengo que concentrarme para volver a mi estado normal.

Aunque Brenda anhelaba acariciarle la erección, ahí, en plena calle, se abstuvo. En cambio, ofreció:

—Te puedo explicar las curvas isocuantas que me enseñaron hoy en Microeconomía. Es tan plomazo que te garantizo que será efectivo. —Diego volvió a carcajear y la besó en el cuello. —En realidad, no puedo explicarte mucho porque no presté atención. Me duermo de lo aburrido que me parece todo. Esta semana quiero hablar con mamá y decirle que voy a dejar. No me parece justo que siga pagando la cuota cuando ya tengo decidido abandonar.

—¿Estás segura? —se preocupó Diego.

—Sí —contestó con aplomo—. Es una decisión que vengo evaluando desde el verano.

Le habría contado acerca de Cecilia y de la astrología, pero guardó silencio. Tras un segundo de contemplarla con ojos tormentosos, la mirada de Diego se ablandó. La apartó con gentileza y le estudió la ropa.

—Estuve lijando. No quería ensuciarte, pero no pude evitarlo —se excusó.

Más allá de los restos de polvo, se había lavado, peinado y puesto desodorante, y ese detalle la enterneció.

—No te preocupes —dijo ella—. Es solo un poco de polvo. Además, fui yo la que te salté encima. ¿Querés que vayamos a comer a algún lado?

—No puedo. Tengo que volver a la casa y almorzar con los chicos. ¿Me acompañás al súper? Voy a comprar unas gaseosas.

Brenda asintió, feliz pese a que acababa de comprender que solo contaban con unos minutos, media hora a lo sumo. Diego la tomó de la mano y caminaron hacia la esquina con Nicaragua. Iban con los dedos entrelazados y Brenda encontró reconfortante el gesto.

—Perdoname por haberte hecho venir por tan poco tiempo —se disculpó él como si le leyera la mente.

—Me encanta que me lo hayas pedido. Estoy contenta de estar aquí.

Diego la miró de soslayo.

—¿Cómo hacés para ser tan feliz?

—¿Cómo no serlo si estás conmigo? —replicó, más bien pensó en voz alta.

Rosi le había pedido que tuviese cuidado y eso habría implicado que se mostrase cauta y recelosa, solo que a ella la guiaba la certeza de que solo enseñándole lo que había en su corazón lograría abatir el muro que él se empeñaba en alzar para mantenerla a distancia.

—La vida no tiene sentido —razonó el virginiano.

—Si estás conmigo, sí —perseveró y, antes de que Diego volviese la vista al frente, creyó vislumbrar que los ojos le brillaban.

¡Cuánto dolor encerraba su alma! ¿Qué le había dicho el día anterior? *«Es como si unos demonios viviesen en mí.»* Esas palabras, que resonaban en su mente desde aquel momento, en ese instante, por alguna razón, le hicieron acordar de lo que Cecilia le había explicado durante el verano, una disertación acerca de la personalidad de Diego consecuencia de la posición de Saturno en su carta.

Según la astróloga, con Saturno en la Casa VIII, la casa del inconsciente, de la muerte y de lo oculto, Diego había sido reprimido de niño, en especial debido a su temperamento tan marcial, y la figura del represor la había encarnado el padre (Saturno), quien lo había sometido con violencia. Para evitar el castigo paterno, Diego había encerrado sus impulsos naturales en la cárcel que representa la Casa VIII, o sea, los había ocultado en el inconsciente. «Ahí guarda lo que él considera sus demonios», había dicho Cecilia, y a Brenda la asombró que hubiese empleado la misma palabra, «demonios».

Le había explicado también que, con una Luna en Piscis, era factible que emplease sustancias para liberar los demonios, pero sin ser consciente y sin hacerse responsable del caos que provocaban a su alrededor. «El aprendizaje de este nativo es doble», le había advertido la astróloga. «Por un lado tiene que conocer del derecho y del revés su inconsciente, sus demonios, sus sombras. Tiene que sacar lo que tiene oculto y convertirlo en consciente. Pero justamente hará lo contrario. Se negará a enfrentar su parte oculta. Se volverá rígido en la parte emocional para no conectar con su interior porque le da miedo. Por otro lado, tiene que aprender a compartir con su pareja una intimidad profunda, tiene que aprender a confiar, a abrirse, a conectar en el vínculo sexual. La fusión con el otro debe ser absoluta. En realidad, el gran desafío de este nativo es aprender a confiar en los demás.»

La complejidad de Diego, refrendada por sus adicciones, habrían debido acobardarla. Habría sido racional sacarlo de su vida. Sin embargo, sometida al péndulo de su polaridad uraniana, oscilaba hacia el lado de la locura, lo cual significaba pegarse a él como si de eso dependiera todo; y en cierto modo así era, su felicidad, el sentido de la vida misma, dependían de que Diego Bertoni la amase.

—¿Cuándo vas a hablar con tu vieja por lo de la facu? —Diego cambió de tema y, aunque le dolió, le siguió la corriente y respondió con ecuanimidad:

—Esta semana.

—¿Cómo creés que reaccione?

—Intentará convencerme de que termine. Me va a decir que no tire por la borda dos años de estudios. Yo le voy a decir que no los tiro por la borda porque con segundo año aprobado me dan el título de analista administrativo contable. Y así estaremos un rato en un tira y afloje. —Diego asintió sin mirarla, el entrecejo más arrugado que al principio. —Quiero dedicarme a la música. Es lo que amo.

—¿Dónde aprendiste a cantar tan bien? —se interesó él.

—Con una profesora excelente. Juliana Silvani se llama. Da clases de canto lírico en el Colón.

—No dudo de que debe de ser una profe excelente —concedió Diego—, pero está claro que vos tenés un talento natural. Cuando cantaste el aria me quedé helado. Qué potencia.

—Aprendí lírico por mamá —dijo y tras una pausa añadió—: Y empecé a estudiar canto por vos.

—¿Por mí? —se sorprendió sinceramente y Brenda asintió.

—Quería impresionarte —confesó—. No sé cómo planeaba hacerlo porque en 2012, cuando empecé a ir a lo de la Silvani, vos ya me habías bloqueado de Facebook y no me contestabas el teléfono —señaló sin resentimiento—. Pero si tengo que ser sincera, empecé por esa razón.

—Al final —concluyó Diego— se dio tal cual lo pensaste porque no sabés lo impresionado que me quedé al escucharte.

—Canté para vos —le confió.

—Aunque no lo mereciera —replicó él.

Se detuvieron a la entrada del supermercado chino.

—Yo entendí todo ese día —manifestó—. No estaba enojada con vos. Solo triste.

Diego asintió con un ceño profundo y un semblante que trasuntaba agobio, señal de que no se perdonaba. Brenda se lo imaginó de niño, cuando David lo hostigaba y lo reprendía, muchas veces empleando la violencia física, y debió combatir las ganas de llorar. Lo abrazó y él enseguida la pegó a su cuerpo.

—No quiero que estés mal por eso —le pidió con voz débil—. Solo quiero hacerte feliz.

Diego descansó la frente en la de ella y asintió. Brenda, sin embargo, percibía su incredulidad. Tal vez, se dijo, no se trataba de que no le creyese sino de que no se consideraba digno de la felicidad.

Entraron por fin en el súper. Para distraerlo, Brenda le preguntó:

—¿Te contaron Manu y Rafa que el viernes voy a ensayar con ellos? —Diego respondió con una especie de gruñido en tanto sacaba dos gaseosas de la heladera. —¿No estás de acuerdo? —se preocupó.

—Le dije a Manu que si te rozaba con un dedo se lo iba a arrancar.

Brenda se detuvo y lo obligó a volver sobre sus pasos.

—Te juro que jamás intentó nada —se apresuró a aclarar—. Lo último que quiero es generar un problema entre ustedes. Creo que lo mejor será cancelar el…

—Manu anda alzado con vos desde el domingo en que te escuchó cantar en la casa —la interrumpió—. Pero ya sabe que estamos juntos. Te aseguro que se va a portar bien. Vos quedate tranquila.

Brenda se limitó a asentir mientras intentaba sofocar la euforia suscitada por ese *«ya sabe que estamos juntos»*. Habría querido profundizar el alcance de la afirmación y eligió conformarse. De algo estaba segura: Diego no aceptaba compartirla con otros. A ella, por su parte, la hubiese dejado tranquila informarle que no habría soportado compartirlo con otras, sobre todo con Carla. De nuevo eligió callar mientras evocaba que el día anterior él le había pedido que, en lo que a esa mujer se refería, confiase en él.

—Los chicos me contaron —prosiguió Diego camino a la caja— que el padre Antonio te comprometió para una peña. Ese cura te explota —manifestó empleando el mismo término de su amigo.

—Es para juntar fondos —contestó a la defensiva.

—Siempre la guita, la guita… —se quejó, y Brenda recordó que, por tener el Ascendente en Tauro, el signo del dinero y de los recursos, su mayor aprendizaje consistía en generarlos y en reconciliarse con la materia.

—Yo le doy la bienvenida a cualquier oportunidad para cantar —argumentó—. Además, cantaríamos con Manu y Rafa. Me parece copadísimo. ¿Sabías que el padre Antonio tal vez te autorice a cantar en la peña con nosotros? ¡Yo alucino de solo pensarlo!

Diego guardó silencio mientras pagaba y Brenda se arrepintió de haber mencionado el tema. Intuía por qué se había molestado: dependía de la decisión de un cura para hacer lo que amaba; no era libre. Tenía la impresión de haberse metido en su cuerpo. Sentía y pensaba lo que él sentía y pensaba. Su guerrero impaciente, ese Marte en la Casa I, comenzaba a perder la paciencia. Por otro lado, su Ascendente en Tauro, que pretendía que se moviese con los ritmos lentos y pacientes del toro, estaba enloqueciéndolo. Componían una terrible conjunción, en la cual las fuerzas se contraponían.

—¿Es por Carla que no querés cantar conmigo y con los chicos? —se atrevió a preguntar cuando iniciaron el regreso.

—No —dijo y se detuvo en un kiosco para comprar cigarrillos.

Le gustaba que fumase tanto como verlo con Carla y sin embargo no le habría exigido que abandonase cuando se encontraba batallando una lucha mayor.

—Muero por cantar con vos —manifestó él tras reiniciar la marcha—. Pero hace una bocha que no toco ni canto.

—Pero si el padre Antonio te autorizase —se entusiasmó Brenda—, ¿aceptarías cantar en la peña con nosotros? Falta más de un mes. Tendrías tiempo para ponerte en forma.

Se habían detenido junto al automóvil de ella y se contemplaban a los ojos con una confianza que Brenda no dio por sentada. Diego relajó el ceño y le destinó una sonrisa ladeada que la hizo sonreír a su vez. Le acarició la barba, incapaz de refrenarse cuando lo tenía cerca. Él le tomó la mano y le besó la palma con actitud reverente. Volvió a colocársela sobre la mejilla y la sostuvo con la de él como si temiera que la quitase.

—Anoche empecé a escribir una canción —dijo y Brenda supo que acababa de confiarle algo importantísimo—. Ayer fue el mejor día en muchísimo tiempo —expresó—, a pesar de que cuando llegué al salón vos ya te habías ido y el embole casi me hace gritar y putear. Estaba demasiado feliz por lo que habíamos vivido en el gimnasio y decidí aferrarme a eso y no ponerme mal. Y cuando llegó la noche, que es el peor momento para mí, pensaba en vos y eso me tranquilizaba. Y no solo eso, sino que me vinieron ganas de escribir un tema. Y lo hice. Vos me inspiraste —acotó tras una pausa.

—No sabés las ganas que tengo de leer la letra de tu canción —declaró Brenda.

—Habla de vos.

—¿En serio?

—Sí, de vos —confirmó—. De lo que eras para mí y de los que sos ahora. De lo que me hacés sentir.

—¿Qué te hago sentir? ¿Que la vida sí tiene sentido?

Diego rio por lo bajo antes de besarla con ligereza en la boca.

—Tengo que irme —anunció tras consultar la hora en su reloj.

—¿Querés que vuelva mañana? —le ofreció; la idea de despedirse le resultaba intolerable—. Puedo traer pizza o empanadas o lo que vos quieras y comemos con los chicos.

—No —replicó con cierta dureza—. No —repitió más benévolo—. No quiero que sepan de lo nuestro. No confío en nadie.

La afirmación de Cecilia, que en realidad el gran desafío de Diego era aprender a confiar en los demás, le demostraba una vez más lo certero de la astrología.

—¿Ni siquiera en mí? —inquirió con sincero interés y auténtica duda, y Diego volvió a reír como si encontrase divertidas sus preguntas.

—¿Cómo se hace para no confiar en vos? —La sonrisa se le borró. —En cambio, confiar en mí...

Brenda le cubrió la boca con la mano.

—Confiar en vos, Diego, es lo más natural para mí.

* * *

Esa noche de lunes Tadeo González y Camila cenaron con ellos. Tras la comida, y mientras Ximena charlaba con su nuera y con Lautaro, Brenda aprovechó el tema de Hugo para iniciar una conversación con el abogado; quería hablar de Diego Bertoni. La cuestión era delicada porque, al existir el secreto profesional, González poco le diría. Se decidió por una estrategia que implicaba cierto riesgo.

—¿Te contó mamá que estoy enamorada de Diego Bertoni desde chica?

—No —se sorprendió González y apoyó la copa de coñac sobre la mesa centro—. Sé que las familias fueron muy unidas hasta el descubrimiento de la estafa de David Bertoni. Sé también que tus padres son los padrinos de bautismo de Diego. Pero no conocía tus sentimientos por él.

—Nadie tomaba en serio mis sentimientos —expresó Brenda—, en especial el propio Diego. Yo era chica y la diferencia de edad en aquel momento era mucha. Me lleva casi seis años —apuntó—. Pero ahora...

Brenda y Tadeo se sostuvieron la mirada en el silencio que se suspendió entre ellos.

—Pero ahora —completó el abogado— las cosas han cambiado.

—Sí. El cambio es de ciento ochenta grados —remarcó Brenda y siguió mirándolo con deliberada seriedad.

—Ahora entiendo por qué quería enfrentar a tu ex.

—Lo habría hecho aunque entre nosotros no hubiese nada —concedió Brenda—. Le prometió a papá que nos protegería.

González rompió el contacto visual, soltó un suspiro y se acomodó en el sofá. Al alzar de nuevo la vista, Brenda supo que le diría algo que no quería oír.

—Diego es un buen chico, pero...

—No me digas que no me conviene, Tadeo —pidió con tono de súplica—. Solo te imploro que lo ayudes.

—Lo estoy ayudando —aseguró. Sacudió la cabeza y sonrió con benevolencia. —Ahora entiendo la llamada que me hizo hoy muy temprano.

—¿Ah, sí? —se intranquilizó Brenda—. ¿Te llamó?

—Eso no es inusual —señaló González—. Hablamos seguido por las cuestiones relacionadas con su causa. Pero hoy —dijo y volvió a sonreír— lo noté distinto al teléfono. Tenía otra voz. Parecía… No sé… Parecía contento. Ahora comprendo por qué. Espero que sepa lo afortunado que es por contar con tu cariño.

—Me siento afortunada por amarlo —expresó.

—¿Tu madre está enterada? —preguntó el suspicaz abogado.

—Todavía no se lo dije —admitió—. ¿Podrías guardarme el secreto por ahora?

González asintió con semblante serio. Un rato más tarde, mientras se preparaba para ir a la cama, le entró un mensaje por WhatsApp. Creyó que se trataba de Millie o de Rosi. El corazón le dio un salto al descubrir que era Diego.

Pensando en vos. Esta es la canción. Primera estrofa y estribillo.

Me parece raro que me ames.
Me parece raro que seas mujer.
Sabés que soy un infame.
Sabés que voy a caer.
La noche muda ya no me asusta
si en tus brazos puedo yacer.

Nena caprichosa y mimada.
Temo que voy a ceder.
En nuestra historia secreta y callada
sabré ocultarme y desaparecer.
En el afán por merecerte
temo que te voy a perder,
temo que te voy a perder.

Brenda le contestó: *Te amo. No me vas a perder.* Se durmió llorando. Lloraba porque lo amaba y porque no dudaba de la inmortalidad de su amor. Lloraba por la tristeza que comunicaban los versos. Lloraba porque él se sentía menos cuando para ella era lo más.

* * *

Siguió asistiendo a la facultad pese a que la desconexión era absoluta. A Millie y a Rosi les cayó mal la noticia de que abandonaría las Ciencias Económicas y, aunque le pidieron que recapacitara, Brenda les ratificó que era irreversible. Estaba buscando el mejor momento para hablar con Ximena y comunicárselo; luego iniciaría los trámites en la secretaría.

—¿Qué pensás hacer después? —se interesó Rosi.

—Estudiar Música.

El miércoles, durante un recreo, recibió una llamada del padre Antonio. Se lo oía entusiasmado. Había obtenido la autorización del obispo de Avellaneda-Lanús para organizar una tarde de canto lírico en la catedral con el fin de recaudar fondos para el orfanato y la casa de recuperación. Quería que ella cantase y que además lo ayudara en la organización del evento. Brenda se quedó callada primero por la sorpresa, luego porque la acobardaba la inmensidad del proyecto. Ella era una cantante amateur, se justificó, no una profesional, por lo que habría sido deshonesto cobrarle a la gente para que la oyese cantar. La última afirmación provocó una risotada al padre Antonio.

—¡Yo pagaría para volver a escucharte cantar el aria de *La Wally*! Por otro lado, querida, ¿llamás deshonesta a una actividad con fines benéficos en un país de ladrones como el nuestro? Quedate tranquila, Brenda, nadie pondrá en tela de juicio tu honestidad por el simple hecho de que estarán boquiabiertos escuchándote cantar.

—Padre, usted sabe que yo quiero ayudar y lo quiero hacer de corazón, pero esto me resulta demasiado para enfrentarlo sola. Le propongo lo siguiente: si logro convencer a una amiga que es estudiante de canto lírico en el Colón de que me acompañe, entonces cantaré. Si no, no.

—¿Cuándo podrías tener la respuesta de tu amiga?

—Apenas tenga una respuesta, me comunicaré con usted.

Se despidió del padre Antonio y le envió un mensaje a Bianca Rocamora. Le escribió que quería hablar con ella, que le indicase qué día y a qué hora podía llamarla por teléfono. Bianca le contestó minutos más tarde. *Llamame hoy a las 20:30. Beso.*

Por la tarde, durante la clase con la Silvani, le contó acerca de la propuesta del sacerdote. La profesora la alentó a que aceptase y le aseguró que estaba preparada para enfrentar a un público conocedor.

—Necesitarás quien te acompañe en el piano —le recordó la profesora—. ¿Tenés a alguien? —quiso saber y Brenda dijo que sí mientras pensaba en Diego.

Cada noche desde el lunes él le escribía un mensaje corto y le enviaba los nuevos versos de la canción. No hablaban de encontrarse ni de lo que había nacido entre ellos. Lo impredecible del futuro y la fragilidad de su vínculo los sobrevolaban como buitres. Brenda dependía de esos breves, casi lacónicos, mensajes de WhatsApp y de los versos que compartía con ella. Y se conformaba. Era por lejos mucho más de lo que había soñado cuando con miedo se permitía entrar en la página de Sin Conservantes y lo descubría viviendo una vida sin ella.

Puntual a las ocho y media llamó a Bianca, que la saludó con la simpatía de siempre. Bianca Rocamora poseía una mansedumbre y una humildad que invitaban a sincerarse. Evitó los rodeos y le contó acerca de la propuesta del sacerdote, de cuánto la atraía y de cuánto miedo le causaba.

—Voy a dejar la carrera de Contador Público —le confió— para seguir la de Música. En casa no lo saben aún, pero quería que vos lo supieras para que entendieses por qué esto es tan importante para mí.

—Entiendo perfectamente —dijo Bianca—. Siempre es una buena oportunidad para los estudiantes de canto lírico exponernos en público. Es el mejor entrenamiento —manifestó—. Y si además doy una mano para recaudar fondos para una buena causa… Sí, Bren, contá conmigo.

—¡Gracias, Bianca! ¡Flasheo, te juro! Cantar con vos… ¡Qué honor!

—Nos vamos a divertir, vas a ver. Tengo dos amigos, un barítono y una mezzo, que van a alucinar si los invito a unirse al grupo.

—¿En serio? —exclamó, incrédula de su buena suerte—. ¡El padre Antonio va a saltar en una pata cuando lo sepa!

—Mañana te confirmo si podemos contar con ellos —prometió Bianca—. Me van a preguntar la fecha y también querrán ir a la catedral para estudiar la acústica y para ensayar in situ. ¿Tenés quien nos acompañe con el piano?

—Sí, creo que sí —contestó, vacilante y ansiosa.

Se despidieron poco después con la promesa de mantenerse en contacto para ultimar detalles y para fijar la primera reunión en la que seleccionarían las arias. Brenda no perdió tiempo y se comunicó con el sacerdote para darle la buena nueva. El hombre exultaba y barbotaba ideas sin ton ni son. En un momento hablaba de la publicidad y en otro proponía cavatinas y duetos; discurría sobre el precio de la entrada y enseguida se preocupaba por el arreglo floral del templo.

—Necesitaremos un pianista —lo interrumpió Brenda—. Yo pensé en Diego Bertoni —dijo sin pausar para no darle tiempo a nada—. ¿Qué le parece? —inquirió simulando imparcialidad y desinterés.

La verborrea del cura se detuvo y un silencio ocupó la línea. Habló segundos más tarde, que a Brenda le parecieron largos minutos.

—Dejame que lo piense —pidió el padre Antonio—. Más allá de que el viernes terminan el trabajo en el restaurante de la madre de Franco, por lo que el Moro contará con tiempo libre, tendré que pensarlo —insistió.

Brenda sumió los labios entre los dientes para refrenar el grito triunfal. Carraspeó antes de seguir hablando como si nada especial sucediera e interrogó al sacerdote acerca de los aspectos del espectáculo lírico por los que Bianca y sus amigos le preguntarían, como la fecha, la duración del evento y las preferencias para la selección de las composiciones musicales.

* * *

Habían acordado con Martiniano que el jueves, después de la facultad, Brenda lo llevaría a su casa en Villa Urquiza donde su hermana Belén la aguardaba para la primera clase de canto.

—¿Te molesta si pasamos primero por el restaurante de mi vieja? —preguntó su compañero mientras se ajustaba el cinturón de seguridad.

Brenda mantuvo la expresión inmutable al tiempo que el ritmo cardíaco se le disparaba ante la posibilidad de ver a Diego.

—No, claro que no —respondió.

—Tengo que llevarles a los chicos estos herrajes para las puertas interiores —explicó y le mostró una bolsa—. Mañana terminan con todo. Hicieron un trabajo excelente. Según Franco, el que sabe una bocha de albañilería y de pintura es el Moro, por eso lo llaman el jefe.

—Ahí mismo en la casa les enseñan los oficios, ¿no? —se interesó Brenda.

—Sí, pero Franco dice que el Moro sabía mucho porque el abuelo era maestro mayor de obra y le enseñaba.

«Don Bartolomé», pensó Brenda con afecto.

Sin embargo, la emoción y la expectativa se le esfumaron al divisar a Diego con Carla en la puerta del restaurante. Como nunca, había un sitio para estacionar justo delante del local y, aunque ella habría preferido hacerlo a cinco cuadras, Martiniano se lo indicó y no le quedó otra que detenerse allí, a pocos metros de la pareja.

—¿No bajás a saludar a los chicos? —se extrañó su compañero al ver que no se quitaba el cinturón.

—Sí —vaciló, tironeada por las pocas ganas que tenía de pasar junto a esos dos y las ganas enormes de poner primera y escapar de allí.

Diego la vio bajar del automóvil y, tras un instante de perplejidad, se colocó la máscara inconmovible. Carla se giró para ver quién había llegado y, al descubrirla, elevó los ojos al cielo sin prudencia ni educación.

Brenda vio que no se tocaban. Él tenía las manos en los bolsillos del mameluco mientras que Carla ocupaba la izquierda con un pucho y la otra con el celular. Arrojó la colilla del cigarrillo y la aplastó con saña. Usó la mano apenas liberada para acariciar a Diego, que apartó el rostro.

Martiniano, ajeno al tormento de Brenda, se detuvo a saludarlos. Dio un beso a Carla y la mano a Diego.

—¡Ay, tu primita, Di! —exclamó Carla—. ¡Hola, Bren!

—Hola —repuso sin mirarla y entró en el local; Martiniano se quedó conversando.

Corrió al baño en la planta alta y cerró con llave. Temblaba. Se obligó a inspirar varias veces para calmarse. Terminó mareada. Bajó la tapa del inodoro y se sentó. La confusión la ahogaba, los celos la sofocaban. ¿A qué jugaba Diego?

La presión le caía en picado y terminaría en el suelo con una lipotimia si no echaba mano de algunas argucias. Colocó las muñecas bajo el chorro de agua fría. Hurgó en la cartera hasta encontrar un sobrecito con sal. Se colocó unos granos bajo la lengua. Volvió a sentarse en el inodoro. Unos minutos después se sentía más dueña de sí.

Salió y, tal como le había ocurrido aquel jueves 7 de abril, se asustó al toparse con Diego, que la envolvió en un abrazo implacable y la arrastró de nuevo dentro. Trabó la puerta. Brenda se rebulló sin pronunciar sonido, la mirada fija en la de él, que se limitó a ajustar la sujeción y a contemplarla con ojos chispeantes.

—Estás muy celosa —manifestó y su acento burlón sirvió para enfurecerla.

Aún dominada por la rabia se acordó del escaso efecto que había tenido sobre ella la traición de Hugo —un poco de sorpresa y de desilusión, solo eso— y qué devastadora era en cambio la de Diego, aunque, si tenía que ser sincera, no los había pillado haciendo nada malo, solo dos viejos amigos que conversaban.

—Soltame, por favor.

—No —dijo él, siempre con una sonrisa que no terminaba de nacer y que hacía sospechar que encontraba divertida la situación—. Desde el lunes que acumulo las ganas de abrazarte, así que, no, no te voy a soltar —remató y la besó ligeramente en los labios.

Brenda apartó la cara.

—La idea de pareja que yo tengo no es la que vos tenés, eso es claro. No te culpo. No te culpo en absoluto —remarcó—. Vos me lo advertiste y yo no te escuché. Somos distintos. Así que va a ser mejor que terminemos lo que sea que empezó el domingo…

Diego la acalló aplastándole la boca con un beso. Esta vez lo hizo con rudeza y ella no reunió la voluntad para apartarse.

—No vamos a terminar —expresó él sobre sus labios calientes y magullados.

—Te estás burlando de mí.

—¡No! —se enojó—. Jamás, entendelo bien, Brenda, jamás me burlaría de vos.

Su determinación comenzaba a ceder.

—¿Por qué estabas con ella?

—Te pedí que confiaras en mí —le recordó y a continuación inquirió de buen modo y en voz baja—: ¿Qué hacés con Martiniano? ¿Dónde están tus amigas?

—Estamos yendo a la casa de Marti —explicó y alzó la vista para encontrarse con unos ojos cuya exigencia se contraponía a la gentileza con que había formulado las preguntas.

—¿*Sola* vos con él? —La miró con una ceja arqueada. —¿Tengo que ponerme celoso?

Brenda chasqueó la lengua e hizo una mueca que provocó la risa de Diego.

—No, no tenés que ponerte celoso —afirmó—. Ni de Martiniano ni de nadie. Empecé a salir con Hugo para olvidarme de vos y fue un desastre. Creo que amarte desde que tengo uso de razón es suficiente para que te quedes tranquilo. En cambio yo… —Lo desafió con la mirada. —¿Son pareja? Al menos decime eso.

—Ya no.

—¿Por qué te tocó la cara?

—Para provocarte. Te tuvo celos desde el día en que te conoció.

—¿Sabe de nosotros?

—No —replicó con firmeza—. Y no quiero que sepa.

—¿Por qué me provocaría si no sabe que estamos juntos?

—Ya te dije, porque te tuvo celos desde el día en que te conoció. Además, me conoce como nadie y presiente que me pasan cosas con vos.

La primera mitad de la última frase le reavivó los celos y la bronca. Sí, Carla lo conocía como nadie. La otra mitad, que le pasaban cosas con ella, palió el sentimiento negativo causado por la primera.

Se sostuvieron la mirada en un silencio elocuente. Le parecía mentira que Diego la contemplase con deseo. Se rebulló para indicarle que aflojara los brazos y le liberase las manos. Ansiaba tocarlo. Él le dio el gusto.

Le acarició la frente y recorrió el filo de la bandana que se la cubría en parte. Le dibujó el contorno del pómulo. Diego bajó los párpados y Brenda lo sintió relajarse. Siguió tocándolo porque percibía que lo disfrutaba. Decidió que algún día le haría masajes.

—Tengo muy buenas noticias —susurró mientras le entrelazaba los dedos en la barba.

—Que estés aquí es la mejor noticia —replicó él, siempre con los ojos cerrados, entregado a las caricias.

Brenda rio dichosa y halagada. Atraído por su risa, Diego alzó los párpados y se quedó mirándola. La sujetó por la nuca y la besó. Brenda lo sorprendió al succionarle el labio inferior y al penetrarlo con una lengua impetuosa. Diego gimió dentro de su boca. Le cubrió el trasero con una mano y la empujó contra su pelvis. Brenda profundizó el beso y lo acompañó en el movimiento ondulante que tanto había detestado cuando Hugo la besaba. Los besos de Diego, en cambio, la estremecían. Volvía a repetirse la experiencia arrolladora del primero compartido en el gimnasio.

Los sobresaltó el timbre de un celular, el de Brenda. Se quedaron quietos, tensos, las bocas unidas, las manos enterradas en la carne del otro, las respiraciones superficiales que acariciaban sus pieles crispadas. Brenda se estiró para alcanzar la cartera. Diego se resistía a dejarla ir. Hurgó a ciegas hasta dar con el aparato. Diego le apoyaba la frente en la sien mientras ella tecleaba con el pulgar derecho para ver quién le había enviado un mensaje.

—Es Marti —informó—. Me pregunta dónde me metí. Se van a dar cuenta de que estamos juntos.

—No —objetó Diego—. Martiniano cree que sigo con Carla en la vereda. Salí vos primero. Yo voy después, cuando ustedes se hayan ido y se me haya bajado —dijo y señaló el bulto que le levantaba la tela blanca del mono.

—OK —acordó, de pronto triste porque tenían que separarse.

Diego la frenó aferrándola por el mentón.

—¿Por qué estás sola con Martiniano?

—Estoy yendo a su casa para darle clases de canto a Belén, la hermana. —Diego arqueó las cejas en señal de asombro. —Gabriela me llamó la semana pasada para decirme que Belu estaba volviéndola loca para que me pidiera. Sé que soy una caradura por aceptar sin ser una profesional, pero…

—Tenés una de las mejores voces que he oído en mi vida —la acalló Diego—. No veo la hora de grabarte para después escucharte cuando estoy solo. Vas a hacer que me guste la ópera. ¿Cuáles eran las buenas noticias que tenías que darme?

—Te llamo esta noche y te cuento —propuso Brenda—. No quiero llegar tarde a lo de Belén. Está muy ansiosa. Anoche me mandó un audio y esta mañana un mensaje. No da más por convertirse en Katy Perry —dijo y sonrió.

Diego la besó rápida y vorazmente antes de dejarla partir.

* * *

Regresó contenta a su casa tras el éxito de la primera clase con Belén. La sorprendió encontrarse con Ximena, que había vuelto más temprano que de costumbre tras haberse tomado la tarde para realizar los estudios ginecológicos de rutina.

Después de quitarse la ropa de calle y ponerse cómoda —su madre era una taurina de pies a cabeza—, Ximena se le unió en la cocina para tomar mate. Brenda cebó el primero y se lo pasó. Bastó un breve cruce de miradas para que Ximena declarase:

—Querés decirme algo y no te animás.

—Esto de que me leas la mente —se quejó Brenda— es medio bajón.

—No leo todo lo que está en tu mente —expresó—, solo aquello que querés que lea. Vamos, decime.

Brenda inspiró profundo y bajó la vista antes de confesar:

—Ma, decidí dejar la carrera de Contador.

—Diego reaparece y vos decidís dejar la carrera —concluyó Ximena.

Se sobresaltó; no habían vuelto a tocar el tema desde la tarde del jueves 7 de abril cuando la enfrentó y le reclamó que le hubiese ocultado cinco años de la vida de Diego. Se exigió prudencia y una reacción natural. Engañar a una mujer avezada como su madre no era fácil, aunque imperativo. Le dolía ocultarle lo feliz que estaba, pero Ximena no habría aprobado su elección; la habría combatido. Le temía a su terquedad y perseverancia taurinas.

—Estoy pensando en dejar Ciencias Económicas desde hace tiempo y vos lo sabés —le recordó—. Después de que Ceci me leyó la carta y entendí tantas cosas que me pasan, me cayó la ficha de por qué odio esa carrera.

—No niego que la astrología es una herramienta útil —concedió Ximena—, pero no quiero que te pierdas en un pensamiento romántico que no te llevará a ningún lado. La realidad es dura y una sola.

—Mi sueño es la música, ma. No por nada estudio canto dos veces por semana desde hace cuatro años. Es mi momento de felicidad, cuando realmente soy yo misma.

—Solo te faltan dos años para recibirte de contadora —le recordó—. ¿Por qué no hacés el esfuerzo y terminás la carrera?

—Con segundo año aprobado ya tengo el título de analista administrativo contable —le informó—. Me basta y me sobra. Ya no quiero más números, ni estados contables, ni resoluciones técnicas. No lo aguanto.

—¿Qué plan tenés?

—Juliana Silvani me recomendó ir al Conservatorio de Música.

—¿El Manuel de Falla?

—Sí, el Manuel de Falla —confirmó—. Empezaría el año que viene.

Más tarde, mientras cenaban, Ximena sacó el tema y Lautaro dirigió la vista hacia su hermana.

—¿Estás segura? —preguntó con un tono que parecía sereno pero que ocultaba una nota dominante.

—Sí, muy segura.

—Bianca dice que tenés una voz copada —expresó—. Si ella lo dice, que la rompe... —acotó y volvió la mirada al plato.

—Pero no se hace nada *solo* con una buena voz —señaló Ximena—. Para tener éxito...

—Ma —la cortó Brenda—, con dedicarme a dar clases de canto sería suficiente. Hoy me sentí re bien enseñándole a Belén y el sábado pasado salí flotando del orfanato del padre Antonio.

Ximena asentía, seria. No lucía convencida.

—Si dejases ahora la facultad, ¿qué harías el día entero? —se preocupó—. No podrías inscribirte en el conservatorio porque las clases ya empezaron.

—El resto del año me dedicaré a estudiar piano con Juliana y a seguir perfeccionando la voz —expuso Brenda—. Además de las clases de Belén y de los sábados en el orfanato, tengo un proyecto entre manos —dijo y les contó acerca de la tarde de canto lírico en la catedral de Avellaneda.

Capítulo XIII

Al día siguiente concurrió a la facultad, pero no asistió a clases. Se presentó en la secretaría e inició el trámite para obtener el título intermedio. Como si se tratase de una confirmación cósmica de que el paso que acababa de dar era el correcto, la llamó el padre Antonio mientras aguardaba a Millie y a Rosi en la cantina de la facultad para almorzar.

El sacerdote le informó la fecha del evento lírico. El obispo lo había autorizado para el domingo 12 de junio a las 16 horas. Brenda calculó que contaban con un mes y veinte días para preparar el espectáculo. En cuanto al repertorio, se les concedía libertad para elegir; la autoridad eclesiástica solo exigía que se sumara una interpretación religiosa, como el *Ave María* de Schubert. La llamó enseguida a Bianca Rocamora sin esperanza de que la atendiese. El cosmos seguía confirmándole que iba por la buena senda cuando Bianca respondió. Le informó la fecha y la hora y las demás condiciones. Bianca por su lado le confirmó la participación de Jonás y de Eugenia, el barítono y la *mezzosoprano*.

—Tenemos tiempo —expresó la estudiante del Colón—, pero lo mejor es ponernos a ensayar lo antes posible.

—La Silvani me ofreció su estudio —comentó Brenda—. Incluso me dijo que podemos contar con ella al piano.

—No te puedo creer —se admiró Bianca—. La Silvani es medio inalcanzable en el instituto. Sería tan genial conocerla fuera de ese ambiente. Consulto con Jonás y con Euge y te llamo esta noche para fijar la primera práctica.

Brenda cortó la llamada y cerró los ojos e inspiró profundo para aplacar la emoción. Poco después llegaron Millie y Rosi y la encontraron con los pómulos arrebolados, los ojos chispeantes y una sonrisa permanente. Se emocionaron al brindar con gaseosa por su futuro en la música y Brenda lloriqueó al tomar real conciencia de que ya no transcurriría las mañanas con sus amigas ni se juntarían para estudiar. Comprendió que si había logrado completar dos años en ese mundo de números y balances tan ajeno a su corazón pisciano se debía a la presencia constante y sólida de las dos amigas a las que consideraba como hermanas. Su Luna en Cáncer, le había explicado Cecilia, la impulsaba a aferrarse a realidades donde se sentía cómoda y en familia, aunque no fuesen beneficiosas. Romper con el esquema infantil la aterraba al tiempo que la obligaba a convertirse en una mujer independiente.

Llegó media hora antes a la casa de la calle Arturo Jauretche. Lita la esperaba con el mate listo. Se abrazaron. La anciana era menuda y de baja estatura. Se sentaron a la mesa y Brenda le contó la novedad, que había dejado la carrera de Ciencias Económicas para dedicarse a la música y que, al día siguiente, en su clase de canto, le pediría más horas a la Silvani y lecciones de piano. Quería prepararse para el ingreso en el Manuel de Falla.

—A mí me encantaría enseñarte a tocar el piano —expresó Lita.

—¿En serio? —se entusiasmó Brenda—. ¿No sería un compromiso para usted?

—¡Qué compromiso ni compromiso! —simuló exasperarse—. Sería un honor. El piano está en lo de Dieguito, donde ensayan con la banda —apuntó y siguió haciendo planes y proponiendo días y horarios. En una pausa para cebar, comentó sin mirarla: —El domingo fuimos a visitar a Dieguito a la casa. Vos ya te habías ido. Al final fuiste —comentó, curiosa, pues el viernes anterior les había asegurado a Manu y a Rafa que tenía que estudiar.

—Nos invitaron los chicos a comer un asado —dijo vagamente—. Tuvimos que irnos temprano —señaló sin profundizar.

—No hablé mucho con Dieguito porque estaba… la mujer esa.

—¿Carla?

—Ella —afirmó con desdén—. Pero lo noté muy contento. Lo miré a los ojos y me di cuenta de que algo había sucedido. Algo muy bueno. —La anciana le dirigió una mirada resuelta. —Sé que tiene que ver con vos, Brendita. No me preguntes cómo lo sé. Intuyo cosas sin que nadie me las diga.

—Entiendo —aceptó mientras se preguntaba qué posición ocuparía el intuitivo Neptuno en la carta natal de Lita.

Se debatió entre guardar silencio o contarle que la embargaba una alegría inefable, que nacía de haber convertido el sueño más anhelado, ser la novia de Diego Bertoni, en realidad. Quería gritarlo a los cuatro vientos y debía callar.

Aprovechó que la anciana había mencionado a su rival para preguntarle:

—¿Desde cuándo se conocen Diego y Carla?

—Uf —suspiró Lita—. Desde hace años. —Elevó la mirada al cielo raso en el ademán de quien hace cálculos. —La conoció, si mal no recuerdo, en 2010, más hacia fin de año. —Coincidía con la fecha en que Brenda la había visto por primera vez, el verano de 2011, en la puerta de la fábrica. —La trajo por primera vez a casa para el cumple de Silvia, que es a mediados de noviembre, por eso me acuerdo. No me gustó —declaró con expresión resuelta—. Era muy bonita, no lo discuto, pero me resultó falsa. Muy falsa —subrayó—, como si actuase. Después fuimos enterándonos de cosas que corroboraron mi primera impresión.

—¿Qué cosas? —presionó Brenda y enseguida se justificó—: Lita, no crea que soy chismosa. Es que todo lo que tiene que ver con Diego me interesa muchísimo. Muero por saber de él y de su vida —confesó.

Lita le palmeó la mano.

—Claro que no sos chismosa. Y a vos te contaría cualquier cosa de él porque tengo la firme sospecha de que el amor que le tenés es tan grande como el mío. Y te aseguro que el mío no tiene fin.

Se le nubló la vista y se le hizo un nudo en la garganta de manera repentina, sin aviso. Su sensibilidad pisciana golpeaba, y golpeaba duro. Se la tenía por suave y dulce, a la sensibilidad pisciana; sin embargo, era fuerte, perseverante, firme, casi que parecía de Tauro. Lita la observaba con una media sonrisa, la mueca de quien confirma que tiene razón. Le cebó otro mate y se lo extendió. Siguió hablando y haciendo caso omiso de su emoción.

—Lo primero que supimos fue que es la hermana menor del intendente del partido de General Arriaga, uno de los más importantes del conurbano bonaerense.

—No sé quién es el intendente de General Arriaga.

—Más que intendente deberíamos llamarlo caudillo. Hace años que es intendente —afirmó—. Un corrupto, dicen. *Muy* corrupto —remarcó—. Se llama Ponciano Mariño.

«Carla Mariño», pensó Brenda y meditó que era la primera vez que asociaba un apellido al detestado nombre, porque si bien se la mencionaba de continuo en la página de Sin Conservantes, se empleaba el nombre artístico, Carla Queen. ¿Sería leonina?, se preguntó.

—¿Cómo se conocieron? Diego y ella —especificó.

—Entiendo que en uno de esos locales bailables a los que van los chicos ahora. Uno de los tantos que tiene el hermano y que administra esa sanguijuela del cuñado, el tal Coquito Mendaña, hermano de la esposa de Mariño. Un bueno para nada. Silvia lo llama Juancito, por Juancito Duarte, el hermano de Eva Perón. —Brenda no comprendió la referencia, pero se abstuvo de preguntar. —Gracias a los contactos de esta mujer —ya había advertido que Lita jamás pronunciaba el nombre de Carla—, los chicos empezaron a tocar en muchos lugares y a adquirir cierta popularidad. Y también empezó el consumo de droga y de alcohol —declaró y dejó caer la cabeza, desmoralizada—. Ella lo arrastró a ese infierno.

Brenda le sujetó la mano mientras en un análisis sincero y realista se preguntó si en verdad podía culparse exclusivamente a Carla de las adicciones de Diego cuando ella lo recordaba fumando marihuana a los diecisiete, pocos días después de la muerte de su padre y mucho tiempo antes de que la conociese. Tampoco olvidaba la vez que había terminado preso por conducir ebrio. De todos modos, necesitaba expresar algo alentador.

—Eso ya quedó atrás —dijo.

Lita alzó la mirada y a Brenda la conmovió el dolor que trasuntaban sus ojos envejecidos.

—¿Sí, Brendita? ¿En verdad quedó atrás?

La pregunta la descolocó.

—¿Tiene miedo de que recaiga?

La mujer se mordió el labio y negó con la cabeza. Cubrió la mano de Brenda y forzó una sonrisa.

—No, Brendita, no —repitió con seguridad fingida—. Ahora estás vos. Eso cambia todo.

Lita se refería a ellos como si fuesen una pareja sólida, estable, cuando en realidad ni siquiera se animaba a compartir con su familia lo que fuese que había comenzado pocos días atrás. Juzgó ridículo seguir negándolo siendo que la anciana parecía al tanto de la cuestión.

—Sigo sintiéndome como una nenita que no entiende nada —manifestó—, poco sofisticada. No viví lo suficiente para estar a su altura. En cambio él... Se va a aburrir conmigo, Lita.

La mujer profirió una risotada, que la hizo sonreír pese al ánimo caído.

—Sos adorable —afirmó—. ¿Sofisticada para vos es vestirse como una furcia y platinarse el cabello? ¿Drogarse o emborracharse es atractivo?

—No, claro que no.

—Cantar un tema de rock y pocos minutos más tarde un aria como lo habría hecho una soprano profesional... Bueno, dejame que te diga que *eso* es sofisticado.

Un pitido del celular irrumpió en el silencio que siguió a la declaración. Manu le enviaba un mensaje para preguntarle por qué se demoraba. Consultó el reloj: habían transcurrido cinco minutos desde la hora acordada.

—Han estado ensayando toda la mañana —comentó Lita mientras la acompañaba hasta una puerta lateral que comunicaba con el corredor externo—. No sé a qué concurso de canto quieren presentarse y dicen que si te tienen a vos van a ganar.

* * *

Brenda llamó a la puerta del último PH. Manu abrió y le dedicó una sonrisa que le comunicó admiración y ansiedad a un tiempo. Se inclinó para besarla en la mejilla. Brenda arrugó la nariz al olfatear el aroma de la marihuana que flotaba en torno a él. Dio un paso hacia atrás. Estiró el cuello y vislumbró sobre una mesa centro un gran desorden de botellas de bebidas alcohólicas y ceniceros abarrotados de colillas.

—¿Qué pasa? —se impacientó Manu—. Entrá.

Brenda movió la cabeza para negar y le clavó una mirada que Cecilia habría calificado de saturnina. «A veces», le había asegurado la astróloga, «un poco de Saturno no viene mal, sobre todo con un Urano loco y un Neptuno soñador tan fuertes como los tuyos».

—No —respondió—. Mejor me voy —dijo y se giró para volver sobre sus pasos.

—¡Ey, pará! —exclamó y la aferró por el brazo—. ¿Qué te pasa? ¿Te saltó la térmica?

—Soltame, Manu —exigió en tanto pensaba: «Y sí, con Marte, el guerrero, en conjunción con el Sol, a veces me salta la térmica y nadie me reconoce».

—OK, te suelto. Pero decime qué pasa.

Rafa se asomó al umbral y observó la escena con ojos achinados y expresión adormilada.

—Hola, Bren —saludó y le destinó una sonrisa bobalicona.

—Hola —contestó sin sonrisa, sin humor.

—¿No vas a entrar? —se extrañó Rafa—. Estamos locos por ensayar con vos.

—No, creo que va a ser mejor que me vaya. Yo no soy el tipo de chica que ustedes necesitan.

—¡Qué boludez estás diciendo, Bren! —carcajeó Manu—. Sos justamente lo que necesitamos para volver a tocar como antes.

—Te aseguro que no lo soy, Manu.

—¿Qué fue lo que te molestó? —se preocupó Rafa, de pronto sobrio.

—Que fumen y que tomen. No podría pasar cinco minutos en la misma habitación con ustedes y con todo ese humo y ese olor a alcohol. Y está claro que ustedes no pueden vivir sin esa porquería. Por eso —decretó e hizo un rictus con la boca— es mejor que lo dejemos aquí. Todo bien, pero…

—¡No! —se desesperó Manu—. No —reiteró más calmo—. Podemos vivir sin esa mierda, Bren.

—No mientas, Manu. ¿Su mejor amigo está encerrado en un centro de recuperación y ustedes vienen a fumar marihuana y a tomar vodka a su casa? ¿Qué clase de amigos son? —los increpó e intentó marcharse de nuevo.

Sin tocarla, Manu le impidió avanzar al ponerse frente a ella en el angosto corredor.

—No te vayas, Bren. Te lo imploro.

—En serio, Bren —lo apoyó Rafa—. Estábamos como locos esperando que llegaras. La banda sería lo más con vos como vocalista.

—Amo cantar y amo la música, Rafa, pero detesto que las drogas y el alcohol tengan que ser parte de ese mundo como si fuesen indispensables. Parece que sin ellos no es posible hacer buena música.

—¡Claro que es posible! —aseguró Manu y alzó los brazos al cielo en un gesto desesperado—. Es posible, Bren —reiteró más mesurado y se cubrió la cabeza con las manos—. No te vayas.

—Pongamos condiciones —propuso Rafa y apartó a Manu para ocupar su lugar frente a Brenda. Le destinó una mirada de súplica que supo tocarle el corazón pisciano. —Cero porro y cero escabio mientras estamos con vos y mientras trabajamos.

—Y cero cigarrillo —agregó Brenda—. No voy a convertirme en una fumadora pasiva.

—OK, cero faso —refrendaron los dos al unísono.

Rafa extendió la mano para sellar el acuerdo. La aceptó tras mirarla con desconfianza. Manu intentó abrazarla en un gesto conciliador y Brenda lo detuvo.

—Ni se te ocurra pegarme ese olor a marihuana. Lo detesto.

El chico se echó hacia atrás al tiempo que levantaba las manos para indicarle que no la tocaría. Entraron, y Brenda les impidió que cerrasen la puerta de ingreso. Empezó a recorrer la propiedad sin prestarle atención, con el único propósito de abrir las ventanas y generar corrientes que se llevasen el aire estancado y maloliente. Exigió bolsas de residuos y le entregaron dos. Despejó la mesa echando dentro las botellas, aun las que no estaban vacías, y vaciando los ceniceros. Había también cajas con restos de pizza, platos y cubiertos sucios, bollos de papel tisú y migas por todas partes. Las cosas que no terminaron en la basura acabaron en las manos solícitas de los chicos que las llevaron a la cocina.

—Mientras se ventila —propuso Rafa—, ¿querés que te mostremos la casa?

Le habría gustado conocerla de la mano de Diego. Asintió intentando disfrazar la decepción. La recorrida duró poco; la propiedad no era muy grande. Empezaron por la planta alta, a la cual accedieron por una escalera ni ancha ni angosta, del mismo granito del ingreso y con baranda de hierro negro. Había dos habitaciones, ninguna en suite, ambas desprovistas de muebles a excepción de los placares y de un par de colchones tirados en el suelo. El baño era alargado y con azulejos color turquesa típicos de los años setenta. En la planta baja estaban la cocina, un comedor, un baño para las visitas y la sala, la cual, Manu le informó con orgullo, ellos mismos habían insonorizado echando mano de alfombras, burletes, paneles aislantes de goma espuma y cambiando la ventana por una de aluminio con vidrio doble y cierre hermético.

—Pudimos cambiar la ventana porque el Moro es un maestro de la albañilería —acotó.

—Don Bartolomé le enseñó —precisó Rafa.

Brenda los oía explicarle acerca de las tareas encaradas mientras, de pie en el centro de la habitación, observaba los parlantes, los teclados y demás aparatos que no identificaba. El piano vertical de Lita descollaba entre la modernidad de los otros instrumentos: la batería, un par de guitarras eléctricas, una acústica y un bajo, el cual distinguió por las cuatro cuerdas. Se hallaba en el corazón mismo de Sin Conservantes.

Inspiró el aroma peculiar y punzante del recinto, producto seguramente de la goma espuma y del pegamento con que habían adherido los paneles acústicos a los muros y al cielo raso.

—Hay un olor extraño acá —comentó.

—Es el líquido ignífugo —respondió Manu—. Tuvimos que pincelar todo con ese líquido hediondo, desde el techo hasta el suelo. Todo —subrayó.

—Hay riesgo de incendio causado por un cortocircuito —explicó Rafa.

Asintió en silencio y se retiró hacia la ventana, cuyo vidrio empañado por la suciedad le permitió entrever a duras penas un jardín trasero muy descuidado. Se lo imaginó prolijo y con flores. Le dieron ganas de decorar la casa, decrépita y sin muebles a excepción de la mesa en el comedor, el juego de sillas viejas, un sofá de tres cuerpos con el tapizado de cuerina marrón herido por quemaduras de cigarrillo y dos sillones destartalados, uno de los cuales se apoyaba en una pila de libros.

—¿Aquí grabaron el cedé que vendían por la página de Facebook?

—No —rio Manu—. Aquí es imposible grabar nada. La acústica no es buena, sin mencionar que no tenemos la tecnología para hacerlo. Aquí solo ensayamos.

—Lo grabamos en un estudio —explicó Rafa.

Manu propuso regresar al comedor.

—¿Ya se fue el tufo del porro y del escabio? —consultó y, al ver que Brenda asentía, se dispuso a cerrar la puerta principal y las ventanas.

La habitación se oscureció notablemente y no se debió a que la casa fuese poco luminosa sino a que los vidrios sucios limitaban el ingreso de la luz. Aunque el mal olor se había disipado, persistía uno indefinido, no intenso pero tampoco agradable.

Se trasladaron a la cocina para preparar mate. Bolsas con basura, las que ella había generado y otras más viejas, se acumulaban en un rincón y emanaban un olor nauseabundo. Rafa la pescó observándolas y propuso:

—Manu y yo sacamos la basura y vos vas preparando el mate. ¿Te parece, Bren?

Asintió y se dirigió al baño de las visitas para lavarse las manos, un pequeño recinto lúgubre debido a la decoración fuera de moda y a lo sucio. La pastilla de jabón era vieja y estaba cuarteada; la usó igualmente. Decidió secarse las manos con sus pañuelos de papel tisú tras haber estudiado la toalla de un color impreciso entre el beige y el gris, con manchones oscuros.

Volvió a la cocina y se quedó de pie en el umbral estudiando el desorden de vasos, platos y cubiertos. Se apilaban sobre la mesada y dentro de la pileta. Se aproximó como si lo hiciera a la jaula de una bestia feroz. Paseó la mirada por la vajilla con restos de comida seca. El acero inoxidable de la pileta lucía opaco y el mármol blanco de la mesada presentaba sectores veteados que, ella estaba segura, no formaban parte del diseño natural de la piedra.

Enjuagó la pava varias veces antes de poner a hervir el agua. Hizo otro tanto con el termo y lavó la bombilla, todas medidas que implicaban un acto reflejo ante la mugre que la circundaba y que poco aportaban a cambiar la situación. Ella no era especialmente ordenada ni una apasionada por la limpieza, pero frente a ese caos se dio cuenta de que siempre había dado por descontado el orden, la pulcritud y los buenos aromas de su hogar. Más allá de ese rechazo a la mugre imperante, despuntaba otra sensación, una en la que identificó rabia y celo. «Esta es la casa de Diego», se recordó, «la que don Bartolomé decidió dejarle a él». Le molestaba que sus amigos la descuidasen. ¿Diego habría visto el estado en que se encontraba? ¿O habría cambiado tanto como consecuencia de su adicción y del alcoholismo hasta el punto de volverse desordenado y sucio? Evocó las veces, durante la niñez y los primeros años de la adolescencia, en las que entró en su dormitorio y en cómo la habían impactado la prolijidad y la limpieza reinantes. Ahora conocía el origen de su personalidad ordenada: el Sol en la constelación de Virgo. ¿La cocaína lo habría cambiado tan profundamente como para borrarle una característica con la que había nacido?

Los chicos regresaron y la encontraron a la mesa, lista para cebar el primer mate. Como estaba enojada, acalló a Manu y exigió:

—Antes que nada, quiero saber, y quiero que me lo digan sin dar vueltas, por qué me pidieron que cantase para su banda si ustedes tienen una voz femenina. Y muy buena —añadió.

Los músicos intercambiaron miradas serias. Manu tomó la palabra.

—No estamos, lo que se dice, en buenos términos con Carla —confesó—. Nosotros queremos abrirnos de ella.

—Nunca le tuvimos mucha simpatía —acotó Rafa—. Canta muy bien, pero es caprichosa y siempre arma quilombo. Es como si le *gustase* armar quilombo —precisó.

—Nos la bancábamos por el Moro y porque su hermano, el intendente de General Arriaga —puntualizó—, nos conseguía la mayor parte de los conciertos en los que tocábamos. Pero desde que pasó lo que pasó...

—¿Qué pasó? —reclamó saber; la tenía sin cuidado que la considerasen una chismosa.

Otra vez los chicos cruzaron miradas elocuentes.

—Nos dijo que Sin Conservantes le estaba quedando chico y que quería abrirse por su cuenta. Quería seguir como solista.

—Oh —se asombró Brenda—. ¿Y Diego? ¿Qué dijo?

—Se emboló mal —intervino Rafa—. Se pelearon.

—¿Cómo iba a hacer Carla para empezar una carrera como solista? No es fácil —razonó Brenda.

—Más bien que no es fácil —acordó Manu—. Pero ella por un lado lo tiene al hermano, el intendente —aclaró—, que tiene más guita que los chorros. Por el otro conoce a un chabón de los años en que bailaba para *Pasión Cumbiera*. Él le prometió que la iba a convertir en una estrella.

—¿*Pasión Cumbiera*? ¿Qué es eso?

Manu y Rafa rieron por lo bajo.

—Es un programa de la tele —explicó Rafa—. Es de cumbia. Lo dan los sábados por la tarde en el canal de cable Música y Basta. No es el tipo de programa que vos verías, Bren.

—¿Y ustedes? ¿Lo ven?

—Lo nuestro no es la cumbia —matizó Rafa—. Es el rock. Pero Carla empezó en ese mundo, el de la cumbia. Un ambiente muy pesado —acotó.

—El productor del programa volvió a verla el año pasado en uno de nuestros conciertos —retomó Manu— y le propuso lo de la carrera como solista.

—¿Y? —preguntó Brenda—. ¿Empezó su carrera como solista?

Manu y Rafa se encogieron de hombros y ejecutaron muecas de desinterés o de ignorancia, solo que Brenda percibía que sabían más de lo que revelaban.

—Pero Carla y Diego no están peleados —alegó—. Ella va a la casa a verlo y él le da bola.

—Ellos son así —dijo Manu con aire evasivo—. Se matan y después se arreglan.

—Pero ellos no se arreglaron —argumentó.

—No —concedió Rafa—, esta vez no. Carla la cagó bien cagada. Y no hablo solo de la traición que fue querer cortarse sola.

—¿Ah, no? ¿Qué más hizo? —De nuevo las miradas circunspectas.

—¡Díganme! —exigió—. Quiero saber en qué estoy metiéndome. No quiero tomar una decisión sin saber cómo son las cosas. No quiero robarle el lugar a Carla y…

—No estás robándole el lugar, Bren —la cortó Manu, de pronto serio y firme—. Carla lo cagó al Moro con el productor de *Pasión Cumbiera*.

—¡Oh!

—Se ve que el precio de su carrera como solista era convertirse en la amante del tipo —dedujo Rafa.

—¿Cómo se enteró Diego?

—Le llegó un video en el que Carla y el productor cogían en un camerino del canal, o al menos eso parece.

—¡Qué! Pobre Diego… Qué bajón.

—Un poco más que bajón, diría —comentó Manu—. El tipo lo denunció por meterse en su casa y por cagarlo a piñas. Terminó preso. Como siempre, tu vieja salió al rescate. Su abogado logró sacarlo y meterlo en la casa de recuperación.

—Dios bendito —musitó Brenda—. Pero si ella lo engañó con ese tipo, ¿por qué sigue viéndola?

—Es complicado —sentenció Rafa.

—Fue a verlo un domingo a la casa —retomó Manu— y le contó que le habían diagnosticado cáncer de mama.

—¡Oh! —exclamó Brenda.

—Eso lo ablandó al Moro.

—Pobre Carla —susurró.

—Sí, pobre —repitió Manu con una nota burlona y difidente.

—¿No te da lástima? —se intrigó Brenda.

—No es eso —se justificó Manu—. Es que no sabemos si creerle. No se le cayó un puto pelo.

—Ella dice que es porque le están dando rayos y no quimio —apuntó Rafa—. Cuando le pregunté, me dijo: ¿Querés que te muestre la teta toda quemada? Por supuesto le dije que no. Ella *sabía* que le iba a decir que no.

—Es muy mentirosa —insistió Manu.

—¡No mentiría acerca de algo tan serio! —se escandalizó Brenda.

—Oh, sí —afirmó Manu—, Carlita Queen mentiría sobre cualquier cosa con tal de retener al Moro.

Evocó la mirada de su rival y, aunque no lo admitiría en voz alta, supo que Manu decía la verdad: Carla Mariño habría sido capaz de cualquier estratagema con tal de no perder a Diego. Ahora ella, además de salir con el chico que Carla codiciaba, ocuparía su lugar en Sin Conservantes. Tuvo miedo.

—¿Quién le envió el video a Diego? —inquirió Brenda—. El de Carla con el productor en el camerino —se explicó.

—No sabemos —contestó Manu—. Pudo haber sido el mismo productor para separarla del Moro —dedujo.

—¿Y cómo va lo de la carrera como solista? —insistió pese a las encogidas de hombros anteriores.

—Según ella —habló Rafa—, está parada hasta que termine el tratamiento por lo del cáncer.

—Ah, claro —musitó Brenda.

—Otra vez, creemos que miente. Con todo el quilombo que armó el Moro, la mujer del productor se enteró de que el marido la cagaba con Carla. Estamos seguros de que el tipo la dejó para calmar a la esposa, que es la hija del accionista mayoritario de Música y Basta.

—Entonces —razonó Brenda—, cuando termine el tratamiento y esté mejor va a querer volver a Sin Conservantes. No va a aceptar quedarse sin el pan y sin la torta.

—Nosotros creemos —argumentó Rafa— que quiere formar una banda con el Moro. Quiere abrirse de Manu y de mí.

—Diego jamás los abandonaría —lo defendió Brenda y alternó vistazos demandantes entre los músicos, que se limitaron a devolverle muecas poco comprometidas.

—¡Pero vamos a lo nuestro! —exclamó Manu—. Carla ya no forma parte de la banda, al menos no de la nuestra —aclaró y agitó el dedo índice entre él y Rafa—. Esa mina ya no es un bardo nuestro.

—¿Cómo *de la nuestra*? —se extrañó Brenda—. ¿Diego no sería parte de esta banda que formaríamos?

—Si él quiere, sí —contestó Rafa.

—¿Ustedes creen que él aceptaría formar una banda aparte con Carla? —se atrevió a cuestionar.

No obtuvo respuesta. Los tres volvieron las miradas hacia el ingreso al oír el chirrido que producen las llaves al girar en la cerradura. Era Diego. Brenda se despegó unos milímetros de la silla en el acto inconsciente de correr hacia él. Se detuvo a tiempo y permaneció quieta apretando el mate con una mano y el termo con la otra mientras lo observaba saludar a los amigos, que abandonaron los asientos para salir a recibirlo con genuina alegría y sorpresa. Se daban la mano ejecutando una especie de coreografía y se palmeaban la espalda. Manu y Rafa le hacían preguntas a las que Diego respondía sin apartar la vista de ella. Debía de darle gracia que se hubiese puesto colorada. No podía evitarlo por mucho que la avergonzase. Como no esperaba encontrárselo, se había arreglado así nomás, por lo que, además de juzgarla una chiquilina con los cachetes colorados, debía de parecerle poco atractiva. Repasó mentalmente las condiciones de su ropa, de su pelo y de su cara sin posibilidades de mejorar nada.

Diego caminó hacia ella con una media sonrisa y usando la mirada para hechizarla. Seguía temblando, por lo que apretó aún más las manos en torno al mate y al termo en un intento por contrarrestar la respuesta descomunal de su organismo a la presencia inesperada de él. La consolaba pensar que un día se acostumbraría a verlo entrar en un sitio. Diego invadiría su campo visual sin riesgo de que ella sufriese taquicardia o se le incendiase la cara. Un día, se animó. Él, en cambio, lucía tan compuesto y dueño de sí mientras se inclinaba, la sujetaba por la nuca y se tomaba unos segundos para besarla y morderle los labios, hasta que se detuvo para sonreír, divertido por los comentarios ocurrentes de Manu y de Rafa, que le causaron gracia a ella también.

—¿No hay un mate para mí? —le susurró con la frente apoyada en la suya y la mano todavía en torno a la columna de su cuello.

—La yerba está lavada —adujo—. Voy a cambiarla.

Se evadió hacia la cocina, sintiendo el cuerpo como de gelatina. «Esto no es normal», reflexionó. En honor a la verdad, siempre la aparición de Diego Bertoni la había afectado, aun de niña, aun esperando encontrárselo. Él entraba en un sitio y a ella el corazón le daba un salto, solo que en aquellos años corría hacia él para que la levantase y le hiciera dar vueltas. La confianza había sido absoluta. En el presente la situación era la opuesta. Así como un momento antes se había mostrado inquisidora y firme con sus amigos, en esa instancia la atormentaba la timidez. Se sentía una idiota.

Cambió la yerba y puso a calentar agua con manos vacilantes y eligió esperar allí para darle tiempo de que conversara con Manu y Rafa. O más bien, para darse tiempo y recuperar el control. Llenó el termo y volvió al comedor. Los chicos se habían trasladado a la sala insonorizada. Cebó un mate y se lo pasó a Diego, que le susurró gracias.

Rafa estaba mostrándole el monitor de escenario Yamaha y el altavoz Marshall que había comprado en Mercado Libre a buen precio. Le siguió una conversación acerca de altoparlantes activos y pasivos, bafles, amplificadores e impedancia, de la cual quedó excluida. Igualmente le resultaba fascinante encontrarse allí. No apartaba la vista de Diego. Lo estudiaba mientras él prestaba atención a lo que sus amigos le explicaban acerca de la nueva adquisición. Le encantaba cómo sorbía el mate con el semblante relajado. Se lo devolvió sin destinarle una mirada para ponerse los auriculares y probar el aparato haciendo sonar las notas más agudas y luego las más graves del órgano. Cerraba los ojos y se concentraba en el sonido con una actitud profesional y conocedora. Brenda supo que Diego era feliz en ese contexto y que los problemas se le desvanecían de la mente cuando la ocupaban los acordes que sus ágiles dedos producían en el teclado.

Volvieron al comedor y se sentaron a la mesa. Brenda cebó un mate para Rafa y se lo entregó.

—Estaba pensando, Bren —dijo Manu—, que vos nunca nos hiciste la pregunta de rigor.

—¿Qué pregunta?

—Por qué le pusimos Sin Conservantes a la banda.

—Porque creo saber por qué la llamaron así.

—¿Ah, sí? —la desafió Manu—. ¿Por qué la llamamos de ese modo?

—Porque ustedes son como los alimentos sin conservantes ni aditivos. Ustedes son puros, auténticos, sin máscaras ni hipocresías —añadió—. Son un buen alimento para el alma.

—Te lo dijo el Moro —la provocó Manu.

—Yo no le dije una palabra. Y ahora… Fuera —ordenó y señaló la puerta detrás de él con el pulgar.

Manu y Rafa se pusieron de pie sin chistar y Brenda comprendió que el liderazgo del Moro no se discutía. Manu, sin embargo, siendo el provocador que era, le guiñó un ojo y le pidió:

—No te vayas sin despedirte. Todavía tenemos que hablar.

Diego aguardó con impaciencia y la vista fija en la mesa hasta oír que la puerta se cerraba. Acto seguido y sin que mediara aviso, la tomó por la cintura, lo cual le arrancó una exclamación, y la sentó sobre sus rodillas. Reía, dichosa y asombrada, hasta que él la acalló con un beso, que le devolvió la seriedad y la condujo a ese punto de excitación que había descubierto con él y que la llenaba de puntadas dolorosas.

—Dios —pronunció Diego en un susurro ardiente—, no veía la hora de llegar aquí y verte.

—Terminaron temprano —señaló Brenda, aferrada a su nuca, la boca aún pegada a la de él.

—Sí. Hoy los tuve a los santos pedos para que terminaran lo antes posible. Quería tener más tiempo para estar con vos.

—¿Y los chicos? ¿Están con tu abuela?

—Sí. La vieja me hace el aguante.

—Lita es lo más.

—Sí —dijo con una voz particularmente ronca—. ¿Te gusta que haya venido?

—Amo que hayas venido —afirmó mientras lo sujetaba por las sienes y le depositaba pequeños besos en el rostro.

Se apartó. Diego la observaba con una mirada atenta. ¿La encontraría tan atractiva como a Carla? ¿Qué había realmente entre Diego y su ex? Las revelaciones de Manu y de Rafa se sumaban a las piezas de un rompecabezas que había comenzado a armar un rato antes durante el diálogo con Lita. Odió el interrogante que despuntaba, solo que era imposible borrarlo de su mente: ¿estaría usándola para vengarse de Carla y darle celos? «No seas idiota», se reprochó. «Acordate de que Diego no quiere que Carla sepa que vos y él están juntos.» Le resultaba extraño que se lo ocultase. Siendo amigos, ¿hasta cuándo sostendría la situación? ¿Esperaría que Carla superase el cáncer de mama para revelárselo? ¡Qué enredo! ¿Por qué tenía que ser tan confuso y complicado?

—¿Cómo se portaron Manu y Rafa? —quiso saber Diego.

—Muy bien —contestó en voz baja, de pronto deprimida.

—Ey, ¿qué pasa? —se preocupó Diego y le acarició el pómulo.

—Nada. Estoy bien —aseguró e intentó poner buena cara.

—Sé que es un bajón vernos así, siempre con poco tiempo y ocultándonos.

—¿Los chicos de la casa saben que estoy aquí?

—No. Y Manu y Rafa no van a abrir la boca, quedate tranquila. Les dije que venía a probar una canción que estaba componiendo, que me bancaran un rato.

Le acarició la barba. Se volvieron a mirar con fijeza.

—Estoy feliz de que estés aquí —susurró—. Es la mejor sorpresa. Bueno —rectificó—, la mejor sorpresa fue volver a verte el 7 de abril después de cinco años.

—¿7 de abril? —repitió él con expresión divertida—. ¿Te acordás del día?

—Jueves 7 de abril —completó con orgullo—. Nunca me voy a olvidar del momento en que te vi en la escalera. —Bájó la mirada antes de expresar: —Tampoco me voy a olvidar de cómo me trataste.

Diego ajustó los brazos en torno a su talle y le pegó la frente a la sien.

—Perdón —suplicó en un murmullo apasionado—. Reaccioné mal.

—¿Por qué me trataste mal? —preguntó sin rencor, más bien con ánimo curioso.

Diego la miró con una seriedad que ella se impuso sostener.

—Reaccioné mal porque me gustaste. Una banda me gustaste. Vos estabas un poco agachada mirando la ventanita de colores y yo, desde arriba, pensaba... —Se detuvo y guardó un silencio con gesto amotinado.

—¿Qué pensaste? Decime —exigió.

—Pensé: qué buen culo tiene. —Brenda sonrió en una acción autómata. —Después te diste vuelta y me pareciste tan linda. —Le acarició la mejilla con el dorso áspero de los dedos manchados de pintura.

—¿No me reconociste cuando me di vuelta?

—No. Después, cuando me dijiste quién eras, te reconocí enseguida. Estabas igual, pero tan distinta al mismo tiempo. Me quedé helado.

—¿Y porque te gusté me trataste mal?

Diego compuso un gesto de fastidio, se refregó la cara y soltó un suspiro. Brenda no cedería; no le temería ni se echaría atrás.

—Hacía mucho que una mina no me atraía ni me movilizaba —admitió—. Y que justo fueses vos...

—La hija de Héctor y de Ximena —completó y Diego dejó caer los párpados en un acto de rendición—. ¿Te sigue pesando?

La pregunta lo hizo reaccionar. Abrió los ojos y a Brenda le parecieron más lindos que nunca, tan oscuros y enigmáticos, tan duros por un lado, tan suaves por el otro gracias al influjo de las largas y arqueadas pestañas.

—Sí —fue la categórica respuesta. La aferró por la nuca y la obligó a pegar la frente a la de él. —Sí —repitió—, me sigue pesando, pero ya no hay vuelta atrás.

—No, ya no hay vuelta atrás —acordó—. Además, gracias a mí volviste a componer —expresó con fingida soberbia—. Te traje suerte.

Al notar la sonrisa pícara que despuntaba en los labios de Diego, se echó a reír.

—Vamos al estudio —propuso él y Brenda supo que hablaba de la sala insonorizada.

Entraron. Diego cerró la puerta. Apartó la banqueta del piano y la limpió con la bandana roja que extrajo del bolsillo de los jeans. El taburete era ancho, de cuero marrón capitoné que revelaba en sus cuarteaduras y cortes la vejez y el uso.

—Sentate —ordenó Diego y le tomó la mano para ayudarla—. Movete hacia el borde —le indicó antes de ubicarse detrás de ella.

Quedó sentada en el ángulo de sus piernas y con la espalda pegada a su pecho. La juzgó la postura más íntima que habían compartido. A un tiempo se sentía protegida y deseada. Diego alzó la tapa del piano y acarició las teclas sin arrancarles un sonido. Brenda sujetaba el aliento. El primer acorde le causó un escalofrío, que era mucho más que un simple escalofrío. Empezaba a aceptar la desmesura de la respuesta de su cuerpo a los simples actos de Diego Bertoni; y de todas maneras la sorprendían, un poco la asustaban porque ponían de manifiesto el poder que ejercía sobre ella, no solo sobre su cuerpo; sobre *toda* ella.

Ejecutó varias escalas con una habilidad que la dejó pasmada. Era tal el orgullo que le inspiraba que se emocionó.

—Me había olvidado de lo bien que tocabas —comentó cuando Diego se detuvo.

Le acarició las manos que aún descansaban en el teclado.

—Solo es la escala mayor —desestimó—. Es lo primero que se aprende.

—Lita me dijo que va a enseñarme a tocar el piano —anunció.

—¿Mi abuela? *Yo* te voy a enseñar a tocar el piano —replicó él mientras seguía jugando con las teclas y ejecutando escalas.

—Vos, con tu Marte en la Casa I, no me vas a tener paciencia —manifestó sin meditar.

—¿Con mi qué dónde?

—Con tu Marte en Casa I. —La hizo reír su mueca desorientada. —Eso dice tu carta natal, que cuando naciste tenías el planeta Marte en tu Casa I.

—¿Sabés de astrología?

Le contó acerca de Cecilia Digiorgi, a quien Diego recordaba de las reuniones familiares.

—¿Y vos le pediste que hiciera mi carta natal?

—Sí. Y pudo hacerla porque mamá sabe a qué hora naciste. Ella estuvo en la sala de parto acompañando a tu mamá. Ella y Lita —aclaró. La escala en el piano adquirió un tono lúgubre y el aire mutó en torno a Diego. —Tener Marte en la Casa I —se apresuró a explicar— quiere decir que tenés al planeta Marte, el guerrero, el conquistador, en la casa de la personalidad. Sos muy intrépido. No te molesta hacerle frente al conflicto, es más, lo buscás porque te sentís bien peleando. Sos independiente y no admitís que te den órdenes ni que te digan qué hacer. Vos querés trazar tu propio camino.

—Nunca creí en la astrología —admitió Diego—, pero lo que describís está muy cerca de la verdad. Y sabiendo eso, ¿no tenés miedo de meterte con uno como yo? —la provocó—. Uno al que le gusta armar quilombo y peleas.

—¿Qué puedo hacer? —respondió con dulzura—. Te amo, seas de la forma que seas.

En la expresión de Diego centelleó la sorpresa. Antes de caer sobre sus labios ya se había colocado de nuevo la máscara en la que descollaban el ceño apretado y la mirada recia. Brenda, no obstante, había advertido y aún percibía la emoción que lo embargaba y que la envolvía a ella también. Asimismo, presentía algo de suspicacia, como si no le creyera, o más bien como si se considerase indigno de ser amado tan incondicionalmente.

Brenda cortó el beso y le susurró al oído:

—Te amo con todas las fuerzas de mi ser.

—Y yo no sé por qué —lo oyó murmurar con un acento débil en el que se adivinaban la perplejidad que le impedía creerle y la humildad que en general no mostraba porque se aferraba a su Nodo Sur en la constelación de Leo, el rey.

—Y yo no sé cómo podría ser de otro modo —replicó Brenda—. Fuiste el héroe de mi infancia.

—Yo no soy un héroe —refutó, de pronto a la defensiva—. Soy lo contrario.

—Sos el único que me hace feliz —alegó—. Sos el único que me besa y me hace olvidar de todo. Sos el único al que tengo en mi corazón desde siempre. Sos el único, Diego. —Tras un silencio en el que se contemplaron sin pestañeos, le suplicó: —Creeme, por favor.

La incredulidad desapareció, también el ánimo defensivo. Aunque la expresión se le limpió de ceños y músculos apretados, a Brenda le pareció más serio que nunca. Diego le inmovilizó la cara antes de besarla, solo que se trató de un beso menos desesperado, más reverencial en su delicadeza. Se removió hasta que él le permitió volverse casi por completo. Rieron en los labios del otro cuando Brenda apretó las teclas con el trasero y produjo sonidos discordantes. Acabó a horcajadas sobre él, que la sostenía por los glúteos.

—Amo la canción que compusiste.

—Es tuya.

—¿La estrofa que me pasaste anoche es la última? —Diego asintió. —¿Ya pensaste en la música?

—Quería hacer unas pruebas. —Brenda hizo el ademán de salir para darle espacio y Diego la detuvo al cerrar los brazos en torno a ella. —Quedate quieta —ordenó—. Tenerte así y estar de este modo es mejor que cualquier otra cosa. Contame qué hiciste hoy —le exigió.

—Ayer le dije a mamá que iba a dejar Ciencias Económicas. Hoy fui a la facu e inicié el trámite para darme de baja y para obtener el título de analista administrativo contable.

—¿Qué dijo Ximena?

—Me pidió que me recibiera de contadora y que después empezara a estudiar Música, pero le dije que no.

—¿No sería conveniente? —recapacitó Diego.

—Solo pensar en dos años más en Ciencias Económicas y me deprimo.

Diego la besó en la frente.

—Te entiendo. Mi viejo quería que estudiara para contador. Creo que me habría colgado en el primer mes de clase.

—Lo que preocupa a mamá es que esté todo el día sin hacer nada, pero yo le expliqué que quiero prepararme para el ingreso al conservatorio. Voy a estudiar piano y seguiré con mis clases de canto. Además de Belu y de los chicos del orfanato, están los proyectos de la peña y… ¡Ah! —recordó—. Al final anoche no te conté.

Le refirió lo del espectáculo de canto lírico en la catedral de Avellaneda. Diego ya lo sabía; el padre Antonio se lo había mencionado durante la cena, la noche pasada, incluso lo había puesto al tanto de que Brenda había sugerido que él los acompañase con el piano.

—Me dijo que podía ensayar para la peña, pero que no podría tocar el piano.

—¿Ah, no? —se desilusionó.

—Hoy terminamos en el restaurante de la madre de Franco, pero ya nos salió otro laburo. Mañana por la mañana vamos con los chicos a cotizarlo. Es en Wilde —añadió—. Se me complicaría mucho.

—Está bien.

—Pero la buena noticia es que me autorizó a pasar el domingo aquí para ensayar para lo de la peña.

—¡Qué genial! —exclamó y cerró los brazos en torno a su cuello.

—Qué fácil es hacerte feliz —comentó Diego.

—Es fácil para vos —lo corrigió—, por lo que significás para mí.

Lo estudió con reconcentrada atención; quería medir el efecto de sus palabras. Descubrió que lo halagaban, no había duda al respecto, pero que también lo tensaban. ¿Le convendría empezar a moderarse y evitar ese tipo de declaraciones tan abiertas y sinceras? ¿Terminaría ahuyentándolo? Las mismas preguntas una y otra vez; el mismo silencio como respuesta. No sabía cómo actuar frente a él. ¿Diego Bertoni le quedaba grande? Ella, una inexperta niñita mimada, desconocía las profundidades a las que lo habían conducido la droga y el alcohol. Había sido capaz de meterse en la casa del amante de Carla y golpearlo. Se lo imaginaba furioso, cargando como un toro, el rostro deformado por la ira.

—¿Qué significo para vos? —la presionó él y Brenda se dijo que, en esa instancia, no podía echarse atrás y responderle desde el recelo.

Se quedó mirándolo, no porque tuviese que meditar la respuesta sino porque necesitaba tiempo para ver cómo le decía que él lo era todo sin quedar tan expuesta.

—Vos sos mis pensamientos —contestó—. Siempre estás ahí.

—¿Todo el tiempo? —persistió él, ya no con incredulidad sino con una expresión suavizada por la emoción.

—Todo el tiempo —ratificó.

—Y vos estás todo el tiempo en los míos desde el 7 de abril —dijo y le sonrió, una sonrisa expansiva que confirmaba lo que Millie había declarado: Diego tenía la sonrisa más linda del planeta.

Lo besó en un acto decidido, con la codicia y el desenfreno que le provocaba saberlo de ella. Más se convencía de que lo había conquistado, más audaz se volvía el beso. Diego le mostró su apetito quitándole la blusa de los jeans y deslizándole las manos por la espalda desnuda. Brenda se sacudió con el contacto y frenó el beso cuando Diego le contuvo los pechos; era la primera vez que lo hacía. Echó la cabeza hacia atrás y gimió, devastada por las sensaciones que sus pulgares le causaban al pasar por los pezones endurecidos bajo la tela del corpiño. Iban y venían en un acto casi indolente que habría ejecutado miles de veces en otros pechos. Para ella, sin embargo, era la primera vez; no la primera vez que un chico le tocaba los senos, sino la primera vez que a causa de esa simple acción se encontrase a punto de explotar.

Llamaron a la puerta y Brenda dio un respingo.

—Puta madre —murmuró Diego sin quitar las manos de donde se hallaban—. ¡Qué! —preguntó de mal modo.

—¿Podemos pasar? —preguntó Rafa.

—Aguantá un momento —replicó con duro acento.

Brenda se puso de pie y se metió la blusa en el pantalón mientras Diego se alejaba en dirección a la ventana. Se apoyó en el marco y se inclinó como si estuviese interesado en el jardín.

—Estos vidrios son una mugre —comentó, enojado—. La casa debió de parecerte un asco —añadió, siempre dándole la espalda.

Brenda se aproximó y lo abrazó por detrás. Diego le apartó las manos gentilmente, pero con decisión.

—No. Quiero que se me baje —se justificó.

Volvió a la banqueta y tomó asiento frente al piano. Trató de imitar la escala que Diego había ejecutado con resultados nulos; en realidad, produjo un sonido disonante y desagradable.

—¿Con esto te ayudo? —preguntó y volvió a tocar sin ton ni son—. A que se te baje —aclaró.

Lo oyó carcajear y se dio vuelta para no perderse el espectáculo de su risa. Diego se dirigía a la puerta. La abrió y, sin decir palabra, regresó junto a ella y se sentó de nuevo a sus espaldas. Entraron Manu y Rafa. Brenda no se atrevía a mirarlos, por lo que se mantuvo quieta, a salvo entre los brazos de Diego, que extrajo una hoja de papel del bolsillo trasero del pantalón y la planchó para borrarle los pliegues antes de colocarla en el atril del piano. Estaba llena de pentagramas dibujados a mano y cubierto por notas. Se puso a jugar con las teclas de un modo relajado y sin prisa.

—¿Qué estás tocando? —se intrigó Manu.

—Un tema que estoy componiendo.

—¿Estuviste componiendo? —El asombro en el tono de Rafa no pasó inadvertido a Brenda. —¿Querés que lo escuchemos?

Diego estiró y flexionó los dedos. Los apoyó con delicadeza sobre el teclado y Brenda apreció que, más allá de las uñas rotas y las manchas de pintura, eran hermosos, largos, delgados, apenas cubiertos por un vello rojizo. Carraspeó.

Tras los primeros acordes llegó la voz peculiar de Diego, por la cual era conocido, rasposa y de un registro muy bajo, muy grave, muy *grunge*, la habría definido alguien conocedor del *soul*, una mezcla de las voces de Kurt Cobain y de Layne Staley. Diego también era hábil en el *scat* y en los *falsettos*, con una ductilidad que le permitía echar mano del *crooning* para cantar baladas románticas o emplear el *rap* con igual destreza. Su versatilidad resultaba admirable. Sin embargo, le hacía falta una voz femenina si pretendía agregar notas más elevadas a las composiciones. Se preocupó al notar la ausencia de una técnica de canto —ni siquiera había hecho ejercicios de calentamiento—. En el futuro le causaría un daño irreparable en la voz, como les había ocurrido a algunos grandes del rock.

Olvidó la preocupación de inmediato, impactada por el efecto que su voz le causaba. La recorría, *físicamente* la recorría, como si sobrevolara su piel y se la erizara. Se concentró en las estrofas. Las había leído noche tras noche en sus mensajes y adorado cada palabra. La música del piano las elevaba a una dimensión superior. Jamás habría imaginado esa melodía lenta y oscura que luego, en el estribillo, se volvía rápida y pegadiza. El contraste sorprendía y emocionaba. La creatividad de Diego Bertoni la tenía azorada.

Allí, entre sus brazos y suspendida en el aura generada por las vibraciones de esa voz tan peculiar, supo que él era su destino. No habría debido sorprenderla, no habría debido vivirlo como un descubrimiento; no se trataba de una novedad que ella lo amase y que estuviese obsesionada con él. No obstante, la certeza se materializó en ese momento en el que la música y la letra de la canción los convertía en un solo ser, dos cuerpos y un espíritu. Tal vez de eso se trataba, de descubrir que el sentimiento unilateral había mutado para convertirse en algo precioso y único de los dos.

Los ojos se le llenaron de lágrimas. Diego le besó la mejilla como si presintiera su emoción. Brenda llevó la mano hacia atrás y le acarició la barba mientras él ejecutaba las últimas notas en el piano. Tras un silencio, Manu y Rafa silbaron y aplaudieron. Diego ajustó los brazos en torno a ella y le susurró al oído:

—¿Te gustó?

Giró apenas el rostro para mirarlo y él le descubrió los ojos arrasados.

—Muchísimo —contestó con acento trémulo—. Es lo más. Tan original y pegadiza.

Manu y Rafa cortaron el momento haciendo preguntas y proponiendo los ajustes y los cambios necesarios para tocar la canción con los instrumentos de cuerda y la batería. Diego aclaró que también emplearía el teclado. Se colgó la guitarra eléctrica, Manu el bajo y Rafa se agachó para encender unos aparatos conectados a la batería. Brenda, todavía en la butaca, los observaba inclinarse sobre la hoja con los pentagramas y estudiar la melodía. La probaban en la guitarra, en el bajo, mientras Rafa se sentaba tras la batería, aferraba las baquetas y realizaba golpes en el *hi hat* y en el redoblante. Absorbía la escena con una alegría incontrolable que provenía de saber que estaba donde debía estar.

—La voy a reescribir para Brenda, con las notas acordes a sus registros —expresó Diego y a ella le saltó el corazón en el pecho.

—Esta parte la escribiste con notas muy agudas —señaló Rafa—. Vos no alcanzás estos registros ni a palos.

—Recién canté esta parte con las notas adecuadas a mi voz, pero la escribí directamente así porque quiero que Brenda la cante sola.

Lo comentó serio, con ese aire profesional que la impresionaba y que la seducía, que lo alejaba de ella al tiempo que la hacía sentir parte de lo que él amaba, su grupo de rock.

Las pruebas se cortaron un rato más tarde cuando vibró el celular de Diego. Era un mensaje de Franco, que le advertía que se hacía tarde. Manu y Rafa salieron del estudio sin que mediaran palabras. Brenda abandonó la banqueta y se acercó a Diego, que devolvía la guitarra al soporte. Lo observó doblar la hoja y guardarla en el bolsillo trasero del pantalón con aire abstraído. La dominaba una emoción que no conocía, tenía las pulsaciones elevadas y le temblaban las manos. Le echó los brazos al cuello y lo sorprendió devorándole la boca.

—Sos tan genio. La canción es tan copada. No me cansaría nunca de mirarte mientras componés y tocás. Te admiro, Diego —añadió tras sostenerle la mirada en silencio.

—Gracias —masculló él y Brenda supo que lo había halagado.

—¿Cómo se llama la canción?

—Brenda Gómez —bromeó él y le mordisqueó el filo de la mandíbula.

—En serio, ¿cómo se llama?

—¿No te gusta el título? —Alzó las cejas fingiendo ofensa. —Es el nombre de la chica que me inspira —bromeó.

—¿El nombre de la nena caprichosa y mimada? —lo provocó.

Diego rio y le besó el cuello refregándole la barba con intención. Brenda rio y se rebulló para escapar del abrazo, sin éxito.

—Ya tengo el título —anunció Diego y se miraron, los dos agitados y risueños—. *Caprichosa y mimada*. ¿Te gusta? —Brenda asintió con una sonrisa que le iluminó los ojos oscuros. —Mi nena caprichosa y mimada —repitió él en voz baja, de pronto conmovido o excitado, Brenda no habría sabido distinguir, ella misma aturdida por la emoción—. Mi nena hermosa —dijo y la besó con delicada adoración.

Descansó la frente en la de ella. Permanecieron callados, acariciándose con las respiraciones que poco a poco se acompasaban. Vibró de nuevo el celular; Diego ni se molestó en consultar la pantalla. Se tomaron de las manos y caminaron hacia la puerta principal.

—¿Nos vemos mañana en el orfanato? —preguntó Brenda.

—Casi seguro que sí. Como te dije, tenemos que ir a Wilde a hacer un presupuesto. No creo que nos lleve mucho tiempo.

Le costaba dejarlo ir, quitarle las manos de encima, romper el contacto. Diego lo hizo impulsado por el espíritu virginiano pragmático y resolutivo, aunque Brenda suponía que la separación le pesaba como a ella. La besó en los labios una última vez y se alejó por el pasillo sin mirar atrás. Lo observó partir, seducida por el andar seguro de su cuerpo, sobrecogida por el amor que se expandía dentro de ella y que amenazaba con ocupar cada rincón hasta que ya no quedase sitio para nada ni nadie, excepto Diego Bertoni.

* * *

Al día siguiente, en la explanada del orfanato, la devastó ver que Anselmo se bajaba solo de una camioneta distinta de la que usaban Diego y los chicos.

—El Moro se fue esta mañana a Wilde con los pibes y todavía no volvió —manifestó el chico mientras la saludaba con un beso en la mejilla.

—Está bien —dijo y forzó una sonrisa, que se convirtió en auténtica al entrar en el edificio y encontrarse con las caritas felices de los huérfanos.

También fue una decepción para los niños, que habían esperado su primera clase de piano con ansiedad. Pasadas las seis de la tarde, mientras regresaba a Capital, Diego todavía no le había enviado un mensaje para explicarle el porqué de la ausencia. Ella no le escribiría. Admitía que había mucho de ego maltrecho en su decisión rencorosa; también había miedo, pues la asustaba la dependencia de Diego Bertoni. Le daba vértigo y por un momento deseó no amarlo tanto. Enseguida se acordó de su polaridad uraniana y cayó en la cuenta de que se movía hacia el extremo en el que las emociones la asfixiaban y ponían en riesgo sus ansias de libertad.

Inquieta y dolida, decidió aceptar la invitación de Millie y de Rosi para cenar en el Friday's de Puerto Madero. En tanto se vestía y se maquillaba, el péndulo se movía hacia el otro extremo y la hacía sentir culpable, como si estuviese engañando a Diego. Se habían evaporado las ganas de recuperar la libertad y de romper las cadenas emocionales mientras intentaba convencerse de que solo salía con sus amigas, de que tenían que consolar a Rosi porque había roto con Santos. No había nada de malo. Igualmente, mientras conducía por las calles céntricas de la ciudad, la idea de él encerrado en la casa y de ella de parranda con sus amigas la mortificaba.

El llamado de Diego llegó en tanto daba vueltas para conseguir estacionamiento. Se detuvo en doble fila para atenderlo.

—¿Hola?

—¿Dónde estás? —inquirió él de inmediato—. Oigo mucho ruido.

—En Puerto Madero, buscando dónde estacionar. —Debió de sorprenderlo con su respuesta; lo sintió dudar, por lo que arremetió sin darle tiempo a reaccionar: —¿Qué pasó que no viniste al orfanato?

—Se nos quedó la camioneta en un lugar de mierda —explicó de mal humor—. Hace un rato conseguimos una grúa para remolcarla. Fue un quilombo. Perdón que no te llamé antes. Además de todo, me quedé sin batería en el celu. ¿Estás sola?

—Sí —contestó, apaciguada tras la explicación.

—¿Puedo saber qué estás haciendo en Puerto Madero?

—Vine a cenar con Millie y Rosi.

—Ah. ¿Y te vas a volver sola a tu casa?

—Sí.

—Es peligroso —apuntó con duro acento—, sobre todo en el momento en que entrás en el garaje de tu edificio.

—Para eso tenemos la guardia. Quedate tranquilo. Amaría que estuvieses aquí —añadió luego de un silencio en el que percibió la ira de él. A ella, la rabia se le había esfumado.

Lo oyó suspirar del otro lado de la línea y también oyó el sonido familiar que producía al rascarse la barba.

—Yo también. Hoy lo peor de todo era saber que estaba perdiéndome de estar con vos —admitió.

—Para mí fue un bajón ver que Anselmo llegaba solo en la camioneta.

—¿Me extrañaste? —preguntó con acento serio, para nada juguetón.

—Sabés que sí.

Cayeron en un mutismo tenso, en el que la inquietud de Diego se apoderó de ella.

—¿Qué pasa? Decime, por favor.

—No quiero que estés con otros chabones.

—Por supuesto que no voy a estar con otros chabones —ratificó entre ofendida y asombrada.

—Sé que no tengo derecho a pedirte nada. Yo estoy aquí, encerrado…

—No sé qué soy para vos, Diego —lo interrumpió, enojada otra vez—, pero me considero tu novia. Por lo tanto, vos sos el único para mí, aunque estés *encerrado*, como decís. Acepté salir con Millie y con Rosi porque Rosi se dejó con el novio y está muy bajoneada. Pero saben que mañana tengo que levantarme temprano para ensayar y que no voy a quedarme más allá de la una. Como mucho, a la una y media estaré en casa.

—¿Podrías llamarme o enviarme un mensaje cuando llegues? —pidió en un tono tan humilde que Brenda se tapó la nariz para reprimir la carcajada.

—¿No vas a estar durmiendo?

—¿Creés que voy a poder dormir sabiendo que estás sola en la calle hasta tan tarde?

—No, claro que no.

—¿Te burlás de mí?

—No, en absoluto. Y sí —dijo deprisa para rescatarlo de la inquietud—, te voy a enviar un mensaje.

—Gracias —susurró de nuevo con acento dócil y añadió—: Para mí vos sos la única.

Cuatro horas más tarde le envió un mensaje para avisarle que estaba a salvo en su casa y mientras leía su sobria respuesta —un simple «gracias, nos vemos mañana»— meditaba que no importaba cuánto oscilase el péndulo entre el miedo a perder la libertad y el miedo a ser libre; Diego Bertoni siempre estaría en el centro de todo.

Capítulo XIV

Fue la primera en llegar al día siguiente apenas pasadas las ocho y media. Temía que la dejasen plantada o que aparecieran cerca del mediodía. Por prudencia, decidió esperar en el auto y evitar llamar a la puerta de la casa de Lita. La abuela de Diego la espió desde la ventana de la sala y mandó a Silvia a que la invitase a tomar mates.

Manu y Rafa llegaron pocos minutos después. Lita y Silvia los recibieron con los aspavientos que le habrían reservado al hijo pródigo. Les sirvieron el desayuno y les preguntaron qué querían almorzar. Los chicos se pusieron de acuerdo de inmediato y respondieron fideos a la boloñesa.

—El Moro volvió a componer —anunció Rafa antes de darle un mordisco a una medialuna cargada de café con leche.

—¿En serio? —se asombró Silvia.

—Loado sea el Señor —masculló Lita y unió las manos en plegaria.

—Compuso un temazo —aseguró Rafa—. Y ahí tienen a la musa inspiradora —añadió y señaló a Brenda con la punta de la medialuna.

—¡Sabía que ibas a ser una bendición para mi nieto, Brendita! —La anciana le sujetó la cara para besarla. —Bendita seas, querida. Bendita seas —repitió con voz tomada.

—No sabés lo que significa para nosotras que Dieguito haya vuelto a componer —manifestó Silvia.

—El tema habla de ella —acotó Rafa y se puso a canturrear la melodía del estribillo y a golpetear los dedos en el borde de la mesa como si fuesen las baquetas de la batería.

Brenda habría esperado que el comentario que vino a continuación partiese de Lita, tan sensible y sentimental, o de Rafa, que era puro corazón. Sin embargo, nació de Manu, a quien su espíritu competitivo y burlón le confería una pátina de ser mundano y a quien había creído celoso y un poco envidioso de Diego.

—Vos lo hacés feliz al Moro —afirmó, inusualmente serio—. Que haya vuelto a componer es alucinante, porque sé lo que eso significa para él. Pero más feliz estoy por verlo tan bien. Vos le devolviste las ganas de vivir. Así que… gracias.

Brenda se limitó a asentir con un leve movimiento de cabeza; habría sido incapaz de articular con la garganta agarrotada. Silvia le pasó un mate y le guiñó un ojo. La desbordaban las sensaciones, el amor la colmaba, sentía el alma en carne viva. Las pulsaciones se le dispararon al escuchar el sonido de la puerta principal que se abría. Lo vio entrar y de nuevo experimentó la ya familiar catástrofe física y emocional. Ocultó las manos bajo la mesa y lo siguió con una mirada y un gesto extáticos. Era la primera vez que lo veía con el pelo suelto. Le llegaba por debajo de los hombros y lo traía húmedo; saltaba a la vista que acababa de bañarse. Iba dejando una estela de olor a limpio y fresco. A pesar de que fumaba, nunca le había olido el desagradable aroma rancio del tabaco en la ropa ni en el aliento.

La saludó a lo último. Ella se giró en la silla y él se inclinó para besarla en la boca, allí, frente a la abuela y a la tía. Se trató de un contacto breve, pero intenso. Diego se apartó unos centímetros y la miró con exigencia.

—¿Todo bien?

—Sí. ¿Y vos?

—Perfecto —aseguró—. ¿Ya terminaron? —interrogó a los amigos, que asintieron mientras tragaban los últimos sorbos de café—. Vamos, entonces.

* * *

Si aún albergaba dudas acerca de la decisión tomada la semana anterior, a lo largo de esa mañana del domingo 24 de abril, Brenda se convenció de que no se había equivocado. Tener a su amado junto a ella solo servía para confirmar lo que el destino se empeñaba en señalarle: la música era su vocación.

Diego Bertoni resultó exigente, su carácter rayaba en la tiranía, pero nadie habría osado objetar que se trataba de un excelente músico y que de los cuatro era el que más sabía. La enorgullecía verlo desenvolverse con tanta soltura y seguridad. Sin embargo, su Nodo Sur cargado de la energía leonina se potenciaba en ese ambiente en el que se sentía el rey y lo volvía un poco pedante. Había ocasiones en que Manu y Rafa le tenían miedo y se contenían de hacer comentarios o de proponer arreglos. A Brenda, con su sensibilidad pisciana, le resultaba fácil detectar la dinámica de los tres. Diego era el líder indiscutible, pero su liderazgo estaba dejando fuera la creatividad de sus compañeros.

Evocó las palabras de Cecilia: *«Decimos que tener el Nodo Sur en Leo es como haber sido Madonna en la vida pasada y ahora al nativo le toca cantar en un coro».* Casi le dio risa al tratar de imaginar a Diego Bertoni disuelto en el mundo acuariano que componía un coro, en donde nadie se destacaba, en donde las voces individuales se fundían en una sola.

Con todo, lo pasaron muy bien. Estaban tan absortos en la tarea del ajuste de los temas que solo hicieron una pausa para salir a fumar al jardín. Ensayaron dos temas, uno de ellos fue la nueva composición de Diego, *Caprichosa y mimada*, que con la voz de Brenda adquiría una belleza notable. Aun el mismo Diego, medido y exigente, estaba perplejo con el resultado. Rafa y Manu se mostraban más generosos con los halagos, pero a Brenda solo le bastaba descubrir el orgullo en la mirada de Diego para sentirse plena.

Cortaron al mediodía para almorzar. Se trasladaron a la casa de Lita, donde se encontraron con Liliana y su esposo, el tal Chacho, a quien los tres chicos saludaron con afecto.

—Ella es Brenda —la presentó Liliana—, la hija de Ximena.

—Y la nueva integrante de la banda —acotó Rafa, a lo que Chacho respondió abriendo grandes los ojos.

—Tiene una voz extraordinaria —señaló Liliana—. Amor, ella es la chica de la que te hablé, la que cantó ese domingo en la casa.

—¿La que cantó un tema de Queen y después un aria? —se admiró el hombre.

—Ella misma —contestó Silvia.

—Además —intervino Diego y pasó un brazo por la cintura de Brenda—, es mi novia.

—¡Ah, tu novia, Dieguito! —se alegró Chacho—. ¡Qué hermosa noticia! Les deseo que sean muy felices, igual que tu tía y yo.

Brenda sonreía como autómata y recibía los besos en la mejilla y las felicitaciones sin prestar atención a lo que le decían. Solo escuchaba una y otra vez las palabras que Diego acababa de pronunciar: «*Es mi novia*», eso había dicho, allí, frente a la familia y a sus mejores amigos. Lo juzgó un paso gigantesco, algo impensable pocos días atrás, cuando se preguntaba qué era ella para Diego y qué representaba Carla aún en su vida. A la felicidad la empañaba solo la falta de su familia, que, estaba segura, no habría recibido la noticia con el mismo buen grado de los Fadul.

No le pasó inadvertido que fuese Diego y no Chacho el que ocupase la cabecera. Diego, muy caballeroso, le retiró la silla a su derecha. Se miraron y por primera vez desde el 7 de abril Brenda lo notó contento y distendido. Debía de sufrir en la casa de recuperación, lejos de la familia. A diferencia de chicos como Franco, que estaban allí por voluntad propia para curarse, él estaba porque el juez se lo ordenaba. ¿En verdad quería superar el vicio de la cocaína y del alcohol? ¿Qué sucedería una vez que saliera en libertad?

Brenda notó que no había vino en la mesa. ¿Qué habría ocurrido en caso contrario? ¿Diego habría bebido? Y si lo hubiese hecho, ¿cómo habría debido reaccionar? ¿Impidiéndoselo? Ella, que había nacido con el severo Saturno en el blando Piscis, el signo del amor y de la disolución del ego, no habría podido convertirse en su guardiana, menos que menos en su carcelera.

—¡Qué lindo tenerte el domingo en casa! —exclamó Liliana y estiró la mano para apretar la del sobrino.

—De nuevo la familia reunida —agregó Silvia.

—Faltan Mabelita y Lucía —se lamentó Lita.

Cayó un silencio en la mesa en el que Brenda percibió, por sobre las demás energías que circularon, la oscura de Diego, que siguió engullendo los fideos con la mirada fija en el plato. Chacho salvó la situación alabando la comida y la conversación se restauró enseguida. Silvia y Liliana evocaron de nuevo el domingo en que ella había cantado, lo que dio pie a Brenda para preguntarles a los chicos si alguna vez habían tomado clases de canto.

—No, nunca —respondió Manu—. ¿No te gusta como cantamos? —preguntó, risueño.

—Cantan alucinante —se apresuró a afirmar—, pero creo que no se cuidan la voz.

—¿Cómo es eso? —se interesó Diego, que hasta el momento había permanecido callado.

—Creo que fuerzan los músculos equivocados y por tanto hacen trabajar mal a los resonadores.

—¿Los qué? —se extrañó Rafa.

—Los resonadores son los órganos que producen el sonido en el cuerpo humano. La laringe, la faringe, las cuerdas vocales, la cavidad bucal, la nasal —enumeró Brenda—. Hay que usarlos bien para evitar que se dañen, sobre todo las cuerdas vocales. Si no, corrés el riesgo de perder la voz.

—¿Qué se hace para cuidar la voz? —se interesó Manu.

—Lo más importante es tener un buen maestro de canto.

Habría debido añadir que evitar el alcohol y la droga se juzgaba también importante, pero decidió callar.

—Vos debés de tener un maestro excelente —apuntó Silvia.

—Sí, mi profesora es lo más. Enseña canto lírico en el Colón.

—Vos podrías ser nuestra maestra de canto, Bren —propuso Rafa.

Siguieron conversando acerca de las técnicas y de los ejercicios que ella había aprendido a lo largo de los cuatro años bajo la tutela de Juliana Silvani. Diego guardaba silencio, pero Brenda se daba cuenta de que atendía a sus comentarios. ¿Le molestaría que, apenas ingresada en el grupo, los criticase y propusiera cambios?

Diego se puso de pie y les ordenó a la abuela y a las tías que no se moviesen de sus lugares; él, Manu y Rafa levantarían la mesa. Brenda intentó ayudarlos, pero Diego le apoyó la mano en el hombro y le indicó que se quedase sentada.

Diego recogía los platos y Lita lo seguía con la mirada.

—Desde chiquito, mi Dieguito solo quería ayudar y ser útil —declaró con orgullo—. Igual que ahora. Incluso me secaba los platos —añadió mientras lo contemplaba con una mezcla de amor y de añoranza.

«No me extraña», reflexionó Brenda, «siendo virginiano».

—Dieguito, mamá te está haciendo publicidad con Brenda —señaló Silvia.

—Gracias, abuela —dijo y se inclinó para besarla en la mejilla, aunque con la vista fija en Brenda.

Le guiñó un ojo. El simple gesto bastó para hacerla pensar que estaba viviendo el mejor día de su vida, el día en que Diego Bertoni la había presentado como su novia. Tenía ganas de subir a la mesa y ponerse a saltar y a gritar de alegría. ¿Cómo haría para contenerse cuando llegase a su casa?

—Vos comés medio como un pajarito —expresó Liliana—. Y sos tan flaquita. ¿De dónde sacás la potencia para cantar?

Siguió una charla dominada por el tema del canto lírico. Brenda les comentó acerca del evento que tendría lugar en la catedral de Avellaneda el 12 de junio y Chacho prometió llevar a las mujeres Fadul.

Tras el café, Brenda pidió permiso para usar el baño. Prefería lavarse los dientes y orinar en casa de Lita y no en la de Diego, con el baño tan sucio como estaba. Aprovechó también para perfumarse y peinarse. Estudió su imagen en el espejo y se vio linda. La felicidad le otorgaba una luz especial a su semblante. «Soy la novia de Diego Bertoni», pensó por enésima vez.

Salió del baño y, como ya estaba volviéndose una costumbre, se topó con él, que la aguardaba apoyado en la pared. Se contemplaron en la media luz del corredor. Él se quedó donde estaba. Ella, en cambio, acortó la distancia y le echó los brazos al cuello. De inmediato sintió el brazo de él ajustarse en torno a su cintura.

—Qué rico perfume —susurró Diego.

—Vos también olés rico.

—A jabón —desestimó él. Tras una pausa y un ceño que se le pronunciaba segundo a segundo, manifestó: —No sabés las ganas que tengo de que estemos solos. Tengo ganas de besarte y de hacerte tantas cosas. Me gustaría poder darte normalidad. Me gustaría ser libre. Ser mejor para vos —añadió.

—Amor mío —susurró ella usando el término afectuoso por primera vez. Los ojos de Diego centellearon en la penumbra y sus brazos se cerraron aún más en torno a ella. —Si supieras lo feliz que me hiciste hoy cuando le dijiste a tu familia que soy tu novia. No necesito nada más, Diego. Solo una cosa: que seas libre para verte feliz, solo eso.

Diego asintió visiblemente conmovido, la expresión rígida y los labios apretados. Brenda se los besó con suavidad, percibiendo el ya familiar roce de la barba, hasta que Diego soltó el aire con un lamento y, dando un giro rápido y sorpresivo, la colocó contra la pared y la besó entre lágrimas y con un deseo que sabía también a rabia y a impotencia. Brenda lo sujetó por las sienes y le respondió con una voracidad que a ella misma asombró. Los besos que se daban siempre la excitaban, la conmovían, la extasiaban; su intensidad era única. Ese, nacido en el corredor oscuro de la casa de Lita, era especial, como lo había sido todo durante ese día.

Les costó separarse. Diego le mezquinó el rostro para que no viese que había llorado, como si ella no hubiese saboreado las lágrimas, como si no le hubiesen humedecido la piel de la cara. Se metió en el baño y cuando salió unos minutos después estaba tranquilo y compuesto. Regresaron al comedor, donde se había armado una polémica acerca del nombre de la banda.

—Deberían cambiárselo ahora que tienen una nueva vocalista —sugirió Silvia, y Lita la apoyó—. Sería como un renacer. Sería un buen augurio.

—Sin Conservantes es un nombre copado —se defendió Manu—. Y una bocha de pibes nos conoce por ese nombre.

—Pero no tiene identidad —persistió la tía escorpiana—. Le falta personalidad.

Continuó la discusión en la que ni Brenda ni Diego participaron. Chacho propuso que conformaran el nombre empleando las iniciales de los integrantes. Aun Diego terminó desternillándose de la risa con las alternativas que se les ocurrían; algunas eran muy divertidas.

—¡Escuchen esta! —pidió Rafa—. ¡Bramoma!

—¡Suena a Ramona! —se burló Silvia.

—¿Qué tal esta? —propuso Manu—. Mabremora. —Recibió abucheadas. —¿Y Breramamo? —Las abucheadas se repitieron.

—¿Por qué no usan las iniciales del nombre de mi nieto en lugar del sobrenombre?

Entonces, para complacer a Lita, probaron con la sílaba di. Se rieron por un rato hasta que Diego aplastó la colilla en el cenicero y puso fin al juego; había que regresar al estudio y ensayar, aunque no dedicaron las últimas horas a cantar sino que, a pedido de Diego, Brenda les enseñó ejercicios para fortalecer los músculos del cuello y de la cara y otras técnicas para proteger los resonadores. Manu y Rafa encontraban medio ridículas algunas prácticas, pero Diego se las tomaba en serio.

Terminaron a eso de las seis y media, cuando comenzaba a oscurecer. Diego y Brenda salieron de la casa y avanzaron de la mano por el pasillo a cielo abierto. Había refrescado. Brenda tembló en su blusita de fino algodón. Diego le pasó el brazo por los hombros y la atrajo hacia su calor.

—¿En qué pensás? —quiso saber.

—En tu cumpleaños número diecisiete —respondió ella—. Ese día planeaba decirte que gustaba de vos. —Diego soltó una carcajada tan inesperada como sonora. —Te había escrito una carta con la ayuda de Millie, sin dibujitos ni calcomanías. Una carta de chica grande —aclaró, lo que le valió otra risotada.

—No recuerdo que me hayas dado la carta ni que me dijeses que gustabas de mí.

—No hice ni lo uno ni lo otro —ratificó Brenda—. Apenas entré en la casa de tu abuela te vi con la vecina, esa que vivía acá —señaló la puerta del primer PH—. Estabas haciéndole mimos. Después me la presentaste como tu novia. Qué desilusión.

Habían llegado a la puerta que daba a la calle. Diego la miró con un semblante distendido, en el que despuntaba una sonrisa.

—Habría amado leer esa carta. ¿No la guardaste?

Brenda movió la cabeza para negar.

—Me acuerdo de qué decía.

—¿Qué? —exigió él con ansias verdaderas.

—Querido Diego —recitó Brenda—, me parecés el chico más lindo y bueno del mundo. Gusto de vos y querría, si es posible, que fuésemos novios. —Diego rio por lo bajo y la besó en la nariz. Brenda prosiguió: —Ya sé que te parezco chica, pero a mí mis amigos me parecen inmaduros. Los comparo con vos y ninguno me gusta. Solo me gustás vos desde jardín de infantes. —Diego carcajeó y volvió a besarla. —Y te juro que me vas a gustar toda la vida. Te quiero mucho. Bren.

La sonrisa de Diego fue desvaneciéndose y la seriedad esculpiendo los lineamientos duros y masculinos del rostro. Brenda se lo acarició sintiéndose en carne viva, abrumada por tanto amor, admirada por la magia que compartían en el final de un día perfecto.

—Te amo —le recordó y lo besó en los labios.

—Sos lo más perfecto que me pasó en la vida —aseguró él y añadió—: No es casualidad que seas la hija de Héctor. Él también era perfecto.

—Gracias por aceptar ser mi novio.

Diego se limitó a asentir y Brenda intuyó que no compartía el ánimo juguetón. Tal vez haber nombrado a su padre trajo de nuevo las dudas y la culpa. El complejo de inferioridad le ensombrecía el semblante como una nube negra. Abrió la puerta que daba a la calle con el ánimo por completo alterado. Se disponía a cederle el paso cuando la metió dentro y volvió a cerrar. En la confusión, Brenda solo atisbó el Mercedes-Benz amarillo, el mismo del viernes en que había tomado el té con Lita.

—Quedate aquí —ordenó Diego con una expresión y un acento que no daban lugar a preguntas—. No salgas —remarcó y se deslizó fuera entornando apenas la puerta.

Brenda caminó decidida de nuevo a la casa e irrumpió dentro provocando un susto a Manu y a Rafa, que fumaban porros.

—¡Bren! —exclamaron al unísono mientras los apagaban a las apuradas.

—Quiero saber quién es el dueño de un Mercedes amarillo. Y no quiero mentiras.

Los amigos titubearon, cruzaron miradas cargadas de duda y de confusión y la contemplaron con expresiones desoladas.

—Mejor preguntale al Moro, Bren —dijo Manu.

—Se lo estoy preguntando a ustedes. ¿Quién es?

—Un tipo que administra unos boliches —claudicó Rafa—. Tocábamos para él.

—¿Cómo se llama? —exigió.

—Coquito Mendaña —contestó Rafa como si escupiese las sílabas.

«El cuñado del hermano de Carla», recordó Brenda, «el tal Ponciano Mariño».

—¿Por qué Diego no quiere que ese tipo me vea?

—Eso sí, Bren, preguntáselo al Moro —se plantó Rafa.

—Muy bien —aceptó—. Y no fumen marihuana delante de Diego. Si no lo ayudan a superar el vicio, mi amistad con ustedes será imposible.

Los dos asintieron con aire apaleado. Regresó junto a la puerta de calle. Diego entró poco después. El cambio en él era radical. Se contemplaron en lo profundo de los ojos.

—¿Qué pasó? ¿Quién es el dueño del Mercedes amarillo?

—Alguien del pasado que no quiero que te roce siquiera —contestó Diego de nuevo duro e impenetrable—. En esto también te pido que confíes en mí y que no preguntes.

Se sostuvieron la mirada unos segundos. Para nada convencida, Brenda asintió.

* * *

Durmió mal, inquieta por el efecto que la aparición de Coquito Mendaña había tenido sobre Diego, como si le tuviese miedo. Lita le había referido que a Ponciano Mariño se lo tenía por corrupto. *Muy* corrupto, había subrayado. Se imaginaba que el tal Coquito, el bueno para nada, como lo había descripto la abuela de Diego, era otro corrupto que se ocupaba de los negocios sucios del cuñado, negocios que marchaban muy bien a juzgar por el automóvil que conducía.

Se levantó a las seis, se bañó y se vistió con ropas cómodas. Esperó a que se marcharan Ximena y Lautaro para ayudar a Modesta a poner orden en la casa. Terminaron pasadas las nueve. Cargaron en el auto de Brenda la aspiradora, otros elementos de limpieza y varios productos, lo subieron a Max —no estaba acostumbrado a quedarse solo— y partieron hacia la casa de Arturo Jauretche. Lita las recibió para entregarles las llaves. Brenda la había llamado la noche anterior y puesto al tanto del plan.

Tras estudiar la casa de Diego, Modesta dividió el trabajo entre ella y Brenda. Lita insistió en colaborar y no hubo modo de disuadirla. Al final cedieron y Modesta le indicó que pusiese orden en la cocina. Hicieron una pausa a la una para comer empanadas y fainá, la debilidad de Modesta, y terminaron apenas pasadas las cuatro. Habían limpiado todo, aun los vidrios, el horno, la heladera y los techos poblados de telarañas. Brenda le dijo a Lita que volvería al día siguiente, bien temprano, y que se ocuparía del jardín.

Por la tarde, tras darse un baño, se fue al Carrefour y compró toallas, sábanas, jabón líquido para manos, dos hornitos y aceites esenciales, velas y fósforos. También adquirió vasos, platos y cubiertos que se sumaron a los que se salvaron de la purga, pues muchos terminaron en la basura junto con las toallas.

Al día siguiente esperó de nuevo a que su madre y su hermano se fuesen para regresar a la casa de la calle Arturo Jauretche con el objetivo de atacar la maleza del jardín. Lita le tenía preparados la máquina para cortar el césped, el rastrillo y otras herramientas. Estaba acostumbrada a hacer jardinería con Ximena en la quinta de San Justo y lo disfrutaba, sin mencionar que ese martes de fines de abril el clima la acompañaba; la temperatura era agradable y el sol se escondía tras unas nubes que no representaban una amenaza de lluvia. Lita, sentada en una reposera a la que habían limpiado concienzudamente, le cebaba mate y la distraía con su charla. Brenda se debatía entre contarle lo acontecido el domingo a última hora con Coquito Mendaña o callar. Al final se decidió por mantener la boca cerrada; no quería preocuparla.

Se bañó en la casa de Lita y almorzaron solas. Se sentía a gusto con la anciana, fuente inagotable de anécdotas. Brenda amaba las referidas a Diego. Se daba cuenta de que Lita seleccionaba aquellas que lo presentaban como el chico bueno y servicial que ella recordaba de la infancia. Igualmente, ni siquiera su espíritu pisciano le habría impedido aceptar que debía de haber muchas en las que Diego se había comportado de un modo distinto, más bien opuesto.

Manu y Rafa se presentaron temprano por la tarde para ensayar y se quedaron estupefactos ante la metamorfosis sufrida por la casa.

—¿Qué pasó aquí? —preguntó Manu.

—Nada —respondió Brenda—. Limpié un poco. Había meses y meses de mugre en esta casa —expresó con una nota de reproche amigable.

—¡Guau! —exclamó Rafa—. Quedó alucinante. Y qué bien huele. ¿Qué es ese olorcito?

—Aceite esencial de melisa —dijo y señaló el hornito en un rincón.

—Yo también tengo una sorpresa —anunció Rafa—. Quería esperar hasta el domingo para contársela, para que también estuviese el Moro, pero no me aguanto.

—Desembuchá —lo presionó Manu.

—Gabi… —se interrumpió para dirigirse a Brenda y explicarle—: Gabriel es mi hermano mayor, un genio del diseño gráfico. Cuestión que el domingo le conté lo del nombre nuevo para el grupo y miren lo que me dio esta mañana. —Sacó una hoja del bolsillo y la desplegó sobre la mesa.

—Di-Bra-ma —leyó Manu, y Brenda se inclinó para observar—. Mi nombre está último —se quejó.

—No rompas las bolas —lo reprendió Rafa—. Gabi hizo mil combinaciones y esta es la mejor. Lo primordial es que suene bien y que la gente se lo acuerde.

A Brenda le gustó, no tuvo dudas de que era un nombre pegadizo y original. El diseño era hermoso también, con una tipografía para cada sílaba, tan distintas y disparatadas que se habría pensado imposible que combinasen las tres en una misma palabra. Se trataba de un diseño que comunicaba la disparidad entre ellos al tiempo que la belleza que conformaban los cuatro juntos. Le pareció adecuado que la b y la sílaba ra estuviesen juntas y con la misma caligrafía, pues sin duda de los tres amigos era con Rafa con quien Brenda se identificaba. Tal vez compartían alguna similitud astral. Sabía que era libriano pero nada más.

—¿Por qué la b está en mayúscula? —se extrañó.

—Porque cuando le dije a mi hermano que eras la voz femenina del grupo y muy copada, me dijo que merecías que te destacasen porque bancarnos a nosotros tres no debía de ser fácil. Y cuando le conté que eras la novia del Moro dijo: Con más razón.

—¿Por qué con más razón?

—Porque el Moro es un hinchapelotas, Bren —contestó Manu—. Sabe una bocha de música y es el más creativo, nadie lo discute, pero es ultra exigente y muy impaciente. A veces me dan ganas de matarlo cuando se pone en modo soberbio y pelotudo. Lo amo demasiado, más que a mis hermanos, te lo juro, que si no, ya lo habría mandado a la concha de la lora.

—Si lo amás tanto —razonó Brenda—, algo positivo debe de tener.

—Seee… —admitió Manu—. Es más bueno que el pan, súper fiel y confiable. Es capaz de hacer cualquier cosa por los que quiere.

—Rafa, agradecele de mi parte a tu hermano por este diseño y por haber destacado la b larga. A mí me encanta el nombre. Re-suena a banda de rock. Y ustedes, ¿qué opinan? —Los dos coincidieron en que era copado. —Pero bueno, habrá que ver qué dice el cuarto miembro.

—Si vos le decís que te gusta —afirmó Rafa—, a él le va a gustar.

Manu le sacó una fotografía al diseño y se lo envió a Diego por WhatsApp.

—Ahora debe de estar laburando, con las manos llenas de pintura —señaló—. Habrá que esperar a la noche para que lo vea.

Brenda aguardó el llamado nocturno con ansiedad. Diego la llamó más tarde de lo habitual y a ella no la preocupó; sabía que los martes y los jueves tenía la terapia de grupo y que terminaba a las nueve. Enseguida percibió que estaba de buen humor; comenzaba a identificarle los tonos de voz.

—Me contó Manu que limpiaste la casa —dijo tras el saludo— y el jardín. Incluso compraste toallas y no sé qué cantidad de cosas.

—No la limpié sola. Me ayudaron Modesta y Lita. No quería que tu abuela limpiase pero no hubo manera de dejarla fuera. Es muy terca. ¿Te molesta? —se preocupó—. Tendría que haberte pedido permiso, ¿no? Me zarpé.

—No, no te zarpaste. —Oyó que suspiraba y que se mesaba la barba. —Es que… Habría preferido que conocieras mi casa limpia y prolija, como a mí me gusta.

—Ahora va a estar limpia y prolija como a vos te gusta —bromeó—. Yo me voy a ocupar.

—Gracias.

—De nada, amor mío.

—Después decime cuánto gastaste.

—Ni bajo tortura. Y no vuelvas a mencionarlo. ¿Te gustó el diseño del nombre del grupo? —preguntó deprisa para cortar con el tema de lo gastado.

—¿A *vos* qué te parece? —se interesó el virginiano.

—A mí me parece alucinante.

—Sí, está muy bueno —acordó y Brenda supo que con esas palabras se terminaba la discusión.

Acababa de nacer la banda de rock DIBrama.

* * *

Les había costado ponerse de acuerdo, pero al final Bianca, Jonás y Eugenia aceptaron reunirse con ella en lo de la Silvani el miércoles por la mañana. En la casa de su profesora se sorprendió al encontrarse con Leonardo Silvani y su pareja, la soprano Maria Bator, que se hallaban en Buenos Aires para presentar un espectáculo operístico en un teatro de la avenida Corrientes. Con Maria se comunicaron en inglés y enseguida hubo afinidad. Pese a su fama y gran talento, la soprano se comportaba con la simpleza de un alma sabia. Le calculó unos cuarenta años y le pareció muy exótica con sus marcados rasgos eslavos de altos pómulos y ojos oscuros medio rasgados.

Tras la llegada de Bianca y de sus compañeros se pusieron a elegir las arias que interpretarían en el evento lírico. Rodeada de tantos expertos, Brenda se mantuvo callada y se limitó a escuchar y a aprender, bastante intimidada. Leonardo la observaba y, cuando sus miradas se encontraban, le sonreía y le guiñaba un ojo en señal de aliento.

Cerca del mediodía ya habían decidido el repertorio y también organizado en qué orden lo interpretarían. La Silvani ofreció acompañarlos con el piano durante el evento, lo que aceptaron de buen ánimo.

—Quiero enseñarte una canción muy especial —expresó Leonardo mientras se despedían—. Creo que es ideal para destacar la ductilidad de tu voz, que pasa del pop al lírico sin problema, de una nota grave a una aguda como si nada. ¿Qué te parece?

—¿Qué canción es? —preguntó con recelo.

—Es una composición francesa de fines de los setenta. Se llama *SOS d'en terrien en détresse*. SOS de un terrícola en peligro —tradujo.

Aunque la oferta la tentaba, también la asustaba. En francés, pensó, un idioma que apenas conocía; de hecho, la Silvani nunca le había enseñado arias en ese idioma. Echarse atrás, sin embargo, lo juzgó una cobardía. Ese era su mundo ahora, el de la música; tenía que conquistar los miedos y aceptar los desafíos. Acordó con Leonardo que regresaría al día siguiente, por la mañana.

Pasó la tarde en su casa estudiando las composiciones que entonaría en la catedral de Avellaneda y preparando las clases de Belén y de los chicos del orfanato. Buscó en YouTube la canción en francés y, pese a que no se acordaba bien del nombre, la encontró sin dificultad. Era una balada romántica de la que se enamoró con solo oírla una vez. Buscó la letra y siguió repitiéndola y cantándola en su mente, tratando de aprender la pronunciación.

En eso estaba cuando sonó el celular. Era Diego; la llamaba más temprano de lo usual. Le respondió cargada de la energía que le proporcionaba la música. A él también se lo oía contento.

—¿Qué hiciste hoy? —se interesó él y Brenda le contó acerca de la mañana en la casa de la Silvani.

—Y vos, ¿cómo estás?

—Empecé a componer otra canción.

—¡Qué genio! ¿Me la vas a ir pasando como la otra?

—Sí. Se llama *Querido Diego.*

Brenda sonrió al recordar la carta que le había escrito cuando tenía once años.

—Te amo —pensó en voz alta.

—Y yo amé lo que me contaste el domingo. Me inspiró lo de la carta sin dibujitos ni calcomanías —subrayó con un acento bromista raro en él.

—¿Qué habrías hecho si te la hubiese dado en aquel momento?

—Te habría adorado más de lo que te adoraba.

—Pero después, cuando pasó lo que pasó con tu papá, me sacaste de tu vida —siguió hablando sin pensar y maldijo a su Mercurio en Casa I, que la convertía en una lengua larga e imprudente, que metía la pata—. Perdón —barbotó enseguida—. No debí decir eso.

—Está bien —respondió Diego y a ella no le pareció que estuviese enojado; más bien sonaba triste—. Algún día vamos a hablar de esa mierda, pero hoy no. Ahora solo quiero charlar con vos. Me das mucha paz.

—Vos a mí me das mucha felicidad. Desde que me besaste en el gimnasio de la casa soy muy feliz.

—Estoy en el gimnasio en este momento —aseguró él— y mientras me ejercito miro la puerta y me acuerdo de lo que pasó aquí ese domingo.

—Domingo 17 de abril —acotó Brenda y sonrió al oír la risa contenida de Diego.

—Sos muy buena recordando fechas.

—En realidad soy *muy* mala recordando fechas. Son *nuestras* fechas las que no puedo olvidar.

Más tarde, mientras leía las estrofas de un aria de *El barbero de Sevilla*, el tintineo del celular la alertó del ingreso de un mensaje. Era de Diego, que le pasaba los primeros versos de la nueva composición.

Entre mis manos solías caber.
Desde el primer instante te amé.
Tu mirada me hacía renacer.
No sé por qué tenías ese poder.
Con solo mirarte volvía a creer.

(Estribillo)
Camino solo en la oscuridad.
Querido Diego, te escucho decir.
Tu vocecita me hace reír
aunque tengo ganas de llorar.
Querido Diego, vuelvo a oír.
Me das ganas de vivir.

* * *

Transcurrió la mañana del jueves practicando *SOS d'en terrien en détresse*, sola con Leonardo y Maria Bator porque la Silvani estaba dando clases en el Colón. Se trató de una experiencia diferente de las vividas con su profesora de canto. Aprender guiada por un tenor y una soprano le cambiaba la visión y la centraba no solo en el uso de la voz sino en la importancia del espectáculo y del arte dramático. De ese modo, mientras Leonardo las acompañaba con el piano, Maria le enseñaba cómo usar la mirada, las manos y los movimientos del cuerpo para acompañar la interpretación, mostrándole qué diferente era cantar con determinados movimientos y miradas que prescindiendo de ellos.

La balada francesa formaba parte del repertorio del show operístico que la compañía Vox Dei ofrecía en un importante teatro de la avenida Corrientes. Escrita originalmente para que la interpretase una voz masculina, la Vox Dei había respetado el deseo del compositor. Maria y Leonardo creían que se habría lucido más cantada por una mujer.

—Vas a tener que lidiar con notas que se caerán del teclado del piano de tan agudas que son —anunció Leonardo.

Brenda terminó agotada. La canción era de una exigencia brutal, con notas elevadísimas y otras muy graves, con cambios abruptos y otros muy sutiles, sin mencionar que cantaba en un idioma con una pronunciación peculiar, que Maria corregía a cada momento. Tenía la impresión de que la soprano y el tenor estaban evaluándola.

—Nos contó tía Juliana que acabás de dejar tu carrera de contadora pública —comentó Leonardo en inglés durante un recreo—. ¡No sabés la alegría que me dio!

—Voy a ingresar en el conservatorio el año que viene —expresó Brenda—, en el Manuel de Falla.

—Has tomado la mejor decisión, Brenda —opinó Maria—. Tu voz no podía desperdiciarse de ese modo. Tienes que ser consciente de que posees un tesoro. No cualquiera alcanzaría tus niveles de ductilidad por el simple hecho de empeñarse y practicar todos los días. —Sacudió el índice en el aire en el gesto de decir «no» mientras chasqueaba la lengua. —Pasas del pop a la ópera como si nada, y eso habla de una configuración física de tus resonadores de seguro poco frecuente. Yo no podría conseguirlo aunque me lo propusiese.

El sábado por la mañana, durante la práctica con Bianca, Jonás y Eugenia, Maria Bator le pidió a Brenda que interpretase *SOS d'en terrien en détresse*. Aceptó con dudas —no había practicado lo suficiente— y, aunque cometió algunos errores, sus compañeros quedaron atónitos. Bianca enseguida propuso que se la incorporase al repertorio del evento en la catedral y los demás estuvieron de acuerdo. Leonardo ofreció acompañarla con el piano debido a que la Silvani se quejó de que no tendría tiempo para aprenderla ni practicarla.

* * *

El domingo por la noche, mientras se daba un baño de inmersión escuchando la grabación casera de *Caprichosa y mimada*, sonreía de modo inconsciente y meditaba que su primera semana lejos de la facultad de Ciencias Económicas había sido la mejor de los últimos años. Cecilia tenía razón: tras aceptar el destino, la vida fluía con una facilidad mágica, porque mágico había sido el sábado por la tarde en el orfanato donde vio reír y disfrutar a Diego mientras los niños probaban el piano, sentados junto a él. Olvidados de Violetta y de la nueva estrella televisiva, una tal Luna Valente, esperaban pacientes su turno para ejecutar la escala.

Mágico fue también ese domingo en lo de Diego, mientras ensayaban para la peña y la armonía y la buena onda impregnaban cada rincón. Brenda había llegado más temprano para poner orden y encender el hornito. Conociendo su índole virginiana, quería que Diego apreciase la casa prolija y fresca. Y si bien al llegar no lo mencionó, Brenda percibió cuánto le había gustado encontrarla ordenada y limpia. Lo demostraba el hecho de que estuviese relajado y propenso a la risa. Se lo agradeció cuando la acompañó hasta el auto para despedirla. Se detuvieron al final del pasillo, delante de la puerta cerrada del ingreso.

—Gracias por haber puesto orden en mi casa —dijo tras un largo beso—. Por haber puesto orden en mi vida.

—No quiero poner orden en tu vida —replicó—. Quiero hacerte feliz.

—Para mí el orden es felicidad. —Brenda sonrió con picardía.

—¿Qué te da risa? —se intrigó y le mordisqueó el cuello causándole cosquillas con la barba.

—Si Cecilia te oyese decir esa frase, que para vos el orden es felicidad, diría: Sos tan Virgo que duele.

—¿Ah, sí? ¿Por qué? —fingió interesarse cuando en realidad buscaba meterle las manos bajo la remera.

—Porque tu signo, el signo de Virgo —aclaró ella—, es el signo del orden. Miran la realidad como escaneándola en busca de errores. Buscan la falla en el sistema. Una vez que la detectan, la corrigen. —Diego detuvo las caricias y tomó distancia para mirarla con una sonrisa incrédula. —¿Te suena? —preguntó Brenda con fingida inocencia.

—Mucho —admitió él—. ¿Qué más podés decirme de mi signo?

—Puedo decirte que es el opuesto complementario del mío, Piscis. Vos tenés las virtudes que a mí me faltan y yo las que te faltan a vos.

—¿Cuáles?

—Vos ponés orden en el caos pisciano.

—Pero si la que puso orden en mi casa y en mi vida fuiste vos.

—Porque sé cuánto lo necesitás por ser de Virgo. Pero te aseguro que no soy ordenada.

—¿Y Piscis? ¿Qué le enseña Piscis a Virgo?

—A ser compasivo —contestó de pronto seria—. A juzgar a los demás con menos dureza.

Diego ablandó el gesto, le acarició la mejilla con el dorso de los dedos y asintió.

—Sí, es cierto —admitió y volvió a besarla, esa vez con una dulzura que la desarmó.

Anochecía. A Diego no le gustaba que Brenda volviese sola en la oscuridad y a ella que él llegase tarde a la casa de recuperación. Cortaron el beso con dificultad.

—La semana me va a parecer eterna hasta el sábado —susurró Diego—. El jueves es el cumple de Ximena, ¿no?

—Sí, el 5 —confirmó y se quedó mirándolo a la espera de un comentario que él no hizo.

En cambio, abrió la puerta y se asomó con la actitud de quien controla que no haya moros en la costa. El tema de Carla y del tal Coquito Mendaña constituía la única mancha que opacaba tanta felicidad.

* * *

En las semanas siguientes Brenda se sumió en una rutina que no le pesaba, pues si bien había horarios y compromisos, la mayoría estaba relacionada con la música y eso bastaba para disfrazarla de algo novedoso. Regida por su pasión, la realidad se tornaba inconstante, mutaba de continuo. Cecilia habría afirmado que se volvía acuariana por lo creativa y lo dinámica. Cada cosa nueva que aprendía acerca de la música, del canto y del instrumento que se empeñaba en aprender con Lita, el piano, convertían un día en único, incluso el hábito de hablar por teléfono con Diego por las noches se renovaba en cada instancia, como si perdiese la memoria y lo viviera como la primera vez. El corazón le latía fuerte, la boca se le secaba, los pómulos se le sonrojaban. A él se lo oía muy compuesto mientras le hablaba con su voz ronca y grave, que poco ayudaba a devolverle el equilibrio. Todo era único y novedoso desde que Diego Bertoni había entrado en su vida para ponerla patas arriba.

Gabi, el hermano de Rafa, había confeccionado *flyers*, *banners* y *e-cards* con el nombre de la banda y varias opciones de diseño copadísimas. A ella le gustaban todas. Las había con la clave de sol reemplazando la b, con dos guitarras cruzadas por detrás, o lo mismo pero con baquetas, también con una guitarra acostada que surcaba la palabra DiBrama, todas con viñetas y a colores.

El domingo 8 de mayo, faltando dos semanas para la peña, Manu y Rafa expresaron la necesidad de crear una página de Facebook, un usuario de Instagram, un canal en YouTube, otro en Vimeo y un perfil en Twitter.

—No podemos desperdiciar los más de trece mil seguidores que todavía tiene Sin Conservantes en Facebook —razonó—. Hay que postear un mensaje e invitarlos a que nos visiten en la nueva página de DiBrama.

Brenda enseguida dirigió la mirada hacia Diego, que se mesaba la barba y el bigote con la cadencia que empleaba cuando estaba meditabundo. Mantenía la vista fija en la pantalla de la laptop de Rafa y estudiaba los diseños tratando de encontrarles la falla o el error. Tras la declaración de Manu, Brenda supo hacia dónde se desviaron sus pensamientos, mejor dicho, hacia quién: Carla Mariño.

Era cierto, desaprovechar los trece mil seguidores solo podía calificarse de gran desperdicio. Sin embargo, servirse de la vieja página de la banda para promocionar la nueva los exponía a un gran riesgo: Carla terminaría enterándose de la existencia de DiBrama, algo que Diego pretendía evitar a toda costa. De igual modo, el riesgo existía por el simple hecho de que DiBrama naciese en la Red.

—La única publicidad que han hecho de la peña —se quejó Manu— es en la página web de la parroquia del padre Antonio, que es un bodrio y no debe de entrar ni Jesús a verla.

—El padre Ismael dijo que les enviaría un *e-mail* a los suscriptores de la página de la parroquia para invitarlos —comentó Diego.

—¿A los vejestorios de ochenta años? —se burló Manu.

La casa se sumió en un silencio en el que solo se oía el crujido de la barba de Diego en tanto él se la tocaba y la estiraba. Brenda observó el modo en que Manu y Rafa aguardaban la respuesta. El veredicto final caía naturalmente en él, en el Moro, en el jefe.

—OK —habló Diego un momento después—, creemos los perfiles y las páginas de DiBrama.

—¿Y qué decís de invitar a los fans de Sin Conservantes? —inquirió Rafa, y Diego se limitó a asentir con una cara indescifrable.

A Brenda la asaltaron dos emociones: un deseo inesperado y miedo de las consecuencias. Diego alzó la vista y la observó como si percibiese el desbarajuste de emociones que la atropellaban. Le pareció el chico más sexi que conocía, aun con ese gesto despojado de sonrisa. La había seducido verlo actuar en su posición de rey, de jefe, de todopoderoso, que aun el díscolo y contestatario Manu respetaba.

Diego extendió el brazo y le acarició la mejilla como solía hacer, con el dorso de los dedos para evitar tocarla con las partes más agrietadas y rasposas, castigadas por las pinturas, el aguarrás y los diluyentes. La recorrió un escalofrío que le involucró aun el cuero cabelludo y le erizó los pezones. Se evadió del estudio para buscar el saquito de hilo y cubrirse; no quería que Manu y Rafa la viesen excitada. En tanto se decía: «Tengo que empezar a usar corpiños con relleno».

Diego caminó detrás de ella y la ayudó a ponérselo. Se inclinó sobre su oído y le habló desde atrás.

—¿Qué pasa? ¿Tenés frío?

Brenda le sujetó las manos y lo obligó a pasarlas sobre sus pezones endurecidos.

—No quería que Manu y Rafa me viesen de este modo. Me dio un escalofrío cuando me tocaste —le explicó.

Diego rio por lo bajo. El aliento le humedeció el pabellón de la oreja y solo sirvió para acentuar los erizamientos y las palpitaciones. Se dio vuelta y lo miró a los ojos.

—Es muy riesgoso postear ese anuncio en la página de Sin Conservantes. Sé que te preocupa que Carla se entere de la existencia de DiBrama.

—Tarde o temprano lo sabrá —concluyó Diego—. Además, lo que no quiero que sepa es que vos y yo estamos juntos.

—Soy parte de la banda —arguyó Brenda.

—Eso no significa que vos y yo estemos juntos —resolvió él—. A Carla ya no le importa ser la vocalista de Sin Conservantes. Quería empezar su carrera como solista.

—¿Estás seguro? —Diego hizo un ceño y la miró con expresión confundida. —Tal vez pretende formar un dúo con vos.

—Ella sabe mejor que nadie que jamás les cortaría el rostro a mis amigos —afirmó, inexorable, lo cual ratificaba lo que ella les había asegurado a Manu y a Rafa, que Diego no los habría abandonado para irse con Carla Mariño.

Más tarde, mientras Diego cambiaba una cuerda rota de la guitarra eléctrica y Brenda lo observaba con fascinación, Manu y Rafa discutían acerca del armado y de la administración de las redes sociales de DiBrama.

—Yo no entiendo un pomo de todo esto, Rafa —le recordó Manu—. Pedile a Gabi que se ocupe, como lo hacía con Sin Conservantes.

—Mi hermano se ofreció a hacernos los *flyers* y esas cosas, pero ya no tiene tiempo de ocuparse de administrar la cuenta de Facebook. Ahora está trabajando para una empresa y no puede echarse esa responsabilidad al hombro. Ocuparse de esas cosas todos los días es un laburito que te lo debo —alegó.

—Yo puedo ocuparme —se ofreció Brenda y Diego alzó la vista, siempre atento a ella.

—¿Te pinta en serio, Bren? —dijo Rafa.

—No entiendo mucho de redes —admitió—, pero Millie la rompe. Puedo pedirle que me enseñe.

—¡Sería copadísimo!

—Bren, que es lo más dulce que hay —afirmó Manu y le arrojó un beso en el aire, lo que le mereció un vistazo hosco de Diego—, les respondería a los fans desubicados con más nivel que Gabi, que a veces se zarpaba con las respuestas.

—Seee… —acordó Rafa—. Bren va a ser lo más administrando las redes.

Entre los cuatro elaboraron el texto del mensaje que subirían a la página de Sin Conservantes una vez que Brenda tuviese lista la de DiBrama.

Como se había vuelto un hábito, a eso de las seis y media, Diego la acompañó a la puerta al final del pasillo. Iba callado, más ensimismado que de costumbre, la vista al suelo. Le sostenía la mano, pero Brenda habría apostado que no se daba cuenta. Seguía pensando en Carla. El tema de las redes lo había enfrentado a una realidad: en el mundo actual la privacidad no existía. Si uno deseaba permanecer fuera del ojo público o de caer presa de un *hacker* debía mantenerse lejos de Internet, y Tadeo González agregaba: y del celular.

Se detuvieron junto a la puerta cerrada. Diego forzó una sonrisa y le acunó la mejilla. Brenda dejó caer los párpados y disfrutó ese momento de soledad e intimidad, tan escasos en su relación.

—Flasheo siempre con tu voz, pero hoy te pasaste —la halagó—. Es la mejor voz femenina que he escuchado.

Brenda se sintió una idiota por sonrojarse. Sabía que Diego, por virginiano y exigente, raramente otorgaba cumplidos, por lo que, cuando lo hacía, era sincero.

—Estoy ensayando mucho para el evento en la catedral de Avellaneda —se justificó—. Además, amo cantar tus canciones. Me inspiran.

—Es increíble la capacidad que tenés para cambiar del lírico al pop —siguió adulándola—. Me acuerdo de ese domingo en la casa, cuando cantaste un tema de Katy Perry y otro de Queen y después esa aria. Todavía me acuerdo y sigo pateándome la mandíbula.

—¿Diego?

—¿Mmm?

—¿Qué le decís a Carla? Me refiero, ¿qué le decís que hacés los domingos?

—La verdad —contestó medio a la defensiva—, que el cura me permite ir a la casa de mi abuela a ensayar para la peña.

—¿Creés que vaya a la peña? —se preocupó.

—Yo no la invité —fue la ambigua respuesta—. Carla no es una chica de peñas, quedate tranquila.

Nada que estuviese relacionado con esa mujer la dejaba tranquila. Por ejemplo, del corto intercambio que acababa de mantener con Diego extrajo conclusiones que solo sirvieron para incrementar la preocupación. La primera, que Diego y Carla hablaban por teléfono o se veían durante la semana. ¿Iría a verlo a su nuevo trabajo en Wilde como lo había hecho aquel jueves en el restaurante de la madre de Martiniano? «Por supuesto que sí», se convenció. La segunda conclusión se relacionaba con Coquito Mendaña. Ahora comprendía quién le había advertido de la presencia de Diego en la casa de la calle Arturo Jauretche ese primer domingo de ensayo a fines de abril.

* * *

Otro de los hábitos de la nueva vida consistía en almorzar los jueves con Millie y Rosi en la cantina de la facultad. Después partía con Martiniano a su casa para la clase de Belu. Esa semana, sin embargo, se encontró con Millie casi todos los días por el tema de las cuentas de DiBrama en las redes sociales.

—Los *banners* son alucinantes —expresó Millie—, pero van a necesitar fotos de ustedes cuatro. —Le sonrió con picardía. —¿Alguna vez imaginaste que tu sueño se volvería realidad? No, tu sueño no. ¡Tus dos sueños! Ser la novia de Diego y dedicarte a la música.

—No, la verdad es que no —admitió—. Tiendo a pensar que tengo poca suerte en la vida. Cecilia dice que es por mi Júpiter en la Casa XII.

—Traducción —solicitó Millie.

—Parece ser que Júpiter es el bonachón del sistema solar. Donde lo tengas ubicado, será un área de tu vida en la que en general no tendrás problemas. Pero la Casa XII, la casa de mi signo, es muy compleja, como todo lo que tiene que ver con Piscis. Es la casa del no ego. La casa del Todo con mayúscula, del inconsciente colectivo. Pues bien, los planetas ubicados en la Casa XII poseen una energía triplicada, pero el nativo la percibe como que le juega en contra. Entonces, Júpiter, el planeta bueno y generoso, ubicado en la doce te lleva a pensar que no tenés nada de suerte en la vida cuando en realidad es lo opuesto.

—Tengo que hacerme la carta natal *ya* —declaró la escorpiana—. No puedo seguir en bolas. Ceci nos la hizo en el verano, pero así nomás. Necesito que me hable de mí. A veces me doy miedo.

—Sos de Escorpio, amiga querida —la excusó—, el signo más oscuro del Zodíaco. A ustedes les encanta lo que para el resto es tabú. El sexo, la muerte, el poder —enumeró.

—¿Seguís hablando por Skype con Ceci? —se interesó Millie.

—Sí. No puedo pasar mucho tiempo sin hablar con ella. Desde que empecé mi relación con Diego la necesito más que nunca. Ceci dice que tendría que hacer terapia. Según ella, con mi carta tan compleja tendría que haber empezado hace muchos años, cuando papá murió.

—¿Y? ¿Le vas a dar bola? ¿Vas a empezar terapia? —Brenda se encogió de hombros. —¿A qué le tenés miedo, Bren? —indagó la escorpiana.

Inspiró profundo en el acto de tomar coraje antes de responder:

—A que me diga que Diego no es para mí, que no me conviene.

—¿Por qué pensás tan negativamente? ¿Otra vez tu Júpiter en no sé dónde?

—En la Casa XII. No pienso negativamente sino con realismo. Me imagino lo que mamá y Lauti dirán cuando lo sepan y tengo ganas de esconderme debajo de la cama.

—Entonces vos también creés que no te conviene —concluyó Millie.

—No importa si me conviene o no —afirmó con decisión repentina—. Solo sé que lo amo como nunca voy a amar a otro chico y que estas semanas he sido inmensamente feliz.

—Se ven poco —señaló su amiga.

—Sí —admitió—, poco y siempre con gente alrededor.

—Nada de garchada, entonces.

—No. Ni siquiera hablamos de eso. A mí me daría vergüenza sacar el tema porque él no dice nada. Se excita cuando nos besamos y después se aleja para que se le baje.

—¿Le viste el bulto? —inquirió Millie con la típica brutalidad de su signo zodiacal.

—¡Millie, no tenés límite! —simuló escandalizarse—. Sí, le vi el bulto. ¿Contenta? Además, si no fuera un gran amante, Carla no andaría alzada detrás de él. Según Ceci, por tener Plutón y Escorpio en la Casa VII, la de la pareja, Diego tiene apetitos sexuales muy oscuros y desbordados, sin mencionar que tiene Marte en la Casa I, que lo lleva a querer hacerlo con frecuencia.

—Tal vez se le dé por el sadomasoquismo y te cague a latigazos —bromeó Millie—. Aquí lo importante es que vos, señorita iceberg-que-reventó-el-Titanic, sientas algo cada vez que Diego te parte la boca, porque eso sí, soy testigo de que aquel domingo en la casa te la partió. Me acuerdo de que siempre te costaba calentarte con Hugo. Te angustiabas por eso.

—Olvidate. Con Diego es exactamente lo contrario.

—Es decir que en lugar de ser un iceberg podrías derretir uno de lo caliente que te pone.

—Exacto —afirmó Brenda.

—¡Esa es mi chica! —exclamó la escorpiana y le ofreció los cinco, que Brenda golpeó entre risas.

Capítulo XV

El sábado 14 de mayo, el anterior al de la peña, Brenda, Millie y Rosi fueron a la casa de Augusto, un compañero del Santa Brígida, a comer un asado y a jugar un campeonato de truco mientras esperaban la hora para ir a bailar. Diego la llamó mientras ayudaba a poner la mesa en la galería del jardín. Sabía lo del asado; ella se lo había comentado esa tarde en el orfanato.

—Ya estás ahí —apuntó de mal humor—. Escucho las voces de los pibes.

Brenda controló las ganas de reír. A veces la parquedad de Diego la lastimaba. Por eso atesoraba que le comunicase su interés a través de las canciones que componía o con pequeñas escenas de celos.

—Sí, ya estamos aquí —contestó con acento despreocupado—. El sábado que viene los vas a conocer porque prometieron ir a la peña. No ven la hora de verme cantar. Les pedí que nos siguiesen en las redes. En Facebook ya tenemos casi cinco mil seguidores y en Instagram tres mil doscientos. Millie dice que deberíamos repetir la invitación en la página de Sin Conservantes…

—¿Con alguno de los chabones tuviste algo alguna vez? —la interrumpió.

—No, Diego. Son mis compañeros del cole —trató de razonar—. Los conozco desde jardín de infantes.

—Y a mí me conocés desde que naciste y te enamoraste de mí —objetó—, así que no sé qué tiene que ver una cosa con la otra.

La sorprendía y la halagaba que un chico como Diego, que escondía las emociones tras una mirada ceñuda, le mostrase su inseguridad, enojo y desesperación. Siendo Virgo un signo muy controlador, luego se arrepentiría de haberse puesto en evidencia.

—Justamente —replicó con paciencia— porque me enamoré de vos desde que estaba en el moisés y sigo estándolo ahora que tengo veinte años es que no deberías preocuparte.

Brenda oyó una especie de gruñido del otro lado de la línea y lo tomó como un asentimiento o una concesión.

—¿Van a salir a bailar después? —preguntó pese a que conocía la respuesta.

—Te dije esta tarde que los chicos salen a bailar. Yo me vuelvo a casa. Mañana me levanto temprano para ir a ensayar, ¿o te olvidaste de eso?

—Y como siempre, te volvés sola —se enojó—. Y no me digas que la guardia está ahí cuando entrás con el auto porque yo no pienso *solo* en ese momento sino en todo el trayecto.

—Tenés mi número del GPS en tu aplicación —le recordó.

—Sí —admitió, malhumorado—. Llamame apenas llegues a tu casa —exigió.

—Amor —habló Brenda con tono paciente—, no sabés cuánto me gustaría que estuvieses aquí. Te extraño.

—Yo también —dijo, y Brenda lo oyó suspirar—. Me vuelve loco estar encerrado. Estar lejos de vos —añadió.

—Lo sé. Si pudiera estar encerrada ahí con vos, lo estaría.

—Si estuvieras aquí conmigo, no sería un encierro.

—Buena frase para un tema —expresó Brenda.

—Muy buena —concedió él.

La llamó una segunda vez mientras comían con la excusa de recordarle que llevase la cámara fotográfica al día siguiente. Lo hizo una tercera, durante el partido de truco. Millie, que formaba pareja con Brenda, le arrebató el teléfono.

—Escuchame, *Diii* —lo increpó—, quiero informarte algo: nadie conoce a Bren como yo. Nadie —recalcó—. Por eso te quiero contar algo: ni siquiera mientras estaba saliendo con Hugo pudo olvidarte. Imaginate ahora, que por fin está con vos, no se va a meter con otro pibe. Para ella, los otros pibes son de palo, no existen. Esto sin mencionar que Bren es más legal que el Código Civil. —Diego debía de estar diciéndole algo porque Millie callaba y asentía—. Si te preocupa que se vuelva sola, entonces nosotros la acompañamos a su casa y después seguimos para el boliche. Cero drama. Dormí tranquilo. Pero no me niegues que estás un poquín celoso —lo provocó y, tras un corto silencio, Millie soltó una carcajada.

Devolvió el teléfono a Brenda, que se alejó para terminar la conversación.

—¿Qué le dijiste para hacerla reír?

—Que no estaba un *poquín* celoso. Estoy verde de los celos.

Augusto, Millie y Rosi la escoltaron hasta su casa en Almagro pese a que trató de disuadirlos. Asimismo, usaba el manos libres para ir hablando con Diego, que todavía estaba despierto.

Conducía por la avenida Rivadavia cuando, al detenerse en el semáforo de la esquina con Senillosa, la vio salir de una confitería, a Carla Mariño. «Furcia» la había llamado doña Lita. Como fuese, era hermosa y despampanante con su largo y alisado cabello rubio y su cuerpo de vedette que no parecía esconder un tumor maligno. Se sintió fea y poca cosa. «Cuando me comparo con otro me destruyo a mí mismo», se recordó y debió de haber mascullado la frase de Krishnamurti a media voz porque Diego dijo:

—¿Qué? ¡No te oigo bien!

—Estoy viendo a Carla Mariño —pensó en voz alta.

—Ah. ¿Dónde? —se interesó Diego.

—Está saliendo de la San Carlos —puntualizó—, una confitería de Rivadavia y Senillosa.

—¿Está con alguien? —inquirió, y Brenda se empeñó en descubrir si lo enojaba, si lo perturbaba, si le daba celos imaginarla con otro. Más allá de las grandes dotes de vidente con que la coronaban su Sol en Piscis y su Neptuno en la Casa XII no consiguió percibir nada. Estaba demasiado nerviosa y deprimida.

—Está con un tipo.

—Describímelo —exigió con acento imparcial, como el que habría empleado un detective durante un seguimiento.

—De su altura, aunque ella está con tacos, así que debe de ser un poco más alto. Pelo corto canoso en las sienes, piel morena. O tal vez bronceada —se corrigió—. Unos cuarenta años. Cara medio alargada —acotó—. Viste de modo canchero.

—Ya sé quién es —afirmó con el mismo tono imparcial.

—¿Quién?

—El productor de un show de cumbia en el que trabajaba hace años. «Con quien te fue infiel», pensó.

—¿Te molesta saber que está con él?

—No, pero me conviene saberlo —fue la críptica respuesta.

* * *

Carla Mariño asistió con dos amigas a la peña desbaratando la declaración de Diego, que no era una chica de peñas. O tal vez era una mujer dispuesta a todo para reconquistarlo. ¿Diego le había dado los detalles del evento —día, hora, lugar— o los habría leído en los anuncios de las redes de DiBrama? Porque dudaba de que se hubiese enterado a través del sitio web de la parroquia. Al avistar a Carla en una mesa, Manu y Rafa le juraron que hacía semanas que no la veían ni hablaban con ella.

Les había tocado una noche perfecta de luna llena, que refulgía en el cielo negrísimo y sin nubes. No hacía frío, tampoco calor; la temperatura era ideal. Pese a lo humilde del entorno y de los arreglos y la decoración, el patio de la parroquia vibraba con una energía vital y chispeante. Estaba lleno de gente, entre los que contaban los chicos del orfanato, a quienes se los había compensado por la pérdida de la clase de canto permitiéndoles asistir al espectáculo hasta las once de la noche. Lo que más deseaban era oír cantar a Diego y a Brenda y comer choripán con Coca-Cola.

—Lo de postear el mensaje en la página de Sin Conservantes dio resultado —comentó Rafa—. Siguen llegando viejos fans. ¿Ves aquel? —señaló a un chico con una remera en la que se destacaba el nombre de la vieja banda—. Ese es un superfan. Nos seguía a todos lados. Lo acabo de saludar y está feliz de que hayamos vuelto.

A Brenda la tenía nerviosa la presencia de Carla y la de los antiguos seguidores del grupo. Sería inevitable la comparación. La aterraba que la identificasen entre el público y le pidieran que cantase una vez más con la banda.

—¿Qué dijo al saber que yo reemplazaría a Carla?

—Es que vos no reemplazás a nadie, Bren —objetó Manu—. Esta es una banda nueva.

—Para los fans yo soy el reemplazo de Carla —se obstinó.

—Dijo que eras muy linda —terció Rafa—. Saliste re linda en las fotos que nos sacó Chacho el domingo pasado —recalcó, pero Brenda sabía que lo decía para animarla; en ese sentido, Carla no tenía competencia.

Ella contaba con sus admiradores personales: los nenes del orfanato y sus amigos, los del cole y algunos de la facultad. Incluso los pocos de la casa a los que se les había permitido asistir estaban de su lado. Igualmente, la angustiaba la situación. Trataba de no lanzar vistazos en dirección a Carla ni a< Diego, que se lo pasaba en el escenario ajustando la conexión de los equipos. ¿Se habrían saludado?

—Cambiá la cara —la conminó Millie, y Rosi asintió a su lado.

—No puedo evitarlo con esa mujer aquí —se justificó.

—Aquel domingo en la casa, con Carla ahí, la rompiste cantando —le recordó Rosi—. Ahora hacé lo mismo.

—La vamos a tener controlada a la turra esa —prometió Millie.

A Brenda le pareció que el momento de su actuación llegaba demasiado rápido. No quería arruinar el primer concierto de DiBrama a causa de sus inseguridades, que no eran otra cosa que un ego gigante, se convenció. La peña era un éxito y habían recibido más gente de la esperada. El padre Antonio y el padre Ismael sonreían y declaraban que la recaudación excedía lo previsto; ya habían cubierto los costos y obtenido una buena ganancia. No sería ella la que arruinaría todo por sentirse menos que Carla Mariño.

Se encontraban los cuatro vocalizando y calentando la voz en la sacristía cuando Brenda recibió un mensaje de Millie: *Creo que la turra va para allá*, lo que le permitió prepararse antes de verla entrar en un sector supuestamente vedado al público. A Carla no la detenían los carteles que rezaban «Prohibido pasar».

Su perfume invadió el recinto en pocos segundos, lo mismo su presencia. Era como si lanzase destellos; le nacían del cabello platinado —jamás le había visto las raíces negras—, de los labios cargados de *gloss*, de los ojos verdes hábilmente maquillados, de la piel sin imperfecciones. Les dirigió una sonrisa en la que la dentadura de un blanco antinatural se sumó al juego de luces y brillo.

—¿Qué hacen? —rio con sorna—. Parecen retardados mentales.

—Calentamos la voz y hacemos ejercicios de vocalización —explicó Rafa.

Se encogió de hombros y caminó hacia Diego con una cadencia que pretendía destacar su figura de por sí bien expuesta gracias a la estratégica elección de la vestimenta. Se puso en puntas de pie con la intención de besarlo en la boca; Diego le ofreció la mejilla. No saludó al resto, ni con palabras ni con besos. Si Brenda hubiese visto la escena en una película, la habría encontrado inverosímil, sobreactuada y ridícula. Sin embargo, era pura realidad y se desarrollaba ante sus ojos. Se acordó de una frase que le había dicho Cecilia, que amaba citar a los grandes de la historia. Pertenecía a Mark Twain. ¿Por qué la realidad no debería ser más extraña que la ficción? Después de todo, la ficción tiene que tener sentido. Y la había citado después de que ella se quejase de su vida, plagada de locos eventos y de cosas raras. A continuación, le recordó que, con la polaridad uraniana y el Ascendente en Acuario, sin mencionar su Luna en conjunción con Urano, conectar con la locura, la inconstancia y la rareza humanas constituía parte del aprendizaje.

Suspiró, vencida, y siguió estudiando a Carla que a su vez la observaba a ella con una expresión cargada de sorna y una sonrisa falsa.

—¿Así que me reemplazaron con la primita de Di?

—No te reemplazamos —rebatió Manu y cruzó un brazo sobre los hombros de Brenda en actitud protectora—. Vos te quisiste ir, ¿o te olvidás de todo lo que pasó? —Levantó una ceja, ante lo cual Carla apartó la mirada y buscó el apoyo de Diego, que permanecía en silencio como si aquello no le concerniese.

De igual modo, Brenda lo percibía tenso. Clavaba la vista con obstinada atención en el brazo de Manu sobre ella.

—Además —añadió Rafa—, no te reemplazamos. Este es un grupo nuevo.

—Sí, pero usaron *nuestra* página de Facebook para publicitar su nuevo grupo. Di-Bra-ma —silabeó con burla—. Qué nombre tan ridículo.

—No es *tu* página de Facebook —intervino Diego.

Su voz tronó en el pequeño recinto y se propagó en el ambiente cargado y denso. Aun la inconmovible Carla lució afectada.

—¿Cómo no? —replicó con menos seguridad—. Yo *soy* miembro de Sin Conservantes. La única voz femenina.

—El nombre del grupo y todo lo que creamos es de propiedad mía, de Manu y de Rafa. No tuya. Y no sos parte de Sin Conservantes porque Sin Conservantes ya no existe.

—Sin mencionar que fuiste *vos* la que se quiso abrir —insistió Manu.

—Ya lo dice el viejo refrán —citó Rafa—, el que se va sin que lo echen…

—¡Son los tres una manga de pelotudos! —reaccionó Carla—. ¿Se creen que es suficiente una buena voz para hacer un buen espectáculo? ¿Qué pretenden hacer con esta… desabrida? ¡Ni siquiera se sabe vestir!

Brenda se estudió el atuendo de jeans skinny color negro y una blusa blanca con floreado bordó que tenía los hombros descubiertos y las mangas acampanadas en los puños. Completaban el atuendo unas zapatillas Nike violetas. «No estoy tan mal», se dijo, y recordó lo bien que le quedaban el cabello alisado y el maquillaje que le había hecho la genia de Rosi, muy setentoso, porque le había remarcado los ojos con delineador negro líquido.

—No hace falta parecer una puta… —empezó a decir Manu y Carla se le echó encima como un animal rabioso.

Manu se giró a tiempo y recibió el puñetazo en la espalda.

—¡Loca, pará! —la exhortó Rafa en tanto Diego la sujetaba por los brazos desde atrás y la arrastraba fuera de la sacristía por la puerta que comunicaba con la iglesia.

Sus gritos e insultos se propagaron en la nave del edificio con una calidad escalofriante. Se quedaron mudos y quietos hasta que se desvanecieron.

—Qué desagradable todo esto —susurró Brenda.

—Apenas la vi —expresó Rafa— supe que habría quilombo. Vino buscando eso, desestabilizarnos.

—Siempre es así con esa loca —apuntó Manu—. Parece que no vive si no arma un quilombo, una pelea, un conflicto.

—Estoy temblando —comentó Brenda y estiró la mano para demostrarlo.

Manu la abrazó sin darle tiempo a reaccionar. La incomodó el gesto, aunque fuese amistoso y no atinó a devolvérselo; sus brazos quedaron caídos a los costados.

—Soltala —se oyó la voz de Diego, amenazante y oscura.

Brenda se apartó de inmediato y, en un acto instintivo, se interpuso entre él y Manu. Sujetó a Diego por el rostro e intentó obligarlo a que la mirase. Él, en cambio, destinaba una mirada tormentosa y llena de amenaza a su amigo.

—Hermano —intentó razonar Manu—, estaba temblando por culpa de tu ex.

—No vuelvas a tocarla —advirtió con el índice extendido.

—Amor, por favor, mirame —suplicó Brenda—. ¡Mirame! —exigió con la agresividad que le brindaba su guerrero Marte en conjunción con el Sol.

Diego movió los ojos de modo indolente y los fijó en ella con la soberbia que nacía de su karma, del Nodo Sur en Leo.

—No quiero peleas. —Lo besó en los labios. —Estamos así por la mala energía que ella plantó entre nosotros. —Volvió a besarlo, esta vez un beso más largo en el que sintió que la boca de él comenzaba a ceder. —Es lo que se propuso al venir aquí, que nos peleemos. —Estiró la mano hacia Manu y Rafa, que se aproximaron con actitud solícita.

—Nadie puede destruir a DiBrama. Nadie —repitió—, a menos que nosotros lo permitamos. Y no lo permitiremos.

—Por supuesto que no —la apoyó Rafa.

Diego, aún severo y con el gesto impenetrable, estiró el brazo en dirección a sus amigos en el acto de convocarlos. Terminaron los cuatro fundidos en un abrazo.

—Vamos a romperla —expresó Rafa.

—¡Esa! —exclamó Manu.

Diego carraspeó antes de dirigirse a sus amigos.

—Ustedes vayan yendo —pidió—. Quiero hablar un momento con Brenda.

Apenas Manu y Rafa cerraron la puerta de la sacristía, Diego le devoró los labios. Brenda sintió que el beso los redimía y los limpiaba, y bajo sus párpados cerrados imaginó que renovaba el aura que los protegía. Vibraba entre ellos una pasión que, se convenció, sería inagotable. Diego la sujetó por las nalgas y la sentó en el borde de un escritorio. Se colocó entre sus rodillas separadas y siguió besándola.

—Esto es lo que quería hacer desde que te vi llegar —confesó con los ojos cerrados y la frente apoyada en la suya—. Estás tan linda.

—¿Un poco desabrida tal vez? —bromeó ella.

—No le des bola.

—Ni un poco. Si vos me decís que estoy linda, es suficiente para mí.

—Más que linda. —Se apartó para estudiarla con su crítica mirada virginiana. —Qué copado te queda el pelo así de lacio. Y los ojos… Eso que te hiciste te queda muy bien.

—Me los delineó Rosi, que la rompe maquillando. —Diego la observaba y sonreía con el aire de quien se guarda un pensamiento divertido. —¿Qué pasa? ¿Por qué me mirás así?

—Ahora entiendo qué querías decir cuando me explicaste que Piscis le enseña a Virgo a ser compasivo —recordó—. Lo que hiciste recién por el grupo fue lo más. Increíble —subrayó—. Yo no habría aflojado si vos no hubieses dicho lo que dijiste.

—Y vos vas a enseñarme a no perderme en el caos pisciano.

—Eso es fácil.

—¡Para vos, que sos de Virgo! Para mí es una escalada al Everest.

Se rieron. Las risas se convirtieron en sonrisas, hasta que estas también se desvanecieron.

—Gracias por no enojarte por lo de recién —susurró Diego.

—De nada —contestó, ocultando las ganas que tenía de preguntarle tantas cosas.

* * *

Contra todo pronóstico, Carla seguía allí, en la mesa con las dos amigas, dispuesta a ver a DiBrama. Habría jurado que se mandaría mudar. El padre Ismael anunció a la banda de rock tras un espectáculo de magia y los cuatro subieron al escenario. Los aplausos y los gritos de aliento explotaron no solo en el sector donde se hallaban sus amigos sino desde todo el público, lo cual confirmaba que los seguidores de Sin Conservantes habían copado el patio de la parroquia.

Brenda se sentía en carne viva, las emociones a flor de piel y la sensibilidad exacerbada por la energía poderosa que los envolvía. Cruzaron una mirada con Diego y a ella se le cortó el aliento, de repente abrumada por la realidad: se disponía a cantar con su banda frente a un público de por lo menos trescientas personas. Jamás habría imaginado vivir una experiencia tan fascinante.

Se concentró en su mirada para calmarse y le pareció más hermoso que nunca, con las orejas llenas de aros y las manos cargadas de anillos.

Al quitarse el buzo con capucha, se había quedado en remera de mangas cortas, negra y con el *smiley* de Nirvana, su banda favorita de rock. Los músculos de los brazos y de los antebrazos se le ondulaban bajo la piel tatuada en tanto él abría y cerraba los puños en una especie de ejercicio. ¿Lo haría con el objetivo de serenarse?

Brenda asintió ligeramente para indicarle que estaba lista y Diego, sin volverse, extendió la mano derecha hacia atrás, contó hasta tres desplegando el índice, el mayor y el anular, y la batería de Rafa explotó en una seguidilla de golpes y sonidos metálicos, como si de una vez hiciera sonar el bombo, el redoblante, el tom y el *hi hat*, lo que causó la respuesta enfervorecida del público.

Habían elegido empezar con dos temas en los que Brenda acompañaba a Diego solo en el estribillo. Se trataba de dos canciones muy queridas por los fans de Sin Conservantes, que predispusieron a los chicos a su favor. Al principio no sabía qué hacer con el cuerpo y se quedaba sentada en la banqueta alta frente al micrófono, tensa y cuestionándose todo; ni siquiera la voz de Diego la ayudaba a calmarse. La experiencia que unos minutos antes había calificado de fascinante, en esa instancia la asustaba. Admiró aún más a sus compañeros, que se mostraban tan profesionales y seguros frente al público. Poco a poco fue soltándose. La ayudaron las lecciones de canto de Maria Bator y de Leonardo Silvani, que habían hecho hincapié en el uso del cuerpo y, sobre todo, de la mirada.

Cantó la tercera canción prácticamente sola, con pocas intervenciones de Diego, la primera oportunidad real para lucirse y para ser juzgada, se dijo. Sabiendo que su rival estaba allí lanzándole maldiciones y malos augurios, decidió entregarse al público y cantar con el corazón. En especial el estribillo, donde se alcanzaban notas muy agudas, le sirvió para ganarse la admiración de los fans, que sin remedio la compararían con Carla, solo que ella había visto varios videos y sabía que la Mariño no poseía la potencia que a ella tanto le ensalzaban la Silvani y su sobrino. Tampoco contaba con la técnica adquirida tras años de estudio.

Se pusieron de pie para aplaudirla. El corazón le batía como un pajarito salvaje caído en una trampa. Se le llenaron los ojos de lágrimas. Diego se aproximó, le tomó la mano y le levantó el brazo, lo que suscitó una nueva oleada de aplausos y bravos.

—Les presento a Brenda Gómez. Denle la bienvenida, por favor.

Interpretaron otros cuatro temas, dos de los cuales eran las composiciones más recientes de Diego, *Caprichosa y mimada* y *Querido Diego*, que los fans no terminaban de aplaudir. Brenda observaba la pasión de los seguidores y se preguntaba si Carla se había dado cuenta de que ambos temas hablaban de ella. Se esforzaba por evitar dirigir la mirada hacia el sector donde se encontraba. Le temía.

Los cuatro miembros de DiBrama descendieron del escenario y los fans los circundaron. Diego no se movió de su lado ni la perdió de vista pese a que le pedían autógrafos y lo acribillaban a preguntas. Uno preguntó: «¿Qué pasó con Carlita Queen? ¿No va a formar parte de DiBrama?», a lo que Diego contestó con una parsimonia admirable: «Eligió seguir su propio camino».

* * *

—¡Todavía flasheo, Bren! —exclamó Augusto, su compañero del Santa Brígida.

Prosiguieron las felicitaciones y los halagos por parte de los amigos y de los pocos chicos de la casa de recuperación que habían asistido. Estaba feliz. Millie se inclinó sobre su oído y le susurró:

—Acabo de ver a la turra que seguía a Diego adentro de la iglesia.

La alegría se esfumó. El corazón dejó de latirle velozmente a causa de la emoción para hacerlo a causa de la angustia.

—Vamos —la conminó su amiga.

Partieron las dos hacia el edificio y entraron por una puerta lateral.

—¿Lo siguió sin que él lo supiera?

—Ni idea —contestó Millie—. Él caminaba adelante, ella iba atrás.

—Tengo miedo —admitió.

—Lo sé —dijo Millie y la tomó del brazo—. Pero tenés que afrontar esto.

Las voces llegaban desde la sacristía. Brenda se detuvo unos metros antes y Millie la imitó. Se quedaron quietas y mudas protegidas por las sombras del corredor.

—Tomá, Di.

—¿Estás loca? —se enojó Diego—. Guardá eso. ¿Qué pretendés? ¿Que me coloque bajo las narices del cura?

—Dale, probá, vas a alucinar, es de la buena. Me la dio Coquito. El cura no se va a dar cuenta.

Se oyó una risotada de Diego, vacía y forzada.

—No lo subestimes, Carla. Te aseguro que apenas me vea sabrá hasta cuántas líneas aspiré. Ya te dije que no quiero quilombo. Necesito salir de aquí cuanto antes. No voy a consumir —recalcó.

—Por eso estás tan pelotudo, porque hace meses que no te colocás.

—¿De qué querías hablarme? —inquirió, lo cual contestó la pregunta de Brenda.

—De nosotros.

—¿Nosotros? —La voz burlona de Diego escondía un gran resentimiento, lo cual entristeció a Brenda; habría preferido un tono indiferente.

—¿Vos me estás cagando con la pendeja esa, con tu primita?

—Difícil que te cague con alguien cuando vos y yo terminamos el día en que decidiste cagarme con Silvio Cammarano.

—Ya basta con este castigo, Di. Ya me hiciste padecer lo suficiente. Vos sabés por qué lo hice. Por nosotros. Además, ya lo dejé.

—No es lo que me dijeron. Te vieron con él el sábado pasado por la madrugada en un bar de avenida Rivadavia.

El mutismo que siguió reveló cuánto la había sorprendido la declaración de Diego.

—No pasó nada con…

—Me importa una mierda si pasó algo —declaró Diego, pero Brenda se convenció de que sus palabras no se condecían con el acento cargado de ira.

—Hablamos de trabajo. Trabajo para vos y para mí.

—¿Para mí? —se mofó Diego.

—Para pagar la deuda. Hasta ahora pude contenerlo a mi hermano, pero… Coquito dice que está impaciente. ¿Por qué no aceptás trabajar para Ponciano? Te pagaría bien y te haría un buen plan de pago para la deuda.

—Deuda que tengo por tu culpa, no te olvides, Carla.

—¡Basta con el castigo, Di! ¡Basta! —exclamó de nuevo con la voz de una niña caprichosa—. Quiero que formemos nuestro dúo y que…

—¿Vos escuchás cuando te hablo? ¿O estás tan colocada que perdiste hasta el sentido de la audición?

El silencio que sobrevino le resultó a Brenda más insoportable que el diálogo. Los imaginaba contemplándose a los ojos con la misma cuota de odio que de atracción y deseo.

—¿Me estás cagando con la pendeja esa? ¿Con tu primita del orto? —volvió a preguntar y de nuevo no obtuvo respuesta—. Está bien, divertite un rato, si tenés ganas. Pero no te olvides de que vos y yo hicimos un juramento y que somos para siempre.

La última afirmación cortó el aliento de Brenda y como una niña asustada apretó los párpados para cerrarse a las imágenes, a los pensamientos horribles, a la energía que la ahogaba. «No debería estar aquí. Esto está mal», se reprochó. A punto de escapar, la detuvieron unos sonidos provenientes de movimientos bruscos, de respiraciones agitadas, como si se tratase de un forcejeo. Lo que estuviera sucediendo en la sacristía se desarrollaba sin intercambio de palabras. Estaban besándose, no cabía duda al respecto; le resultaba tan claro como si lo viese, un beso duro, cargado de resentimiento y de pasión.

Corrió fuera sin esperar a Millie.

* * *

Quería irse. No saludaría a nadie. Quería desaparecer. No pensaba. No razonaba. Necesitaba desconectar. Actuaba movida por una energía uraniana implacable. Recogió sus cosas de la mesa ocupada por Rosi y por Millie y, sin pronunciar palabra, se alejó hacia la salida en tanto les enviaba un mensaje a sus amigas indicándoles que las aguardaba junto al automóvil.

Las chicas aparecieron unos minutos más tarde. Millie ya había puesto al tanto a Rosi de lo acontecido en la sacristía.

—Vamos —las conminó al tiempo que el celular le vibraba en la mano para indicar el ingreso de un mensaje. *Dónde estás?*, le preguntaba Diego.

—¿Sin despedirnos de nadie? —se inquietó Rosi.

—No actúes como loca, Bren —la conminó Millie—. No pasó nada entre la turra y Diego. Yo me quedé ahí y él salió enseguida con una cara de culo que ni te imaginás.

—Ella le pidió hablar y él fue corriendo a ver qué quería —se empecinó con la vista fija en el teléfono, que no cesaba de vibrar a causa de los mensajes con que Diego la bombardeaba.

—Bren, por favor —intervino Rosi—, vos no sos así. ¿Te vas a ir sin saludar a nadie? Los chicos vinieron esta noche para verte, amiga.

Brenda dejó caer la cabeza y apretó los párpados para contener las lágrimas. La sofocaba una tristeza infinita. Asintió, vencida, y se dejó guiar por sus amigas de nuevo al predio de la parroquia. Diego las avistó apenas cruzaron el portón del patio y caminó en su dirección.

—¿Dónde estabas, Brenda? —exigió saber—. Nadie sabía decirme.

—Calma, Di —lo detuvo Millie—. Con calma —subrayó—. Vos también tenés que responder algunas preguntas.

—¿De qué hablás?

—Habla de tu reunión íntima con Carla en la sacristía —se plantó Brenda, de pronto dominada por una seguridad inesperada y bienvenida.

Rosi y Millie marcharon en silencio hacia el corazón de la peña. Diego y Brenda se sostuvieron la mirada en ese sector del patio, alejado y en sombras.

—¿Me espiaste?

—Sí —admitió—. No debí hacerlo, lo sé.

—Exacto, no debiste. Te pedí que confiases en mí.

—Vos también tenés que confiar en mí y contarme qué hay entre ella y vos.

Diego se llevó las manos a la cabeza. Durante el recital se había quitado la bandana para secarse el sudor, por lo que llevaba el pelo suelto. Se lo aplastó y se lo retiró de la cara, lo cual expuso un gesto irascible. Ella conocía su índole, la sabía impaciente e intolerante, solo que en ese momento le importaba poco. Quería respuestas y las obtendría.

—¿Te habrías drogado con la cocaína que te ofreció si el padre Antonio no hubiese estado cerca?

—No. Y no he tomado una gota de alcohol a pesar de que la cerveza y el fernet me pasaron toda la noche bajo las narices. ¿Tranquila?

«Marte en Casa I», se recordó. «No soporta que le digan qué hacer ni que lo controlen.» No obstante, prosiguió con el interrogatorio.

—¿Por qué aceptaste hablar con ella a solas?

—Porque me lo pidió —contestó—. Somos amigos, ¿por qué no aceptaría hablar con ella?

Brenda se quedó mirándolo, más bien estudiándolo. Lucía enojado, inquieto. Había enganchado los pulgares en el cinto del pantalón y sacudía la rodilla con la actitud de quien está con ganas de irse. Ansiaba preguntarle por la deuda con el intendente Mariño y por tantos otros temas derivados de la conversación con Carla. Sin embargo, lo que más deseaba era saber: «¿Qué significo para vos, Diego?». Detestaba rebajarse y detestaba convertirse en la novia controladora y celosa. Ella no era eso.

Asintió, vencida. Quería irse, volver a su hogar y a su madre. Necesitaba a Ximena tanto como alejarse de Diego y de las dudas que nacían con solo mirarlo. Desde la lectura de su carta natal identificaba fácilmente el momento en que su péndulo uraniano se colocaba en el extremo en el que el desapego y la desconexión emocional significaban un refugio y una protección. Ese era uno de esos momentos. Otros la habrían tildado de inconstante, aun de loca; un momento proclamaba su amor por Diego Bertoni y al siguiente ponía distancia con él.

Volvieron a la peña. Caminaron en silencio uno junto al otro sin siquiera rozarse las manos. Se quedaron hasta el final y ayudaron a poner orden en la parroquia. Le habría gustado compartir la alegría de los curas, que se jactaban del éxito del evento, y de Manu y de Rafa, que se habían cansado de firmar autógrafos y de recibir pedidos de los fans para tocar en fiestas. Sí, le habría gustado sentirse feliz, solo que un vacío se abría dentro de ella. Un pensamiento en especial la angustiaba: «Al final», se decía, «Carla ganó».

* * *

Al día siguiente se levantó tarde, cerca del mediodía. Salió a la terraza y se encontró con su abuela y con su madre que tomaban mate y charlaban. Max abandonó el sitio a los pies de Ximena y salió a recibirla moviendo la cola. La escena le resultó tan familiar que la hizo sonreír. Se sentó entre las mujeres y mientras con una mano acariciaba al labrador con la otra sorbía el mate que le había cebado Lidia.

—¿Qué pasa, amor? —Ximena le retiró el cabello de la cara y la observó.

—Nada, ma —mintió.

—¿Te vas a quedar hoy en casa? Hace muchos domingos que no te tengo para mí.

—Sí, ma. Hoy me quedo en casa —prometió con infinita tristeza pues acababa de caer en la cuenta de que se habían terminado los domingos de ensayo en la casa de Diego.

Volvió a su dormitorio para vestirse y escuchó el timbre del celular. Era un mensaje de él donde le preguntaba si iría a verlo por la tarde. Su Sol en conjunción con Marte alentado por su Mercurio en la Casa I le habría respondido: «¿Para qué querés que vaya si la vas a tener a Carlita Queen? ¿O tal vez ella no va y yo soy tu plan B?». Inspiró profundo, avergonzada de un pensamiento tan mezquino y extraño a su naturaleza pisciana. Tecleó con la vista nublada por las lágrimas: «Tengo un compromiso familiar. Hoy no puedo ir». La respuesta llegó un segundo más tarde. Un simple OK.

Brenda se arrojó sobre la cama y lloró con la cara hundida en la almohada. El hueco nacido en ella la noche anterior se convertía en una herida gigante, como si le hubiesen arrancado el corazón. El dolor era espeluznante. ¿Dónde se había metido su desapego uraniano cuando más lo necesitaba?

Capítulo XVI

Desde la pelea con Diego en la peña se movía como un autómata y no sonreía. Fuerzas opuestas contendían con ferocidad tras el semblante sombrío y aparentemente calmo: a veces el ego se imponía y el enojo crecía; en otras se diluía por completo, por lo que habría corrido a la casa de recuperación para pedirle perdón. Por momentos se aferraba a la sensación de libertad que le proporcionaba sacarlo de su vida y existían otros en que la asustaba vivir sin él, sin la seguridad de su amor. Y todo en el lapso de pocas horas. En un mismo día cambiaba de parecer varias veces. Tenía la impresión de que perdería la cordura.

El miércoles le grabó un audio bastante largo a Cecilia para contarle acerca de la espantosa vivencia, que terminó con una pregunta: «¿Estoy loca?». La astróloga le contestó con una cita, como solía hacer: «Nikos Kazantzakis, autor de *Zorba, el griego*, afirmaba que un hombre necesita un poco de locura, si no, nunca se atreverá a cortar la soga y ser libre. Él conocía la locura muy bien. Era acuariano». Ante la críptica respuesta, Brenda le envió otro audio en el que le preguntaba si tenía que cortar la cuerda que la mantenía atada a Diego desde siempre. «Eso solo vos podés responderlo, Bren», contestó Cecilia. «Buscá el equilibrio», la conminó. «Y no te asustes mientras lo hacés. No es fácil hallar el centro, no es algo que se dé rápidamente. Es un trabajo muy saturnino, es decir, lleva tiempo y esmero. Mucho esmero», recalcó.

Esa noche prácticamente no durmió. Meditó acerca de la búsqueda del equilibrio y de la cuerda que la ataba a Diego. No habían intercambiado mensajes desde el domingo al mediodía; su silencio estaba matándola. Solo pensar en poner fin a la relación la destrozaba. Tal vez ya había concluido, se convencía, y un terror aumentado por la oscuridad y el silencio aplastante de la noche le cortaba el respiro. ¿Se trataba de una obsesión o de un amor puro y sano? Era consciente de que Piscis solía comprar buzones y tragarse los cuentos de hadas. ¿Era eso lo que estaba sucediendo? ¿Debía creerle a Diego cuando le aseguraba que con su ex solo quedaba una amistad? ¿Se trataría de una gran mentira? De algo estaba segura, Carla no se resignaba a perderlo. Había una deuda en el medio. Diego le debía dinero al intendente Mariño. ¿Tal vez por eso no quería cortarla del todo, porque le convenía tenerla como aliada?

Le vino a la mente lo que Cecilia le había explicado de la posición de Plutón en la carta de Diego. El planeta de la muerte y de la transformación se hallaba en la Casa VII, la de la pareja. «*Significa que nada será fácil en ese ámbito*», había asegurado la astróloga. Habría conflicto e intensidad, un destruir y renacer constantes. En opinión de Cecilia, el círculo vicioso se cortaba si el nativo tomaba conciencia de la fuerza que lo dominaba y la utilizaba para profundizar en su psique y en la de su pareja con el objetivo de lograr juntos una transformación absoluta, una comunión de almas. El aprendizaje implicaba la muerte del ego y el nacimiento de un nuevo ser, el de ellos dos como una pareja sólida, indestructible. ¿Quién ayudaría a Diego en ese proceso doloroso si no ella? No se trataba de que se creyese más sabia que él, sino de que lo amaba tanto como para morir al ego y emerger de nuevo como alguien mejor para ayudarlo.

Tras una noche en vela se levantó a las seis y llenó la bañera con sales perfumadas con lavanda. Se sumergió lentamente, disfrutando del dolor placentero producido por los músculos al relajarse. El agua caliente y las sales la purificaban de la energía nociva que la habitaba desde el sábado por la noche. Emergió un rato más tarde como nueva.

Tadeo González la llamó mientras se vestía. Consultó el reloj: eran las ocho menos cinco. Como estaba retrasada —la Silvani la esperaba para ensayar a las ocho y media— pensó en responder el llamado más tarde. Al meditar que podía tratarse de Diego, lo atendió enseguida.

—Perdón que te llame tan temprano, Brendita —se disculpó.

—¿Algún problema, Tadeo?

—Ninguno, querida. ¿Hoy podrías pasar por mi estudio a eso de las once y media? ¿Te viene bien?

Al mediodía se juntaba a comer con Millie y con Rosi en la cantina de la facultad y después partía a lo de Belén para su clase.

—Sí, me queda bien. ¿En serio no ocurre nada?

—Nada, quedate tranquila. Solo necesito consultarte algo.

Brenda pasó la mañana ensayando con Bianca, Jonás y Eugenia en lo de la Silvani, quien la notaba distraída y se lo marcaba de continuo. Sí, lo estaba. La cabeza le estallaba; un instante pensaba en Diego y en su silencio desde el domingo y al siguiente se preguntaba si Tadeo le consultaría acerca de Ximena. ¿Deseaba pedirle que se casara con él y no se atrevía? ¿Planeaba tantear el terreno antes de lanzarse? No tenía idea de qué le respondería en caso de que esa fuese la consulta.

A las once marcharon los cuatro al centro en el automóvil de Brenda. Bianca, Jonás y Eugenia se dirigían al Colón, en tanto Brenda iba a la oficina de Tadeo, que quedaba cerca del teatro y de Tribunales. De acuerdo con las directivas del abogado, ingresó la clave en el panel del garaje del edificio y estacionó en el número indicado. Estaba nerviosa. Le gustaba que un hombre como Tadeo González estuviese interesado en su madre, pero ¿le gustaba la idea de que Ximena se convirtiese en su esposa? Incorporarlo como un miembro de la familia implicaba grandes cambios, como compartir la casa con él. ¿Se atrevería a desayunar en pijama con el elegante abogado sentado a la mesa de la cocina? En realidad, admitió, a quien no estaba tan segura de querer compartir era a la propia Ximena. Su Luna en Cáncer mandaba callar al bueno de Piscis y se cerraba en torno a su madre como el cangrejo dentro de la quitina.

El estudio González & González, que Tadeo había fundado con su hermano mayor casi treinta años atrás, era pujante. Saltaba a la vista apenas se trasponían las puertas automáticas del ascensor y se ingresaba en una lujosa recepción. Una empleada la saludó con simpatía y la condujo a una sala de reuniones bien iluminada pese a la ausencia de ventanas. Las paredes, revestidas con paneles de madera, lucían acuarelas con motivos campestres.

—El doctor González estará aquí en un minuto —le indicó la chica—. ¿Querés un café, agua, una gaseosa?

—Nada, gracias.

Se quedó sola. Tomó asiento. Eran las doce menos veinte. Millie y Rosi la esperaban a la una. Estaba cerca de la facultad, se tranquilizó, y de seguro la reunión con Tadeo no llevaría mucho tiempo. Extrajo el celular y lo chequeó para ver si había mensajes de Diego. Nada. Después de la noche anterior, estaba dispuesta a luchar por su amor. Le escribiría al final del día y, aunque temía la respuesta, se arriesgaría.

Alzó la vista al oír que se abría la puerta. Guardó rápidamente el teléfono en la cartera y se puso de pie con una sonrisa al avistar a Tadeo González, que la saludó desde el umbral y con la mano en el picaporte, como si no se decidiese a entrar.

—Gracias por haber venido con tan corto aviso —dijo el abogado.

—Ningún problema.

—Es que solo anoche a última hora y gracias a un contacto en el juzgado supe la decisión del juez.

—¿El juez? ¿Algún problema con Diego? —inquirió de inmediato.

—Tengo una sorpresa para vos —anunció González haciendo oídos sordos a su pregunta y terminó de abrir.

Diego Bertoni, que estaba detrás de él, lo esquivó y caminó hacia ella con una sonrisa que la privó de cualquier posibilidad de procesar lo que estaba viviendo, menos aún de elaborar un pensamiento o un comentario coherente. Lo veía avanzar elegantísimo en un traje azul oscuro, el pelo echado hacia atrás con gel y recogido en un rodete, la barba recortada y prolija y sin los anillos ni los aros que había usado el sábado en la peña. Se le secó la boca a causa de la excitación.

Diego le rodeó la cintura y la despegó del suelo con suavidad. Brenda le rodeó el cuello y, sin entender nada y de manera instintiva, se pegó a él con la desesperación nacida durante las tormentosas horas de la noche anterior.

—Soy libre —le susurró al oído y Brenda se estremeció, literalmente tembló entre sus brazos.

—¿Sí? —preguntó con la voz congestionada.

—Sí.

Se besaron olvidados de Tadeo González y de la pelea del sábado. Se besaron con la necesidad que los apremiaba cuando entraban en la cercanía del otro, como atraídos por una fuerza electromagnética todopoderosa. Y mientras Diego la sostenía en el aire, Brenda consiguió responder la pregunta formulada durante la noche anterior: su amor por Diego era obsesivo, sí, pero también puro y sano. Era complejo como lo era ella, una pisciana en extremo sensible, con poderes de chamana y el destino de una loca acuariana creativa y libre, a quien hallar el equilibrio le costaba tanto como ser ordenada y exigente. ¿Cómo podía nacer de ese caos cósmico un carácter normal si la habitaban energías extrañas a la naturaleza humana? Aceptándose aceptaba que su amor por Diego y su vínculo con él serían de todo excepto fáciles y normales.

La aceptación consciente y voluntaria de sí misma y de la complejidad de Diego Bertoni le causó un gran alivio. Tal vez a eso se refería Kazantzakis cuando hablaba de necesitar la locura para cortar la cuerda; se refería a aceptar la propia locura y a cortar con los cánones sociales que ataban y asfixiaban su índole tan peculiar. Se sentía ella misma, libre pese a encontrarse atrapada en el abrazo estrecho de Diego.

—Soy tan feliz —le susurró al oído y él asintió con la cara hundida en su cuello.

La devolvió al suelo y la besó ligeramente en los labios.

—Sos la única que lo sabe —le confesó—. Solo pensaba en contártelo a vos.

—Gracias.

Tadeo González se aproximó y palmeó la espalda de Diego. Los invitó a sentarse. Brenda experimentó un inmenso cariño y agradecimiento por ese hombre que había hecho lo imposible por mantener fuera de la cárcel al amor de su vida. Extendió la mano sobre la mesa y apretó la del abogado.

—Gracias, Tadeo. De todo corazón —añadió.

—Fue un buen trabajo en equipo —contestó el abogado—. Diego hizo muy bien su parte y el padre Antonio nos dio una gran mano. De todos modos, no hay que perder de vista que es una libertad condicional y que se deben atender ciertas reglas. Diego tiene que seguir participando de las dos sesiones de terapia en la casa de recuperación y trabajando como pintor y albañil.

—¿Puede tocar en la banda de rock? —se interesó Brenda.

—El juez lo habilitó, siempre que no interfiera con su trabajo. Además, tiene que hacer un análisis de orina semanal en el Durand, que queda a dos pasos de su casa. En el hospital le proveen el recipiente esterilizado y luego envían los resultados directamente al juzgado. Diego solo se tiene que preocupar por estar a primera hora de la mañana los miércoles —puntualizó el abogado y Brenda se lanzó a hacer planes mentales para acompañarlo cada semana—. Y por estar limpio —añadió y levantó una ceja al mirar a Diego.

—Lo estaré —prometió.

Tadeo González asintió con gesto serio antes de ponerse de pie.

—Tengo que dejarlos —anunció—. Ustedes pueden quedarse aquí el tiempo que quieran. Bueno —se corrigió—, no tanto como el tiempo que quieran porque Diego debe regresar a Wilde para seguir con su trabajo.

—Tengo todo aquí —informó y señaló un bolso que descansaba en una silla y que Brenda no había notado—. Me tomo el tren en Constitución y estoy en veinte minutos. Ángel me va a buscar a la estación.

Se despidieron del abogado y abandonaron el bufete tomados de la mano. Las puertas del ascensor se cerraron detrás de ellos. Se miraron. Diego soltó el bolso, que cayó pesadamente en el suelo, y la atrajo hacia él para caer sobre su boca con un desenfreno del que se había cuidado en presencia de González. El beso fue duro, exigente, casi brutal. Brenda, en puntas de pie, se aferró a su nuca. Intentaba seguirle el paso hasta que, vencida, se aflojó y quedó laxa entre sus brazos, percibiendo en su propia carne los sentimientos de él, desde la pasión enceguecida hasta la rabia despiadada. Los absorbió uno por uno, amó cada emoción que le entregaba y deseó estar siempre a su lado para calmar los demonios que lo habitaban.

Las puertas se abrieron y ellos se quedaron con las frentes pegadas y jadeando como perros. No habrían sabido decir si estaban en la planta baja o si se trataba de un piso intermedio. Volvieron a quedar aislados dentro del ascensor.

—¿Me extrañaste esta semana?

—Muchísimo —admitió Brenda—. Iba a llamarte esta noche.

—¿Sí? No aguantaba más sin siquiera escucharte por teléfono.

—¿Por qué no me llamaste?

—Porque cuando volviera a hacerlo —explicó— quería que fuese como un hombre libre.

—Y si el juez no te concedía hoy la libertad, ¿nunca más me habrías llamado? —se desalentó.

—Es lo que hubiese debido hacer —confesó—, por tu bien, pero no lo habría logrado.

—Mi bien está con vos, Diego.

—No, pero soy un egoísta y ya no hay vuelta atrás.

Brenda le envió un mensaje a Millie y a Rosi para cancelar el almuerzo e invitó a Diego a comer una hamburguesa en McDonald's.

—Te llevo a Wilde —le propuso mientras esperaban que les entregasen el pedido.

—No. Con que me lleves a Constitución me basta y sobra.

Ocuparon una mesa y, mientras Brenda extraía el alcohol en gel de la cartera y se higienizaba las manos, Diego devoraba la mitad de la hamburguesa. Alzó la vista y le sonrió.

—Tenía hambre —se excusó—. Desayuné muy temprano.

Lo notaba tan distendido y contento; era como si otro chico se hallase frente a ella, por cierto, uno parecido al Diego cariñoso y dulce de la infancia. Extendió la mano a través de la mesa y lo acarició.

—Te queda tan bien el traje. Estás lindísimo. Todas las chicas te miran —declaró.

—Yo veo solo a una —dijo y le guiñó un ojo.

Brenda se puso colorada y Diego rio.

—Ahora va a ser distinto —prometió—. Ahora vamos a tener tiempo para nosotros, para ser una pareja normal.

—Nunca vamos a ser una pareja normal —expresó con semblante apacible y Diego alzó las cejas, asombrado.

—¿Por qué no?

—Porque ninguno de nosotros es normal. Somos especiales —afirmó—. *Vos* sos especial. Un ser muy sensible que intenta esconderse tras un guerrero duro y peleador. No te permitían mostrar debilidad —prosiguió— y vos aprendiste a ocultarla. Pero cuando componés y tocás… —Guardó silencio. Diego alzó la vista; tenía los ojos brillantes. —Cuando la música se apodera de vos, entonces mostrás tu esencia, la que yo amo hasta el infinito.

Sus miradas se entrelazaron y se suspendieron en el ambiente bullicioso y frenético. Se contemplaban con una serenidad novedosa y al mismo tiempo con un deseo que latía y crecía. Una empleada se acercó para ofrecerles un postre y rompió el encanto.

—¿Por qué no fuiste ayer por la mañana a la clase de piano con mi abuela? —la interrogó Diego—. Me llamó para contarme y me dijo que te había notado mal al teléfono. ¿Fue por lo que pasó el sábado?

«Deberíamos enfrentar la cuestión y hablar de lo que ocurrió en la peña», razonó Brenda, solo que no quería arruinar el momento perfecto y eligió pasarlo por alto.

—No. Ayer por la mañana y hoy ensayamos en lo de la Silvani para el evento en la catedral. Nos cuesta mucho ponernos de acuerdo con los días y los horarios, así que tuve que ceder y quedarme sin mi clase de piano. Pero voy mañana viernes, por la mañana —acotó.

—Mi abuela dice que te notó mal —persistió Diego.

—Sí, estaba mal —admitió mientras jugaba con una papa frita.

—Yo también —confesó Diego—. Muy mal.

—¿Tuviste ganas de tomar o de drogarte? —susurró.

—El adicto siempre tiene ganas de tomar o de colocarse. Cualquier ocasión es buena para chupar o para esnifar o inyectarse, tanto los buenos momentos como los malos. Siempre.

—Ojalá pudiese ayudarte a llevar esa carga.

—No tenés idea de cuánto me ayudás.

—El sábado estaba tan celosa —le confió.

—Lo sé. Pero no deberías.

—Es que ella es tan linda y sexi y ustedes tuvieron una historia tan larga que…

—De la que no queda nada —completó Diego—. Duró demasiado. Era una relación tóxica, ahora lo entiendo. Éramos dos personas hechas mierda, muy egocéntricos los dos. No había futuro.

—Pero seguís siendo su amigo y ella piensa que volverán a estar juntos.

Diego negó con un movimiento de cabeza.

—Carla sabe que no hay chance de que volvamos a estar juntos. Y sigo siendo su amigo porque ella estuvo para mí en algunos momentos de mierda de mi vida.

«¿Ofreciéndote cocaína y alcohol?», habría replicado, pero amordazó a su Mercurio en la Casa I antes de que la metiese en problemas. En cambio, recordó lo que Cecilia le había explicado acerca del Ascendente de Diego, Tauro, y cómo impactaba en sus vínculos. «*La fuerza del apego, una característica muy taurina, es tema obligado para este nativo. Es necesario que la experimente, pero como la rechaza, la proyecta en los otros. Es el otro el posesivo, el que se le pega como una lapa y no quiere soltarlo. Es común que lo vivan en los vínculos amorosos. En el caso de Diego todo se complica a causa de su Luna en Piscis, por la cual él mismo tiende a volver confusas las cosas y a perpetuar vínculos tóxicos. Le cuesta cortarlos.*»

—¿Es cierto que tiene cáncer de mama? —Diego asintió. —Manu y Rafa dudan de que sea verdad.

—Los entiendo. Carla es muy mentirosa. Pero en esto no miente.

«¿Por qué estás tan seguro?», habría deseado preguntar. «¿A vos sí te mostró la teta toda quemada?» Como si olfatease sus sospechas, Diego inspiró en un gesto de hastío y se echó contra el respaldo del asiento. «Él también es perceptivo», se recordó. Después de todo, tenía la Luna en Piscis.

—Sé que necesitás hablar de esto y lo vamos a hacer, pero ahora estoy demasiado feliz para arruinarlo con estos temas. —Consultó la hora. —Vamos yendo —dijo y se puso de pie.

Caminaron por las veredas atestadas y angostas tomados de la mano y ajenos al bullicio y a la impaciencia de la gente. El sol tibio de otoño les acariciaba el rostro. Brenda entrecerraba los párpados y elevaba la vista al cielo diáfano y azulino. No era religiosa pero sí espiritual, por lo que agradecía al universo por concederle ese momento perfecto junto al chico que lo era todo para ella. En esa instancia le costaba creer que hubiese siquiera meditado la posibilidad de cortar el lazo que la unía a él.

—¿Cuándo podés volver a tu casa? —le preguntó de camino a Constitución.

—Cuando quiera a partir de hoy. Esta noche me quedo —anunció—. No tiene sentido que me vaya porque tengo terapia de grupo.

—¿Querés que vaya a buscarte mañana?

—Me van a llevar los chicos después del laburo. Necesito la camioneta para transportar algunas cosas que fui juntando en estos meses. —Brenda se detuvo en el semáforo y Diego la sujetó por la barbilla y la obligó a mirarlo. —Pero me encantaría que estuvieras en casa cuando llegase.

—Ahí voy a estar —prometió.

* * *

Tras la clase de Belén, se fue de compras. Se decidió por dos conjuntos de lencería muy sexis y dos portaligas de encaje, que Millie y Rosi aprobaron cuando les envió la foto por WhatsApp. Entró en su casa temiendo encontrarse con Ximena. No dudaba de que Tadeo González ya le había contado lo de la resolución del juez. Lo que se preguntaba era si también le habría hablado acerca de Diego y de ella. Tiempo atrás le había prometido discreción. ¿Seguiría cumpliendo la promesa?

Ximena lucía tranquila mientras planificaba las comidas de la semana siguiente con Modesta. Las saludó y se sentó en una de las banquetas de la isla de la cocina experimentando una sensación extraña, como de desapego, mientras las oía hablar sin prestar atención. Extrajo el celular de la cartera al escuchar el sonido que anunciaba el ingreso de un mensaje. Los labios se le estiraron en una sonrisa esplendente al ver que se trataba de Diego. *Pensando en que mañana te voy a encontrar en casa*, decía. Tecleó rápidamente: *Pensando en lo alucinante que fue hoy y en lo alucinante que será mañana. Te amo.*

—¡Qué lindo verla sonreír, mi niña! —exclamó Modesta, bienintencionada—. Anduvo medio achicopalada estos días, ¿no?

—Es que me vino el lunes y muy fuerte —se excusó mientras evitaba los ojos de Ximena que la escrutaban con decisión.

Más tarde, mientras cenaban los tres, Ximena y Lautaro conversaban animadamente acerca de una maquinaria que planeaban adquirir para que la fábrica alcanzase procesos de producción más eficientes que les permitirían competir con otros mercados, en especial el chino. Ni una palabra acerca de la liberación de Diego. ¿Era posible que Tadeo no se lo hubiese mencionado? Improbable, se convenció. ¿Ximena lo sabría y de nuevo elegiría mantenerla ajena a los asuntos de Diego? La libertad en la que había vivido desde muy chica y la confianza que su madre le tenía le habían permitido entrar y salir sin que la cuestionase ni la controlase. Pero, ¿qué sucedería una vez que su noviazgo con Diego saliese a la luz? Aún tenía fresco en la memoria aquel jueves 7 de abril cuando su madre expresó que le habría gustado que lo olvidase.

Revolvía la comida sin comer, perdida en una maraña de posibles consecuencias y desenlaces cuando Ximena interrumpió abruptamente lo que estaba diciendo.

—Hija —la llamó—, dejá de jugar con el pastel de papa y comelo. Estás muy delgada. ¿Qué pasa, Brenda? ¿Tengo que llevarte al médico?

Los ojos oscuros de Lautaro, que la estudiaban, la asustaron. ¿Qué diría él cuando se enterase de que Diego Bertoni, con quien nunca había simpatizado, ¿era su cuñado? Comió sin ganas para evitar levantar sospechas y se retiró apenas terminaron. Se encerró en su dormitorio, donde se ocupó de la administración de las redes de DiBrama. Le arrancó una sonrisa ver crecer el número de seguidores y también los pedidos para contratarlos. Por orden de Diego, ella no lidiaba con eso; se ocupaban Manu y Rafa porque estaban cancheros y distinguían rápidamente los pedidos reales de aquellos que se convertirían en pérdidas de tiempo. De diez, nueve eran puro verso, le había explicado.

El video que Millie había grabado durante la peña generaba gran cantidad de comentarios. Brenda los leía con aprensión porque, aunque recordase a cada rato las palabras de Krishnamurti y luchase por evitar compararse con Carla, sabía que los fans no se mostrarían benevolentes. Muchos la apoyaban y destacaban la calidad de su voz; otros exigían abiertamente que volviese Carla Queen, en especial una chica de nombre Candy Rocher, que empleaba un vocabulario hostil que rayaba en lo grosero. A medida que otros fans cuestionaban sus afirmaciones, la tal Candy Rocher se volvía vulgar y arremetía contra Brenda con una virulencia desmedida.

Le temblaba la mano mientras tecleaba un mensaje por WhatsApp a Rafa, con quien se sentía más a gusto hablando acerca de esas cuestiones. Rafa la sorprendió llamándola por teléfono.

—¡Ya supimos la buena noticia! —exclamó a modo de saludo y la hizo sonreír—. Qué copado. El Moro de nuevo en libertad después de tantos meses.

—No quiero ser mala onda, Rafa, pero no olvidemos que es libertad condicional y que tiene que hacer muy buena letra. Nada de alcohol ni de porros ni de droga, por favor.

—Manu y yo no usamos drogas, Bren —argumentó con tono contrito—. Un porro de vez en cuando. Confiá en nosotros. No haríamos nada para perjudicarlo.

—Ni yo se lo permitiría.

Tras un breve silencio, Rafa declaró:

—Sos lo mejor que pudo pasarle al Moro.

—Él es el amor de mi vida, Rafa. Lo amo desde que era chica.

—¡Guau! Qué copado. A mí ninguna mina me ha querido por más de tres meses —afirmó y Brenda rio.

—Sos muy querible —lo alentó—. No sé por qué las chicas no se dan cuenta de eso.

—Será porque siempre la cago de una forma o de otra.

—Hasta que llegue la que se robe tu corazón.

—Seee... A lo mejor tengo suerte como el Moro y llega una como vos. Yendo al tema que me comentás en el mensaje, sí, hace días que la vengo siguiendo a la Candy esa. Somos muy democráticos y permitimos a todos que digan lo que piensan, pero esta pibita está derrapando. Lo voy a consultar con el Moro y con Manu pero para mí hay que bloquearla. Ya le pedí a un amigo mío que la rompe con las redes que trate de averiguar quién es realmente.

—¿Cómo quién es? En su perfil dice que es de Villa Ballester y que estudia...

—Sí, sí —la cortó Rafa—, eso dice el perfil, pero ¿es cierto?

—¿Qué sospechás, Rafa? —disparó sin rodeos.

—Que es Carla.

* * *

Al día siguiente fue temprano a la casa de Lita. Se abrazaron en el ingreso con los ojos húmedos y sonrisas temblorosas. Muy emocionada y sin pronunciar palabra, la mujer le extendió el celular para mostrarle un mensaje de Diego. *Gracias, abuela, por amarme siempre, aun cuando no lo merecía.*

—Me lo envió anoche —dijo y carraspeó para aclarar la voz—. Como si fuese posible no amarlo.

—Es imposible —ratificó Brenda.

—La libertad de mi nieto es gracias a tu madre y al doctor González —expresó mientras se quitaba los lentes y se secaba los ojos con el delantal de cocina.

—Y al padre Antonio —acotó Brenda—. Eso dijo ayer Tadeo, que el padre Antonio les dio una gran mano.

—Bueno, al padre Antonio también lo consiguió tu madre, así que, ya ves, todo se lo debemos a ella. Además, Ximena te parió y te puso en la vida de mi nieto para que se la llenes de bendiciones.

Brenda rio, conmovida, y volvió a abrazar a la mujer que significaba tanto para su amado Diego. Entraron y, mientras compartían unos mates, organizaron la jornada. Tras la clase de piano, Brenda planeaba limpiar un poco la casa de Diego, armar la cama, mejor dicho, el colchón en el suelo, y comprar provisiones para llenar las alacenas vacías.

—Voy con vos al súper —anunció Lita—. Con las chicas —hablaba de Silvia y de Liliana— queremos organizar un pequeño festejo de bienvenida y quiero preparar la comida favorita de Diego, lasaña a la boloñesa. Tengo casi todo listo. Solo me hacen falta un poco de queso rallado y jamón cocido.

—Y de postre, ¿qué le parece una chocotorta?

—Me parece perfecto. —Lita hizo un ceño mientras cebaba. —Me gustaría invitarlos a tu mamá y al doctor González —comentó, y Brenda se puso nerviosa—. Pero no te preocupes —expresó mientras le entregaba el mate—, Diego me explicó anoche cómo están las cosas con su madrina. Me prometió que va a arreglar todo.

—Mamá no sabe que Diego y yo estamos juntos —balbuceó, de pronto asustada al comprender cabalmente la enormidad de la situación.

«Tal vez esto sea necesario para superar de una vez mi Luna en Cáncer», meditó.

—Comprendo —dijo Lita, muy seria—. Ximena adora a mi nieto, pero también le conoce cada debilidad y cada error cometido. Como madre, puedo entender que no sea el candidato ideal.

—Lo es para mí —manifestó— y es lo único que cuenta.

* * *

Además de la familia, también participarían del festejo de bienvenida Manu, Rafa, Millie y Rosi, por lo que prepararon dos fuentes de lasaña y una gran chocotorta. Brenda terminó de aprovisionar las alacenas y poner orden con el tiempo justo para volver a su casa y darse un baño. Se decidió por uno de los conjuntos de lencería nuevos, el de encaje negro, y el portaligas del mismo color. El vestidito azul noche que eligió tenía un aire romántico e igualmente la hacía sentir sexi. Se calzó unos zapatos plateados de Ximena de taco alto, pero cómodos. Se perfumó generosamente y se maquilló apenas: un poco de rubor en los pómulos y *gloss* fucsia en los labios. Recogió el bolso con una muda de ropa y algunos efectos personales y salió deprisa de su casa.

Pasadas las ocho ya se encontraban todos en lo de Lita. Se acalló el murmullo al oír un motor que se detenía frente a la casa. Silvia apartó la cortina y confirmó que se trataba de la camioneta de Desafío a la Vida. Salieron Chacho, Manu y Rafa para ayudar a Diego a cargar las cajas y el bolso con ropa. Brenda permanecía dentro, más bien retirada y flanqueada por sus amigas.

Diego traspuso el umbral, depositó la caja al costado de la puerta y abrazó a Lita, que lloró quedamente perdida en el corpacho del nieto. Silvia y Liliana se sumaron también cuando él las convocó agitando la mano. Se separaron un momento después. Las mujeres se quitaron las lágrimas de las mejillas y rieron con una broma de Chacho.

Diego la buscó con ojos impacientes e inquisidores y apenas la avistó en el extremo de la sala relajó la expresión. Caminó hacia ella esquivando de memoria los muebles, pues se empecinaba en mirarla fijamente. Brenda no le sonreía por temor a que de los labios temblorosos surgiera una mueca desagradable. Estaba muy nerviosa, con las pulsaciones como mazazos en el pecho y la boca seca. La sensación onírica la mantenía petrificada y sin embargo era muy consciente de él, de lo atractivo que le parecía. Llevaba los jeans blancos y la misma camisa azul oscuro de aquel 7 de abril. La sensación de ser prisionera de un sueño se acentuó, pues le parecía mentira encontrarse allí, ser parte de ese íntimo recibimiento, ser su novia. Le parecía mentira ese escaso mes y medio compartido con Diego Bertoni; era como una vida.

Diego saludó con un beso a Millie y a Rosi y la dejó a ella para lo último. Se miraron. La emoción de Brenda contrastaba con la calma y la sonrisa serena de él. Se le echó al cuello desbordada de amor y de ganas de tocarlo. El abrazo de Diego, posesivo y duro, y la forma en que le besó la columna del cuello, con labios inseguros y respiración superficial, contradijeron la sobriedad de su semblante. Brenda lo percibía temblar y supo que reprimía el llanto. Estaba mostrándole la debilidad de su Luna en Piscis, siempre oculta tras el escudo del guerrero Marte, la cara que elegía mostrarle al mundo. A ella, sin embargo, le ofrecía su corazón dolido.

Se apartó y le acunó la barba húmeda de lágrimas. Sonrieron cuando los demás explotaron en aplausos y silbidos. Diego apoyó la frente en la suya y soltó un suspiro largo.

—Gracias por estar aquí —susurró.

—Gracias por permitirme estar aquí —replicó, y Diego asintió.

—¿Te vas a quedar conmigo esta noche?

—Sí —contestó al tiempo que un calor le encendía los pómulos, lo que hizo reír a Diego.

La besó en la boca sin importarle que estuviesen rodeados de gente.

—¡Bueno, bueno, tortolitos! —intervino Chacho—. Vayan cortando con los arrumacos, que el olorcito de la lasaña me está volviendo loco y tengo más hambre que el Chavo del 8 en cuaresma.

* * *

Después de la cena los más jóvenes se trasladaron a la casa de Diego para oír música y charlar. Brenda había encendido dos hornitos con esencia de naranja. Los recibió un aroma exquisito y refrescante, tan distinto del que la había golpeado a ella la primera vez. Se sintió orgullosa de la sonrisa de Diego, de su aspecto relajado y contento, y lo estudió mientras él observaba el orden y la pulcritud del ambiente principal. Se volvió hacia ella y le guiñó un ojo en señal de agradecimiento.

Aunque era una noche fresca, abrió las ventanas; en pocos minutos el perfume de la naranja se desvanecería en una batalla perdida contra el humo de los cigarrillos. Millie y Rosi la acompañaron a la cocina para preparar café mientras Manu y Rafa ayudaban a Diego a subir las cajas a la planta superior.

Brenda cargó la bandeja con las tazas humeantes. Diego charlaba con los amigos apoltronado en el sofá y la seguía con la mirada. No bien terminó de servir, la sujetó por la muñeca y la obligó a sentarse en sus rodillas. Brenda le pasó el brazo por el cuello y lo observó saborear el café. Se preguntaba si estaría añorando un vaso de whisky o una línea de cocaína. No se atrevía a preguntarle. «Está contento», se animó, pero también sabía que, debido a su Saturno en la Casa VIII, Diego era un hábil simulador.

Surgió la cuestión de DiBrama, del éxito que estaban teniendo en las redes sociales, y la charla se volvió muy animada. Los seis consultaban los teléfonos y leían en voz alta los posteos ocurrentes de los fans.

—Tengo una excelente noticia —anunció Rafa—. La agencia de publicidad donde trabaja Gabi está buscando músicos para componer un *jingle*. Quieren contratar gente joven. Gabi les habló de nosotros y les mostró nuestro trabajo, así que tenemos una reunión el martes para que nos expliquen de qué se trata. ¡La cosa empieza a moverse de nuevo!

También hablaron acerca del pedido recibido a través de Facebook para cantar en una fiesta de quince en Olivos y discutieron cuánto debían cobrar. Había transcurrido casi un año desde el último concierto y, debido a la inflación, los precios variaban ostensiblemente. Brenda notaba que Diego guardaba silencio y opinaba si se le preguntaba de manera directa; se mantenía atento y no perdía palabra.

A Manu se le ocurrió que se tomasen fotografías para subirlas a las redes. Acabaron riéndose a carcajadas de las imágenes alteradas con las funciones de una aplicación que transformaba los rostros en caritas de bebé o en expresiones arrugadas y avejentadas. Después empezaron un campeonato de truco durante el cual las risas y los comentarios divertidos parecían no tener fin. Brenda se ocupaba de mantener la mesa bien provista de agua, gaseosas, café y snacks. Se daba cuenta de que se empecinaba en hacerlos olvidar de que faltaban la cerveza, el whisky y la droga, y se sentía una tonta.

A eso de las dos de la mañana Manu propuso ir a bailar a un boliche de Puerto Madero. Millie y Rosi aceptaron. Diego y Brenda intercambiaron una mirada antes de negarse.

—Estoy fisurado —se justificó él—. Me levanté a las seis y no paré en todo el día.

Brenda les alcanzó los abrigos a sus amigas.

—Estoy nerviosa —confesó en un murmullo.

Millie la sujetó por los hombros y la miró directo a los ojos.

—Bren, venís esperando este momento desde que nos enteramos de cómo es que se hacen los bebés —le recordó, y la hizo reír pese a todo—. ¡Disfrutá, por favor!

—Vos no hagas nada —aconsejó Rosi—. Dejá que Diego te guíe. Estoy segura de que la tiene clara.

Asintió, para nada reconfortada con la última afirmación bienintencionada de su amiga. La ansiedad por hacer el amor con Diego se enfrentaba al miedo a la comparación y a defraudarlo. Ella no era una santa y había compartido mucha intimidad con Hugo. Sin embargo, frente a Diego la cuestión adquiría una dimensión que la asustaba.

Lo observaba ponerse la campera mientras se preparaba para acompañar a los chicos a la puerta de calle. Le bastaban sus movimientos tan masculinos para excitarse. Manu le hablaba y Diego lo escuchaba con una expresión reconcentrada, y Brenda comenzaba a experimentar un aflojamiento en el cuerpo y a sentir un cosquilleo entre las piernas. ¿Cómo sería completamente desnudo? Pensó en sus tatuajes, los de los brazos y los del pecho, y se propuso aprenderlos de memoria. Diego se volvió repentinamente hacia ella, como si le hubiese chistado, y la pescó mirándolo. El semblante de él se relajó sin perder la seriedad y el de ella se volvió como la grana.

—Ya vengo —le anunció e incluso el tono rasposo de su voz la afectó íntimamente.

Asintió y lo vio salir tras los chicos. Hasta el modo de caminar le resultaba atrayente. Nada de él pasaba inadvertido. A veces resultaba desestabilizador.

Buscó en la playlist de su iPhone un tema de Fun, *Some Nights*. En la cocina encontró la caja de fósforos y subió deprisa al dormitorio para encender unas velas aromáticas que había comprado para la ocasión. Al regresar a la planta baja, lo encontró echando llave a la puerta. Se aproximó y lo ayudó a quitarse la campera, que colgó en el respaldo de una silla. Diego la sujetó por detrás y le apartó el largo cabello para besarla tras la oreja.

—Lo estaba pasando bien con los chicos, pero no veía la hora de que se fueran.

—Yo también —susurró ella.

Diego la obligó a girar entre sus brazos. Se quedaron quietos mirándose. Brenda le deshizo el rodete con mucha suavidad. Diego la arrastró al sofá donde la obligó a sentarse a horcajadas frente a él.

—Estás muy cansado —afirmó ella.

Se incorporó de rodillas para masajearle el cuero cabelludo. Diego la seguía con ojos vivaces que desmentían la declaración. Brenda detuvo el masaje al sentir que las manos de él se deslizaban bajo la pollera del vestido, le acariciaban las piernas y trepaban hasta los glúteos. Se preguntó cómo sería tenerlo dentro de ella si una simple caricia la conducía al borde del éxtasis. Lo besó en la boca. Amaba su boca de una perfección casi femenina, bien delineada y de labios carnosos. Le mordisqueó el inferior antes de penetrarlo con la lengua.

—¡Dios, Brenda! —lo oyó exclamar en un susurro—. ¿Tenés frío? Quiero quitarte el vestido.

Sin pronunciar palabra, se puso de pie, le dio la espalda y se apartó el cabello para que él le bajase el cierre, lo cual hizo enseguida. La prenda cayó a sus pies. Diego la aferró por la cintura, justo donde se le ajustaba el portaligas, y la estudió con ojos oscurecidos de excitación.

—Sos más perfecta de lo que imaginé —expresó con un acento tan grave, tan distinto del habitual, que se le erizó la piel de los antebrazos—. Tenés frío —se preocupó el virginiano observador y se los cubrió con las manos rasposas y llenas de cortes y manchas de pintura.

Brenda movió la cabeza para negar.

—No tengo frío. Es que estoy muy feliz.

Siguió de pie, entre las rodillas de Diego, mientras él la estudiaba con la mirada y también con manos ávidas, y en el recorrido áspero iba profundizándoles el erizamiento y los latidos. Nunca se había excitado de aquel modo. Tenía la impresión de que la vagina se le había inflamado; la sentía caliente e hinchada. Las caricias de Diego se volvieron osadas. Apoyó las manos en sus hombros en busca de estabilidad. Se le hacía difícil reprimir los gemidos que nacían cuando él le tocaba los pechos a través del encaje. Sin darse cuenta le clavaba las uñas en los trapecios.

En tanto le hacía rodar un pezón entre el índice y el pulgar, Diego le deslizó los dedos de la otra mano bajo la bombacha y le acarició la vagina empapada. Bastó que la rozara unas pocas veces para que Brenda explotase en un orgasmo que literalmente le aflojó las rodillas. Él la sostuvo y la guio de nuevo sobre sus piernas. Todavía agitada y con los ojos cerrados, se emocionó por la delicadeza con que Diego le depositaba pequeños besos en la frente y la contenía entre sus brazos.

—No puedo creer estar viviendo esto —dijo ella en un hilo de voz.

—¿Te gustó?

Asintió con un movimiento lánguido de cabeza.

—Lo que más deseaba era perder la virginidad con el único chico que amo, pero jamás pensé que el sueño se me cumpliría. Quiero verte —manifestó y se puso de pie para darle lugar mientras se desvestía.

Él lo hizo con una premura halagadora. Quedó de pie, desnudo frente ella, exponiendo con orgullo una erección enorme. Brenda se esforzó por ocultar la alarma que le causó imaginarla entrando en ella, estirándola, rompiéndola. Desvió la vista y se quedó quieta admirándole el torso desnudo cubierto de diseños en tinta negra.

—Sos tan hermoso —afirmó, y le acarició las curvas que formaban los músculos, los que había ganado en la casa de Desafío a la Vida tras meses de buena alimentación y ejercicio—. Estoy tan orgullosa de vos —dijo, y debió de conmoverlo porque la sujetó por la nuca y la besó.

El contacto de sus pieles tibias les causó una sensación exquisita.

—Estoy muy caliente —afirmó Diego—. No aguanto más.

—Vamos al dormitorio —propuso ella—. Tengo todo listo.

La sujetó por las nalgas y la despegó del suelo. Brenda le rodeó el talle con las piernas y el cuello con los brazos. Subió las escaleras a ciegas, sin apartar la mirada de la suya, los dos atrapados en una dicha extraordinaria.

Cruzaron el umbral del dormitorio. Abajo, la playlist continuaba sonando y Ellie Goulding cantaba *Love Me Like You Do*. Diego observó el entorno iluminado con las velas estratégicamente ubicadas, que desprendían aromas deliciosos, y apreció también el colchón con sábanas limpias.

—Gracias —dijo.

Sin soltarla, sin dejar de besarla, cayó de rodillas sobre el borde del colchón y la depositó con delicadeza. Le desprendió las ligas diestramente, lo que revelaba que lo había hecho antes, y le quitó la bombacha. Se recostó entre sus piernas sin cargarla con el peso del cuerpo. La manera en que le acarició el rostro y la contempló, entre preocupado, admirado y excitado, la desarmaron. Su amor por él la ahogaba.

—No tengas miedo. Tratá de aflojarte. Voy a ir muy despacio para que vayas acostumbrándote.

—¿Te molesta?

—¿Qué? —preguntó Diego con acento sorprendido y de nuevo le acarició la cara con una actitud tan preocupada y solícita que a Brenda se le hizo un nudo en la garganta.

—Tener que desvirgarme, que sea inexperta.

Diego rio por lo bajo y la besó en los labios.

—No, al contrario. Amo compartir esto con vos. Alucino con pensar que me esperaste a mí. Solo que no quiero hacerte doler. Aguantá un momento —dijo, y se puso de pie.

Brenda se incorporó sobre los codos y lo observó alejarse hacia el placard. Admiró su desfachatada desnudez. Se movía con comodidad, seguro de sí y de su anatomía. El juego de los músculos mientras caminaba la extasió. ¿Por qué apreciaba detalles de él que jamás le habían llamado la atención en otros chicos? Diego se volvió hacia ella con un profiláctico en la mano. Se lo colocó con movimientos precisos y rápidos. La situación la desbordaba. Diego Bertoni, desnudo frente a ella, la miraba con codicia en tanto terminaba de cubrirse la erección. ¿Era real? ¿En verdad la vida le concedía lo que tanto había anhelado? La asaltó una emoción repentina y los ojos se le colmaron de lágrimas. Diego lo notó enseguida y se lanzó sobre el colchón y la abrazó.

—No tengas miedo —volvió a pedirle.

—No tengo miedo —afirmó con acento forzado—. Soy tan feliz. Te amo tanto —susurró.

Diego la besó en la frente y la recostó con delicadeza. Le quitó las medias. Brenda se incorporó apenas para que él la deshiciera del corpiño. Le apoyó las manos sobre el portaligas y se quedó mirándolo. Debió de decidir dejárselo puesto porque no intentó sacárselo. Le besó el vientre y, cuando le tocó el ombligo con la punta de la lengua, Brenda arqueó la espalda en una respuesta inconsciente. Soltó un largo gemido, que se prolongó cuando los labios de él cayeron entre sus piernas y sus manos le cubrieron los senos. Lo sujetó por la cabeza y, completamente olvidada de los temores y de la emoción, se meció contra su cara hasta alcanzar otro orgasmo.

Diego se ubicó entre sus piernas. Todavía prisionera del último rapto de placer, giró la cabeza sobre el colchón y abrió los ojos con lánguida actitud. La intensidad con que Diego la contemplaba la despabiló de inmediato. En silencio, los ojos inmutables en los de ella, fue entrando y estirándola. La mano que le cubría la coronilla y el pulgar que le acariciaba la frente se contraponían con el rigor de su gesto. La sensación de la carne de él dentro de ella superaba la barrera del miedo, aun la del dolor. La inmensidad del hecho la tenía anestesiada a todo lo que no fuese el amor por Diego Bertoni. La consideración con que la trataba, el cuidado que estaba teniendo para procurarle la menor molestia, la mirada preocupada con que la estudiaba, todo la enamoraba de él.

Diego se detuvo y su expresión cambió. El momento se suspendió en el mutismo y en la tensión, hasta que le atrapó la boca en un beso antes de impulsarse ciegamente dentro de ella. En Diego murió su alarido de dolor, Diego lo absorbió por completo. Se quedó quieto porque sabía que ella necesitaba ese momento para soportar el padecimiento que la recorría como ondas. Se limitaba a depositarle besos en el rostro y a no moverse.

—¿Cómo estás?

—Duele mucho.

—Tratá de aflojar los músculos. Tomá respiraciones profundas por la nariz y expulsá el aire por la boca más lentamente.

Le hizo caso y poco a poco la puntada fue cediendo. Diego comenzó a moverse con lentitud. Sus miradas se encadenaron. Habría sido imposible apartar los ojos de él, de la belleza de su rostro, de lo que le decía sin palabras, de lo que le ocultaba por vergüenza, de lo que le mostraba para hacerse el fuerte.

—Amor mío —pensó en voz alta y le acarició los labios.

Diego ahogó un gemido emocionado y le atrapó la boca con los dientes, y Brenda se convenció de que quería acallarla para que no pronunciase las palabras mágicas que lo despojaban de la armadura tras la cual se escudaba. Alzó las pantorrillas, entrelazó los pies en la parte baja de su espalda y se meció con él aunque el dolor siguiese clavado en ella. Y valió la pena que un latigazo la atravesara con cada embestida de Diego si con eso obtenía lo que tanto había añorado: compartir la intimidad de su orgasmo. Nada le habría quitado el aliento como la imagen de él extasiado de placer.

Lo abrazó cuando lo tuvo caído sobre su pecho y, conmovida, aún embelesada, trató de entender qué estaba experimentando, solo que ella había nacido con el Sol en Piscis y solo era capaz de sentir y no de racionalizar la infinita grandeza de lo que acababa de suceder.

* * *

Diego seguía dentro de ella. Su respiración agitada iba normalizándose y los músculos de su espalda relajándose. Lo sentía entregado y tranquilo, y se trataba de una situación nueva y tan fascinante como cuando lo veía en comando y con cara de malo.

Las velas lanzaban destellos en la penumbra de la habitación y aportaban a la sensación de hallarse en un refugio lejos del mundo y de los problemas. El aroma de la esencia de jazmín se mezclaba con el de sus cuerpos y sus fluidos. Quería memorizar ese olor, el de ellos después de amarse. Cada detalle contaba. En la planta baja seguía ejecutándose la playlist y, mientras Zara Larsson interpretaba *Uncover*, Brenda se dijo que parecía escrita para ellos. *Nobody sees, nobody knows. We are a secret can't be exposed.* Su relación con Diego también era un secreto que no podía exponerse, al menos hasta que ella reuniese el valor para enfrentar a su familia. Se negaba a arruinar un momento tan perfecto demorándose en esas cuestiones.

De nuevo Diego le demostró su capacidad perceptiva al alzar la cabeza y mirarla con ojos inquisitivos. Brenda le sujetó los largos mechones que le caían sobre el rostro.

—¿Te peso mucho? —Brenda sonrió y negó con la cabeza—. ¿Duele todavía? —Volvió a negar aunque sí, dolía.

—Gracias.

—¿Por? —se extrañó Diego.

—Por el mejor momento de mi vida. El más soñado y el menos esperado.

Diego sonrió, incómodo con los halagos.

—Te hice bosta, lo sé. Voy a buscarte un ibuprofeno así podés dormir.

Se incorporó y se sentó en sus calcañares. Brenda se irguió sobre los codos para ver el condón cubierto de sangre. La impresionó cómo lo observaba Diego y fue incapaz de descifrar el significado de su gesto. Se recordó que con Mercurio en oposición a la Luna no debía de ser conversador después del sexo, por lo que prefirió no preguntar. Lo siguió con la mirada en tanto abandonaba la habitación. Algo volvió a cobrar vida entre sus piernas mientras le estudiaba el pequeño trasero que se movía al ritmo de sus pasos. No negaba que, con Marte en Piscis, su noción del sexo estaba atada a una idea romántica, solo que Diego la hacía fantasear con cosas que nada tenían que ver con lo romántico y que eran de una carnalidad admirable, como morderle la cola, pasarle la lengua entre los glúteos y chuparle los testículos.

Sintió frío y se cubrió con la sábana. Él regresó con una toalla humedecida, un vaso con agua y una caja de ibuprofeno. Sin pronunciar palabra, le extendió el vaso y un comprimido, que Brenda tomó agradecida.

—Recostate —le ordenó con ese autoritarismo tan natural del que ni siquiera se daba cuenta.

Brenda obedeció. Diego le tocó las rodillas para indicarle que las separase y le limpió los restos de sangre, que ya se secaban entre sus piernas. Lo hacía con delicadeza y ella no podía apartar sus ojos de él, del pelo que le cubría los hombros, de la barba rojiza, de los brazos y del torso tatuados casi por completo, de la forma de la oreja, de las cejas, del diseño de las manos, de sus piernas peludas y gruesas y de su pene notable aun en reposo. Cada detalle de él le pertenecía. Nunca se había sentido posesiva con nadie. Pero con Diego Bertoni todo estaba al revés.

Volvió a cubrirla con la sábana y luego con una frazada antes de abrir la ventana y encender un cigarrillo.

—No te quedes ahí —lo llamó—. Vení a la cama. Hace frío.

Brenda apartó la colcha y Diego se acostó junto a ella.

—Sé que odiás que fume y yo odio convertirte en una fumadora pasiva.

—En este momento no odio nada —afirmó y le destinó una sonrisa exagerada que lo hizo reír por lo bajo.

Se pusieron de costado, uno frente al otro. Diego elevó la cabeza apoyándola sobre la mano y siguió fumando. No se lo habría dicho, pero la seducía su manera de fumar; encontraba muy masculino que sostuviese el cigarrillo entre el pulgar y el índice, o el modo en que cerraba los labios en torno a la colilla, o cómo fruncía el gesto cuando daba una pitada. ¿Había algo de Diego que no la hechizase?

—¿Qué le dijiste a Ximena de esta noche? —quiso saber.

—Que me quedaba a dormir en lo de Rosi.

Necesitaba tocarlo. Lo sentía distante. Comenzó por el entrecejo, apenas lo rozó con el índice buscando que lo relajase. Lo deslizó por el tabique de la nariz y le dibujó el contorno de la boca varias veces porque era su parte favorita. Diego se distendía con cada centímetro de caricia. Los párpados le pesaban. Descansó la cabeza sobre la almohada y mantuvo en alto la mano con el cigarrillo. Brenda se apretó a su cuerpo y se dio cuenta de que estaba profundamente dormido. Lo desembarazó del cigarrillo y se levantó con cuidado para apagarlo en un cenicero que él había dejado al costado del colchón, de su lado. También sopló el pabilo de las velas y se quitó el portaligas antes de volver a la cama.

No tenía sueño. El ibuprofeno surtía efecto y el latido en la vagina comenzaba a ceder. Mantenía los ojos abiertos y estaba atenta a los sonidos de la noche y de la casa. De pronto cobró conciencia de que acababa de perder la virginidad a manos del amor de su vida y que dormiría junto a él. Fue como redescubrir la experiencia de nuevo. Apenas distinguía el contorno de Diego y lo oía respirar. Ansiaba tocarlo, solo que temía despertarlo, y él necesitaba dormir.

Se puso a repetir las estrofas de las arias que le tocaría interpretar en el evento de la catedral. Se durmió poco después.

* * *

Despertó apaciblemente. La luz que se filtraba por el postigo le permitió ver que Diego la miraba con insistencia. Su mano le recorría la pierna hasta la parte más delgada de la cintura y volvía a descender.

—Perdón —se disculpó sin detener la caricia—. No quería despertarte, pero no me aguanté las ganas de tocarte.

—Buen día —musitó Brenda y sonrió—. Me encanta que no te hayas aguantado.

Diego le hundió la cara en el cuello tibio y le restregó deliberadamente la barba. Brenda se sacudió de risa y lo abrazó.

—¿Qué tal dormiste? —se interesó él.

—Como si fuese mi cama. Mejor imposible —añadió—. ¿Y vos?

—Mejor imposible —remedó—. Dormí ocho horas seguidas. Creo que desde los diez años no dormía tanto ni tan bien.

—Es que anoche estabas muy cansado —razonó Brenda.

—Anoche estaba muy feliz —rebatió.

Le cerró la mano en torno a la cintura y la pegó a su cuerpo haciéndole sentir la erección. Se besaron, primero con perezosa disposición. A medida que la excitación que se provocaban crecía, el beso adoptaba el ritmo desesperado al que estaban habituados. Diego lo cortó bruscamente y apoyó la frente en la de ella. La tenía sujeta por la cintura y le clavaba los dedos con un vigor excesivo.

—¿Cómo te sentís? ¿Te duele?

—No.

—¿Querés probar de nuevo?

—Sí.

Diego abandonó la cama de un salto y se dirigió al placard. Su apuro la complacía, su cuerpo espléndido la tentaba. Le dolería, estaba segura. La pulsación sorda y constante había recomenzado y se agravaría cuando lo tuviese profundo dentro de ella. No importaba. En esa instancia la necesidad de acogerlo en su interior arrasaba con cualquier miedo.

Diego se cubrió con el profiláctico y se arrodilló a los pies del colchón. Apartó la manta y Brenda quedó desnuda frente a él. Lo estudió mientras la contemplaba con una codicia que solo sirvió para precipitar las cosas.

—Diego —lo llamó con acento torturado y le extendió la mano.

Él la sorprendió separándole las rodillas y hundiendo el rostro entre sus piernas. Y la sorprendió aún más cuando le besó la vagina con reverencia.

—Gracias —lo oyó susurrar sobre su carne hinchada y dolorida.

Era muy diestro con la lengua y la condujo a un delirio de placer con una facilidad asombrosa. Brenda lo sujetaba por el pelo y lo refregaba contra su sexo, sacudía la cabeza sobre la almohada y gemía. Quedó exhausta y le permitió que la manipulase cuando él, todavía sentado sobre sus calcañares, la obligó a flexionar las rodillas. La sujetó por los muslos y se introdujo en ella con una fluida estocada que lo alojó en su interior de una manera impactante y sin dolor.

El asombro la despabiló. Arqueó la espalda en un espasmo inconsciente y le clavó las uñas en las piernas durísimas para atraerlo aún más dentro de su carne. Diego le hundía los dedos en las caderas y se impulsaba a un ritmo frenético, y ella supo que sus movimientos eran deliberados cada vez que le golpeaba el núcleo de nervios que estaba a punto de estallar otra vez. Y cuando estalló hizo algo que, había creído, solo existía en las ficciones románticas que leía Camila: gritó el nombre de Diego y como loca lo instó a que siguiese impulsándose dentro de ella, regalándole tanto placer.

Él ahora la aferraba por la cintura con una sujeción cruel y la penetraba con velocidad. Hasta que se sacudió y explotó en un orgasmo atronador que lo condujo a una parálisis en la que, al echar la cabeza hacia atrás, le permitió a Brenda ver los tendones y las venas que le sobresalían en el cuello. Desarmado, saciado, vencido, se echó sobre ella, pero enseguida, al notar que la abrumaba, se hizo a un lado y emitió un largo suspiro. Se cubrió la cara con el antebrazo y se quedó allí, respirando de manera superficial.

Brenda le quitó el condón y fue al baño para desecharlo en el cesto que ella había comprado. Regresó con una toalla humedecida y lo limpió con la misma delicadeza que él había empleado con ella. Diego la sujetó por la muñeca y la atrajo hacia él, impaciente por tenerla a su lado. La cobijó en un abrazo y Brenda le besó el pecho.

—Me encantó esa posición —susurró y alzó las pestañas para mirarlo.

Diego le apartó un mechón del rostro y le sonrió.

—¿Duele? —Brenda negó con la cabeza—. Tengo muchas otras posiciones para mostrarte.

—Mostrámelas todas —pidió, y Diego soltó una carcajada—. ¿Qué te da risa? —simuló ofenderse.

—Vos —admitió y se montó sobre ella para morderla y besarla—. Sos la cosa más comestible que he conocido. —Se miraron, sonrientes, hasta que los semblantes cobraron seriedad. —¿Para vos fue tan alucinante como lo fue para mí?

—¿Sí? ¿En serio lo fue para vos? —preguntó genuinamente incrédula, pues ella había sido una virgen con escasa experiencia y él parecía conocer todos los trucos.

—Sí, muy intenso. Pero vos sufriste. Tal vez debí esperar para volver a hacértelo.

Brenda lo acalló apoyándole la mano sobre los labios.

—Lo de anoche y lo que acabamos de compartir son las dos experiencias más alucinantes de mi vida. Y lo son porque fuiste vos el que estaba adentro de mí.

Ya le conocía algunas expresiones, por lo que sabía que cuando torcía la boca de ese modo y entrecerraba los ojos estaba emocionado. Lo besó en los labios, apenas un roce, y siguió besándolo en cada rincón que la barba no cubría. Le acunó el rostro y lo obligó a descansar la frente en la de ella.

—Te amo, Diego Bertoni.

—¿Por qué? —preguntó él casi sin voz.

—Porque es un honor amarte, amor mío.

Diego profirió un sonido extraño y la cubrió con su cuerpo y la apretó en un abrazo despiadado.

—Tengo tanto miedo de lastimarte y de perderte —le confesó al oído.

—No vuelvas a alejarme de tu vida —suplicó Brenda—. Es lo único que me lastimaría. En 2011 sufrí muchísimo.

—Si supieras cómo soy en realidad serías vos la que me abandonaría.

—Poneme a prueba —lo desafió—. Contame lo peor que hayas hecho.

Diego se apartó y se echó pesadamente sobre la almohada. Fijó la vista en el cielo raso y encendió un cigarrillo. Dio unas pitadas en silencio.

—Robar para comprar merca —dijo cuando Brenda pensó que no volvería a hablar—. Agarrarme a piñas solo porque alguien miraba en mi dirección. Conducir en pedo. *Muy* en pedo. Terminar en cana tantas veces. Y tantas otras en un hospital.

—¿Cortarle el rostro a Brenda en 2011? ¿Eso no forma parte de tu listado de maldades? Porque, después de haber puesto en riesgo tu vida, esa fue tu bajeza más grande desde mi punto de vista y, ya ves, aquí sigo.

Lo hizo reír, una risa cargada de tristeza y de arrepentimiento. Apagó el cigarrillo y volvió a cubrirla con el cuerpo.

—No creo que Héctor hubiera querido que vos y yo fuésemos pareja.

—Papá nos amaba a los dos. Estaría feliz por nosotros. *Está* feliz por nosotros.

—Pero vos eras su hija, la luz de sus ojos, como dijo mi abuela, y no creo que le hubiese gustado que un adicto…

—Yo también soy adicta —lo cortó.

Diego se irguió y le destinó una mueca cargada de confusión.

—¿Adicta? ¿A qué?

—A vos. Soy adicta a Diego Bertoni desde que tengo uso de razón. Vos me ayudás con mi adicción y yo te ayudo con la tuya.

—¿Cómo te ayudo con tu adicción?

—Dándome la oportunidad de mostrarte qué felices podemos ser juntos.

Diego asintió. Apretó las mandíbulas y tragó varias veces. Al final expresó:

—Ya me lo demostraste.

* * *

Se bañaron juntos en el pequeño receptáculo de la ducha. Brenda se cargó las manos con jabón líquido y le lavó los testículos. Y, mientras lo hacía, lo miraba fijamente e iba siendo testigo de la dilatación de las pupilas que le volvían negros los ojos, del modo en que sumía los labios y de la brutalidad inconsciente con que la sujetaba. Sin mediar palabra, se arrodilló delante de él y lo tomó en su boca.

Salieron de la ducha media hora más tarde, limpios y saciados. Tenía la impresión de que Diego no podía dejar de tocarla. La secó tomándose su tiempo para estudiarla y después, en tanto ella lo secaba él, sus manos no la soltaban, ni aun cuando se ubicó detrás para pasarle la toalla por la espalda. Lo besó entre los omóplatos y le deslizó los brazos bajo las axilas para acariciarle los pectorales.

—¿Tenés hambre? —quiso saber.

—Me comería una vaca —respondió él.

Se vistieron y bajaron para preparar el desayuno que, en realidad, era más un almuerzo si se tenía en cuenta la hora.

—Llenaste la heladera y las alacenas —comentó Diego con acento reprobatorio—. ¿Por qué gastaste tanto? —exigió saber mientras sacaba bandejas con jamón cocido, queso y lomito ahumado y un frasco con aceitunas rellenas.

—Porque me hace feliz. —Brenda le cubrió la boca con un beso cuando él intentó quejarse. —Sé qué vas a decirme, que querés darme la plata, pero yo no voy a aceptarla.

—Tengo plata —declaró, ofendido—. Una parte de lo que ganamos queda para nosotros.

—¿No podés aceptar un regalo mío?

Asintió, ceñudo, y la atrajo hacia él con un tirón que la colocó dentro de un abrazo inclemente. Le paseaba la mirada por el rostro como si buscase memorizarlo. Brenda le acunó la barba y lo contempló con ternura.

—¿Qué pasa?

—Hacés que todo parezca perfecto —habló tras un silencio y con cierta beligerancia.

—*Es* perfecto, lo es para mí porque estás conmigo. Tal vez para vos no sea tan claro, pero lo es para mí.

—Es claro para mí también —admitió—, solo que… —Permaneció suspendido en una angustia que comunicaba a través de la mirada.

—Lo sé, amor mío —lo rescató Brenda—. No digas nada.

—Entendés todo sin palabras.

Brenda preparó café y huevos revueltos mientras Diego hacía unos sándwiches con el fiambre y el queso. Compartieron la comida en la mesa pequeña y rebatible de la cocina. Diego devoraba en tanto ella disfrutaba observándolo en esa escena íntima y familiar, tan mágica como la vivida en el dormitorio y en la ducha. Había una cualidad onírica en el ambiente que, temía, podía desaparecer tras un pestañeo. Algún día, reflexionó, se acostumbraría a la idea de que Diego Bertoni y ella estaban juntos. Se instó a comer. Había bajado de peso y no quería perder las formas.

—Me gustó eso que dijiste el otro día en McDonald's —expresó Diego—, que vos y yo nunca vamos a ser una pareja normal porque somos especiales. ¿Por qué decís que somos especiales?

—Porque somos complejos. Vos, por ejemplo, sos muy sensible, capaz de percibir lo que los demás sienten como si lo vivieses en carne propia. Pero aprendiste a ocultar esa sensibilidad para evitar la ira y la violencia de tu papá. Te resulta fácil esconderte tras la cara del guerrero malo porque también es una parte de vos, tu coraza, pero tu esencia es blanda, romántica y creativa. Es con la música que mostrás al verdadero Diego, con el que te sentís más cómodo. El Diego que yo amo hasta el infinito.

—Y al guerrero malo —dijo y entrelazó los dedos con lo de ella—, ¿a ese no lo amás hasta el infinito?

—Amo a todo mi Diego.

Él asintió con una tensión y una seriedad que intentaban disimular lo emocionado que estaba, solo que ella veía a través de sus capas duras como si estuviese hecho de cristal. Se inclinó sobre su mano y se la besó.

—¿Cómo sabés todo esto de mí?

—Está en tu carta astral —contestó y percibió la incredulidad de Diego en la mueca ínfima que hizo con la boca.

—¿Y vos? ¿Por qué decís que vos también sos especial?

—¿No creés que yo sea especial? ¿Amar al mismo chico desde el jardín de infantes no te parece que me convierte en alguien especial? Más bien, en una loca.

Diego rio y la obligó a sentarse en sus rodillas. Se miraron con ojos chispeantes.

—Para mí sos la chica más alucinante que conozco.

—Un poco rarita, no me digas que no —bromeó Brenda.

—¿Por amarme toda la vida? Naaa… Es lo más lógico del mundo, amarme a mí —subrayó—. Se comprende fácilmente —remató con su soberbia natural, y Brenda soltó una carcajada, que se prolongó cuando él le hizo cosquillas en el cuello con la barba.

Capítulo XVII

Regresaban del orfanato de buen humor, contagiados del entusiasmo de los niños, que seguían impresionados con la actuación de DiBrama del sábado anterior. Las monjas Visitación y Esperanza les contaron que habían visto el video de la peña subido a YouTube varias veces y era el tema de conversación durante las comidas.

Sonó el celular de Brenda. En la pantalla apareció la palabra «Mamá». Atendió enseguida. Su madre quería saber dónde pasaría la noche, a lo que Brenda respondió que dormiría en lo de Millie o en lo de Rosi.

—Tu abuela, Max y yo nos vinimos a San Justo —anunció Ximena—. Mañana por la tarde volvemos a Buenos Aires.

—¿Lauti está con vos?

—No. Camila y él están pasando el fin de semana en Pilar, con Bianca y Sebastián.

Se despidieron. El habitáculo quedó sumido en el silencio, que Diego rompió al cabo.

—¿Qué sabe Ximena de nosotros?

—Nada todavía —admitió—. ¿Vos has hablado con ella últimamente?

—La llamé para su cumpleaños y el viernes al mediodía volví a llamarla para contarle que me dieron la condicional. Pero ya lo sabía por Tadeo.

—¿Cómo te trató?

—Muy bien. Ya se le pasó el embole.

—Estaba embolada porque te habías arreglado con Carla —manifestó Brenda.

—No me arreglé con Carla —objetó con un tono cargado de fastidio.

—Lo sé, pero ella fue un domingo a la casa a verte y se la encontró ahí. Asumió que te habías arreglado.

Un mutismo tenso ocupó de nuevo el habitáculo. Diego conducía con la vista al frente, serio y enfurruñado. Brenda no podía dejar de observarle el perfil de frente amplia y nariz larga y recta. Tenía fosas nasales grandes al tiempo que proporcionadas, muy masculinas. En la penumbra del vehículo, se le profundizaba el sombreado de los párpados, el aspecto más inquietante de su rostro.

—Mamá no debió enojarse con vos por eso —declaró—. Tenés derecho a estar con quien vos quieras.

—Tu vieja me viene llevando los huevos en carretilla desde hace muchos años. Si alguien tiene derecho a embolarse conmigo es ella. —Se volvió con determinación y le lanzó un vistazo decidido. —Yo le voy a decir a Ximena de lo nuestro. Está claro que a vos te da vergüenza.

Brenda se quedó paralizada ante la declaración y la hostilidad con que le habló.

—No seas injusto, Diego. Nada me da más orgullo que estar con vos. *Nada* —recalcó—. Te amo y lo gritaría a los cuatro vientos. Pero fuiste vos el que quiso que lo mantuviéramos en secreto para la gente de Desafío a la Vida. En casa las cosas han estado complicadas, sobre todo desde que decidí dejar Ciencias Económicas. No quería…

Aprovechando que iban a paso de hombre en el puente Pueyrredón, Diego la sujetó por la nuca y la acalló con un beso en el que sus lenguas parecieron contenderse en un duelo. Luego la mantuvo pegada a su frente; acezaban como locos, los dos presos de una intensidad incontrolable.

—No tengo vergüenza de vos —afirmó Brenda—. Lo único que siento por vos es amor y orgullo.

—Perdón —imploró con genuino arrepentimiento—. Perdón —volvió a rogar—. Soy yo el que siente vergüenza. Ximena conoce mucha de mi mierda y ahora que lo que más quiero es estar con vos, con su hija —aclaró con una inflexión deliberada—, se me vuelve en contra.

—Mamá te adora, Diego. Y sabe que te amo. Lo ha sabido siempre. No hará nada para interponerse entre nosotros. No sería la madre que he conocido toda la vida si lo hiciera. Pero si lo hiciese, sería muy fácil para mí elegir. Vos y mil veces vos, amor mío.

Diego seguía sus palabras con una atención reconcentrada, la mano firme en su nuca, tal vez inconsciente de la dureza con que la sujetaba.

Brenda la cubrió con la suya y lo obligó a quitarla. La tomó con reverencia y se la besó. Un bocinazo los obligó a reemprender la marcha. El resto del viaje lo hicieron en silencio.

Al llegar a Almagro, Diego se detuvo en doble fila frente a un Farmacity en Díaz Vélez.

—Voy a comprar forros —dijo a modo de explicación antes de bajar, y Brenda asintió tratando de imitar la normalidad con la que él se comportaba, aunque para ella significase un mundo, aunque el cuerpo le vibrara de manera incontrolable y sintiese la cara caliente y arrebatada.

* * *

Fueron a lo de Brenda aprovechando que no había nadie. Ella necesitaba otra muda de ropa. Además, ya que no había conservado la carta, quería mostrarle el álbum que llevaba con sus fotos y otros recuerdos desde los trece años.

Entraron en el departamento vacío y oscuro. Diego había estado pocas veces allí. Caminó por la sala hasta la contraventana del balcón. Brenda captó su ánimo tormentoso, por lo que decidió apresurarse y salir de allí cuanto antes. Al regresar, lo encontró curioseando entre los discos de vinilo de Héctor.

—Papá nunca fue fan de los cedés.

—Tu viejo fue uno de los que me enseñó a amar la música —dijo mientras estudiaba un disco de Bruce Springsteen—. Dios, cómo amaba al Boss —evocó, llamando al cantante norteamericano por su sobrenombre.

Brenda encendió la bandeja giradiscos, una Technics que Héctor le había enseñado a usar con solo cinco años. Extendió la mano y Diego le entregó el álbum *Born in the USA*. Lo colocó en el plato. Bajó la púa sobre la penúltima pista del lado B, el tema favorito de su padre, *Dancing in the Dark*. La potencia y el ritmo de la canción los hizo reír. Brenda se lanzó a bailar y a cantar como lo había hecho tantas veces con Héctor. Saltaba y se movía en torno a Diego, que iba girando sobre sí para seguirla con ojos hambrientos y una sonrisa tan plena que le revelaba por completo la dentadura. Trató de atraparla y Brenda se escabulló. Acorralada en un rincón, se echó a reír cuando Diego la levantó en el aire. Le cerró las piernas en torno a la cintura y cayó sobre su boca. Springsteen siguió cantando *My hometown* y ellos no lo notaron, completamente absortos en la pasión que los aislaba.

La música se cortó súbitamente. Brenda se volvió hacia el giradiscos. Lautaro y Camila los observaban como si fuesen extraterrestres.

—¿Qué mierda estás haciendo, Brenda? —la interrogó su hermano.

Diego aflojó la sujeción y ella se deslizó lentamente hasta tocar el suelo.

—Mamá me dijo que vos…

Lautaro avanzó unos pasos con la mirada aguzada y Camila pegada a él.

—¿Diego? —Alzó el índice para señalarlo. —¿Diego Bertoni?

—Sí, soy yo. ¿Qué hacés, Lautaro?

—¿Vos me estás jodiendo a mí, Brenda?

Distinguió la expresión asesina de su hermano y se colocó delante de Diego en un acto mecánico de protección.

—Lautaro, por favor…

—¡No te metas, Camila! ¿Mi hermana está curtiendo con un drogadicto y yo me tengo que quedar muy tranquilo?

—Vamos —resolvió Brenda y tomó a Diego de la mano.

—¡Vos no te vas a ningún lado con este! —Lautaro soltó un manotazo para sujetarla y Brenda pegó un grito.

Diego la colocó detrás de él y levantó la mano en una clara advertencia para Lautaro. Brenda se desesperó. Los dos eran cinturón negro de karate, ambos discípulos de Héctor; si se desataba una pelea, correría sangre. Brenda no podía creer haber caído en semejante pesadilla, haber pasado de uno de los mejores momentos de su vida a ese pozo ciego de rencor y prepotencia.

Camila intentaba razonar con Lautaro, que se había convertido en un energúmeno. El chico mesurado y racional había desaparecido para encarnar a un ser tiránico y aterrador.

—¡Es un puto drogadicto y alcohólico, Camila! ¡Siempre termina en cana! —repetía como un demente para luego dirigirse a su hermana—. ¡Olvidate de irte de casa con este! ¡Bertoni, mandate a mudar o te cago a patadas!

—¡Noooo! —Brenda lanzó un alarido e intentó volver a interponerse, pero Diego se lo impidió.

—¿Vos te olvidaste de quién es el padre de este? ¿Te olvidaste de que es el hijo del hijo de puta que nos cagó cuando papá murió?

—¡Diego no tiene nada que ver con eso! ¡Nada que ver! ¡Él no es como David!

Diego le sujetó la cara entre las manos y la besó en la frente.

—¡No la toques, hijo de puta!

—¡Basta, Lautaro! —se impuso Camila y lo aferró por el brazo para detenerlo—. ¡Basta, por amor de Dios!

—Tu hermano tiene razón. Va a ser mejor que me vaya.

—¡No, Diego, no!

—Es por tu bien.

Brenda se le colgó del cuello para retenerlo pese a sentir que estaba perdiéndolo.

—¡No me dejes!

—Lautaro —lo llamó Diego sin apartar los ojos de Brenda—, agarrala, por favor.

—¡No! ¡No! —El llanto la sofocaba y no conseguía articular correctamente. —¡Llevame! —logró pronunciar entre ahogos.

Le resultó imposible contender con las dos fuerzas, la de su amado y la de su hermano. Se habían puesto de acuerdo para destruirla y ella nada podía hacer. Lo vio que se alejaba, que se acercaba a la puerta. Si cruzaba el umbral se quedaría solo con su tristeza, con su vergüenza y sin ella para ayudarlo a no caer en la tentación. Gritó y gritó su nombre hasta percibir gusto a sangre en la boca, hasta que se quedó sin voz, ella, que podía alcanzar registros muy elevados, no conseguía llamar al amor de su vida, que la abandonaba, así, sin más, no presentaba batalla porque se creía menos, porque era una mierda y porque, según él, los demonios que lo habitaban la lastimarían, solo que no eran sus demonios los que estaban destrozándola en ese instante; era él.

La puerta se cerró con un chasquido que en sus oídos tronó como un cañonazo, uno que le robó el aliento. Se derrumbó contra Lautaro. Al sentir que la sujeción de su hermano disminuía intentó escapar hacia la cocina; bajaría por las escaleras y lo alcanzaría en la recepción. Lautaro le leyó el pensamiento y la envolvió con sus brazos.

—Es por tu bien, Brenda. No podés estar con ese drogadicto, te vas a arruinar la vida.

—¡Soltame! ¡Soltame!

Lautaro aflojó el abrazo con cautela. Brenda se volvió rápidamente y lo golpeó en la cara, una y otra vez hasta que su hermano le sujetó las muñecas y consiguió someterla. Camila se cubría la boca y lloraba.

—¡Te odio! ¡Te odio con toda mi alma! ¡Ojalá papá estuviera vivo! ¡Ojalá papá estuviera vivo! —siguió repitiendo y llorando hasta acabar tirada en el suelo de la sala—. ¡Papá! ¡Papá! —comenzó a llamarlo con gemidos tan lamentosos que aun Lautaro sollozaba.

Camila se acuclilló junto a ella y la abrazó. La cubrió con el cuerpo y la meció. Las dos lloraron amargamente.

* * *

Camila entró en el dormitorio de Brenda y la halló en la misma posición en que la había dejado minutos atrás, hecha un ovillo en la cama; lloraba con una congoja infinita.

—Vamos, Bren —la instó—, incorporate un poquito para tomar el té con miel que te preparé.

Brenda, incapaz de pronunciar una palabra, agitó la cabeza y siguió llorando.

—Te vas a arruinar la voz —razonó Camila— y no falta tanto para el evento en la catedral. Dale, vamos, yo te lo doy a cucharaditas.

Camila la ayudó a erguirse y le acomodó la almohada contra el respaldo de la cama. Le pesaba la cabeza, le dolían los músculos de la cara, sentía los labios hinchados y resecos, le ardían los ojos y el corazón le galopaba en el pecho. Sorbió el té que le hizo doler la garganta lastimada. Siguió bebiendo igualmente, impulsada por la tenacidad taurina de su cuñada. La suavidad de la miel le acariciaba las cuerdas vocales y la laringe y calmaba el ardor.

—No me atiende el teléfono —susurró.

—Nunca antes había oído hablar del hermano de Lucía Bertoni —dijo Camila—. Sabía que tenía un hermano, pero no que significase tanto para tu familia. Lautaro acaba de decirme que es el ahijado de tu papá y de tu mamá.

—Yo estoy enamorada de Diego desde que era chica.

—¡Oh! —se asombró su cuñada—. Nunca me contaste.

—Desde que David nos estafó, no se habla de los Bertoni en casa.

Camila asintió y le acercó otra cucharadita de té a los labios. Brenda la sorbió y alzó la mano para indicar que no seguiría bebiendo. Hizo el intento de bajarse de la cama.

—Me voy a su casa —anunció.

—Lautaro cerró con llave las puertas y las escondió, incluido tu juego. No quiere que salgas.

Brenda se quedó mirándola sin comprender cabalmente lo que su cuñada acababa de explicarle.

—Lo odio con todas mis fuerzas.

—Y yo lo amo con todas mis fuerzas —dijo Camila—, pero en este momento no es mi persona favorita en el mundo. Lo mataría por lo que te hizo. Nunca lo había visto así. Era como si otra persona hubiese tomado su lugar.

—Cami, tengo que ir con Diego. No quiero que recaiga. Hace meses que está limpio pero una cosa como esta…

—Lautaro no te va a dejar salir. Está emperrado.

—¡No me importa! —exclamó, y se cubrió la garganta y apretó los párpados acometida por un dolor punzante—. La voy a llamar a mamá —resolvió en un murmullo.

—Lo convencí a Lautaro de que no lo hiciera y ahora te lo digo a vos. Ximena se va a volver de la quinta a mil por hora, corriendo el riesgo de matarse en la ruta. Ya es de noche y está lloviznando.

Asintió, vencida, y volvió a echarse en la cama, de costado y en posición fetal, con el celular contra el pecho en la esperanza de que Diego la llamase, aunque sabía que no lo haría. El escorpión que habitaba en su hermano le había clavado el aguijón varias veces. La angustiaba imaginarlo solo, con sed de whisky y ansias de cocaína. Se incorporó súbitamente y sobresaltó a Camila.

—Tengo que ir con él —resolvió—, no puedo dejarlo solo. Está en libertad condicional. Si llegase a cometer un error, lo devolverían a la cárcel y ya el juez no le permitiría quedarse en la casa de recuperación, sino…

—Lo conozco a tu hermano, Bren —la interrumpió su cuñada—. Cuando se pone como ahora es imposible razonar con él. Dejame a mí manejar la situación. Yo te voy a ayudar.

Se le enturbió la mirada y volvió a echarse a llorar, vencida por la tristeza y la impotencia. Camila la abrazó y le dirigió palabras de aliento.

* * *

Los oía discutir. Era la primera vez en cinco años de noviazgo que presenciaba una pelea entre Camila y Lautaro. Mantenían cerrada la puerta del dormitorio, por lo que no comprendía bien el sentido de las palabras.

Ella, por su parte, seguía llamando a Diego, a Rafa y a Manu; ninguno le respondía. Les había dejado mensajes a los tres. Había llamado también a Millie, que ofreció enviar a la policía; Lautaro no podía tenerla encerrada, adujo, era privación ilegítima de la libertad. Brenda la convenció de que no lo hiciera y, en cambio, se mantuviese atenta por si la necesitaba.

Camila entró en su dormitorio con las mejillas coloradas, los ojos celestes encendidos y una mueca enojada. Se sentó en el borde de la cama y soltó un bufido.

—Amo a Lautaro y le tengo mucha paciencia cuando saca a relucir lo peor de su naturaleza escorpiana. Siempre hablamos de su necesidad de controlarme y de poseerme, pero ahora no lo reconozco. Es como si estuviese frente a un talibán. —Suspiró y dejó caer los hombros. —Si de algo me sirven los años que llevo estudiando Psicología, creo que puedo entender lo que le pasa. Se siente en el deber de ocupar el sitio de tu papá. Está comportándose como un padre.

—Papá adoraba a Diego y jamás lo habría tratado así —adujo Brenda con pasión.

—Creo que Lautaro está celoso, además —añadió Camila.

—Entre Lautaro y Diego siempre hubo pica por papá.

—Y ahora por vos. ¿Querés que te prepare algo de comer? Estás muy pálida, Bren.

—No, Cami, gracias. No me pasaría un bocado. ¿Por qué están aquí? Mamá me dijo que estaban en Pilar con Bianca y Sebastián.

—Uno de los hermanos de Bianca se rompió un brazo jugando al fútbol. Como Lorena, la mayor, está de luna de miel, la madre la llamó a Bianca para que se hiciera cargo de la casa, así que… Chau fin de semana en Pilar. Y bueno, volvimos a Capital y pasó lo que pasó. ¿Por qué no te das una ducha e intentás dormir? —sugirió su cuñada y Brenda asintió.

Al salir del baño envuelta en una toalla, descubrió las llaves sobre la mesa de luz. Camila lo había conseguido. Consultó la hora: once menos diez de la noche. Se vistió a las apuradas y, mientras armaba un bolso con una muda y echaba dentro el álbum de Diego, intentó comunicarse por enésima vez con Manu y con Rafa, que seguían sin contestar. Decidió llamar a Lita, algo que habría preferido evitar para no asustarla, sin mencionar que era tardísimo; temía sacarla de la cama. Marcó el número del fijo. Cada tono le explotaba en los oídos con una cualidad ominosa. Por fortuna, atendió Silvia. Tras el saludo, Brenda inquirió sin rodeos:

—¿Está Diego ahí con ustedes?

—No, Bren, aquí estamos solo mamá y yo.

—¿Sabés si está en su casa? No responde el celular —se justificó.

La mujer admitió su ignorancia y se ofreció para ir a ver. Brenda la esperó al teléfono. Silvia regresó minutos más tarde: no había nadie, la casa estaba vacía.

—¿Pasó algo entre ustedes? —se preocupó la tía.

Se le anudó la garganta y los ojos se le calentaron de nuevo. Le costó expresarse mientras le contaba someramente lo ocurrido.

—Silvia, sé que es tardísimo, pero ¿me permitirías entrar en la casa de Diego? Quiero esperarlo ahí.

—Claro —respondió enseguida la mujer—. Avisame cuando estés cerca de casa. Tendré la puerta del garaje abierta para que guardes el auto.

—¡Gracias, Silvia! —exclamó y por primera vez en muchas horas consiguió sonreír.

* * *

La casa de Diego estaba fría y silenciosa. Encendió la luz del comedor y se quedó quieta observando el entorno. Le tuvo miedo a la soledad. A la soledad de una vida sin Diego. Ahora que había acariciado la felicidad, le espantaba la alternativa de quedarse sin ella. La recorrió un escalofrío. Había estufas de tiro balanceado, pero como no conocía el mecanismo prefirió no tocarlas. Se dirigió a la cocina y encendió la hornalla más grande. Se restregó las manos sobre las llamas azules y permaneció unos minutos hasta que el frío la abandonó y se le relajaron los músculos.

No tenía sueño. Se dispuso a acomodar y a limpiar el desorden del mediodía. En tanto lavaba los platos y se deshacía de los restos de comida, meditaba acerca de lo acontecido. Se balanceaba entre el enojo y la compasión en cuestión de segundos. Pensaba: «¡Con qué facilidad bajó los brazos! No peleó por nuestro amor», y se resentía con él. Luego se acordaba de la crueldad con que Lautaro lo había atacado, pegándole donde más le dolía, y la conmiseración le llenaba los ojos de lágrimas.

La cocina quedó impecable. Se sentó para admirar su obra. La acometió un cansancio inesperado. Eran las dos de la mañana. La angustia regresó al preguntarse dónde se hallaría Diego. ¿Con Carla? ¿Estaría consumiendo, emborrachándose? ¿Sufriría esa agonía cada vez que tuviesen una pelea? ¿Dudaría continuamente de él?

Agotada, tomó el bolso y marchó escaleras arriba. Se puso el camisón y se calzó un par de medias porque hacía frío; el colchón estaba helado a causa del contacto directo con el suelo. Se ovilló bajo las mantas y apenas cerró los ojos revivió las escenas de la pelea con Lautaro. ¿Su hermano tendría razón, se arruinaría la vida con un chico como Diego, a quien siempre lo acecharían sus demonios? Lloró quedamente, sin fuerza, hasta que el sueño la venció.

* * *

Se despertó con una sonrisa, todavía contenta por el sueño que acababa de tener con Héctor. La luz del pasillo, que bañaba el dormitorio con una tenue luminosidad, le permitió comprender dónde se encontraba y distinguir una silueta sentada a su lado, en el borde del colchón. Lo reconoció enseguida: era Diego. Se incorporó rápidamente y le echó los brazos al cuello. El impacto entre la tibieza de ella y el frío nocturno que aún se le pegaba al abrigo, la estremeció. Diego la ciñó contra su pecho y le hundió el rostro en el cabello. Brenda sentía en la piel la caricia de su respiración agitada e irregular.

—¿Qué hacés aquí? —preguntó de buen modo, aunque con voz extraña.

—Silvia me dejó entrar —contestó sin apartarse—. ¿Dónde estabas?

316

—Te miraba dormir. Te despertaste sonriendo, pero está claro que estuviste llorando —afirmó y le trazó el rastro salobre que las lágrimas le habían dibujado en la mejilla.

—Te llamé mil veces. ¿Dónde estabas?

—Con Manu y con Rafa, en lo de Rafa —aclaró.

Brenda lo observó con miedo, acordándose de que él la había abandonado. ¿Estaba todo terminado entre ellos? ¿La intromisión de Lautaro le brindaría la excusa para romper lo que acababa de nacer?

—¿Por qué te fuiste? —preguntó con tristeza más que con rabia—. ¿Por qué me dejaste?

Diego la estudiaba con ojos ávidos mientras le apartaba los mechones que le caían sobre la frente. No hablaba; sumía los labios hasta hacerlos desaparecer entre el bigote y la barba.

—¿Por qué, Diego? —insistió con mansedumbre y le acunó la mejilla, y ese gesto bastó para destruir la fachada que él a duras penas conseguía sostener.

La abrazó con un sollozo ahogado y la estrechó sin conciencia de la fuerza empleada. Le cortó la respiración, pero Brenda no se quejó. Se limitó a percibir su angustia, se propuso absorberla, liberarlo de semejante carga.

—Lautaro tiene razón —lo oyó susurrar con llanto en la voz—, soy un adicto, el hijo de un estafador.

—Ni aunque tu papá fuese un asesino me importaría —musitó en su oído y lo sintió estremecerse—. El otro día te dije que lo único que me lastimaría sería que me apartaras de tu lado. Y fue lo primero que hiciste.

—Ya ves, siempre me mando una cagada.

Diego se separó lentamente y Brenda le pasó los pulgares bajo los ojos para arrastrar las lágrimas. Lo besó en los labios.

—Te amo, Diego. No me importan tu papá ni tu adicción ni lo que diga mi hermano. Solo me importa lo que vos digas. Pero quiero que lo digas con el corazón y no porque te sentís menos.

—Sos demasiado perfecta para uno como yo. Me siento una mierda al lado tuyo.

Brenda se echó hacia atrás buscando de modo instintivo poner distancia. Dejó caer las manos y se cuidó de tocarlo. Lo miró en lo profundo de los ojos. Diego contenía el aliento y la contemplaba con el miedo esculpido en las facciones.

—Si estar conmigo te hace sentir menos, entonces sí, no creo que haya futuro para nosotros. —Diego abrió grandes los ojos y despegó apenas los labios. —Te amo demasiado para hacerte algo así —declaró en tanto se arrastraba hacia atrás con la intención de ponerse de pie.

Diego la sujetó por la muñeca y la pegó a su cuerpo con un movimiento desesperado. Volvió a estrecharla y le habló al oído.

—Me das tanta felicidad que me cuesta creer que soy yo el que la está sintiendo. Nunca, oíme bien —remarcó y la sacudió un poco—, nunca en mi vida fui tan feliz como ahora que estoy con vos. Te veo llegar y mi vida de mierda parece la mejor. Escucho tu voz por teléfono y sonrío a la nada como un boludo. Pero tengo claro quién soy y no puedo negar la realidad.

—Sos tantas veces mejor que yo —expresó Brenda, y Diego emitió un sonido incrédulo, cargado de ironía—. ¿Cómo no lo ves? Te amo porque te admiro, ¿no te das cuenta?

Diego le negaba la cara, la escondía en su cuello, y, aunque pugnaba por no llorar, Brenda sentía la humedad en la piel.

—No me dejes —lo oyó susurrar casi avergonzado, como si le pidiese limosna.

La recostó sobre el colchón y se colocó sobre ella. Brenda lo miró con fijeza.

—Te llamé mil veces. A Manu y a Rafa también.

—Lo sé.

—¿Les pediste a los chicos que no me respondieran? —Diego asintió. —¿Tan fácil te resultó irte, dejarme?

Se mordió el labio y agitó la cabeza para negar.

—Fue más duro que no chupar, que no esnifar.

—¿Por qué lo hiciste, entonces?

—Porque Lautaro tiene razón. Lo hice por tu bien.

—¿Qué saben ustedes dos de mi bien? —se enojó y presionó para sacárselo de encima, solo que él se mantuvo firme y se lo impidió—. Casi me muero de dolor cuando te fuiste. No podía parar de llorar —recordó, y a Diego le brillaron los ojos repentinamente—. ¿Qué hiciste con los chicos? —preguntó para cambiar de tema.

—Si lo que querés saber es si chupé o si consumí, la respuesta es no. Lo habría hecho —le confió—, la sed estaba volviéndome loco, pero los chicos me hicieron el aguante y me mantuvieron entretenido contándome cosas de vos.

—¿Qué cosas? —se interesó mientras le estudiaba el pabellón de la oreja, pequeño y pegado a la cabeza.

Diego alzó una comisura en una sonrisa socarrona y la besó en la nariz.

—Me contaron que los cagaste a pedos el primer día que viniste a ensayar, cuando entraste en casa y te diste cuenta de que había porro y escabio para un ejército. —Brenda rio por lo bajo y asintió. —Les dijiste: «¿Su mejor amigo está encerrado en un centro de recuperación y ustedes vienen a fumar marihuana y a tomar vodka a su casa? ¿Qué clase de amigos son?». Me habría puesto a componer un tema con el subidón que fue oír eso.

—Hoy estabas muy dispuesto a deshacerte de tu musa inspiradora —volvió a reprocharle.

Diego descansó la frente en la de ella y suspiró, cansado.

—Perdoname.

—No puedo porque sé que en el fondo creés que habría sido mejor dejarme. ¿Qué hora es? —preguntó sin pausar, haciéndose la ofendida.

—Alrededor de las cinco. —Le arrastró la nariz por la mejilla. —No estés embolada conmigo, no lo soporto.

—Durmamos un rato —propuso ella, y Diego asintió con expresión vencida y se apartó para quitarse la ropa.

* * *

Alzó los párpados lentamente. La luz que se filtraba por el postigo iluminaba la cara de Diego, que la observaba con ojos atentos. La emocionó despertar a su lado y la emocionó también descubrir la ansiedad que intentaba disfrazar y que ella leía como un libro. Le sonrió y lo acarició y él cerró los ojos y le besó los dedos que le tocaban los labios. Notó que la tenía sujeta por la cintura. La acercó un poco más con un movimiento decidido, y Brenda percibió su erección.

—Perdoname —volvió a pedir él tras esas horas de sueño.

Brenda, sin apartar la mirada de la suya, deslizó la mano entre sus cuerpos y le aferró el miembro duro. Se lo acarició a través de la tela de los boxers, fascinada por la expresión de él y por el modo inconsciente en que le hundía los dedos en la carne de la cintura, hasta que los movió deprisa para bajarle la bombacha. Estiró los brazos y colaboró para que la despojara del camisón. Diego abandonó el colchón y buscó en el bolsillo de la chaqueta de cuero la caja de profilácticos que había comprado el día anterior. Se deshizo de los boxers y se enfundó el látex empleando acciones rápidas y precisas, pero después, cuando se recostó a su lado, refrenó la prisa y se quedó mirándola con esa mirada que ya le conocía y que la estudiaba con un escaneo rápido.

Brenda, a su vez, lo observaba con actitud desafiante. Lo sujetó por la cabeza y le devoró los labios. Diego le separó las piernas y la hurgó para comprobar que estuviese lista. La penetró con un impulso certero y veloz que le provocó un dolor intenso, aunque fugaz. Soltó un jadeo y arqueó la espalda llevando la cabeza hacia atrás. Diego se mantuvo estático a la espera de que ella se habituase a su tamaño. Al abrir los ojos, Brenda lo encontró atento a ella, con una expresión de ceño apretado.

—¿Estás bien? —se interesó—. Todavía te duele —afirmó.

—Estoy bien. Fue un instante de dolor. Ya está pasando.

Diego le derramó pequeños besos en el rostro al tiempo que comenzaba a moverse con consideración. Poco a poco Brenda iba admitiéndolo en su cuerpo y experimentando el goce de saberlo alojado dentro de ella. No importaba que fuese la tercera vez que lo recibía en su interior. Era como la primera. El dolor y la incomodidad se disolvían, pero la dominaba la misma emoción excesiva ante la inmensidad de lo que estaba aconteciendo.

Se amaron incansablemente ese día. Lo hicieron en todas las habitaciones de la casa, como si pretendieran bautizarla. Diego se recuperaba con rapidez, y ella, aunque exhausta y sensible, seguía acogiéndolo como una adicta a la que nada parece bastar. La magia no languidecía, al contrario, se alimentaba de la energía que explotaba con cada orgasmo, cada gemido y cada grito de placer. Más dispuesta a complacerlo se mostraba ella, mayor era la excitación de él. Lo que había afirmado Cecilia, que con Plutón en la Casa VII, Diego terminaría por revelarse

320

como un hombre de grandes y oscuros apetitos sexuales, se demostraba cierto. Resultaba obvio que era un experto y que le gustaba experimentar con las posiciones y los juegos.

Caminaban desnudos por la casa después de que él hubiese encendido las estufas, y hacían el amor donde los asaltase el deseo. Se amaron en una silla y en la banqueta del piano, en la mesa del comedor, sobre el lavarropas en la cocina, en el sofá, en la escalera. En esta última posición, con Diego sentado en un escalón y ella sujeta con ambas manos a la baranda y dándole la espalda, él, todavía agitado, le pidió que tuvieran relaciones sin profiláctico.

—Lo primero que me obligaron a hacer cuando entré en la casa —le contó con los labios entre sus omóplatos— fue un análisis de sangre para ver si estaba limpio. Dio todo perfecto. Y en los meses de encierro no cogí con nadie. ¿Qué decís? —quiso saber.

—Voy a sacar turno con la ginecóloga de mamá y le voy a pedir que me recete pastillas anticonceptivas.

—Gracias —lo oyó contestar con alegría evidente—. Quiero penetrarte sin la barrera de la goma.

—¿Alguna vez lo hiciste sin condón? —Diego negó moviendo la cabeza y arrastrándole la nariz en la espalda. —¿Ni siquiera con Carla? —se atrevió a preguntar.

—No.

—¿Por qué no?

—Porque no confiaba en que tomase regularmente las pastillas.

—¿Era muy distraída?

Diego soltó una risita por la nariz y la besó el trapecio con ternura.

—Sí, muy distraída —repitió con un acento irónico que la llevó a pensar que quería decir otra cosa.

Se bañaron juntos y a eso de las cinco de la tarde, muertos de hambre, pidieron una pizza. Diego subió para vestirse mientras Brenda se ocupaba de poner la mesa. Comieron en silencio. Diego, en realidad, devoraba y Brenda lo observaba, tan lleno de vida y de salud, que se emocionaba al punto de perder el apetito. Diego, siempre atento como buen hombre de Virgo, le cortó la pizza y se la dio en la boca. Le acercaba el tenedor y se miraban a los ojos, los dos recordando lo que acababan de hacer, la intimidad que acababan de compartir.

Tras la comida y después de lavar los platos, subieron al dormitorio donde Brenda le mostró el álbum con los recuerdos que había acumulado con el tiempo.

—Qué raro que no hayas pegado aquí la carta que me escribiste —se extrañó.

—Estaba tan triste ese día que, cuando llegué a casa, la rompí y la tiré.

Había fotografías, papeles de chocolates y otras golosinas, moños de paquetes, un pañuelo, varias tarjetas de Navidad y un sinfín de recuerdos amorosamente pegados y referenciados. Diego pasaba las hojas y sonreía o soltaba cortas carcajadas al leer los comentarios escritos en una caligrafía infantil. *Pañuelo que Diego me dio para que me limpiase cuando me salió sangre de la nariz ayer en la casa de su abuela. Papel del chocolate que me regaló Diego por la Semana de la Dulzura. Yo le di un alfajor Cachafaz, porque es su favorito. Me dio un beso y me dijo: «Gracias, Bren. El Cachafaz es lo más». Moño del regalo que me hicieron los Bertoni para mi cumple. Me lo entregó Lucía, pero Diego estaba mirando cuando lo abrí. Esta foto la sacó papá el domingo en la quinta. Los Bertoni fueron a comer un asado. Diego se sentó al lado mío y me preguntó por el colegio y por mis compañeros. Yo le dije que eran todos inmaduros y que no me gustaba ninguno. Estuve a punto de decirle que gustaba de él, pero me dio vergüenza y no dije nada. Ahora me arrepiento. Diego es el chico más lindo del mundo,* había escrito bajo la fotografía del susodicho.

—Este álbum es mío —declaró Diego—. Quedás notificada: te lo confisco.

Brenda se hizo la interesante y torció la boca en una mueca cargada de vacilación.

—No sé si te lo merecés.

—Después de todos los orgasmos que te di hoy, ¿no me lo merezco? —Diego rio a carcajadas cuando a Brenda se le arrebataron las mejillas. La encerró entre sus brazos y la besó en la coronilla. —*Vos* sos la cosa más linda del mundo. Amo cuando te ponés colorada.

—Odio ponerme colorada —se quejó—. Solo con vos me pasa.

Los sorprendió el timbre. Se miraron. A lo largo de esas horas de goce e intimidad, el mundo exterior y sus amenazas habían desaparecido.

—Deben de ser Manu y Rafa —conjeturó Diego y la besó en los labios—. Voy a abrirles.

Apretó el botón del portero eléctrico y preguntó quién era.

—Soy Ximena —escuchó Brenda desde la planta alta—. ¿Puedo pasar?

—Sí, claro —contestó Diego—. Voy a abrirte.

Brenda, cubierta solo por una camisa de él, sin corpiño ni bombacha, lo contempló desde el descanso. Diego le devolvió una mirada segura y tranquila y le pidió:

—Dejame hablar con ella a solas.

Brenda asintió y regresó al dormitorio a cambiarse. Se le ocurrió chequear el celular; se había quedado sin carga. Lo enchufó y pocos segundos más tarde se encontró con lo que temía: decenas de mensajes de Camila, de Millie, de Rosi y de su madre. En tanto les respondía prometiéndoles más detalles en breve, oyó la puerta principal que se abría y a continuación la voz de Ximena; no parecía enojada. Era raro saberla allí. Se aproximó a la cima de la escalera para seguir el diálogo.

—Qué linda tenés la casa —señaló la taurina—. Hasta se huele un perfume exquisito.

—Brenda encendió unos hornitos con esencias y también velas. Sentate, por favor. ¿Querés tomar algo?

—No, querido, gracias. Mi hija está acá, entonces. —Diego debió de asentir en silencio. —Gracias a Dios —suspiró Ximena—. Me enteré hace un par de horas de lo que sucedió ayer en casa y me lo he pasado llamándola, pero no contesta el teléfono.

—Está arriba —apuntó Diego—. Ya va a bajar. Le pedí que me dejase hablar con vos. Creo que me toca a mí explicarte cuál es la situación.

—¿Cuál es? —quiso saber Ximena.

—Tu hija y yo estamos juntos desde hace un mes y medio —especificó, y a Brenda la asombró que llevase la cuenta del tiempo—. Y estamos muy bien.

—No lo dudo. Brenda ha estado enamorada de vos desde que tenía cinco años.

—Sé que no soy lo que vos y Héctor habrían querido para ella.

—¿Qué importa lo que su padre y yo habríamos querido si vos sos lo que ella quiere?

Los ojos de Brenda se enturbiaron súbitamente y un estrangulamiento le cerró la garganta.

—Me siento mal porque debí hablar con vos antes, pero te confieso que me sentía un caradura y… bueno, tenía un poco de miedo de que me pidieses que la dejara.

—Si te hubiese pedido que la dejaras, ¿lo habrías hecho?

A la pregunta le siguió un mutismo que Ximena rompió con una carcajada, probablemente motivada por una mueca de Diego.

—¿Qué hay con Carla? —disparó su madre.

—Carla y yo ya no somos pareja. Somos amigos, pero no pareja —insistió.

Sobrevino otro silencio en el que el ritmo cardíaco de Brenda se intensificó. ¿Ximena le creería? ¿Tendría dudas acerca del vínculo de esos dos? Era comprensible, ella misma dudaba.

—Sé que Lautaro se comportó muy mal con vos ayer —manifestó Ximena.

—Lo entiendo. Yo habría hecho lo mismo.

—Debió respetar la decisión de Brenda. No fue así como lo eduqué. Te pido disculpas. Vos, *justamente vos*, no te merecías que te dijera lo que te dijo.

Brenda percibió que la última frase escondía otro significado.

—Pero él no sabe nada —replicó Diego agregando más misterio a la cuestión.

—Ya —acordó Ximena—. Te veo bien —expresó con un acento más distendido, como dando por terminado el argumento.

—Sí, estoy bien. Volví a componer y a tocar.

—¡Cuánto me alegro!

—Manu, Rafa y yo creamos una nueva banda de rock. La bautizamos DiBrama.

—¿DiBrama?

—Di por Diego, ra por Rafa y ma por Manu.

—Pero dijiste Di*Bra*ma —razonó Ximena—. ¿O escuché mal?

—No, escuchaste bien. La b es por Brenda. Ella es la voz femenina de nuestra banda.

—¡Oh! —se sorprendió Ximena—. Tampoco me contó nada de esto. Imagino que estará en el séptimo cielo.

—Sí, ma —intervino Brenda desde los últimos peldaños de la escalera—, estoy en el séptimo cielo. Por todo.

Avanzó hacia la mesa. Diego se puso de pie y Brenda se detuvo a su lado. Se tomaron de las manos.

—Hacen una pareja lindísima —declaró Ximena y les sonrió.

Brenda se arrojó a los brazos de su madre y se sentó en sus rodillas.

—Cuántas cosas me ocultaste, amor mío.

—Vos también, ma —redarguyó sin reproche—. Cinco años de la vida de Diego —le recordó.

—Al final, el destino siempre se abre camino —declaró la mujer—. Es inexorable.

Conversaron un rato en un diálogo distendido. Brenda, igualmente, percibía cierta desazón por parte de Diego. Entrelazó los dedos con los de él sobre la mesa y le sonrió, a lo cual él respondió con otra sonrisa, aunque forzada. ¿Cuándo superaría el sentimiento de culpa e inferioridad? ¿Cuándo se olvidaría de que ella era la hija de sus amados y respetados padrinos?

Ximena consultó la hora y se puso de pie.

—Hija, me gustaría que volvieses a casa. Quiero que hagas las paces con tu hermano.

—No hasta que le pida disculpas a Diego.

—No es necesario —intervino él.

—Para mí lo es —se endureció Brenda.

—Es lo justo —la apoyó Ximena—. Pero primero quiero que hablemos los tres. Hay algo que vos y Lautaro deben saber —manifestó con la vista fija en el ahijado, que le devolvió una expresión de piedra—. Yo voy yendo —anunció—. Te espero en casa —dijo, y Brenda asintió.

Diego acompañó a Ximena hasta la puerta y Brenda se dirigió a la planta alta para recoger la ropa y prepararse para volver a su hogar. No sabía cómo se sentía. Por un lado, estaba contenta de que por fin todo hubiese salido a la luz; por el otro, temía enfrentar al poderoso escorpiano. Sobre todo, no quería dejar a Diego.

Lo escuchó regresar y siguió arreglando el desorden de la habitación. Esperó a que subiera. Como se demoraba, bajó a ver qué sucedía.

Lo encontró sentado en el sofá, los codos clavados en las rodillas y las manos le cubrían la cara.

—¿Diego? —se preocupó y se sentó junto a él.

Diego se incorporó y le sonrió para tranquilizarla, pero de nuevo se trató de una mueca impostada.

—¿Qué pasa? —lo interrogó y lo estudió con ojos escrutadores—. Te agobia la responsabilidad, ¿no?

—Sí —admitió enseguida—. Pero entre dejarte y asumir la responsabilidad creo que no tengo opción. Ya no.

—Yo no soy tu responsabilidad. Sos mi pareja, no mi papá. Por favor, no me sientas como un peso.

Diego la sorprendió robándole un beso largo y erótico.

—No sos vos el peso, no sos vos la responsabilidad —expresó con un fervor raro en él—. Soy yo mismo, yo mismo soy la piedra que me lleva hasta el fondo. Es en mí en quien más desconfío. Creo que la posibilidad de perderte es lo único que me hará ser responsable de mí mismo por primera vez.

—¿Te gusta la idea de ser responsable de vos mismo? —susurró Brenda con el cuidado que habría empleado para evitar espantar a un animillo salvaje.

—Me gusta la idea de que estés conmigo, eso es lo que más me gusta —replicó y volvió a besarla.

* * *

Brenda encontró a Ximena en la cocina; preparaba algo rápido para la cena. Se sentó en la isla y la observó revolver la pasta.

—¿Diego se quedó bien?

—Maso —admitió Brenda—. Se siente en falta con vos. Y con papá —agregó.

—Pero cuando le pregunté si te dejaría en caso de que se lo pidiese, puso una cara que expresaba lo contrario. A ver —coligió Ximena—, no dudo de que se siente en falta con la memoria de tu padre y conmigo, pero te aseguro que ese sentimiento es nada en comparación con el amor que te tiene.

—Nunca me habló de amor, ma —puntualizó Brenda—. Nunca me dijo que me amaba.

—Diego nunca expresa lo que verdaderamente siente, hija. Lo importante lo guarda bajo siete llaves. Ha sido así la vida entera. Desde chiquito había que sacarle las cosas con tirabuzón. A veces se sentía mal, le dolía la panza, incluso tenía fiebre, y no decía nada.

La sofocó un sentimiento arrollador y se le nubló la vista. Max abandonó la alfombrita y se paró en dos patas sobre sus piernas. Gañó y le olfateó el rostro. Brenda lo aferró por el collar y lo besó.

—¿Estás enojada porque no te conté que Diego y yo estamos juntos?

—No —contestó Ximena tras una pausa—. Desilusionada sí; enojada no. De todos modos, comprendí tu decisión de mantenerme al margen.

—¿Y qué hay con eso de que Diego tiene una gran capacidad destructiva y que vos querías preservarme de ella?

—¿Qué querés saber realmente? —indagó Ximena—. ¿Si todavía creo que Diego tiene una gran capacidad destructiva o si me interpondré entre ustedes para alejarte de él a causa de eso?

—Creo que quiero saber las dos cosas —aceptó Brenda.

—Diego es adicto a la cocaína y al alcohol, hija, y eso es algo con lo que tendrá que lidiar la vida entera, por lo que sí, creo que todavía habita en él una gran capacidad destructiva. En cuanto a si te impediré estar a su lado, me conocés lo suficiente para saber que no lo haré. Intenté mantenerte lejos de él desde 2011, pero ya ves, fue inútil. Como dije en lo de Diego, el destino siempre se abre camino.

Brenda saltó de la banqueta y rodeó la cintura de su madre por detrás. Apoyó la mejilla en su espalda.

—Te amo, ma. Con todo mi corazón.

—Y yo a vos, amor mío.

Max, que se había mantenido pegado a Brenda, salió corriendo hacia el ingreso principal.

—Está por llegar tu hermano —anunció Ximena.

—¿Cómo te enteraste de lo que pasó ayer entre Diego y Lautaro?

—Camila me llamó para contarme. Estaba preocupada porque no atendías el celular. Me llamó y me contó cómo fueron las cosas.

—Cami fue lo más. Me defendió y consiguió que Lautaro me devolviera las llaves porque no me dejaba salir.

Ximena, con una seriedad inusual, asintió y siguió ocupándose de la cena. Minutos más tarde oyeron el ruido del cerrojo y la puerta que se abría. Lautaro se detuvo bajo el dintel de la cocina. Sostuvo la mirada de Brenda, que se cruzó de brazos y lo contempló con desdén; en ese momento lo odiaba. Lautaro avanzó en dirección de Ximena y la besó en la mejilla.

—Hola, ma. ¿Todo bien?

—Necesito hablar con vos y con tu hermana de lo que sucedió aquí ayer por la tarde.

—Camila me dijo que te llamó y te contó —reveló Lautaro y se ubicó en una de las banquetas de la isla.

—Camila me contó, sí —refrendó Ximena y apagó la hornalla. Se ubicó frente a su hijo. —¿Qué pasó, Lautaro? ¿Qué te hizo reaccionar como un energúmeno, hijo? Tu padre y yo no te educamos para que te volvieras intransigente y le faltaras el respeto a tu hermana.

—Creí que la ayudaba salvándola de ese adicto. A veces Brenda tiene pajaritos en la cabeza.

—¡A vos qué te importa si tengo pajaritos en la cabeza! ¡Es mi vida, Lautaro!

—Brenda, por favor —intervino Ximena y levantó una mano para pedir calma—. Aquí estamos los tres para que cada uno exprese su idea de un modo racional. —Dirigió la atención de nuevo hacia Lautaro. —Quiero que le pidas perdón a Brenda.

—¡No! —Lautaro se puso de pie. —No pienso disculparme. Lo hice para salvarla de ese adicto, el hijo de un estafador. ¡De tal palo, tal astilla!

—Ahí te equivocás, hijo —habló Ximena con una tranquilidad asombrosa.

—Es el hijo de David Bertoni, ¿no? El que nos cagó durante años después de la muerte de papá.

—¿Nunca te preguntaste cómo fue que me enteré de que David nos estaba robando?

—Gracias a una auditoría —respondió menos seguro.

—No, Lautaro. No fue gracias a una auditoría. Fue Diego el que me lo contó.

—¡Qué! —exclamaron los dos hermanos al unísono, y Ximena asintió con movimientos lentos de cabeza.

—Ese verano de 2011, le di trabajo en la fábrica para mantenerlo lejos de los problemas. Empezó como pinche en el sector de David. Como es muy inteligente y observador, le bastaron pocas semanas para comprender el funcionamiento del sistema y para notar las fallas y los huecos inexplicables.

Brenda, azorada, perpleja, solo atinaba a meditar que la descripción que acababa de realizar su madre encajaba a la perfección con lo que Cecilia le había dicho acerca de Virgo. Pero lo que realmente la sorprendió fue evocar lo que la astróloga le había explicado acerca del nativo que, al igual que Diego, había nacido con el Sol en oposición a la Luna. «*Pero el padre también debe de temerle, porque habiendo nacido en una noche de luna llena, esta persona llegó para echar luz sobre los misterios y las oscuridades de la familia. Este nativo se anima a poner en evidencia lo que se intenta ocultar.*» Se trataba de un descubrimiento de tanta relevancia que no sabía qué decir.

—Diego fue juntando evidencia, muy buena evidencia —subrayó Ximena—, y un día se presentó en mi oficina y me lo reveló todo. Fue un shock. Pero gracias a él salvamos la empresa, porque no sé qué habría sucedido si David hubiese continuado con sus turbios manejos.

—Mandó en cana a su propio padre —se extrañó Lautaro.

—Un padre al que jamás quiso ni respetó porque siempre fue duro y poco amoroso con él. En cambio, Diego amaba a tu padre y le juró en su lecho de muerte que siempre nos protegería, a los tres, pero sobre todo a mí y a tu hermana. Lautaro, Diego juntó el valor y acusó a su padre para defendernos a nosotros. Por eso me dolió profundamente enterarme de cómo lo habías tratado.

—Yo no sabía esto.

—Diego me hizo jurar que nunca se lo diría a nadie —explicó Ximena—. Ahora, sin embargo, y dadas las circunstancias, era necesario que ustedes lo supieran. Y es justamente por eso, Lautaro, porque no lo sabías, que en parte comprendo tu reacción. Ahora lo sabes. Lo que jamás deberías haber hecho es atacar de ese modo a tu hermana, faltarle el respeto y privarla de su libertad. *Jamás*, Lautaro —remarcó.

El chico endureció la expresión y apretó los puños a los costados del cuerpo.

—Diego Bertoni habrá salvado la fábrica, mamá, pero sigue siendo un drogadicto y un alcohólico. Eso no cambia para mí y nunca voy a aceptar que mi hermana se arruine la vida metiéndose con uno como él.

—Lo amo —intervino Brenda—. Lo he amado toda la vida. ¿No podés entenderme vos, que amás a Camila?

—Camila no es drogadicta ni alcohólica, Brenda. —Apuntó la mirada implacable hacia Ximena. —¿No te importa que tu hija se meta con uno que anda en drogas?

—Ha estado en una casa de recuperación durante los últimos nueve meses —informó la mujer—. Se ha mantenido limpio. Y ahora la tiene a tu hermana, que le dará otro motivo para luchar.

—No puedo creer que seas tan inocente, mamá —se impacientó Lautaro—. Los tipos como él nunca cambian. Viven recayendo una y otra vez. Solo saben hacer una cosa: arruinar las vidas de los que intentan ayudarlos.

Lautaro dio media vuelta y abandonó la cocina.

Capítulo XVIII

Con la verdad a la luz, la vida se tornó más fácil. Se movía con libertad y no tenía que mentir ni inventar excusas. De igual modo, el ambiente continuaba tenso, con Lautaro plantado en sus trece. Una noche lo escuchó discutir con Ximena.

—¿No tenés miedo de que la faje, mamá?

—Diego jamás le tocaría un cabello a tu hermana.

—Pero sé que es violento cuando está colocado o chupado. En ese estado deja de ser Diego para convertirse en una bestia.

—Sé que no tocaría a tu hermana ni siquiera en ese estado —lo defendió Ximena—. Además, con la ayuda de Dios, Diego no volverá a caer en ese infierno.

—Seee —ironizó Lautaro—, más vale que le pidas ayuda a Dios.

Brenda dividía sus días entre Diego, la administración de las redes de DiBrama y los ensayos para el evento lírico. Seguían llegando pedidos para la banda de rock a través de las redes sociales. Habían recibido un anticipo de cinco mil pesos tras haber confirmado la participación en una fiesta de quince en Olivos, donde tocarían durante una hora y media.

El martes por la mañana, en la reunión en la agencia publicitaria de Gabi, el jefe del proyecto les preguntó por el Moro.

—Gabi dice que es el más creativo de la banda —acotó.

—Los tres componemos —se defendió Manu—, el Moro, Rafa y yo. Pero sí —concedió—, el Moro es muy creativo.

—¿Por qué no vino?

—Está trabajando —contestó Brenda, un poco nerviosa de encontrarse allí—. Pero le transmitiremos todo lo que se diga hoy aquí.

Siguieron conversando acerca del producto —una línea de toallas femeninas—, de la estética de la publicidad, del mensaje que se quería comunicar y del *jingle* que estaban buscando. Rafa y Brenda tomaban nota al tiempo que grababan la conversación para hacérsela escuchar a Diego. Prometieron regresar con el material apenas hubiesen desarrollado algo. El jefe del proyecto fijó una fecha límite: viernes 10 de junio.

Tras la reunión en la agencia, marcharon a la casa de Diego para comenzar a trabajar. Estaban entusiasmados. Rafa sostenía que, si lograban impresionar al jefe del proyecto, se asegurarían otros trabajos. Los chicos se dedicaron toda la tarde a definir el estilo de la mejor música para la campaña. Brenda, más que cebar mates y aportar sus comentarios, poco podía hacer. Consultaba el WhatsApp con frecuencia; había mensajes de sus amigas, de la Silvani, de Bianca, pero nada de Diego. Lo extrañaba.

Especuló con su hora de llegada y subió a arreglarse. Se maquilló muy poco y se perfumó. Se soltó el cabello y lo peinó. En tanto se estudiaba en el espejo, oyó su voz en la planta baja y fue testigo de cómo las mejillas se le coloreaban. Aunque detestaba esa reacción infantil, admitió que le otorgaba una tonalidad atractiva.

—¿Dónde está Brenda? —lo escuchó inquirir.

—Subió un momento —contestó Rafa.

—Aquí estoy —anunció desde los últimos peldaños y se detuvo de manera mecánica ante la sonrisa que Diego le destinó.

Se acercó al final de la escalera, la tomó por la cintura y giró lentamente con ella en los brazos. Se besaron entre risas mientras sus amigos se quejaban.

—¡Dejen de contar plata frente a los pobres! —dijo Rafa.

—Creo que sobramos —señaló Manu.

—Te extrañé tanto —susurró Brenda, haciendo caso omiso de los comentarios.

—¿Todo bien en tu casa? —se preocupó él y Brenda asintió.

—¿Tenés hambre? —quiso saber.

—Mucha —admitió.

Apenas pasadas las siete, se sentaron a cenar las tartas que Modesta había preparado. Diego devoraba en silencio, la vista fija en el plato, y un estado de ánimo difícil de identificar. Brenda, sin embargo, lo percibía tranquilo a su lado, mientras Rafa y Manu le contaban acerca de la reunión en la agencia.

—¿Qué es lo que más valora una mujer de una toalla femenina? —la interrogó Rafa.

—La comodidad. En especial —agregó— si practicás un deporte u otra actividad física.

Diego había alzado la vista del plato y la contemplaba con seriedad. La excitaba en ese modo profesional y responsable. Deseó quedarse a solas con él. Diego debió de percibir la lujuria en su mirada porque aguzó los ojos, tras lo cual ladeó los labios en una sonrisa ufana y siguió comiendo.

Continuaron trabajando mientras tomaban mate en el estudio y escuchaban la grabación con los comentarios del jefe del proyecto. La primera idea nació de Diego, quien propuso componer un tango, lo que sorprendió a los otros miembros de la banda. Se imaginaba a la bailarina ejecutando giros y firuletes con una gran libertad de movimiento.

—Se siente cómoda —remató y dirigió la atención a Brenda.

—Está buena la idea —musitó Rafa—. Pero nosotros no sabemos nada de tango.

—Yo sí —declaró Diego con la actitud altanera en la que solía caer dentro del ámbito de la música—. Además, podemos pedirle a mi abuela que nos dé una mano. Ella la rompe.

Trabajaron un rato más en los posibles ritmos y letras tangueras. A eso de las once, Brenda notó que la energía de Diego mermaba y se le caían los párpados, por lo que propuso dar por terminado el día. Manu y Rafa se marcharon minutos más tarde.

Tras acompañar a sus amigos a la puerta, Diego regresó a la casa y la encontró en la cocina poniendo orden. La abrazó por detrás y le besó la mejilla. Brenda se asombró al notarlo excitado; había creído que, cansado como estaba, si iría directo a dormir. Le hizo el amor contra la mesada, ella sujeta a los mandos del grifo y él a sus senos. Volvieron a amarse bajo la ducha, mientras se bañaban juntos. Todavía en el aire, la espalda pegada a los azulejos, las piernas ajustadas en torno a las caderas de Diego, Brenda le susurró de modo agitado:

—El viernes tengo turno con la ginecóloga.

Diego soltó una especie de gruñido satisfecho y le mordió delicadamente el trapecio. Salieron del baño minutos más tarde. Diego arrastraba los pies. Cayó en el colchón desnudo, donde se durmió apenas apoyó la cabeza en la almohada. Brenda lo cubrió con las sábanas y las mantas.

Se ponía crema en las piernas cuando el teléfono de Diego comenzó a vibrar y la pantalla se encendió para anunciar la llamada de Carla. Nada de mensajito por WhatsApp, una llamada directa. Se quedó mirando el nombre, que le despertó toda suerte de cuestionamientos, dudas y posibles escenarios. A punto de responder, desistió; no quería ponerse en la línea de fuego de la mujer a la cual imaginaba letal.

* * *

Al día siguiente se presentaron en el hospital Durand poco antes de las seis de la mañana. Salieron apenas pasadas las siete tras haber cumplido con los formalismos de un análisis peculiar dado que la orden provenía de un juzgado. Se dirigieron a la estación de Constitución. Brenda, en el asiento del acompañante, cebaba mate y le pasaba bizcochitos de grasa. Iba abstraída, aún afligida por la llamada de Carla. ¿Hablarían todas las noches a esa hora? ¿Sería una costumbre entre ellos? Diego le había asegurado a Ximena que Carla y él eran solo amigos. ¿Debía creerle y confiar? No lograba deshacerse de la idea de que era una tonta y de que estaban burlándose de ella.

—¿Te deprimió el hospital?

—No, para nada.

—Entonces, ¿por qué tenés esa cara?

Se debatió entre callar sus dudas e inquietudes o mencionárselas. Se convenció de que si querían construir una pareja sólida tenían que ser capaces de abordar cualquier tema.

—Anoche, apenas te dormiste, te llamó Carla.

—Ajá. ¿La atendiste?

—No —respondió con tono un poco escandalizado—. Claro que no. ¿Por qué te llamó a esa hora?

—¿Cómo voy a saberlo, Brenda? —se impacientó.

—¿Hablan todos los días?

—No.

«¡Quiero que dejes de verla!», le habría exigido. «¡Quiero que la saques de tu vida! ¿Por qué seguís siendo su amigo?», lo habría increpado sabiendo que él volvería a darle la misma respuesta de días atrás: *«Sigo siendo su amigo porque ella estuvo para mí en algunos momentos de mierda de mi vida».*

Llegaron a Constitución minutos después. Brenda se bajó para tomar el lugar del conductor. Diego la aguardaba con la puerta abierta. Intentó subirse al auto, pero él se lo impidió; le cerró la mano en torno al cuello y le habló con fervor sobre los labios.

—Estamos tan bien. No lo arruines por unos celos que no tienen sentido.

Brenda lo abrazó y le buscó la boca para besarlo, a lo cual él respondió con una intensidad en la cual, ella sabía, se mezclaban el deseo y la bronca.

—Perdoname —suspiró—. No voy a volver a celarte —prometió.

Sin embargo, cuando al día siguiente Rafa le contó que el IP desde el cual Candy Rocher enviaba sus ponzoñosos mensajes pertenecía al dominio de la Intendencia de General Arriaga, los celos se alzaron dentro de ella.

—Esto confirma mi sospecha —prosiguió Rafa—: es esa turra de Carla.

—Ya sé que su hermano es el intendente —razonó Brenda—, pero ¿ella tiene acceso a las computadoras de la intendencia?

—Más bien que sí —confirmó—. El hermano le dio un puesto en la Secretaría de Cultura, en el reparto de Espectáculos y Esparcimiento.

—Es una ñoqui, obvio —acotó Manu—, pero de vez en cuando va a la oficina. Ahora está yendo para rompernos las bolas haciéndose pasar por la Candy Rocher esa.

—¿Qué hacemos? —preguntó Brenda.

—Por lo pronto —decidió Rafa—, la voy a bloquear y la voy a denunciar. Si quiere seguir echándonos mierda, tendrá que crear otro usuario y escribir desde otro IP y dominio.

—¿Se lo decimos a Diego? —se inquietó Brenda.

Rafa y Manu le propusieron que se mantuviera al margen; ellos se lo comunicarían. Al día siguiente, mientras aguardaba que la ginecóloga la recibiera, llamó a Rafa; quería saber si le habían revelado la verdadera identidad de Candy Rocher.

—Sí —contestó Rafa con voz tensa—. Fuimos a su casa ayer y se lo contamos.

—¿Y? ¿Qué dijo?

—No mucho, ya sabés cómo es.

—Algo habrá dicho —se impacientó Brenda.

—Dijo que la bloqueáramos y que la denunciáramos. Le dije que ya lo había hecho. Manu le pidió que la llamara y que le dijese que se dejara de joder.

—¿Y? ¿Dijo que lo haría?

—No dijo nada, ni sí ni no.

Se le esfumó el entusiasmo con el que había concurrido al turno con la ginecóloga. Igualmente, escuchó con atención sus consejos e indicaciones. Además de recetarle las píldoras anticonceptivas le dio una prescripción para adquirir un anticonceptivo de emergencia a base de ulipristal, más conocido como la pastilla del día después.

—En caso de que te hayas salteado una píldora y tengas relaciones, te tomás una de estas —le señaló—. No es una píldora abortiva, sino que retrasa la ovulación.

* * *

Pese a la desilusión que había significado la falta de reacción de Diego y la sospecha de que Carla y él hablaban por teléfono con frecuencia, incluso que se veían —la muy zorra debía de ir a visitarlo a la obra en Wilde—, Brenda cumplió la promesa y se cuidó de celarlo. Ansiaba borrarla de su mente. Pensar en ella le envenenaba los sentimientos y le distorsionaba la realidad. No quería caer en el típico defecto pisciano, el que los tenía por crédulos e ingenuos, pero la verdad era que deseaba confiar en Diego cuando le aseguraba que solo eran amigos.

La menstruación le bajó cuatro días después de la visita a la ginecóloga, el martes 7 de junio, por lo que empezó a tomar las pastillas anticonceptivas a las tres de la tarde de ese mismo día, tal como le había indicado la médica. Estaba nerviosa mientras esperaba a Diego en su casa en compañía de Manu y Rafa. Ensayaba distintos modos de contarle que, dentro de setenta y dos horas, podrían amarse sin condón. Ya se imaginaba el fin de semana allí encerrados haciéndolo el día entero. Le costaba creer que fuese ella la que albergaba las fantasías y los deseos que la dominaban cuando en el pasado había debido esforzarse para encontrarle sentido a un beso o a una caricia; lo conseguía si cerraba los ojos y lo imaginaba a él.

Diego abrió la puerta de ingreso y ella amó la manera en que su mirada escaneó la casa hasta descubrirla en el umbral de la cocina. Soltó el repasador con el que se secaba las manos y corrió a sus brazos. Se besaron locamente y nos les importó cuando Manu y Rafa salieron del estudio y los pillaron de ese modo. Con las frentes unidas, se rieron de los comentarios ocurrentes de los amigos.

Trabajaron un rato en el tango que estaban componiendo para la publicidad. Les habían presentado las ideas preliminares a Gabi y al jefe del proyecto, que las habían acogido con gran entusiasmo. Diego ya le había pedido permiso al padre Antonio para tomarse el viernes libre, día de la entrega y de la grabación del *jingle* tanguero en un estudio alquilado por la agencia.

—El cura me autorizó a que me tomara el viernes —explicó Diego en dirección a Brenda—, pero a cambio tengo que trabajar el sábado.

—Los chicos del orfanato van a estar muy desilusionados —comentó ella.

Pasadas las diez Manu y Rafa se despidieron. Diego los acompañó hasta el ingreso y volvió minutos más tarde. Brenda salía de la cocina con una taza de té de melisa que lo ayudaba a relajarse. Se sentaron a la mesa. Diego sorbió en silencio mientras ella lo estudiaba con la avidez que no mermaba.

—Tengo una buena noticia y una mala —anunció con voz alegre.

—Primero la mala —pidió él.

—Hoy me vino.

Diego asintió sin desvelar emoción alguna.

—¿Y la buena?

—Hoy empecé a tomar la pastilla. En tres días podremos hacerlo sin condón.

—¿Tres días? —repitió—. A ver, precisemos bien la cosa —exigió el virginiano—. ¿Cuándo empezaste exactamente?

—Hoy a las tres de la tarde —puntualizó Brenda.

—Entonces… —Diego realizó un cálculo rápido. —El viernes a partir de las tres de la tarde empezamos a hacerlo sin forro.

Le aferró la mano y se la colocó sobre la erección. Se echó hacia atrás y Brenda se sentó sobre él. Lo sujetó por las sienes y lo miró en lo profundo de los ojos.

—Tengo tantas ganas de que estés adentro de mí sin condón.

La sorprendió la reacción automática de las pupilas de Diego, que se expandieron como si acabaran de apagar las luces; le volvieron negros los ojos grises.

—¿Te molestaría hacerlo estando indispuesta?

—No, claro que no. Pero pensé que a vos no te entusiasmaría la idea.

—¿Por la sangre? —se asombró él y Brenda asintió—. Ya hubo sangre entre nosotros —le recordó mientras le mordisqueaba el filo de la mandíbula— y me volvió loco. ¿Suena retorcido?

—No —replicó Brenda—. Suena erótico.

Lo hicieron en la silla y Brenda tuvo la impresión de que su orgasmo llegaba más rápido y era más intenso de lo usual. La misma impresión tuvo del de Diego, que permaneció extático aferrado a sus caderas, el rostro hundido en el cuello de ella, húmedo a causa de la saliva y de la respiración superficial. Sufría cortos y violentos espasmos y Brenda lo contenía entre sus brazos, pegado a ella, como si lo consolase de una pena infinita.

* * *

A la mañana siguiente cumplieron con la visita al hospital Durand. De camino a Constitución, Brenda le cebaba mate y le ponía pedazos de medialuna en la boca.

—¿Lautaro sigue sin hablarte? —se interesó Diego.

—Sí. Es rencoroso como buen escorpiano, pero ya se le va a pasar. Mi cuñada y mamá lo están ablandando.

Diego se volvió hacia ella en una luz roja y la acarició.

—Lo siento.

—No te preocupes por eso. —Tras una corta reflexión, Brenda se atrevió a abordar un tema que había evitado: —¿Por qué nunca me contaste que fuiste vos el que alertó a mamá del fraude de tu papá?

—No es algo de lo que me enorgullezca.

—Lo hiciste para ayudar a mamá, una mujer viuda y con dos hijos adolescentes que mantener —le recordó.

—No me avergüenzo de habérselo revelado sino de mi sangre, de mi apellido. De mi viejo —añadió tras unos segundos.

—No tenés que avergonzarte de nada, Diego. Al contrario. Yo te admiro tanto. Bueno —dijo con expresión de derrota—, ya te lo he dicho tantas veces, cuánto te admiro —aclaró—. Me parece que no me creés.

—Te creo —señaló él—, solo que te equivocás. Al fin y al cabo, soy hijo de esa mierda.

Brenda emitió un suspiro de desazón e impotencia y siguió cebando en silencio lo que duró el resto del viaje. Al llegar a la estación de trenes, descendió del automóvil para ocupar el sitio del conductor. Diego, como ya iba convirtiéndose en un hábito, la aguardaba junto a la puerta con el bolso en bandolera echado sobre la espalda. La sujetó por la mandíbula con una mano y la pegó a su cuerpo con la otra.

—Dormí de nuevo en casa esta noche —exigió con una voz que se contraponía al esfuerzo para ocultar la ansiedad y el miedo a la negativa.

Al otro día, meditó, tenía ensayo con la Silvani, por lo que necesitaba dormir al menos siete horas; su profesora poseía dotes de sabueso y notaba enseguida si no llegaba descansada. Conociendo a Diego, era probable que volviese a ocurrir lo de la noche anterior, cuando la despertó en plena madrugada para amarla otra vez. ¿Cómo negarse? Asintió, y la sonrisa que Diego le regaló justificó la falta de sueño y las quejas de la Silvani. También lo justificó el hecho de que esa noche Diego le mostrase una parte que había ocultado con celo y, mientras fumaba tras haberle hecho el amor, le hablase del padre y le revelase cómo, a principios de 2011, había descubierto sus negocios sucios. A lo largo del relato, Brenda se mantuvo quieta y acurrucada contra su cuerpo y se abstuvo de comentar o de hacer exclamaciones por temor a que Diego se replegase tras la máscara. Se limitaba a acariciarle los pectorales velludos, lo que parecía serenarlo.

—Lo primero que sospeché fue que la cagaba a mi vieja con la jefa del depósito. La necesitaba si quería robar sin problema —concluyó—. Estaban complotados. Un día le dije que no me volvía con él, sino que me venían a buscar Manu y Rafa. Era mentira. Me escondí en el depósito. Estaba seguro de que, cuando todos se hubiesen ido, esos dos se encontrarían. Los vi coger sobre el escritorio de ella. Y después los oí hablar de sus negocios turbios. No me sorprendió porque había cosas que no me cerraban. Yo era un pendejo recién llegado que poco sabía y poco entendía. De todos modos, había cosas que no me cuadraban. Pero ser eso, un pendejo recién llegado, me permitió moverme con libertad porque nadie sospechaba de mí, ni mi viejo ni sus cómplices, que eran dos más además de la jefa del depósito. Yo me lo pasaba buscando pruebas para mandarlos en cana y estos ni cuenta se daban. Me aprendí de memoria la clave de mi viejo con la que ingresaba en el sistema y copiaba los movimientos que no se condecían con la realidad. Junté documentación. Filmé dos veces en que fueron de noche a llevarse productos que no estaban registrados en la contabilidad, dos ventas que iban a parar a los bolsillos de mi viejo y de sus cómplices. No tengo pruebas de lo que voy a decirte, pero estoy seguro de que el plan era vaciar la empresa y mandarse mudar con toda la guita. Basuras —masculló y se cubrió la cara con la mano—. Mi viejo es un cobarde hijo de mil putas. Mirá que estafar a una viuda con dos hijos chicos. Qué pedazo de mierda.

Brenda, que percibía su agitación creciente, se incorporó y lo besó en los labios con suavidad.

—Gracias por habernos protegido y por haber salvado nuestra fuente de ingresos. Gracias, amor mío —repitió—, gracias, gracias —siguió susurrando y depositando besos delicados en su rostro.

Se arrodilló en el colchón y le tomó la mano, que besó largamente y con reverencia, con los ojos cerrados para evitar que las lágrimas se le escapasen.

—Sé que le prometiste a papá cuando estaba muriendo que nos protegerías —expresó con voz vacilante y gangosa—. Sé que sellaste el juramento dándole un beso en la mano y sé también que papá se fue poco después, tranquilo por la promesa que vos le hiciste. Así que gracias también por haberle dado paz cuando más la necesitaba.

El rostro de Diego se contorsionaba en el intento por reprimir un llanto irrefrenable. Se le sacudía la barba del mentón, tenía los ojos inyectados y la piel rubicunda. Brenda lo abrazó y le susurró:

—Te amo, Diego, más que a nadie en este mundo.

La contención que a duras penas había mantenido a raya las ganas de llorar se disolvió y dio paso a una emotividad tan desgarradora que Brenda se arrepintió de haberse alegrado porque le contaba acerca del padre. Lloraron juntos, abrazados con un fervor en el que sus cuerpos compartían los latidos, los estremecimientos, los suspiros, los fluidos y el aliento. Eran una sola criatura en ese dolor conjunto.

—¿Por qué tuvo que morirse tu viejo y no el zángano del mío? —se cuestionó Diego—. La vida no tiene sentido.

—Tal vez no lo tenga —acordó Brenda—, pero en este momento estoy tan feliz de estar viva. Sentir este amor que siento por vos y estar de este modo los dos juntos casi justifica todo lo demás.

Diego la observaba con un ceño, pero sin severidad y le apartaba los mechones del rostro y se lo acariciaba.

—¿Por qué me amás? —preguntó al cabo de ese silencio y con la misma perplejidad con que lo había hecho al día siguiente de su primera vez.

La contemplaba como si ella fuese un acertijo. Brenda torció la boca en una mueca que pretendía comunicar duda o la necesidad de someter la respuesta a una intensa reflexión.

—Podría decirte lo mismo que escriben tus fans en la página, que estás mejor que el dulce de leche y que escuchan tu voz y se les cae la bombacha. —Diego alzó las cejas y soltó una risita por la nariz. —Eso dicen —remarcó Brenda—. Y es verdad —afirmó—. Pero yo amo al Diego que nadie conoce, que es más lindo que el que todos ven, mil veces más hermoso, el que se encerró conmigo en una habitación durante horas porque el payaso del cumple de Lucía me asustaba, o el que me levantaba en el aire y me hacía dar vueltas, el que se interesaba en mí y me preguntaba por el cole y por mis amigas, el que me dejaba ganar siempre, el que protegió a mamá y a nuestra empresa y el que le dio paz a papá cuando más la necesitaba. ¿Y después te preguntás por qué te considero mi héroe? Creo que la evidencia es abrumadora, ¿no te parece? ¿No te parece? —insistió cuando él se quedó mirándola en silencio.

Le hizo cosquillas al costado del vientre para obligarlo a contestar. Diego la sometió sin esfuerzo y se echó sobre ella mientras le sujetaba las muñecas por encima de la cabeza. Brenda, vencida e inmovilizada, igualmente volvió a preguntar:

—¿No te parece que sos un héroe?

—No, pero amo ser *tu* héroe.

* * *

Por la mañana, mientras desayunaban en la cocina, Brenda volvió sobre el tema de David Bertoni. Se había debatido durante las horas de insomnio entre evitar el tema o agotarlo. Tras una larga reflexión, se decidió por lo segundo.

—¿Le contaste a tu mamá que tu papá la engañaba con la jefa del depósito?

—No.

—¿Por qué no?

—Porque mi vieja no lo habría dejado a ese hijo de puta aunque le demostrasen que era un asesino serial. ¿No viste cómo lo apoyó cuando salió todo a la luz? Prefirió romper la amistad con Ximena que quitarle el apoyo a ese gusano. ¿Para qué contarle lo de la metida de cuernos? La habría hecho sufrir al vicio e igualmente no lo habría dejado.

—Tal vez tengas razón.

—¿Vos te creés que mi vieja no sospecha que mi viejo la caga con otras minas?

—¿Sí? ¿Creés que lo sospecha? —se asombró, y Diego rio entre dientes y con ironía.

La sujetó por el mentón y la atrajo para darle un beso.

—¿Te escandalizás al pensar que una mujer, sabiendo que su marido la caga, siga con él? Es más común de lo que creés. Se callan para no perder la posición o porque no tienen guita o laburo.

—O porque aman a sus esposos locamente —añadió mientras reflexionaba que ella, pese a sospechar de la naturaleza del vínculo que lo unía a Carla Mariño, seguía con él y no lo habría dejado.

De camino a Constitución, Brenda formuló la última pregunta que venía dándole vueltas a la cabeza desde que se había enterado del rol principal de Diego en el desbaratamiento de la estafa de David Bertoni.

—¿Amor?

—¿Mmm?

—¿Tu papá supo que fuiste vos el que la alertó a mamá de los manejos turbios?

—Sí, lo supo.

—¿Se dio cuenta solo?

—No. Se lo dije yo.

* * *

Ese jueves, tras el ensayo en lo de la Silvani, el último antes del espectáculo del domingo en la catedral de Avellaneda, Bianca la invitó a tomar un café. Caminaron juntas hasta avenida Rivadavia charlando acerca del evento y de los nervios que tenían. Se sentaron en un bar y pidieron dos cortados.

—¿Cómo está tu hermanito? —se acordó de pronto Brenda.

—Medio insopor. Tiene para tres semanas de yeso y después varias más de rehabilitación. Pero, por suerte, dicen que quedará como nuevo. Bren —dijo con una inflexión en la voz—, supe por Cami que formás parte de una banda de rock. ¡Qué copado!

—Sí, DiBrama le pusimos.

—Lo sé. Los sigo en las redes —comentó Bianca.

—¡Ah, gracias!

—Ayer me llamó Carmelo Broda, el dueño de The Eighties, ¿te acordás?

—Obvio que me acuerdo, el bar karaoke, donde vos cantabas.

—Ese mismo. Bueno, Carmelo me pidió que volviese a cantar, pero yo no tengo tiempo. Entonces me vino a la mente DiBrama y le hablé de ustedes. Se metió en YouTube y vio el video que grabaron en esa peña de barrio y le gustó mucho.

—Es una grabación atroz —se lamentó Brenda.

—Sí, pero Carmelo entiende de estas cosas y se dio cuenta de que son muy buenos. Me comprometí en preguntarles si estarían interesados en cantar los fines de semana en su bar. Claro, tendrían que cantar temas de otros, sobre todo de músicos de los ochenta. Quizá no les interese. Pero no quería dejar de preguntarte. Carmelo y Mariel, su esposa, son dos personas excelentes. Es muy fácil trabajar con ellos.

Bianca le pasó el teléfono de Broda, y Brenda le prometió que lo llamaría luego de consultar con los otros miembros del grupo. Se despidió de Bianca y caminó por la avenida contenta y relajada. No se dio cuenta de que iba sonriendo hasta que se detuvo frente a una vidriera y se vio reflejada en el cristal.

Le llamó la atención una camisa de hombre muy elegante al tiempo que canchera, blanca con pequeñas anclas azules bordadas y calce ajustado. También le gustó otra azul marino cuyos puños, al darse vuelta, reflejaban un cuadrillé blanco y azul, que también se apreciaba en la banda interna del cuello y en la cartera de los botones. Se imaginó a Diego con esas prendas y su cuerpo respondió con el descontrol al que comenzaba a resignarse. A punto de entrar en el negocio para comprarlas, dudó. El dinero constituía un tema ríspido entre ellos. A él lo fastidiaba que ella le llenase la heladera y las alacenas y no aceptara cuando él le ofrecía devolverle la plata. Pero lo cierto era que Diego tenía poca ropa. Entró y no solo le compró las dos camisas sino también unos jeans de gabardina azul.

Por la tarde, esperó a que Diego llegase para contarles acerca del ofrecimiento de Carmelo Broda, el propietario de The Eighties. Manu, un ariano impulsivo y arrebatado, quería aceptar de inmediato. Diego, con su espíritu virginiano y analítico, precisaba más información para decidir, en tanto Rafa, como buen libriano, aguardaba la decisión de sus amigos para expresarse.

Diego encendió la laptop y se pusieron a investigar The Eighties. Ingresaron en la página web del bar y en la de Facebook, donde leyeron los comentarios de los clientes. También buscaron videos en YouTube y vieron unos cuantos. Resultó que los Broda, con los años, se habían expandido y abierto otros dos bares en Palermo Hollywood.

Como siempre, Diego terminó dando la venia y se decidieron por aceptar la propuesta. Él mismo llamó al teléfono que Brenda le dictó. En pocos minutos había concertado una entrevista con Broda para el día siguiente, una vez que terminaran de grabar el tango en el estudio.

—¡La cosa se va moviendo! —exclamó Manu mientras se restregaba las manos.

Capítulo XIX

El domingo Brenda llegó a la catedral con Diego, Millie y Rosi. Manu y Rafa ya estaban allí y les habían guardado lugares en la primera fila. Ximena y la abuela Lidia irían en el auto de Tadeo González. Lautaro y Camila lo harían por su cuenta. A la inquietud propia por enfrentar al público se sumaba el miedo por una potencial pelea entre su hermano y su novio.

Brenda se abrazó a Diego y le confesó:

—Estoy muy nerviosa.

—Mientras estés ahí, delante de todos —sugirió él—, mirame a mí y pensá en lo alucinante que fue hacerlo sin forro este fin de semana. Y pensá que esta noche, cuando volvamos, te lo voy a hacer de nuevo. Pensá todo eso y se te van a pasar los nervios, ya vas a ver. Te vas a calentar, eso sí —se burló.

—Mamá quiere que me quede en casa esta noche. Dice que soy una pensionista y que ya no duermo dos noches seguidas en mi cama.

—Porque en la mía lo pasás mucho mejor. Ahora mejor que nunca —remarcó y agitó las cejas, y Brenda rompió a reír—. Harías mejor en mudarte a vivir conmigo —señaló.

Amaba el destello de sus ojos vivaces. Parecía feliz. Le gustaba pensar que *ella* lo hacía feliz. Desde el viernes por la noche disfrutaban del sexo sin la protección del látex. Se divertían con la libertad que gozaban mientras se amaban. No había postura o propuesta de Diego que ella no aceptase. Quería complacerlo al mismo tiempo que calmar la excitación desmesurada a la que él la conducía con casi nada; a veces bastaba que la mirase.

—Gracias por estar aquí conmigo y por tranquilizarme.

—¿Dónde más podría estar?

Vibró el celular de Diego, quien, al consultar la pantalla, hizo un ceño. Brenda temió que se tratase de Carla.

—Es mi tía Lili —anunció—. Acaban de llegar. Voy a saludarlos.

Le dio un beso que pretendió ser un roce de labios pero que acabó desmadrándose. Lo cortaron ante el sonido de un carraspeo. Se trataba de la Silvani. Su sobrino Leonardo y Maria Bator la flanqueaban. Las mujeres sonreían con picardía; Leonardo la miraba con expresión severa. Diego le clavó la vista al tenor. Rodeó la cintura de Brenda en una actitud que exudaba territorialismo. Resultaba fascinante verlo actuar de modo inconsciente, dominado por la energía de Plutón en la Casa VII, que lo convertía en un ser posesivo y celoso.

—¡Hola! —saludó Brenda—. Les presento a Diego…

—Soy el novio de Brenda —la interrumpió y extendió la mano para saludarlos uno por uno.

Le costó reprimir la sonrisa; era la primera vez que Diego se presentaba como su novio, un término anticuado para sus cánones. ¿Por qué se había vuelto tan posesivo? ¿Se sentiría amenazado por Leonardo?

—*He's my boyfriend* —le tradujo a Maria, que alzó las cejas y lo miró con ojos apreciativos.

—Muy buen mozo —respondió la soprano en inglés.

Volvió a vibrar el celular de Diego, que se limitó a escribir un mensaje. Estaba claro que no iría a recibir a su familia. La sacristía fue llenándose de gente cuando aparecieron Bianca y su novio Sebastián Gálvez, Eugenia y Jonás. Diego enseguida se puso a charlar con Gálvez, a quien conocía de la Escuela Pública Nº 2 y, aunque parecía entretenido recordando los viejos tiempos, no aflojaba el brazo en torno a la cintura de Brenda.

Leonardo se aproximó para consultarle una cuestión de la última canción del repertorio y Diego cortó intempestivamente su conversación con Sebastián y le dirigió una mirada venenosa. Brenda se puso incómoda y le contestó rápido. Leonardo se alejó y Brenda se volvió hacia Diego, enojada.

—¿Se puede saber qué te pasa? —susurró.

—Nunca me hablaste de ese tipo. —Brenda se quedó mirándolo en abierta confusión. —Cuando entró y nos vio besándonos puso cara de culo. —Brenda continuó sosteniéndole la mirada. —Está caliente con vos. Y me da por el centro de los huevos que no me hayas hablado de él.

No podía evitarlo: sus celos la enternecían. Lo sabía, estaba mal, pero su naturaleza pisciana no servía en los casos en que habría sido más sensato mostrarse dura y severa. Lo tomó por sorpresa al besarlo en los labios. Luego le dijo al oído:

—No te hablé de él porque no significa nada. Es un buen tenor y un buen maestro, nada más.

Diego asintió, todavía ceñudo y con semblante sombrío. Soltó un suspiro y descansó la frente en la de ella.

—Perdón. No sé qué me pasó. No soy así —se excusó—. No quiero ponerte nerviosa.

—No estoy nerviosa —lo tranquilizó—. ¿No querés ir a ver a tu familia?

—No —contestó, tajante, y Brenda soltó una carcajada que llamó la atención del resto.

—¿Pero cómo? ¿No es que no sos celoso?

—No lo soy —se empecinó—, pero ¿irme y dejarte a merced del tipo ese? Me pedís un imposible —justificó, y Brenda volvió a reír.

* * *

El evento resultó un éxito desde el punto de vista lírico y de la concurrencia; no quedaba un sitio libre en la moderna y peculiar catedral de Avellaneda, incluso había gente de pie. Invitaron a sus amigos y familiares temiendo que no fuese nadie y se encontraron con que la comunidad había respondido en masa a la invitación del obispado.

Los aplaudieron calurosamente al final de cada pieza y ovacionaron a Brenda con la última interpretación, cuando cantó *SOS d'un terrien en détresse*. Siendo un público poco conocedor, igualmente se conmovió ante el incuestionable talento de la jovencita que se paseaba por la escala de notas musicales con una facilidad pasmosa e iba desde las más graves hasta algunas tan agudas que se caían del teclado, como decía Leonardo. Resultaba prodigioso que un cuerpo delgado y delicado como ese produjese sonidos de tal potencia y exigencia canora y de una dulzura que había hecho lagrimear a medio auditorio. Incluso Diego se quitaba las lágrimas cuando en un principio había puesto mala cara al ver que la Silvani le cedía el piano a su sobrino.

Los saludos y las felicitaciones no cesaban. El padre Antonio y el padre Ismael exultaban y ya hablaban de organizar otro evento. Brenda asentía y sonreía a todo el mundo. Ximena y la abuela Lidia, escoltadas por Tadeo, se aproximaron, emocionadas.

—Ahora entiendo por qué tenías que dejar Ciencias Económicas —le susurró su madre mientras la abrazaba—. Bravo, amor mío. Lo tuyo es un don. Ojalá tu padre estuviese hoy aquí. Estaría orgulloso de vos.

En tanto, la abuela Lidia, que siempre había tenido debilidad por Dieguito, como lo llamaba, lo abrazaba y lo besaba y lo llenaba de halagos.

—Estás hecho un churro bárbaro.

—Abuela —intervino Lautaro—, dejá de hablar en sánscrito. —Lidia le echó un vistazo desorientado. —Ya nadie dice «churro».

Brenda se tensó al oír la voz de su hermano. Se aproximó a Diego y lo tomó de la mano con actitud desafiante y protectora. Lautaro se inclinó y la besó en la mejilla.

—Te felicito. La rompés cantando.

Se quedó callada y continuó mirándolo con fijeza. En un movimiento lento y deliberado, Lautaro cortó el contacto visual con ella y dirigió la atención a Diego.

—Diego —dijo y le ofreció la mano, que el otro aceptó de inmediato.

—¿Qué hacés, Lautaro?

—Vamos a ir a comer algo por ahí con Bianca y Sebastián. ¿Quieren venir?

—Sí, nos encantaría —se apresuró a aceptar Diego.

Martiniano Laurentis y su familia irrumpieron en ese momento y la energía tensa se disolvió apenas Belén se abrazó a Brenda y le suplicó:

—¿Me enseñás a cantar la última canción que cantaste, Bren?

—¡Hija! —se escandalizó Gabriela—. No pidas imposibles.

Brenda le aseguró:

—Nada es imposible, Belu. Nada —remarcó.

* * *

La catedral iba vaciándose, los saludos y los comentarios comenzaban a escasear. Diego y Sebastián charlaban a un costado en tanto Brenda conversaba con Rosi y Millie. Se aproximaron la Silvani, Leonardo y

Maria para despedirse. Brenda los abrazó con afecto y una gran cuota de agradecimiento. Notó dos cosas: primero, que Diego había vuelto a cortar la charla con Gálvez y se hallaba a sus espaldas; segundo, que Maria Bator codeaba a Leonardo Silvani en el ademán de alentarlo a que dijese algo.

—Brenda —habló el tenor—, dejamos pasar este día para no recargarte de cosas, pero con Maria tenemos una noticia para darte. El director artístico de nuestra compañía lírica quiere conocerte y hacerte una prueba.

—¡Oh! —se asombró y enseguida percibió las manos de Diego que se cerraban en sus hombros.

—Le hicimos escuchar algunas de tus grabaciones y quedó muy impresionado —prosiguió Leonardo.

—¡Cómo no! —exclamó la Silvani—. Es mi mejor discípula.

—Pero... —se inquietó Brenda—. ¿Una prueba?

—Sí, una prueba. La verdad es que tiene muchas ganas de oírte en vivo. Si cumplís con sus requisitos, no tengo duda de que te ofrecerá un lugar en nuestra compañía.

—Pero ustedes viajan todo el tiempo —señaló.

—Sí —confirmó el tenor—, pero vos estás libre ahora. ¿No nos contaste que dejaste la carrera de contadora?

—Sí, pero ahora con mi novio y dos amigos formamos una banda de rock.

—¡Oh! —Fue el turno de Leonardo para sorprenderse.

—Me gusta el lírico, Leonardo, pero no es lo mío. Lo aprendí por mamá, que lo ama. Lo mío es el rock. Estoy feliz. Cantar con una banda es mi sueño hecho realidad.

—Pero... —Leonardo la contemplaba con una expresión desorientada; no atinaba con las palabras. —Pero esta banda... No sabés si será exitosa. En cambio, nosotros te ofrecemos entrar en una compañía consolidada y...

—Vamos a ser exitosos —lo cortó—. Es solo cuestión de tiempo.

—Si cuentan con tu voz —intervino la Silvani—, no dudo de que lo serán.

* * *

No habían tenido tiempo para comentar el evento ni la asombrosa propuesta de Leonardo Silvani. Después de la catedral, fueron a cenar con Lautaro y sus amigos, a quienes se sumaron Rosi, Millie, Manu y Rafa. Transcurrieron unas horas agradables, más allá de que la tensión no la abandonaba por completo: Lautaro y Diego en la misma mesa la ponían nerviosa. Su hermano les había extendido una rama de olivo. Lo hacía porque Camila y Ximena se lo habían pedido o, tal vez, siendo el escorpiano controlador que era, para tener cerca a Diego y vigilarlo.

Aunque tenía planeado dormir en su casa, Diego volvió a pedirle que lo hiciera con él, por lo que le envió un mensaje a Ximena mientras regresaban a la calle Arturo Jauretche. Apenas traspusieron la puerta, Diego la sorprendió apoderándose de sus labios en un beso implacable. «Está celoso», concluyó mientras le desarmaba el rodete y le metía los dedos hasta cerrárselos en el cuero cabelludo. Sus lenguas se entrelazaban, y Brenda notaba cierta agresividad en el modo en que la de él la penetraba. Su boca cubría por completo la de ella. La desmesura del beso le cortaba el aliento.

Diego la levantó y caminó con ella en andas hasta la mesa. La apoyó en el borde y le indicó sin palabras que se recostase. Le quitó los zapatos y el pantalón y le acarició los muslos con sus manos ásperas, siempre la vista fija en la de ella. La excitaba su mirada tormentosa y que se condujese con aquel mutismo. Por fin le bajó la bombacha, liberó su erección y se introdujo en ella. Volvieron a hacerlo en el dormitorio, con Brenda en cuatro patas sobre el colchón. Estaba acostumbrada al hambre insaciable de Diego y a lo rápido que se recuperaba y, sin embargo, presentía que otro sentimiento lo dominaba, uno provocador, pendenciero quizá. «Su Marte en Casa I lo obliga a marcar territorio como los animales», dedujo.

La conjetura se demostró cierta un momento después, mientras Diego fumaba sentado en el colchón, con la espalda contra la pared, y Brenda, sentada a horcajadas frente a él, le estudiaba uno por uno los tatuajes.

—La rompiste hoy. Fue impresionante verte cantar esas arias. Pero fue alucinante la última canción.

—Gracias, amor mío —dijo, en verdad emocionada, consciente de que el virginiano raramente concedía halagos.

—Con razón el pajero ese te quiere en su compañía —masculló.

—No es *su* compañía, Diego. Y no solo él me pidió que aceptase hacer la prueba. También su pareja, Maria Bator, que es una soprano muy famosa, quería que aceptara.

Diego soltó un largo suspiro y echó la cabeza hacia atrás contra la pared. Brenda aprovechó y le acarició el cuello; arrastró los labios por un tendón duro que sobresalía y los demoró en la depresión en la base. Diego la sujetó por las nalgas y la colocó muy pegada a él, tanto que se rozaron las narices.

—Es una excelente oportunidad para vos —expresó—. No quiero que la rechaces por DiBrama.

Brenda le cubrió las sienes y le sonrió, una sonrisa expansiva y sincera, que lo hizo sonreír a él también.

—¿Querés deshacerte de mí, Bertoni?

—Tanto como una patada en los huevos.

—Porque lo que le dije a Leonardo hoy en la catedral, que pertenecer a una banda de rock era mi sueño hecho realidad, es la verdad. Bah, en realidad, no del todo. Debería haberle dicho que mi sueño hecho realidad es cantar con vos a mi lado, sea rock, tango o lírico, pero como sé que a vos solo te gusta el rock, bueno, cantaré rock. Eso debería haberle dicho. *Esa* es la verdad.

Se quedó mirándolo con la sonrisa que apenas le alzaba las comisuras. Diego le encerró la cara entre las manos y, tras un beso corto y exigente, le confesó:

—Amo que tu sueño se haya hecho realidad.

* * *

Cinco días más tarde, el viernes 17 de junio, Brenda preparó, con ayuda de Lita, la comida favorita de Diego, lasaña a la boloñesa, y con todo listo, aun la mesa puesta, se fue a la peluquería para hacerse el *brushing*. Regresó a lo de Diego y se cambió y se maquilló a las apuradas. Se detuvo frente al espejo del placard y se tranquilizó al corroborar que el resultado la complacía. El cabello le caía lacio, sedoso y brillante a pocos centímetros de la cintura. El vestidito negro de lycra, ajustado y bastante corto, con un cuello bote tan pronunciado que le desnudaba por completo los hombros, le realzaba la silueta, lo mismo que los zapatos de taco alto y las medias negras.

Bajó apenas pasadas las siete de la tarde y encendió el hornito con esencia de azahar, su favorita, y las velas del candelabro que le había prestado la abuela de Diego. Comprobó que todo estuviese dispuesto en la cocina para servir la lasaña, que aguardaba en el horno tibio. Tras un almohadón del viejo sofá había escondido la bolsa con las dos camisas y el pantalón que había comprado días atrás. Pensaba entregárselo después de cenar.

Estaba muy nerviosa. Consultaba la hora en el celular cada dos minutos y se miraba de continuo en el espejo del baño de cortesía para comprobar que el maquillaje y el cabello siguiesen en perfecto estado. Supo que Diego se aproximaba porque reconoció el sonido de sus pasos en el corredor a cielo abierto. Se le aceleró el pulso al chasquido de la llave que abría la puerta principal y aguardó con el aliento contenido a que él entrase.

Diego la divisó de pie junto a la mesa y, tras estudiarla en silencio, dirigió su atención a la mesa misma y a las velas en el candelabro. Una música suave sonaba de fondo y aportaba al ambiente intimista y romántico, que el perfume a azahar volvía fresco y agradable.

—Hola —dijo Brenda y se aproximó para saludarlo.

Diego la observó avanzar. Su expresión seria la hacía sentir hermosa y deseada. La aferró por la cintura y la atrajo para observarla con ojos oscurecidos y tormentosos.

—¿Tal vez se festeja algo hoy en esta casa? —dijo en un murmullo—. ¿Dos meses juntos, quizá?

Brenda le echó los brazos al cuello y lo besó, feliz de que no lo hubiese olvidado.

—Pensé que no te ibas a dar cuenta de qué día era hoy —le confió.

Diego le destinó una sonrisa ladeada antes de meter la mano en el bolso y extraer una bolsita de regalo, chiquita y con moño. Brenda no pudo evitar dar un saltito y exclamar como una niña exaltada. Pertenecía a una joyería de Haedo, donde él y los otros chicos de la casa trabajaban desde hacía unos días pintando una fábrica de alfajores.

Extrajo la cajita de cartón y la abrió con dificultad; le temblaba la mano.

—Estoy muy emocionada —se justificó.

Dentro descubrió un conjunto de cadena, dije y aritos, todos en acero quirúrgico y con la forma de la clave de sol cuyo final se convertía en un pequeño corazón tocado por un circón. Los aritos resultaban adorables en su diminuto diseño.

—Diego —susurró pasmada—, qué conjunto tan alucinante. Es divino, amor. Divino —repitió y lo besó en los labios.

—¿En serio te gusta?

—¡Lo amo! Me lo voy a poner.

Entró en el baño de cortesía y Diego la siguió. Se detuvo detrás de ella y la observó con interés mientras Brenda se quitaba sus aros y los dejaba olvidados al costado del lavatorio. La ayudó con la cadena y se ocupó del cierre.

—Te queda muy bien —opinó Diego.

—Me queda perfecto. Es tan hermoso —dijo y acarició la clave de sol.

Diego le sujetó los costados de las piernas y fue arrastrándole el vestido hasta enroscárselo en la cintura. Brenda, con las manos firmes en el lavatorio, se inclinó hacia delante devastada por el placer que le provocaban los dedos de él entre las piernas. No le llevó tiempo arrancarle un orgasmo. Luego le quitó las ligas y la bombacha. Bajó la tapa del inodoro y la obligó a sentarse a horcajadas sobre sus rodillas. Se miraron a los ojos, y Brenda sufrió un temblor al descubrir la pasión abrasadora con que él la observaba.

—Nos faltaba hacerlo en este baño —señaló mientras lo ayudaba a bajarse el cierre y exponer su erección.

—Nos falta el jardín también —apuntó él y la guio, sujetándola por la cintura, para que lo acogiera en su interior.

Nada resultó como Brenda había planeado. Siguieron haciendo el amor hasta terminar completamente desnudos y sudados en el colchón del dormitorio. La sorprendía que Diego no hubiese preferido cenar primero; regresaba famélico después de una jornada de trabajo.

—Es que te vi con ese vestidito negro —le explicó— y me desapareció el hambre. Solo pensaba en hacértelo.

Comieron en la cama y, en tanto Diego disfrutaba de los últimos bocados de chocotorta, Brenda bajó a buscar su regalo.

—No es tan personal como lo que vos me diste —se justificó—, pero creo que te será útil.

A Diego le gustaron las tres prendas. Brenda lo supo no porque se lo dijese sino porque iba conociéndole las expresiones, y cuando se mordía el labio inferior y alzaba las cejas era porque la cuestión le resultaba agradable. Consintió en probárselas.

—Te quedan pintadas las dos camisas —lo halagó Brenda—. Podrías estrenar alguna mañana en la fiesta de quince o el fin de semana que viene, cuando empecemos a tocar en The Eighties. —Le acarició el brazo enfundado en la manga ajustada de la camisa blanca con anclitas. —Aunque no sé —dudó y torció la boca—, todas las chicas te van a desear.

—¿Porque estoy hecho un churro bárbaro? —bromeó él citando a Lidia, y Brenda se echó a reír.

Ese Diego distendido y juguetón que iba revelándose con el paso de los días era una parte de él que ella recordaba de la infancia y que había añorado recuperar.

—Sí —le siguió la corriente—, porque estás hecho un churro relleno de chocolate y a mí me dan ganas de comerte —dijo y le mordisqueó el cuello.

Terminaron en la cama, haciéndose cosquillas y riendo.

* * *

Ni en sus fantasías más optimistas Brenda habría imaginado que compartir la vida con Diego Bertoni la habría hecho tan feliz. Durante las horas en que no estaban juntos lo tenía de continuo en su mente; cualquier pensamiento terminaba abriéndose camino y acabando en él. Se convencía de que a Diego le sucedía algo similar cada vez que recibía sus mensajes durante el día o las llamadas por las noches que no pasaban juntos porque, según él, necesitaba oír su voz para dormirse. Le encantaba que emplease ese verbo, necesitar. «¿Se puede saber por qué me llamás?», le preguntaba ella con acento risueño y le daba pie para que Diego respondiese lo que ansiaba oír, y él siempre le devolvía la misma exacta frase, sin cambiar una coma: «No puedo dormir sin escuchar tu voz. Necesito escuchar tu voz», y Brenda sonreía a la nada en la intimidad de su dormitorio, estremecida de gozo y de amor.

Tenían una rutina semanal que a Diego complacía y que ella amaba, como ir a buscarlo a la casa los martes después de su sesión de terapia y dormir esa noche con él para acompañarlo al día siguiente, muy temprano, al Durand; o también instalarse los viernes en la casa de la calle Arturo Jauretche y regresar a la suya recién el domingo por la noche, vencida de cansancio después de haber tocado en The Eighties o en algún otro evento para el que los contrataban. Se reunían con Manu y con Rafa a ensayar tantas veces como lograsen combinar, a veces solo ellos tres porque con Diego era más complicado contar.

Brenda no comprendía, con el ritmo que llevaban, de dónde sacaba ganas o energía para componer. Diego aseguraba que las ideas le saltaban en la mente en cualquier circunstancia —en el tren, montado en la escalera mientras pintaba, en la ducha, cuando salía a correr de noche— y que no implicaba un esfuerzo; más bien, se trataba de una necesidad. Andaba con una libretita a cuestas en la que escribía los versos que, como relámpagos, se presentaban para desvanecerse un instante después. De ese modo evitaba perderlos para siempre. Brenda reconocía, en muchas de las frases de los nuevos temas, fragmentos de los diálogos que sostenía con ella.

Por su parte, Brenda no tenía un minuto para aburrirse. Continuaba con sus clases de canto dos veces por semana con la Silvani, que al principio no le perdonaba que hubiese rechazado la oportunidad de hacer una prueba para la compañía Vox Dei; en opinión de la profesora, su talento fuera de serie se desperdiciaría en una banda de rock. Seguía entusiasmándola ir los jueves a la casa de Belén y enseñarle a cantar. Se habían sumado dos compañeras de la escuela, Mora y Jade, cautivadas por los avances que advertían en la amiga, lo cual significaba unos pesos extras. Esperaba con ansias las visitas al orfanato, más allá de que Diego raramente podía acompañarla dado que los sábados por la tarde aprovechaba para ensayar o iba con Manu y con Rafa a instalar los equipos en caso de que los hubiesen contratado para un evento o un festejo. Las lecciones de piano con Lita avanzaban a paso firme; estaba decidida a ejecutar el instrumento tolerablemente bien antes de ingresar en el Manuel de Falla al año siguiente, por lo que pasaba gran parte de la semana instalada en lo de Diego practicando las escalas. A veces, desalentada porque los dedos se le trababan en el teclado, abandonaba el estudio y descargaba el desánimo y la frustración poniendo orden y limpiando, actividades que nunca habían formado parte de su naturaleza y que en esas circunstancias la ayudaban a calmarse, pero sobre todo la hacían sentir útil, porque, más allá de que Diego jamás se lo pidiese, ella sabía que apreciaba llegar a su casa y hallarla como a cualquier virginiano le habría gustado encontrarla: en perfecto orden.

De todos modos, y como solía suceder en su vida con tintes de locura uraniana, siempre se presentaban dificultades o contratiempos que se ocupaban de alterar lo que ella habría deseado que fuese el curso constante y placentero de los días. Al principio se trató solo de una ligera náusea y de un mareo al levantarse por la mañana. Se quedaba quieta sentada en el borde de la cama tomando inspiraciones por la nariz y con los ojos cerrados hasta que la habitación cesaba de girar en torno a ella. Diego la había pescado en un par de ocasiones sentada sobre el colchón, pálida y sudorosa y respirando de modo irregular y había insistido en llevarla a la guardia de un hospital, a lo que ella se había negado restándole importancia.

—Soy de presión baja —se justificaba.

A los mareos matinales se le sumaron unos dolores de cabeza que la aturdían, primero, porque jamás le dolía la cabeza y segundo, porque eran tan virulentos que le costaba alzar los párpados. Como buena pisciana, era miedosa, por lo que enseguida pensó lo peor; un tumor en la cabeza o leucemia eran sus opciones más probables. No se animaba a mencionárselo a nadie, ni siquiera a Millie y a Rosi; le aconsejarían lo lógico: consultar con un médico, solo que ella tenía pánico de que le diagnosticaran que estaba muriendo en el mejor momento de su vida.

* * *

Las presentaciones en The Eighties, que anunciaban en las redes sociales, atraían al público de la banda, lo que derivaba en fines de semana en los que el bar duplicaba o triplicaba la facturación. Dado el éxito, Carmelo y Mariel Broda, los propietarios, les permitían tocar los temas de la banda, en especial cuando los fans batían las palmas y pedían a coro este o aquel tema de DiBrama. Igualmente disfrutaban si Brenda entonaba canciones de Cyndi Lauper o si Diego cantaba *Smells Like Teen Spirit* de Nirvana o *November Rain* de Guns N' Roses.

Los Broda, con otros dos locales por la zona, ofrecieron aumentarles los honorarios si aceptaban tocar al menos en dos de los tres bares en una misma noche. El matrimonio se comprometió a tener los equipos listos y a trasladarlos en su cuatro por cuatro. Acordaron un espectáculo de una hora y media por bar. Se trataba de un gran esfuerzo y, aunque la paga no era extraordinaria, la exposición les ganaba nuevos seguidores. Se habían propuesto grabar un cedé con canciones enteramente de la era DiBrama para antes de fin de año, por lo que cualquier dinero extra era bienvenido. Habían pedido un presupuesto en el estudio donde grababan los *jingles* para la agencia de publicidad y, si bien les habían pasado una cifra elevada, querían hacerlo allí porque contaban con tecnología de punta.

Una noche de fines de agosto a Brenda se le ocurrió pedirle prestado a Ximena para financiar el primer cedé de la banda. Diego se opuso con determinación y dureza. Como estaban presentes Rafa y Manu, y se dirigían a tocar a The Eighties, prefirió no seguir adelante con la discusión. Se quedó dolida y contrariada. El ibuprofeno que había tomado antes del ir al orfanato esa tarde ya no le hacía efecto y el dolor de cabeza le martilleaba las sienes.

Apenas llegó al bar, le pidió a Mariel un vaso con agua para tomar otro comprimido. Era consciente de que no podía seguir adelante ingiriendo calmantes que solo acallaban el síntoma; en algún momento tendría que tomar el toro por las astas. El miedo, sin embargo, seguía maniatándola. Se le ocurrió hablarlo con Cecilia en su próximo Skype; ella siempre hallaba las palabras justas para tranquilizarla.

El ibuprofeno le quitó el dolor en menos de media hora, pero, al caer en un estómago vacío, acentuó las náuseas. Esa noche, como muchas de las que tocaban en The Eighties, Millie y Rosi estaban presentes. Sus amigas la notaron pálida y la interrogaron. Les confesó que no se sentía bien, que no había comido prácticamente nada desde el desayuno y que se sentía nauseosa. Millie habló con Mariel, quien fue a buscarla al camerino y la llevó a la cocina, donde la obligó a comer un sándwich y tomar un té. Se sintió mejor.

Al subir al escenario y divisar entre el público a Carla, el bienestar se le esfumó y el desagradable cosquilleo regresó para alojarse en la boca del estómago. Era la primera vez que se aparecía en The Eighties a pesar de que tocaban desde hacía casi dos meses. No quería mirar en dirección a Diego y descubrirlo observándola. Se sintió menos: menos linda, menos mujer, menos sensual, menos sofisticada. Ningún razonamiento servía para rescatarla del pozo de angustia en el que se había precipitado.

Solo el orgullo le permitió afrontar el mal trago y plantarse de cara al público y sonreír como si esa culebra no estuviese a pocos metros de ella. Cantaba sin disfrutar, cantaba como una máquina, mientras se preguntaba lo mismo de siempre: ¿qué había realmente entre Diego y la ex? ¿En verdad tenía cáncer? Lucía saludable. ¿Diego le habría reclamado la creación del usuario Candy Rocher? ¿Ella iría a visitarlo a su nuevo trabajo? ¿Lo buscaría los jueves en la casa después de su sesión de terapia? Ello lo buscaba los martes. ¿Los jueves serían para Carla? La asaltaron unos deseos irrefrenables de controlar el celular de Diego.

Se odiaba por caer en la trampa de los celos y se despreciaba por desconfiar, por planear husmear en sus cosas y espiarlo; ella no era así. Además, Diego no le daba razones para dudar. Pese a que trabajaba de lunes a viernes y que los fines de semana se lo pasaba tocando, la buscaba para amarla de manera incansable. Y mientras lo tenía en su interior y Diego la miraba, Brenda lo sabía ahí, tan presente como lo estaba ella, con sus mentes, sus cuerpos y sus corazones latiendo en la misma frecuencia.

Durante una pausa aprovechó para escapar al camerino; necesitaba recostarse en el diván, cerrar los ojos e intentar sofrenar el latido en las sienes que ni el calmante conseguía hacer desaparecer. Diego, Rafa y Manu se quedaron en el escenario controlando un altoparlante que vibraba demasiado.

Brenda entró en la pequeña habitación que funcionaba como camerino y se echó a descansar. Si no conseguía calmarse, le sería imposible cumplir con el resto del espectáculo. Tenía la angustia alojada en las cuerdas vocales y dudaba de poder hablar; qué decir cantar.

Llamaron a la puerta. Invitó a pasar desde el diván y con los ojos cerrados, segura de que eran Millie y Rosi. Sufrió un sobresalto cuando la voz que la saludó era la de Carla Mariño.

—Hola, Brenda. ¿No te sentís bien?

Se sentó y se quedó mirándola. ¿Le preguntaba si se sentía bien fingiendo interés? ¿Esa loca se olvidaba de que la última vez la había llamado «desabrida» y que había terminado repartiendo trompadas e insultos a sus ex compañeros de Sin Conservantes? Comprendía que, dada la masiva presencia de Acuario y de Urano en su carta, le correspondía contactarse con la locura, pero Carla ya le resultaba demasiado.

—¿Qué necesitás?

—Nada —contestó la mujer, risueña—. ¿Por qué tendría que necesitar algo? Venía a saludarte. ¿No te sentís bien? —insistió—. Recién, mientras cantabas, no se te veía muy bien que digamos. La voz te salía sin fuerza.

—Me duele un poco la cabeza —admitió a regañadientes, y Carla rio, una risa tan cargada de sarcasmo que Brenda se puso de pie de manera instintiva.

—Imagino que no caerás en la excusa tan trillada del dolor de cabeza cuando el Moro quiere coger, ¿no? —A punto de decirle que no era asunto suyo, se calló al verla avanzar hacia ella. —No entiendo cómo una chica como vos podría satisfacer a un hombre como él, con sus apetitos y prácticas… digamos, poco ortodoxas. —Brenda debió de reflejar el desconcierto. —¿Cómo? ¿El Moro no te contó lo que le gusta en la cama?

—Voy a pedirte que te vayas…

—Mirá —la interrumpió y cambió el comportamiento intrigante por uno más directo—. No vine aquí a hablar de la patética vida sexual que deben de tener ustedes dos sino de otro tema.

—Prefiero que…

—Me importa una mierda lo que prefieras, pendeja. —Ya no disfrazaba su agresividad, y Brenda le tuvo miedo; los ojos verdes de Carla la paralizaban. —Vas a escucharme y lo vas a hacer muy calladita.

Intentó sortearla para alcanzar la puerta, pero la mujer la tomó por el brazo y la empujó de nuevo al medio del camerino.

—¿Vos sabías que el Moro le debe mucha guita a mi hermano? —Carla torció la boca en una sonrisa burlona. —No, claro que no. Él a vos te mantiene fuera de toda su mierda, pero su mierda es tanta, querida Brendita. Tanta. Pues sí, le debe mucha guita. Y mi hermano no es un instituto de beneficencia. Está esperando que le devuelva hasta el último centavo, con los intereses, claro está.

—Yo no…

—¡Escuchame! Mi hermano no solo no es un instituto de beneficencia —reiteró— sino que es todo lo contrario. Si hasta ahora no le mandó a los matones es por mí, porque yo lo vengo frenando. Pero me estoy cansando. Sobre todo, desde que sé que me pone los cuernos con vos.

Brenda respiraba de modo anormal. Un sudor frío le cubría el rostro y le endurecía los labios. Al miedo se le sumaban las incertidumbres, las dudas y una rabia tan ajena a su naturaleza que no sabía qué hacer. Arrasaba con la felicidad, con el sueño hecho realidad, con el amor, con todo.

La descomponía el sabor amargo que le inundaba la boca. No escuchaba bien a causa de que le pulsaban los oídos. Se le nublaba la vista. Igualmente captaba trazos del discurso de Carla, que la conminaba a hablar con el Moro y a convencerlo de que aceptase el trabajo que el intendente le ofrecía.

—Es una oferta generosísima y más que conveniente. Mi hermano lo hace porque yo se lo pido. Pero te aseguro, *Brendita*, que no tendrá mucha más paciencia…

La habitación comenzó a girar en torno a ella. Ya no le latían las sienes sino la cabeza, como si estuviese a punto de explotar por la coronilla. La encandiló una luz que no existía un instante atrás, hasta que alguien se apiadó y la apagó, y todo se volvió oscuro y silencioso.

Capítulo XX

—Está reaccionando —susurró una voz desconocida.

Brenda se esforzaba por levantar los párpados y ni siquiera conseguía hacerlos aletear. Sentía una presión en la región posterior del
brazo, en la zona de las venas radiales.

—Cuando llegó no estaba bien —escuchó decir a Mariel Broda—.
Se tomó un ibuprofeno.

—Nosotras la notamos muy pálida apenas la vimos —aportó Rosi.

Brenda por fin abrió los ojos y tras los segundos que necesitó para
enfocar se topó con una cara desconocida sobre ella, la de un hombre
joven vestido con mono verde, típico de los paramédicos. Se asustó y
la angustia le llenó los ojos de lágrimas. Le costaba separar los labios,
no podía articular.

—Ey, no te asustes —la animó el muchacho—. Te desvaneciste,
solo eso.

—Agua —consiguió susurrar, lo que le causó un intenso dolor al
despegar la lengua del paladar

—A ver, permiso. —Reconoció la voz de Diego y experimentó un
alivio tremendo, aunque al instante recordó el diálogo con Carla y los
sentimientos se le volvieron confusos y enredados.

El paramédico le cedió el lugar, aunque siguió de pie junto a la cabecera para medirle la presión. Diego se acomodó en el borde del diván
y la miró con una expresión que comunicaba desolación. Brenda se
apiadó de él pese a lo confundida que estaba. Él le acariciaba la mejilla
con el dorso de los dedos y reprimía la emoción que le hacía brillar los
ojos y sumir los labios entre el bigote y la barba.

—Estoy bien —murmuró para tranquilizarlo.

—Millie y Rosi te encontraron tirada en medio del camerino.

—Vinimos a ver por qué demorabas tanto —explicó Rosi—. Abri-
mos la puerta y ahí estabas, tirada en el piso.

¿Cómo? ¿Entonces Carla no les había advertido del desmayo? Porque si de algo estaba segura era de que había perdido el conocimiento delante de ella. Comenzó a respirar trabajosamente a medida que el miedo y la ira se apoderaban de ella. ¿Qué clase de harpía era esa mujer para dejarla tirada e irse sin dar aviso a nadie?

—Tiene la presión muy baja y las pulsaciones muy elevadas —informó el paramédico en dirección a Diego—. Creo que lo mejor será llevarla a un hospital para que la tengan un rato en observación.

—No —se opuso Brenda—, tenemos que cantar…

—Shhh. —Diego se inclinó y le besó la frente con notable delicadeza. —Olvidate del show. Lo único que me importa ahora es tu salud. Casi me da un paro cardíaco cuando Rosi vino corriendo a decirme que te habías desmayado.

—No es nada, seguro, no es nada —quiso tranquilizarlo—. Es que tengo la presión baja…

—Muy baja —remarcó el paramédico—. Además, sería aconsejable que te vean el golpe que te diste en la cabeza al caer. ¿Tomaste alcohol o consumiste algún tipo de droga?

—No tomo alcohol ni consumo drogas —replicó con aplomo.

—Lo más fuerte que la he visto tomar o consumir a Brenda —dijo Rosi— es Fanta naranja, así que ya podés ir descartando esas posibilidades.

Apareció Mariel y le extendió un vaso con agua. Diego la ayudó a incorporarse. Fue preciso que cerrase los ojos e inspirara profundamente para contener el mareo que significó el simple acto de erguirse un poco.

—¿Sentís vértigo? —quiso saber el paramédico, y Brenda asintió lentamente; cada movimiento de la cabeza le provocaba náuseas y latidos en las sienes.

Sorbió sin alzar los párpados, en parte con el objeto de ocultarse de Diego, que la observaba como si esperase que la acometiera una convulsión, y en parte para frenar la habitación que giraba en torno a ella. Diego se alejó para hablar con el paramédico y Rosi y Millie aprovecharon para aproximarse. La abrazaron con suavidad.

—Casi nos morimos cuando te encontramos tirada —expresó Millie, que se mostraba inusualmente asustada.

—¿No les avisó Carla que me había desmayado?

Diego, que seguía deliberando con el paramédico, se giró bruscamente y la fulminó con la mirada.

—¿Cómo? ¿Qué dijiste? ¿Carla estaba aquí con vos?

—Sí —fue todo lo que respondió y echó la cabeza hacia atrás y volvió a cerrar los ojos.

—Voy a buscar la camilla —anunció el paramédico y abandonó el camerino.

—¿Esa turra te golpeó? —exigió saber Millie, desvelando su usual carácter escorpiano—. Decime, Brenda. ¿Te golpeó? Te juro que...

—No —dijo, consciente de la atención con que Diego la miraba—, no me hizo nada. Solo estábamos hablando. Pero yo no me sentía bien y...

—¿Y por qué no me lo dijiste, Brenda? —la interrumpió Diego, enojado—. ¿Por qué no me dijiste que te sentías mal?

—¡No le grites! —intervino Millie y se puso de pie para enfrentarlo—. Seguro que la turra esa de Carla le dijo algo que la puso peor y por eso se desmayó.

Brenda la tomó de la mano y tironeó para obligarla a que volviese a su lado.

—No discutan, por favor.

Entraron el paramédico y el chofer de la ambulancia con la camilla. Hicieron el intento de levantarla del diván, pero Diego se adelantó y, con una mano en alto, les indicó que él lo haría.

—El protocolo indica que nosotros movamos a la paciente —señaló el paramédico.

—Fui yo quien la levantó del suelo y la puso ahí —adujo con esa voz ronca que parecía de matón y con esos ojos que comunicaban cierto grado de locura que enseguida disuadía al oponente—. Da lo mismo que ahora la alce y la ponga en la camilla.

La movió con suavidad y cuidado. Brenda se aferró a él e inspiró para reconfortarse con el perfume de su piel. Diego la depositó sobre la camilla y volvió a besarla, esta vez sobre los labios.

Luego de inquirir acerca de la obra social de Brenda, se decidieron por el sanatorio Otamendi. Diego viajó con ella en la ambulancia mientras Millie, Rosi, Manu y Rafa los seguían en sus automóviles.

Diego le sostenía la mano y se la besaba con actitud reverente. Se imaginaba que de igual modo había besado la mano de Héctor pocas horas antes de lo que los dejase para siempre. Las lágrimas se le escurrían por las sienes.

—No llores —la animaba él, bastante afectado también—. Estoy seguro de que no es nada.

—Sí, no es nada —intentaba darse ánimos y sonreía sin ganas.

En el sanatorio volvieron a preguntarle por el consumo de alcohol y de drogas y le sacaron sangre y la obligaron a orinar en un tarro esterilizado. El médico de la guardia la bombardeó a preguntas a las que Brenda respondió invariablemente que no, salvo en un caso, cuando quiso saber si tomaba algún medicamento.

—Tomo la pastilla anticonceptiva —contestó.

—¿Desde cuándo? —se interesó el médico.

Brenda elevó la mirada al cielo raso en el acto de recordar. Diego se le adelantó.

—Desde el 7 de junio a las quince horas —señaló.

—¡Qué precisión! —expresó el médico.

«Es que es virginiano», pensó Brenda.

—Hoy es… —prosiguió el médico y consultó un calendario sobre el escritorio—. Sábado… no, ya es domingo 21 de agosto. Es decir que hace dos meses y medio, más o menos, que estás tomando la pastilla. —Brenda lo confirmó. —Y me decís que desde hace semanas te sentís nauseosa por la mañana y con dolor de cabeza.

—Sí —volvió a confirmar—. Al principio el malestar era muy leve y se me iba solo. En las últimas semanas se volvió más intenso.

—¿Cree que el desmayo se deba a la pastilla? —se interesó Diego.

—Es probable —concedió el médico—. Brenda presenta los síntomas típicos causados por un rechazo a la pastilla. ¿Es esta la primera vez que usás ese medio anticonceptivo? —Brenda asintió. —Entonces me atrevo a decir que es *muy* probable que esta sea la causa.

A la felicidad que significó descubrir que no estaba muriendo a causa de un tumor cerebral o de leucemia le siguió la desazón al caer en la cuenta de que no podrían hacerlo sin condón.

—¿Esto quiere decir que no podré seguir tomando la pastilla?

—Eso es lo de menos —expresó Diego.

—Significa —terció el médico— que tendrás que probar con otros laboratorios antes de descartar el método por completo. Muchas veces un cambio es suficiente para que desaparezcan los malestares. Mañana contaremos con más información cuando tengamos los resultados de los análisis. Ahora voy a ordenar que pases la noche aquí…

—Prefiero ir a casa.

—Con una pérdida del sentido más bien prolongada como la que tuviste y con ese tremendo chichón en la cabeza es mejor que te quedes en observación por unas horas —la persuadió el médico—. Mañana cerca del mediodía estoy seguro de que podré darte el alta.

—Sí, doctor, nos quedamos —contestó Diego y el médico asintió.

* * *

Se despertó confundida; no sabía dónde se encontraba. Hasta que el aroma peculiar a antiséptico le recordó que estaba en un sanatorio. La desorientaba la oscuridad, apenas herida por un rayo de luz que se proyectaba desde la puerta entreabierta del baño. Se incorporó en la cama lentamente. Aún quedaban vestigios del mareo del día anterior. Inspiró profundamente y se concentró en aquietar el molesto cosquilleo del estómago. Tanteó hasta dar con el interruptor del velador y lo encendió.

Diego no estaba en la cama del acompañante sino en el baño. Hablando por teléfono. ¿Con Ximena? Habían acordado que la llamarían una vez que le hubiesen dado el alta para no preocuparla. Salió de la cama, se calzó las pantuflas que le había dejado la enfermera y caminó arrastrando el soporte del suero. Le resultaba una exageración que la hubiesen canalizado; el médico, sin embargo, había asegurado que, además de hidratarla, les permitiría medicarla rápidamente en caso de una sorpresa desagradable.

Se detuvo frente a la puerta entornada del baño al oír que Diego pronunciaba el fatídico nombre: Carla.

—¿Qué tenés en la cabeza? —le reprochó Diego—. ¿Te vas y la dejás ahí tirada? ¿Se desmaya delante de vos y no sos capaz de avisarme? —Siguió un silencio en el que, Brenda dedujo, la mujer estaría explicando lo inexplicable. —Ajá —pronunció Diego—, vos te fuiste del camerino y ella estaba lo más bien. ¿Vos te creés que estás hablando con un pelotudo que no te conoce? Nadie te conoce como yo, Carla.

Nadie —remarcó en un susurro rabioso, tras lo cual volvió a caer en un mutismo tenso, que se cortó cuando rio por lo bajo, un sonido impregnado de sarcasmo—. Mirá vos, pensaste que Brenda estaba actuando, que se *hacía* la desmayada. Sin duda, el ladrón cree que todos son de su condición. *Vos* serías capaz de simular un desmayo porque sos la reina del drama. Pero Brenda no. Mantenete lejos de ella. No te quiero cerca de Brenda, Carla, en serio. A mí amenazame todo lo que quieras, pero a ella no la metas en nuestra mierda.

«*Nuestra mierda.*» Eso de *nuestra* le dolió más que cualquier otro concepto que se hubiese desprendido del diálogo. La puerta se abrió de golpe y Diego se detuvo abruptamente. La observó con la cara de enojado que le había impreso la charla con Carla.

—Quiero usar el baño —balbuceó, y Diego asintió.

—Vamos, te ayudo.

—No. Prefiero hacerlo sola.

La miró, dolido, y volvió a asentir. Brenda pasó junto a él y cerró la puerta. Se estudió en el espejo y detestó lo que vio: una cara enflaquecida, pálida y triste. Al salir, se topó con Diego, que estaba casi en el umbral, como si hubiese tenido la oreja pegada a la placa de madera para oír qué sucedía dentro. Le sonrió y a Brenda, su intento por congraciarse y suavizar las cosas, le ablandó el corazón. En ocasiones como esa habría preferido no ser una pisciana romántica sino una saturnina inexorable. Le sonrió a su vez y, aunque se moría por acariciarlo, lo esquivó y siguió hacia la cama. Diego la ayudó a acostarse mientras le sostenía el conducto del suero. Tras cubrirla con las mantas, se inclinó y descansó la frente en la de ella. Brenda se estremeció al percibir su cansancio, el físico y el del alma.

Vencida por la inmensa compasión que la habitaba, entrelazó los dedos en el cabello suelto de él y con la otra mano le acarició el rostro. Diego respondió deslizando los brazos debajo de ella y rodeándole la cintura.

—¿Querés acostarte conmigo? —Él asintió sin pronunciar palabra.

—Dale, subí.

Permaneció un momento en esa posición, como si le costase abandonarla, tras lo cual se acomodó con cuidado a su lado. Elevó la cabeza sobre la almohada y se la sostuvo con la mano. Se miraron.

—Casi me muero cuando te vi tirada en el piso —susurró.

—Y por tan poco —se lamentó Brenda.

—¿Por qué no me dijiste que estabas sintiéndote mal?

—Porque ibas a decirme que consultara a un médico.

—Claro que te habría dicho eso.

—Yo no quería. Me daba miedo que descubriesen que tenía algo grave. No quería que arruinaran el mejor momento de mi vida.

Diego asintió y descansó la cabeza sobre la almohada.

—¿En serio es el mejor momento de tu vida?

—Sí. Aunque hay veces que…

Diego le apoyó el índice sobre los labios para acallarla.

—También es el mejor momento de mi vida —expresó—. Y sé lo que vas a decirme. Pero vamos a hablar después, cuando estemos en casa. Ahora quiero que duermas un rato.

—Vos también —lo conminó Brenda, y Diego asintió y sonrió, y esa sonrisa la curó de todos los males.

* * *

Almorzaron en lo de Lita, que la recibió entre aspavientos, abrazos y besos. Diego la había llamado desde el Otamendi antes de que le dieran el alta, y la mujer se había esmerado en prepararle un almuerzo nutritivo; en su opinión, Brenda se había desvanecido porque padecía de debilidad; estaba demasiado delgada y trabajaba mucho. Algo de cierto debía de haber pues tras el almuerzo se quedó dormida en el sofá y ni siquiera se percató cuando Diego la cargó en brazos a su casa. Se despertó en el colchón pasadas las cinco de la tarde. Diego dormía junto a ella. Debía de estar agotado con la vida de locos que llevaba. Y sin embargo le había confiado que para él también era el mejor momento.

Diego alzó los párpados de pronto, como impelido por un sacudón.

—¿Estás bien? —inquirió con acento ansioso.

—Sí, estoy bien —lo tranquilizó y le tocó la barba muy larga, casi le rozaba el pecho—. No me acuerdo de haberme quedado dormida en casa de tu abuela.

—¿Nada de náuseas, mareos o dolores de cabeza?

—Nada. Mañana la voy a llamar a mi ginecóloga para que me recete otras pastillas.

—Llamala, pero no quiero que vuelvas a tomar pastillas. Mirá cómo te pusieron. Son un veneno para vos.

—Voy a probar con otra marca —se empecinó—. No quiero que lo hagas con profiláctico. Estoy segura de que no se siente igual. Y yo quiero que sientas plenamente, sobre todo después de lo que me dijo Carla anoche.

—¿Qué te dijo? —la interrogó con aire de hartazgo.

—Que yo no te satisfago en la cama y que a vos te gustan las prácticas poco ortodoxas. ¿Qué prácticas, Diego? —Como él la contemplaba con un gesto benévolo, el que se habría empleado con una niña curiosa, se enojó: —No me trates como si fuese una idiota. Decime a qué se refería.

—A prácticas de sadomasoquismo.

—¡Oh! —se asombró porque había creído que Carla mentía, que a Diego no le gustaban las extravagancias en materia sexual, y sin embargo no debería haberla tomado por sorpresa; después de todo, Cecilia se lo había advertido.

—Pero era una cuestión más de Carla que mía —se justificó—. Fue ella la que propuso que empezásemos a practicar el sexo extremo. Supongo que hacerlo de manera común y corriente la aburría.

Una morbosa curiosidad se apoderó de Brenda y la avergonzó.

—Yo no tendría problema en probar si a vos te diesen ganas.

—No lo necesito. ¿Para qué? Te veo y me pongo duro. Pero si vos querés probar, probamos.

—¿En serio vos no lo necesitás?

—No lo necesito, no. Eso quedó en el pasado y no tiene nada que ver con mi vida actual ni con nosotros. —Le destinó su sonrisa burlona y se colocó sobre ella, cuidándose de no aplastarla. —¿Pero acaso mi dulce Brenda esconde una veta perversa y quiere que la ate y la amordace y le deje el culo rojo a latigazos limpios? ¿Lo necesita para gozar?

—No lo necesito —confirmó—. Yo también te veo y me excito. Pero sé que cualquier cosa que vos me hicieras me excitaría, ya fuese que me cubrieras el cuerpo de besos o de latigazos. Si sos vos, cualquier cosa me calienta. Siempre quiero que estés adentro de mí. —La sonrisa burlona de Diego desapareció como por arte de magia. —Siempre estás adentro de mí —se corrigió y lo sujetó por las sienes para besarlo.

Diego respondió enseguida, aunque Brenda percibió que se medía por su bien. Lo provocó profundizando la unión de sus bocas, la agresividad de su lengua, acariciándole el trasero. Era consciente de que primero debían afrontar la cuestión de Carla, de la deuda, del ofrecimiento de trabajo por parte de Ponciano Mariño. Seguía adelante excitándolo, incitándolo, enardeciéndolo porque ella misma ya no sabía qué hacer con las ganas que tenía de que la amase y de que, aunque fuese por unos minutos, la hiciese olvidar de todo.

—¿Te sentís bien? —se preocupó Diego y Brenda asintió—. Tengo muchas ganas de hacerlo —le confió—, pero…

—Buscá el condón —le ordenó, y Diego alzó las cejas en una expresión divertida—. Yo también tengo muchas ganas.

Al principio la trató como si fuese de porcelana. La frustraba, le molestaba que siempre tuviese consideraciones con ella, como si se hubiese propuesto preservarla del mundo exterior, de *nuestra mierda*, como le había exigido a Carla y que tanto le había dolido. No necesitó demasiado para convertirlo en un amante voraz, o tal vez, reflexionó, Diego estaba acordándose de las prácticas extremas que había compartido con su ex y se sentía inspirado. Como fuese, acabaron extenuados, ella con la cara aplastada en la almohada, las manos aferradas a los bordes del colchón y el trasero al aire apuntando al cielo raso.

—¡Mierda! —masculló Diego.

—¿Qué pasa?

—Se rompió el puto forro —dijo mientras se lo quitaba—. Mierda. Mierda.

Se alejó en dirección del baño y Brenda lo siguió con la vista, asustada a causa de la reacción de Diego. Rebuscó entre las cosas del portacosméticos. Extrajo la caja con la píldora del día después y se encaminó al baño. Lo encontró secándose las manos.

—No te preocupes. Ya mismo tomo la píldora del día después. —Le mostró la caja. —Mi ginecóloga me la recetó en caso de que me olvidase de tomar la pastilla anticonceptiva y tuviese relaciones.

—¿Y si te hace mal?

—Lo dudo —desestimó Brenda y llenó un vaso con agua de la canilla—. Si me hiciera mal sería solo por esta vez —razonó e ingirió un comprimido—. Listo, quedate tranquilo.

Diego la abrazó con una emoción que también comunicaba alivio.

—Gracias —susurró—. Me cagué entero —admitió—. Un hijo ahora sería un desastre.

Brenda se limitó a apretar el abrazo y no comentó nada mientras se preguntaba si, después del susto que acababan de llevarse, era bueno abordar el tema de Carla. Decidió que sí. No lo postergaría. Al día siguiente empezaba la semana, iniciaban la rutina vertiginosa y presentía que la oportunidad se diluiría.

Le propuso que merendasen. Se vistieron y bajaron tomados de la mano. Brenda se ocupó de preparar café en tanto Diego desplegaba la mesa de la cocina y acomodaba en un plato los *muffins* de banana que Modesta le había enviado. Se desenvolvían en silencio, Diego, probablemente, todavía afectado por el riesgo que habían corrido; Brenda porque recordaba lo que Carla le había revelado y lo comparaba con lo que Cecilia le había enseñado acerca de los nativos que, como Diego, tenían el Ascendente en Tauro. Según la astróloga, engancharse con personas posesivas tanto en lo material como en lo emocional era parte del aprendizaje necesario para experimentar el apego tan natural para un taurino, fuese a la riqueza como a los afectos. Exactamente de eso se trataba la aparición de Carla sosteniendo la deuda con el intendente Mariño como si se tratase de una bomba y amenazando con usarla para destruirlo.

—Carla dice que le debés mucho dinero a su hermano —manifestó y lo miró por sobre la taza de café.

—No quiero que te preocupes por eso.

—Diego, me preocupo por todo lo que tenga que ver con vos porque sos la persona más importante para mí. ¿Cuánto le debés?

—No voy a hablar de eso con vos, Brenda.

—¿Por qué?

—Porque es parte de un pasado que no quiero que tenga que ver con vos.

—No es ningún pasado, Diego. La deuda todavía existe. ¿Cuánto le debés?

—¡Basta! —exclamó y acompañó la orden con un golpe en la mesa que hizo saltar los *muffins*.

Brenda se sobresaltó y ahogó un quejido. Se quedó contemplándolo con la taza aún cerca de la boca. Diego, en cambio, apuntaba la mirada al centro de la mesa, los ojos muy abiertos, las paletas nasales dilatadas, los labios sumidos, la respiración afanosa. Tras el instante de estupor, Brenda inspiró profundo y fue como si con esa inhalación, además de oxígeno y de los aromas del café y de la pastelería, también recibiera dentro de sí la impotencia y la vergüenza que lo torturaban. Las sentía en los huesos, en la carne. La astrología le había enseñado que era un don con el que había nacido, el de ver lo que estaba oculto, el de sentir lo que se disimulaba. Agradecía al cosmos el obsequio con que la había bendecido y que le permitía ver, *realmente* ver.

Arrastró la mano sobre la mesa y la cerró en el puño crispado de Diego. Él, sorprendido, movió la cabeza con rapidez y le clavó la vista.

—Perdoname si te ofendí —susurró—. Solo quiero ayudarte.

—Lo sé. Perdoname por haberte gritado. Pero me da por las bolas que mi pasado de mierda te toque.

—Amor —intentó razonar Brenda—, yo sé que querés preservarme de todo eso que para vos es malo…

—No es malo, Brenda, es inmundo, es una mierda.

—Pero fue *tu* mierda, Diego. Y yo quiero ser parte de todo lo que es tuyo, de la mierda y de la parte que huele bien —apuntó, y pese a todo Diego exhaló una risita por la nariz—. No me trates como a una nena delicada y estúpida que no es capaz de entender ni de…

—¿Qué más te dijo Carla? —la cortó abruptamente.

—Que te convenciera de aceptar el trabajo que te ofrece el intendente. —Diego sacudió la cabeza en el acto de negar y rio entre dientes. —No me dijo qué trabajo era.

—Mariño quiere que sea su chofer personal y guardaespaldas.

—¿Vos, un guardaespaldas?

—Porque sabe que soy cinturón negro de karate.

—Ah. Debe de tenerte confianza para ofrecerte un puesto así.

—Toda la que se le puede tener a un adicto. Pero sí, me conoce desde hace muchos años y me tiene confianza. Dice que soy muy observador, que no se me escapa nada.

«Y sí», le habría recordado, «sos de Virgo. Tu lema es "Yo veo", al menos eso dice Cecilia».

—De igual modo —retomó Diego—, no sé para qué mierda Carla te mencionó lo del laburo si sabe que, mientras siga estando bajo la vigilancia del juzgado, tengo que trabajar para Desafío a la Vida.

—¿Puedo preguntar por qué le debés dinero?

Diego dejó caer la cabeza y soltó un suspiro. La aferró por la muñeca y la obligó a sentarse sobre sus rodillas. Intercambiaron una mirada seria y profunda.

—No quiero esconderte nada —expresó Diego al cabo—. Solo que…

—Lo sé —dijo porque ya no soportaba sentirlo tan agobiado—. Cambiemos de tema.

—¿Podrías dormir esta noche aquí? —la sorprendió pidiéndole.

—Sí —balbuceó—. Tengo que avisarle a mamá.

Ximena, a quien seguía manteniendo al margen de lo del desmayo y de la internación, no presentó objeciones. Charlaron un rato antes de despedirse.

—Gracias —susurró Diego—. Creo que no habría pegado ojo sin vos en mi cama. Verte tirada en el piso me hizo peor de lo que imaginé.

Brenda lo convenció de que se recostase boca abajo en el colchón y le permitiese darle un masaje. Durante una hora le masajeó cada parte del cuerpo empleando el aceite esencial de melisa. Diego gruñó de placer hasta quedar profundamente dormido. Luego se dieron juntos una ducha y, tras comer algo ligero, se metieron en la cama, los dos de costado y enfrentados.

—Le debo mucha guita —confesó en un susurro, más por vergüenza que por mantenerlo como una confidencia.

Brenda, que había creído que jamás volverían a tocar el tema, guardó silencio y siguió mirándolo con gesto neutro.

—Sus distribuidores me proveían la frula. La merca —aclaró, y Brenda fue incapaz de simular la sorpresa—. Seee… Es uno de los tantos intendentes corruptos de este país. Maneja la cana de General Arriaga, la falopa, las putas, el juego clandestino. Es muy poderoso. Pero también le debo guita por otra cosa.

—¿Qué cosa?

—Cuando Carla empezó a decir que Sin Conservantes le quedaba chico, me endeudé con su hermano para contratar la grabación de un cedé, el primero de la banda, y para invertir en publicidad y en mejores equipos. También compré un utilitario para viajar al interior a dar conciertos. Era usado, pero andaba muy bien.

A Brenda la embargó una conmiseración tan gigantesca que creyó que se ahogaría en la pena y en las ganas de llorar. No quería que Diego, siendo lo orgulloso que era, se percatara, por lo que transformó la lástima en rabia y la dirigió contra la estúpida, hueca, egocéntrica, egoísta y tarada de Carla, que, pese a los esfuerzos de Diego, lo había engañado con el productor y labrado su ruina. ¡Encima lo extorsionaba con la deuda! Maldita, maldita fuese.

—¿Qué pasó con el utilitario?

—Lo robaron. Gracias a los contactos de Mariño, apareció tres días más tarde en un descampado de Isidro Casanova, pero hecho mierda. Lo habían usado para cometer un robo y después le habían prendido fuego.

—¿El seguro no te devolvió nada?

—Solo tenía seguro contra terceros. No podía pagar uno contra todo riesgo.

—Lo siento, amor mío. No sabés cuánto lo siento.

Diego asintió y se quedó mirándola con una seriedad de ceño pronunciado y sin parpadeos. Brenda contenía la respiración a la espera de que él le dijese lo que tenía dentro, porque de algo estaba segura, Diego deseaba compartir con ella lo que escondía tras la máscara. Su voz emergió áspera, ronca, casi brusca y al mismo tiempo dulce, tan dulce.

—Era todo una mierda hasta que te vi en la escalera el 7 de abril. En ese momento no me daba cuenta de lo que estaba pasando, de lo que estaba por pasar. Ahora lo veo con claridad y lo otro cobra sentido.

—¿Qué cobra sentido?

—Los años en que estuvimos separados. La mierda que tragué antes de vos.

—Me estabas esperando —aventuró Brenda.

Diego gruñó su asentimiento, tras lo cual agregó:

—Era una preparación.

—¿Una preparación? ¿Para qué?

—Para valorar lo que estamos construyendo juntos. Yo estuve en el infierno, Brenda, y ahora, no sé por qué, la vida me regaló el paraíso.

Tengo tanto miedo de que la mierda del pasado vuelva y me arrastre otra vez a ese hueco de odio y dolor. Que te aparte de mi lado —logró añadir con aliento entrecortado.

—Amor mío —dijo, muy emocionada—, amor de mi vida, si eso ocurriese, te juro por la memoria de papá, que yo bajaría al infierno con vos.

Diego expulsó una respiración afanosa que golpeó el rostro de Brenda. Brenda lo sujetó y lo apretó, convencida de que la invitación a quedarse a dormir tenía más que ver con una debilidad de él que con el temor a un nuevo desmayo, y, mientras eso pensaba, todo el tiempo experimentaba en su boca la sed de whisky que lo torturaba. Sentía cómo la garganta se le contraía, la saliva se le empastaba, se le tornaba amarga y el corazón pugnaba por romperle la piel y escapar fuera.

Comenzó a canturrear, al principio en voz casi inaudible; después, al notar que él se ponía alerta, alzó el tono y le permitió entender que cantaba *Caprichosa y mimada*, el primer tema que había compuesto para ella. Y siguió con *Querido Diego* y así hasta que lo supo dormido entre sus brazos.

Capítulo XXI

La ginecóloga aceptó recibirla ese mismo lunes después de que Brenda le relató los hechos del fin de semana. La visita no terminó como esperaba porque la médica se negó a recetarle nuevas pastillas sin antes realizar una serie de análisis y estudios.

Los días posteriores Brenda estuvo muy pendiente de Diego. Lo había sentido trastabillar peligrosamente el domingo por la noche y le espantaba la posibilidad de una recaída. No sabía a quién confiarle los temores. Habría sido natural referírselos al padre Antonio, que tanto sabía de las adicciones, pero el cura era parte fundamental del engranaje judicial del que Diego dependía para obtener su plena libertad, y ella no quería arruinar las cosas.

Entró en la página de Narcóticos Anónimos de Argentina y se pasó horas leyendo. *A veces*, decía uno de los documentos publicados, *una recaída puede sentar las bases de una completa libertad*. La consoló que hablasen de la recaída como parte del proceso natural de curación y se instó a no temerle, sino a esperarla y a prepararse. Empezó a leer un libro de un tal Abelardo Castillo recomendado en un foro de alcohólicos, *El que tiene sed* se titulaba, pero lo abandonó a mitad de camino debido a la crudeza de las descripciones. Solo imaginar que Diego hubiese atravesado un infierno similar la desestabilizaba, la deprimía, le arruinaba la jornada, y ella quería estar contenta cuando se viesen o cuando hablasen por teléfono.

Dado que el 4 de septiembre, el día de su cumpleaños número veintiséis, cayó domingo, organizaron un festejo en la casa de Lita al que, además de los amigos, invitaron a Ximena, a Tadeo González y a la abuela Lidia. Brenda llamó a Camila para avisarle y sintió alivio cuando su cuñada se disculpó alegando que pasarían el fin de semana en la costa. Si bien Lautaro había ofrecido una tregua al invitarlos a cenar aquel 12 de junio, Brenda lo prefería lejos de Diego.

Se trató de una reunión tranquila, llena de risas y muestras de afecto, con exceso de comida y de bebidas no alcoholizadas. Brenda se lo pasaba yendo de la cocina a la sala, de la sala a la cocina, preocupada por mantener los platos y los vasos llenos. Observaba a Chacho, al gran doctor González, a Manu y a Rafa, y los veía tomar gaseosas y aguas saborizadas sin perder el buen ánimo ni la sonrisa, y una gratitud infinita nacía en ella. ¿Diego se sentiría avergonzado? Algún día, se dio ánimos, cuando él obtuviese su completa libertad, y no se refería a la judicial sino a la de la cocaína y el alcohol, servirían vino, whisky y champán, y él experimentaría la misma indiferencia de ella.

Esa noche, a pedido de Diego, se quedó a dormir con él. La atrapó en un abrazo ardiente apenas traspusieron la puerta de su casa y le hizo el amor sobre el sofá porque no había tiempo para subir al dormitorio. Lo tenía todo planeado porque andaba con los condones en el bolsillo del pantalón. Lamentablemente, la ginecóloga todavía no le recetaba las nuevas pastillas y, si bien los estudios habían dado bien, consideraba mejor dejar pasar un mes desde el desmayo, por lo que volverían a amarse sin la barrera del látex recién a partir del 20 de septiembre.

Brenda, todavía a horcajadas sobre él, con la cara de Diego hundida entre sus senos, le dijo que quería entregarle el regalo. Él soltó el típico gruñido que ella asociaba con un asentimiento y aguardó. Diego despegó apenas la cara y alzó las pestañas para mirarla. A veces la intensidad de su mirada la asustaba al tiempo que la hipnotizaba. La hacía sentir expuesta y vulnerable e igualmente deseaba que la devorase.

—¿Dónde está? —preguntó con poco entusiasmo—. ¿Lejos? Ahora mismo no puedo dejarte ir —le advirtió.

—¿Ahora mismo? —repitió ella, divertida.

—Estoy muy bien así —explicó.

—Pero tu regalo es muy copado —lo tentó—. Creo que te va a gustar.

—No tanto como estar adentro de vos. Además, hoy es mi cumple —le recordó.

—OK —claudicó ella en un susurro.

Transcurrían los minutos y Diego lucía tan sereno con la mejilla apoyada en su seno que Brenda se preguntó si dormiría. Un rato más tarde alzó los párpados y le sonrió.

—Quiero mi regalo —dijo, y Brenda fue a buscarlo.

Era un par de botas Wrangler tipo tejanas, de color marrón, iguales a unas que le habían regalado los Gómez para su cumpleaños número dieciséis.

—¿Te acordás de estas botas?

Diego las estudiaba con ojos grandes y una sonrisa inconsciente.

—¿Cómo no voy a acordarme? Las amé y las usé hasta que ya no dieron más.

—Papá le pidió a mamá que te las comprara y yo la acompañé —evocó Brenda—. La volvía loca a mamá para que fuésemos a comprarte el regalo cada vez que se aproximaba tu cumple. De todos los regalos que te hicimos mi preferido siempre fue este. Amaba verte con las Wrangler puestas.

—A duras penas me las quitaba para dormir —confesó mientras se probaba el par nuevo, que le calzó muy bien.

Caminó por la sala mirándoselas.

—¿Te quedan bien? —se interesó Brenda—. Podemos ir a cambiarlas, si no.

—Me quedan perfectas. Muy cómodas.

Brenda se le colgó del cuello y Diego la hizo dar vueltas mientras reían de pura dicha.

—Bertoni, estás hecho un churro bárbaro con esas Wrangler —bromeó, y Diego soltó una carcajada.

—No sé cómo hacés.

—¿Cómo hago qué? —inquirió Brenda.

—Cómo hacés para que todo sea especial.

Tras unos segundos en los que sometió la idea a una rápida reflexión, dijo:

—Porque tengo muy claro cómo quiero hacerte sentir y hago de todo para lograrlo.

—¿Cómo querés hacerme sentir?

—¡Feliz! —exclamó, risueña, y volvió a saltarle encima, y le rodeó la cintura con las piernas, y lo besó en los labios.

Diego caminó con ella en andas hasta el sofá, donde volvieron a amarse.

* * *

Hacia la tercera semana de septiembre Brenda sabía dos cosas: que estaba embarazada y que a Diego la noticia no lo haría feliz. Recordaba exactamente el día en que habían concebido a ese hijo, domingo 21 de agosto, cuando el condón se rompió. Se acordaba también de la reacción de Diego. «*Un hijo ahora sería un desastre*», le había dicho.

Envió un mensaje a Rosi y a Millie y les pidió que se vieran el martes 20 de septiembre al mediodía en la cantina de la facultad. Tras comprar la comida, se sentaron a la mesa. Rosi aguzó la mirada.

—¿Pasa algo, Bren? ¿Estás muy pálida?

—Creo que estoy embarazada —balbuceó.

—*What the fuck!* —se alteró Millie.

—¿Estás segura, Bren? —intervino Rosi.

—Casi segura.

Ninguna tocó el almuerzo.

—¿Qué vas a hacer si lo confirmás? —quiso saber Rosi—. ¿Vas a abortar?

—Naaa… —contestó Millie en su lugar—. La conozco mejor que nadie y sé que no abortaría ni aunque su vida corriese peligro.

—Tenés razón —respondió con una seguridad sorprendente dadas las circunstancias—, no voy a abortar.

—¿Ya se lo dijiste al Moro? —preguntó Rosi.

Brenda movió la cabeza para negar antes de admitir:

—Le tengo tanto miedo a la reacción de Diego.

—Bren, no podés tenerle miedo —la exhortó Millie—. Él no puede hacerte nada.

—¿Querés que estemos con vos cuando se lo digas? —propuso Rosi.

Sus amigas estaban malinterpretando la situación; creían que le temía a la rabia de Diego, a una posible violencia física. Por supuesto que no se trataba de eso, sino de que Diego la dejase.

—No hace falta, Rosi, pero gracias —contestó con voz debilitada—. En realidad, tengo miedo de que me pida abortar y de que me deje cuando le diga que no lo voy a hacer.

—¿Por qué no querés abortar? —inquirió Rosi.

—Porque amo a este bebé y lo quiero vivo.

—Vas a ser la mejor madre del mundo —declaró Millie.

La acompañaron a comprar un test de embarazo y luego fueron al departamento de Rosi para hacer la prueba. Dio positivo, como Brenda había esperado. La confirmación colocó la realidad bajo una nueva luz, una más potente que iluminaba rincones que antes no había visto.

—Tengo miedo de que esto lo haga recaer —se atrevió a expresar en voz alta.

—¿Saber que va a ser papá lo haría recaer? —quiso precisar Rosi, y Brenda asintió.

—Cualquier cosa puede desestabilizar a un adicto —explicó—, sobre todo cuando están en los primeros tiempos del proceso de sanación. Y para Diego, saber que vamos a tener un hijo podría ser el bajón más grande.

Por la noche, agradeció que Rafa y Manu cenaran con ellos en casa de Diego. Tenían que acomodar una serie de eventos de DiBrama y armar el cronograma para las próximas semanas. Brenda se instaba a comer y guardaba silencio. Diego le lanzaba vistazos ceñudos. Manu y Rafa se fueron a eso de las diez y media y, mientras Diego los acompañaba a la salida, Brenda aprovechó para levantar la mesa y lavar los platos. La encontró en la cocina. La abrazó por detrás y le besó el cuello.

—¿Qué pasa? —quiso saber—. ¿Qué te tiene tan callada y seria?

Había decidido evitar el tema. No lo abordaría justo la noche antes del análisis en el Durand.

—Nada, estoy muy cansada.

—¿El chabón del Audi volvió a molestarte? —tentó Diego.

Giró en sus brazos y lo besó en la boca.

—No, para nada. —Intentó sonreír.—Ni siquiera volvió a enviarme un mensaje. En serio, es solo cansancio. En los análisis dio que tengo el hierro cerca del rango inferior —argumentó.

Diego emitió su clásico gruñido y siguió contemplándola con desconfianza. Brenda se puso en puntas de pie y le habló al oído.

—Si me hicieras el amor, se me pasaría el cansancio y me volvería el hierro a la sangre.

Lo miró a los ojos y comprobó que se habían turbado de deseo. Diego le pasó un brazo por las corvas y la levantó para cargarla hasta el dormitorio.

—Nada de profiláctico —dijo Brenda y le sonrió.

—¿Empezaste de nuevo con las pastillas? —se sorprendió él, y ella asintió sin abandonar la sonrisa—. Hoy es 21. Ayer se cumplió un mes de tu desmayo —calculó, y Brenda volvió a asentir.

* * *

Se lo diría el viernes por la noche aprovechando que no tenían que ir a The Eighties ni cantar en otro evento. Y como sabía que la cosa daría para largo y que precisaría del sábado, llamó al padre Ismael para avisarle que no iría al orfanato por la tarde.

El día anterior había hablado por Skype con Cecilia y le había confiado la noticia. La mujer se la tomó con actitud tranquila y reflexiva, lo que transmitió mucha paz a Brenda, que desde la confirmación vivía con taquicardia y en un estado de fuertes ansias.

—Es de libro —había afirmado la astróloga—. Es parte del destino de los Ascendentes en Tauro aprender a encarnar, a crear la materia, algo que les cuesta muchísimo. Por eso es muy común que nunca planeen tener hijos, sino que la noticia los sorprenda. Un hijo es la máxima expresión de la encarnación —siguió explicando—, que por un lado los obliga a conectar con el poderío magnánimo de la naturaleza. —Abrió un paréntesis para aclarar: —Tauro es el signo de la tierra, de la naturaleza. Y por otro lado los obliga a bajar de las estrellas, del mundo de las ideas, en este caso del mundo de las notas musicales, y pisar con firmeza la tierra.

—No se lo va a tomar bien, ¿no? —se angustió Brenda y Cecilia, al torcer la boca, le dio su respuesta.

—No, no se lo va a tomar bien —ratificó—, pero vos conservá la calma y la tranquilidad que te da saber que este es el aprendizaje de Diego, el que tiene que seguir para abrazar la energía taurina que por destino le toca.

Igualmente, Brenda estaba muy nerviosa. Revolvía los ravioles en el plato y mantenía la mirada baja. Diego apoyó los cubiertos con cierto fastidio y la obligó a mirarlo aferrándola por el mentón.

—¿Me vas a decir qué te pasa? Y no vuelvas a meterme el verso del martes, que estás cansada.

—Estoy embarazada —disparó y se quedó mirándolo sin pestañeos ni respiro.

Diego dejó caer los párpados y se echó sobre el respaldo de la silla en una clara manifestación de agobio y disgusto. Brenda siguió contemplándolo; ni un hilo de aire entraba en su cuerpo mientras el corazón le latía, desenfrenado.

—OK —reaccionó de pronto y se incorporó—. No te preocupes. Rafa conoce una clínica muy buena donde hacen abortos y…

—No voy a abortar.

—¿Qué?

—No voy a matar a mi bebé, Diego.

—¡Eso no es un bebé, Brenda! Es un rejunte de células.

Los nervios y la desazón se esfumaron y en su lugar quedó una tremenda fuerza, la de una madre defendiendo a su cría.

—Aunque sea un rejunte de células, para mí es mi hijo, Diego, y lo quiero. Lo quiero como a nada —subrayó y lo miró con una determinación implacable.

Diego, tras contemplarla con la boca medio abierta y una expresión atónita, le preguntó:

—¿En serio querés traer un hijo a este mundo de mierda?

—No lo planeé, Diego, pero está claro que tenía que venir.

—¿Tenía que venir? —la increpó de mal modo.

—¿No te das cuenta de que estaba predestinado? Tuve que dejar las pastillas, a vos se te rompió el profiláctico y no funcionó la píldora del día después. Es como si hubiese sorteado todos los escollos que le pusimos. —Diego la miró con una mueca pasmada. —Siento que luchó por vivir, porque su vida va a significar algo muy importante. Él tiene que vivir por alguna razón. No voy a abortar —recalcó tras un silencio pesado.

—Estás hablando muchas pelotudeces —dijo con marcado desprecio y se puso de pie.

Brenda bajó la vista, destrozada. Lo oía caminar por la habitación con genio malhumorado.

—No estás viendo la foto completa —expresó detrás de ella— y por eso decís esa sarta de estupideces. Mi vida es un quilombo, ni siquiera soy libre. Tengo un trabajo que me rinde dos putos mangos y con DiBrama no estamos justamente ganando fortunas. Apenas si puedo pagar el transporte para ir a trabajar. ¿Cómo mierda haría para mantener a un hijo? ¿Vos tenés idea de lo que cuesta un hijo? ¡No, qué mierda vas a saber! A vos nunca te faltó la guita…

Diego siguió despotricando mientras Brenda lloraba quedamente, mortificada por la culpa y por una profunda tristeza. Diego necesitaba tranquilidad para enfrentar el camino de la sanación. ¿Ella se convertiría en su ruina, encaprichada con la idea de conservar a ese hijo? ¿No habría sido más sensato abortarlo y ahorrarse un montón de problemas? Solo plantearse la posibilidad de deshacerse de su bebé la sumió en un sentimiento tan oscuro y espantoso, tan indescriptible y siniestro, que soltó un quejido y se puso de pie de un salto. Diego interrumpió el discurso y fue detrás de ella, que subió corriendo al dormitorio.

Brenda juntaba la ropa y la echaba dentro del bolso. Se iría a su casa. Necesitaba a Ximena. Diego la sujetó por las muñecas y la obligó a detenerse.

—¿Qué estás haciendo?

—Me voy a mi casa.

—No. Vamos a hablar. No te vas a escapar.

Brenda sacudió los brazos y Diego la soltó.

—Vos querés que aborte. Yo no voy a abortar. No hay solución. Y no importa cuánto lo hablemos. Son posturas irreconciliables.

—¿Por qué no querés abortar? ¿Es por toda esa mierda católica? Tu abuela Lidia es muy católica —señaló.

—Yo no practico ninguna religión, Diego, y me importa bien poco lo que digan los católicos al respecto. Cuando digo que no voy a abortar es porque amo a este bebé más que a mi propia vida.

—¿Cómo podés decir que amás algo que es tan minúsculo que casi no existe, algo sin forma, sin nada?

Brenda sonrió con amargura mientras movía la cabeza para negar.

—Porque es tu hijo, Diego, por eso lo amo. Y para mí sí existe, tenga la forma que tenga. ¡Lo amo más que a mi vida! ¡Lo amo más que a vos! Y es paradójico: lo amo más que a vos porque es tuyo.

Brenda hizo correr el cierre del bolso con furia y se lo colgó al hombro.

—Vos no te vas a ningún lado —declaró Diego y se puso delante de la puerta—. Vamos a hablar hasta que…

—¿Hasta qué? ¿Hasta convencerme de abortar? Es la causa más perdida de la historia de la humanidad. Vas a tener que matarme para matar a mi hijo.

—Brenda, por favor, no te pongas melodramática.

—No me pongo melodramática. Estoy explicándote cómo son las cosas.

—Decís que lo amás más que a nada porque es mío y sin embargo estás dispuesta a dejarme.

—Vos no lo querés. Él es mi prioridad ahora. Protegerlo es mi prioridad —puntualizó.

Diego le sujetó el rostro y la besó en los labios.

—No estás pensando claramente —expresó con condescendencia—. Este bebé va a trastocar tus planes. ¿Cómo vas a hacer el año que viene con el conservatorio? No más empezar vas a tener que dejar para ocuparte del bebé.

—Mis estudios pueden esperar.

—Brenda, nosotros no buscamos este hijo. ¡Se nos rompió el forro! ¿Qué culpa tenemos? No somos responsables.

—¿Vos escuchás cuando te hablo? Para mí no es una responsabilidad. Quiero a este hijo porque lo amo. Dejame pasar —exigió.

Diego no se movió un centímetro.

—No quiero que te vayas —dijo con acento suplicante—. No quiero, Brenda.

—Yo tampoco quiero irme, pero…

Diego la abrazó y Brenda se aferró a él de inmediato.

—No te vayas —volvió a rogarle.

—Perdoname.

—¿Por qué? —se sorprendió Diego y se apartó, confundido.

—Lo último que quiero es desestabilizarte y agobiarte. No quiero traerte problemas. Vos sabés que solo quiero hacerte feliz.

—Y me hacés feliz —ratificó Diego con vehemencia—. Cada puto minuto de los últimos meses he sido feliz gracias a vos. Como nunca lo había sido antes.

—Yo también he sido feliz como nunca lo había sido antes. Pero la vida nos sorprende, Diego. No siempre es como la planeamos. Tenemos que enfrentar el desafío y seguir adelante. Las cosas no tienen por qué ser tan dramáticas.

Diego emitió un suspiro y volvió a besarla en los labios.

—¿Por qué no nos damos una ducha juntos y después nos vamos a dormir? —propuso con el cansancio esculpido en las facciones—. No quiero seguir hablando de esto ahora. Estoy destruido.

«Y morís por un whisky y una línea de cocaína», habría acotado Brenda, que se limitó a asentir.

* * *

Al día siguiente la incomodidad se había instalado entre ellos. El tema del hijo era como un elefante en medio de la sala al que nadie quería ver y del que nadie quería hablar. Diego se lo pasó en el estudio componiendo en el piano mientras Brenda, para hacer algo, fue primero al supermercado y después se dedicó a la jardinería aprovechando que era un día lindísimo. Lástima que su ánimo fuese lo opuesto a esa jornada de cielo diáfano.

¿Por qué su vida daba esos giros locos? ¿Por qué no seguía el curso natural que se suponía debía tomar? ¿Había sido maldecida al nacer con el Ascendente en Acuario y con Urano en la Casa XII? Cecilia aseguraba que no había cartas astrales buenas ni malas; simplemente eran lo que eran. No estaba tan de acuerdo. Pocos meses después de haber alcanzado su sueño más anhelado, ser la novia de Diego, su relación se arruinaba. Removió con bronca la tierra en torno al rosal mientras sacudía la cabeza y negaba, porque se negaba a pensar en su hijo como en el causante de la ruina de su pareja.

Le saltaban las lágrimas, que caían sobre la tierra negra y fragante. En medio de tanto dolor y confusión, de algo estaba completamente segura: amaba a ese hijo y lo protegería, incluso si eso significaba renunciar al gran amor de su vida. La sorprendía la fortaleza que la asistía y le temía al destello de esperanza que no sabía de dónde nacía en un panorama tan negro y que la llevaba a pensar que algún día Diego amaría a ese hijo tanto como ella, y le temía porque cabía la posibilidad de que él nunca se reconciliase con la idea de ser padre. Lo comprendía,

384

entendía lo asustado que estaba. Ser responsable de la vida de otro ser humano espantaba a cualquiera, sobre todo a uno como él, que se creía menos a causa de sus adicciones y de los errores del pasado.

Se sobresaltó cuando Diego se asomó a la puerta del jardín y la llamó.

—Manu y Rafa acaban de llegar —anunció—. Trajeron pizzas y empanadas. Vení a comer.

—Ahí voy —dijo y se quitó los guantes.

Diego la esperó en el umbral y la encerró contra el marco de la puerta cuando intentó pasar. Se quedó mirándola con esa expresión seria que ella tanto amaba, cuando la repasaba con ojos inquisidores como en el acto de estudiarla, memorizarla, poseerla.

—No les digas a los chicos lo del embarazo —susurró, y a Brenda las ilusiones se le desvanecieron.

—No iba a hacerlo —contestó mientras se preguntaba por qué seguía en esa casa.

Después se acordó de que tenían que ensayar para la noche y luego ir a cantar a The Eighties y, aunque no supo de dónde sacaría la fuerza para hacerlo, se convenció de que, si pretendía ser una profesional de la música, tenía que dejar de lado las cuestiones personales, enfrentar al público y cantar como si la vida fuese perfecta.

Diego seguía mirándola como a la espera de que ella dijera algo, o tal vez él quería decirle algo a ella. Incapaz de contenerse, le cubrió las mejillas con las manos y lo acarició con los pulgares. Diego bajó los párpados y ajustó el abrazo en torno a su cintura.

—¿Es tan terrible para vos ser papá? —preguntó en un susurro cargado de lágrimas.

—Sí —admitió él y apoyó la frente en la de ella—. No quiero.

Manu los llamó a comer, y Brenda, devastada y herida, aprovechó para desprenderse de su abrazo y correr escaleras arriba.

* * *

Se preparaban para ir a The Eighties. Manu y Rafa irían en el auto de Rafa y ellos en el de Brenda. Diego la vio cargar el bolso y la interrogó con una mirada.

—Quiero dormir en mi casa esta noche. Necesito hablar con mamá mañana —se justificó—. La llamé y le pedí que no fuese a la quinta.

—No le digas nada todavía —pidió Diego y, ante el gesto de hartazgo de Brenda, le encerró la cara entre las manos y le habló cerca de los labios—. *Yo* voy a hablar con ella, pero no mañana. Dame tiempo, por favor.

Brenda no sabía cómo interpretar sus palabras ni se atrevió a pedir explicaciones por temor a ilusionarse. Se limitó a mover la cabeza para asentir. Diego le atrapó la boca en un beso lento, largo y sensual, y lo que hasta ese momento se había vuelto frío y duro comenzó a cobrar vida. Igualmente, cuando Diego quiso quitar el bolso del baúl y llevarlo de nuevo dentro, Brenda lo detuvo.

—Quiero dormir en mi casa de todos modos. Creo que nos vendrá bien estar solos y pensar.

Diego soltó el bolso, ofendido en su orgullo gigantesco. Lastimarlo le provocaba una herida tan monumental que estuvo a punto de claudicar. No obstante, reunió la voluntad para mantenerse firme. Y esa noche, mientras subía al pequeño escenario de The Eighties con la garganta agarrotada y segura de que no podría cantar, se colocó la mano sobre el vientre, cerró los ojos e imaginó a su hijo, y lo imaginó de unos dos o tres años, rubio y robusto como el padre, que corría hacia sus brazos y la llamaba mamá, y fue tan enorme el gozo que experimentó en tanto lo alzaba y le besaba los cachetes gordos y colorados, que cantó los temas acordados de Madonna y luego los tres de DiBrama con una pasión y una potencia que admiró aun a sus compañeros. El público los ovacionó.

* * *

Se despertó con un sobresalto y le llevó un instante recordar que dormía en su cama y que Diego no estaba junto a ella. Manoteó el celular de la mesa de luz y consultó la hora: doce y cinco del mediodía. En tanto salía de la cama y buscaba ropa para cambiarse, llamó a Rafa; tuvo que insistir para que la atendiese.

—Diego no está bien —dijo apenas el chico farfulló un hola con acento dormido.

—¿Estás ahí con él? —se avispó de repente.

—No. Pero sé que no está bien.

—¿Cómo? ¿Te llamó por teléfono?

Explicarle que era una especie de vidente y de chamana por haber nacido pisciana y con Neptuno en la Casa XII no correspondía dadas las circunstancias, por lo que optó por ir directo al grano.

—Te voy a necesitar en la casa de Diego. Para que me ayudes con él.

—OK —accedió—. Me visto y salgo para allá.

—Gracias.

Ximena se quedó de una pieza al verla aparecer en la cocina vestida y con la cartera en la mano.

—Ma, tengo que ir a lo de Diego. Creo que le pasó algo.

—¿Te llamó Lita?

—No, es un presentimiento que tengo.

—Te llevo —ofreció la mujer sin hacer cuestionamientos.

—No, quedate. Te mantengo al tanto de todo, no te preocupes.

De camino a lo de Diego, lo llamó un par de veces, pero no le respondió. Volvió a comunicarse con Rafa.

—¿Cómo estaba anoche cuando lo dejaron en su casa?

—Mal. Nos obligó a parar en un kiosco de esos que están abiertos las veinticuatro horas para comprar cigarrillos. Pero estamos seguros de que también compró escabio.

—¿Por qué no me llamaron, Rafa? —se enojó.

El chico no hizo caso del reclamo; en cambio, comentó:

—Lo único que nos dijo antes de bajar del auto fue: Voy a ser papá.

Se encontraron en la puerta y Brenda abrió con sus llaves. Lita debía de haber ido a misa; de otra manera, los habría escuchado y salido a ver qué pasaba. Apenas traspuso el umbral, Brenda sintió la energía nociva que salió a recibirla como un aliento gélido y pestilente. El aroma extraño y desagradable que había desplazado al de la melisa y del azahar la hizo temer que Diego se hubiese ahogado en su propio vómito. Corrió arriba a buscarlo. Rafa lo encontró en el estudio y la llamó a gritos.

Diego estaba medio desnudo, solo con los boxers puestos, sentado en el suelo y con una botella vacía de whisky entre las piernas. La cabeza le colgaba sobre el pecho y parecía profundamente dormido.

—Está helado —comentó Rafa al aferrarlo por el brazo.

Brenda corrió de nuevo al dormitorio y sacó una frazada del placard. Al regresar, Rafa intentaba despertarlo. Lo cubrió con la manta.

—Vamos, hermano, arriba.

—Brenda —sollozó Diego.

—Aquí está conmigo.

—Aquí estoy —confirmó.

Al sonido de su voz, Diego intentó erguir la cabeza, sin éxito.

—Brenda —volvió a farfullar y empleó un tono de súplica tan desgarrador que fue como si la traspasara un filo.

Lograron que se pusiese de pie. Apestaba a alcohol, a cigarrillo y a sudor. Lo más importante era hacerlo entrar en calor. Lo condujeron escaleras arriba. A Rafa se le ocurrió poner un banquito de plástico dentro de la ducha para sentarlo y bañarlo más fácilmente.

—Yo me ocupo —expresó Brenda una vez que lo tuvieron sentado.

Rafa cerró la puerta del baño y Brenda, tras encender la estufa eléctrica, se desvistió y se metió dentro del receptáculo. Diego parecía haberse dormido de nuevo con el mentón clavado en el pecho y un hombro contra la pared. Lo despojó de la colcha y enseguida lo mojó con la ducha de mano durante largos minutos. Se dispuso a higienizarlo después de que hubiese recuperado la temperatura del cuerpo. Tras sacarle con mucha dificultad los boxers, lo bañó suave y lentamente. Se hallaba en cuclillas mientras le lavaba las piernas cuando se dio cuenta de que Diego tenía los ojos inyectados fijos en ella. Se puso de pie y él la siguió con la mirada.

—¿Me amás? —le preguntó y a juzgar por cómo articulaba y arrastraba las sílabas, el whisky aún le corría por el torrente sanguíneo.

—Más que a nadie en este mundo —contestó Brenda.

—Mentira. —Le clavó el índice en el ombligo. —Al rejunte de células lo querés más.

—Porque es tuyo —dijo y se dispuso a lavarle el pelo.

Diego le rodeó la cintura con los dos brazos y descansó la mejilla entre sus senos. Guardó silencio durante el proceso de lavado, incluso cerró los ojos, y Brenda supuso que dormía. Le movió la cabeza para enjabonarle la barba. Diego alzó los párpados lentamente y la contempló con ojos más vivaces, más despiertos.

—Voy a ser un padre de mierda —profetizó— y nuestro hijo me va a odiar como yo odio al mío.

—¿Qué pensás hacer para que te odie? ¿Pegarle como te pegaba tu papá? ¿Reprimirlo y no permitirle ser lo que es? ¿Impedirle cumplir su sueño? ¿Ser un estafador? ¿Cuál de todas esas cosas planeás hacer? ¿O las vas a hacer a todas?

—Ser un alcohólico y un adicto, eso es lo que voy a hacer y por eso me va a odiar.

—Nadie te odia por eso, Diego. Tu abuela y tus tías te adoran. Mamá te adora. Mi abuela te idolatra. Manu y Rafa te quieren como si fueses su hermano.

—¿Y vos?

Brenda exhaló un soplido impaciente.

—¿Otra vez querés escucharme decir cuánto te amo? ¿No te suena repetitivo? ¿No te canso?

—No —afirmó—, nunca me canso de escucharte decir eso.

Lo ayudó a incorporarse. Lo sentía inestable. Diego se apoyaba en ella y se desplazaba con pasos vacilantes. Había ingerido una botella de whisky, toda él solo. Brenda no comprendía cómo era posible que se mantuviese en pie. Bajó la tapa del inodoro y lo obligó a sentarse encima. Lo secó con fuertes fricciones para obligar a la sangre a circular y de ese modo expulsar rápidamente el veneno del sistema. Diego, dócil, alzó el rostro para que se lo secara. Brenda detuvo la mirada en la de él, que de pronto se tornó brillante y acuosa.

—¿Qué pasa? —preguntó, alarmada.

—Volví a recaer —expresó con una angustia conmovedora.

Brenda se inclinó para besarlo en los labios.

—A veces una recaída puede sentar las bases de una completa libertad.

—¿De dónde sacás eso?

—Lo leí en la página de Narcóticos Anónimos.

—¿Te metiste en la página de Narcóticos Anónimos? ¿Por qué?

—Porque quiero entender. Quiero saber exactamente qué sentís, cómo, por qué.

Diego asintió con expresión inescrutable. Brenda se secó y se envolvió en una toalla antes de cubrirlo con la salida de baño.

—Quiero lavarme los dientes —manifestó, por lo que Brenda cargó pasta en el cepillo y se lo pasó.

Lo acompañó al dormitorio, que tenía una buena temperatura gracias a que Rafa había encendido la estufa. Lo ayudó a ponerse un pijama y a acostarse. Se vistió deprisa y salió del dormitorio sabiendo que Diego la seguía con la mirada; no le dio explicaciones. En la cocina se encontró con Rafa, que bebía café y se entretenía con el Instagram de DiBrama.

—¿Cómo está?

—Mejor —contestó Brenda—. Quiero que coma algo y tome mucha agua. El miércoles le hacen el análisis en el Durand y no podemos arriesgarnos a que encuentren rastros de alcohol.

Preparó la bandeja con un desayuno rápido, una jarra con agua y un comprimido de ibuprofeno. Al llegar al dormitorio, descubrió que Diego dormía, incluso roncaba.

* * *

Diego durmió hasta las cinco de la tarde, y durante esas horas Brenda no se apartó de su lado. Se lo pasó intercambiando mensajes con su madre y con sus amigas, *googleando* cómo purificar la sangre del alcohol y manteniendo diálogos consigo misma. Solo bajó a la cocina un par de veces para prepararse un té y comer los restos de pizza del día anterior. Estaba sola; Rafa se había ido alrededor de las tres.

Lo contemplaba dormir tan apaciblemente que resultaba difícil recordar que horas antes había recaído tras meses de conservarse limpio. Lo estudiaba y lo veía fuerte y saludable y le costaba creer que ella y Rafa hubiesen tenido que ayudarlo a trasladarse. ¿Sería siempre de ese modo con él, frente a cada dificultad se refugiaría en la droga y en el alcohol? ¿Lautaro tenía razón? Aún recordaba sus palabras, aún la lastimaban. *«Los tipos como él nunca cambian. Viven recayendo una y otra vez. Solo saben hacer una cosa: arruinar las vidas de los que intentan ayudarlos.»* Por otro lado, la culpa la martirizaba: Diego se había entregado a la bebida porque ella lo había dejado solo, y lo había hecho para lastimarlo, porque estaba dolida con él. Si Cecilia le había advertido que, por su Ascendente en Tauro, rechazaría la llegada del bebé, ¿por qué se lo había tomado como algo personal?

Diego despertó y se quejó de dolor de cabeza. Brenda la extendió un comprimido de ibuprofeno y un vaso con agua, tras lo cual lo ayudó a incorporarse y a ingerir lo único que él afirmó tolerar, un pedazo de pan. Más tarde aceptó comer fruta y siguió bebiendo agua a instancias de Brenda y orinando.

—¿Por qué estas acá? —la interrogó mientras ella le ofrecía un trozo de pera—. ¿No era que querías estar sola?

—Me desperté hoy al mediodía y supe que estabas mal. Vine enseguida.

Diego engulló la fruta y, en tanto masticaba lentamente, la observaba con detenimiento. Brenda le sostenía la mirada, aunque esos ojos de Diego, tormentosos y cargados de resentimiento, la asustaran.

—No quería que me vieras así —admitió él tras los segundos de pesado mutismo—. Quiero ser siempre tu héroe.

—Bueno —expresó Brenda con acento ligero—, también existe la figura del héroe caído y, para mí, que soy pisciana, es más entrañable que la del héroe victorioso.

—¿Porque sos pisciana?

—Sí, a los piscianos nos encanta ayudar al que está caído.

Diego alzó las cejas y profirió el gruñido que empleaba a modo de respuesta y que Brenda nunca acertaba a definir si era un asentimiento o una expresión de desacuerdo.

—¿Tenés que dormir en tu casa esta noche? —inquirió Diego.

—No necesariamente —contestó ella—. ¿Querrías que me quedase?

—Siempre quiero que te quedes.

Asintió, de pronto exhausta. Las emociones desde la confirmación del embarazo sumadas a la pelea con Diego y a la recaída la tenían al borde del desvanecimiento. Se quitó la ropa y se puso una remera de él que le llegaba hasta las rodillas. Se deslizó dentro de la cama y suspiró, complacida. Imitó a Diego y se acomodó de costado. Se miraron largamente y en silencio.

—Creí que tu amor era incondicional —susurró él al cabo.

—Lo es, amor mío.

—No. Estabas por dejarme.

—Estaba defendiendo y protegiendo a nuestro hijo. El amor de una madre es incondicional también.

—El de mi vieja no.

—Pero el de tu abuela, el de tus tías y el de mi mamá, sí.

—¿Y el tuyo?

—Nunca voy a dejar de amarte mientras viva, de eso estoy segura.

—¿Pero? —la instó—. Sé que hay un pero.

—Pero ahora nuestro hijo está primero.

—¿Tanto lo querés?

—Sí.

Volvieron a caer en el mutismo de miradas profundas.

—Quiero ser un buen padre —admitió un rato después.

—Yo soy tu fan número uno —le recordó Brenda—. Mi opinión es muy sesgada.

—¿Cuál es tu opinión? —quiso saber.

—Te gusta que te dore el ego, ¿eh, Bertoni?

—Sí, me hacés sentir lo más valioso del mundo.

—Lo sos para mí. Y lo vas a ser para nuestro hijo.

La emoción lo asaltó repentina y violentamente. Apretó los párpados y sumió la boca entre los dientes. Brenda lo acogió entre sus brazos y Diego le pegó la cara en el pecho. Su respiración afanosa le golpeaba la piel; la saliva y las lágrimas se la mojaban. Al notarlo más calmado, se le aproximó al oído y le susurró:

—Esta es mi opinión: nuestro hijo va a tener al mejor padre y vos vas a tener al mejor hijo.

—Va a ser el mejor hijo porque es tuyo —expresó Diego—. Y porque es el nieto de Héctor y de Ximena.

—Pero por sobre todo porque es el hijo de Diego Bertoni —insistió Brenda—, la persona más copada que yo conozco.

—Me lo voy a terminar creyendo —advirtió.

—¡Ya te lo creés! —aseguró Brenda, y él soltó una carcajada.

Capítulo XXII

Como digna hija de Urano, estaba acostumbrada a los cambios súbitos y radicales y, sin embargo, haber quedado embarazada de Diego Bertoni era el más inesperado y definitivo de todos. Le costaba habituarse a la idea de que dentro de ella crecía el hijo de ambos, el hijo concebido sin intención, pero con un amor enorme, al menos por parte de ella. Que Diego, siendo tan contrario a la idea de convertirse en padre, lo hubiese aceptado, ¿no demostraba que también la amaba profundamente?

El domingo 2 de octubre, a una semana de la recaída de Diego, fueron a la quinta de San Justo con la intención de darles la noticia a Ximena y a la abuela Lidia. Por fortuna, Lautaro se había quedado en Capital porque tenía que estudiar, pero se encontraron con Tadeo González.

Estaban reunidos en la sala después de un almuerzo tardío. Lidia cebaba mate mientras Brenda se ocupaba de repartir cuadraditos de manzana y porciones de *lemon-pie*. Le entregó el plato a Diego, que, al recibirlo, le acarició la mano y le guiñó un ojo, y a ella le bastó para hacerse del valor que le permitiría afrontar el cometido que los había conducido a ese lugar.

—Queremos darles una noticia —habló Diego.

Obtuvieron la atención de los tres adultos de inmediato.

—¿De qué se trata, querido? —lo alentó Ximena.

—Brenda y yo vamos a tener un hijo.

—¡Dios del cielo! —proclamó la abuela Lidia.

—¡Oh! —se limitó a mascullar Ximena en tanto González los miraba con ojos muy abiertos y la porción de *lemon-pie* a unos centímetros de la boca.

Brenda extendió la mano hacia su madre, que se la tomó enseguida y se la besó.

—Estoy muy feliz, ma. No lo buscamos, pero ahora que está aquí —dijo y descansó la mano sobre el vientre— soy la persona más feliz del mundo.

Ximena ahogó un sollozo y abrazó a su hija.

—Voy a ser abuela —barbotó entre lágrimas.

—Y yo bisabuela —apuntó Lidia y abrazó a Diego—. Felicidades, querido.

—Gracias, Lidia —farfulló él.

Ximena se puso de pie y los hombres la imitaron. Caminó en dirección a Diego, que le salió al encuentro. Se abrazaron con la emoción a duras penas contenida. Ximena le acunó el rostro y lo miró con los ojos colmados de lágrimas.

—Ahijado mío —susurró con acento quebrado—, ojalá tu padrino estuviese hoy aquí.

—Ojalá —acordó Diego—. Pero no sé si la noticia lo habría hecho feliz.

—¡Sí, claro que sí! —lo alentó Ximena—. Te adoraba, Dieguito, tanto como a sus hijos.

Diego asintió, un movimiento rígido y brusco de cabeza, mientras disimulaba las ganas de llorar.

—¿Y cuándo tendremos a mi bisnieto entre nosotros? —quiso saber Lidia, y la situación se descomprimió un poco.

Brenda, que sabía exactamente el día en que lo habían concebido, les informó que lo esperaban para la tercera semana de mayo. Enseguida se lanzaron a hacer planes y preparativos.

—Quiero que Brenda se mude a vivir conmigo —manifestó Diego en dirección a Ximena.

—Bueno —comentó la mujer—, es lo que mi hija ha hecho en estos últimos meses, prácticamente ha vivido con vos. Apenas si pasa dos noches en casa con su madre.

—Ahora mi casa es su casa —insistió Diego—. Nuestra casa.

—Claro —acordó Ximena—, ahora son una familia. —La mujer miró a Tadeo y le preguntó: —¿Esto cambia en algo la situación judicial de Diego?

Brenda notó que Diego se tensaba y le buscó la mano para entrelazar sus dedos con los de él. Se miraron. «Te amo», le dijo solo con el movimiento de los labios, y él le respondió con una expresión seria que se contraponía a la dulzura con que le acariciaba los nudillos.

—Solo avizoro consecuencias positivas a partir de esta feliz noticia —señaló el abogado—. Que Diego se haga cargo de su paternidad y quiera iniciar una familia junto a una chica de reputación intachable como Brenda solo puede generar el beneplácito del juez. Incluso podríamos usarlo como medio para presionar y obtener la libertad plena. Diego precisa sacarse de encima su compromiso económico con la casa de recuperación ahora que tendrá un hijo. Todo el dinero debe destinarse al sustento de su familia.

El abogado siguió parlamentando y a Brenda el discurso le comunicaba una gran tranquilidad, pese a que existían cuestiones muy complejas, como la deuda con el intendente Mariño, que a veces le quitaban el sueño.

* * *

La verdad era que no tenía ganas de enfrentar a Lautaro para contarle que sería tío en mayo. La asustaban su mirada severa, sus pronósticos, su mal agüero. La llamó a Camila y la invitó a almorzar. Se juntaron el martes en un restaurante cercano a la facultad donde su cuñada estudiaba Psicología. Camila reaccionó como Brenda había esperado, con una alegría tan sincera que terminaron haciendo planes y celebrando como si la situación fuese absolutamente normal.

Coincidió con Lautaro dos días más tarde, mientras vaciaba el placard y decidía qué llevar a su nuevo hogar y qué dejar atrás.

—Camila me contó la novedad —dijo desde la puerta.

—Por la cara que tenés veo que no te hace muy feliz saber que vas a ser tío.

—Creo que vos sos demasiado joven y él demasiado inestable.

—Como siempre, querido hermano, tenés razón. Me gustaría ser como vos, tan perfecto y sensato. Pero tengo pajaritos en la cabeza y así vivo mi vida.

—No quiero que te haga sufrir.

—Sufriría si no lo tuviese a mi lado. Lo amo, ¿tanto te cuesta entender eso?

—Que lo ames no implica que no te hará sufrir —expresó; dio media vuelta y se marchó.

Manu y Rafa tomaron la noticia de otro modo y, fieles a su estilo, bromearon y compitieron por el afecto del hijo de Diego. Uno lo quería asociar a Boca; el otro a Racing. Manu le enseñaría a tocar el bajo en tanto Rafa aseguraba que preferiría la batería. Uno lo llevaría de pesca y el otro le enseñaría a amar el básquet.

—¿Y si es nena? —los provocó Brenda en una ocasión, más allá de que presentía que se trataba de un varón.

—Si es nena —habló Diego que hasta el momento había guardado silencio—, será solo de su padre.

Manu y Rafa lo abuchearon y lo llamaron represor y guardabosques. Brenda, en cambio, se emocionó. Comentarios como ese, tan escasos y preciosos, la convencían de que, poco a poco, Diego se enamoraba de ese hijo tanto como ella. De igual modo era consciente de que la situación lo tenía tenso, más serio que de costumbre, más ensimismado.

Días después, mientras discutían con Manu y con Rafa los términos de un nuevo *jingle* para la agencia publicitaria, Diego se enojó y abandonó el estudio hecho una furia. Pocos minutos más tarde salió de la casa con su equipo para correr.

—Está muy nervioso desde que supo lo de mi embarazo —trató de justificarlo Brenda—. No es con ustedes, chicos.

—No te hagas drama, Bren —la tranquilizó Rafa—. Lo conocemos bien y nunca nos embolamos cuando se cabrea.

—Aunque a veces me dan ganas de cagarlo a piñas —admitió Manu.

Brenda anunció que iría a cambiar la yerba y marchó a la cocina. Manu apareció detrás de ella con cara de preocupado.

—¿Qué pasa?

—¿Carla volvió a molestarte?

—No. ¿Por?

Manu se aproximó a la mesada, junto a ella, y se puso a jugar con una cucharita.

—No me asustes, Manu. ¿Qué pasa?

—Estoy seguro de que el Moro está nervioso por lo de la deuda con Mariño.

—Sé poco de eso —confesó Brenda—. No quiere hablar.

—Seee… Lo conozco. Nosotros le advertimos que no se metiera con ese usurero de mierda. Y todo para retener a la loca esa —se lamentó.

Se miraron durante unos segundos.

—¿Qué querés decirme y no te animás? —lo instó Brenda.

—Con Rafa tenemos miedo de que cuando Carla se entere de que vos y el Moro van a ser papás derrape mal. Muy mal —remarcó—. Vos no la conocés a la loca esa. Es capaz de cualquier cosa.

—¿Qué podría hacer? —preguntó Brenda, simulando entereza.

—Hasta ahora, si Mariño no le mandó los matones al Moro para obligarlo a pagar la deuda es porque Carla intercede y le pide más tiempo.

—Carla sabe que Diego y yo estamos juntos y aún sigue protegiéndolo —razonó.

—Es tan egocéntrica que se cree que Diego está con vos para darle celos por lo que ella le hizo con el productor de *Pasión Cumbiera*, pero está convencida de que, tarde o temprano, van a volver a estar juntos. Si supieras las veces que se pelearon y se arreglaron esos dos.

—¿Y? —Se tensó Brenda. —¿Es cierto? Digo, lo que Carla piensa, que está conmigo para darle celos.

—¡Obvio que no! —El chico se mostró escandalizado. —El Moro aceptó al bebé solo porque se muere si vos lo dejás, y vos ibas a dejarlo si no aceptaba al bebé, eso le quedó claro. La jugaste muy bien.

—No jugué a nada, Manu —se enojó—. Hice lo que cualquier madre habría hecho por el hijo al que ama.

—Sí, perdón. No debí decir eso sabiendo lo buena mina que sos, con el corazón más grande que conozco y sin una gota de intrigante.

—Entonces —retomó Brenda, impaciente—, vos creés que si Carla se enterase de que vamos a tener un hijo, la cosa cambiaría y los matones de Mariño le caerían encima. —Manu, inusualmente serio, asintió.

—Carla y su hermano saben que Diego no tiene nada —murmuró, nerviosa—, saben que no puede pagar por el momento.

—Lo presionan con dos cosas: con que acepte trabajar para Mariño como su guardaespaldas y matón y que hipoteque esta casa y pida un préstamo al banco para pagar la deuda.

Se quedó muda, paralizada de miedo, la cabeza hecha un lío de pensamientos terribles.

—¿Cuánta plata debe? —se atrevió a preguntar.

—No sé.

—No me mientas, Manu, por favor. *Necesito* saber.

—Estás pálida y te tiemblan las manos —señaló el chico, asustado—. No debí decirte nada de todo esto. Si le pasa algo al bebé por mi culpa, me cuelgo del techo, te lo juro.

—No le va a pasar nada —lo tranquilizó—. Estoy bien, un poco impresionada. Diego no me habla, no me cuenta, me mantiene al margen de todo, como si yo no fuese su pareja o como si fuese una nena incapaz de comprender.

—No quiere que los mocos que se mandó en el pasado arruinen lo copado que hay entre ustedes. Si sabe que estoy contándote esto, me corta las bolas, por parte baja —añadió.

—Pero hiciste bien en contarme, Manu, y no sabés cuánto te lo agradezco. Decime, por favor, de cuánto es la deuda.

—Originalmente era de veinte mil dólares. Pero no sé ahora, porque a eso hay que sumarle los intereses, y vos sabés que los usureros cobran intereses leoninos.

Brenda asintió, incapaz de articular. El monto de la deuda la había dejado sin palabras. ¿Cómo harían para juntar tanto dinero? Ella tenía unos ahorros destinados a un viaje por Europa proyectado con Millie y con Rosi una vez que se recibieran. Obtendría algo más si vendía el auto, solo que sospechaba que no sería suficiente. ¿Y qué con hipotecar la casa? Era preferible deberle al banco, con un plan de cuotas, que a un corrupto intendente usurero.

Diego le ocultaba cuestiones vitales de las que ella se enteraba por terceros, lo que la obligaba a callar, por un lado para proteger a quienes se las habían revelado y por el otro para evitar enojarlo, porque su prioridad era que estuviese tranquilo y que no volviera a recaer.

* * *

Carmelo Broda les presentó a un gran amigo, uno de los organizadores del conocido festival Cosquín Rock, que los escuchó cantar una noche en uno de los locales de Palermo Hollywood y les ofreció participar en el evento a fines de febrero de 2017. El problema de cómo financiar los gastos de traslado y estadía se erigió como el principal escollo para aceptar el tentador ofrecimiento. Broda les propuso prestarles el dinero a cambio de que cantasen en sus tres locales durante el primer semestre del año. Diego leyó, revisó e hizo corregir el contrato, que finalmente firmaron los cuatro. A modo de celebración por haber llegado a un acuerdo, Carmelo y Mariel les regalaron las remeras con el logo de DiBrama estampado en la pechera y en la espalda. Muy pequeño, debajo y al costado, se leía Bar The Eighties.

Desde el año anterior Manu y Rafa insistían en participar de un programa televisivo al estilo de *Pop Idol*, un «buscador de talentos», que en esa nueva versión seleccionaría la mejor banda de rock en Argentina. A Diego la idea lo tentaba; no obstante, limitado por sus compromisos con Desafío a la Vida y con su trabajo como pintor y albañil, no se atrevía a aceptar. Sabía que esas competencias duraban semanas, y él no disponía de tal libertad. Igualmente, Manu y Rafa fueron una madrugada muy temprano a los estudios donde se llevarían a cabo las filmaciones, hicieron una cola interminable e inscribieron al grupo DiBrama.

Pese a los proyectos referidos a la música y a que el número de seguidores crecía en las redes, Diego no estaba contento. El tema del dinero lo ponía de mal humor. Detestaba que su abuela Lita pagase con plata de su jubilación el impuesto municipal de la casa y las boletas de agua, gas y luz. Era un continuo tema de discusión con Brenda el hecho de que usase la tarjeta de crédito que financiaba Ximena.

—A mamá le encanta ayudarnos.

—Soy yo quien tiene que mantenerte ahora —se ofendía—. Tendrías que ajustarte a la plata que puedo darte.

Brenda se cuidaba de mencionar que, si hubiesen dependido de los pocos ingresos que obtenían con la música y los que él cobraba por su trabajo como pintor y albañil, habrían debido comer pan y cebolla.

—Acepto que tu mamá te siga pagando la obra social porque quiero que vos y nuestro hijo estén bien protegidos en ese sentido —aludía con cara de malo y ojos coléricos—, pero nada más, Brenda.

—Amor —intentaba razonar—, recién empezamos y las cosas son un poco difíciles ahora. Pero estoy segura de que un día vamos a pagar todos nuestros gastos.

En una oportunidad se le ocurrió sugerir que podía trabajar en la fábrica de su familia.

—¿Viajar todos los días a San Justo, embarazada? —se alborotó Diego—. Ni en pedo, Brenda. Y cuando nazca nuestro hijo, ¿qué? ¿Lo dejamos en una guardería, que cuestan un huevo y medio? Sin mencionar que no sabremos cómo lo tratarán.

Brenda no discutía y callaba. Le tenía una paciencia infinita, lo mismo que una gran piedad. A veces era como si poseyese el cuerpo y la mente de Diego y experimentara la sensación de ahogo y de encierro que lo sofocaba. En medio de tantas complicaciones económicas, la deuda con Mariño se erigía como una espada de Damocles a la cual Brenda jamás se refería. Lo peor era depender de la buena voluntad de Carla para evitar que la espada precipitase sobre ellos.

Brenda estaba al tanto de que Diego y Carla hablaban por teléfono e intercambiaban mensajes. Dependiendo de la cara, del tono y de la pose que emplease Diego, sabía si hablaba con su ex o con otra persona. No se lo reprochaba; sabía por qué lo hacía, para mantenerla contenta y obtener de ese modo más tiempo. Aunque había ocasiones en que habría corrido a los brazos de su madre y le habría rogado que les prestase los miles y miles de dólares que le debían al intendente usurero para acabar con la sombra que acechaba a su pequeña familia y que se volvía cada día más oscura y amenazadora.

* * *

Brenda solicitó a la ecógrafa que le asignase el último turno de la tarde y de esa manera darle tiempo a Diego para que llegara desde Quilmes, donde se encontraba la nueva obra donde trabajaba.

Era viernes 16 de diciembre, una jornada calurosa y húmeda, y sin embargo Brenda se sentía vital y contenta. La obstetra le había advertido que, con casi cuatro meses de gestación y dependiendo de la posición del feto, era probable que se enterasen del sexo del bebé. Brenda sabía que era un varón; solo necesitaba la confirmación. Sabía también que sería igual a Diego, con el pelo rubio y los ojos de un moro.

Terminó de prepararse —quería estar linda— y marchó a lo de Lita. La anciana y sus hijas irían con ella al instituto; allí se encontrarían con Ximena y la abuela Lidia. Las mujeres Fadul estaban tan entusiasmadas con la llegada del bisnieto y del sobrino nieto que no hablaban de otra cosa. Lita tejía y cosía continuamente, en tanto Silvia y Liliana siempre se aparecían con un regalo, desde juguetes y ropitas hasta bolsas de pañales descartables y toallitas húmedas para higienizarlo.

Las seis mujeres aguardaban en la sala del instituto. Las mayores hablaban sin pausa ni respiro en tanto Brenda se lo pasaba callada y mirando las puertas automáticas del ascensor. Cada vez que se abrían se erguía con la esperanza de avistar a Diego. Por fin lo vio bajar y estudiar el espacio con la mirada ceñuda. Y cuando sus ojos la encontraron reflejaron una emoción que llegó hasta ella con la fuerza de una energía que se renovaba en cada oportunidad y que no languidecía pese al tiempo y a que vivían juntos. Saltó de pie y corrió hacia él. El murmullo incesante de la sala de espera se acalló súbitamente y solo quedó flotando la música ambiental mientras ella lo besaba.

—Tenía miedo de que no llegaras a tiempo —le confió.

—Corrí como un loco para llegar.

Se habían convertido en el punto de atención de la gente, que los observaba mientras avanzaban hacia el grupo de mujeres que los esperaba con sonrisas y miradas benevolentes.

—¿Te parecemos muy invasivas, Dieguito? —se preocupó Liliana.

—De seguro yo le parezco una suegra entrometida —bromeó Ximena.

—A mí me habrían tenido que atar para impedirme ver a mi bisnieto —aseguró Lita, moción que Lidia apoyó con un «amén».

Brenda lo observaba recibir el afecto de esas mujeres, que lo besaban y lo acariciaban, y meditó en lo acertado de la astrología cuando afirmaba que el nativo con la Luna en Piscis vivía en un matriarcado de mujeres poderosas en las que confiaba y que lo protegían. Solo faltaba la más importante: Mabel, su madre. Lita le había confiado que estaba al tanto de que a fines de mayo se convertiría en abuela. ¿Habría llamado a Diego para felicitarlo? Si lo había hecho, él no se lo había mencionado.

La ecógrafa no se mostró intimidada por la nutrida concurrencia y, mientras preparaba a Brenda y le untaba el vientre con gel, les daba charla y respondía a sus preguntas.

—¡Pero, doctora, mire la pancita que tiene! —se quejó la abuela Lidia—. Prácticamente no se le nota.

—Brenda es delgada y de constitución pequeña —adujo la médica—, y no olvidemos que es primeriza. Es lógico que no tenga mucha panza. Pero por lo que puedo ver en la pantalla el tamaño del feto es perfecto.

Se alzó un murmullo aprobatorio entre las mujeres. Diego observaba la pantalla con una concentración notable. Mascullaba preguntas a la ecógrafa, que se las respondía con actitud solícita mientras señalaba la confusa imagen en blanco y negro. Resultaba fascinante descubrirlo tan interesado y comprometido cuando meses atrás había querido deshacerse del bebé.

—Este es el corazón —indicó la profesional—. ¿Ven cómo late? Escuchen —los invitó tras conectar el aparato que amplificaba el sonido.

Diego le buscó la mano sobre la camilla y se la apretó sin quitar la mirada de la imagen. Brenda seguía hipnotizada contemplándole el perfil cuando descubrió las lágrimas que le resbalaban por la mejilla y se le perdían en la barba.

—¿Quieren saber el sexo?

—¡Sí! —exclamaron las mujeres a coro.

La ecógrafa lo desveló solo cuando Brenda y Diego prestaron su consentimiento.

—Es un varón —dijo—. Miren, si parece que estuviese posando para mostrarnos los atributos —añadió la médica, y todos se echaron a reír.

Las mujeres mayores abandonaron el consultorio unos minutos más tarde, y Diego ayudó a Brenda a limpiarse los restos de gel y a incorporarse de la camilla, y todo el tiempo bombardeó con preguntas a la ecógrafa, que las respondió pacientemente.

Festejaron el éxito de la ecografía y la noticia de que sería varón con una cena en lo de Lita, que había preparado empanadas árabes para un ejército. Se les unieron Manu, Rafa, Millie y Rosi. Más tarde, cuando estaban por servir el postre, llegaron Camila y Lautaro, y Brenda no tuvo duda de que si su hermano se encontraba allí era para complacer a la novia. De igual manera, se comportó como un caballero y saludó a Diego con bastante cordialidad.

—¿Cómo se va a llamar el principito? —quiso saber Chacho.

—¡Rafael! —gritó Rafa—. ¿Qué otro nombre le pondrían?

—Manuel —propuso Manu—, es lo más. Tiene mucha personalidad.

—Mejor Emilio, el masculino de mi nombre —propuso Millie.

—Menos mal que a mí no se me ocurre pedir que lo llamen Rosalío —expresó Rosi.

Se rieron un rato de las propuestas y de los comentarios disparatados de los más jóvenes, hasta que Diego habló.

—Quiero que se llame como los dos hombres que más quise, que más quiero —se corrigió—, y que más admiro, mi abuelo Bartolomé y mi padrino Héctor. —Se volvió hacia Brenda y le dijo: —Si vos estás de acuerdo. —Brenda asintió, emocionada. —Quiero que nuestro hijo sea como eran ellos —expresó mirándola a los ojos, los que, por primera vez en mucho tiempo, reflejaban que estaba tranquilo y a gusto.

—¿En qué orden? —quiso saber Chacho—. ¿Bartolomé Héctor o Héctor Bartolomé?

—Por orden alfabético —propuso Rosi.

—Bartolomé Héctor —repitió Manu—. Así podremos decir que la b de DiBrama es también por nuestro Bartolito.

—Sí —acordó Diego—, la b de DiBrama es también por nuestro hijo.

—Quiero pensar, querido ahijado —conjeturó Ximena—, que en caso de que hubiese sido una nena la habrías llamado Mabel Ximena.

—No tengas duda —aseguró Diego.

Como había salido el tema de DiBrama, Millie les preguntó por la participación en Cosquín Rock. Rafa también les contó acerca del programa televisivo «busca-talentos» que se iniciaría en abril y para el cual habían quedado preseleccionados. Brenda, atenta a la conversación, igualmente se percató de que Diego extraía el celular del bolsillo de la camisa y se quedaba observando la pantalla. Durante esos meses había desarrollado una gran habilidad para detectar con un simple vistazo qué nombre aparecía. Y como había esperado que se tratase de Carla, se asombró al leer «Mamá». Era la primera vez que veía esa palabra en el celular de Diego.

Diego, sin brindar explicaciones, se puso de pie y se dirigió hacia el interior de la casa. Solo ella y Lita lo notaron; los demás estaban demasiado interesados en las novedades del programa «busca-talentos».

—Era Mabel —susurró al oído de la anciana.

—Yo le avisé que hoy te acompañaríamos a hacerte la ecografía —confesó Lita—. Estaba muy ansiosa por saber de qué sexo sería su primer nieto, aunque tratara de disimularlo.

Brenda lo siguió dentro. Lo avistó, a través del resquicio de la puerta, en el dormitorio de Lita. Hablaba en voz baja y se cubría la frente con la mano. Resultaba imposible comprender lo que decía y, sin embargo, no lo precisaba para saber cuánto sufría. Se atrevió a entrar cuando lo vio desmoronarse en el borde de la cama tras haber acabado la llamada. Diego se sobresaltó al oírla y ella se detuvo a unos pasos, preguntándose si era bienvenida.

Se miraron en la penumbra de la habitación. Para Brenda fue como asomarse a la profundidad más oscura y secreta del alma de Diego, esa en la que él escondía un dolor inmenso y que ocultaba con celo. Se abrazaron con la exageración que había caracterizado su vínculo desde el primer momento.

—Era mi vieja. Me culpó de haber destruido a mi viejo y a nuestra familia —barbotó casi sin aliento, la voz quebrada—. Me dijo que deseaba que mi hijo no fuese un traidor como lo había sido yo.

Brenda le sujetó la cara y lo obligó a mirarla.

—No fuiste un traidor, quiero que lo entiendas y que te convenzas de eso porque es la verdad. Y nuestro hijo jamás nos traicionará simplemente porque nosotros no lo traicionaremos a él, como sucedió con vos.

—Cuando me preparaba para hacer la comunión —habló Diego—, me enseñaron los mandamientos. Uno decía: Honrar padre y madre.

—No sé nada de mandamientos —admitió Brenda— porque a mí, por suerte, no me obligaron a padecer ese circo, pero te aseguro que me gustaría reescribir ese mandamiento. Para mí tendría que ser: Honrar hijo e hija.

Diego le devolvió una sonrisa vacilante y le acarició la mejilla mientras con la otra mano le cubría el vientre.

—Yo no lo honré —susurró—. No honré a nuestro hijo. Al principio no lo quise.

—Pero ahora sí.

—Sí, tanto —afirmó—. Hoy lo imaginaba flotando en el líquido amniótico, tan tranquilo y protegido dentro de vos.

—Flota adentro de mí —manifestó Brenda—, pero es mucho más que el líquido amniótico lo que lo rodea. Bartolomé flota en un océano de amor, tu amor y el mío.

Los ojos de Diego se anegaron repentinamente.

—Un océano de amor —repitió.

Capítulo XXIII

Dos días antes de Nochebuena, Tadeo González les anunció que el juzgado, al dar por cumplida la condena de Diego, le concedía la absoluta libertad. No más análisis en el Durand, ni terapia dos veces por semana en la casa, ni la obligación de seguir trabajando para Desafío a la Vida. Brenda no cabía en sí de felicidad.

El abogado les recordó que Diego debía manejarse con juicio y prudencia. Dados sus antecedentes, les explicó, incluso conducir alcoholizado se habría convertido en una ofensa gravísima.

Desde la muerte de Héctor, Brenda detestaba los festejos de fin de año. Ahora, pese a ser feliz con Diego, tampoco los disfrutaba, en especial a causa del ingente consumo de alcohol y la tentación que implicaba para él. Solo en el asado que compartieron el domingo 25 de diciembre en la casa de recuperación se relajó y transcurrió un momento agradable.

No solo se trató de la celebración de la Navidad sino de una especie de despedida para Diego y varios de los chicos que, tras meses de internación, estaban listos para volver al mundo real, entre ellos los muchachos que formaban parte del emprendimiento de albañilería y pintura, que seguirían trabajando juntos. Estaban muy entusiasmados porque un amigo de Diego, Sebastián Gálvez, hijo del dueño de pinturas Luxor, les había conseguido un acuerdo para adquirir a precios muy convenientes —los mismos que se pactaban con los distribuidores mayoristas— los tachos de pintura, enduido, yeso, aguarrás y otros materiales, lo cual les permitiría bajar los costos y aumentar la ganancia. La única condición impuesta por Cristian Gálvez, el dueño de Luxor, consistía en que vistiesen los gorritos y los mamelucos con el logo de la marca y que pegasen una calcomanía en la camioneta.

Brenda, que se había vuelto muy diestra en la administración de las redes de DiBrama, ofreció crearles una página en Facebook y usuarios en Twitter e Instagram para publicitar el trabajo y receptar las consultas y los pedidos, lo que planteó la necesidad de bautizar con un nombre el emprendimiento.

—¿Qué tal La Casa? —propuso Franco Laurentis.

—La Casa Recuperada —sugirió Ángel.

—La Casa Limpia —apuntó José.

—Me gustó lo de la Casa Recuperada —opinó el padre Ismael.

—Sí, a mí también me gusta la Casa Recuperada —acordó el padre Antonio.

En eso estaban cuando Brenda oyó que vibraba el celular de Diego. Ni siquiera necesitó echar un vistazo para saber que se trataba de Carla. Lo vio alejarse para atender la llamada y regresar a los pocos minutos con la cara sombría. Hacía tiempo que ese nombre no formaba parte de las conversaciones. Carla no había vuelto a aparecerse por The Eighties ni a mortificarla a través de las redes. Era probable que se viesen durante la semana y, pese a que la volvía loca de celos imaginarlos juntos aunque más no fuese conversando como amigos, comprendía por qué Diego no la cortaba.

A eso de las cinco, tras haber permanecido en silencio, Diego le susurró que tenían que irse. Al llegar a la casa de Arturo Jauretche, se cambió con el equipo que usaba para correr.

—Voy al parque —dijo en alusión al Parque Centenario, y salió.

Brenda sabía que iría a encontrarse con ella. Decidió visitar a su madre, que ya estaría de regreso de la quinta. Diego la llamó a las ocho y media.

—¿Dónde estás? —inquirió, enojado.

—En mi casa.

—Esta es tu casa.

—En la casa de mamá —se corrigió—. Como vos fuiste a encontrarte con Carla, me vine para acá.

Lo oyó soltar un suspiro.

—Volvé a casa, por favor —pidió con acento humilde.

La aguardaba con el portón del garaje abierto. Brenda estacionó el auto y se bajó. Se miraron en silencio.

—¿Por qué decís que fui a verla?

—Porque sé cosas, Diego. Las presiento. Nací con ese don. O tal vez sea una maldición. Lo único que te pido es que no me mientas. Sé por qué lo hacés y te entiendo, pero, por favor —repitió—, no me mientas.

El mutismo volvió a prolongarse junto con las intensas miradas. Hasta que Diego se refregó la cara en un gesto de hastío.

—Fui a verla porque me llamó llorando —se justificó—. La semana pasada le dijeron que el cáncer se ramificó y que tienen que sacarle los ganglios.

—Lo siento —murmuró—. Me habría gustado que me dijeses la verdad, que ibas a verla.

—No significa nada para mí y sé que vos te hacés un mundo con esto.

—Quiero creer que sería el mismo mundo que te harías vos si yo me encontrase con Hugo —redarguyó y se dio cuenta de que había dado en la diana al atestiguar el cambio brutal en la expresión de Diego—. Pero te dije que te entendía —amenizó porque no quería pelear—. Sé que lo hacés por la deuda que tenés con su hermano. —Diego emitió su consabido gruñido y siguió mirándola con ojos fieros. —Me gustaría que hablásemos de ese tema, de la deuda…

—No —dijo, tajante.

Asintió, vencida, y lo siguió dentro de la casa.

* * *

Paradójicamente el problema comenzó con el éxito de DiBrama en Cosquín Rock. Su presentación en la segunda jornada del espectáculo, el 26 de febrero, tuvo un éxito notable, por lo que el organizador les pidió que cantasen de nuevo al día siguiente, durante el cierre. Tan interesado estaba que les pagó la noche extra de hotel. Esa segunda aparición en el famoso festival fue televisada por Telefe y les significó un crecimiento exponencial del número de seguidores y los pedidos para participar de eventos, festivales y fiestas. La sensación la constituyó Brenda, quien, con su pancita de seis meses y su voz dulce y femenina al tiempo que potente, se ganó el cariño y la admiración del público.

Días más tarde, el miércoles 1º de marzo, mientras festejaban su cumpleaños en la casa de Lita y ella no cesaba de admirar el anillo de plata con una amatista que Diego le había regalado, Brenda meditaba que la vida era perfecta.

Ese mismo fin de semana retomaron los conciertos en The Eighties y en los otros locales de Carmelo Broda; tenían una deuda que pagar.

Sin embargo, frente a la afluencia impresionante de público debido al éxito de DiBrama, Broda les canceló el compromiso con lo producido en esos días. Según explicó, había facturado en pocas horas varias veces lo que les había prestado. En cambio, les ofreció un contrato con honorarios redoblados para el resto del año. Los cuatro estuvieron de acuerdo en aceptar.

El lunes 6 de marzo Brenda tenía turno con la obstetra. Iba retrasada, por lo que salió a las corridas para tomar el colectivo. No quería manejar hasta el consultorio ubicado en la avenida Córdoba porque después resultaba imposible conseguir un sitio donde estacionar y no podía permitirse dejarlo en una playa con los precios absurdos que cobraban. Se dirigía hacia la esquina con Campichuelo cuando divisó el Mercedes-Benz amarillo estacionado a pocos metros. Se detuvo en el instante en que se abrían las cuatro puertas y descendían tres hombres y Carla. El que había descendido del lado del conductor debía de ser el tal Coquito Mendaña, un alfeñique vestido con ropas de mal gusto, aunque a la moda y un bronceado poco natural que le tornaba la piel de un color anaranjado. Los otros dos tenían traza de patovicas.

En un acto instintivo, comenzó a retroceder. Carla avanzaba con la vista clavada en su vientre que se evidenciaba bajo el vestidito de fino algodón.

—¡Te vi en la tele! —exclamó, haciéndose la amiga—. Casi me caigo de culo cuando me di cuenta de que estabas preñada. —El gesto sonriente se esfumó. —¿Vos te creíste que quedando preñada ibas a atrapar a Diego?

Resultaba absurdo dadas las circunstancias, pero le molestó que lo llamase Diego. Siempre lo llamaba Di, un diminutivo tan ridículo como todo lo que salía de su boca. Ahora que la tenía cerca después de tantos meses advertía el desgaste causado por el cáncer. ¿Qué le había dicho Diego el día de Navidad? Ah, sí, que tenía los ganglios comprometidos. Aunque estaba muy maquillada y no se le había caído el pelo, su mirada y su semblante trasuntaban el cansancio que significaba vivir con ese veneno dentro de ella. Brenda percibía cómo la energía la abandonaba en tanto la enfermedad la consumía.

—¿Dónde vas? —la increpó Carla y la aferró por la muñeca cuando Brenda intentó correr de regreso a su casa.

Del mismo modo en que percibía cómo la muerte acechaba a Carla también advertía la fuerza maligna que la había conducido hasta allí y el deseo que tenía de hacerles daño a ella y a Bartolomé.

—¡No me toques! —exigió y de un tirón se quitó la mano de encima.

—Bueno, bueno, señoritas —intervino Coquito Mendaña en tanto se aproximaba con aires de suficiencia, una sonrisa falsa y un perfume barato que a Brenda le causó náuseas—. Por favor, comportémonos. No demos un espectáculo en medio de la calle.

Brenda se giró, decidida a regresar a su casa. Uno de los matones se plantó delante y se lo impidió. Desesperada, colocó ambas manos sobre su vientre y miró en torno en busca de auxilio; no se veía a nadie. La Arturo Jauretche era una calle tranquila y a esa hora del mediodía en una jornada calurosa de verano se convertía en un desierto.

—¿Qué querés? —le soltó a Carla.

—Quiero que dejes de cagarle la vida a mi hombre. ¿Vos te creés que Diego quiere estar con vos? Está con vos porque le tendiste una trampa y te quedaste preñada, y él no quiere quedar mal con su puta madrinita, o sea, con tu vieja.

—Muy bien —dijo Brenda y calló al notar que la voz le salía temblorosa—. Ahora me voy —añadió deprisa para camuflar el pánico.

—¡Eh, no! —Carla se movió hacia ella al tiempo que el matón le cerraba el paso otra vez. —¿Creés que vine hasta aquí solo para decirte esto? Escuchame bien, pendeja del orto, porque esta va a ser la primera y la última advertencia. En la próxima visita no seremos tan amables. Si no querés que mis amigos acá —dijo y agitó las manos de largas y pintadas uñas— vengan a buscarlo a Diego y se cobren los treinta y dos mil dólares que le debe a mi hermano... —Carla sonrió. —Ah, veo por la cara que ponés que no sabías que Di le debe tanta guita a mi hermano. Pues sí, y la deuda crece y crece con el paso del tiempo, igual que tu pancita.

—¿Qué querés? —insistió Brenda.

—Que lo dejes. ¿Te creés que voy a seguir intercediendo por él ante mi hermano sabiendo que me está cagando con vos? Mi paciencia y mi amor tienen un límite. Si dentro de cuarenta y ocho horas no desapareciste de la vida de mi hombre mis amigos tendrán que proceder a cobrar la deuda. Y te aseguro que no le harán una visita de cortesía.

—Brendita —intervino Coquito Mendaña y la estudió con una mirada obscena mientras le extendía la mano, que Brenda no aceptó—, me llamo Antonio Mendaña, pero todos me dicen Coquito. Soy muy amigo del Moro. ¿Él nunca te habló de mí? —Brenda guardó silencio, por lo que el hombre prosiguió sin perder el buen humor. —¡Este Moro siempre tuvo buen gusto para las minas! Sos una belleza, preñada y todo.

—¡No seas pajero, Coco! —se enfureció Carla.

—Tranquila, Carlita. —Se dirigió de nuevo a Brenda. —Decile al Moro que me llame. Él sabe que podemos llegar a un acuerdo.

—¡Nada de acuerdos, Coco! —volvió a enojarse Carla—. O esta pendeja del orto lo deja o le echo a los gorilas de mi hermano encima.

—Parece una chica sensata, Carlita —expresó Mendaña sin quitar los ojos de los senos de Brenda—. Estoy seguro de que entendió la condición principal para evitarle problemas al Moro. ¿No es cierto, bonita? Pero después vamos a tener que llegar a un acuerdo. Esa deuda no puede seguir creciendo. Ahora nos despedimos, hermosa. Que tengas un lindo día.

Brenda, paralizada de miedo, observaba la escena confundida y angustiada. Los vio alejarse hacia el Mercedes. Al arrancar, el automóvil produjo un sonido fastidioso con los neumáticos que la sacó del trance en el que había quedado atrapada. Le temblaban las extremidades. Tambaleándose, regresó a su casa. Llamó con insistencia a la puerta de Lita, consciente de que no encontraría las llaves en su cartera. Le abrió Silvia. Prácticamente se desmoronó en los brazos de la mujer.

—¡Dios del cielo, Brenda! ¿Qué te pasó?

—Intentaron asaltarme —barbotó con dificultad pues le castañeteaban los dientes.

—Estás helada y muy pálida. Ahora mismo te llevo al Güemes.

* * *

La tenían en observación en una camilla de la zona de Emergencias separada del resto por unas cortinas. Lita y Silvia se encontraban a su lado, las dos muy preocupadas más allá de que el médico les hubiese asegurado que la ecografía indicaba que el feto estaba bien y que la presión y las pulsaciones de Brenda poco a poco se restablecían.

Había conseguido que no le avisaran a Ximena. Fue imposible persuadir a Lita, que terminó llamando a Diego, por lo que a eso de las cinco de la tarde una enfermera corrió la cortina y ahí estaba él, con el gesto desencajado y la tez pálida y sudada.

—¡Estoy bien! —fue lo primero que exclamó cuando él, de un paso, estuvo sobre ella y la cubrió con el cuerpo—. Estoy bien —le repitió al oído.

—Dios —lo oyó murmurar—. Casi me muero. —Se apartó y le estudió el rostro con esos ojos virginianos capaces de descubrir el error donde nadie lo habría advertido. Le colocó la mano abierta sobre el vientre. —¿El bebé?

—Está perfecto, quedate tranquilo.

—Intentaron asaltarla en la esquina de casa —intervino Silvia.

—Temblaba como una hoja —señaló Lita—. Casi no podía hablar. Estaba helada y tenía la panza hecha una piedra.

Diego oía los comentarios de la tía y de la abuela con la vista fija y dura en ella.

—¿Qué hacías sola en la calle? —le reprochó.

—Tenía turno con la obstetra —explicó— y no quería ir en el auto.

—No la hagas hablar, Dieguito —intervino Silvia—. El médico dijo que tiene que estar tranquila.

Le permitieron marcharse un rato después. Diego la cargó en brazos, aunque Brenda se quejase. Tomaron un taxi en el ingreso del Güemes, sobre la avenida Córdoba. Llegaron en pocos minutos a la Arturo Jauretche. Lita entró deprisa en su casa y se puso a preparar un caldo de pollo para Brenda. Silvia los acompañó hasta lo de Diego para abrirles la puerta y preparar la cama para Brenda.

—Dieguito, el sábado nos vamos al Easy y les compro una cama matrimonial como la gente. No pueden seguir durmiendo en un colchón en el piso —señaló—. Por muy limpio que tengan el piso, las sábanas se ensucian.

Diego emitió un gruñido y siguió ocupándose de quitarle las sandalias a Brenda. Días atrás habían tenido una discusión porque Ximena, al subir por primera vez a la planta alta para ver cómo iba quedando el cuarto del nieto, que Diego arreglaba y pintaba en las horas libres, había hecho un ofrecimiento similar al de Silvia. Diego lo había declinado porque, según argumentó, no quería seguir siendo un peso ni debiendo dinero a nadie.

Silvia se marchó después de haberle alcanzado a Brenda una botella de agua mineral y un vaso. El médico había prescripto que tomase mucho líquido para provocar la diuresis y mantener controlada la presión.

Diego se dio una ducha rápida. Regresó a la habitación con una toalla ajustada a la cintura mientras con otra se secaba el pelo. Detuvo las fricciones y se la colocó en torno al cuello. Se quedó mirando a Brenda.

—¿Te molesta dormir en el suelo?

—No. Ya te dije el otro día que lo único que me importa es dormir con vos.

Diego, serio, asintió y comenzó a secarse la cabeza de nuevo.

—No trataron de asaltarme.

—¿Cómo? No te escuché.

—No se trató de un intento de asalto. Dije eso porque no quería que tu abuela y tu tía supieran que los que me atacaron fueron Carla y tres hombres. Se bajaron de un Mercedes-Benz amarillo.

Brenda se arrepintió de haberle contado la verdad. La reacción de Diego fue descomunal. Lo acometió un temblor al tiempo que una súbita palidez le cubrió el rostro, en el que se evidenció de un modo extraño el sombreado natural de los ojos.

—Contame exactamente cómo fueron las cosas —exigió.

—Vení —pidió Brenda—, sentate aquí conmigo. Por favor —suplicó.

Diego se sentó como los indios frente a ella.

—Contame —volvió a exigir.

Brenda sorbió agua antes de lanzarse a relatar lo vivido. Había creído que olvidaría la mitad de los detalles; no obstante, a medida que avanzaba, se acordaba de todo, de cada palabra, cada gesto, cada sentimiento.

—Si en cuarenta y ocho horas no te dejo —reiteró—, los matones de Mariño van a venir a buscarte.

—La amenaza de Carla no me asusta —replicó.

—Creo que hablaba en serio, lo mismo Mendaña. Él me dijo que la deuda no puede seguir creciendo. Dijo que lo llamaras, que vos sabías que podían llegar a un acuerdo. ¿A qué se refería?

—No sé.

—¡No me mientas, Diego! Quiero saber la verdad.

—Calmate.

—¿Cómo pretendés que me calme? Esos delincuentes nos amenazan, vos ni siquiera me explicás cómo son las cosas, ¿y yo tengo que calmarme?

Diego profirió un gruñido de hartazgo y se refregó la cara. Brenda se puso de pie y salió del colchón.

—¿Adónde vas?

—A mi casa. Mamá ya debe de haber llegado de la fábrica. Voy a pedirle que me preste los treinta mil dólares que les debemos a esos…

—¿Debemos? —Diego se puso de pie y se inclinó para hablarle cerca de la cara con la expresión endurecida. —*Yo* les debo, Brenda. ¡Yo y solo yo!

Brenda le encerró el rostro entre las manos, pero él se liberó apartándose con fastidio.

—Estamos juntos en todo, Diego —apuntó haciendo caso omiso del desprecio de él—. No importa si contrajiste la deuda antes de mí. No importa si pertenece al pasado. No importa nada, solo que la vamos a pagar juntos.

—No vas a pedirle la guita a Ximena. ¡Te lo prohíbo!

—¿Por qué?

—¿Cómo creés que me sentiría si, además de toda la mierda que arrastro, tu vieja se enterase de esta nueva perlita de treinta y dos mil dólares? ¡Otro motivo más para que tu hermano me desprecie!

—No seas orgulloso, Diego. Mamá nos ama, lo único que quiere es que estemos bien. Y me importa bien poco lo que diga Lautaro.

Diego le dio la espalda y se llevó las manos a la cabeza en señal de exasperación. Brenda le rodeó la cintura y lo besó entre los omóplatos. Estaba acordándose de un aspecto de la carta de Diego, su Luna en la Casa X, la casa de Capricornio. «El nativo con esta posición», le había explicado Cecilia, «nunca pide ayuda, se las arregla solo. En el caso de Diego, esta característica se acentúa por su Sol en Virgo, que es el signo

414

que está al servicio de los demás y no al revés». Comprendía, entonces, cuánto debía de costarle volver a pedir ayuda después de haber dependido tantas veces de Ximena. Pero su vida estaba en riesgo, y nada era más importante que ponerlo a salvo.

—Amor mío, te lo suplico, pidámosle la plata a mamá y saquémonos a esos delincuentes de encima.

Diego se aflojó entre sus brazos, como si se rindiese.

—¿Vos te creés que es fácil sacarse de encima a esos hijos de puta?

—¿Qué querés decir?

Se volvió para enfrentarla y a Brenda la impresionó descubrir el miedo en su mirada.

—A Mariño los treinta y dos mil dólares no le importan tanto como que yo pase a formar parte de su organización. Quiere usarme como testaferro para blanquear la guita de la droga y de todos los negocios sucios que tiene. Necesita rodearse de gente de confianza. Estos corruptos dependen de eso, de la lealtad de su gente. Y él confía en mí. Desde hace años me viene tentando con que sea su chofer, su guardaespaldas. A eso se refería Mendaña cuando te dijo que yo sabía que podíamos llegar a un acuerdo.

Brenda supo que había empalidecido; sentía la cara helada y los labios duros y secos. La paralizaba un pánico atroz.

—Mariño nunca contaba con nada para obligarme a formar parte de su red de corrupción —prosiguió Diego—. Pero el puto día en que le pedí guita, caí en una trampa. —Volvió a aplastarse el cabello y apretó los párpados. —Me siento un idiota. No quería que vos supieses esto. Me avergüenzo de mí y de los mocos que me mandé. —Abrió los ojos y debió de notar que ella se sentía mal porque la tomó entre sus brazos y la condujo del nuevo al colchón. —Acostate, estás muy pálida.

* * *

Brenda no pegó ojo en toda la noche. Bartolomé tampoco; se movía de continuo, y Brenda no hallaba posición. Tal vez presentía la angustia de la madre. Diego había pasado un largo rato fumando en el jardín —ya no lo hacía frente a Brenda ni dentro de la casa— y vuelto al dormitorio alrededor de las dos de la madrugada. Se durmió poco después, pero se había tratado de un sueño inquieto.

El despertador sonó a las seis, como de costumbre, y Brenda bajó para preparar el desayuno. Los dos tenían mala cara y el ánimo por el suelo. Brenda se decidió a retomar la conversación.

—Si decís que al pedirle prestado a Mariño caíste en su trampa —razonó—, entonces pagando la deuda salís de esa trampa.

—¿Acaso no entendés que no tengo un peso para pagar la deuda? —se enfadó.

Brenda suspiró con aire impaciente.

—Mamá tiene ese dinero, Diego, y estará más que contenta de prestárnoslo si eso significa volver a estar tranquilos.

—No. Y no se hable más del tema.

—¡Yo sí quiero hablar del tema! No podés tratarme como si fuese una nenita a la que mandás al rincón. ¡Soy tu mujer, Diego! La madre de tu hijo.

Diego se puso de pie violentamente, se cruzó el bolso en bandolera y se fue sin despedirse. Brenda se echó a llorar. No sabía qué hacer, a quién recurrir. Canceló la clase con la Silvani —no tenía ánimos para cantar— y se quedó el día entero en su casa. Le llegaban mensajes de Millie, de Rosi, de Ximena, de la abuela Lidia, todos ligeros y divertidos, y la sensación de soledad y de vulnerabilidad alcanzaba niveles intolerables.

Como le ocurría frente a las adversidades, sus péndulos se agitaban sin ton ni son, a veces se ubicaban en un extremo, a veces en el otro. Su Luna en Cáncer la seducía al susurrarle que fuese a refugiarse bajo el ala protectora de Ximena.

A eso de las cinco de la tarde, con las pulsaciones por las nubes, escribió una nota a Diego en la que le decía que pasaría la noche en su casa; necesitaba estar sola y pensar. La parte lógica de su temperamento le indicaba que se trataba de un comportamiento infantil, el mismo en el que había caído cuando él le propuso abortar. La parte controlada por sus miedos más inconscientes la empujaba a huir.

* * *

Eran las nueve de la noche, y Diego no la había llamado ni le había enviado un mensaje. Se lo imaginaba ofendido y enojado. Pues bien, ella también estaba enojada, muy enojada. Desde el inicio de la relación le había ocultado una cuestión de máxima relevancia y, pese a tener la solución al alcance de la mano, la rechazaba por vanidad. La rabia tomaba otros derroteros y Brenda acababa cuestionándose otros temas que antes había preferido mantener bajo llave. ¿Cómo era posible que se hubiese enamorado de una víbora manipuladora y sin escrúpulos como Carla Mariño? ¿Qué tenía en la cabeza? ¿Qué clase de hombre se sentía atraído por una mala mujer? Se arrepentía de haber soportado que siguieran viéndose «como amigos» durante esos meses. ¡Cómo debían de haberse reído de la estúpida y romántica Brenda!

Ximena llamó a la puerta. La invitó a pasar. Se incorporó en la cama. Su madre la estudió antes de aproximarse.

—Dice Modesta que te vas a quedar a dormir. ¿Qué pasó, hijita? —preguntó y lo hizo con tanta dulzura que Brenda soltó el llanto que a duras penas mantenía a raya.

Ximena se precipitó en la cama y la acogió entre sus brazos. Y fue suficiente que la apretara contra su pecho y la besase para experimentar alivio.

Le contó todo, desde las amenazas recibidas el día anterior hasta la discusión con Diego esa mañana. No se guardó nada e hizo exactamente lo contrario de lo que él quería. No le importaba. Estaba convencida de que era por su bien, por el bien de la pequeña familia que habían formado.

—Mañana lo voy a llamar a Tadeo y le voy a explicar cómo están las cosas —propuso Ximena—. Quiero conocer su opinión. Y por supuesto que les voy a dar la plata para que le paguen a ese corrupto. Aunque tenga que ir yo misma a pagarle, esa deuda va a quedar saldada en los próximos días.

—¡Gracias, ma!

—Ahora quiero que te des un baño, te relajes y te metas en la cama. Vos deberías de estar haciendo reposo después de lo que te pasó ayer. Te voy a traer la comida aquí —aseguró y se marchó.

Brenda consultó el celular. Ninguna noticia de Diego.

* * *

Se despertó tarde, cerca del mediodía, y se sorprendió al comprobar la cantidad de horas que había dormido. Lo necesitaba; estaba exhausta.

417

Manoteó el celular de la mesa de luz y verificó lo que sospechaba: Diego no había intentado comunicarse con ella. Un desaliento abrumador la obligó a echarse de nuevo en la cama y ovillarse de costado. Se dio cuenta de que no se atrevía a volver a su casa ni a enfrentarlo. En parte temía encontrarlo borracho y drogado. Se culparía de nuevo por haberlo abandonado, por no haber sabido controlar el impulso de su polaridad uraniana, que le gritaba que escapara, que se liberase de lo que la maniataba. También temía confesarle que le había revelado la verdad a su madre. Conociendo lo orgulloso que era, imaginaba la reacción.

Le costó levantarse. Al correr las cortinas y descubrir que se trataba de un día oscuro y lluvioso su desánimo aumentó. Se sentó en el borde de la cama y se acarició el vientre. Le habló a Bartolomé como solía y le cantó las canciones de María Elena Walsh que Ximena le había enseñado a amar. Imaginar a su bebé la hizo sonreír y le brindó la fuerza para darse un baño y prepararse para regresar a su casa, junto al padre de su hijo.

Modesta no le permitiría marcharse sin almorzar, por lo que se sentó en la isla de la cocina y se obligó a comer la milanesa con ensalada que le sirvió. Se lavaba los dientes cuando entró un mensaje de Diego. *Volvé a casa. Por favor. Aquí te espero.* La embargó una alegría irrefrenable. Consultó la hora: cuatro y diez de la tarde. ¿Qué hacía a esa hora en su casa? ¿Acaso no había ido a trabajar? Tal vez había regresado antes debido al mal tiempo, intentó animarse. Sin embargo, un oscuro presentimiento se le alojó en la boca del estómago y le mantuvo altas las pulsaciones en tanto se aproximaba a la Arturo Jauretche.

La presencia del Mercedes-Benz amarillo estacionado a pocos metros del ingreso solo sirvió para confirmar el mal agüero. No estacionaría en el garaje, sino que dejaría el auto fuera, en el sitio que avistó en la vereda de enfrente. Apagó el motor y, al quitar las llaves del contacto, se dio cuenta de que las manos le temblaban. Bajó deprisa. No quería seguir perdiendo tiempo; tal vez los matones de Mariño estuviesen moliendo a golpes a Diego y ella ahí, papando moscas. Empuñó el celular y marcó el 911 para tenerlo listo en el caso de que fuese necesario.

Apenas cruzó el umbral e ingresó en el pasillo a cielo abierto la alcanzó la voz rasposa de Kurt Cobain que entonaba las estrofas de *Smells Like Teen Spirit*. Avanzaba a paso rápido pese a saber que se precipitaría en un abismo del que nadie la salvaría. Caería sin remedio y se destrozaría.

La puerta cerrada pulsaba al ritmo despiadado de las baterías de Nirvana. *Hello, hello, hello, how low?* Estaba sin llave; bajó el picaporte y entró. No habían levantado las persianas, por lo que la única fuente de luz provenía de una lámpara, que se tornaba difusa y turbia a causa de la nube de humo que flotaba en el ambiente. El olor hablaba a las claras de marihuana y no de común tabaco.

Sus ojos tardaron en habituarse al cambio de luminosidad. Para cuando lo hicieron, Brenda recibió el impacto de la escena como una patada que la privó del aire. Diego, sentado en el sofá, tenía a Carla sobre las rodillas. La mujer le colocaba un espejito con varias líneas de cocaína cerca de la nariz e incluso le insertaba la cánula en la fosa nasal para que él aspirase. Diego lo hizo, aspiró con una codicia repulsiva, tras lo cual soltó un grito triunfal y echó la cabeza hacia atrás como si experimentase un orgasmo.

La música seguía pulsando, ensordecedora. Ninguno advertía que ella estaba allí, a pocos metros, cerca de la puerta, observándolos mientras ellos se regocijaban en su mundo decadente. Botellas de vodka y de Jägermeister medio vacías abarrotaban la mesa centro. Entre los ceniceros colmados de colillas y los vasos sucios avistó varios papeles desplegados con un membrete que le recordó el de un banco famoso y otros con el aspecto de los típicos documentos emitidos por un escribano. Avistó también el celular de Diego y supo que había sido Carla la que le había enviado el mensaje para invitarla al pequeño festejo.

Carla giró la cabeza con un movimiento deliberado y le sonrió con malvado deleite. Diego seguía perdido en su realidad de cocaína y vodka y aún no la había visto. Carla lo sujetó por la mandíbula y trató de besarlo en la boca, pero él sacudió la cabeza y se lo impidió. Algo dijo, medio enojado, pero la música se tragó sus palabras.

El sonido se cortó abruptamente.

—¡Pero miren a quién tenemos aquí! —Coquito Mendaña salía del estudio con un porro en una mano y un vaso con Jägermeister en la otra.

—¡Querida Brenda! —exclamó y, tras depositar el vaso y el cigarrito en una silla, caminó hacia ella, que se replegó contra la puerta en el acto instintivo de alejarse de una alimaña.

419

—¡Brenda! —exclamó Diego con un acento agónico que la conmovió.

Intentaba sacarse de encima a Carla, que reía y se negaba a ponerse de pie. Diego le lanzaba vistazos desesperados y arrepentidos mientras seguía llamándola. Carla cayó pesadamente al suelo y Diego se puso de pie con dificultad. Lo vio tambalearse bajo el peso de la droga y del alcohol. La compasión, esa tan infinita por la que Piscis es famoso, borró la sorpresa, el estupor, la rabia, y la impulsó a ayudarlo, a sostenerlo, solo que Mendaña la aferró por los brazos y se lo impidió.

—Dame un besito —le pidió con la boca cerca de la de ella, y su aliento rancio la despabiló como una bofetada.

—¡No la toques, hijo de puta! —se enfureció Diego.

Brenda empujó a Mendaña, que trastabilló hacia atrás. Volvió a lanzarse sobre ella con una tenacidad admirable para uno evidentemente drogado y borracho. Diego se movió hacia ellos, pero Carla, que se desternillaba de risa en el suelo, lo aferró por el tobillo y lo hizo caer.

Brenda soltó un alarido cuando Mendaña la sujetó por el cuello e intentó besarla por la fuerza. Le arañó el rostro. El hombre se cubrió la cara y la insultó entre quejidos. Le tiró un manotazo para golpearla, pero Brenda abrió la puerta y corrió por el pasillo dispuesta a huir de ese lugar que había considerado su hogar y que ahora le resultaba ajeno y aborrecible. Se había llenado de ratas. Corrió y corrió con un único objetivo: subirse al auto y volver al refugio que significaban su casa y su madre.

La sensación extraña, como si emprendiese vuelo, se confundió con la imagen disparatada que le vino a la mente, la de una mano gigante que la empujaba hacia atrás. El impacto la lanzó por el aire. Aterrizó sobre los adoquines de la Arturo Jauretche varios metros delante. Luego la alcanzaron los gritos, el sonido de frenadas abruptas y los correteos. Ella seguía tirada en la calle, la vista fija en el cielo plomizo. Las gotas gruesas le golpeaban la cara hasta que un hombre se cernió sobre ella y la protegió de la lluvia.

—¡Querida! —exclamó con expresión desolada—. ¡No te vi! ¡Te juro que no te vi! ¡Apareciste de la nada! ¡Oh, madre de Dios, estás embarazada! —Brenda le tendió la mano. —No, no, querida, no te muevas. Mi mujer ya está llamando a la ambulancia.

—¡Breeendaaa!

El alarido de Diego perforó su realidad confusa y la despabiló. Intentó incorporarse, pero de nuevo el hombre, acuclillado a su lado, se lo impidió. Diego estuvo junto a ella un instante después.

—¡Brenda, amor! ¿Qué pasó?

—Yo la atropellé —sollozó el pobre conductor—. Se apareció de la nada. No la vi, no la vi. Lo juro. Por suerte iba despacio; gracias a Dios, iba despacio. Pero no la vi, no la vi.

—No fue su culpa —balbuceó Brenda, y en el esfuerzo que le implicó articular esas pocas palabras descubrió lo floja que estaba.

Diego la recogió del pavimento sin prestar atención a las protestas del hombre y le ordenó:

—¡Llévenos al Güemes! ¡Ahora!

Durante el trayecto Brenda rompió bolsa. El líquido abundante y tibio se le deslizó por las piernas y mojó también a Diego, que la mantenía entre sus brazos, pegada al pecho, en la parte trasera del automóvil, mientras le besaba la frente y le repetía que todo estaría bien.

Ya en el sanatorio, Diego entró a gritos por la puerta de Emergencias con Brenda en brazos. Los asistieron enseguida. Dos enfermeros la acomodaron en una camilla y, en tanto se desplazaban por interminables pasillos, iban interrogándolo.

—Acaba de atropellarla un auto —explicó—. Está en su semana treinta y rompió bolsa mientras veníamos para aquí.

Uno de los muchachos repetía la información en un celular e impartía órdenes.

—¡Preparen la sala de parto! Prematuro, semana treinta, posible trauma por impacto de vehículo.

Brenda los observaba actuar y hablar al tiempo que apretaba las piernas y pensaba: «Bartolomé no puede nacer. Es muy chiquito todavía».

Capítulo XXIV

Bartolomé Héctor Bertoni nació ese mismo miércoles 8 de marzo, apenas pasadas las siete y media de la tarde. Al principio Brenda había tratado de convencer a los médicos de que se equivocaban, el nacimiento estaba programado para fines de mayo.

—Corazón —le dijo la partera—, ya rompiste bolsa y tenés casi diez de dilatación. Tu bebé está por nacer.

—Pero es muy chiquito, es muy chiquito —repetía en estado de shock y buscaba a Diego con la mirada para que él la apoyase y les explicase lo que ella no conseguía.

Diego, sin embargo, guardaba silencio y la contemplaba con una cara de amargura que la aterraba. Se trató de un parto doloroso y complicado. Bartolomé no estaba preparado y vino al mundo de nalga. Brenda quedó deshecha en la camilla, aunque con fuerzas para suplicar que se lo diesen, que se lo mostrasen, que lo quería ver, ¿por qué no lo oía llorar?

—Hay que asistirlo con urgencia —les explicó la partera—. Está muy delicado. Se lo están llevando a la terapia intensiva de neonatología.

—¡Andá con él! —le ordenó a Diego—. ¡No lo dejes solo un instante!

—No quiero dejarte a vos —expresó él, desolado.

—¡Bartolomé es tu prioridad! —le recordó Brenda—. ¡Andá con él!

Diego asintió y se inclinó para besarla en los labios. Brenda apartó la cara y él le besó la mejilla. Se quedó llorando, ajena a lo que los médicos estuviesen haciendo y sorda a las palabras de consuelo que le dirigía la partera, consciente de que todo se desmoronaba en torno a ella.

* * *

Bartolomé murió cinco días más tarde, el 13 de marzo de 2017, y no importaron los esfuerzos de los médicos ni los de su madre, que se lo pasó sentada junto a la incubadora tocándolo, hablándole, cantándole. Habría sido imposible amamantarlo porque Bartolomé estaba muy débil. No obstante, Brenda se extraía primero el calostro luego la leche con el aparato que le facilitaban las enfermeras y que después empleaban para alimentarlo a través del tubo nasogástrico. Con tal de salvaguardar la pureza de su leche Brenda no aceptaba los analgésicos que le ofrecían para calmar el dolor de la cadera derecha sobre la que había caído tras haber sido embestida por el automóvil.

Fueron cinco días que a ella le parecieron cinco años. No apartaba la mirada de su hijo; la tenía hipnotizada. Conocía cada detalle de su cuerpito minúsculo, de sus piecitos largos y flacos, de la pelusita rubia que le cubría la cabeza, de la boquita carnosa como la del padre, de sus manitas en miniatura, en las cuales era casi imposible distinguir las uñas. La atormentaba verlo con tubos y sondas. Se martirizaba preguntándose si sufriría, si estaría incómodo, si tendría frío, y no importaba que los médicos y las enfermeras le asegurasen que estaba bien; ella sentía en su propia carne el padecimiento de su hijo.

Aunque lo había amado desde el instante mismo de saberlo dentro de ella, la sorprendió la dimensión infinita del amor que esa pequeña criatura le inspiraba. Ponía a la sombra cualquier otro sentimiento que hubiese experimentado en esos primeros veintiún años de vida. Nada se comparaba con lo que Bartolomé significaba para ella. Anhelaba ser la que sufriese en su lugar, quería darle su vida, su sangre, su oxígeno, todo, con tal de que viviera feliz. Se habría inmolado por él en un batir de pestañas, sin dudar. Solo que era imposible, y el amor inconmensurable que la ahogaba no bastaba para poner a su hijo lejos del alcance de la muerte.

Diego se mantenía junto a ella como un estoico y fiel edecán. Era él quien la obligaba a salir un momento para que comiese, para que fuera al baño, para que se higienizase, para friccionarle un linimento en la cadera golpeada, para que mudase de ropa, la que Ximena le llevaba pues Brenda no habría abandonado el sanatorio por ninguna razón. Diego se lo pasaba mayormente con ella, pero también hacía de nexo con el mundo exterior, por lo que iba y venía para atender las cuestiones administrativas referidas a la internación, para ocuparse de las legales derivadas del accidente a cargo de Tadeo González y para hablar con los médicos; también recibía y atendía a las visitas, que conocían a Bartolomé a través del vidrio de la terapia intensiva de neonatología.

Solo se les permitió el ingreso a la abuela materna, a la bisabuela Lita y a los padres Antonio e Ismael, quienes, por pedido de la abuela Lidia, lo bautizaron. Al cuarto día llegaron desde San Luis la abuela paterna, Mabel Fadul, y Lucía, la hermana de Diego, y tuvieron que conformarse con verlo a través del cristal. Los tan temidos derrames cerebrales habían comenzado, y Bartolomé estaba muy delicado, por lo que solo los padres podían estar con él.

Poco antes de las seis de la mañana del quinto día a Brenda la sobresaltó de un sueño ligero el pitido de una alarma. Acostumbrada a los sonidos de las máquinas, supo que se trataba de algo inusual y peligroso. La terapia intensiva cobró vida, los médicos y las enfermeras se movieron con rapidez e impartieron órdenes con voces severas. Rodearon la incubadora de Bartolomé y la privaron de su visión.

—Diego —ordenó el jefe del turno noche—, llevala afuera.

—No —se quejó Brenda y se resistió en vano; Diego la arrastró fuera.

Allí se encontró con Ximena, Lautaro y Camila, que habían transcurrido la noche en el sanatorio, probablemente alertados de la gravedad de Bartolomé. Ximena la sostuvo entre sus brazos y la guio hasta los asientos. Brenda se desmoronó sobre su madre y lloró. Quería estar con su hijo y se lo impedían. Al rato salió el jefe de la terapia y Brenda se puso de pie de un salto y se dirigió deprisa hacia él.

—¿Ya está bien? —preguntó y, al percatarse de la expresión acongojada del médico, comenzó a sacudir la cabeza y a repetir no, no.

—Brenda, Bartolomé acaba de irse. Hicimos todo lo que estuvo a nuestro alcance…

—¡No! —Su alarido perforó el silencio del sanatorio a esa hora temprana. —¡No! ¡No!

Se dio cuenta de que Diego la abrazaba; de otro modo, las piernas no la habrían sostenido. La apretaba sin misericordia y lloraba con gritos amargos. Todo era llanto y desconsuelo en torno a ella. Como solía ocurrirle frente a las pérdidas, vivía la muerte de su hijo como si estuviese hechizada, prisionera de una realidad onírica confusa, que la asustaba, y de la cual luchaba por escapar.

Media hora más tarde les permitieron acceder a una salita y les entregaron el cuerpito de Bartolomé envuelto en una sábana. Entonces la realidad la golpeó en pleno rostro y la obligó a despertar del sueño y a enfrentarse con un hecho monstruoso y aterrador: su hijo acababa de morir. Ella nunca sería su madre, no lo vería crecer ni reír ni soñar ni jugar. Lo que más la angustiaba era pensar que Bartolomé nunca sabría cuánto lo amaba.

Lo colocó sobre sus piernas y abrió delicadamente la sábana para estudiar el cuerpito que conocía de memoria. Tras analizarlo concienzudamente, lo levantó y lo cubrió de besos y, mientras lo hacía, lo llamaba amor mío, amor de mamá, hijito de mi corazón. Había deseado tanto conocerlo, cargarlo y profesarle su amor incondicional y eterno. ¿Por qué tenía que hacerlo cuando de nada valía, cuando Bartolomé ya no podía sentirla ni oírla?

Su familia y Diego la rodeaban, haciendo esfuerzos por controlar el llanto que surgía como respiraciones afanosas y quejidos mal disimulados. Brenda envolvió de nuevo a Bartolomé y se lo ofreció a Ximena, la única con quien quería compartirlo. La observó besarlo con la misma devoción con que lo había besado ella. Diego se lo pidió y Ximena se lo entregó dócilmente. Entonces lo observó a él con la atención que no le había destinado en esos últimos cinco días. El dolor con que miraba el cuerpo sin vida de su hijo era tan puro y visceral que le arrancó un sollozo y otro y otro más. Diego, con Bartolomé en brazos, se sentó junto a ella y la atrajo hacia él. Lloraron juntos por la pérdida de ese hijo tan fugaz y tan amado. Brenda también lloró por la familia que nunca formarían y por el vacío tan inmenso que la ocupaba poco a poco, irremediablemente.

* * *

El padre Ismael y el padre Antonio dijeron el responso y resultó muy emotivo. Brenda observaba el cajoncito blanco donde se encontraba su bebé y se cuestionaba si en verdad todo terminaría de ese modo tan absurdo. Diego lloraba junto a ella y le recordaba al entierro de su padre, cuánto la había impresionado la angustia con que lo hacía, la desesperación que comunicaba. En esa instancia lo sentía tan perdido, solo que no podía ayudarlo; estaba tan perdida como él.

Alzó la vista y la paseó por los semblantes tristes que rodeaban la fosa donde descansaría su bebé. Estaban todos: sus familiares, los de Diego —excepto David Bertoni—, ex compañeros del colegio y de la facultad, Millie, Rosi, los chicos de la casa de recuperación, la Silvani, Bianca y Sebastián, Manu, Rafa, el matrimonio Broda, Juan Manuel y Josefina Pérez Gaona, padres de Camila, los empleados de la fábrica, Tadeo González, Modesta, no faltaba nadie, y sin embargo se sentía completamente sola, como si en torno a ella y a su hijo muerto se extendiese un desierto sin fin.

El chirrido de las poleas se propagó en el silencio a medida que el cajón descendía. Quería arrojarse y que la cubriesen con tierra. Quería morir y yacer junto a Bartolomé, pero pensaba en Ximena y en el dolor que le habría causado y se instaba a permanecer de pie y a guardar la compostura. «Papá, abuelo», repitió en su mente en tanto el cajoncito descendía, contenta al pensar que su hijo descansaría en la misma parcela que lo hacían Héctor y el abuelo Benito, dos hombres que lo habrían amado locamente.

—Juega en Dios, Bartolomé —lo despidió el padre Antonio cuando el ataúd alcanzó el final de su recorrido, y la entereza que se había propuesto conservar se desmoronó como un castillo de naipes.

Las rodillas le cedieron y soltó un quejido agudo y doliente. Diego la sujetó y la mantuvo erguida a fuerza de apretarla contra su pecho. Le besaba la cabeza y la llamaba amor, amor mío. Nunca la había llamado de ese modo. Oh, sí, la había llamado amor al encontrarla tirada en la calle, apenas ocurrido el accidente, pero solo esa vez. Había añorado que emplease el apelativo afectuoso para dirigirse a ella; él, sin embargo, jamás lo había usado. Lo hacía ahora cuando nada significaba.

Los asistentes se aproximaron para saludarlos y darles el pésame y poco a poco los fueron separando y alejando. Todo iba terminando y Brenda comprendió que faltaba muy poco para regresar al mundo real, a la vida en la que Bartolomé nunca existiría, y le resultó intolerable. Se abrazó a su hermano, que exudaba un poder y una calma que ella necesitaba. Le dolía la cadera; deseaba recostarse y que le dieran un calmante.

—Llevame a casa —le pidió con acento casi inaudible.

Diego se detuvo frente a ellos y le extendió la mano.

—Vamos a casa, amor. Chacho nos lleva.

Brenda, sin mirarlo, negó con la cabeza.

—Vuelvo a mi casa —dijo en un hilo de voz.

—Brenda, por favor…

—Dale tiempo —intervino Lautaro.

Diego, tras unos segundos, asintió, resignado. La besó en la cabeza y le susurró:

—Te amo.

* * *

Después del entierro de Bartolomé solo cuatro personas se enteraron de cómo se habían dado las cosas realmente: Ximena, la abuela Lidia, Millie y Rosi. A su madre se lo contó el mismo día del entierro, cuando regresaron a Almagro y Ximena la halló en el baño llorando desconsoladamente. Se culpaba por haber huido como una desaforada y cruzado la calle sin pensar en la seguridad de su hijo. Por eso, ante la lógica pregunta de su madre, por qué había salido corriendo de la casa de Diego, se decidió a confesarle la verdad y le hizo bien expresarse a viva voz y llorar y enojarse.

—No quiero que caiga en manos de esa mujer y de Mendaña —dijo al final del relato—. Creo que estaban por hacerle firmar unos papeles, no sé, no estoy segura, pero me pareció ver documentos bancarios y unos instrumentos públicos, como los que redactan los escribanos. Diego me contó que le habían pedido que fuese testaferro del intendente Mariño.

—Quiero que te quedes muy tranquila —la reconfortó Ximena—. Tadeo y yo nos vamos a ocupar de eso. Vos ahora descansá para que puedas recuperarte.

—No creo que pueda recuperarme de esto, ma.

—Sí, amor mío, aunque ahora te parezca imposible, te vas a recuperar. Y vos y Diego podrán ser felices.

—No voy a volver con él, ma. —Lo expresó en voz alta y la surcó un escalofrío antinatural, como si hubiese pronunciado una ofensa capital, algo que no debía decirse, una brutalidad.

427

—Brenda —se asombró Ximena—, has amado a Diego la vida entera, hija. Y él te ama a vos tanto como vos a él. Me ha llamado tres veces desde que volvimos del cementerio para saber cómo estás.

—Ma, lo miro y lo imagino con esa mujer en las rodillas que lo incita a drogarse, y él lo hace, se droga, y…

—Bueno, bueno —la detuvo Ximena—, basta de malos pensamientos. Ahora tomá este calmante y dormí un poco. Lo necesitás, Brenda.

Tomó la pastilla porque en verdad añoraba cerrar los ojos y olvidarse de todo.

* * *

No sabía dónde había quedado su celular y la verdad era que no le importaba. Ximena le decía que Diego estaba volviéndola loca con mensajes y llamadas porque ella no respondía los que él le enviaba a su número. Al final se decidió a buscar el dichoso aparato y ponerlo a cargar. Había tantas llamadas perdidas y mensajes que ni siquiera se molestó en revisarlos; la mayoría pertenecía a Diego.

Sin leer nada de lo que él le había enviado, tecleó un mensaje por WhatsApp: *¿Cuándo puedo pasar por tu casa para buscar mis cosas?* La respuesta llegó en pocos segundos. *Quiero que hablemos. Necesitamos hablar. ¿Mañana?* Brenda, que desde el entierro vivía en una nebulosa suspendida en el tiempo, debió fijarse en el calendario del teléfono para saber a qué día se refería. Sábado 18 de marzo. Habían transcurrido solo cuatro días desde que habían dejado a Bartolomé solo en el cementerio. La tristeza volvió a arrojarla a un foso de angustia y desesperación y la pena se renovó con igual fuerza, como si acabasen de comunicarle que había muerto. ¿Nunca acabaría el dolor? ¿Era una condena perpetua? ¡Se lo merecía! ¡Ella lo había matado por imprudente, por arrebatada!

Sí, mañana está bien, contestó. *¿A qué hora?*, quiso saber, y Diego contestó: *A la hora que quieras. Voy a estar en casa todo el día, esperándote.*

Al día siguiente la acompañaron Millie y Rosi, quienes, al igual que Ximena, conocían los hechos. Las necesitaba para mantener a Diego a raya, pero sobre todo para mantenerse firme en sus convicciones.

Aunque tenía llaves, llamó a la puerta. Diego abrió y se decepcionó al descubrir a Rosi y a Millie detrás de ella.

—Hola.

—Hola —contestó Brenda—. En un momento sacamos todo y no te robamos más tiempo. Tomá —dijo y le extendió el juego de llaves, que él no recibió.

Entró y lo depositó sobre la mesa junto con el anillo de plata y amatista que le había regalado para el cumpleaños. No quería mirarlo mucho, pero igualmente notó que estaba recién bañado, perfumado y vestido con esmero, con los jeans blancos, la camisa azul y las botas Wrangler, el conjunto que ella amaba. La casa estaba impecable y olía a melisa; ubicó enseguida el hornito encendido en el rincón donde ella siempre lo colocaba. No parecía la misma casa de la última vez. Ya no había ratas, no quedaban señales de su presencia. Diego las había borrado, solo que se trataba de una limpieza superficial, ya que las alimañas seguían acechando desde los rincones.

—¿Podemos empezar? —preguntó, y él, con mala cara, extendió la mano en el acto de invitarla a proceder.

Brenda y sus amigas partieron escaleras arriba en tanto Diego se dirigió al estudio. Las melodías tristes del piano las acompañaron lo que tardaron en meter la ropa y los efectos personales de Brenda en una valija y en dos bolsos. Bajaron un rato después. Él las aguardaba al pie de la escalera y las ayudó con los bultos, que depositó en el ingreso.

—Millie, Rosi —habló Diego—, ¿nos dejarían solos un momento, por favor?

Las amigas dirigieron la mirada hacia Brenda, que asintió. Abandonaron la casa llevándose la maleta y los bolsos. No veía la hora de salir de allí, pero entendía que no podía seguir escondiéndose de él. Tarde o temprano debía enfrentarlo.

La puerta se cerró, y Diego y Brenda se miraron a través del espacio que los separaba.

—¿Cómo estás? —se interesó él.

—Mal. ¿Y vos?

—Mal. Perdí a mi hijo, y la mujer a la que amo ni siquiera me responde el teléfono.

—¿Carla no te responde el teléfono? —preguntó con sorna y enseguida se arrepintió.

—Merezco tu bronca —aceptó Diego—, pero quiero pedirte que me des la oportunidad de explicarte. Lo que viste ese día aquí no es lo que parece. Estaba…

Brenda alzó la mano y se dio cuenta de que le temblaba. La bajó de inmediato y la convirtió en un puño. La ira y las ganas de llorar la ahogaban. Inspiró profundo y cerró los ojos.

—Diego —articuló tras esa pausa—, no te culpo de nada. No tenés que justificarte conmigo por nada. Fui yo la que te buscó y te persiguió. Vos no querías saber nada conmigo y me advertiste de los demonios que vivían en vos. Pese a todo, yo insistí. Y sé que vos trataste de ser alguien que no eras para complacerme. Lo sé muy bien. Pero no se puede maniatar a una persona, en especial a una como vos. Ahora sos libre de nuevo y vas a poder hacer lo que quieras, sin mí como un policía que te controla y te vigila. Podés volver con Carla y tomar y drogarte con tus amigos…

—¡No he vuelto a chupar ni a esnifar desde ese día! ¡Y no pienso volver con Carla!

—Diego…

—¡Y no voy a drogarme ni a emborracharme nunca más en mi vida! ¡Se lo juré a nuestro hijo delante de su tumba! —Se calló abruptamente. Los ojos se le colmaron de lágrimas y la piel se le tornó rojiza de tanto aguantar.

Brenda ansió correr hacia él y cobijarlo entre sus brazos y consolarlo. Las escenas que había presenciado en esa misma sala se sucedieron como cachetazos y le brindaron el sostén para mantenerse fría y distante.

—Tengo que irme —anunció.

—¡No! —Diego acortó la distancia sin darle tiempo a reaccionar. La circundó con los brazos y la inmovilizó contra su cuerpo. —No podés dejarme, Brenda. Te amo como un loco. Te amo, te amo. Sos la única cosa buena que me dio la vida, vos y nuestro hijo. Sé que me odiás por lo que viste ese día aquí y que me culpás por la muerte de Bartolomé…

—¡Yo soy la culpable de la muerte de nuestro hijo!

—No, amor, no —dijo y le apoyó los labios sobre la frente.

—Sí, yo lo maté.

—No, Brenda. ¿Qué estás diciendo?

—Salí como una loca de aquí y crucé la calle sin mirar, sin pensar en la seguridad de nuestro bebé. ¡No pensé en él! ¡No pensé en él! Me gustaría haber muerto con Bartolomé. Ahora estaríamos juntos los dos.

—No digas eso, por amor de Dios —suplicó Diego. ¿No pensás en mí, en que me habría vuelto loco de dolor si algo te hubiese pasado?

La arrastró al sofá, donde se sentó con ella en las rodillas. Lloraron los dos juntos, pegados, abrazados. Lloraron dando gritos desgarradores, lloraron hasta quedar exánimes, él echado contra el respaldo, ella acurrucada sobre él.

Brenda se incorporó sintiéndose mareada y débil. Se quitó los mechones pegados al rostro y miró en torno como si despertase de un sueño profundo.

—Así tenías a Carla ese día, en tu falda —susurró con voz cascada—. Ella te ponía la cocaína bajo la nariz y vos la aspirabas.

—Brenda…

—Me impresionó ver cómo gozabas.

—No pasó nada ese día entre nosotros.

—Pasó para mí, Diego —declaró e intentó ponerse de pie, pero él la mantuvo quieta—. Dejame ir. Por favor.

—No.

Se volvió y lo miró a los ojos. Los veía claros y sinceros. Y tan esperanzados, lo cual le dolió profundamente porque para ella no había nada que esperar.

—¿Sabías que fue Carla la que me envió el mensaje que me hizo venir ese día acá?

—¿De qué estás hablando?

—Vine porque recibí un mensaje tuyo a las cuatro y diez de la tarde donde me pedías que volviese a casa. ¿Lo enviaste vos? —preguntó para corroborar. Diego negó con la cabeza y el semblante demudado. —Lo imaginaba. Cuando vi tu celular sobre la mesa llena de botellas y de droga supe que ella lo había hecho para provocar lo que provocó. Aunque tal vez debería estarle agradecida porque me mostró de un modo cruel pero muy eficaz al verdadero Diego.

—No hables así, por favor.

—¿Por qué no? Es la verdad. Carla me mostró tus demonios, esos de los que vos me advertiste, me los mostró a todos y de una sola vez. —Intentó ponerse de pie de nuevo y él volvió a impedírselo. —Basta, Diego. Quiero irme.

—Ese día, aprovechando que te habías ido a lo de tu vieja, los llamé para arreglar las cosas. Lo que viste, ese espectáculo que para vos debió de ser repulsivo, lo hice para protegerte, para mantenerlos lejos de vos. Necesitaba restablecer las cosas con Carla y con Mendaña para que no volvieran a molestarte. Quería que creyesen que seguía siendo el de siempre, que podían confiar en mí, quería ganármela a Carla de nuevo...

—¡Esa mujer es mala, Diego! Hay mucha oscuridad en ella. ¿Cómo no lo ves?

—Lo veo ahora —dijo y se quedó mirándola en silencio—. Lo vi desde que te tuve a vos, que sos la luz de mis ojos, como lo eras de los de tu papá.

Brenda saltó fuera del abrazo de Diego, que se puso de pie enseguida.

—Ibas a firmar papeles —le reprochó—. Los vi sobre la mesa. Probablemente iban a abrir una cuenta bancaria a tu nombre, poner propiedades a tu nombre. ¡Tal vez sí los firmaste y ya sos cómplice de esos corruptos!

—¡No firmé nada!

—No lo firmaste porque llegué yo para aguarles la fiesta. Otra cosa que quizá tendría que agradecerle a Carlita Queen. Pero ibas a hacerlo, lo sé. Y todo porque sos un vanidoso.

—Amor... —dijo y estiró la mano para aferrarla de nuevo.

—¡No! —se opuso Brenda—. Preferías enredarte con esas basuras antes que pedirle ayuda a mamá.

—Brenda, tu vieja...

—¡Mamá te ama, Diego! Haría cualquier cosa por vos. ¡Pero vos sos un boludo! —prorrumpió y el asombro en la cara de Diego fue un reflejo del que experimentaba ella misma, que jamás insultaba ni decía malas palabras—. Perdón, pero eso fue lo que sentí el día que te vi con Carla sobre las rodillas, mientras le permitías que te drogase.

Me dije: Qué tipo boludo. Porque solo un boludo le permite a la mujer que le causó tanto daño… ¿O te olvidás de que se quería cortar sola, de que te metió los cuernos, de que te endeudaste a causa de ella con su hermano corrupto, de que terminaste preso por su culpa? ¿Te olvidaste? —Se sostuvieron la mirada hasta que Diego la bajó.

—Te veías a mis espaldas con ella. Me mentías por ella. ¡Por ese ser mezquino y malvado! Permitiste a esa rata entrar en nuestra casa y ensuciarla. Sos un boludo —volvió a afirmar antes de abrir la puerta y correr a la calle.

Ojalá en esa oportunidad pasase un vehículo a alta velocidad y la matase. No tuvo tanta suerte. Se subió al auto de Millie, agitada y llorosa, pero sana y salva.

—Vamos —ordenó.

* * *

El día en que se cumplió una semana desde el entierro de Bartolomé, Brenda recibió una sorpresa: Cecilia llegó de Madrid. Ximena fue a buscarla a Ezeiza y la llevó a la quinta de San Justo. Brenda se encontraba en el jardín, donde recogía unas hortensias blancas para llevárselas a su hijo al cementerio.

Al ver a la astróloga soltó las tijeras, se quitó los guantes y corrió a recibirla. Se abrazaron largamente, las dos muy conmovidas.

—Habría querido venir antes —aseguró Cecilia con acento débil.

—Ahora estás aquí, como cuando murió papá —evocó Brenda.

Fue el primer día en que Brenda experimentó cierta serenidad. El nudo en el estómago, el agarrotamiento en la garganta y la opresión en el plexo solar aflojaron un poco sus tenazas inmisericordes y le permitieron respirar. Cecilia le contagiaba su energía positiva y le brindaba un momento de olvido.

Después del almuerzo fueron las cuatro —Brenda, Cecilia, la abuela Lidia y Ximena— a visitar a sus muertos y les depositaron las flores que Brenda había recogido en el jardín. Lidia dijo una oración y terminaron las cuatro llorando.

En los días siguientes, en los que Ximena debió regresar a la fábrica, Brenda se apegó a Cecilia. Le resultaba fácil hablar con ella de cualquier tema, en especial de lo acontecido con Diego y con Bartolomé.

—Seguís amándolo con locura, como cuando eras chica —afirmó la astróloga en una ocasión en la que paseaban por el barrio cerrado.

—¿Por qué decís eso? —preguntó Brenda a la defensiva.

—Incluso cuando hablás de él con rencor estás amándolo. Te voy a confesar algo. Nunca he visto un amor como el que vos sentís por ese chico. Amo a Jesús y fui testigo del amor que se profesaban tus padres, pero lo que vos sentís por Diego… —Chasqueó la lengua y agitó el índice. —Dudo de que sea algo común ni corriente.

—Fue un amor inmenso —concedió—, pero ahora me siento vacía. Me siento muerta —añadió con voz quebrada—. No queda nada de lo que sentía por él. Es como si mi hijo se lo hubiese llevado.

Cecilia le pasó un brazo por los hombros y la atrajo hacia ella en señal de conforto. Siguieron caminando abrazadas y en silencio.

—¿Qué dirías si te propusiese pasar una temporada con nosotros en Madrid? —Brenda le lanzó un vistazo ceñudo. —Te vendría bien salir de aquí, cambiar el paisaje, la energía, las caras. Para una con el Ascendente en Acuario es vital realizar esta experiencia, la de abandonar el lugar de origen y sentirse sapo de otro pozo en tierras extrañas. Te haría muy bien. ¿Qué decís?

—No sé —dudó—. Dejar a mamá en este momento…

—Ay, esa Luna en Cáncer —bromeó Cecilia—. Me contaste que cada vez que tuviste problemas con Diego corriste a refugiarte a lo de tu madre y que sentís que lo abandonaste a su suerte. —Brenda asintió con la vista al suelo. —Pues bien, va siendo hora de que la seductora Luna en Cáncer quede atrás. Ya sos una mujer, una bella y noble mujer —subrayó—. La niña Brenda que necesita de su madre para sentirse segura tiene que desaparecer para permitir que esa mujer se desarrolle en plenitud.

—¿Qué haría todo el día allá, sola? Vos y Jesús están trabajando y…

—Es que mi pedido es por interés —admitió Cecilia—. La escuela de astrología va viento en popa y necesito a alguien que me dé una mano, alguien de mi entera confianza y que sepa de cuestiones contables y administrativas. Lo estuve pensando mucho en estos días —admitió—. Más lo pienso, más me cierra. Además, teniendo pasaporte italiano, no tendrás problema para quedarte el tiempo que precises. El tiempo necesario para cerrar la herida y para volver a empezar.

—No creo que eso sea posible.

—Oh, pero lo será, ya vas a ver.

* * *

Cecilia y ella partirían hacia Madrid al día siguiente. Contaba con el apoyo de Ximena y con el de Lautaro, pero ella misma no estaba segura del paso que iba a dar. Su madre le había sugerido que en el instante en que quisiera regresar, comprase un pasaje y lo hiciera. Era libre de ir, era libre de volver. Solo que Brenda no se sentía libre, sino esclava del dolor, de esa punzada perpetua que la acompañaba desde la muerte de su hijo y de la cual se desembarazaba solo cuando dormía gracias a las pastillas que le proporcionaba Ximena.

Su otro gran pesar lo constituía Diego, de quien solo había recibido un mensaje desde el encuentro en su casa, la vez que lo llamó boludo. *Tenés razón*, le había escrito, *soy un boludo y no te merezco. Pero te juro por la memoria de nuestro hijo que un día vas a estar orgullosa de mí. Te amo para siempre.* Había llorado hasta descomponerse después de leerlo y vivía consultando el teléfono en la esperanza de que él la contactase otra vez. Era como volver a empezar, de nuevo se convertía en la adolescente infatuada que lo seguía en las redes y suspiraba por su amor. Le tenía un pánico atroz a regresar al pasado, en especial ahora que conocía la capacidad destructiva de Diego y el daño que podía causarle.

La distancia la ayudaría a olvidar y a sanar, se convenció, y siguió armando la valija con un desánimo infinito, como si en lugar de emprender un viaje estuviese por caminar los últimos metros hasta el cadalso. Pensaba a menudo en la muerte. Tal vez Diego había tenido razón cuando le había asegurado que la vida carecía de sentido.

Max abandonó su dormitorio y se dirigió, gañendo y ladrando, al vestíbulo. No podía tratarse de Lautaro; había salido con Camila. Oyó que Ximena abría la puerta principal y que recibía a alguien con alegría en la voz. Debía de ser Tadeo González, que los visitaba cada vez con más frecuencia. Le siguió el taconeo de su madre que se adentraba en la casa y escuchó también otros pasos más pesados, más lentos, definitivamente masculinos.

—Hija —la llamó Ximena desde el umbral de su dormitorio.

Brenda se volvió. Exhaló una corta y ahogada exclamación al descubrir la figura que se destacaba detrás de su madre: Diego Bertoni. La miraba con ansiedad y con una sonrisa triste.

—Diego ha venido a despedirse. Supo que te vas a Madrid mañana.

—Pasá —logró balbucear y apartó la silla de su escritorio y lo invitó a sentarse.

Él entró y se dirigió a ella para besarla en la mejilla, un beso deliberado, de los que le había dado al inicio de su relación y que tanto la confundían.

—Manu y Rafa me contaron que hablaste con ellos ayer —expresó a modo de justificación—. Los llamaste para despedirte. ¿Te molesta que haya venido?

Brenda negó con la cabeza y volvió a señalarle la silla. Ella se ubicó en el borde de la cama y escondió las manos bajo los muslos para que él no notase que le temblaban. Observó las de él, siempre sucias de pintura.

—¿Cómo va el trabajo? —preguntó para romper el silencio.

—Bien. Gracias al contacto de Seba Gálvez con la fábrica Luxor, manejamos muy buenos precios, muy competitivos. —Brenda sonrió, en verdad contenta. —Estamos pensando en emplear algunos ayudantes. Los chicos me van a hacer el aguante las próximas semanas, mientras grabamos el concurso en televisión.

—Manu y Rafa están muy entusiasmados.

—Ellos dicen que tenemos chance de ganar.

—¿Vos no lo creés así?

—Hay muchos intereses en juego —declaró—. No creo que para ganar solo baste con el talento. Aunque si contásemos con tu voz…

—No —expresó, determinante—. No podría cantar. Es demasiado pronto.

—Hoy es 8 de abril —señaló él—. Hoy Bartolomé cumpliría un mes —dijo.

Se sostuvieron la mirada en el silencio que inundó la habitación.

—¿Cómo estás? —se interesó ella, y Diego se encogió de hombros.

—Estoy limpio y eso ya es algo.

—Me alegro. Creí que, con todo lo que pasó, tendrías una recaída —se sinceró.

—Pensar en vos y en la promesa que le hice a nuestro hijo es suficiente para no volver a caer.

A Brenda se le estranguló la garganta. Torció la boca y se mordió la cara interna del cachete para reprimir el llanto. A Diego lo afectó verla emocionada.

—Amor —susurró Diego—, me está costando mucho vivir sin vos.

—No era lo que me hacías sentir cuando estábamos juntos —contestó ella sin resentimiento, con el semblante agotado—. Me daba la sensación de que era yo la que sostenía todo, que vos querías volver con Carla pero que no lo hacías porque no le perdonabas la traición.

Diego saltó de la silla y cayó de rodillas frente a ella.

—No, amor, no —dijo con la voz quebrada—. Sé que cometí errores, pero te amo profundamente y te voy a amar como un loco siempre. Perdoname si te hice sentir menos cuando lo eras todo para mí. Lo *sos* todo para mí, Brenda.

Se cubrió la frente, exhausta. Aunque no hacía casi nada en todo el día, cargaba con un agotamiento indescriptible. Ximena quería que fuese al médico; tal vez necesitaba hierro y vitaminas. Brenda se negaba, consciente de que la debilidad provenía de su corazón y del vacío que había quedado tras la muerte de su hijo. No se curaba con medicinas.

—Nunca me dijiste que me amabas —comentó con voz apenas audible.

Diego le acarició la mejilla con el dorso de la mano, como solía hacer.

—Lo sé. Tenía miedo.

—¿De qué?

—Es difícil de explicar.

—Intentalo.

—Es muy loco.

—No importa. Estoy acostumbrada a las cosas locas.

—Tenía miedo de admitir lo feliz que era, lo mucho que te amo, lo ansioso que me ponía por llegar a casa y verte. Solo me bastaba verte en casa para que la vida tuviese sentido y la sed desapareciera. Pero en mi vida lo bueno siempre se acaba. Nunca tuve tanto miedo de que algo acabase como de que acabase lo nuestro, que yo lo arruinara por ser como soy. Entonces no te decía cuánto te amaba como un mecanismo de protección. —Suspiró, se refregó la cara y se rascó la barba, exasperado. —Quería engañar al destino, solo que al destino no lo engaña nadie.

Brenda alzó la mirada y se encontró con la de Diego. La destrozaba descubrir el sufrimiento que lo habitaba. No estaba en condiciones de lidiar con su dolor, demasiado tenía ella con su pérdida. De pronto, y como le ocurría desde la muerte de Bartolomé, se puso impaciente y nerviosa. Quería que se fuese; estaba removiendo las heridas. Descubrió que, aunque se consideraba la culpable de la pérdida de su hijo, también lo culpaba a él.

—¿Por qué te vas? —quiso saber Diego.

—Vos quisiste engañar al destino —razonó—. Yo quiero engañarme a mí misma. Quiero dejar este lugar e ir a otro sin recuerdos ni historia. Si no escapo, creo que me voy a volver loca.

Se puso de pie y Diego la imitó.

—No me dejes —suplicó e intentó tomarle la mano.

Brenda la apartó con delicadeza, pero lo miró con expresión endurecida.

—Si durante el tiempo que estuvimos juntos hubieses sido sincero conmigo —le reclamó—, si hubieses confiado en mí en lugar de creer que yo era una idiota… Dejame terminar —lo detuvo con una mano levantada—. Si realmente me hubieses considerado tu compañera, en la que podías confiar para cualquier problema, las cosas no habrían terminado como terminaron. Pero tu arrogancia te impedía sincerarte conmigo. —Diego lloraba en silencio y asentía.—Había temas tabú, como el de Carla y su entorno, a los cuales la tonta de Brenda no podía acceder. Y los manejaste vos solo…

—Para la mierda —apuntó, ahogado en llanto.

—Sí, para la mierda —refrendó y súbitamente la ira y el rencor se esfumaron. Soltó un suspiro y dejó caer la cabeza. —Pero ya quedó todo en el pasado. Y no es de sabios llorar sobre la leche derramada, como dice mi abuela. Ahora solo nos queda tratar de perdonarnos y seguir adelante.

—Quiero que sigamos adelante pero juntos —suplicó Diego—. No quiero que te vayas.

—Pero si no me alejo de vos —expresó Brenda—, no voy a sanar. Necesito perdonarme y perdonarte. Y aquí no lo voy a lograr. Está todo

en carne viva. Todo me recuerda nuestra vida juntos, a nuestro bebé…
—Calló de repente, acometida por un dolor intolerable.

—Está bien, está bien —la tranquilizó Diego y se secó la cara con un pañuelo—. Quiero que estés tranquila, eso es lo más importante para mí. Aunque hay otra cosa más importante y es que te quede bien claro que te amé, te amo y te voy a amar siempre. Y que cuando vuelvas, aquí estaré, esperándote. —Le acarició la mejilla empapada. —Algún día vas a estar orgullosa de mí y te juro por la memoria de Bartolomé que vamos a ser felices. Lo nuestro no va a terminar, Brenda. No *puede* terminar. Y ya no le tengo miedo al destino. Teniéndole miedo, me lo quitó todo. De ahora en adelante me lo voy a forjar yo solo y cada paso que dé va a ser para que me conduzca de nuevo a vos.

TERCERA PARTE

Volviendo
(a vivir)

Aquellos que no aprenden nada de los hechos desagradables de la vida fuerzan a la conciencia cósmica a que los reproduzca tantas veces como sea necesario para aprender lo que enseña el drama de lo sucedido. Lo que niegas te somete. Lo que aceptas te transforma.

CARL GUSTAV JUNG (1875-1961),
psiquiatra y psicólogo suizo.

Capítulo XXV

Buenos Aires, 8 de julio de 2019.

El agua se había enfriado y Brenda seguía sumergida, recordando, llorando, escuchando las canciones de DiBrama. En cada verso se reconocía o reconocía algún aspecto de su vida con Diego. Desde hacía media hora se repetía el mismo tema titulado *El Boss* y era inevitable que el estribillo la hiciese llorar.

> *Lo feliz que me hiciste la tarde*
> *que bailaste Dancing in the dark para mí.*
> *El destino me miraba y yo temía sufrir.*
> *Era tan fácil desearte, adorarte.*
> *¿Quién podía entender que me amaras a mí?*

La música se cortó abruptamente. El teléfono se había quedado sin batería. Emergió de la bañera con la piel arrugada y los músculos entumecidos. Se envolvió en la bata de toalla y cruzó la puerta que comunicaba con su dormitorio arrastrando los pies. Puso a cargar el celular con miedo; temía que durante su viaje al pasado hubiese ocurrido lo peor. Por fortuna no había mensajes de Ximena ni de Lautaro. Había uno de Gustavo Molina Blanco, que la sumió en una gran desazón.

«*Suelen cometer una y otra vez los mismos errores*», le había asegurado Cecilia tiempo atrás al referirse a los piscianos, y qué razón tenía. Después de la experiencia con Hugo Blanes y de haberse jurado no volver a salir con un chico del que no estuviese enamorada, caía de nuevo y por la misma razón de la otra vez: olvidar a Diego.

Durante los dos años y pico lejos de su país, de su hogar y, sobre todo, de Diego Bertoni, no había logrado lo que había planeado al irse: dejar de sufrir y olvidar al amor de su vida. Seguía sufriendo y seguía recordándolo cada maldito día. Incluso en las bonitas jornadas en Alicante, mientras se repetía que era feliz, se engañaba, y, lo que era peor, engañaba al pobre Gustavo.

—Lo que niegas te somete. Lo que aceptas te transforma —masculló varias veces mientras se secaba con fricciones agresivas.

Estaba enojada. ¿No había aprendido nada? ¿Por qué negar que, pese a todo, seguía amándolo locamente? Por mucho que viviese lejos y con otras personas, Diego Bertoni iría con ella a todas partes porque lo tenía clavado en el corazón junto a Bartolomé. Situaciones como las vividas con Francisco Pichiotti en el avión se sucederían en tanto ella no se atreviese a afrontar los hechos.

¿No había añorado verlo aquel día en Madrid, cuando él la llamó por teléfono y le pidió que se encontrasen? En aquella oportunidad había deseado que estuviese esperándola fuera, que no se resignara tan fácilmente, que luchara, que no aceptase su negativa sin presentar pelea. Había fantaseado con una escena de besos forzados que finalmente se convertían en ávidos y voluntarios. ¿Por qué no se miraba en el espejo y proclamaba la verdad en voz alta, que no había existido una mañana ni una noche durante ese período en que no se hubiese levantado e ido a dormir sin pronunciar su nombre?

Abrió la puerta del placard, la que en su interior tenía el espejo de cuerpo entero, y se quedó contemplando la imagen que le devolvía.

—Cobarde —masculló.

Tomó el teléfono y le tecleó una respuesta a Gustavo, en la cual le pedía que hiciesen un Skype; tenían que hablar. Más tranquila con esa resolución, se puso el pijama, se cubrió con el salto de cama y fue a la cocina, no porque tuviese hambre sino porque no quería despreciar la lasaña a la boloñesa de Modesta. La mujer sabía que era la comida favorita de Diego. ¿La habría preparado a propósito? ¿O ella veía signos por todas partes, incluso donde no los había?

En la cocina se topó con Tadeo González, que vivía con Ximena desde que Lautaro se había mudado con Camila. Hablaba por teléfono y a juzgar por el tenor de su voz y del vocabulario que empleaba, lo hacía con un cliente. Le sonrió, y el abogado le devolvió una sonrisa enorme, que comunicaba verdadera alegría.

Quería a la pareja de su madre, era un buen hombre. Estaba tranquila sabiendo que sostenía y protegía a Ximena. Y siempre le agradecería lo que había hecho para ayudar a Diego. Tadeo había acompañado a Ximena en su último viaje a Madrid y, cuando intentó hablarle de él, de Diego, ella le pidió que no le contase nada. En ese momento, sin embargo, quería saber todo acerca de él.

El abogado cortó la llamada y se aproximó para darle un abrazo. La besó en la mejilla.

—¡Brendita, qué hermoso es tenerte aquí de nuevo! La has hecho muy feliz a tu madre pese a todo. Le hacés tanta falta —apuntó con nostalgia.

—Y ella a mí.

—Modesta, por favor, servime, que tengo que ir al hospital enseguida.

—Sí, señor —respondió la empleada y, solícita, les colocó los platos sobre los individuales en la isla.

—Modesta, te pasaste con esta lasaña —comentó González tras el primer bocado.

—Es la comida favorita de Diego —señaló Brenda, y tanto el abogado como la empleada se quedaron mirándola. «Ya», pensó Brenda, «creen que me volví loca».

—Sí, mi niña, lo es —acordó Modesta—. Será porque me paso el día escuchando las canciones de ese grupo de usted en la radio que se me dio por cocinar la comida favorita del señorito Diego.

—No es mi grupo, Modestiña —la corrigió.

—Oh, bueno, mi niña, es de usted lo más bien, que la b está por Brenda, ¿sí o qué?

—Sí, Modestiña, está por Brenda —concedió con una sonrisa benevolente.

—Es raro oírte hablar de él —afirmó Tadeo y la miró con fijeza. Brenda asintió y se obligó a engullir un bocado—. Cuando estuvimos con tu madre en Madrid —evocó el abogado— quisimos hablarte de él, pero vos nos pediste que no lo mencionáramos.

—Pero ahora quiero hablar de él —expresó—. Ahora necesito que me cuentes todo.

—¿Qué querés saber?

—¿Cómo está?

Tadeo se encogió de hombros.

—Desde un punto de vista profesional y económico, es un momento excelente para él. Desde un punto de vista personal, no tanto.

—¿Por qué? —lo instó a seguir.

—Porque dos años atrás perdió a la mujer que amaba y a su hijo, los dos al mismo tiempo, por eso no está bien —manifestó González, y a Brenda la sorprendió la dureza con que lo dijo y con que la miró.

Bajó la vista, avergonzada, como si estuviese en falta.

—¿Volvió a caer en las drogas y en el alcohol? —se atrevió a preguntar.

—No, y eso es lo que me hace admirarlo tanto. Su adicción era muy tenaz, Brenda. Sin embargo, y pese a todo, no volvió a tomar ni a consumir. Es extraordinario —añadió con orgullo evidente—. Es muy dependiente de tu madre —manifestó a continuación.

—¿Ah, sí? —pronunció con voz estrangulada.

—Siempre fue muy apegado a ella, vos lo sabés, pero, desde que vos lo dejaste —dijo y, aunque no empleó un tono severo, Brenda lo recibió como un golpe—, depende mucho de ella. Creemos que es porque Ximena es tu madre y, manteniendo un vínculo estrecho con ella, de algún modo conserva el que tenía con vos. Ximena lo obligó a empezar terapia apenas te fuiste a Madrid. Por fortuna, el padre Antonio nos recomendó a un psicólogo excelente, especializado en adicciones, que lo ha llevado muy bien todo este tiempo. No era fácil conseguir a alguien a quien Diego aceptase y respetara. Vos sabés cómo es de exigente.

—Sí, lo sé —masculló, conmovida. Carraspeó y sorbió agua antes de atreverse a preguntar—: Y de Carla y todo ese asunto, ¿qué podés decirme?

Oyó que Modesta soltaba un bufido belicoso al tiempo que Tadeo González elevaba los ojos al cielo.

—¡Qué gentuza con mala entraña! —masculló la empleada—. El diablo se los lleve.

—Sé que vos ni siquiera leés los diarios argentinos —le recordó el abogado—, pero aquí hubo un gran escándalo el año pasado cuando se descubrió la red de corrupción que sostenían varios intendentes, entre ellos Mariño. Él era una especie de jefe de jefes, como un capo mafia.

—¡Oh! —se asombró Brenda—. Contame, Tadeo, por favor.

—Debe de haberse tratado de un ajuste de cuentas o de algún comisario de la bonaerense que no estaba conforme con el trato que le brindaban o con el porcentaje que le pasaban. También se especula con los narcos colombianos, que querían hacerse de ese territorio y necesitaban desplazar a Mariño y su gran red. Como sea, un *arrepentido* —señaló y entrecomilló la palabra— le metió una denuncia en la Justicia Federal, con pruebas más que suficientes para condenarlo a varias cadenas perpetuas. Terminó preso.

—¡Oh! —siguió asombrándose—. ¿Y Carla? —Le interesaba saber si estaba viva.

—Metida hasta la coronilla en las matufias del hermano —aseveró.

—Estaba muy grave, con cáncer —recordó.

—Ya lo dice el refrán, mi niña —apuntó Modesta—: Hierba mala nunca muere.

—Se habrá curado porque está vivita y coleando. Se pasea por los pasillos de Comodoro Py con sus abogados. Y luce muy saludable.

—Luce como una mujerzuela, señor, si me permite la intromisión —opinó Modesta—. Toda ajustada como un matambre relleno y los labios que parecen dos chorizos. Yo, nomás por la pinta, la meto presa.

Pese a todo, Tadeo y Brenda rieron.

—No podemos juzgar a los demás por la apariencia —apuntó el abogado.

—Así no funciona la Justicia, Modestiña —acotó Brenda.

—No sé —se enfurruñó la empleada y se encogió de hombros—. Así como está, la famosa Justicia tampoco funciona muy bien que digamos.

—En eso tenés razón, Modestiña. —Brenda miró de nuevo a Tadeo, seria y ansiosa, y le pidió: —Seguí contándome, por favor. ¿De qué se lo acusa a Mariño?

—De qué *no* se lo acusa, deberías preguntar —contestó González—. Tráfico de estupefacientes y humano…

—¡Humano! —se escandalizó Brenda.

—Sí, humano. Mayormente se trata de pobres chicas del sur o del litoral, a las que engañaba ofreciéndoles un trabajo digno en Buenos Aires y terminaban en bares obligadas a ejercer la prostitución.

—Pobrecitas —se lamentó Modesta.

—Se lo acusa también —retomó el abogado— de usura, tráfico de influencias, corrupción de funcionario público, malversación de fondos públicos, lavado de dinero… En fin, la lista es larga.

—¿Y Coquito Mendaña?

—También hasta la coronilla —aseguró Tadeo.

—¿Están presos?

—Mariño y Mendaña, sí. A Carla la beneficiaron con la excarcelación. Eso no quiere decir que no pueda terminar presa si se demuestra que estaba al corriente y participaba de los negocios del hermano.

—Dios santo —susurró Brenda y se quedó mirando con fijeza al abogado.

—Ya sé —expresó el hombre—, estás pensando en Diego. —Brenda asintió. —Siempre decimos con tu madre que vos lo salvaste el día que te apareciste en su casa, el día que nació Bartolomé —añadió y se quedó callado. Tras esa pausa, declaró: —Vos y Bartolomé lo salvaron de cometer el gran error de su vida. La red de testaferros y cómplices que Mariño mantenía para lavar los activos conseguidos con el dinero de la droga y de la trata de personas está cayendo a pedazos. Si Diego hubiese firmado esos papeles que vos viste en su casa ese día, estaría implicado en delitos muy graves.

Apoyó el tenedor en el plato y se cubrió el rostro. De pronto se sintió débil. La recorrió un escalofrío que, ella sabía, se convertiría en un sudor frío y pegajoso.

—A ver, mi niña —intervino Modesta—, abra la boca y levante la lengua. —La empleada le colocó unos granitos de sal bajo la lengua y se quedó estudiándola, con mirada atenta. —Yo la conozco a usted. Así empiezan sus lipotimias y después termina en el suelo.

—Gracias, Modestiña —farfulló—. Ya me siento mejor.

—Pero se me va a dormir más bien prontito, que su madrecita de usted me dijo que anda con no sé qué cosa porque Madrid está lejísimo y ellos no tienen la misma hora que nosotros. Me sonó a jet set.

—Tengo jet lag —aclaró.

—Eso mismo, así lo llamó la señito Ximena, lo que sea que es eso. Debe de ser algo terrible porque está muy pálida, mi niña.

—Sí, Brendita —la apoyó el abogado—, ¿por qué no te vas a descansar? Tu madre me contó que estuviste todo el día en el sanatorio.

—Sí, iré —prometió—, pero antes necesito saber más sobre Diego y su relación con los Mariño. No voy a pegar ojo si no me contás. ¿Cómo hizo para sacárselos de encima? Porque se los sacó de encima, ¿no? —afirmó medio temerosa, medio esperanzada.

—Yo mismo lo llevé a la intendencia de General Arriaga con los treinta y dos mil dólares que le debía.

—¡Oh! Consiguió la plata, entonces.

—Mabel le prestó diez mil dólares…

—¿Mabel? —se extrañó Brenda—. ¿Mabel Fadul, su mamá?

—Exacto. La muerte de Bartolomé los acercó de nuevo.

—¿Y el resto del dinero?

—Se lo dio tu madre, por supuesto. Pero ya le devolvió hasta el último centavo. Le va muy bien con la música.

—¿Cuándo le pagó la deuda a Mariño? —inquirió Brenda—. Porque los intereses aumentaban día a día y no podía seguir esperando.

—Recuerdo muy bien cuándo la pagó —afirmó González—. Fue el lunes 8 de mayo de 2017, y lo recuerdo bien porque, mientras lo llevaba a General Arriaga, Diego me dijo: «Hoy Bartolomé cumpliría dos meses».

* * *

Durmió pocas horas. A las cinco y media ya estaba despierta. Controló el celular. Por fortuna, ningún mensaje de Ximena ni de Lautaro; solo uno de Gustavo, que le pedía si podían posponer la conversación por Skype hasta que se hubiese instalado en el hotel de Colombo; estaba muy complicado con la organización del viaje a Sri Lanka. *Salgo mañana miércoles muy temprano*, le explicaba. *Pero si es urgente, amor, hablamos hoy mismo. ¿Cómo está tu abuela?* Sintiéndose egoísta y culpable, le contestó de inmediato que no era urgente, que se comunicarían cuando él tuviese tiempo. *La abuela sigue igual*, añadió antes de levantarse de la cama.

A las seis y media se encontraba en un taxi camino al sanatorio. Quería relevar a Ximena para que descansara un poco. La encontró en la cantina, tomando un café con Tadeo, que la había acompañado a lo largo de la noche.

—Ahora que llegó Brendita —dijo el abogado—, vuelvo a casa, me doy una ducha y parto para la oficina. Al mediodía vuelvo —prometió.

Ximena asintió y sonrió y Brenda supo que se trataba de un gesto forzado; su madre estaba extenuada. Se sentó junto a ella y la abrazó.

—¿Por qué no vas a casa con Tadeo y dormís un rato? —propuso—. Yo me quedo con la abuela.

Ximena, testaruda como buena taurina, pero también resistente y fuerte, movió la cabeza para negar.

—Ma —dijo Brenda mientras hurgaba dentro de la cartera—, mirá lo que encontré en la placa de corcho donde tengo las fotos. —Le extendió la fotografía de Manu, Rafa, Diego y ella en The Eighties. —Nunca antes la había visto —apuntó.

Ximena la tomó y la observó en silencio en tanto una sonrisa le despuntaba en las comisuras.

—Me la regaló Diego para mi cumpleaños —expresó—. Se la mandó un viejo fan de DiBrama, de esos que los siguen desde la época en The Eighties.

—Ah, te la regaló Diego.

Ximena alzó la mirada y la clavó en su hija.

—La colgué en tu placa de corcho… —empezó a decir y se detuvo—. No sé por qué la colgué ahí —admitió—. Tal vez quería que sucediera esto, que algún día volvieses y la descubrieras ahí. —Ximena sonrió. —Te morís por preguntarme qué me dijo Diego cuando me la dio, ¿eh? —Brenda asintió. —Solo me dijo que estaban los tres juntos.

—¿Cómo los tres? —se extrañó Brenda—. Los cuatro —sugirió y apuntó a Manu y a Rafa.

—No, los tres —porfió Ximena—. Se refería a vos, a Bartolomé y a él. Me dijo: Brenda ya estaba embarazada, pero todavía no se le notaba.

Brenda tomó la foto y se quedó contemplándola embargada de una pena indescriptible y de algo más, una sensación horrible, que al final identificó como arrepentimiento.

Transcurrió el día entero en el cubículo de la terapia intensiva, junto a la abuela Lidia, a quien mantenían sedada y entubada. Lo que le había escrito a Gustavo, que su abuela seguía igual, no era cierto. Había empeorado, tenía el corazón muy debilitado. Debido a su estado crítico, se les autorizaba a los familiares más próximos a permanecer a su lado sin respetar los horarios de las visitas ni el número máximo de dos personas por vez.

Al mediodía, aprovechando que Lautaro y Camila se quedarían con Lidia, Brenda bajó a la cantina a encontrarse con Millie y con Rosi. Así como el día anterior había deseado evitar el tema de Diego Bertoni, en esa ocasión lo abordó abiertamente.

—Todavía amo a Diego —declaró apenas se ubicaron en una mesa.

—¡Ah, bueno! —exclamó Millie con la boca llena—. ¡Por fin te cayó la ficha, pibita!

—Y en Madrid empecé a salir con un chico.

—¡Qué! —exclamaron a coro las dos.

Les contó acerca de Gustavo Molina Blanco, de cómo lo había conocido, de cuánto había hecho por seducirla y conquistarla.

—Por un momento me hizo olvidar de todo —admitió.

—¿Qué pensás hacer? —quiso saber Rosi.

—Le pedí que habláramos por Skype. Quiero ser sincera con él. Me siento mal engañándolo.

—¿Lo vas cortar?

—Sí. Volví a cometer el mismo error que con Hugo Blanes —se lamentó con amargura.

Martiniano Laurentis apareció en ese momento y a Brenda le dio una alegría inmensa; lo había visto por última vez en el entierro de Bartolomé. Saltó de la silla y salió a recibirlo. Se abrazaron.

—Me vine directo desde Aeroparque —comentó el chico—. Me pasé todo el fin de semana y ayer en Salta haciendo una auditoría.

—Te voy a comprar algo para comer —ofreció Brenda.

—No, no, comí en el avión. Estoy bien.

Tras explicarle la situación de Lidia, Brenda le preguntó por su familia, en especial por sus hermanos, Franco y Belén, lo que desembocó en Diego Bertoni cuando se tocó el tema de Casa Recuperada, la empresa de pintura y albañilería.

—Le deben mucho al Moro —señaló Martiniano—. Él les enseñó casi todo lo que saben, en especial de albañilería. Después les consiguió el acuerdo con la fábrica de pinturas Luxor, que les permitió tener unos precios supercompetitivos. Y ahora, que es ultra famoso, los vive recomendando a otros famosos para hacer trabajos importantes.

—Contale, Marti —lo alentó Millie—, en qué están trabajando ahora.

—Bueno —dijo Martiniano—, ahora están con dos obras al mismo tiempo. Por un lado, están remodelando el PH del Moro, uno en la calle Arturo Jauretche…

—Ahí vivió Bren —aclaró Rosi.

—Ah, no me acordaba —admitió el chico—. Bueno, a esa casa la están remodelando por completo porque el Moro quiere que sea un gran estudio de grabación. Parece ser que quiere ponerse su propia compañía discográfica.

—¡Oh! —se sorprendió Brenda.

—Me contó Franco que le están metiendo toda la tecnología. Va a quedar alucinante.

—Contale lo otro, Marti, lo del depto en Puerto Madero.

—Ah, sí, el Moro se compró un depto sobre la calle Juana Manso, en una torre infernal, no sabés la vista que tiene, Bren. Y aprovechando que iba a estar de gira, les pidió a los chicos que lo pintaran y le hicieran algunas remodelaciones. Para cuando vuelva de la gira, ya va a estar listo.

—Y me decís que hacen dos trabajos al mismo tiempo —se extrañó Brenda—, el departamento de Puerto Madero y la casa de Arturo Jauretche. ¿Cómo hacen? No eran tantos.

—Ahora tienen varios empleados —explicó Martiniano con orgullo—. Casa Recuperada es un éxito, Bren.

* * *

Tras ese interludio con sus amigos, regresó a la terapia intensiva. Antes de ingresar, respondió un mensaje de Francisco Pichiotti, que le preguntaba por la abuela Lidia. *No muy bien, Fran*, le respondió. *¿Querés que vaya al hospital a hacerte el aguante?*, se ofreció, lo que la hizo sonreír. *No, Fran, pero te agradezco igualmente. Vos disfrutá de tu visita a Buenos Aires.*

Se encontró con Ximena en el cubículo; sostenía la mano de su madre y sollozaba en silencio. Tadeo González estaba junto a ella.

—No quiero que siga sufriendo —manifestó Ximena.

—No está sufriendo, querida —la confortó González—. La tienen muy dopada.

—Ma, ¿por qué no van un rato a la cantina? —propuso Brenda—. Yo me quedo con la abuela.

Tardaron un momento en convencerla; al final lograron que saliera a despejarse. Brenda ocupó la silla que abandonó su madre y aferró la mano de Lidia y la besó con devota actitud. Cerró los ojos y se obligó a evocar la primera memoria que conservaba de sus abuelos, y desde aquel viejo recuerdo, el de un festejo en el jardín de infantes, se lanzó a recorrer las vivencias más importantes en los que Lidia y Benito habían estado presentes. Las lágrimas se le escurrían entre los párpados y bañaban la mano de su abuela. Y rompió a llorar abiertamente al acordarse del afán con que Lidia había intentado consolarla tras la pérdida de Bartolomé. Se puso de pie y la besó en la frente, y en los ojos cerrados, y en los pómulos descarnados.

—Te amo, abuela —susurró—. Siempre te voy a amar. Y quiero que sepas que amo a Diego Bertoni con todas las fuerzas de mi ser. Es el amor de mi vida, el padre de mi hijo adorado. Te voy a hacer una promesa, para que te vayas tranquila: voy a hacer lo imposible por reconquistar su amor, para que estemos siempre juntos, Diego y yo, como vos y el abuelo Benito, para que seamos tan felices como ustedes.

Lidia murió horas más tarde, por la madrugada.

* * *

La enterrarían el jueves 10 de julio, al mediodía, en el mismo cementerio parque de San Justo donde descansaban Héctor, Benito y Bartolomé. Lidia, sin embargo, lo haría en una parcela cercana; la otra se había completado con el pequeño ataúd de su hijo.

Brenda se preparaba en el dormitorio y, mientras se cubría las ojeras con corrector, se miraba en el espejo y trataba de convencerse de que reuniría el valor para regresar al lugar donde yacía su bebé. Le temía a lo que le deparaban las horas venideras; sería como abrir una herida que nunca terminaba de cerrarse.

Se repartieron entre los elegantes automóviles negros de la empresa de sepelios y emprendieron el viaje hasta San Justo en un silencio que solo rompían los timbres de los teléfonos para anunciar el ingreso de algún mensaje. Brenda le había avisado a Gustavo de la muerte de su abuela, pero no había obtenido respuesta. Estaría llegando a Colombo o instalándose en el hotel, dedujo.

Era nutrida la concurrencia que se agrupaba en torno al foso abierto donde descansaría Lidia para siempre. El padre Antonio y el padre Ismael habían aceptado decir el responso, y a Brenda la familiaridad de sus voces monótonas la condujo inevitablemente al momento del cual ansiaba escapar. Terminó rindiéndose ante la potencia del recuerdo. Cerró los ojos y, aferrándose al brazo de Millie, permitió que las imágenes la inundaran, que la ahogasen, que la destruyeran, las escenas del peor momento de su vida, el más duro, el más inexplicable. ¿Por qué la vida le había arrebatado a su bebé? ¿Por qué había cruzado la calle como una loca sin pensar en su bienestar? ¿Por qué no se perdonaba? Y mientras volvía a oír el chirrido de las poleas y volvía a contemplar el descenso del cajoncito de Bartolomé con infinita impotencia, tuvo un instante de iluminación, una epifanía que le permitió ver, realmente ver, más allá de la nube de confusión y dolor. Se había mantenido lejos de su familia, pero sobre todo del amor de su vida como una forma de castigo o de expiación por su gran pecado: ser la culpable de la muerte de Bartolomé. El descubrimiento la sobresaltó y alzó rápidamente los párpados, en parte atraída por el sonido de un motor, el de una camioneta negra con los vidrios polarizados, que se detenía en una de las calles internas del cementerio, a unos metros de la parcela de Lidia.

Ahogó una exclamación cuando Diego Bertoni descendió por la puerta del acompañante. Al volante iba Mariel Broda.

Brenda observó avanzar a Diego hacia el cortejo fúnebre y tuvo la impresión de que todo en ella se volvía duro y frío; un terror inaudito la paralizaba. Lo estudió sin pestañear, sin inspirar, sin moverse, sin pensar. Solo era capaz de absorber la imponencia de su figura en un traje azul oscuro y la severidad del ceño que le endurecía la expresión.

Millie le apretó la mano y le susurró:

—Tranquila.

Para Ximena no significaba una sorpresa verlo allí, por lo que dedujo que su madre estaba al tanto de que llegaría. Lo vio ubicarse junto a los Fadul y frente a ella, el foso en medio, como símbolo del obstáculo que los mantenía apartados. Tras saludar con un beso fugaz y silencioso a Lita, dirigió la mirada hacia ella y lo hizo de un modo deliberado y con tanta severidad que Brenda bajó la cabeza de inmediato para protegerse del resentimiento que comunicaba. ¿Por fin se había dado cuenta de que ella era la culpable de que hubiesen perdido a Bartolomé? Pocos meses atrás, cuando la llamó a la escuela de astrología, le había declarado su amor con la voz quebrada. ¿Por qué en ese momento tan doloroso para ella la contemplaba casi con desprecio?

El responso terminó y el empleado del cementerio encendió el motor que pondría en funcionamiento el artilugio para bajar el cajón de la abuela Lidia. De nuevo el chirrido de las poleas que se propagaba en el mutismo apenas herido por el llanto quedo de Ximena la retrotrajo al 14 de marzo de 2017, y otra vez las imágenes y las escenas la golpearon con una dureza renovada. Dio media vuelta y se alejó en una caminata rápida, desorientada, sin rumbo. «Muy uraniana», reconoció, de pronto consciente de su naturaleza, que la obligaba a huir cuando se asustaba. Lo había hecho siempre, se reprochó, porque cada vez que su polaridad uraniana le había gritado que huyese, que cortase con la intensidad, que preservara la libertad a cualquier costo, ella había huido y abandonado a Diego, dejándolo a merced de sus adicciones y de sus inseguridades. La promesa hecha aquel lejano día de 2016, justamente el día en que habían concebido a Bartolomé, que si él volvía a caer en el hueco de odio y dolor que significaban la droga y el alcohol ella bajaría con él, se demostraba una gran mentira. A la culpa por haber ocasionado la muerte de su hijo se le sumaba la vergüenza por no haber sostenido una promesa pronunciada en nombre de la memoria de su padre. La vergüenza más grande, sin embargo, la constituía haberle fallado a la persona que más amaba. El dolor y la culpa eran atroces.

Acabó en cuclillas junto a la lápida que marcaba la tumba de Héctor, Benito y Bartolomé y, con el rostro empapado en lágrimas y la vista empañada, fue acariciando las letras de sus nombres sin verlas realmente, como un ciego palpa lo desconocido. «Papá, papá», gemía en silencio, «hice todo mal, papi. Ayudame».

Oyó el crujido de la hierba y, tras secarse los ojos con el dorso de la mano, avistó un par de zapatos color suela, nuevos y de calidad, detenidos a pocos centímetros de la lápida. Se puso de pie sintiéndose un poco débil y mareada. Diego se erigía a su lado y, tras mirarla fugaz y duramente, se acuclilló junto a la tumba. Colocó la mano abierta sobre el mármol y se mantuvo allí, quieto y en silencio. La recorrió un escalofrío al verlo acariciar las letras de la palabra Bartolomé. Y se mordió el labio cuando Diego se besó la punta de los dedos y luego la apoyó sobre el nombre de su hijo.

Lo observó incorporarse con el corazón desbocado en el pecho, en el cuello, en los oídos, en el estómago. Los latidos enloquecidos la ocupaban por completo. Tenía la boca seca, y la angustió la certeza de que le sería muy difícil hablar con normalidad. Era la primera vez que se veían en casi dos años y medio y ella no conseguía siquiera decir «hola». Él, por su parte, seguía mirándola con desprecio. Le resultaba fácil entrever en su expresión severa el Marte en Casa I que lo transformaba en un ariano belicoso y cruel. Ella había hecho algo que lo había impulsado a desenvainar la espada del dios Ares y ahora sufriría las consecuencias.

No obstante, cuando Diego habló, la desconcertó, pues había esperado que le echara en cara la muerte de su hijo.

—¿Es cierto que estás saliendo con alguien? —le preguntó, y ella se quedó muda—. ¿Es verdad? —insistió él con el tono arrogante que le conocía tanto.

—Es muy reciente —balbuceó con voz desfallecida sin tener real conciencia de las palabras que pronunciaba.

—¿Un chabón de Madrid? —preguntó Diego, otra vez en su modo exigente y severo, y Brenda atinó a asentir.

Después se acordaría de *su* Marte, el cual, en conjunción con el Sol, justificaría el impulso que la había rescatado del hechizo y de la angustia y que le había permitido reaccionar.

—¿Es cierto que estás saliendo con una modelo? —lo interrogó—. ¿Es verdad? —presionó.

Los ojos de Diego, desconcertantes en su excentricidad, se aguzaron y la fulminaron con una mirada en la que fácilmente se entreveía una veta de hostilidad implacable. El sombreado de sus párpados se había tornado casi inverosímil, como si hubiese aplicado un cosmético para remarcarlo, pero ella sabía que se trataba de un efecto natural, el que devenía cuando él estaba furioso.

Tras esa mirada letal, Diego dio media vuelta y se alejó.

Capítulo XXVI

Después de casi dos años y medio sin verse todo terminaba tras un breve y resentido intercambio. Permaneció sentada junto a la tumba, las piernas recogidas y la frente pegada en las rodillas. No quería regresar al entierro de la abuela Lidia, no tenía ganas de saludar a la gente, menos que menos a los Fadul, que la tratarían con cariño cuando ella sabía que la culpaban de todo, de lo del bebé y de haber hecho infeliz a Diego. «Ya lo sé, Lita», pensó, «soy una hija de puta que huye como las ratas cuando el barco naufraga, pero ¿qué puedo hacer? Con Urano en la Casa XII soy esclava de la locura».

Permaneció allí sentada, sabiendo que Millie y Rosi irían a buscarla. Las oyó llegar unos minutos más tarde.

—Bren, ¿qué pasa? —se preocupó Rosi.

—Vimos al Moro venir para acá —comentó Millie—. ¿Se pelearon?

—Me preguntó si era cierto que estaba saliendo con alguien —respondió con acento congestionado—. No entiendo cómo lo supo. Ni siquiera se lo conté a mamá.

—¿Se lo dijiste al chico con el que viajaste? —inquirió Rosi, y Brenda alzó rápidamente la cabeza—. Sí, se lo dijiste —confirmó sin necesidad de palabras.

—Fue él —acordó Millie—. Y que no te sorprenda que hasta le haya dado tu teléfono.

El presagio de Millie se cumplió ese mismo día, a última hora de la tarde, cuando en la quinta de San Justo solo pensaba en huir a Madrid y oyó el pitido del celular que le anunciaba el ingreso de un mensaje de Diego por WhatsApp. *¿Lo amás como me amaste a mí?*, exigía saber. Brenda se percató del verbo en pasado y ella eligió responder con deliberada ambigüedad. *No, como a vos no voy a amar nunca a nadie.* Apretó «enviar» y se quedó mirando la pantalla. Le temblaban las piernas, por lo que se sentó en el borde de la cama. *¿Por qué estás con él?*, preguntó

Diego segundos más tarde, y ella le contestó con una franqueza indiscutible. *Por la misma razón por la que estaba con Hugo Blanes, para olvidarte.* Lo que siguió fue la lógica consecuencia a la respuesta de Brenda. *¿Lo conseguiste? Olvidarme.* Y ella eligió jugarse y continuar con la verdad. *No. Y vos, ¿por qué estás con la modelo?*

Tras el entierro lo había *googleado*, algo en lo que se había prohibido caer. En el lapso de pocas horas absorbió los lineamientos más destacados de la vida de Diego Bertoni durante los dos últimos años. Saber tan poco de él, de sus éxitos y de sus logros, de las mujeres con las que se lo asociaba y de la tal Ana María Spano, una especie de Megan Fox argentina que la hacía sentir una cucaracha, la sumió en una profunda tristeza.

La respuesta de Diego se demoró un poco más que las anteriores. *No para olvidarte. Sé que eso sería imposible. Siento mucho lo de tu abuela y siento mucho no habértelo dicho en el cementerio.* «Sí, sí», pensó Brenda con ironía, «cambiá de tema». Igualmente, como quería mantener el trato cordial, respondió con gentileza. *Gracias. Y gracias también por haber viajado solo para acompañarnos en este momento. Mamá me contó que estás de gira.* No obtuvo respuesta y se convenció de que ahí terminaría todo.

Se echó en la cama y fijó la vista en el plafón del cielo raso, que poco después se tornó difuso cuando las lágrimas le anegaron los ojos. Acabaron derramándose por sus sienes y mojando la almohada. Lo había perdido, y ella era la única culpable. Lo había abandonado en el peor momento, cuando tanto la necesitaba, y ahora prefería a otra mujer. Se lo tenía merecido. Se odió a sí misma. Un instante después el odio se dirigió también a Diego al recordar cuántas cosas le había ocultado, al revivir la sórdida escena de la fatídica tarde del nacimiento de Bartolomé. ¡Que se quedase con la Spano! Ella sería feliz por su cuenta.

Se incorporó súbitamente al oír el timbre de WhatsApp y le resultó imposible contener la sonrisa al comprobar que era Diego otra vez. *Perdón por la demora en contestar. Estaba embarcando. Ahora tengo que apagar el teléfono, pero después me conecto de vuelta y seguimos charlando. ¿Puede ser?* Le respondió enseguida que sí. *Solo decime una cosa: ¿quién te dio mi número? No me molesta para nada. Solo es curiosidad.* La respuesta la dejó atónita: *Me lo dio Tadeo hoy, después del entierro. Ahora me desconecto.*

* * *

Bajó y se topó con Tadeo en la cocina. Le preparaba un té a Ximena, que veía una película en la sala.

—Hola —saludó y se sentó a la mesa.

—Hola, Brendita. ¿Un té?

—No, gracias. ¿Por qué Diego llegó hoy al entierro con Mariel Broda?

—Porque Carmelo es el productor y mánager de DiBrama. Carmelo está en México con Manu y Rafa. Mariel, que se quedó en Buenos Aires, fue a buscar a Diego a Ezeiza.

—Son muy buenas personas.

—Muy buenas y, sobre todo, honestas —remarcó el abogado—, algo difícil de encontrar en el ambiente de la música.

—Acabo de mandarme unos mensajes con Diego —confesó, y González giró la cabeza para mirarla—. Me dijo que vos le diste mi teléfono.

—Me lo pidió cuando se acercó a saludar a tu madre —se justificó—. Admito que me sorprendió. Jamás me pidió nada referido a vos. Pero después de la conversación que tuvimos el lunes por la noche creí que hacía bien dándoselo. ¿Metí la pata?

—No, para nada. Hiciste bien —aseguró y le sonrió.

El teléfono vibró en su mano y se apresuró a ver de quién se trataba. Era Francisco Pichiotti. Le preguntaba por la salud de la abuela Lidia. *Falleció, Fran. Acabamos de enterrarla.* La conmovió que la invitase al cine para que se distrajera del bajón. *Dejemos el cine para cuando vuelva a Capital. Ahora estoy en San Justo.* A punto de preguntarle si le había revelado a Diego que ella salía con un chico, se abstuvo; no valía la pena. En cambio, le preguntó si había visto a la sobrina de la mujer de su papá, la chica argentina que le gustaba —tenía otra en Madrid—, a lo que respondió que sí, pero que ya no le parecía tan copada como el año anterior. *Es muy inmadura,* aseguró, y Brenda sonrió.

Acabó con una excusa la conversación con Francisco cuando Diego volvió a escribirle. *¿Cómo estás?,* le preguntaba simplemente. *Creo que aún no caigo en que ya no volveré a ver a mi abuela. Cuando caiga, será terrible. Te lo escribo y me da miedo de solo pensarlo.* Diego respondió al instante. *No tengas miedo. Sos una de las personas más fuertes que conozco.* Brenda torció la boca en franco desacuerdo. No era fuerte, más bien una cobarde experta en huidas, y, gracias a la influencia de Júpiter en la Casa XII, una versada negadora de la realidad; cuando las cosas no le gustaban, miraba para el otro lado.

Contame de vos, pidió en cambio para evitar referirse a ella y a su supuesta fortaleza. *¿Qué querés saber?* Quería saber todo excepto de la tal Spano, a la que ya detestaba. *Del éxito de DiBrama*, contestó. *Desde que llegué a Buenos Aires los veo por todos lados.*

Durante la siguiente hora el intercambio de mensajes fue febril, intenso, un poco como había sido su relación. Diego comenzó relatándole las peripecias durante el programa televisivo *Latin Rock Band*, el cual los había colocado en el estrellato a mediados de 2017 y del cual derivaba el éxito del que gozaban en ese momento. Los contratos para espectáculos llovían; no les alcanzaban los días del año para aceptarlos a todos. Estaban trabajando en un nuevo álbum, cuyos temas principales presentarían en Vélez el domingo 4 de agosto. Le escribió con orgullo que las casi cincuenta mil localidades del estadio estaban vendidas, a lo que ella comentó: *Estarás súper feliz.* Diego le respondió: *No, nunca estoy feliz. Satisfecho por haber cumplido el juramento que hice tiempo atrás, sí, pero feliz, no. ¿Vos sos feliz?*, quiso saber, a lo que Brenda respondió sin dudar: *No*, y habría querido agregar que solo habría alcanzado la felicidad si él la hubiese amado de nuevo, pero se abstuvo porque le pareció injusto. Diego estaba intentando rehacer su vida con la modelo y, aunque la volviesen loca los celos y la bronca, no tenía derecho a importunarlo, no después del modo en que se había comportado.

¿No sos feliz con él?, quiso saber, y a Brenda la sobresaltó lo frontal de la pregunta. *No quiero hablar de él porque es una buena persona y no me parece justo. ¿Por qué no te quedaste más tiempo en Buenos Aires?* Diego aceptó la negativa con dignidad y se limitó a responder que el sábado tenían un concierto en Monterrey; quería llegar cuanto antes para supervisar la instalación de los equipos en el escenario. Brenda sonrió. *Siempre el eterno controlador.* Él se apresuró a defenderse: *La única manera de que las cosas se hagan bien.* Brenda tecleó enseguida: *Totalmente de acuerdo. No tendrías que haberte exigido tanto en medio de una gira. Mamá habría comprendido perfectamente si no hubieses viajado. Es más, creo que está un poco enojada con vos por haber hecho semejante viaje por unas horas. No, es mentira, mamá nunca está enojada con vos.* Diego acordó con la última

afirmación y añadió: *Viajé por Ximena, pero también porque sabía que te veía a vos*. A Brenda se le disparó el ritmo cardíaco y, con los pulgares sobre el teclado a punto de responder, no supo cómo hacerlo. Quería decirle tantas cosas y al mismo tiempo la ataba el miedo. ¿Y si descubrían que nada quedaba del amor que se habían profesado? ¿Y si esos dos años los habían cambiado irremediablemente y ya no eran el uno para el otro? ¿Y si nunca llegaban a curar la herida producida por la muerte de Bartolomé? *Estabas muy enojado conmigo*, escribió tras esos segundos de angustia, que, meditó, para él debieron de durar una eternidad. *No, enojado no. Celoso. Muy. Te pido que me perdones.* «Yo tendría que pedirte perdón a vos, amor mío», le habría gustado sincerarse. En cambio, escribió: *No estés celoso. No tiene sentido*, ante lo cual él rápidamente exigió: *¿Por qué no tiene sentido?* Ella no se hizo esperar y fue igualmente veloz: *Vos lo sabés mejor que nadie. Ahora quiero que descanses. Necesitás dormir. Has hecho un viaje maratónico cuando lo que necesitás es estar relajado para enfrentar los espectáculos. Por favor, dormí un rato.* Su respuesta la hizo sonreír con ternura: *¿Todavía te preocupás por mí? Entonces te va a gustar saber que hace dos meses y tres días que no fumo.* Esa vez el corazón le dio un vuelco, pero de alegría. *Qué feliz me hace saberlo*, escribió con una sonrisa inconsciente, a lo que él contestó: *¿Yo sí te hago feliz, entonces?* Brenda no dudó y tecleó: *Sí, desde que tengo memoria. Ahora andá a dormir, por favor*, a lo cual él accedió con un sumiso: *Sí, voy a descansar. Creo que dormiré muy bien. Hasta mañana. Hasta mañana*, respondió ella esperanzada con que todavía hubiese un mañana para ellos.

* * *

En los días sucesivos no llegó a desmoronarse a causa de la ausencia de Lidia porque el intercambio de mensajes con Diego, que continuaba fluido, la sostenía. En realidad, la hacía sentir viva de nuevo. Aguardaba con ansias el pitido del celular y, estuviera donde estuviese, hiciera lo que hiciese, le respondía. Pese a la diferencia horaria y la agenda apretada de DiBrama, él, aunque se tratase de unas pocas líneas, siempre le escribía y nunca fallaba a su cita cibernética. Brenda vibraba con cada palabra y, si bien se abstenían de mencionar a la modelo o al chico de Madrid, hablaban de cualquier tema. De igual modo, se reprimían y se manejaban con extrema prudencia. Existía una tensión sexual imposible de ocultar, que se exacerbó cuando los mensajes escritos se convirtieron en audios, y a ella la voz rasposa y grave de Diego le causó lo mismo que le habría causado que le tocase las partes erógenas. Y no importaba que los mensajes orales se sucediesen, cada uno renovaba la experiencia, nunca se cansaba, nunca se volvía repetitivo, nunca se habituaba. Ella oía ese «Brenda» y los párpados se le cerraban por decisión propia.

Vivía para recibir sus mensajes y responderlos. Iba con el celular a todas partes; aun mientras se duchaba lo mantenía cerca. Se imponía un poco de normalidad y hacía otras cosas, como pasar tiempo con su madre, a quien la pérdida de la abuela Lidia había golpeado duramente. También aceptó la invitación al cine de Fran Pichiotti y lo pasó muy bien. Tras la película, y mientras tomaban un helado, el chico le confesó que exultaba de alegría porque intercambiaba mensajes vía Instagram con el Moro casi todos los días.

—Hoy le conté que veníamos al cine y me pidió que le mandase una foto nuestra. ¿Te molesta?

Brenda, sonriendo, negó con la cabeza y se acercó para la *selfie*, que enseguida acabó en el usuario de Instagram de Diego, que ya contaba con casi tres millones de seguidores. En los últimos días, y gracias a los éxitos en la Ciudad de México, Monterrey y Guadalajara, se habían incrementado de una manera notable.

—Yo sé que el Moro me da bola por vos, Bren —manifestó Francisco.

—Te da bola porque le caés bien, Fran. Tal vez en un primer momento yo fui la excusa, el nexo, podríamos decir. Pero ahora lo de ustedes ya es una amistad.

—Yo me muero si el Moro me dice que me considera su amigo.

—Sería un amigo y un maestro —señaló Brenda—. Diego sabe muchísimo de música y si vos querés estudiar para músico, él te puede guiar en tu decisión.

—Qué copadísimo sería eso, por Dios —expresó con una vehemencia entrañable que la hizo reír.

Otras cuestiones no resultaban tan agradables. La llamada por Skype con Gustavo se posponía una y otra vez debido a la gran diferencia horaria y a los compromisos laborales derivados de la producción del documental. Brenda se sentía culpable por la ansiedad con que deseaba terminar la relación, como si quisiera despachar al fotógrafo madrileño porque ya no le prestaba ningún servicio.

—No exageres —la reprendió Cecilia en una de sus habituales conversaciones telefónicas—. No querés sacártelo de encima como si fuese una pulga. Lo que querés es acabar con la mentira.

—Sí, puede ser —concedió con voz apagada—. De todas maneras, me siento mal. Y me da bronca haber caído dos veces en la misma trampa, una vez con Hugo y ahora con el pobre de Gustavo, que es tan buen tipo.

—Creo que aprendiste la lección.

—Esa y la de no huir como rata por tirante cada vez que las papas queman.

—Ah, mi querida uraniana, esa será una lección, me temo, que tendrás que aprender cada vez que las papas quemen, porque te aseguro que, al igual que respirás sin pensar, tenderás a huir sin pensar.

—¡Qué destino! —se quejó—. ¿Por qué tenía que tocarme una carta tan complicada?

—Ya sabés lo que opino… —empezó a decir la astróloga.

—Sí, ya sé —la interrumpió Brenda—. Cartas fáciles, vidas mediocres. En este punto creo que preferiría una vida mediocre.

—¿Ah, sí? —la provocó Cecilia—. ¿Y vos te pensás que con una carta simple habrías amado del modo que amás a Diego y desde que tenés uso de razón?

Como amar a Diego era lo más importante de su vida, más que la música, que su familia, que todo, decidió no volver a quejarse de las complejidades con las que había sido bendecida al asomarse al mundo un 1º de marzo de 1996 a las cuatro y cuarto de la madrugada en la ciudad de Buenos Aires.

—Otro temita —dijo Cecilia—, ¿me parece a mí o no pensás volver a Madrid?

Brenda había partido el 7 de julio; era 20 y seguía en veremos. Tenía la impresión de haber apretado el botón de pausa del control remoto para que su vida se congelase en tanto Diego Bertoni no regresara a Buenos Aires.

—No lo sé —se sinceró—. Estoy confundida.

—Nada de confundida —volvió a provocarla la astróloga—. Vos sabés bien lo que querés. Y quiero que lo digas en voz alta.

—Quiero volver con Diego.

—¡Bien! Ahí está. ¿Tan difícil era?

—Pero ¿y si no es lo que él quiere?

—Es más probable que los chanchos vuelen —afirmó la astróloga.

—Ahora está con la modelo esa de la que te hablé —se obstinó Brenda.

—Sí, la *googleé*. Muy mona —concedió—. Pero ¿estás segura de que está con él?

—Él no lo negó cuando se lo pregunté.

—¿Está con él ahora en la gira?

—No, creo que no. La sigo en las redes y en los programas de chimentos. Sí, no me digas nada, es de cuarta ver esos programas, pero me muero de la ansiedad y de los celos —le confió.

—Entendible —acordó Cecilia—. Me decías que la seguís en los programas y en las redes. ¿Y?

—Y se ve que está acá, en Argentina. Pero siempre está hablando del Moro. Que el Moro esto, el Moro aquello, como si siguiesen juntos. Se me hace una pelota en el estómago, te juro.

—Puedo imaginarlo. Pero si me decís que vos y Diego se comunican todos los días, ¿por qué no le preguntás de frente en qué anda con la tal Spano?

—No me animo.

—Ay, pisciana miedosa. ¿Vas a caer en la misma que con Carla, cuando ella se erigía como un tema tabú entre ustedes?

El comentario de Cecilia la dejó callada no porque no supiese qué decir, sino a causa del impacto que significaba escuchar una verdad demoledora.

—Te sugiero que hagas esto —propuso Cecilia—: arreglá primero tu cuestión con Gustavo y, una vez libre de esa atadura, enfrentalo a Diego y hablale a calzón quitado.

—Gracias, Ceci —respondió en un hilo de voz.

El resto de la tarde se quedó angustiada compadeciéndose a sí misma y despotricando contra el destino cruel que siempre la ponía frente a dificultades cuando de Diego Bertoni se trataba.

Él la llamó por la noche desde Bogotá y enseguida la notó desanimada. Ya ni siquiera usaban la funcionalidad de los mensajes grabados de WhatsApp. Desde hacía unos días hablaban directamente.

—¿Todo bien? —se preocupó Diego.

—Sí, solo un poco cansada —mintió, porque, aunque se le cruzó la idea de preguntarle cómo estaban las cosas con la Spano, el miedo gigantesco a la potencial respuesta la amordazó—. ¿Cuál es la próxima ciudad? —preguntó para no darle tiempo a que siguiese indagando.

Se pusieron a charlar sobre la presentación en Lima, y los temas importantes siguieron siendo los elefantes en medio de la sala, como siempre le sucedía con él.

* * *

La última semana de julio realizó dos visitas largamente postergadas, la primera a Lita, a quien durante su tiempo en Madrid solo había llamado para los cumpleaños y para Navidad. La anciana siempre la trataba con cariño y se ponía contenta al oírla, pero Brenda sospechaba que estaba dolida por el modo en que había escapado tras la muerte del bisnieto. Nunca mencionaba a Diego y ella jamás le preguntaba. Charlaban unos pocos minutos y la conversación terminaba de manera cordial e intranscendente.

La llamó el domingo 28 de julio por la tarde y Lita le pidió que fuese al día siguiente, añoraba tenerla de nuevo en su casa y charlar como en los viejos tiempos. Un poco para celebrar esos viejos tiempos, Brenda preparó un *lemon-pie*, como en aquella primera ocasión, y se arregló con especial esmero más allá de que solo vería a Lita; Diego estaba lejos, en Santiago de Chile. En tanto se pintaba la boca, el teléfono le advirtió el ingreso de un mensaje. Estaba con poco tiempo, por lo que decidió verlo después. No obstante, al pensar que podía tratarse de Diego —ese día no le había escrito ni llamado—, soltó el lápiz labial y tomó el celular. *Acaba de contarme mi abuela que estás yendo a su casa.* Brenda sonreía mientras escribía la respuesta. *Sí, tengo muchas ganas de verla y estar con ella*, admitió. *La extraño*, agregó. *Mi viejita está muy feliz con tu visita*, afirmó Diego. *Gracias por ir a verla. Es importante para ella.* Tecleó rápidamente la respuesta. *Lo es para mí también.*

Sin embargo, al doblar en la Arturo Jauretche y encontrarse a pocos metros del sitio donde la había atropellado el automóvil, frenó en seco y se quedó en medio de la calle enceguecida por la escena que se reproducía delante de ella, sintiendo en las entrañas el miedo y sobre todo la confusión. «*¡Brenda, amor! ¿Qué pasó?*» El terror con que Diego pronunció esas cuatro palabras aún le cortaba la respiración. Las había mantenido enterradas y ahora que regresaban a la superficie amenazaban con destruirla.

La sacudió del trance el bocinazo de un automóvil que quería pasar. Puso primera y dio un volantazo hacia la derecha, justo delante de la casa de Lita, y estacionó en el mismo espacio donde lo había hecho la primera vez. Bajó muy turbada con el *lemon-pie* en las manos. Lita la aguardaba con la puerta abierta y una sonrisa, ajena a los recuerdos que la atormentaban. Sin embargo, al verla aproximarse, la anciana frunció el entrecejo y captó su estado de ánimo.

—¡Hola, tesoro! —exclamó y la besó en la mejilla—. Pasá, pasá —le indicó mientras la desembarazaba de la tarta.

Entraron. Brenda cerró los ojos e inspiró el aroma tan familiar de la casa de los Fadul. Había sido feliz y amada en ese lugar y lo había abandonado como una cobarde. Alzó los párpados y se encontró con Lita delante de ella, que la contemplaba con una sonrisa expectante.

—Recordando los buenos viejos tiempos, ¿eh, tesoro?

Brenda la abrazó y se largó a llorar. La mujer la guio hasta el sillón, donde la contuvo en un abrazo maternal.

—Lo abandoné, Lita —farfulló entre espasmos de llanto—. Lo abandoné cuando más me necesitaba. Él es el amor de mi vida y yo lo abandoné.

—Habías perdido a tu hijo de un modo trágico, Brendita —la consoló la anciana—. Estabas aturdida y dolida. Y eras tan jovencita, tesoro.

—No me lo perdono —confesó Brenda—. No puedo perdonármelo.

Lita la apartó de su seno y la miró con determinación a los ojos.

—Vas a tener que dejar el pasado en el pasado y perdonarte y perdonarlo si quieren volver a ser felices.

—Lo perdí, Lita.

La anciana se permitió una carcajada corta e irónica.

—Y yo soy Marilyn Monroe.

Cecilia había hablado de que los chanchos volarían y ahora Lita se comparaba con el ícono de la belleza. ¿Por qué estaban tan seguras de que Diego la quería de vuelta y ella tan insegura? Durante esos dieciocho días de continuos mensajes y llamadas —sí, llevaba la cuenta—, se había ilusionado en varias ocasiones y en otras tantas había concluido que él solo pretendía una amistad, tal vez que lo perdonase, probablemente cerrar una cuestión que había quedado sin conclusión, lo que fuese, pero no que volvieran a ser una pareja.

—Ahora está con la modelo esa, Ana Spano. Es hermosa —se lamentó.

—No la conozco personalmente —expresó Lita—, aquí nunca la trajo, pero sí, es hermosa. Lo sé porque las chicas —aludía a sus hijas, Silvia y Liliana— me mostraron una foto. Pero yo conozco bien a mi nieto, Brendita, y te puedo asegurar que si está con ella como andan diciendo es porque le pesa la soledad. El hombre no sabe estar solo, esa es una gran verdad. Pero haría falta solo esto —dijo y chasqueó los dedos— para que él la dejase y corriese a echarse a tus pies.

Brenda rio entre lágrimas, contagiada por el optimismo de la abuela de su amado Diego.

—Gracias por recibirme y por tratarme bien a pesar de que hice sufrir a su nieto.

—Mi nieto se buscó muchas de las desgracias que le cayeron encima —manifestó la mujer—. Lo amo profundamente —aclaró—, pero el amor no me enceguece y soy consciente de que cometió graves errores. Sé lo que pasó el día del nacimiento de mi bisnieto. Él me lo contó tiempo después, cuando no daba más de la angustia y del dolor. Lloró así como estás llorando vos y soltó todo. Se sentía tan culpable. Estaba tan quebrado.

Brenda se quitaba las lágrimas e intentaba sofrenar los espasmos y los temblores.

—No entiendo cómo no volvió a recaer —dijo con voz gangosa.

—Vivió aquí, conmigo y con Silvia —comentó Lita—. Nos dijo que no podía volver a su casa, que todo le hacía acordar a vos y que volvería caer en sus vicios si se quedaba solo ahí. Desde la muerte de mi bisnieto, fue muy sensato mi Dieguito. Sé que les hizo un juramento a vos y a mi bisnieto. Sé que les prometió que se convertiría en alguien del cual ustedes dos estarían orgullosos. Creo que fue esa promesa la que lo sostuvo todo este tiempo. Ahora hasta se dio el lujo de dejar el cigarrillo.

—Estoy tan orgullosa de él —expresó Brenda.

—Y lo hizo solo, Brendita, sin usarte a vos como un bastón. —Brenda frunció el entrecejo, confundida. —Después de salir de la casa de recuperación —se explicó Lita—, si se mantuvo por la buena senda fue porque no quería perderte, pero yo sé, porque lo conozco como nadie, que el vicio lo acechaba muy de cerca. Sentía una presión terrible con todo, la responsabilidad lo ahogaba, y si no caía era para no perderte, pero ¿es esa una recuperación genuina?

—No, creo que no —aceptó Brenda.

—Ya —acordó la mujer—. Ahora Dieguito se reconstruyó a sí mismo desde los cimientos y con su propio esfuerzo. La muerte de Bartolomé marcó un punto, el más bajo de su vida y también uno de no retorno. En esas circunstancias un ser humano perece o se vuelve más fuerte y sabio. Dieguito hizo lo último. Claro, el incentivo para mantenerse en el camino de la recuperación fue cumplir la promesa que les hizo a ustedes dos, pero lo hizo solo. Creo que ahora se siente digno de vos.

¡Qué sabia era esa frase!, pensó Brenda. Diego siempre se había sentido menos y poco merecedor, y por ende susceptible e inseguro.

—Tal vez —dijo aún emocionada—, tanto sufrimiento por el que tuvimos que pasar sirvió para que él finalmente se librara de las cadenas que lo mantenían esclavo.

—Y de ese modo —añadió la anciana— el sufrimiento cobra sentido.

—Si sirvió para eso, lo acepto —declaró Brenda—. Daría cualquier cosa a cambio de ver feliz a Diego.

—Dale tu amor —apuntó Lita—, es lo único que necesita.

Tras esa catarsis, se sentaron a la mesa a tomar el té y a conversar con menos carga emotiva. Así como con Diego se limitaba e iba con pies de plomo, a Lita le preguntaba lo que quería.

—¿Sabe si Carla y Diego volvieron a verse?

—No creo, no —contestó con el semblante severo que el nombre de esa mujer siempre le inspiraba—. Lo escuché una vez hablar por teléfono con ella, días después del entierro de Bartolomé. Fue durísimo y la acusó de la muerte de su hijo. Y le gritó que no quería volver a cruzársela mientras viviese, así dijo. Se ve que la muy zorra sacó a relucir el tema de la deuda que Dieguito tenía con Mariño porque él replicó que ya tenía la plata y que iría a pagarle uno de esos días.

—Me contó Tadeo que Mabel le prestó diez mil dólares —señaló Brenda—. ¿Eso quiere decir que recompusieron la relación?

Lita torció la boca.

—Mi hija es una chica muy limitada —declaró con encomiable fatalismo—. Para ella siempre será difícil, más bien imposible, entender las complejidades de un chico como Diego. Podríamos decir que el hijo le queda grande. Pero sí —concluyó—, las cosas están mejor entre ellos y eso es bueno para Dieguito. Hablan seguido y Mabel viene de tanto en tanto a visitarlo, lo mismo Lucía, que está muy cambiada también.

—¿Y con David?

—Con ese gusano Dieguito no quiere saber nada —replicó—. Pero volviendo al tema de Carla, dudo de que hayan vuelto a verse. Sé que ella lo persiguió durante un tiempo. Tal vez lo siga haciendo, sobre todo ahora que es famoso. De igual modo sé que está muy ocupada paseándose por los tribunales. Afortunadamente su hermano y Coquito Mendaña están presos. Con suerte, esa furcia acabará adentro también.

Lita la llevó a ver las obras de remodelación de la casa de Diego, donde se encontró con Ángel y con José, que trabajaban con los nuevos empleados de Casa Recuperada para convertir lo que ella había considerado su hogar en una compañía discográfica. Los chicos, contentos de verla, la guiaron por las plantas alta y baja mientras le comentaban acerca de las reformas y de la tecnología que se veían obligados a utilizar dadas las características de las actividades que se llevarían a cabo en el futuro.

—A Fran y a Uriel les encantaría verte —comentó Ángel.

—Y a todos nos encantaría escucharte cantar de nuevo —añadió José, quien, por ser tan tímido, enterneció a Brenda con el comentario.

—Hace más de dos años que no canto —confesó—. Me temo que daría angustia.

—¿No te gustaría conocer el depto nuevo del Moro en Puerto Madero? —propuso Ángel—. Fran y Uriel se ocupan del reciclaje y les coparía mostrarte todo, estoy seguro.

—No, no —se apresuró a declinar—. No me parece apropiado.

Lita chasqueó la lengua y elevó los ojos al cielo en un gesto de impaciencia, y Brenda se echó a reír.

* * *

Regresó de la casa de Lita con el corazón ligero y contento. Estaba contándole a Ximena los detalles de la tarde cuando ingresó un mensaje de Diego. Se excusó con su madre y marchó al dormitorio para responderle. *Sé que lo pasaron muy bien con mi abuela.* La sorprendió que no fuese un mensaje de audio y que no intentase llamarla para hablar directamente. Dispuesta a hacer como él prefería, le contestó por escrito. *Siempre lo pasamos bien con la genia de Lita. Fue una tarde sanadora.* Él le exigió saber a qué se refería con sanadora. *Lloré mucho,* confesó y esperó la respuesta con al aliento contenido. *No quiero que llores más. Quiero que seas feliz.* Las lágrimas le nublaron la vista sin remedio. Tecleó medio a ciegas la contestación. *Yo también quiero que seas feliz. ¿Cuándo vuelven a Buenos Aires?* El 31 de julio, le respondió, con poco tiempo para prepararse para el cierre de la gira en Vélez. Se lo notaba entusiasmado mientras le contaba acerca del desafío que implicaba enfrentar un estadio de esas magnitudes. *Estoy muy ansioso por volver y cuando me pongo ansioso tengo miedo de caer,* terminó por confesar. *¿Tenés sed?,* preguntó Brenda, a lo cual él respondió de inmediato: *Los alcohólicos siempre tenemos sed. A veces un poco más, a veces un poco menos. Ahora tengo mucha.* La embargó una angustiosa impotencia. Habría volado junto a él para abrazarlo y absorber su ansiedad y liberarlo de las ganas de tomar. Pero se acordó de que Lita la había llamado «el bastón de Diego» y se convenció de que era mejor si él lo superaba por sus propios medios. Lo llamó para hacerlo hablar.

—Hola —lo saludó.

—Qué lindo escucharte —se alegró él, y ella se convenció de que lo hacía a propósito, eso de usar la voz para alcanzarla a través de la línea.

—¿Es por Vélez que hoy la sed es mucha? —le preguntó sin rodeos.

—Por Vélez y por vos.

—¿Por mí? —se extrañó.

—Porque estás ahí, porque ya no estás tan lejos de mí.

—¿Qué hacés cuando la sed es mucha? ¿Qué hacés para no caer?

—Ahora con escucharte me basta y me sobra.

—¿Y antes, cuando no podías escucharme?

—Te veía y te escuchaba cantar. ¿Querés que te pase el video que me mantuvo sobrio todo este tiempo?

—Sí, me gustaría verlo.

Unos segundos más tarde soltó un gemido doliente cuando el video se reprodujo antes sus ojos incrédulos, emocionados, húmedos, estupefactos. Había pensado que se trataría de una filmación de ella en The Eighties o la de Cosquín Rock. Jamás habría esperado verse con Bartolomé en brazos, una de las dos veces que le habían permitido cargarlo. Era tan complicado sacarlo de la incubadora con las sondas, los cables y las agujas que lo invadían y que lo torturaban, que solo había podido colocarlo contra su seno en dos ocasiones, los momentos más felices, dulces, tristes y amargos de su existencia. Y en esa particular ocasión no se había dado cuenta de que Diego la filmaba mientras ella le cantaba *El reino del revés* y le besaba la carita minúscula, y no se había dado cuenta porque durante esos cinco días solo había respirado y existido por esa criatura que pugnaba por vivir. No se percataba de nada, ni de Diego, ni de los puntos en la vagina, ni del dolor en la cadera, ni de sus necesidades fisiológicas. Solo de Bartolomé.

Lloró con el teléfono pegado al oído. Su llanto, sin embargo, no le impidió oír el de él.

—Gracias por mostrármelo —susurró cuando supo que articularía correctamente.

—De nada.

—No tomes, por favor —le suplicó.

—No, amor mío. Vos y Bartolomé son mi fuerza. No voy a caer.

—Gracias.

* * *

La segunda visita la realizó el miércoles 31 de julio, el día que Diego había indicado como el del regreso de DiBrama al país. Fue a ver a su profesora de canto, Juliana Silvani, y lo que debió tratarse de una visita de cortesía y un rato agradable se reveló como un momento en el que quedó frente a su destino y a la certeza de que había llegado la hora de decidir qué camino tomar.

Esa tarde la Silvani no estaba sola en la vieja casona de Caballito; su sobrino, el tenor Leonardo Silvani, se encontraba allí, y Brenda sospechó que su presencia no era casual. Lo confirmó un rato más tarde cuando el cantante lírico inició un meticuloso y manipulativo interrogatorio que no tenía otro objetivo que convencerla de que regresara al país, volviese a cantar y formara parte de la compañía lírica que acababa de fundar y que estaba teniendo mucho éxito en un teatro de la avenida Córdoba, no muy alejado del mítico Cervantes.

—¿Maria Bator también participa en esta compañía lírica? —se interesó Brenda.

—Maria y yo ya no estamos juntos —anunció Leonardo—. Nos separamos el año pasado. Yo quería dejar el circuito de teatros líricos internacionales para fundar mi propia compañía y trabajar en Argentina y en otros países de la región.

—No sabía que vos y Maria se hubiesen separado —comentó Brenda—. Lo siento mucho.

En verdad la apenaba. Maria le había caído siempre bien. Había sido generosa con ella al prepararla para el evento lírico de la catedral de Avellaneda.

—Maria y yo somos buenos amigos —añadió Leonardo—. Y estoy seguro de que en más de una ocasión la tendremos cantando para Ópera Magna. Así se llama la compañía lírica que fundé —aclaró—. ¿Y? ¿Qué decís, Bren? ¿Te gustaría participar?

—Ópera Magna está teniendo mucho éxito y excelentes críticas —aportó la Silvani.

—Hace dos años y medio que no canto, Leo —se excusó—. Creo que no sería capaz de cantar ni una canción de cuna.

Leonardo y su tía rieron.

—Brenda —intervino su profesora—, con tu talento y tus extraordinarios resonadores en pocos días volverías a estar en forma y a cantar como antes.

—Podríamos empezar mañana mismo —presionó Leonardo.

Brenda no sabía lo que el futuro le deparaba; solo tenía una certeza: quería volver con Diego.

—La verdad es que ahora estoy estudiando astrología…

—¡Astrología! —la interrumpió el tenor, escandalizado—. Brenda, tal vez no seas consciente del enorme potencial que tiene tu voz. La naturaleza te benefició con un don, el de tu magnífica voz. Y no te fue dado para que lo escondieras sino para que conmovieses con tu canto, como hiciste aquel día en la catedral de Avellaneda, ¿te acordás? —Brenda asintió.— Años atrás dejaste de lado el canto por las Ciencias

Económicas. Después, por suerte, te diste cuenta del error y largaste las Ciencias Económicas para estudiar música como una profesional. Ahora la dejás por la astrología. ¿Vas a cometer el mismo error dos veces?

Y como en cometer varias veces los mismos errores ella era una experta, el comentario del tenor la golpeó con dureza. La astrología le gustaba, pero tenía que admitir que no le proporcionaba la satisfacción ni la alegría que encontraba en el canto y en la música. La atemorizaba hacerse ilusiones y sin embargo le resultaba imposible en esas circunstancias no imaginarse como parte de DiBrama. Si ella recuperaba la voz, ¿la querrían de nuevo? Se había convertido en la banda de rock más importante de la Argentina y en una de las más ovacionadas de Latinoamérica, ¿habría sido honesto y justo regresar cuando ella no había hecho nada para ayudar a DiBrama a ocupar el lugar que ostentaba en ese momento? No, no lo era, ni honesto ni justo, pero ¡cuánto lo deseaba! Compartir el escenario con Manu, Rafa y Diego otra vez, cantar sus canciones y sentirse poderosa y viva. Quería volver a vivir. Estaba cayendo en la cuenta de que los dos años en Madrid los había transcurrido hibernando. Tras la muerte de Bartolomé y la ruptura con Diego había elegido anestesiarse por temor a que el dolor la devorase. Tal vez había sido una estrategia sensata la de alejarse y preservarse. Pero había llegado el momento de volver a vivir.

—Podría empezar mañana practicando algunas escalas —sugirió.

—Me parece bien —aceptó la Silvani—. Estoy con bastante tiempo porque en el ISA estamos con las vacaciones de invierno.

—¡Excelente! —se entusiasmó el sobrino—. Y al mediodía te paso a buscar, Bren, y te llevo al teatro para que lo conozcas. ¿Sabías que Bianca Rocamora canta en Ópera Magna?

—¡Bianca! —se admiró—. Qué excelente voz tiene.

—Sí, pero la tuya no tiene nada que envidiarle —acotó el tenor y le guiñó un ojo.

* * *

No conseguía dormirse, en parte por lo reveladora que había resultado la visita a la casa de la Silvani y también porque Diego no la había contactado en dos días. Después del llanto compartido el lunes a causa del video con Bartolomé, no había vuelto siquiera a enviarle un mensaje escrito. Se convencía de que no tenía tiempo, ocupado como estaba con la organización del megaevento que significaba tocar en Vélez. Siendo controlador y un obsesivo con la perfección, andaría detrás de cada detalle, sin un minuto libre para escribir una línea.

Abandonó la cama, harta de dar vueltas y de no hallar una posición. Encendió la computadora y, mientras esperaba que cargase los programas, intentaba disuadirse de la idea de buscar noticias del Moro Bertoni en la Red. Se convenció de que era una pésima idea porque si lo veía con la Spano, el corazón se le rompería y ya no podría componerlo de nuevo.

En cambio, le escribió un *e-mail* larguísimo a Gustavo. Como no lograba coordinar con él una cita en Skype y la urgía poner fin a esa espera agónica, le relató su historia, la que nunca le había contado, desde que era chica y vivía infatuada por su héroe Diego Bertoni hasta la muerte de Bartolomé y la decisión de transferirse a Madrid para sanar. «Pero nunca voy a sanar si no enfrento la verdad: sigo enamorada del padre de mi hijo. Al aceptar que vos y yo fuésemos una pareja me comporté de un modo injusto e insincero con vos. No te lo merecías. Te pido perdón, no quiero lastimarte, solo te deseo lo mejor. Sé que no sirven las justificaciones, pero me gustaría explicarte que yo misma quería creer que la historia entre Diego y yo estaba superada. Al volver a mi país me di cuenta de que no; todo lo contrario. Querido Gustavo, espero que seas muy feliz. Sé que conmigo nunca lo habrías sido. Brenda.»

Apretó «enviar» y regresó a la cama. Se durmió poco después.

Capítulo XXVII

Ese jueves comenzaba el mes de agosto. Se levantó a las siete y lo primero que hizo fue chequear el celular. La desilusionó no encontrar mensajes de Diego. Sin meditarlo para no acobardarse, tomó la iniciativa y le escribió: *Hola. ¿Cómo estás? ¿Ya en Buenos Aires?*, y sonrió al ver que, pese a la hora temprana, él respondía pocos segundos más tarde. *Hola. Qué lindo que me escribas. Llegamos anoche. Los últimos días en Chile fueron de terror, llenos de cosas. Y ahora nos espera otro baile. Voy a estar un poco borrado hasta después del concierto en Vélez el domingo. ¿Me hacés el aguante?* Aunque la respuesta la apenó, tecleó enseguida: *Claro, te hago el aguante. Vélez va a ser un éxito, no tengo duda.*

En tanto se vestía y meditaba y analizaba la respuesta de Diego, la decepción iba creciendo y transformándose en una devastadora angustia. Había esperado que, una vez llegado a Buenos Aires, querría que transcurriesen juntos la mayor parte del tiempo. ¿No lo urgía la misma necesidad de estar con ella? ¿Había entendido mal la naturaleza del intercambio de las últimas tres semanas? Quizá Diego solo pretendía restablecer las cosas en un plano de amistad. Le había dicho «amor mío» en la última llamada, la del 29 de julio, después de enviarle el video de Bartolomé. ¿Se le habría deslizado sin querer, empujado por los recuerdos y la emotividad? ¿No la invitaría al recital en Vélez? Tal vez iría la Spano y por eso no la quería allí.

Con el ánimo negro y sintiéndose mal, partió hacia lo de la Silvani. No tenía ganas ni de hablar, menos que menos cantar, pero como no defraudaría a la profesora a la que tanto quería haría un esfuerzo y cambiaría la cara.

El mensaje de Gustavo entró en el momento en que terminaba de estacionar el auto y se disponía a bajar. Le explicaba que había leído su *e-mail* y le suplicaba que conversaran por Skype. «Tú te conectas a las 22:30 de hoy, que para mí serán las siete de la mañana de mañana viernes. ¿Estás de acuerdo?» Aceptó porque quería terminar con todo, aunque la idea de enfrentar a Gustavo la atraía tanto como la de ver a Diego besando a la Spano.

Al final, le hizo bien transcurrir la mañana con su antigua profesora y le levantó la autoestima comprobar que su voz era noble y se recuperaba con asombrosa rapidez. A eso de las once, mientras la Silvani preparaba un refrigerio, contestó una llamada de Francisco Pichiotti.

—¡Hola, Fran! ¿Cómo estás?

—Para el orto —respondió el adolescente.

—¿Qué pasó? No me asustes.

—¿Viste que te conté que mi papá me compró las entradas para ir a ver a DiBrama el domingo? —Brenda aseguró que sí. —Bueno, mi viejo, como siempre, me colgó. No puede ir porque tiene el bautismo de no sé qué pariente de su mujer.

—¿No te deja ir con algún amigo? —aventuró Brenda.

—Sí, pero el único amigo que me queda en Buenos Aires está esquiando en Las Leñas.

—¿Y qué pasa con la sobrina de la mujer de tu papá? ¿Por qué no la invitás a ella?

—Naaa —desestimó—. A esa le gusta Rihanna solamente y es muy ortiva. Además, también va al bautismo.

—Qué bajón en serio —se conmiseró Brenda.

—¿No vendrías conmigo, Bren? Plis, plis.

—¿Yo?

—¡Sí, plis, plis! No quiero ir solo. Además, mi viejo no me deja ir solo.

—Pero tu papá no me conoce y vos sos menor...

—Le dije a mi papá que te iba a invitar y me dijo que le parecía perfecto. Te conoce porque le mostré tu foto de Instagram.

—¡Oh! —se sorprendió.

—Plis, te lo suplico, Bren. Sería alucinante ver con vos el recital de DiBrama. Mi viejo nos paga el remís de ida y de vuelta. Dale, porfa, decí que sí.

Brenda terminó aceptando. Su corazón pisciano le habría impedido decepcionarlo. Minutos más tarde, y mientras analizaba las posibles consecuencias de su asistencia al recital, no estaba tan segura de haber hecho lo correcto. ¿Y si Diego la veía? ¿O Rafa o Manu? Para el caso habría sido lo mismo. «¡Cómo te van a ver en un estadio con casi cincuenta mil personas!», argumentó. Lo realmente espantoso habría sido encontrarse con la Spano compartiendo el éxito y el talento de Diego y en el rol de su novia. «Dudo de que la veas», volvió a sermonearse. «Si va, estará en el *backstage*, como corresponde a una invitada vip», se desmoralizó.

Le indicó a la Silvani que iría un momento al baño y se encerró para hablar con Francisco de nuevo.

—Fran, quería pedirte una cosa.

—¡Lo que quieras, Bren!

—Por favor, no le digas a Diego que voy a ir con vos al recital.

—*No problem*. Mis labios están sellados —bromeó.

—¿En serio? ¿Me lo prometés?

—En serio. Soy pendejo todavía, pero entiendo bien lo que es una promesa.

—Gracias.

* * *

Regresó a su casa alrededor de las cinco, después de haber transcurrido la tarde en compañía de Leonardo Silvani, que la había llevado primero al teatro, donde le había mostrado incluso los talleres donde se confeccionaba el vestuario, y luego a comer a un restaurante de Puerto Madero. En un determinado momento empezó a sospechar que el interés del tenor iba más allá de una cuestión profesional y de sus ganas de contar con ella en el elenco de Ópera Magna. Ciertos comentarios, ciertas miradas, ciertos roces en apariencia involuntarios e inocentes la alertaron. Era pisciana y, por ende, medio despistada —Millie habría afirmado que siempre andaba perdida como pedo en un jacuzzi—, pero Leonardo Silvani estaba mostrándose abiertamente y hasta un ciego habría visto sus intenciones. La confirmación llegó cuando le preguntó si, después de la función del sábado, a la cual la invitaba, aceptaba cenar con él. Declinó con una mentira, que pasaría el fin de semana en San Justo con su madre, que estaba mal por la muerte de su abuela.

Sintió alivio cuando se despidieron en la puerta del restaurante. Él había insistido en llevarla hasta su casa; ella se había rehusado con tenacidad. De pronto quería huir de su lado. «Y de nuevo la polaridad uraniana», se recordó con sarcasmo, si bien en ese caso estaba justificada pues le parecía que traicionaba a Diego almorzando con un tipo que no la quería *solo* para cantar.

Entró en la cocina, y Modesta, que miraba la televisión, se apresuró a apagarla.

—Hola, mi niña —la saludó, nerviosa—. ¿Le preparo unos matecitos ricos? Hice torta de ricota, como a usted le gusta, mi niña preciosa.

—¿Qué pasa, Modestiña? —quiso saber y la miró directo a los ojos.

La mujer le destinó una sonrisa huidiza y evitó el contacto visual. No era pisciana con polaridad neptuniana por nada. Sus dotes de vidente le permitían sentir el nerviosismo de Modesta y además intuir que tenía que ver con Diego.

—Nada, mi niña. ¿Qué va a pasar? Todo tranquilo.

—Encendé la tele en el canal en el que estabas cuando entré.

—¿Para qué, mi niña? —desestimó la mujer en tanto aprestaba el mate y la yerba en la isla—. Todo porquería, la tele.

Brenda recogió el control remoto antes de que Modesta se lo arrebatase y encendió el televisor. Estaba sintonizado en un programa de chimentos. La leyenda en letras rojas al pie de la pantalla tuvo la contundencia de un sopapo de revés. «El Moro Bertoni, recién llegado al país, y Ana María Spano, juntos.» Se sentó en una de las banquetas, de pronto débil y cansada. Tan cansada.

—No quería que lo viese, mi niña.

—Está bien, Modestiña. No te preocupes.

—¿Cómo no me voy a preocupar sabiendo todo lo que usted lo quiere?

La imagen, filmada por paparazis apostados a la entrada de una moderna torre, que el programa repetía una y otra vez, mostraba el ingreso de una camioneta negra con vidrios polarizados, por lo cual no podía saber con certeza si dentro del vehículo se hallaba Diego. La camioneta se detenía a unos treinta metros, y Diego descendía por el lado del conductor. Se lo veía apenas, las cámaras lo tomaban desde lejos y la vegetación del jardín dificultaba la visión, pero era él, sí que era él. Por el lado del acompañante bajaba la beldad Spano cubierta por un tapado de paño rojo. Según informaba el periodista, las imágenes habían sido tomadas a las tres y media de la tarde, mientras ella almorzaba con el tenor y sentía que traicionaba al amor de su vida.

Siguió las instancias del programa de chimentos con un interés malsano. Mostraban otras imágenes, una tomada al mediodía, mientras almorzaban en un restaurante de San Isidro, y otra de la camioneta abandonando el predio del edificio apenas media hora más tarde de haber llegado, Diego solo al volante. Las especulaciones no tenían fin. Agotada, apagó y fue a refugiarse a su dormitorio. Se echó en la cama con la cara pegada en la almohada. Se sentía una idiota por haberle escrito esa mañana, preocupada porque él no daba señales de vida. Ahora comprendía el motivo por el cual estaría «borrado».

«¿Qué hago todavía acá? ¿Qué estoy esperando para volver a Madrid?», se preguntó, y ya no le importó si huía como rata por tirante. ¡Quería dejar de sufrir!

El timbre del teléfono le anunció el ingreso de un mensaje. Serían Millie o Rosi; al tanto del espectáculo que Diego y la Spano daban para divertir a los argentinos, se comunicaban para prestarle su apoyo. Se incorporó y hurgó en la cartera hasta encontrar el aparato. Para su asombro, era un mensaje de Diego. *Te habrás enterado de lo que se dice en la prensa acerca de Ana María y de mí.* Solo el hecho de que teclease su nombre la enloquecía de celos. Lo odiaba. Siguió leyendo consumida por la ira. *Quiero que te quedes muy tranquila.* Soltó una carcajada sardónica. «Muy tranquila, Dieguito», pensó. *Necesitaba poner en orden las cosas para empezar una nueva etapa, la cual espero aceptarás compartir conmigo.*

Dejó caer los párpados y apretó el teléfono hasta hacerlo crujir. Sin duda las palabras de Diego la tranquilizaban y le causaban un alivio tremendo. No obstante, persistía un malestar del cual no tenía idea de cómo deshacerse, una especie de resentimiento por el hecho de que hubiese intentado rehacer su vida. «¿Acaso no te negaste a verlo en Madrid cuando te llamó en marzo? Por cierto, ¿no empezaste a salir con Gustavo?». La avergonzaba aceptar que era su ego el que le señalaba que ella tenía derecho; Diego no. Diego debía sufrir y expiar sus culpas. *«Necesito perdonarme y perdonarte»*, le había dicho en aquella triste y última conversación de 2017. ¿No lo había conseguido, ni perdonarse ni perdonarlo? ¿Qué era perdonar? ¿Olvidar? «No», se respondió, «son dos cosas distintas». Tal vez porque había intentado olvidar era que seguía albergando resentimiento. Nunca olvidaría, a menos que se sometiese a una lobotomía. Solo de una cosa estaba segura: amaba a Diego Bertoni y lo amaría la vida entera.

Yo también tengo que poner mis cosas en orden. Esta noche haré un Skype con Gustavo. Diego contestó enseguida. *Gustavo, así se llama. Tengo celos,* admitió, y Brenda sonrió, no una sonrisa triunfal sino una benevolente y enternecida. *Yo también tengo celos,* se sinceró. *No los tengas,* la instó Diego. *Vos tampoco,* le pidió ella.

* * *

Por un lado, se sentía mal concurriendo al recital sin mencionárselo a Diego; por el otro, le resultaba excitante saber que lo vería en toda su gloria y que él no tendría idea de que ella se encontraba allí, en medio del público. La parte maliciosa que la habitaba trataba de convencerla de que Diego se lo merecía por no haberla invitado. Ni siquiera había vuelto a contactarla tras el intercambio por lo de su ruptura con la Spano, que después se viralizó en las redes y en los programas televisivos. Del final de su efímera relación con Gustavo solo se enteraron Millie, Rosi y Cecilia. Ni siquiera se lo había contado a Ximena.

La deprimía pensar en Gustavo. La conversación por Skype había sido dolorosa y difícil. Él había albergado esperanzas cuando Brenda le aseguró que solo había visto a Diego una vez y fugazmente.

—Entonces —conjeturó—, no has vuelto con él.

—No.

—¿Solo por haberlo visto una vez, pocos minutos, me quieres dejar? —la interrogó, incrédulo.

—Estoy siendo sincera con vos, Gustavo. ¿De qué sirve que sigamos juntos si yo todavía pienso en él? Vos merecés a una chica que te ame solo a vos.

—¿Y qué hago yo con este amor que siento por ti? —preguntó, angustiado.

—Gustavo —se conmovió Brenda sintiéndose culpable y una mala persona.

—Por lo que me explicaste en tu correo, tu ex es un tipo inestable y poco confiable.

—Pero aquí no estamos hablando de eso —se plantó Brenda—. Desde un punto de vista lógico y racional, debería quedarme con vos, que sos estable y confiable. Pero…

—Pero lo amas a él —completó Gustavo.

—Sí, lo amo a él.

Apesadumbrada por la culpa y la tristeza, siguió vistiéndose. En quince minutos llegaría el remís con Francisco Pichiotti que los conduciría hasta el estadio de Vélez en Liniers. Por enésima vez se cuestionó si asistir al recital de DiBrama era una decisión sensata o más bien otra de las locuras nacidas de su potente Urano. Como fuese, no podía dar marcha atrás sin romperle el corazón a Francisco.

Se puso los jeans *skinny* de un celeste claro y una polera de modal en un rosa pálido, no muy abrigada, pues no hacía frío. De igual modo, llevaría la campera de pluma de ganso blanca porque el concierto comenzaría a las seis y media, cuando el sol se hubiese prácticamente escondido, y la temperatura tendería a bajar. Se calzó las Converse blancas y se plantó frente al espejo. Buen equipo para un concierto en un estadio, se dijo. Procedió a maquillarse, algo muy simple, máscara para pestañas y *gloss* en los labios. En cuanto al cabello, lo llevaría suelto y, si bien pensó en pasarse la planchita, decidió dejarlo al natural, con las ondas que se le formaban solo por secarlo al viento.

Ximena se asomó a la puerta y silbó.

—¡Qué hermosa estás! —exclamó—. ¿Te perfumaste? —quiso saber la taurina sensorial.

—No, ma. Pero no creo que nadie lo note en un estadio lleno de gente transpirada.

—Ninguna mujer que se precie de tal puede andar sin perfume —declaró con vehemencia—, ya sea que se quede en su casa todo el día o que vaya a hombrear bolsas al puerto. Los perfumes son una de las cosas buenas de la vida. Hay que aprovecharlos. Ya te traigo el último que compré. Es una delicia.

Lo era. Se roció generosamente a instancias de su madre, que hasta en el cabello le indicó que se perfumase.

—Ma, ¿hago bien en ir?

Ximena la besó en la frente.

—¿Vos tenés ganas de ir?

—Sí, pero también tengo miedo de que la Spano esté ahí con él.

—¿No me dijiste que salió en todos lados que habían terminado?

—Sí, pero lo mismo.

Ximena se echó a reír y la abrazó.

—Vos sabés que la Spano no va a estar en el recital. ¿Qué es lo que te tiene mal?

—Que haya intentado rehacer su vida con otra —soltó sin reflexionar.

—Dudo mucho de que haya planeado casarse y tener hijos con esa chica —opinó Ximena—. Tal vez se cansó de estar solo. Tal vez necesitaba un poco de distracción ante tanto dolor. Además, vos ni siquiera nos permitías darle tu teléfono en Madrid —acotó con tono de reproche—. Diego estuvo muy mal, Brenda. Que no haya vuelto a caer en sus vicios habla de lo fuerte y noble que es y de cuánto te ama, hija.

—Hice todo mal —se lamentó con voz temblorosa.

—Hiciste lo que pudiste frente a una situación en extremo traumática. Diego también tiene que lidiar con sus culpas y sus errores. ¿Por qué no dejan atrás el pasado y son felices? Solo necesitan amarse para serlo.

—¡Lo amo muchísimo, ma! —exclamó y le echó los brazos al cuello.

—No lo amás muchísimo —la corrigió Ximena—. Lo amás infinitamente.

* * *

El entusiasmo de Francisco bastaba para acallar las dudas y los temores. Estaba tan contento que Brenda no cesaba de sonreír. Hablaba y hablaba en tanto el chofer los conducía a Liniers. Cada tanto se callaba para responder mensajes por WhatsApp. El amigo en Las Leñas, tan fanático de DiBrama como Francisco, deseaba conocer los detalles de la aventura en tiempo real.

—Está envidioso porque vengo con vos, que sos tan linda —le confió, y Brenda soltó una carcajada—. Para mí sos mucho más linda que la Spano esa —añadió.

—Gracias, Fran. Vos sí que sabés cómo hacer sentir bien a una chica.

—Es la verdad —afirmó con gesto serio.

Supo que se hallaban en las inmediaciones del estadio porque comenzaron a aparecer racimos de jóvenes con las remeras de DiBrama y blandiendo pancartas. Avanzaban por las calles cantando a viva voz los temas de la banda. Brenda los contemplaba con fascinación, hechizada por las escenas que parecían extraídas de un sueño maravilloso. «Lo conseguiste, amor mío», pensaba, y la invadía el orgullo por el hombre al que amaba. Le cosquilleaba el estómago de tanta emoción. Entre la población femenina resultaba clara la preferencia por el Moro. Una de las chicas, que en la remera tenía estampada la cara de Diego, agitaba un cartel que rezaba: *Moro, ¿te querés casar conmigo?* Y a continuación detallaba el número de un celular.

Recién en esa instancia Brenda comprendió la magnitud del éxito de DiBrama y de la popularidad alcanzada en tan poco tiempo. Después de haber transcurrido las últimas semanas oyendo sus temas, podía afirmar que existía un ingrediente mágico en sus canciones, un componente que iba más allá de la musicalidad pegadiza de las melodías y de la calidad de la composición y que tenía que ver con la sinceridad de los versos. Diego, cuando componía, hablaba con el corazón, tenía algo que decir, algo personal e importante, y el público lo apreciaba. En medio de la multitud, los fans reconocían una conexión íntima entre ellos y su ídolo, el Moro Bertoni. Francisco Pichiotti era el ejemplo viviente de dicho vínculo.

El remís se detuvo en una calle lateral menos concurrida, delante de un portón de rejas celestes. Poca gente se congregaba y formaba una fila en la vereda. Estaban llegando bastante temprano para conseguir una buena posición. Brenda sacó la billetera dispuesta a pagar.

—Ya está todo arreglado, señorita —se apresuró a explicar el chofer.

—Mi papá pagó todo —añadió Francisco.

—Cuando termine el recital —indicó el hombre—, me llaman y los vengo a buscar a esta misma puerta.

Se despidieron. Brenda salió del vehículo y enseguida percibió en su carne las vibraciones intensas que circundaban al mítico estadio de Liniers. Eran tan poderosas que le aceleraron el ritmo del corazón. Lo que siguió la detuvo sobre sus pasos porque de pronto supo que Diego estaba muy nervioso y que la necesitaba.

—¿Qué pasa, Bren?

—Nada, nada —dijo y siguió avanzando hacia la cola—. ¿Por qué aquí hay tan poca gente? —se extrañó—. Las otras entradas están abarrotadas.

—Este es el ingreso al campo vip, la ubicación más cara del estadio.

—Ah, campo vip. Nunca vine a un recital en un estadio. No sabía que existiese tal cosa.

—Estás en el campo, que es lo mejor —explicó Francisco—, pegado al escenario, que es lo más, pero en un lugar vallado y más chico, donde nadie te empuja ni te aplasta.

—Tu papá se jugó, Fran —comentó Brenda—. Debe de costar cara esa ubicación.

—Sí, cuesta un huevo —replicó—. Pero DiBrama solo usa la mitad del sector que normalmente se destina al campo vip. La otra mitad es campo común y corriente, así los que pagan menos también pueden estar cerca del escenario.

—Entonces —se extrañó Brenda—, ¿cuál es la ventaja de pagar vip?

—Hay una ventaja. Aunque llegues tarde, sabés que tenés asegurado un lugar cerca del escenario. Si no compraste vip, tenés que venir *muy* temprano para ocupar los primeros lugares. Eso por un lado. Por el otro, el vip es más tranquilo. Es para los viejos que no tienen ganas de que los pendejos los empujen y les salten encima.

—Ah, por eso tu papá compró vip.

—Sí, por eso —masculló.

—¿Vos preferirías estar en el campo común y corriente? Podemos ir, si querés —ofreció Brenda—. A mí no me importaría.

—No, no —se apresuró a contestar—, prefiero el vip. Pero eso de permitir que los que pagan menos puedan acceder a los primeros lugares hizo que los fans amen aún más a DiBrama.

En tanto esperaban que se iniciase el proceso de admisión y mientras Francisco tecleaba frenéticamente los detalles a su amigo, Brenda cerró los ojos y conjuró el rostro de Diego. Inspiraba y espiraba por la nariz a un ritmo constante y lento buscando apaciguar los latidos. Poco a poco fue calmándose y sumergiéndose en la escena. Lo imaginó sonriendo mientras ella le acariciaba la barba. «Todo va a salir bien, amor mío», lo alentó. «Tu público te idolatra y yo te amo infinitamente.»

El proceso de ingreso se realizó de modo rápido y ordenado. Había mucho personal de seguridad con uniformes azules y quepis al estilo militar. Menos conspicuos aunque numerosos también eran los muchachos de traje negro, lentes oscuros y audífonos en los oídos.

Al salir al campo de juego y ver el escenario enorme, Brenda ahogó una exclamación admirativa. Y de nuevo la sorprendió la energía que la había recorrido al bajar del remís y que pulsaba en cada centímetro cúbico de ese espacio enorme que poco a poco se colmaba de la algarabía de los fanáticos.

Uno de los hombres de negro los guio hasta la parte vip del campo, un sector a la derecha del escenario, separado por unos cinco metros, donde ya se alineaban varios de los guardias de uniforme azul para evitar que algún espectador enardecido superase el vallado e intentara llegar hasta los miembros de DiBrama. El hombre de negro fue abriéndose camino entre los que ya ocupaban el sector y les indicó un sitio pegado a la valla que marcaba el límite más cercano al escenario. Se trataba de una ubicación óptima.

La oscuridad iba ganándole a la claridad del día, y las luces del estadio comenzaban a encenderse. Brenda absorbía la realidad en torno a ella con ánimo insaciable. No perdería detalle de ese momento extraordinario, la máxima consagración del grupo que había ayudado a formar y del cual Diego era el genio creador. Intentó concentrarse de nuevo y materializarlo en su mente, pero le resultó imposible; estaba muy nerviosa y el bullicio se volvía cada vez más elevado. El campo vip iba completándose; allí, la concurrencia lucía más apaciguada. Les prestó atención a dos amigas ubicadas detrás de ellos que hablaban del Moro.

—El jueves la largó a la Spano —comentó la de pelo corto y rubio.

—¿Cuánto tiempo estuvieron juntos? —se cuestionó la otra, de cabello negro con mechones rojos—. ¿Dos minutos?

—Sí, un suspiro. En el programa de chimentos de América dicen que la Spano quedó destruida. Estaba muy enamorada del Moro.

—Aunque no me la banco, la entiendo —dijo la morocha—. Lo veo y me mojo.

—Y si lo escucho cantar —acotó la rubia—, con esa voz ronca que tiene, me masturbo.

Brenda alzó las cejas, escandalizada, y Francisco se tapó la boca para ocultar la risa.

—Che —dijo la morocha y giró la cabeza hacia uno y otro lado—, ¿por qué hay tantos patovicas? —se preguntó en alusión a los guardias de traje negro.

—¿Seguridad? —sugirió la rubia—. Después de todo, este es el sector vip.

—He venido muchas veces al campo vip —declaró la morocha— y la única seguridad que ponen es aquella. —Señaló a los de azul. —Jamás había visto tanto despliegue de patovas en el vip, te lo aseguro.

—Estará por llegar un personaje famoso —conjeturó la rubia— y por eso extreman las medidas.

—Sí, debe de ser eso —se entusiasmó la otra—. Estemos atentas para sacarnos una *selfie*.

Brenda se puso en puntas de pie y observó el estadio a sus espaldas. Una masa apretada de gente se extendía hasta el último rincón del campo de juego. Las plateas, a uno y otro lado de la cancha, estaban ocupadas por completo. El sitio vibraba de emoción y de una contenida expectación y a ella el nudo en el estómago y las palpitaciones se le acentuaban.

Minutos más tarde se presentaron los teloneros y el público los recibió con aplausos y con un ánimo festivo contagioso. Los flashes de los celulares brillaban en el crepúsculo mientras filmaban o fotografiaban al grupo de cumbia pop que tocaba canciones ligeras y pegadizas. Se despidieron al cabo de media hora y la espera comenzó a hacerse insoportable, no solo para Brenda sino para el estadio entero. Los fanáticos exclamaban: «¡Di-Bra-ma! ¡Di-Bra-ma!», y a ella la emoción la ahogaba. Sentía los ojos calientes y los labios le temblaban. Era un manojo de nervios.

El público lanzó un grito enfervorecido cuando en las pantallas gigantes apostadas a los costados del escenario se proyectaron las imágenes de la banda recogidas durante la última gira, un compendio de los momentos épicos de su viaje por Latinoamérica, clara evidencia de que en pocos minutos los miembros de carne y hueso aparecerían en el escenario.

Fue abrupto y provocó un efecto imponente: las luces del escenario se apagaron y el espacio se convirtió en un gran hueco negro. La excitación del público alcanzó un límite insostenible. Las luces regresaron tan de repente como se habían ido y allí estaban los tres músicos en sus posiciones. El fragor de la concurrencia resultó ensordecedor y provocó una onda energética que recorrió a Brenda de pies a cabeza.

Ella, sin embargo, solo tenía ojos para Diego, que alzaba la mano y saludaba al público y le regalaba su sonrisa, la más linda del planeta, en opinión de Millie. ¿Estaba más buen mozo que antes o era parte de la magia creada por el fervor del espectáculo? Vestía una remera blanca ajustada de manga larga con solo dos trazos gruesos y paralelos, como pinceladas desprolijas, en color celeste y un círculo amarillo en medio, sobre el espacio blanco que quedaba entre ellos. Era una bandera argentina, se emocionó Brenda, un tributo de Diego a su país y a su público que lo había ayudado a cumplir el sueño de su vida. Completaban el atuendo unos jeans negros y un fular en torno al cuello que, ella sabía, se quitaría cuando las cuerdas vocales hubiesen terminado de calentarse.

¿Era posible que calzase las botas Wrangler que ella le había regalado el día de su cumpleaños de 2016? ¿Las conservaba aún? Tal vez eran otras. Le quedaba muy bien la barba prolija y recortada al ras de la mandíbula, lo mismo el bigote, que dejaba al descubierto sus labios gruesos y mullidos, los cuales ella y todas las mujeres presentes habrían deseado besar.

El estadio pulsaba al ritmo de la primera canción, *Caprichosa y mimada*. La gente ondeaba los brazos sosteniendo barras luminosas de variados colores o los celulares con las linternas encendidas. Comenzó *Todo tiene sentido (excepto que no estés aquí)* y el público, enardecido por el ritmo rápido de la música, se lanzó a saltar y a bailar.

—¡Este es tu tema, Fran! —gritó para que el chico la oyese—. ¡El que te ayudaba a olvidar que tu abuelo había fallecido!

—¡Sí, es lo más! ¡Qué grosa acordarte de eso! —se sorprendió—. ¿Lo estás pasando bien?

—¡Genial! ¡Gracias por invitarme!

Todo tiene sentido (excepto que no estés aquí) terminó, y los aplausos, los vítores y los bravos se sostenían sin aflojar la intensidad. Brenda seguía con ojos ávidos a Diego. Estaba cerca y al mismo tiempo tan lejos, arriba, en el escenario, haciendo lo que tanto amaba hacer con un profesionalismo que la tenía pasmada y orgullosa. A un tiempo la aliviaba y la decepcionaba saber que habría sido casi imposible que la distinguiese en esa masa humana.

Diego sorbió un trago de agua mineral y regresó junto al micrófono. Lo aferró con ambas manos y gritó un saludo.

—¡Buenas noches, Argentina! —El público volvió a enfervorizarse al escuchar su voz tan ronca, tan peculiar. —¡Gracias por estar aquí esta noche! —Alzó las manos en el gesto de pedir silencio y la multitud se acalló. —Este es un momento muy especial para DiBrama. Manu, Rafa y yo estamos felices de compartir el cierre de esta gira tan exitosa por Latinoamérica en nuestra tierra y con nuestros compatriotas. —De nuevo el gentío gritó su reconocimiento y Diego elevó las manos. —Pero esta noche es superespecial para mí en lo personal y quiero compartirlo con ustedes. —La misma gente comenzó a chistar para acallar a los exaltados que no cesaban de gritar. Todos ansiaban oír lo que el Moro quería contarles. —Hoy aquí, en este majestuoso estadio y entre ustedes, se encuentra la persona más importante de mi vida.

«¡Oh!», se asombró Brenda. «Está Lita», concluyó y, en un acto mecánico, se volvió hacia las plateas, el único sitio donde se le ocurría que podían haberla ubicado para que estuviese cómoda.

—La persona que es todo para mí —prosiguió Diego—. Por la que hago todo lo que hago. La luz de mis ojos. La madre de mi hijo —puntualizó y en la última sílaba le falló la voz. Elevó la vista al cielo y extendió el puño cerrado por encima de la cabeza.

Brenda sintió una flojedad en las rodillas y una sequedad repentina en la boca. ¿Hablaba de ella? Porque ella era la mamá de Bartolomé, el hijo de Diego. Entonces se dio cuenta de que Francisco le sostenía la mano como ella se la había sostenido durante la turbulencia. Se volvió hacia él y la mirada ansiosa y la sonrisa expectante del adolescente fueron prueba suficiente de que era cómplice de Diego.

—Tranquila —le susurró Francisco—. Nadie tiene que darse cuenta de que sos vos. Es por tu seguridad.

Tras haber mencionado a su hijo y luego de esos segundos de silencioso tributo, Diego carraspeó para seguir.

—Es un honor que ella esté hoy aquí. Soy lo que soy gracias a ella, que me ayudó a superar la droga, el alcohol y toda esa mierda. La que le dio sentido a mi vida. Amor —dijo y le habló al espacio frente a él—, este concierto es para vos. Te amo más que a la vida.

Manu exclamó:

—¡Para Bren y Bartolito!

A lo que Rafa añadió:

—¡Ellos son la b de DiBrama! —Y lo acompañó con un redoble de la batería antes de que empezaran a tocar uno de sus temas más famosos, *La balada del boludo*, que el público recibió con una emoción y una excitación que alcanzaron niveles inimaginables.

El corazón de Brenda batía a un ritmo desenfrenado, casi doloroso. Lo sentía en el pecho, pero también en la garganta, en las sienes, tras los ojos. No sabía qué hacer. Tenía miedo de desvanecerse. Solo en esa instancia comprendió que los dos hombres de negro que se mantenían a distancia prudente pero cercana estaban ahí por ella, para protegerla. En ningún momento Diego miró en su dirección, pero estaba segura de que conocía su ubicación exacta.

Solo en una oportunidad, cuatro canciones más tarde, cuando Diego presentó un tema nuevo, que, según aclaró, formaría parte del álbum que lanzarían en octubre, miró fugazmente hacia el campo vip y sus ojos se encontraron. Había sido tan efímero el contacto, se lamentó Brenda, que juzgó improbable que él hubiese llegado a apreciar lo emocionada y orgullosa que estaba. Después, cuando Diego anunció el nombre de la nueva canción, comprendió por qué la había mirado. Se llamaba *Tu héroe caído*.

Se quitó la guitarra eléctrica y se sentó al piano. El público enloquecía con cada uno de sus movimientos y de sus actitudes. Tras la declaración de amor, se había ganado un trozo aún más grande del corazón de los seguidores, Brenda no tenía duda al respecto. La rubia y la morocha, que seguían cerca de ella, se largaron a llorar al escuchar la letra de la nueva composición, que hablaba de una heroína, de un rejunte de células y de un héroe vencido. Resultaba improbable que comprendieran el sentido de las palabras. Solo ella estaba en condiciones de apreciar el cabal significado de cada verso. No obstante, las mujeres y casi todo el público, incluidos los varones, moqueaban, conmovidos por la tristeza que comunicaban la melodía y la voz de Diego.

Francisco la codeó suavemente para llamar su atención y le mostró la pantalla del celular. Ya habían subido a YouTube «el discurso del Moro Bertoni al amor de su vida», que contaba con casi quinientas mil visualizaciones.

«¡Qué noche tan mágica!», pensó Brenda un rato más tarde mientras los DiBrama se despedían en el escenario. «No la voy a olvidar mientras viva.»

* * *

—Señorita Brenda —le habló casi al oído uno de los hombres de negro—, espere un momento aquí mientras el campo se vacía. Nosotros tenemos órdenes de llevarla al camerino después.

—Está bien —contestó—. Muchas gracias.

Se volvió hacia Francisco y le sonrió.

—Lo tenían todo fríamente calculado, ¿eh?

—Sí, y no sabés los nervios que tenía porque estaba seguro de que iba a meter la pata y arruinar la sorpresa.

—Pero qué bien la jugaste, Fran —lo lisonjeó—. No me di cuenta de nada, ni siquiera lo sospeché, y mirá que soy bastante bruja y vidente.

—Lo primero difícil que tuve que hacer fue convencerte de que me acompañaras.

—No fue *tan* difícil —desestimó Brenda.

—El Moro me dijo que no iba a ser difícil y que te iba a convencer. Me dijo: Con tal de que no sufras, te va a acompañar.

«¡Qué bien me conoce!», pensó mientras reía emocionada.

—Entonces —coligió Brenda—, es mentira que tu papá tenía hoy un bautismo y que tu mejor amigo está en Las Leñas.

—Seee —admitió Francisco—, todo mentira. A dos de mis amigos les di las entradas que me compró papá. Yo tenía las que el Moro me mandó para el campo vip.

—¿Cómo fue que armaron todo? —quiso saber.

—El Moro lo llamó a papá y le pidió permiso para organizar la sorpresa con mi ayuda. Yo no tenía campo vip —aclaró—. Tenía la peor ubicación, la más barata, la platea baja. Y mirá, gracias a vos, terminé viendo el concierto desde el mejor lugar. Pero lo más copado del mundo, de la vida, de todo —expresó el sagitariano optimista—, es que, planeando tu sorpresa, nos hicimos re amigos con el Moro. No sabés la cantidad de veces que hablamos para ajustar los detalles. Al principio estaba nervioso. ¡Imaginate, yo hablando por teléfono con el Moro! Pero como es muy copado y buena onda, bajé dos cambios y me tranquilicé.

—Y ahora lo vas a conocer cuando nos lleven al camerino.

—Sí, y de nuevo estoy re nervioso.

—Yo también —admitió Brenda.

—Ojalá vuelvan a estar juntos, vos y el Moro —manifestó el chico con la vista al suelo y acento tímido—. Ustedes dos son las personas más buenas que yo conozco.

Brenda lo abrazó.

—Si volvemos a estar juntos, va a ser gracias a vos, querido Fran.

* * *

Caminaron varios minutos a través de corredores interminables antes de detenerse frente a una puerta de chapa. El hombre de negro llamó con dos golpes precisos. Abrió Carmelo Broda, quien al ver a Brenda le dedicó una sonrisa enorme y la saludó con grandes aspavientos. Los invitó a pasar. Se trataba de un recinto amplio que hacía de camerino, con buena iluminación, aunque desangelado.

Dentro estaban Mariel, la mujer de Broda, Rafa, Manu y, en el sector más alejado, sentado en una banqueta alta, se hallaba Diego. Brenda lo ubicó enseguida y, cuando sus miradas se entrelazaron, le fue imposible apartarla, como si la hubiese hechizado. Pese a haber caído en un estado de embeleso, se dio cuenta de que se había cambiado la remera; ahora llevaba una de cuello polo roja con mangas largas. Se había peinado y rehecho el rodete en la coronilla. ¡Qué hermoso estaba!

—¡Fran! —exclamó Diego y abandonó su sitio para salir a recibir al adolescente que permanecía como estaqueado y lo miraba desde lejos y con ojos desorbitados.

A Brenda se le anudó la garganta al ver cómo Francisco respondía al abrazo y asentía mientras Diego le hablaba al oído. Solo cuando Manu la abrazó y la despegó del suelo para hacerla dar vueltas en el aire se acordó de que había otras personas. Se echó a reír. Pasó luego a los brazos de Rafa, que imitó las exageradas manifestaciones de su amigo ariano.

—¡Los felicito! La rompieron en el escenario. Estuvieron geniales —remarcó.

—¡Estás tan linda! —la lisonjeó el libriano Rafa.

—¡Qué copado tenerte de nuevo aquí! —exclamó Manu—. No sabés cuánta falta nos hiciste.

—Y ustedes a mí.

—¡Mentira! —le reprochó—. Pero ahora que volviste no te vamos a soltar nunca más. —La abrazó y, cuando le habló al oído, la jocosa actitud mutó drásticamente. —El Moro planeó todo hasta el más mínimo detalle para darte esta sorpresa. Por favor, ponele onda. Es la primera vez que lo vemos contento en una bocha de tiempo.

—Es la primera vez que *yo* estoy contenta en una bocha de tiempo —susurró.

—Sos la única que lo hace feliz. No sabés todo lo que ha hecho para ganarse tu perdón, tu admiración. Por favor, hacelo feliz de nuevo.

Brenda asintió, tan conmovida que le habría resultado imposible hablar. Manu se limitó a besarla en la frente. En el otro sector del camerino, Francisco recibía regalos en medio de exclamaciones y gestos de admiración e incredulidad. Brenda se aproximó. Diego se inclinó y la besó en la mejilla empleando ese modo deliberado y lento en el que ella percibía la carnosidad de sus labios sobre la piel.

—Hola —la saludó con un susurro, y ella, como si se tratase de una de sus fans, como si lo viera por primera vez, como si nunca se hubiesen amado hasta el agotamiento, como si no hubiesen tenido un hijo juntos, se ruborizó.

—Hola —respondió de igual manera, en voz baja.

—¡Mirá, Bren! —Francisco le mostró la remera de DiBrama. —¡La firmaron los tres! Y los cedés y el póster también están firmados. Mirá, qué masa, por Dios. ¡Gracias, Moro! —exclamó y volvió a abrazarlo.

—¡Ey! —se quejó Manu—. ¿Y nosotros dos somos de palo? ¿Nada de gracias para nosotros? Esas dos son *nuestras* firmas —señaló la remera.

Esa vez fue el turno de Francisco para ruborizarse. Brenda le pasó un brazo por los hombros y lo atrajo hacia ella.

—No le lleves el apunte —lo animó—. Siempre está provocando. Pero es muy buen pibe.

—Gracias a los dos también —farfulló Francisco con los cachetes y hasta las orejas coloradas.

—Gracias a vos, Fran —intervino Rafa y le palmeó el hombro—. Sin vos, habría sido imposible preparar esta sorpresa para Bren.

—Fuiste muy genio, Fran —lo lisonjeó Diego.

—No sospeché nada —aseguró Brenda—. Ni por un instante pensé que ustedes estaban detrás de esto. Hasta me sentía mal por venir a verlos sin avisarles.

—¿Te gustó el show? —se interesó Diego, y ella supo que en la simpleza de la pregunta se escondía una implicancia profunda.

—Muchísimo —contestó y lo miró a los ojos con intención—. Fue mágico. Vivirlo desde el campo fue una experiencia única. Quizás ustedes no lo noten desde el escenario, pero la energía que generan es enorme. A veces me daba la impresión de que el estadio iba a explotar.

A pedido de Fran se sacaron varias fotos y Brenda terminó desternillándose de la risa a causa de las ocurrencias y las poses de Manu y de Rafa. Manu acusó a Diego de limón y mala onda —siempre posaba con cara de culo, en su opinión—, por lo que el vocalista de DiBrama ahondó la mueca seria hasta lograr un gesto medio ridículo, y todos explotaron en carcajadas.

Manu alzó las manos y aplaudió.

—¡Bueno, bueno! —dijo—. Yo estoy cagado de hambre. ¿Te venís con nosotros cuatro a comer unas pizzas, Fran? —Señaló a los Broda y a Rafa.

—¿Sí? ¿Puedo ir con ustedes? —preguntó con una expresión perpleja que Brenda juzgó adorable.

—Bueno, el Moro, tu preferido, no viene —siguió provocándolo Manu.

—No es mi preferido —balbuceó el chico, siempre colorado.

—Dejá de molestarlo —lo defendió Brenda.

—Solo el bajista y el baterista —prosiguió Manu—. ¿Es suficiente? Ah, y nuestro manager y su bella esposa. ¿Qué te parece?

—Me parece re bien.

Brenda le ordenó que llamase al padre para solicitar la autorización y que le avisara al chofer del remís que no lo necesitaría para el viaje de regreso.

—Ustedes lo llevan a su casa, ¿no, Manu? —se interesó Brenda con actitud confidencial.

—Obvio, dormí sin frazada.

—No muy tarde. No se zarpen, por favor. Ah, y no tomen delante de él. Es muy chico. Tiene solo quince años.

—Gaseosa y agua, quedate tranquila.

Se dio vuelta y se topó con Diego, quien, muy cerca de ella, la observaba con una intensidad que la llevó a preguntarse en qué estaría pensando. Le sonrió, de pronto con timidez. Faltaban pocos minutos para que se quedasen solos después de una separación de más de dos años. Había llegado el momento de afrontar las cuestiones del pasado.

Acompañó a Francisco hasta la puerta, donde se despidieron con un abrazo.

—¿Te puedo llamar la semana que viene? —quiso saber el adolescente.

—Por supuesto. Cuando quieras.

—Este fue el mejor día de mi vida, Bren.

—De la mía también, Fran, y en gran parte te lo debo a vos.

Cerró la puerta y el camerino se sumió en un mutismo apenas alterado por las risotadas de Manu que iban perdiéndose en tanto se alejaba. Se volvió con el corazón desbocado y el aliento contenido. Diego, de pie en medio de la habitación, la contemplaba con ansiedad y nerviosismo.

—¿Estás orgullosa de mí? —le preguntó, y Brenda corrió hacia él.

Diego la recibió en sus brazos y fue como si no hubiese existido una separación de casi dos años y medio, como si nunca se hubiesen herido ni traicionado. Brenda lo ciñó y simplemente apoyó la mejilla sobre su corazón sintiéndose en casa de nuevo, experimentando un alivio profundo. Había estado perdida y ahora volvía al hogar que jamás habría debido abandonar.

—No creo que pueda explicar con palabras lo orgullosa que estoy de vos. —Alzó la cabeza. Diego la contemplaba con ojos arrasados y labios apretados. —Perdoname —soltó sin pensar y con voz cargada de llanto—. Perdoname —repitió y se echó a llorar.

Diego la condujo a un sofá, donde se sentó antes de ubicarla sobre sus rodillas. Brenda siguió llorando abrazada a él, angustiada porque habría preferido estar feliz y contenta y no hecha un mar de lágrimas. Pero no podía parar. Diego le cubría la mejilla con la mano y le depositaba besos silenciosos en la cabeza.

—¿Por qué me pedís perdón? —preguntó al notarla más tranquila.

—Porque huí como una cobarde. Te abandoné en el peor momento.

—Y fue lo mejor que pudiste haber hecho —declaró él.

—No —objetó—, te dejé solo cuando más me necesitabas. Eso no se le hace a la persona a la que se ama por sobre cualquier otra cosa en el mundo.

Diego sonrió con benevolencia y le acunó el rostro para besarla, un beso ligero, apenas un roce de labios. Ese primer contacto de sus bocas después de tanto tiempo los tomó por sorpresa. Se trató de una descarga de energía potente que los recorrió de pies a cabeza y les transformó la disposición, que de melancólica se convirtió en una emoción visceral.

Diego le atrapó la boca entre los dientes y la penetró con la lengua de modo agresivo. El beso exigente, febril, impaciente, la hizo olvidar de todo excepto de aquel primero compartido en el gimnasio de la casa de recuperación, la tarde que comprendió que solo el amor de su vida le habría provocado esa sensación prodigiosa. Se desintegraba entre sus manos y bajo el efecto del beso, al mismo tiempo que se reconstruía como mujer, renacía de la muerte. ¿Por qué se había negado esa felicidad durante tanto tiempo? La respuesta llegó repentinamente, igual que el día del entierro de su abuela, cuando cayó en la cuenta de que se había tratado del castigo que le correspondía por ser la responsable de la muerte de Bartolomé. Se había impuesto el exilio para sufrir la pena justa por un pecado tan grande.

Diego seguía besándola esclavo de una ansiedad demoledora que no parecía hallar satisfacción en tanto movía la cabeza hacia uno y otro lado en su afán por seguir invadiéndola, devorándola. Brenda lo retenía por la nuca y respondía presa de una pasión que solo existía si eran los labios de Diego Bertoni los que la tocaban.

Cortó el beso delicadamente y, como no se atrevía a mirarlo, pegó la frente a la suya y mantuvo los ojos cerrados. Él todavía le sujetaba el rostro y su aliento tan familiar, al golpearle la piel, le provocaba una dicha inconmensurable. Diego estaba ahí, con ella, vivo. El pasado quedaría atrás junto con los pecados y los castigos.

—Dios —jadeó él—, qué ganas tenía de hacer esto.

—Soy tan feliz —susurró ella.

—Fue lo que me dijiste la primera vez que te besé, en el gimnasio de la casa. ¿Te acordás?

Brenda, impresionada por la coincidencia de las memorias, asintió sin apartar la frente de la de él.

—¿Sigue siendo tan increíble para vos como lo es para mí? —se atrevió a preguntar.

—Mucho más increíble —afirmó Diego—. Aquella vez estaba lleno de culpa y tenía miedo de perjudicarte. —Brenda se apartó y lo miró a los ojos. —Me amaste cuando estaba caído —murmuró él con voz insegura—, cuando ni siquiera era libre, cuando no tenía nada para darte. ¿No podrías amarme de nuevo ahora que tengo todo para ofrecerte?

Brenda asintió sabiendo que sería incapaz de articular. La sonrisa le temblaba en los labios mientras lo acariciaba y lo veía emocionarse.

—Te amo tanto —le susurró sobre los labios—. Siempre fuiste mi héroe, pero la admiración que sentí hoy por vos durante el concierto… —Le sujetó la mano y lo obligó a apoyarla sobre su pecho. —¿Sentís cómo me late el corazón? —Diego asintió. —Así late desde que te vi aparecer en el escenario. No podía dejar de mirarte.

Se besaron de nuevo. Brenda, que había terminado a horcajadas sobre él, sentía la erección entre las piernas.

—Basta —murmuró Diego y la apartó con suavidad—. No quiero hacerlo en este lugar de mierda. Quiero que sea en casa, donde tengo todo listo para vos.

—¿Cuál es tu casa ahora? ¿La de Puerto Madero?

Diego movió la cabeza para negar.

—Donde estás vos, *esa* es mi casa. Donde estás vos, yo estoy bien. Donde estás vos, quiero estar yo, siempre —añadió.

Brenda rio, emocionada, le encerró la cara entre las manos y le robó un beso corto e intenso. Llamaron a la puerta. Brenda se retiró para permitir que Diego se levantara y fuese a abrir. Era uno de los hombres de negro.

—Todo listo, señor Bertoni —anunció de modo parco y profesional.

—Gracias —contestó Diego y se volvió hacia ella—. ¿Vamos a casa?

La pregunta le causó una emoción intensa. Había magia en la simpleza de la frase, había promesa, había futuro, había seguridad, había sanación. Sentía que las heridas cicatrizaban, y el corazón, por tanto tiempo pesado y oscuro de pena, se le aligeraba y seguía batiendo, loco de la dicha. Se lanzó a sus brazos y le contestó:

—Llevame a casa, amor mío.

Capítulo XXVIII

Pese a la hora, todavía se agrupaban algunos fans en uno de los ingresos del estadio. Brenda y Diego los contemplaron desde lejos, desde el portón del estacionamiento subterráneo por donde emergió la camioneta negra de la compañía de seguridad que los conduciría hasta Puerto Madero.

—¿A quién le escribís? —se interesó él.

—A mamá. Le aviso que…

—Tu mamá ya sabe todo.

Brenda frenó el tecleo y lo miró en la penumbra del habitáculo. Los ojos de Diego fulguraban y sus labios escondían una sonrisa.

—¿Qué sabe mamá?

—Lo de la sorpresa durante el recital. Y sabía que si todo marchaba de acuerdo con el plan, te ibas a venir a casa conmigo.

Brenda rio entre incrédula y divertida.

—Mamá debería de haber sido actriz —declaró—. No podés imaginar la frescura con que me hablaba hoy antes de salir de casa. Y yo que me jacto de mis dotes de vidente.

—En parte si estoy vivo es gracias a Ximena —le confesó—. Poco antes de que te fueses a Madrid, ella vino a verme y me dijo lo que necesitaba escuchar para encontrarle de nuevo el sentido a cada día.

—¿Qué te dijo?

—Yo la parí, yo la conozco como nadie. Sé que nunca dejará de amarte, pero está lastimada y necesita curar sus heridas. —Brenda se limpió las lágrimas con el dorso de la mano en tanto sonreía, emocionada. —Yo le pregunté —prosiguió Diego—: ¿Qué puedo hacer para recuperarla? Y ella me dijo: Convertirte en alguien que la haga sentirse orgullosa.

Brenda se quitó el cinturón de seguridad y, sin darle importancia a la presencia del chofer, se ubicó sobre Diego. Le aferró la cara y lo besó en los labios.

—Estoy tan orgullosa de vos —afirmó—, siempre lo estuve. Cuando nos separamos estaba dolida, destruida por la muerte de nuestro hijo, pero seguías siendo el amor de mi vida, nunca lo dudes.

Diego la ceñía con un ímpetu descomunal y le dificultaba la respiración. Le habló con fiereza al oído.

—Ponete el cinturón de seguridad. A veces, cuando cierro los ojos, escucho el chirrido de la frenada y el grito que pegaste cuando el auto te atropelló, y vuelvo a verte tirada en medio de la calle… —Se le cortó la voz y le pegó la boca en la mejilla para reprimir las emociones.

—Shhh —lo acalló Brenda y le besó la frente—. Ahora me lo pongo, quedate tranquilo.

Regresó a su sitio y, aunque trató de introducir la aleta en el pestillo, no lo consiguió; las manos le temblaban. Diego lo hizo por ella. Brenda se quedó mirándolo dispuesta a memorizar en esas circunstancias cada detalle de su rostro, a veces velado a causa de las sombras, a veces iluminado gracias a las luces de la ciudad. Diego le devolvía una mirada intensa.

—¿Quién más sabía de tu sorpresa? —preguntó simulando un ánimo ligero.

—Tadeo y Modesta. Y me habría gustado que lo supiese tu abuela. Ella quería que nos arregláramos. Fue la única que me dio una pista para encontrarte en Madrid cuando se enteró de que iba a viajar.

—Creo que mi abuela se enfermó para obligarme a volver —expresó Brenda—. ¿Sabés cuáles fueron sus últimas palabras? —Diego negó con la cabeza. —Quiero que busques a Diego. Quiero que lo perdones. Quiero que vuelvas con él. Quiero que seas feliz.

El rostro de Diego se tensó. Brenda le sujetó la mano y se la pegó a la mejilla. Cerró los ojos antes de suplicar:

—No te pongas mal. Ella querría vernos felices. —Carraspeó para aclarar la voz e intentó nuevamente cambiar el ánimo. —¿Y me decís que Modesta también sabía?

—Tuve que decírselo porque el jueves me llamó para putearme cuando salió toda esa mierda en los programas de chimentos.

—No puedo creer que te llamó. ¿Tenía tu teléfono?

—Se lo di después de la muerte de Bartolomé. Le pedí que me llamase si vos te ponías mal.

Brenda asintió con los ojos muy abiertos, fingiendo una sonrisa.

—¿Y? ¿Qué te dijo el jueves?

—De todo menos lindo —admitió Diego—. Le expliqué que estaba arreglando las cosas para darte una sorpresa durante el concierto del domingo, y se tranquilizó un poco. Lo que me sorprendió es que vos vieses esos programas de cuarta.

—No los veo —confirmó Brenda—. Pero como todas las cosas importantes de la vida, se dan por casualidad. Entré en la cocina y me di cuenta de que ella apagaba muy rápido la tele y quería distraerme con mate y una torta que me había preparado. Como sospeché que algo sucedía, encendí la tele y bueno...

—Seee —replicó Diego—, saltó la mierda. Por eso te mandé ese mensaje, porque Modesta me avisó.

Brenda estaba decidida a tocar el tema de Ana María Spano, aunque no en ese momento. Cansada de las lágrimas y de los sinsabores, necesitaba un poco de ligereza y de alegría.

—Gracias por la maravillosa sorpresa que me preparaste.

—¿En serio te gustó?

Brenda hizo un gesto de gozo y Diego rio.

—En un principio, cuando dijiste la persona más importante de mi vida, pensé que hablabas de Lita.

—¡Qué!

—¡Te lo juro! Hasta me pregunté dónde la habrías hecho sentar. En la platea, pensé. Pero cuando hablaste de la madre de tu hijo... Bueno, ahí me di cuenta.

—Tenía tantas ganas de mirar hacia tu sector —le confesó—, pero no me animaba. Me daba miedo de que se te echaran encima pese a los guardias que contraté para que te protegieran.

—Los guardias no habrían podido con las chicas —bromeó Brenda—. Están todas loquitas por el Moro Bertoni. ¿No viste el cartel en el que una fan te proponía matrimonio y te daba su teléfono? —Diego negó con la cabeza y se echó a reír.—Y otra aseguraba masturbarse con el sonido de tu voz. Bueno, te lo escribirán todo el tiempo en las redes —conjeturó—. Lo que me llama la atención es que, teniendo millones de seguidores por Instagram, hayas visto justo la foto que Fran y yo nos sacamos en el avión.

—Ah, esa foto —suspiró Diego—. Cuando la vi… No hay palabras para describir lo que sentí. Amor, felicidad, celos, envidia, pena, bronca… Todo junto. Vos recién lo dijiste, las cosas importantes pasan por *casualidad*. No sé por qué abrí ese mensaje de los miles que recibo por día. Algo inexplicable hizo que tocase el nombre de Fran. Y después, cuando leí en el mensaje que vos lo habías alentado a que me escribiese, sentí esperanza.

A punto de preguntarle: «¿La habías perdido, amor mío?», calló porque la camioneta subió a la vereda, atravesó un portón de rejas que se abría de manera automática e ingresó en un espacio delante de una torre imponente y suntuosamente iluminada. Brenda veía a través de los vidrios polarizados el entorno, donde se destacaba un jardín exuberante y un pequeño parque con juegos para niños.

El vehículo se detuvo delante del ingreso de altas columnas y completamente vidriado. Diego la desembarazó del cinturón y Brenda descendió cuando el chofer le abrió la puerta. Agradecieron y despidieron al hombre y, abrazados, entraron en la recepción de piso de mármol negro, muros altos cubiertos de paneles de madera oscura y asientos minimalistas de tapicería blanca y negra. El lujo era sobrio.

—¿Te gusta? —preguntó Diego con la ansiedad que había caracterizado sus preguntas hasta el momento.

—Muchísimo —le aseguró.

Subieron al ascensor cubierto por espejos y Brenda enseguida se percató de que le había desaparecido el corrector de ojeras y de que tenía manchas de máscara para pestañas bajo los ojos. Soltó un gemido e intentó arreglarse un poco. Diego la obligó a darse vuelta y la inmovilizó en un abrazo exigente.

—Estás perfecta —afirmó antes de besarla.

Sonó una campanilla y las puertas del ascensor se abrieron. Descendieron en un palier privado decorado en el mismo estilo de la recepción. La iluminación rebotaba en el mármol del suelo, que soltaba destellos. Diego abrió una puerta de hoja doble.

—¿En qué piso estamos?

—En el veintiséis. El edificio tiene treinta y tres. Nuestro departamento es un dúplex —aclaró.

—¿Nuestro?

—Tuyo y mío —afirmó, y la sorprendió pasándole un brazo bajo las corvas y levantándola antes de cruzar el umbral. Brenda reía y lo besaba en la mejilla. —Bienvenida a tu hogar, amor mío.

El vestíbulo olía a pintura fresca y se presentaba notablemente desamoblado. Sin embargo, la iluminación óptima y la calidad de los materiales resultaban suficientes para realzar la belleza del lugar.

—¡Qué copado, por Dios! —dijo aún en brazos de Diego.

—Los chicos se rompieron el lomo para terminar las remodelaciones. Quería que lo tuviesen listo para traerte aquí esta noche.

—Mostrame todo —exigió.

Aunque el departamento quitaba el aliento, eran la ansiedad y la expectación de Diego lo que la tenía embelesada. Subieron a la planta alta en la cual había cuatro dormitorios.

—Y este es el nuestro —le anunció y pasó la mano por el sensor de luz para encenderla—. Es en suite —aclaró—. Mañana vas a ver la vista impresionante del río. Ahora tenemos cama —se apresuró a señalar y le indicó el *sommier king size* con cabecera de marco de madera y centro de cuero beige capitoné—. ¿Te gustan la cabecera y las mesas de luz? Le mandé una foto a Ximena y me dijo que te iban a gustar, pero si no te gustan…

Brenda se puso en puntas de pie y le selló los labios con un beso.

—Me encanta la cama. Y alucino con las mesas de luz. Son divinas. Pero volvería a dormir en el suelo. —Lo miró en lo profundo de los ojos. —Lo sabés, ¿no? Que me conformaría con un colchón en el suelo. Solo me importás vos, Diego.

—Lo sé —contestó—, pero yo quiero demostrarte cuánto te amo.

—Lo que hiciste hoy en el escenario me dejó bastante convencida.

—¿Bastante? —simuló ofenderse—. ¿No del todo?

Brenda torció la boca y ladeó la cabeza en un gesto de escaso convencimiento.

—No del todo —afirmó, y soltó un grito cuando Diego la sorprendió levantándola de nuevo en brazos.

La condujo a la cama, donde la depositó delicadamente y con las piernas hacia fuera. Le quitó las zapatillas antes de ubicarla para que estuviese cómoda.

—Pienso convencerte ahora —expresó y, sin apartar la vista de ella, empezó a desnudarse.

Brenda se incorporó sobre los codos y siguió el proceso con creciente agitación. Había llegado el momento que deseaba y que temía en igual medida. El sexo siempre había sido estupendo entre ellos. ¿Y si la química ya no existía? ¿Y si a causa de los nervios todo salía mal? ¿Y si la comparaba con Ana María Spano, que era modelo y monísima?

Diego iba quitándose las prendas y revelándole su cuerpo saludable y bien cuidado y los brazos y el pecho cubiertos de tatuajes, y las dudas y los temores se disolvían y un deseo descomunal la impulsaba a incorporarse de manera autómata. Quedó de rodillas en el borde de la cama y la vista fija en los boxers blancos que hacían poco para disimular la excitación.

—Sacátelos —le ordenó y desconoció el tono exigente de su propia voz.

Diego quedó desnudo. Brenda se bajó de la cama y, en tanto lo miraba con elocuente fijeza, lo tomó en su mano y lo acarició con pasadas decididas. Diego emitió un gemido y echó la cabeza hacia atrás. Brenda lo observaba gozar después de tanto tiempo. Amaba verlo tan entregado; parecía libre de los recuerdos que lo afligían. Amaba el modo en que la sujetaba y cómo luchaba para no ser demasiado brusco cuando la excitación lo enceguecía.

A punto de ponerse de rodillas para tomarlo en su boca, él se negó.

—No puedo esperar —adujo, y la obligó a volver a la cama y a recostarse en el borde. Con una velocidad que la hizo reír, le quitó los pantalones y la bombacha. —¿Tomás la pastilla? —quiso saber.

Como Brenda dijo que no, sacó un profiláctico del cajón de la mesa de luz y se lo colocó en tiempo récord. Se introdujo en ella con un impulso sordo que lo enterró profundo en su interior. Brenda se arqueó bajo su cuerpo y emitió un grito mezcla de dolor y de exquisito placer. Diego le besó el cuello tenso hasta que ella se relajó debajo de él.

—Dios —le jadeó al oído—. No puedo creer estar de nuevo adentro de vos.

Se miraron fijamente. Él se impulsaba entre sus piernas y ella las cerraba en torno a su cintura en un acto instintivo para retenerlo. Los ojos de Diego, que habían perdido toda la claridad, la contemplaban desde un rincón plagado de tormentos, donde sus demonios danzaban y se alzaban para torturarlo.

—No quiero que intentes olvidarme de nuevo —le exigió, y ella supo que estaba pensando en su relación con Gustavo Molina Blanco.

—Nunca más, amor mío —juró y calló, paralizada por un orgasmo que la dejó sin respiro, sin voz.

Diego aceleró las embestidas y en pocos segundos prorrumpió en un grito ronco que Brenda encontró familiar y al mismo tiempo único y estremecedor. Permanecieron abrazados y quietos, sus cuerpos agitados, todavía rígidos de placer. Diego le besó la frente y los ojos cerrados, y la nariz, y los labios.

—Te amo —le susurró, y Brenda sonrió bajo su boca—. ¿Qué te da gracia?

—Nunca me dijiste que me amabas después de hacerme el amor. Y acabo de descubrir que es lo más lindo que existe.

—Te vas a acostumbrar porque planeo decírtelo muchas veces y al final no te va a parecer lo más lindo que existe.

—Entonces vas a tener que ser creativo cada vez —lo desafió—. Lo que me dijiste en el escenario, que me amabas más que a la vida, estuvo muy bien.

Diego rio ocultando el rostro en su cuello y, aunque le hizo cosquillas, Brenda siguió abrazándolo y manteniéndolo pegada a su cuerpo. Quería sentir sus latidos, que poco a poco se normalizaban.

—¿Tenés muchas ganas de fumar?

—Sí, bastante. Pero no te preocupes, no tantas como para volver al vicio.

—Eso también me hizo feliz, saber que habías dejado de fumar. Te admiro por eso.

—Necesito mis pulmones para cantar —analizó Diego—. No era lógico reventarlos con la nicotina. ¿Tenés hambre?

—Ahora que lo mencionás, sí. ¿Pedimos pizza?

—Tengo todo listo —respondió él con aire misterioso y se movió para salir.

Fueron juntos al baño y, en tanto Brenda admiraba las instalaciones, Diego se desembarazaba del condón y se limpiaba. Se cubrió con una bata blanca de nido de abeja y se aproximó a ella por detrás. Se observaron a través del espejo. Sin palabras, le quitó la polera rosa y el corpiño. Le contuvo los pechos y le masajeó los pezones, y Brenda necesitó apoyarse en el mármol del lavatorio dominada por una súbita e inesperada oleada de deseo. La apretó ligeramente contra el borde para hacerle notar que se había excitado de nuevo.

—Quería verte toda desnuda —se justificó—. ¿Podemos hacerlo otra vez?

Brenda respondió con un asentimiento. Diego hurgó en el cajón bajo el lavatorio y se hizo de un profiláctico, que se colocó dándole la espalda, sin que ella viese los detalles del veloz proceso, a pesar de que seguía, atenta, los movimientos en el espejo. Se estremeció cuando él se quitó la bata y la dejó caer con descuido. No había piedad en su mirada exigente y sin embargo se ocupó de acolchar el borde de mármol con una toalla para evitar que se magullase.

—Ponete en puntas de pie —le ordenó, y ella obedeció enseguida.

Le cruzó el brazo izquierdo por la cintura con el objetivo de mantenerla firme y quieta, mientras que con la mano derecha se sujetaba el pene y lo guiaba hasta su entrada. La penetró lentamente al tiempo que la impulsaba hacia abajo para que lo tomase todo dentro de ella. Brenda llevó un brazo hacia atrás y le envolvió la nuca para contar con un punto de apoyo. No podía apartar la mirada de la imagen que le devolvía el espejo. La fascinaba el contraste entre la delicadeza de su piel y la áspera sequedad de las manos de él, entre la coloración cremosa y olivácea de la suya y la pálida de Diego. Meneó las caderas con un movimiento rotatorio para conducirlo a la profundidad de sus entrañas. La reacción de él fue automática y casi agresiva. Se miraron a través del espejo y Brenda advirtió la turbulencia que le despuntaba en los ojos oscurecidos de lujuria. Sus impulsos, hasta ese instante considerados, se convirtieron en una sucesión de rápidos y potentes golpes.

Ocurrió en un instante en que él aflojó el brazo y ella se recostó sobre el mármol. Alzó la vista y entrevió en la parte izquierda de su pecho un tatuaje nuevo; se distinguía del resto porque presentaba rastros de color cuando los demás eran en tinta negra. Se trataba de una única B mayúscula con trazos muy finos, de la cual nacían los nombres de ella y del hijo que habían perdido; pese a que los veía al revés, los leyó sin dificultad.

Diego la observaba en tanto ella hacía el notable descubrimiento y eligió ese momento para deslizar la mano entre sus piernas y arrancarle una nueva ráfaga de placer. Conservó la mano allí para prolongar el orgasmo y también con el propósito de amortiguar el impacto de sus violentas embestidas que ni la toalla habría atenuado.

Se alivió segundos después, tras lo cual volvió a sujetarla con determinación para hablarle al oído.

—Los amo más que a la vida, a vos y a Bartolomé.

* * *

Tras ducharse juntos, bajaron a la cocina a comer algo. Diego calentaba las empanadas árabes especialmente preparadas por Lita. Brenda, cubierta por una bata que le iba enorme, husmeaba en los muebles y en los cajones e iba familiarizándose con la ubicación de la vajilla, aunque, a decir verdad, había poco y nada.

—No hace mucho que junté la guita para comprar este depto —reveló Diego—. Y nunca tenía tiempo para ir a comprar nada. Las pocas cosas que ves me las dieron mis tías. —Le pasó un brazo por la cintura y la atrajo para decirle cerca de la boca: —Pero ahora que vos estás aquí, lo vamos a decorar juntos y vamos a comprar todo lo que necesitemos. Mañana vamos a buscar tus cosas a lo de tu mamá. Te quiero instalada en nuestra casa cuanto antes.

Brenda vibró de alegría.

—En algún momento tengo que volver a Madrid para traer el resto —expresó—. Cuando supe lo de mi abuela, armé una valija a las apuradas y me vine sin pensar en nada más. Dejé un montón de cuestiones pendientes. Obvio, no me preocupo porque cuento con Ceci, pero en algún momento tendré que volver.

—Vamos a volver juntos —apuntó Diego— y yo te voy a ayudar a terminar con lo que quedó sin resolver allá. Pero nunca vas a volver a separarte de mi lado —decretó.

—Nunca —aceptó ella.

Comieron sentados en las banquetas altas de la isla de granito. Brenda disfrutaba de cada bocado de empanada, al que le agregaba limón, de acuerdo con la enseñanza de Lita. Diego ya había devorado dos e iba por la tercera.

—Amor —habló Brenda—, me dijiste que cuando viste la foto que nos sacamos con Fran en el avión tuviste esperanza de nuevo. ¿La habías perdido?

Diego depositó la media empanada en el plato y se limpió la boca sin mirarla.

—Sí —admitió—, la había perdido. —Brenda, con la garganta tiesa de angustia, se quedó mirándolo. —Aquel día en Madrid, cuando te llamé, creí que al menos aceptarías verme. —En un acto inconsciente, Brenda extendió la mano y apretó la de él. —No quería presionarte, pero tenía tantas ganas de verte. Me quedé en un bar de tapas que hay frente a la escuela de Cecilia y esperé a que salieras.

—¿En serio? —se asombró.

—Lo hice los dos días que todavía nos quedaban en Madrid. Los dos días te vi salir con otras chicas. Y sonreías y hablabas con ellas. Estabas muy linda y parecías contenta.

Brenda saltó de la banqueta y lo abrazó.

—Perdoname —suplicó—. Me arrepentí mil veces de lo que te dije ese día. Y fantaseaba con que vos estabas esperándome en la puerta y me dabas un beso a la fuerza, que yo después te devolvía.

Diego rio por lo bajo y sacudió la cabeza en actitud exasperada.

—¿Quién puede entender a las mujeres? —se lamentó.

—La mayoría de las veces ni yo misma me entiendo. Perdoname —volvió a suplicar.

—Sabés que te perdonaría cualquier cosa.

—Ahora entiendo por qué empezaste a salir con la modelo.

—Si vos habías dado vuelta la página —explicó Diego—, yo también podría, me dije, solo que era todo muy forzado, muy falso. Y apenas vi esa foto tuya y de Fran me volví loco de alegría, aunque no sé por qué. Era tan poco, en realidad. Pero mandé todo al carajo y me aferré a esa esperanza e hice de todo para que estemos hoy de nuevo así, los dos juntos. Tu vieja, como siempre, fue mi mejor aliada.

—En el entierro de mi abuela estabas tan enojado —le recordó con la mejilla apoyada en su hombro para evitar mirarlo.

—De camino al cementerio, Fran me contó que vos le habías dicho que estabas saliendo con alguien. Dios, Brenda, tenía tantos celos. Estaba tan embolado. Vos me habías dicho por teléfono que no salías con nadie.

Brenda se aferró aún más a él y escondió la cara en su cuello, devastada a causa de la culpa.

—Era muy reciente, apenas unos días —se excusó.

—¿Por qué querías olvidarme?

—A veces —habló tras un silencio— mi amor por vos me da miedo.

—¿Por qué? —susurró él, como si temiese preguntarlo.

—Porque es tan enorme, Diego. Sufrí mientras me consideraste una nena y sufrí tanto cuando pasó lo que pasó con tu papá y no me diste bola por cinco años. En 2016 ocurrió el milagro y estuvimos juntos. Era tan pero tan feliz que no me animaba a ser libre, a ser yo misma, por temor a perderte. Igualmente te perdí y, por mi culpa, perdimos a nuestro bebé. —Se quebró.

—No, amor mío, no —repetía Diego con la voz congestionada mientras Brenda lloraba con la cara pegada donde él tenía impresos sus nombres para siempre.

Le abrió la bata, desveló el delicado tatuaje y lo recorrió con el índice.

—Yo también quiero tatuarme tu nombre y el de nuestro hijo.

—No —se opuso Diego—. Amo tu piel perfecta, sin defecto ni marca. Además, no necesitás tatuarte nuestros nombres. Yo estoy siempre en tu corazón y a él lo llevaste en la panza. ¿Cómo podrías olvidar a alguien que llevaste en la panza durante tantos meses?

Brenda cayó en un cómodo mutismo, absorta en la observación de los tatuajes.

—Nunca me culpaste de su muerte —manifestó minutos más tarde—, pero yo sé que fue por mi culpa, por haber cruzado como una loca.

—Y yo creo que fue por la mía —objetó Diego—. Y podríamos seguir días enteros tratando de dilucidar quién fue el verdadero responsable y ¿para qué? —razonó, y la sujetó por las mejillas para obligarla a que lo mirase; así y todo, ella bajó las pestañas y se negó a enfrentarlo—. Brenda, mirame. Mirame, por favor —pidió con más dulzura, y ella alzó la vista—. Quiero ser feliz. Nunca lo fui excepto durante los meses que estuvimos juntos. Vos sos la única que puede darme la paz que necesito. ¿Podrías dejar el pasado atrás y ser feliz conmigo desde ahora y para siempre?

Asintió, incapaz de articular, porque se le mezclaban las ganas de reír con las de llorar.

* * *

Despertó a una agradable sensación, la de su desnudez en contacto con el cuerpo tibio del chico al que amaba más allá del entendimiento, del hombre, en realidad, porque en esos dos años y medio Diego Bertoni había sufrido una transformación tan radical que de eterno adolescente conflictivo se había convertido en un adulto, el patrón de su propio destino.

Una dicha arrebatadora la hizo sonreír en la oscuridad del dormitorio, apenas perturbada por los rayos de sol que se filtraban a través de los resquicios del *blackout*. Diego le acariciaba la hondonada que formaba su cintura y descendía por la pierna hasta la rodilla y subía de nuevo.

—Buenos días —saludó él.

—Buenos días —contestó ella—. Quiero ofrecerte preparar el desayuno, pero no quiero separarme de vos.

—El desayuno puede esperar —concedió él.

No obstante, cuando el teléfono de Diego sonó por tercera vez en pocos minutos se apartó de Brenda para responder.

—Boludo, ¿me estás jodiendo? —dijo apenas respondió y ella no tuvo duda de que hablaba con Manu o con Rafa—. Les pedí que hoy no me rompieran las guindas, que quería estar tranquilo con Brenda. —Se sentó en el borde de la cama, clavó el codo en la rodilla y descansó la cabeza en la mano mientras oía lo que Rafa o Manu le decía.

Brenda se desplazó en cuatro patas por la cama y se ubicó detrás de él para masajearle los hombros. Diego se incorporó prontamente y apoyó la cabeza entre sus pechos desnudos. Brenda lo besó desde atrás y comenzó a distenderle los músculos duros. Diego ronroneaba mientras con la mano libre echada hacia atrás le acariciaba el trasero.

—Nada me pasa —replicó de pronto—. No estoy haciendo ruidos raros. ¿Querés saber qué opino? Que hay que analizar bien qué invitación aceptar. No vamos a ir a cualquier programa de mierda para quemarnos, así que calmate y bajá tres cambios. No, Manu, a Brenda no la voy a exponer a ese circo. No discuto que puede ser bueno para publicitar a DiBrama, pero también es un arma de doble filo. Dejame que hable con Broda para que me diga bien cómo están las cosas y después nos juntamos para decidir.

Diego arrojó el teléfono que rebotó sobre la almohada y Brenda se quedó con las ganas de preguntar acerca de la conversación cuando la obligó a ponerse en cuatro patas para tomarla en esa posición que tanto le gustaba. Al terminar, se quedaron echados en la cama, sus cuerpos entreverados y relajados. Diego la acariciaba y le depositaba lánguidos besos en el filo de la mandíbula. Brenda se encontraba tan saciada y tranquila que ni siquiera reunía la fuerza para ir al baño.

—¿Sabés qué hora es? —Brenda movió la cabeza para negar. —Las tres y media de la tarde. Más que desayunar tendríamos que merendar.

—¿Qué quería Manu?

—Dice que se armó un revuelo bárbaro en los programas de chimentos y en las redes por lo que te dije ayer durante el recital. El video se viralizó en YouTube y ya tiene no sé qué cantidad de visualizaciones. Hay un montón de copias con subtítulos en varios idiomas. —Brenda alzó las cejas, realmente asombrada. —Así parece —dijo, y le mordisqueó el labio inferior—. Dice Manu que el teléfono de Broda no para de sonar. Están llamándolo de todos los programas para entrevistarnos y que quieren que vayas vos, la chica misteriosa del Moro, así te llaman.

Brenda se estremeció de excitación y de recelo. Más tarde, mientras preparaba unos huevos revueltos, escuchaba los artículos que Diego le leía acerca del concierto del «nuevo Soda Stereo». Los críticos encomiaban desde los aspectos técnicos —el excelente sonido y la puesta en escena— hasta la química que existía entre el público y los miembros de la banda. En el sitio web de la mítica revista *Rolling Stone* se destacaba la excelente calidad musical de las composiciones interpretadas con maestría por el guitarrista y solista Diego «Moro» Bertoni y acompañadas por el bajista Manu Zabiola y el baterista Rafa Barbero. «Sin duda», agregaba el periodista de *Rolling Stone*, «varios de los temas que disfrutamos anoche en Vélez pasarán a formar parte del ranking de las cien mejores canciones del rock argentino que esta publicación realiza cada década, como *La balada del boludo* y la composición del nuevo álbum *Tu héroe caído*».

Brenda quitó la sartén del fuego y se volvió hacia Diego para abrazarlo y besarlo.

—¡Te felicito, amor! ¡Lo lograste! Mi orgullo y mi admiración no tienen fin.

—Esperá —le indicó—, todavía no termina. Ahora viene la parte que habla de vos.

—¿De mí? —se sorprendió Brenda.

—«Un capítulo aparte» —prosiguió la lectura— «merece la declaración de amor eterno del Moro Bertoni a la mujer que lo ayudó a superar las adicciones, la madre de su hijo, y, según aclaró, la persona más importante de su vida. Antigua vocalista de DiBrama, Brenda Gómez…».

—¡Oh! —se conmocionó—. Saben mi nombre.

—Bastó que Manu dijese Bren y que Rafa gritara que sos la b de DiBrama para que lo descubriesen. Me dijo Manu que en los programas de chimentos están pasando los videos de Cosquín Rock.

El péndulo de Brenda comenzó a agitarse y de la cómoda y serena posición de equilibrio en que se hallaba tras una noche mágica de amor y de sexo amenazó con dar violentos coletazos y desestabilizarla. Aferró la mano de Diego, que apartó la vista del iPad y la observó con un agudo ceño.

—Eh, ¿qué pasa? —se preocupó y la colocó entre sus piernas.

—¿Esto podría perjudicarte de algún modo? —se angustió—. ¿Podría salir a la luz por qué nos separamos en 2017? No quiero que asocien tu nombre al de Carla y su entorno de delincuentes.

Diego la besó en la frente.

—Si algún periodista se pone a excavar en mi pasado, es inevitable que me asocien a ella. Sin Conservantes existió y hay muchos videos subidos en las redes. Pero nadie puede vincularme con su actual situación legal simplemente porque no hay conexión entre sus negocios sucios y yo. —La aferró por la nuca y la atrajo para hablarle cerca de los labios. —Y eso es gracias a vos, que llegaste ese día justo para evitar que firmara un montón de mierda que hoy me tendría metido en un quilombo muy pero muy jodido. —Le mordió el labio antes de besarla con una pasión inextinguible. Cortó el beso súbitamente para expresar: —Nunca voy a poder agradecerte lo suficiente por haberme salvado de lo que habría sido el peor error de mi vida.

—Lo que me hiciste anoche y lo que estuviste haciéndome esta mañana son buenas maneras de mostrarme tu agradecimiento, te lo aseguro.

Diego rio por lo bajo.

—¿Te gustó? —se interesó él, y a Brenda la tomó por sorpresa que la cuestión lo preocupase—. ¿Fue tan bueno como antes?

—Mejor, si eso es posible —concluyó de modo tajante y sin hesitar—. No sé cómo lo hacés, pero cuando creo que ya no tengo lugar para un orgasmo más, me tocás y todo vuelve a empezar. ¿Y para vos?

Diego sonrió con un gesto condescendiente antes de responder:

—Habértelo hecho… no sé, ¿cuántas veces?

—Muchas —rio Brenda.

—Ya, muchas. Habla a las claras, ¿no?

Brenda asintió y buscó el cobijo de Diego, que siguió leyendo los comentarios de las redes y los artículos de los diarios y de las revistas con ella entre sus brazos.

—¿Amor?

—¿Mmm?

—¿Vos sabías que Carla estaba metida en los negocios sucios del hermano?

Diego emitió un suspiro que reveló cuánto lo fastidiaba afrontar el tema, solo que no habían atravesado el infierno y casi perecido en él para seguir cometiendo los mismos errores. Se apartó y lo miró a los ojos con un claro mensaje: no evitaría el tema.

—Yo sabía que Mariño era un intendente corrupto —manifestó Diego— y que distribuía la droga en su territorio, que iba más allá del partido de General Arriaga. Pero, seamos honestos, en este país la mayoría de los intendentes es corrupta, sobre todo los que son reelegidos mil veces, como Mariño. Pero yo jamás vendí droga, pese a que me lo pidió.

—¿Y Carla? ¿Ella vendía?

—No —contestó de modo categórico para dudar casi enseguida—: Al menos no delante de mí. Siempre tenía mucha guita y una tarjeta *platinum*, pero era normal, al menos eso pensaba yo. Su hermano, que la adoraba y la mimaba desde que era muy chica, le daba todo lo que le pedía y más. Por eso no me extrañaba que anduviese forrada. Ahora bien, puede darse que la guita no proviniese de la generosidad del hermano sino de su laburo como *dealer*, aunque no lo creo. Me habría dado cuenta. —Se encogió de hombros en abierto desinterés. —De lo que yo no estaba enterado era de lo del tráfico humano. Cuando salió en las noticias me quedé helado.

—¿Y Carla? ¿Ella sabía?

—No lo sé —admitió—. Y nunca lo sabré porque no pienso volver a tener contacto con ella. No me importa, en realidad.

—¿De qué se la acusa?

—La fiscalía dice que ella sí estaba al tanto del tráfico humano y que participaba activamente. La «madama» la apodaron en los medios. Tal vez se haya involucrado después de terminar conmigo, no lo sé. También se la acusa de lavado de dinero. Hay cuentas a su nombre en Suiza, Uruguay y Luxemburgo, y como no tiene cómo justificar semejante cantidad de guita, está hasta el jopo.

Brenda experimentó una sensación de vértigo atroz. Abrazó a Diego en un acto inconsciente de protección. Él le devolvió el gesto con un vigor que le aplastó las costillas. Le habló con pasión al oído:

—Ya todo terminó y nada de esa mierda va siquiera a rozarte. —Se apartó para jurarle: —Daría mi vida por vos, Brenda.

—Y yo la daría por vos.

* * *

Transcurrieron las horas de la tarde en la cama viendo los programas de chimentos, que los tenían como protagonistas. Brenda los observaba con un espíritu desapegado, como si aquellos periodistas no hablasen de ella, una chica absolutamente normal, de las más comunes, de las que nunca habrían terminado convertidas en el objeto de interés de la prensa amarillista. Hubo un conductor bastante incisivo que la puso nerviosa e incómoda con sus declaraciones.

—Siempre supimos —comentaba, moviendo con dificultad los labios hinchados de colágeno— que el Moro era el más tranquilo de la banda desde el punto de vista romántico. Y sabíamos que se debía a un antiguo amor que no podía olvidar. Ahora entendemos por qué la largó a la Spano la semana pasada. ¡Ha vuelto con la misteriosa chica de la que está locamente enamorado! ¡Es de telenovela!

Intervino una columnista para obtener su libra de carne con expresión de regocijo.

—Dicen que casi todos los temas que el Moro compuso son para ella o para su hijo, que mu…

A la mención de Bartolomé, Diego apuntó el televisor con el control remoto y lo apagó.

—Basta de tanta mierda —decretó.

—Solo importa lo que dicen de DiBrama en términos musicales —manifestó Brenda—. Y no hay un medio que no hable maravillas. Que nada de esto te importe.

Diego se recostó sobre ella y la contempló en silencio, con actitud concentrada.

—Me importa una mierda —aseguró—. Pero tengo miedo de que te afecte a vos y que vuelvas a escaparte a Madrid. La prensa y los fans se van a poner muy pesados y te van a seguir a todas partes. Voy a hacer lo imposible para que tu vida no se complique, pero no será fá…

Brenda lo acalló cubriéndole los labios con el índice.

—Una vez falté a la promesa que te hice. No voy a faltar una segunda vez.

—¿Qué promesa? —se extrañó Diego.

—Te juré por la memoria de papá que si volvías a caer, iba a bajar a ese infierno con vos. No lo hice. Justamente hice lo contrario. Después de la muerte de nuestro hijo, cuando más me necesitabas, cuando más cerca estabas de caer, me fui. Huí como una cobarde…

Fue Diego el que la acalló en esa instancia con un beso.

—Y ya te dije que hiciste muy bien —le recordó—. Perderte fue como recibir un trompadón en la jeta. Ni terminar preso ni en la casa de recuperación fueron suficientes para despertarme y obligarme a hacerme hombre de una vez y para siempre. Solo que vos me dejaras lo fue. Y cuando Ximena me dijo que te iba a recuperar si me convertía en alguien de quien estuvieses orgullosa, entonces de esa promesa sacaba la energía para hacer todo lo que hice.

—Pero ahora me toca a mí demostrarte que soy confiable y que no voy a volver a dejarte, pase lo que pase. —Le sujetó la cara y repitió: —Pase lo que pase, nunca voy a dejarte. Se trate del pasado o del presente, quiero que nos contemos todo. Somos uno solo, Diego. Si estamos unidos, nada podrá destruirnos. Pero solo si estamos unidos.

—Te amo —aseguró él, emocionado—. Te amo —repitió, y la besó con una pasión que Brenda había creído saciada y que se reavivaba al sonido de su voz ronca y grave, que le murmuraba palabras de amor.

* * *

Después de transcurrir el lunes encerrados en un capullo y con escaso contacto con el mundo exterior, el martes tuvieron que volver a la realidad. Aprovechando que por la mañana Diego tenía sesión de terapia, Brenda regresó a su casa para juntar las pocas cosas que había traído de Madrid. Diego pasaría a buscarla cerca del mediodía.

En tanto recogía la ropa e iba metiéndola en la valija, Modesta le cebaba mate y le contaba acerca de lo que se decía de ellos en los programas de chimentos.

—¡Se me hizo famosa, mi niña! —exultaba la mujer—. Todos quieren conocerla. Y qué bien se comportó con usted el señorito Diego. Ah —suspiró con los ojos cerrados—, esas cosas tan bonitas que le dijo durante el recital. Todas las mujeres me la andan envidiando. —Agregó con cara sombría: —La entrevistaron ayer a la Spano esa.

—¿Ah, sí? —se interesó Brenda.

—Dice que el Moro y ella se dejaron de común acuerdo. ¡Común acuerdo, mi cabello largo y rubio! —exclamó, y Brenda se echó a reír al verla tocarse la mota cortita y crespa—. Está loca de celos. Ya mismito le prendo una vela a mi querido San Expedito para que me la proteja, mi niña —decidió y abandonó el dormitorio.

En tanto esperaba que Diego fuese a buscarla respondió varios mensajes de Millie y de Rosi. La primera aseguraba estar «en llamas» con los sucesos del domingo en Vélez y que ya había visto el video con el discurso del Moro decenas de veces; le exigía que se encontrasen. Confirmó la clase de canto del jueves en lo de la Silvani, sacó un turno para el viernes con la ginecóloga y le escribió un mensaje a Cecilia para pedirle que fuese a echarle un vistazo a su departamento en Malasaña y que recogiese la correspondencia.

Sonó el teléfono. Era Diego.

—¿Amor?

—Estoy cerca de tu casa —expresó él con acento severo.

—Ya bajo.

—No —la detuvo—. Me siguen unos paparazis.

—¡Oh! —se asombró.

—Después de terapia fui a la oficina de Broda y ahí estaban esperándome.

—¿Qué necesitás que haga? —inquirió, expeditiva.

—No quiero guiarlos hasta tu edificio y que planten una guardia ahí.

—¿Querés que vuelva a casa en mi auto?

La voz de Diego se dulcificó al decir:

—Qué lindo que digas *a casa*.

—Es que ahí estás vos —expresó Brenda—. Para mí también donde estás vos está mi hogar —le recordó empleando sus propias palabras.

Brenda llegó a la torre de la calle Juana Manso, y los guardias, ya alertados, le permitieron entrar. Los paparazis apostados fuera del portón de rejas estudiaron a la conductora del automóvil y, al reconocerla, se transformaron en una jauría de lobos hambrientos. Fue necesario que salieran dos hombres de la vigilancia para alejar a los periodistas que le golpeaban la ventanilla y le vociferaban comentarios provocadores.

Estacionó el vehículo en un sitio provisorio y caminó hacia la recepción con la vista baja, mientras desde las rejas perimetrales la alcanzaban las preguntas mordaces.

—¿Es cierto que lo dejaste porque lo culpabas de la muerte de Bartolomé? ¿Por qué volviste ahora con él? ¿Porque es rico y famoso? ¿Esa valija significa que te mudás con él? ¿O estás por volver a Madrid?

Diego la esperaba en el palier privado y la recibió en sus brazos. Brenda se aferró a él, desfallecida. Tenía taquicardia y la boca seca.

—Logré perder a los que me seguían metiéndome en el estacionamiento del Alto Palermo —relató Diego—, pero, cuando llegué aquí, me encontré con otros que hacían guardia.

—¿Cómo supieron que vivís acá?

Se encogió de hombros.

—Cualquiera pudo haberles vendido la información, desde un empleado de la empresa que administra el edificio hasta el encargado o alguno de la guardia. Cualquiera —subrayó.

Brenda horneó unas pizzas congeladas y se propuso cambiar el espíritu decaído causado por la invasión de los paparazis. Era consciente de que a Diego no le molestaban solo por el asedio sino porque temía que ella se asustara y huyese. En tanto ponía la mesa, lo oía practicar en el piano ubicado en el salón y percibía su ánimo depresivo. Fue a buscarlo para comer. Al verla aproximarse, Diego cortó la melodía y aguardó a tenerla al alcance de la mano para obligarla a que se ubicase a horcajadas sobre él. Brenda le estudió la mirada cargada de preocupación.

—No estés mal por esto de los paparazis. No es importante, no me afecta. Solo quiero que estés tranquilo y feliz.

—Tanto quería proclamarte mi amor frente a todos, para que nunca más dudaras de cuánto te amo, que no preví las consecuencias.

—Si llegás a arrepentirte de lo que hiciste en Vélez a causa de esos que están ahí abajo, entonces sí me voy a enojar. —Diego sonrió con tristeza.—Fue uno de los momentos más sublimes de mi vida. Estaba muerta y vos me devolviste a la vida.

Los ojos de Diego vibraron con sus palabras. Le atrapó los labios en un beso febril. Bastó poco para que se excitaran. Brenda corrió escaleras arriba para hacerse de un condón. Al regresar, se encontró con Diego sentado en la banqueta sin pantalones y con la erección como un mástil. Lo cubrió con el látex y se desembarazó de la bombacha. Se levantó la pollera y volvió a colocarse en la misma posición. Se dejó caer sobre él. Diego, en tanto, le mordía el cuello y la guiaba sujetándola por la cintura.

—Necesitaba esto —admitió él tras haber acabado.

—El viernes tengo turno con la ginecóloga —informó Brenda mientras le depositaba lánguidos besos en los ojos cerrados—. Voy a pedirle que me recete pastillas de nuevo. No quiero que sigas usando condón.

Diego se irguió y la miró entre severo y preocupado.

—No, te hacían muy mal. Terminaste inconsciente. No quiero —se empecinó.

—Esta vez no me van a hacer mal —aseguró y, ante la mueca de confusión de Diego, explicó—: En aquel momento me hacían mal porque *tenía* que dejar de tomarlas para quedar embarazada de Bartolomé. Nuestro bebé tenía que nacer para salvar a su papá.

Los ojos de Diego se anegaron repentinamente.

—¿Sí? —preguntó con voz congestionada—. ¿Él vino para eso?

—Sí, amor mío. —Brenda le besó los labios temblorosos. —Vino para convertirse en tu redención.

—Quise que lo abortaras —susurró entre sollozos mal contenidos—. A veces pienso que nos lo quitaron por eso, porque yo al principio no lo quería. Y vos pagaste por mi culpa.

—Dijimos que ya no volveríamos a hablar de culpas —le recordó—. Además, no funciona de ese modo. El universo no nos castiga. El destino de nuestro hijo era ese: nacer, vivir cinco días y quedarse para siempre con nosotros, en nuestros pensamientos y en nuestros corazones. Pero sobre todo su destino era ayudarte a cortar las cadenas de la droga y del alcohol para siempre. Ya sé que no creés en los signos del Zodíaco, pero Bartolomé era de Piscis. Y se dice que Piscis es el signo que se inmola por los que ama. Él vino para salvarte. Bartolomé vino a salvar a su papá.

—Vos también sos de Piscis —señaló Diego, con voz quebrada pero resuelta—, y mi tema *Nacidos bajo el hechizo de Piscis* lo compuse para ustedes dos, para mi mujer y para mi hijo, mis dos únicos amores. Porque vos también tenés ese poder, el de sanarme, solo que no quiero que te inmoles —concluyó. Se quitó las lágrimas con pasadas duras e impacientes del dorso de la mano. —A veces me pregunto cómo habría sido, físicamente me refiero. El jueves cumpliría dos años y cinco meses. Lo imagino corriendo por ahí y diciéndote mamá y a mí papá y… Lo extraño tanto —sollozó—, aunque no tenga sentido, lo extraño.

—Físicamente sería igual a vos —afirmó Brenda—. Lita, cuando entró a verlo aquella vez, me dijo que era como verte a vos recién nacido. Mamá dijo lo mismo. Bartolomé sería igual a su papá —remarcó.

Almorzaron más tranquilos tras haberse amado. Hablar acerca del hijo muerto había colocado el tema de los periodistas y de su persecución en otra perspectiva; perdió importancia, incluso sentido. No obstante, cuando a eso de las tres llegaron Broda, Manu y Rafa, la cuestión se abordó irremediablemente. En opinión del mánager, aceptar dos o tres entrevistas calmaría las ansias de la prensa.

—Desde el domingo a la noche que el teléfono no deja de sonar —informó Carmelo—. Llaman de todos lados para entrevistarlos, aun de otros países, y no me refiero a los latinoamericanos, sino de Europa y de Asia, porque el video se viralizó en otros idiomas también.

—¿Cuál es tu sugerencia? —quiso saber Rafa.

—Por ahora aceptaría la invitación al programa de Martha Lugo, al de Susana Gillespie y la entrevista con la *Rolling Stone* —propuso el mánager—. Y a partir de ahí vemos la repercusión y analizamos los pasos a seguir. Les tiramos esos huesos para que tengan con qué entretenerse. Ya explotará el próximo escándalo y dejarán de molestarlos a ustedes —profetizó—. Igualmente, no hay mal que por bien no venga —sentenció—. Con todo esto de Brenda y la declaración de amor del Moro, nos estamos ligando un montón de publicidad gratis. Me han llamado de varias marcas para que hagan *spots* publicitarios y de gráfica. Todo eso paga muy bien. Los pedidos de conciertos llueven y también las invitaciones para eventos sociales. Eso sí —pareció recordar de pronto—, en todos los pedidos de entrevista que he recibido la quieren a Brenda.

—No —se opuso Diego—. Ya la expuse demasiado. Ahora ni siquiera puede salir a la calle sin que la persigan y la acosen.

—Moro, escondiéndola vas a lograr que se pongan más obsesivos —opinó Manu—. Además, ¿qué pretendés? ¿Tenerla aquí encerrada en la torre todo el día y sacarla envuelta en una sábana para que nadie la vea?

—Por otro lado —meditó Rafa—, si ella va a formar parte de nuevo de DiBrama tendrás que acostumbrarte a que esté expuesta, igual que lo estamos nosotros.

—¡Oh! —se sobresaltó Brenda, pues no habían hablado de que ella ocupase de nuevo el lugar de vocalista—. No sé si eso sería conveniente, que yo volviese a la banda —aclaró.

—¿Por qué no? —la interrogó Diego con el entrecejo fruncido.

—Ustedes son una banda de rock consagrada —razonó—. Hay que analizar bien los cambios que se hacen. ¿Y si sus fans no viesen con buenos ojos que yo formara parte del grupo?

—Brenda tiene razón —intervino Broda—. Hay que manejarlo con cuidado para no alterar el equilibrio precario en el que siempre se mueven los artistas. Hoy estás en la gloria y un error estúpido puede llevarte bien abajo.

—Muchos fans —apuntó Manu— que nos siguen desde el comienzo y otros que nos conocieron gracias a Cosquín Rock todavía nos preguntan si Brenda va a regresar.

—Lo sé —admitió el mánager—. Hoy me llamó Mazzurco —aludía al especialista que administraba el sitio y las redes de DiBrama— y me contó que el bombardeo de mensajes y de comentarios desde el domingo es incontrolable, pero que una pregunta se repite: ¿cuándo vuelve Brenda al grupo?

—¡Te lo dije! —exclamó Manu—. Lo sabía. Si Bren sube al escenario, la rompe.

—De todos modos —intervino Carmelo Broda de nuevo—, vamos a ir despacio y nos moveremos con prudencia. Me dijeron los chicos —se dirigió a Brenda— que en Madrid no te dedicaste al canto.

—No —confirmó—. Hace más de dos años que no canto. Pero la semana pasada empecé a tomar clases con mi profesora de siempre. Y este jueves vuelvo a su estudio para seguir practicando. Ella dice que en poco tiempo voy a estar de nuevo en forma.

—¿La profesora que tenía un sobrino que era tenor? —la interrogó Diego y, aunque intentaba sonar casual y distendido, fracasaba épicamente.

—Sí, Leonardo Silvani. De hecho, me lo encontré en lo de mi profesora la semana pasada y me ofreció trabajar en su nueva compañía lírica. Ópera Magna se llama.

—No me contaste que estuviste con él —le reclamó Diego y le fijó una mirada ominosa.

—Me olvidé de mencionártelo. Había tantas cosas más importantes para hablar.

—Me habría gustado que me contaras que ese tipo te ofreció trabajo y…

—¡Moro! —lo detuvo Manu—. ¿Me estás jodiendo, hermano? ¿Le vas a hacer una escena de celos? ¡A Brenda! Que está enamorada de vos desde los tres años. ¿En serio te hacés problema por el tenor ese? Está claro que la pobre sufre de ceguera de amor, porque habiendo podido enamorarse de mí, que estoy que la parto, sigue loquita por vos, que sos un rompe pelotas de clase mundial.

Se echaron a reír, todos excepto Diego, que le lanzó a Manu un vistazo hostil. Al notarlo tan contrariado, su corazón pisciano no pudo soportarlo. Le habló al oído.

—Perdoname por no habértelo dicho. Es que en verdad lo olvidé porque no tiene importancia para mí.

Diego asintió y, si bien la besó en la frente, Brenda percibió que el tema aún lo fastidiaba. Se distrajeron organizando la agenda para las próximas semanas, siendo el concierto en el estadio Mario Kempes en Córdoba a mediados de septiembre el evento más importante.

* * *

El miércoles cenaron en lo de Ximena. Tadeo González, que tenía un Audi con los cristales polarizados, fue a buscarlos para despistar a los paparazis apostados sobre la Juana Manso. Lautaro, Camila y Max ya habían llegado. Camila, como siempre, se mostró simpática y amistosa con Diego y lo felicitó por los éxitos de DiBrama.

—Y lo que hiciste en Vélez —acotó—, proclamar a viva voz tu amor por Bren —la taurina elevó los ojos al cielo con una sonrisa beatífica—, creo que nunca he visto algo tan romántico.

—¿No era peligroso para mi hermana? —cuestionó Lautaro—. Se le podrían haber echado encima o alguna fan loca podría haberla atacado simplemente por celos.

—¡No seas ridículo, Lauti! —se quejó Brenda.

—Estaba todo previsto —respondió Diego—. Dos profesionales, ex soldados de élite del ejército, estaban ahí para cuidarla.

—¿Ex soldados de élite? —se sorprendió Brenda.

—Yo se los recomendé —intervino Tadeo González—. Nosotros los contratamos seguido para proteger a nuestros clientes importantes.

—Hicieron un trabajo excepcional —reconoció Diego, y alzó su copa con jugo de manzana en dirección al abogado, que hizo otro tanto con la de gaseosa.

Amaba a su madre y a su pareja por acceder a compartir la mesa con ellos y prescindir del vino con el que acostumbraban comer. Diego había notado la ausencia de bebidas alcohólicas y Brenda percibía los sentimientos encontrados que le suscitaba: alivio por no tener que luchar contra la tentación, y vergüenza ya que los anfitriones se veían obligados a modificar sus hábitos.

De igual modo, y pese a la mirada crítica e intensa de Lautaro, pasaron un momento agradable. Ximena expresó el deseo de sacarse una foto con sus cuatro hijos, por lo que Tadeo fue a buscar la cámara de fotógrafo profesional —la fotografía era su pasatiempo desde la adolescencia— y se divirtieron posando en diversos sectores del comedor y del balcón.

—¿Vas a volver a cantar en DiBrama? —se interesó Camila mientras tomaban el café en el salón y veían las fotos del último recital publicadas en la página de la banda.

—Sí —contestó Diego de inmediato.

Brenda, más prudente, dijo:

—Es la idea, pero queremos ver primero cuál es la reacción del público.

—Brenda —intervino Lautaro—, con tu voz la vas a romper.

—Gracias, hermanito. Pero hace mucho tiempo que no canto profesionalmente.

—¿No me contaste que estás yendo a lo de Juliana Silvani de nuevo? —amenizó Camila.

—Sí, mañana tengo mi segunda clase —confirmó, y notó el aire impaciente que surcó la expresión de Diego.

Él sostenía que Leonardo Silvani se presentaría al día siguiente en la casa de la tía justo a la hora de la clase de Brenda y con un único objetivo: seducirla.

—Ese está caliente con vos desde el concierto en la catedral —había afirmado, y Brenda no se atrevió a contradecirlo sabiendo que no se equivocaba.

Al día siguiente se levantaron temprano porque Diego tenía una agenda muy apretada con compromisos laborales y diligencias. Brenda, por su parte, había organizado un almuerzo con Millie y Rosi y por la tarde tenía la clase de canto en Caballito.

—Yo te llevo y te traigo a todas partes —dispuso Diego.

—Amor, es de locos. Hoy tenés mil cosas.

—Brenda —se impacientó—, no quiero que andes en tu auto de aquí para allá y los paparazis en moto atrás. Te vas a poner nerviosa y podés tener un accidente. Además —añadió y la miró con intención—, voy a buscarte a lo de la Silvani. Quiero que el pajero del sobrino me vea.

Tras un instante de sorpresa —qué error pensar que el virginiano lo hubiese olvidado—, se aproximó para ponerle la corbata que le había elegido y le robó un beso que él no respondió. En cambio, la contempló haciéndose el malo o el ofendido, no habría sabido decir. La situación le causó risa.

—¿Así que vas a ir a marcar territorio? —Diego soltó su familiar gruñido. —Según los parámetros actuales —prosiguió con el ánimo retozón—, se trata de un comportamiento inaceptable, machista y...

Soltó una exclamación cuando Diego la encerró entre sus brazos y la acalló pegándole la boca a la suya.

—Sé muy bien que es un comportamiento machista —admitió—, pero no soporto saber que ese tipo te quiere para él. No me gusta ser así, pero bancame un toque porque me siento inseguro.

—¡Amor! —se pasmó Brenda—. ¿Inseguro de mí, Diego?

—No de vos —dijo, y se cubrió la cara en un gesto exasperado—. Es la misma mierda de siempre —terminó por confesar—. Soy tan feliz desde que volviste a mí que tengo miedo de que el destino me separare de vos otra vez. No quiero tener esta visión pesimista —aclaró, y Brenda asintió y le acarició la mejilla—, pero percibo todo como una amenaza y me hace saltar la térmica. Perdón —acabó suplicando sobre sus labios una y otra vez—. No quiero ahogarte. Perdón.

—Shhh —lo acalló Brenda mientras respondía a sus labios exigentes e implorantes—. Hagamos todo juntos hoy —cedió—. Solo quiero que estés tranquilo.

Por esa razón Brenda terminó en la radio Rock & Pop cuyo programa principal, el de mayor audiencia entre las FM argentinas, entrevistaría a la banda de rock del momento tras el éxito de Vélez. Aunque entró en la cabina, se mantuvo aparte. La conductora, sin embargo, ansiaba tener la exclusiva y presentarla a la audiencia. Tras unas rondas de preguntas a los tres miembros del grupo, acabó confesándole al público que en el estudio se encontraba la chica más buscada de la Argentina.

—La conocen del video que ha circulado de Cosquín Rock 2017 —prosiguió—, pero les aseguro que es mucho más bonita en persona. Y todos sabemos que tiene una voz privilegiada. ¿Lograré que se acerque al micrófono y nos permita escuchar su prodigiosa voz aunque sea para saludar a los fans de DiBrama?

No tuvo opción, más allá de que le temblaban las piernas y las manos y de que tenía la boca seca. Tragó varias veces para humedecer la garganta, aterrada de que en lugar de un saludo le saliera un graznido.

Se sentó junto a Diego, que enseguida le tomó la mano bajo la mesa. Eso la tranquilizó. La conductora, muy piola, la hizo sentir cómoda enseguida.

—Les cuento que están entrando cientos de saludos de los fans de DiBrama —comentó la chica, mientras consultaba la pantalla de una computadora—. Todos preguntan lo mismo: ¿cuándo van a poder escuchar cantar a Brenda?

—Muy pronto —tomó la palabra Diego—. Cantar con ella a mi lado es un sueño que, espero, se cumpla en el corto plazo.

—Chicas —se dirigió la conductora al público femenino—, ojalá pudiesen ver con qué devoción el Moro Bertoni está mirando a Brenda en este momento. Y después dicen que el romanticismo ya no existe. ¡Aquí, en los estudios de Rock & Pop, está más vivo que nunca!

* * *

Tras el almuerzo con los directivos de una importante discográfica, Diego fue a buscarla al estudio contable del padre de Millie. Habían decidido comer en la oficina para evitar exponerse y que la asediaran. Apenas subió al automóvil de Diego, echó un vistazo hacia atrás.

—Me seguían tres en moto —comentó él—, pero los perdí metiéndome de nuevo en el estacionamiento del Alto Palermo. Son vivos, así que van a terminar dándose cuenta, pero por el momento zafo de ese modo.

—¿Qué vas a hacer mientras estoy en lo de Juliana? —quiso saber Brenda.

—Aprovecho que estoy cerca y voy a lo de mi abuela. Quiero ver cómo va la obra de la casa. En el baúl tengo unos materiales que necesitan.

Como había profetizado Diego, Leonardo se encontraba en la casa de la tía. Lo supo al divisar su BMW estacionado justo delante del ingreso. Se cuidó de comentarlo. Se besaron y, cuando ella intentó separarse, él le ajustó la mano en la nuca y volvió a penetrarla y a profundizar el contacto de sus bocas.

—¿Me mandás un mensaje cuando termines? —le sugirió aferrándola todavía y con las frentes pegadas.

—Sí, amor.

Diego extrajo de la billetera varios billetes de mil pesos. Los plegó y se los extendió.

—¿Por qué me das plata? —se pasmó Brenda sin aceptarla.

—Para que le pagues la clase a la profesora.

—No necesito. Todavía tengo de los euros que cambié cuando llegué.

Brenda advirtió el sutil cambio en la expresión de Diego. El tema lo fastidiaba y constituía una de las cuestiones que lo hacían sentir inseguro.

—Brenda —dijo, empleando ese tono que la asustaba y la excitaba—, quiero que aceptes esta plata porque todo lo mío es tuyo. Es importante para mí saber que puedo proveer a mi mujer de todo lo que quiere y necesita. Antes no podía hacerlo y me ponía muy mal —acotó y le extendió de nuevo los billetes, que Brenda aceptó.

—Yo también tengo ahorros en mi cuenta de Madrid —dijo de pronto incómoda, sin comprender del todo el motivo de la timidez.

¿Sería consecuencia de la pregunta que le había gritado el periodista? «¿*Por qué volviste ahora con él? ¿Porque es rico y famoso?*» ¿A qué se debía que la afectase el tema del dinero y de los bienes materiales? ¿Le temía a lo que la gente murmurase de ella, que estaba con él porque ahora era rico y famoso? «¡Eso es puro ego, Brenda!», le habría reprochado Cecilia. Se convenció de que solo contaba lo que Diego y ella sintiesen y pensasen.

—¿Ah, sí? —susurró él con una sonrisa condescendiente y se inclinó para besarle la columna del cuello—. ¿Así que tenés ahorros en Madrid? ¿Y qué querés decirme con eso?

—Que son tuyos —contestó y echó la cabeza hacia atrás para facilitarle el acceso—. Porque lo mío también es tuyo, aunque sea poco.

Diego le arrastró los labios por el filo de la mandíbula antes de atraparle la boca de nuevo.

—Vos sos la chica más rica del mundo para mí porque poseés lo único que me hace feliz.

—¿Qué? —susurró con los ojos cerrados, aún extasiada por la intimidad del beso.

—Sos la dueña de Brenda Gómez.

Brenda alzó lentamente los párpados. Diego la estudiaba con esos ojos virginianos, siempre atentos, siempre analíticos.

—Te amo —declaró, y Diego emitió un gruñido—. ¿A qué se debe la cara de malo?

—Me estoy acordando del tenor pajero.

—Estoy segura de que no estará hoy en lo de su tía —lo desafió, aun sabiendo que se encontraba allí.

—Oh, sí que va a estar —contestó Diego con sarcasmo.

* * *

Leonardo Silvani participó activamente de la clase, incluso más que su tía, que parecía tener un acuerdo con el sobrino de intervenir lo menos posible. Se mantenía sentada al piano y ejecutaba las escalas y los acompañamientos que el tenor le indicaba. La situación la incomodaba porque tenía la impresión de que Leonardo la consideraba parte de su compañía teatral y que estaba preparándola para el espectáculo. Aunque habría debido sentirse halagada de que un profesional de la talla de Silvani estuviese enseñándole, prefería regresar a las clases en las que Juliana y ella estaban solas. Se encontró consultando cada pocos minutos la hora y deseando enviarle un mensaje a Diego para que fuese a buscarla.

Tras casi una hora y media de clase y sin que Leonardo mostrara signos de cansancio o de querer terminar, el timbre de la casa se impuso a la música del piano. La Silvani abandonó la banqueta y fue a abrir. A una señal de Leonardo, Brenda no se permitió distraerse y prosiguió con la difícil vocalización que el tenor le exigía. Hasta que se calló abruptamente al ver que Diego ingresaba en el salón detrás de la profesora. Avanzaba con cara de malo y la vista en Leonardo. Representaba un cuadro exótico, alto y corpulento como era y con aspecto de matón, al tiempo que elegante en el traje azul y los zapatos color suela. El contraste entre la vestimenta formal y sus dedos cargados de anillos y las orejas tachonadas de aros resultaba insólita y atractiva, sin mencionar cómo sumaban a la excéntrica apariencia la barba, las sienes rapadas y el rodete en la coronilla.

Una ráfaga de orgullo y de deseo indomable casi la impulsó a sus brazos.

—¡Amor! —exclamó y salió a recibirlo a paso mesurado. Lo besó en la boca, un simple roce de labios, que él no devolvió—. Iba a enviarte un mensaje. Estamos terminando. Te acordás de Juliana y de Leonardo, ¿no? Los conociste en el concierto de la catedral.

—Sí —dijo y ofreció la mano al tenor—. ¿Qué tal? —se limitó a mascullar.

—Vos eras el roquero, ¿no? —comentó Leonardo, y Brenda deseó que hubiese sonado menos irónico.

—Es *el* roquero del momento —intervino la Silvani con un entusiasmo que le mereció un vistazo duro del sobrino. Más cauta, añadió: —He visto en la televisión que el concierto de DiBrama fue un éxito.

A Brenda la pasmó que su profesora no lo hubiese comentado antes. Para explicar su comportamiento solo se le ocurrieron dos cosas: no quería hablar de Diego para evitar importunarla, o bien el sobrino le había prohibido mencionarlo. «Más lo último», se convenció. Como fuese, se dijo, el carisma de Diego había cautivado a la Silvani, que lo miraba con admiración.

—Te felicito —dijo la profesora y le sonrió.

—Muchas gracias —contestó él—. Brenda será de nuevo miembro de DiBrama, por lo que su colaboración para que recupere la voz lo más rápido posible es fundamental. Le agradezco por esto también.

—¿Cómo? —se pasmó Leonardo—. ¿Vas a volver a cantar rock?

—Es la idea —contestó Brenda—. Antes queremos evaluar la respuesta de los fans.

—Brenda —le habló Diego con acento exasperado—, vos sabés que todos los fans están pidiendo en las redes que vuelvas a DiBrama.

—Pero una voz como la tuya, querida Brenda —insistió el tenor—, ¡qué desperdicio! Yo sé, porque conozco el circuito de los teatros líricos del mundo, que podrías llegar muy lejos. Para mí sería muy fácil a través de mi compañía colocarte entre las divas de la ópera mundial.

Brenda anheló que Leonardo Silvani se callase. El Marte de Diego, tan potente en la Casa I, había desenvainado la espada. Si ella no intervenía, y de un modo categórico, correría sangre.

—Leonardo —dijo—, cantar con Diego es lo único que me hace feliz. Si él cantase lírico, entonces podrías tenernos en tu compañía teatral.

La Silvani, que había leído la belicosidad en los ojos del roquero, se echó a reír de manera forzada y nerviosa antes de acotar:

—Tal vez un día Diego componga una ópera rock tipo *The Wall*, y vos, Leo, la pongas en escena. Porque, ¿quién dijo que el rock y la ópera no puedan darse la mano?

Diego le dirigió a la profesora la sonrisa por la cual era famoso entre sus seguidoras y Brenda percibió cómo la mujer separaba apenas los labios y levantaba ligeramente las cejas en una reacción autómata.

—Componer una ópera rock sería un desafío que me encantaría encarar alguna vez —manifestó, y la Silvani rio de nuevo, esa vez fascinada.

Pocos minutos más tarde salieron de la casa de la profesora. Estaba oscuro, y Diego estudió el entorno para verificar que no lo hubiesen seguido. Abrió la puerta del acompañante y urgió a Brenda a subir. Apenas se ubicó al volante la sorprendió tomándola por la nuca y besándola.

—Me calentó cómo le paraste el carro al pajero ese —expresó él sin detener del todo el beso—. Cantar con Diego es lo único que me hace feliz —evocó y estiró los labios sobre los de ella en una sonrisa—. Te la pondría aquí mismo.

—Todavía tenemos que bautizar el auto —le recordó, y él rio por lo bajo.

El rugido de un motor y el fogonazo de una luz potente irrumpieron de modo violento y los obligaron a separarse. Un paparazi había cruzado la motocicleta delante del automóvil de Diego y lanzaba disparos con su cámara fotográfica. Diego insultó y encendió el motor. Brenda le cerró la mano en el antebrazo antes de que pusiese primera.

—Tranquilo, amor —lo serenó—. No es importante.

Diego le echó un vistazo y asintió. Arrancó con cuidado, esquivó a la moto a baja velocidad, tras lo cual aceleró.

Capítulo XXIX

Las únicas fotografías actuales del Moro Bertoni y Brenda Gómez juntos y, para colmo de males, en una situación tan íntima acabaron en los sitios web de las revistas de espectáculos ese mismo jueves pocas horas más tarde. Al día siguiente se convirtieron una vez más en los protagonistas de las emisiones televisivas de chimentos.

Broda les contó que se habían intensificado las llamadas de todos los canales. Los invitaban a los distintos programas, no solo a los referidos al *jet set* sino a cualquiera, incluso a uno de cocina; eran la atracción del momento. El mánager les confirmó que ese domingo participarían en el mítico almuerzo de Martha Lugo y una semana más tarde lo harían en el famoso *living* de la diva Susana Gillespie. La sesión fotográfica para la revista *Rolling Stone* se realizaría el miércoles y la entrevista tendría lugar en las oficinas de Broda al otro día, el jueves 16 de agosto.

—¿Pero el sábado 17 no tienen el recital en Rosario? —se preocupó Brenda cuando Diego le describió la agenda.

—No te preocupes —la tranquilizó él—. Podremos con todo.

Se encontraban en la sala de espera de la ginecóloga. Como ella se había negado a cancelar el turno, Diego decidió acompañarla. Las otras pacientes le echaban vistazos, algunos más solapados que otros, y Brenda no sabía si lo miraban porque lo encontraban atractivo o porque lo reconocían como al líder de DiBrama. Por cierto que estaba hermoso con el pelo suelto, la gorrita de béisbol y los lentes para sol. El atuendo canchero de remera verde manga larga, jeans rotosos y zapatillas blancas le iba tan bien como el traje que había llevado el día anterior para almorzar con los directivos de la discográfica. Comprendía la fascinación que ejercía, pero ya ni su compasivo corazón pisciano lograba soportar los celos, y las suspicacias la atormentaban. El día anterior se lo había comentado a Millie.

—¡Por amor de Dios, Brenda! El tipo proclamó en un estadio delante de cincuenta mil pibes que te ama más que a la vida, ¿y vos tenés dudas?

—No de él, Millie —se justificó—. Pero estoy segura de que recibe propuestas todo el tiempo. Alguna lo podría tentar —dedujo y se arrepintió enseguida; tenía la impresión de que lo traicionaba con sus temores.

—Bueno, eso es cierto —concedió Millie—, le escriben las guarradas más insospechadas. Algunas fans tienen una imaginación que te patearías la mandíbula. Vos prometeme que nunca te vas a meter a leer eso. Te conozco, Bren, y sé que te haría mal. Prometémelo, amiga.

—Te lo prometo.

Tras el turno con la ginecóloga, que le solicitó unos análisis antes de volver a recetarle pastillas, fueron al supermercado y después al shopping, donde Brenda planeaba comprarse ropa para afrontar los compromisos de las semanas siguientes. Rosi, que los domingos veía el programa de Martha y el de Susana y que conocía bien el *dress code*, como decía ella, le mandó imágenes de posibles conjuntos teniendo en cuenta su estilo etéreo y romántico.

Diego nunca le permitió pagar y, dado que se trataba de un tema sensible, Brenda devolvió la tarjeta de crédito a la billetera y lo dejó salirse con la suya, un poco también para evitar una escena frente al enjambre de periodistas que los seguían sacándoles fotos y preguntándoles intimidades. Brenda se puso muy nerviosa cuando uno más temerario que el resto se atrevió a sujetarla por la muñeca para captar su atención y Diego lo apartó con un empujón.

—No vuelvas a tocarla —le advirtió con una mirada tan ominosa que el muchacho caminó hacia atrás y masculló una disculpa.

* * *

Brenda estaba segura de que trastabillaría al entrar en el estudio del programa de Martha Lugo, que se ahogaría con la bebida y que se le encajaría un trozo de comida entre los dientes, que la cámara captaría en pleno. Diego se reía y la besaba y ella lo apartaba para que no le quitase el lápiz labial tan lindo que una maquilladora del canal le había aplicado.

—Bren —la elogiaba Rafa—, estás hecha una diosa. Lo único que va a hacer la cámara es enfocar tu cara bella.

—Sos la reina del programa —la alentó Manu—. Es a vos a quien quieren ver.

—No me digas eso que me ponés más nerviosa.

No sucedió nada de lo que Brenda profetizó y la transmisión del almuerzo se desarrolló sin problemas, más allá de que la conductora se mostraba incisiva con las preguntas y los comentarios, como cuando señaló que, por respeto a Diego, que era un ex alcohólico, no se había servido vino sino agua y jugos de frutas. Brenda admiró la serenidad y la dignidad con que Diego la corrigió.

—Yo no soy un *ex* alcohólico. No existe tal cosa. Un alcohólico es siempre un alcohólico. Ahora mi enfermedad está bajo control. No es la enfermedad la que domina mi vida sino yo a ella. Pero soy consciente de que se trata de un equilibrio precario al que debo prestar mucha atención y tenerle un gran respeto.

—Exacto —lo apoyó la Lugo—, el alcoholismo es una enfermedad, algo que no se aclara debidamente cuando se habla del tema.

—Lo primero para sanarse del alcoholismo —declaró Diego— es reconocer que estamos enfermos.

La conductora se volvió hacia Brenda, a quien había presentado como una joven de exquisita delicadeza, una muñeca de porcelana, y le sonrió antes de interrogarla.

—¿No te da miedo atar tu vida a la de un hombre que se declara alcohólico?

—A lo único que le tengo miedo es a vivir sin él —contestó con tal prestancia y seguridad que Martha alzó las cejas y se quedó callada, algo inusual—. Lo amo desde que tengo memoria.

—Pocas veces he escuchado una declaración de amor tan hermosa, profunda y sincera. Moro —dijo la conductora—, estarás orgulloso.

—Lo proclamé en Vélez el domingo pasado —señaló Diego—, ella es la persona más importante de mi vida.

—Brenda —insistió la mujer—, vos decís que amás al Moro desde que tenés memoria. ¿Cuál es la primera memoria que conservás de él?

—Yo tenía cuatro años…

—¡Cuatro años! —se admiró Martha—. Tan chiquita.

—Yo tenía cuatro y él casi diez. Estábamos en el cumpleaños de su hermana y habían contratado un payaso para animar la fiesta. A mí este hombre tan raro me tenía completamente aterrorizada. Lloraba y gritaba cuando se me acercaba. Entonces Diego me alzó y me llevó al dormitorio de sus abuelos. El cumpleaños se festejaba en la casa de sus abuelos, Lita y Bartolomé —explicó.

—¡Besos para nuestra viejita linda! —interrumpió Manu, y para colmo con la boca llena.

—Sí, un beso para mi adorada Lita —dijo Brenda—. Cuestión que Diego me llevó al dormitorio de sus abuelos y se pasó toda la tarde ahí, conmigo, distrayéndome con juguetes y cantándome canciones. Se perdió la fiesta y la diversión por mí, para que no tuviese miedo. —Se volvió hacia él para decirle: —No recuerdo si te lo agradecí alguna vez.

Los demás rieron. Diego se inclinó y la besó en los labios.

—¿Te acordás de esa escena? —lo interrogó la conductora y él contestó que sí—. ¿Qué pudo haber movido a un nene de diez años a hacer algo así? —se admiró la mujer.

—Brenda era mi debilidad —fue todo lo que expresó.

—¿Era? —bromeó Rafa, y el resto rio de nuevo.

—Y decís que para distraerte te cantaba —comentó Lugo en dirección a Brenda.

—Sí, la música siempre fue central en su vida. A esa edad ya sabía tocar el piano. Su abuela Lita le había enseñado. Después su tía Silvia le enseñó a tocar la guitarra.

—Me dijeron que vos sos una excelsa cantante. ¿Hace mucho que estudiás canto?

—Desde los quince años. Estudio con la profesora Juliana Silvani, del Instituto Superior de Arte del Colón.

—¡Oh! —se admiró Martha—. Debe de ser excelente.

—La mejor.

—Pero —razonó la mujer—, si da clases en el Colón, debe de ser profesora de lírico.

—Ella me enseña los dos estilos, lírico y ligero.

—De hecho —intervino Rafa—, la primera vez que oímos cantar a Bren fue el aria de una ópera. Todavía nos estamos pateando la mandíbula. ¿Cómo se llamaba, Bren?

—*Ebben? Ne andrò lontana.*

—¡Ah, de *La Wally*! —exclamó la conductora, que era muy culta—. No recuerdo el compositor.

—Alfredo Catalani —refirió Brenda.

—Ah, pero bueno, queridos DiBrama, aquí tienen a una cantante de alto nivel.

—Bren es lo mejor de DiBrama —declaró Manu y le guiñó un ojo—. Por eso la b larga está en mayúscula.

—¿Te animás a cantar unos versos de *Ebben? Ne andrò lontana*? —inquirió Martha.

—Bueno… —dudó Brenda—, la verdad es que no preparé las cuerdas vocales…

—Unos versos, nada más —insistió la conductora.

Brenda sintió la mano de Diego que se cerraba sobre su muslo. Lo miró y él le sonrió, alentándola a mostrarse, a lucirse. Sorbió agua y carraspeó. El espacio en torno a ella se sumió en un silencio intimidante. Inspiró para aflojar el diafragma y se lanzó a cantar. Y durante los pocos minutos que duró el aria evocó los años lejos de Diego, en Madrid, acarreando su pena, sometiéndose a ese castigo que se había impuesto a causa de la pérdida de Bartolomé, y debió de impregnar los versos de una tristeza infinita porque, cuando acabó, aun el cínico Manu moqueaba. También la aplaudían y la vitoreaban.

—¡Qué prodigio! —exclamó Martha Lugo cuando en el estudio volvió a reinar la normalidad—. No dudo de que alcanzarías la fama en el mundo de la lírica.

—Yo solo quiero cantar en DiBrama —declaró.

—Y sin embargo —arremetió Martha—, un día te fuiste a Madrid y DiBrama siguió sin tu voz.

—Cuando murió nuestro hijo no habría sido capaz de entonar una nota —expresó con una ecuanimidad que a ella misma asombró—. Necesitaba sanar para volver a cantar.

—¿Y? ¿Sanaste? Dicen que es muy difícil superar la muerte de un hijo —apuntó la mujer.

—Nunca volveré a ser la misma —admitió Brenda—. Una parte de mí murió con Bartolomé. Pero poco a poco las ganas de vivir van regresando.

Necesitó volverse hacia Diego, sentado a su derecha, y lo encontró con la mirada clavada en ella, los ojos anegados, la boca rígida en un intento por refrenar la emoción.

—No le voy a preguntar nada al Moro —apuntó la conductora— porque está muy emocionado —y se dirigió a otro invitado, un famoso cirujano plástico.

* * *

Se había tratado de un acierto participar en uno de los programas televisivos más famosos de la Argentina. La prensa mutó su obsesión por Brenda en una gran empatía y cariño, y los paparazis y los periodistas, si bien continuaban persiguiéndola, mostraban una actitud más respetuosa. El estilo de las preguntas pasó de agresivo a amigable. Había causado una honda impresión que Brenda cantase lírico, y en las transmisiones de los programas de chimentos se repetía la interpretación a la mesa de Martha Lugo. Fueron a entrevistar a la Silvani, que se hallaba con Leonardo, quien aprovechó para publicitar su compañía lírica. Juliana, por su parte, declaró que Brenda Gómez poseía una de las voces más refinadas y extraordinarias que ella conocía.

—Nació con ese talento —remarcó la mujer—. Es justo que lo comparta con el mundo porque oírla cantar hace bien, sea lírico o música ligera, da lo mismo. La voz de Brenda siempre emociona.

El revuelo positivo en los medios preparó el terreno para el concierto en Rosario. Habían invitado a Fran Pichiotti, que viajaba con ellos en la van alquilada para trasladarse hasta la ciudad santafesina. El adolescente estaba mejor informado de las cuestiones de DiBrama que Mazzurco, el especialista en redes, e iba contándoles las noticias más relevantes y las más graciosas.

—Bren, cuando cantaste esa canción de ópera en lo de Martha Lugo —se admiró el chico— casi me caigo de culo.

—Es un aria —lo corrigió Rafa—. ¿Y? ¿Te gustó?

—Me gustó porque lo cantó Bren, pero la ópera es medio bajón —declaró, y los demás rieron—. Menos mal que vas a cantar para DiBrama, Bren, y no para la ópera.

—Lo de DiBrama está por verse —expresó ella—. Es mi sueño, pero tenemos que estar seguros de que no alterará el equilibrio de la banda.

Diego elevó los ojos al cielo en una mueca exasperada en tanto Francisco comentaba:

—¡Todos te quieren de nuevo en DiBrama! Yo vengo siguiendo lo que se dice de DiBrama desde el recital en Vélez y te aseguro que hasta las minitas te quieren de nuevo. La rompiste en Cosquín Rock. Y eso que estabas embarazada… —Se cortó súbitamente. —Perdón. Siempre meto la pata.

Brenda, que lo tenía junto a ella, le apretó la mano.

—No te hagas drama, Fran. Te aseguro que nunca me sentí más energizada que cuando tenía a Bartolomé en la panza. Creo que nunca canté mejor que en esos meses.

—Será cuestión de mantenerla preñada, Moro —sugirió Manu.

—Será un placer —contestó Diego en una muestra de inusitado buen humor y, dado que iba sentado junto al chofer, en el sitio del acompañante, deslizó la mano hacia atrás entre los asientos y apretó la rodilla de Brenda, que le respondió acariciándosela.

Habían salido de Buenos Aires el jueves después de la entrevista para la *Rolling Stone*, que se publicaría en la edición de septiembre y que los tendría en la tapa. Llegaron de noche a Rosario y se registraron en el hotel prácticamente arrastrando los pies. Cenaron ahí mismo, en el restaurante del último piso, y se retiraron a dormir enseguida. Brenda acompañó a Fran a su dormitorio, ubicado junto al de ellos, y se preocupó por verificar que estuviera cómodo y que nada le faltase.

—Diego y yo estamos en la habitación pegada a la tuya —le recordó—. Cualquier cosa que necesites, a la hora que sea —subrayó—, nos llamás. ¿Tiene carga tu celular? —se preocupó.

—Sí —respondió el chico con una sonrisa—. Sos peor que mi vieja, Bren.

—Vos sos mi responsabilidad —le recordó—. Nos comprometimos con tu papá a cuidarte y a devolverte sano y salvo.

—Estas son las mejores vacaciones de toda mi vida —declaró Fran y la abrazó—. Y vos vas a ser la madre más piola del universo.

—Gracias —dijo y lo besó en la mejilla—. Es fácil ser buena con alguien como vos. Andá a dormir. Mañana tenemos un día lleno de cosas.

Diego transcurrió el viernes y gran parte del sábado en el Hipódromo Independencia, en cuyo campo tendría lugar el concierto. Se ocupó de la instalación de los equipos, de las luces y de las pantallas gigantes con la exigencia y la precisión virginianas por las que ya era famoso entre sus colaboradores. Manu y Fran, en tanto, lidiaban con la prensa. Aceptaron concurrir a los estudios de las dos principales radios rosarinas y participaron de un programa televisivo el viernes por la tarde. Brenda, en compañía de Francisco y de Mariel Broda, paseó por Rosario e hizo compras, y fue un cambio refrescante trasladarse sin ningún paparazi ni periodista que la persiguiese.

Después de haber llenado el estadio de Vélez tan solo trece días atrás, presentarse en el Hipódromo Independencia de Rosario, con una capacidad para cuarenta mil personas, constituía un gran desafío, y sin embargo las entradas se habían agotado. Diego regresó al hotel el sábado alrededor de las cuatro de la tarde para descansar un rato y prepararse para el concierto, que comenzaría a las nueve de la noche. Brenda lo esperaba con la bañera lista para disfrutar juntos de un baño de inmersión. Él ni siquiera aguardó a desvestirse. La acorraló contra la pared del ingreso y le hizo el amor. Brenda todavía se hallaba en el aire, la espalda contra el muro y las piernas en torno a las caderas de Diego, cuando lo oyó susurrar de modo agitado:

—Te extrañé estos dos días.

—Un día y medio —precisó Brenda—, sin contar las noches, porque las pasamos juntos.

—A mí me parecieron dos meses, sin noches incluidas —porfió él, y caminó con ella en andas hasta el baño, donde se relajaron sumergidos en el agua caliente con sales.

Un rato más tarde, Diego se quedó profundamente dormido mientras Brenda le hacía masajes en la espalda, las piernas, los pies y las manos con un aceite esencial de lavanda. Lo despertó a las siete. Diego se estiró y, simulando que se desperezaba, le atrapó la muñeca y la obligó a acostarse junto a él.

—Jamás puedo dormir antes de un concierto —le confió, maravillado—. Siempre estoy nervioso y tenso. Ahora en cambio me siento muy relajado.

—Fueron los masajes que te di —explicó Brenda sin vanidad, y Diego se quedó mirándola, más bien estudiándola.

—No dudo de que los masajes ayudaron —expresó por fin—, pero en realidad estoy tan bien porque vos estás aquí, porque me das paz. Porque sos de nuevo una parte de mí.

* * *

Se reunieron con los demás en el *lobby* del hotel y partieron hacia el Hipódromo Independencia, ubicado en el corazón de Rosario. Salieron a una noche despejada y oscura, con la luna como un filo en el cielo negro. Los acompañaba el buen clima, sin amenaza de lluvia, y aunque corría un aire fresco, no hacía frío. Diego había estado nervioso con la cuestión meteorológica tras desechar el armado de una carpa por razones acústicas, confiado en el pronóstico, que aseguraba que no llovería. Hasta el momento, todo se desarrollaba de acuerdo con sus planes meticulosamente trazados.

Apenas entraron en el predio del hipódromo, los organizadores los condujeron al camerino, donde les sirvieron infusiones para calentar las cuerdas vocales, tras lo cual dedicaron unos minutos a vocalizar. Francisco participaba de los preparativos con una mirada admirativa y un silencio reverencial. Él y Brenda permanecerían siempre cerca del matrimonio Broda y verían el espectáculo tras bambalinas, a un costado del escenario.

Era la primera vez, tras la separación, que Brenda compartía el detrás de escena antes de un concierto y si bien reconocía la misma energía electrizante del pasado, se daba cuenta de que la fama conllevaba una presión y una exigencia que convertían el ambiente de los minutos previos en algo casi intolerable.

A eso de las nueve y veinte les avisaron que la banda telonera terminaría en pocos minutos. Se pusieron en marcha. Diego y ella iban de la mano. Lo observó de soslayo y lo notó serio, concentrado y muy tranquilo. Ingresaron en la estructura montada en el campo del hipódromo y, mientras se dirigían hacia el escenario, Diego respondía las preguntas de Francisco con soltura y simpatía. Se despidieron tras un choque de manos. Diego arrastró a Brenda unos metros hacia la oscuridad. Sin mediar palabras, la besó. El bullicio del público los alcanzaba mientras exclamaba una y otra vez: «¡Di-Bra-Ma! ¡Di-Bra-Ma!».

—Soy muy feliz en este momento —expresó.

—Te merecés la felicidad —aseguró Brenda—. No conozco otra persona que haya luchado tanto por lograr un sueño.

—No soy feliz por el éxito de DiBrama —objetó—. No soy feliz por estar limpio desde hace casi dos años y medio. Soy feliz porque vos estás aquí.

—Te entiendo —afirmó—. Nada tiene sentido si no estamos juntos, ¿no?

—Nada —ratificó él con acento vehemente.

Se quedaron en silencio en la penumbra, mirándose a los ojos. Diego se marchó para hacer su aparición en el escenario, y en tanto lo hacía, se ataba el pañuelo rojo en la cabeza. Brenda lo siguió y se posicionó cerca, sin desvelar su presencia. Los fans explotaron en un grito unánime y ensordecedor cuando las luces se encendieron y descubrieron a los miembros de DiBrama en sus posiciones. Las pantallas gigantes proyectaban lo que acontecía en el escenario para los espectadores ubicados en los puntos más alejados del campo. La guitarra de Diego soltó una catarata de notas magistralmente ejecutadas antes de empezar a tocar *Nacidos bajo el hechizo de Piscis*, que empalmó con *Todo tiene sentido (excepto que no estés aquí)* en un pasaje tan sutil y sin fisuras que habría resultado difícil distinguir cuándo había terminado un tema y comenzado el otro. Tras esa introducción musical, las imágenes en las pantallas gigantes cambiaron y aparecieron las de Cosquín Rock 2017. Brenda se sorprendió; había creído que harían lo mismo que en Vélez y que repetirían la secuencia de la gira por Latinoamérica.

—El Moro decidió introducir este cambio —le refirió Mariel—. Lo hizo para que el público te viese.

Diego saludó a la multitud y, mientras les agradecía, se elevó desde el público una voz masculina para gritar el nombre de Brenda, y otra, y otra más. La curiosidad por la ex solista del grupo fue contagiándose hasta convertirse en un cántico vociferado: «¡Y Brenda dónde está! ¡Y Brenda dónde está! ¡Dónde está y Brenda dónde está!». Los miembros de DiBrama intercambiaron miradas y sonrisas. Manu y Rafa asintieron en dirección a Diego, que caminó con decisión hacia el costado del escenario. Brenda lo vio aproximarse con incredulidad. Su corazón, que había comprendido la situación antes que su mente, latía como loco.

—Amor —dijo Diego y le extendió la mano—, el público te reclama. Vamos.

Brenda agitó la cabeza para negar. De seguro no la expondría; no había ensayado con la banda siquiera una vez y solo llevaba tres clases con la Silvani.

—No estoy preparada —se excusó y la aterró que le temblase la voz.

—Estás más que preparada y lo sabés. —La encerró en un abrazo implacable. —Quiero cantar con vos a mi lado.

Brenda se dio cuenta en esa instancia de que era incapaz de negarle nada, pues a pesar del pánico que experimentaba, asintió y entrelazó su mano con la de él. El recibimiento del público la alcanzó como un suave golpe. Se trató de una sensación mágica, indescriptible, algo físico y al mismo tiempo invisible, provocado por el rugido de aplausos y de vítores que le habían destinado los fans y que se sostuvieron hasta que Diego alzó los brazos y pidió silencio.

—¡Gracias, querido Rosario, por recibir a Brenda con tanto amor! Está un poco nerviosa porque esto no estaba previsto y ella dice que no está lista. Pero su voz es la mejor que he escuchado en mi vida y yo sé que siempre está lista.

El público los ovacionó una vez más. Los técnicos ya instalaban un pie y un micrófono para ella mientras Diego le susurraba que harían tres temas de los viejos, de la época en que ella formaba parte de la banda, y se los nombró. No precisó indicárselos a Manu ni a Rafa, por lo que Brenda supuso que habían contemplado la contingencia. Con un redoble de la batería, se prepararon para interpretar *Caprichosa y mimada*.

«Diego tiene razón», concedió Brenda al comprobar que su voz estaba lista. Amaba cantar, lo que constituía un estímulo suficiente para desatar el nudo de la garganta y que las notas se le deslizaran entre los labios con facilidad. La música y el canto eran su vida; no obstante, habrían carecido de sentido sin el hombre que se encontraba junto a ella, que tocaba la guitarra con notable destreza y que entonaba los versos con un acento brusco y ronco que le había ganado fama en todo el continente, ese hombre que era un compositor sobresaliente y que no cesaba de mirarla. Ese hombre, que le transmitía el orgullo que ella le inspiraba. Terminó *Caprichosa y mimada*, y Brenda, aturdida de amor, embriagada por la energía del público, abrazó a Diego y lo besó en la boca. En un movimiento hábil, él se colocó la guitarra en la base de la espalda, la envolvió con el brazo izquierdo y la hizo dar vueltas en el aire. Brenda reía a carcajadas en tanto el público celebraba en un paroxismo inefable.

Cantaron *Querido Diego* y por último *Incondicional*, un tema compuesto para Cosquín Rock y que ella amaba porque hablaba del amor de una madre. Acabó la tercera canción, y Brenda hizo una reverencia para despedirse. El público era de otro parecer y vociferó un nuevo cántico: «¡No se va! ¡Brenda no se va!». Diego se encogió de hombros y le destinó una mueca inocente.

—No podés decepcionarlos, amor —le habló al oído y la besó en la frente—. Quedate y hacenos felices, a ellos y a mí.

—Pero…

—Vamos improvisando —le propuso, y a Brenda la asombró que él, un virginiano que planificaba hasta los mínimos detalles, se aviniese a innovar en el escenario. Nada la habría convencido más de las ganas que Diego tenía de cantar con ella que ese gesto tan ajeno a su índole.

Le trajeron una banqueta alta que colocaron frente al pie del micrófono. La ocupó alentada por la aprobación del público y la sonrisa que Diego le destinaba; la colmaba de seguridad, de energía y al mismo tiempo de una gran serenidad. La música recomenzó, y ella siguió a Diego. La alentaba con gestos y asentimientos de cabeza y ella se lanzaba a cantar. Conocía las letras de casi todas las canciones nuevas de la banda y le resultaba natural ajustar las notas a su registro vocal, lo cual le dio un toque renovado a las composiciones. El público no cesaba de aplaudir y de pedir bises. Pasada la una de la mañana, habiéndose extendido casi media hora del permiso otorgado por el municipio, DiBrama se despidió del escenario. Tras bambalinas, Diego, completamente sudado, los ojos brillantes de excitación y los músculos tensos de adrenalina, la aferró por la nuca y le devoró los labios. Francisco inmortalizó la escena en una fotografía, que terminó en las redes, donde se propagó con rapidez.

* * *

La conferencia de prensa tras el recital se organizó en uno de los salones del edificio del hipódromo. Brenda se negó a participar y permaneció a un costado con Francisco y Mariel Broda. Los tres miembros de

DiBrama ingresaron en el recinto y los flashes explotaron. Los periodistas vociferaban las preguntas hasta que, gracias a la intervención de Carmelo, se ordenaron y las formularon uno a la vez. Querían saber acerca del regreso de Brenda, del lanzamiento del nuevo álbum y del concierto en Córdoba a mediados de septiembre. Cuarenta y cinco minutos más tarde, Broda dio por terminada la ronda.

Cenaron en un restaurante del centro de Rosario. Exudaban entusiasmo. Como habían transmitido en vivo el concierto a través de la página de Facebook, Broda les comentaba las reacciones y les pasaba los números que Mazzurco iba procesando. Francisco también realizaba su aporte y les informaba cómo aumentaban exponencialmente las visualizaciones y los mensajes en los blogs de fans y en los principales foros de música. La respuesta del público, fuese en las redes de DiBrama o en otras, arrojaba el mismo resultado positivo obtenido en el campo del Hipódromo Independencia, siendo la participación de Brenda el tema destacado.

—¡La rompiste mal, Bren! —repetía Francisco entre bocado y bocado de hamburguesa—. Y no te lo digo porque seas mi amiga. ¡Ahre! —añadió y se echó a reír.

—Claro que somos amigos —confirmó ella.

—Te lo digo porque tenés la voz más copada del mundo, posta.

—Brenda, tu regreso a DiBrama —señaló Broda— no pudo haberse dado de mejor manera porque fue el mismo público el que requirió tu presencia.

Brenda sonreía y observaba a Diego, que engullía la lasaña sin levantar la vista del plato. La exigencia para él, meditó, debía de ser tremenda, porque no solo estaba atento a la parte que le tocaba sino a cada detalle de lo que ocurría en el escenario; nada quedaba fuera de su gobierno. Antes, cuando tocaba en Sin Conservantes, tras un concierto, debía de haberse drogado y alcoholizado para contrarrestar el anticlímax que implicaba el fin del espectáculo. Ahora ni siquiera fumaba. «Te tiene a vos», se recordó y, como si él hubiese oído su pensamiento, alzó la vista y le guiñó un ojo.

Volvieron al hotel para ducharse y hacer el check-out. Saldrían enseguida para Buenos Aires. Querían estar de regreso en las primeras horas de la mañana del domingo. Planeaban dormir un poco y luego prepararse para asistir al programa de Susana Gillespie. Brenda durmió las tres horas que duró el viaje. Abrió los ojos con dificultad y se dio cuenta de que se habían detenido. Reconoció el edificio donde vivía el padre de Francisco. Diego y el adolescente se despedían con un abrazo en la vereda.

—¿Te gustaría acompañarnos esta noche al programa de Susana? —escuchó que Diego le decía y, pese a estar adormilada, sonrió ante la reacción desmesurada del sagitariano.

—¡Me gustaría una banda, Moro! ¡Una re banda! ¡Qué copado mal!

Se le echó encima y lo abrazó. Diego, riendo, le palmeó la espalda. Esperaron que el chico entrase en el edificio antes de arrancar. Brenda se acomodó sobre Diego para seguir durmiendo; antes murmuró:

—Gracias por invitarlo.

* * *

Diego se encontraba en el estudio controlando la instalación de los equipos; habían acordado con la producción tocar dos temas, uno al inicio de la entrevista y otro para cerrarla. Brenda ocupaba una butaca en el camerino y se entregaba a la mano experta de la maquilladora.

—¡Qué piel tan perfecta! —la lisonjeó la mujer—. Casi me da lástima cubrirla con la base.

—Bueno —minimizó Brenda—, tengo veintitrés años.

—Aquí se sientan chicas de tu edad con el cutis grueso y poroso de tanto fumar y tomar —rebatió la maquilladora—. Estoy segura de que vos no tomás ni fumás.

Brenda sonrió y movió la cabeza para negar. La mujer dio los últimos retoques; le aplicó polvo traslúcido con una brocha gruesa y más brillo en los labios.

—Estás monísima —la halagó—. Voy a buscar a la peluquera —anunció y la dejó sola.

Brenda se inclinó delante del espejo y observó el trabajo de la profesional. Habían bastado pocos minutos para que el maquillaje, hábilmente aplicado, la transformase. Sus ojos parecían más grandes y almendrados, y los pómulos más elevados y prominentes. Se sentía hermosa.

Se abrió la puerta, y Brenda se giró en la butaca esperando que fuese la peluquera, a quien le habían presentado apenas llegada al estudio.

La chica que acababa de ingresar y que permanecía junto a la puerta medio abierta no era la peluquera. Lo primero que pensó fue: «¡Qué chica tan linda!» y, al caer en la cuenta de quién se trataba, la seguridad que le había brindado la labor de la maquilladora se esfumó como el vapor. Era Ana María Spano, a quien encontró más atractiva y alta de lo que lucía en televisión.

La Spano cerró y se quedó mirándola. Brenda abandonó la butaca. ¿La producción de Susana se comportaba de manera tan insensible e invitaba a la ex de Diego el mismo día?

—¿Buscás a la maquilladora? —preguntó Brenda.

—No —contestó la chica con un timbre sensual y grave—. Una amiga trabaja en el canal y me dejó entrar. Quería conocerte. Ya me voy. ¿Sabés quién soy?

Brenda asintió mientras intentaba enmascarar la desazón que iba apoderándose de su ánimo, un momento atrás luminoso y seguro, en ese instante oscuro y vulnerable. ¿De nuevo padecería lo que había sufrido por culpa de Carla Mariño? ¿De nuevo una ex de Diego se demostraría un escollo para alcanzar la felicidad? Evocó lo que Cecilia le había explicado acerca del Ascendente de Diego, Tauro, que lo obligaba a enfrentar la fuerza del apego, una característica muy taurina que el nativo rechazaba y que tendía a proyectar en los demás, lo que se traducía en mujeres pegajosas y posesivas. Su Luna en Piscis no ayudaba en ese sentido al propiciar vínculos confusos que solían degenerar en tóxicos.

Tal como la astróloga le había advertido, frente a la adversidad, se activó su polaridad uraniana; deseaba escapar. A punto de esquivar a la modelo, abandonar el camerino y echar a correr, se acordó de la promesa que le había hecho a Diego, no volvería a huir. Tomó una inspiración profunda y expresó:

—Ya me conociste. Ahora te pido que te vayas.

—Vos dijiste el domingo pasado en el programa de Martha —comentó la chica como si Brenda no hubiese hablado— que lo amás desde que tenés memoria. Yo también lo amo desde hace mucho tiempo, desde hace diez años, desde que era una simple fan de dieciséis de Sin Conservantes y los seguía a todas partes porque estaba enamoradísima del líder.

«¿Por qué me tocan estas escenas locas, absurdas y raras?», se cuestionó. «Ah, sí», recordó sarcásticamente, «con Urano en la Casa XII no puedo pretender una vida muy normal que digamos». ¡Le pesaban las rarezas de su carta natal! Estaba harta de enfrentar situaciones y a personas locas, ni qué decir de experimentar la pérdida y el desapego. Ni su esencia pisciana ni su Neptuno poderoso la dotaron de la compasión necesaria para hallarle una justificación al accionar de Ana María Spano. Solo deseaba que se fuese y que los dejara en paz.

—La odiaba a Carla Queen —continuó la modelo— porque era una mala influencia. Hice de todo para que me contratasen en el primer video de DiBrama. Mi agente movió cielo y tierra hasta que me consiguió el papel principal. Así nos conocimos. ¿El Moro no te contó?

Brenda se quedó mirándola y ni siquiera negó con la cabeza. La chica retomó su perorata como si el diálogo se desarrollase en los mejores términos. ¿Estaría colocada? Se comportaba de un modo extraño.

—Pero había algo que no funcionaba bien —declaró—. Era obvio que el Moro levantaba una barrera y que no me dejaba pasar. Yo intentaba romper la coraza y solo conseguía alejarlo de mí. Hasta que volvió de la gira y me contó su historia, la de ustedes, y me confesó que te amaba y que solo con vos podía ser feliz. Lo odié y te odié —se sinceró, y Brenda en un acto instintivo dio un paso atrás—. Y después de escuchar la declaración de amor que hizo en Vélez te tuve *tanta* envidia. Pero te vi en el programa del domingo pasado, el de Martha Lugo, y empecé a comprender por qué te ama tanto. Solo quería conocerte —reiteró—. No habría soportado que fueses otra Carla Queen.

—No lo soy —afirmó Brenda.

—Está claro que no lo sos —acordó la modelo.

Se abrió la puerta. Era Diego. La sonrisa se le esfumó y a Brenda la asombró la rapidez con que se le endureció la expresión al descubrir a su ex. La esquivó y se colocó delante de ella en un gesto protector.

—¿Qué hacés aquí? —inquirió de mal modo.

—Hola, Moro.

—¿Qué hacés aquí? —insistió él.

—Quería conocer a Brenda.

—Me prometiste que no intentarías contactarla.

—No pude resistirme. Perdón.

—OK —resolvió él—. Ya la conociste. Ahora, por favor, dejanos solos.

—Está bien. Chau, Moro. Nos vemos. —Diego se limitó a inclinar la cabeza. —Chau, Brenda. Un gusto conocerte.

No le contestó. Se habría considerado una hipócrita. La ahogaba una animosidad que a duras penas mantenía a raya. La quería a miles de kilómetros. ¿Con qué objetivo la Spano había planeado ese encuentro? ¿Traería consecuencias?

La puerta se cerró con un chasquido que se propagó en el mutismo de la pequeña habitación. Diego se volvió hacia ella. Estaba asustado, le temía a su reacción.

—¿Todo bien? ¿Te dijo algo que te puso mal? Decime. —Brenda negó con la cabeza. —No sé por qué derrapó de este modo y vino a verte. Yo le…

—No quiero que ella se convierta en otra Carla —lo detuvo Brenda.

—No va a molestarte de nuevo, te lo aseguro.

—No me refiero a eso, sino a que no quiero que empieces a ocultarme que te llama, que te molesta, que quiere verte. No quiero más secretos entre nosotros. No lo soportaría.

—No, amor, no. —La abrazó, y Brenda le hundió la nariz en el cuello e inspiró la familiar esencia de su piel. —No voy a cometer los errores del pasado. No quiero ni voy a ocultarte nada.

Entró la peluquera y, al pillarlos abrazados, permaneció en el umbral.

—¿Querés que te haga algo en el pelo? —ofreció desde allí.

—Unas ondas —contestó Brenda—. ¿Puede ser?

—Por supuesto —respondió la chica y entró.

Diego se sentó en la butaca de al lado y se quedó en el camerino el tiempo que le tomó a la peluquera marcarle unos bucles. Lo hacía porque temía que la Spano regresase. Bromeaba y las hacía reír, y Brenda se preguntaba qué pensamientos ocuparían su mente. ¿Estaría analizando el comportamiento de la ex? La deprimía la posibilidad de que a la chica se le diese por acosarlo y perseguirlo. En realidad, era la idea de Diego hablando con ella, aunque fuese para cortarla, lo que la sumía en una profunda desazón.

Pese a sentirse desmoralizada, la entrevista fue un éxito gracias a la personalidad genuina y espontánea de la conductora, que apenas la vio entrar de la mano de Diego le soltó:

—¡Pero vos no tenés pinta de roquera! Nada de ropa de cuero ni tachas. Tal como dijo Martha la semana pasada, parecés una muñeca de porcelana.

La tomó de la mano y la hizo dar un giro para que luciera el conjunto de pantalón blanco *skinny* y saco entallado en el mismo color, bajo el cual asomaba una musculosa de seda a rayas blancas y azules. Los zapatos eran de Ximena, unos *peep toe* bastante altos en charol blanco. Diego, antes de salir para el canal, le había asegurado que estaba «impecable», un término muy virginiano, meditó Brenda. Rafa y Manu habían sido menos galantes.

—¡Qué bonita es tu novia, Moro! —lo halagó Susana Gillespie—. Bueno, los cuatro integrantes de DiBrama son hermosos —aseguró e hizo una seña para que tomasen asiento en su famoso *living*—. Porque después del concierto de anoche en Rosario y el tema que acaban de tocar los cuatro aquí, ya podemos decir que los miembros de DiBrama son cuatro, ¿verdad? El grupo acaba de recuperar a su hija pródiga, ¿no? —Los fans ubicados en la tribuna del estudio prorrumpieron en aplausos. —Esto está que revienta de la cantidad de seguidores que se han acercado hoy al canal para participar de la emisión. Pero contame, Moro querido, ¿cómo fue que convenciste a Brenda de que regresase de Madrid y se uniese a la banda de nuevo?

—Manu, Rafa y yo siempre decimos que le debemos todo a nuestros seguidores. Sin ellos, sin su apoyo constante y fiel, sin su aliento, no habríamos llegado donde estamos. —Alzó la mano y saludó en dirección de la tribuna, lo que suscitó otra oleada de gritos, vítores y aplausos. —Pero yo, en lo personal, le debo a un fan haber recuperado a la mujer a la que amo.

—¿Cómo? —se interesó la conductora—. Contame *ya* eso.

Diego se volvió hacia Brenda y le preguntó:

—¿Querés contar vos cómo fueron las cosas?

Brenda asintió y refirió los hechos que habían comenzado en el avión debido a un tramo con turbulencias y que habían terminado en Vélez con la ya mítica declaración de amor.

—¡Benditas turbulencias! —exclamó Susana Gillespie cuando Brenda acabó el relato—. ¡Y bendito este chico! ¿Cómo dijiste que se llama?

—Francisco Pichiotti —respondió Brenda—. Está aquí esta noche. Le pedimos que nos acompañase. —Señaló hacia el sector de la tribuna donde se encontraba el adolescente, que se había vuelto del color de la grana. —Gracias a él, Diego y yo estamos juntos de nuevo.

La cámara enfocó a Francisco y luego hizo un paneo general del resto de los seguidores de DiBrama.

—Leo carteles muy descarados entre las fans —apuntó la conductora—. Para Manu y Rafa, todo lo que quieran, porque están solteros. Pero el Moro es un señor comprometido. Por favor, chicas, sean juiciosas. —Fijó de nuevo la atención en Diego. —Moro querido, yo me pregunto, ¿cómo pudo ser posible que, de entre los millones de seguidores que tenés en Instagram, hayas abierto el mensaje de Francisco?

Diego contestó sin apartar la mirada de Brenda.

—Lo único que puedo pensar, Susana, es que la magia del universo estaba a mi favor y que obró para que yo pudiese recuperarla.

—¿Creés en la magia, Moro?

—Soy incrédulo por naturaleza —admitió el virginiano—, pero la evidencia en mi vida es tan apabullante que sí, hoy, a los casi veintinueve años, tengo que aceptar que la magia existe.

* * *

Después de un fin de semana tan intenso, el lunes decidieron quedarse en casa. Durmieron hasta tarde, desayunaron en la cama y se lo pasaron haciendo el amor y charlando. Por la tarde Diego recibió un mensaje de WhatsApp. Lo leyó con el ceño apretado y luego le entregó el celular a Brenda. Era de la Spano. *Moro, te pido perdón por lo de ayer*, decía. *No es mi intención perseguir ni molestar a Brenda. Solo quería conocerla. Sabés cuánto te amo y me preocupo por vos. Te voy a esperar siempre.*

Agradecía que Diego lo hubiese compartido con ella, más allá de que leerlo fue como recibir un puñetazo en el estómago. Le devolvió el teléfono. Se miraron en silencio.

—Gracias por mostrármelo.

—Sé que te hace mal.

—Peor me haría darme cuenta de que me lo ocultaste.

—Siempre que te oculté algo fue para preservarte —se justificó—, porque no quiero que sufras.

—¿Le vas a contestar?

—No —respondió, decidido—, no hace falta. Ya no hay nada que decir.

Al día siguiente Diego debía ocuparse de unos compromisos y Brenda tenía turno con la ginecóloga. Aunque todavía los perseguían unos pocos paparazis, lo convenció para que la dejase ir sola en su automóvil. La aturdió con recomendaciones y advertencias antes de permitirle marchar.

Brenda salió contenta del consultorio. La médica le había sugerido probar con las pastillas anticonceptivas de otro laboratorio, que, en su opinión, no le causarían efectos adversos. Dado que los fotógrafos la seguían de cerca, le pediría a Modesta que fuese a la farmacia a comprar las pastillas aprovechando que tenía que ir a su casa para devolverle a Ximena los *peep toe* que había usado durante el programa de Susana Gillespie.

Modesta, tras comentar lo bonita y simpática que había lucido el domingo en el *living* de Susana, se abrigó para ir a la farmacia. En tanto se envolvía el cuello con una bufanda, se acordó:

—Ah, mi niña, ayer los guardias recibieron un sobre para usted.

—¿Para mí? —se sorprendió.

—Ahí se lo dejé en su pieza.

Brenda se detuvo en el umbral y lo avistó sobre el escritorio. Era de papel madera, pequeño y tenía escrito en letras grandes y con marcador negro su nombre. Solo su nombre. La asaltó un presentimiento horrible. Tenía miedo de abrirlo. Sabía que nada bueno saldría de allí. Dio un paso y otro y otra más en dirección al escritorio. La apremiaba la certeza de que tenía que protegerse y proteger a Diego.

Lo observó antes de atreverse a tomarlo. Lo levantó y lo giró. No había ninguna información, ni un remitente, ni una dirección. Solo «Brenda Gómez» en la parte delantera. ¿Quién lo habría dejado en la casilla de la guardia?

Reunió el coraje y lo abrió. Dentro había una memoria USB y un post-it amarillo con el número de un celular. Se dirigió a la habitación donde Ximena tenía la computadora. La encendió e insertó el *pen drive* confiada de que el antivirus protegería el equipo. El único archivo se titulaba «Di-cumple 2014»; era un video. Soltó el *mouse*; no se atrevía a abrirlo. No solo le temblaba la mano, sino el cuerpo entero. Era como si la malicia que, ella estaba segura, encerraba el contenido de ese archivo la tuviese sujeta por la garganta; la sentía agarrotada y seca. Hizo clic, y el video se inició ante sus ojos desorbitados. Diego y una chica muy joven —¿era una adolescente?— tenían sexo de una manera ruidosa y sórdida. Lo cerró inmediatamente, incapaz de soportar las imágenes y las groserías que se gritaban.

Se quedó con la vista fija en la pantalla. La sangre fluía a tal velocidad que le provocaba un silbido en los oídos. Fue al baño y colocó las muñecas bajo el chorro de agua fría. Había salido tan contenta del consultorio de la ginecóloga y ahora se hallaba sumida en el miedo y la incertidumbre. ¿Por qué su vida tenía que desarrollarse como en una montaña rusa?

Cansada de las especulaciones y del pánico, buscó el teléfono y tecleó el número indicado en el post-it. La atendieron al segundo tono.

—Hola, Brenda —la saludó una voz femenina sin que ella pronunciase una palabra—. ¿Me reconocés? ¿Sabés quién soy?

—Sí —contestó—. Sos Carla Mariño.

Capítulo XXX

—¿Qué querés? —exigió Brenda.

—Por teléfono no —se opuso Carla—. Quiero que nos encontremos personalmente.

—Estás loca —replicó, sintiéndose un poco más dueña de sí.

—Si querés proteger a Diego del escándalo que puedo armar y que le arruinaría la carrera y la vida, vas a hacer todo lo que te diga. —Brenda guardó silencio. —Bien, veo que vas entrando en razón.

—¿Qué querés? —preguntó de nuevo.

—Que nos veamos ahora.

—¿Dónde? Tiene que ser en un lugar público —exigió.

—¿Y los paparazis que te siguen?

—Saldré por la puerta de servicio.

—Hay un barsucho cerca de tu casa, en la esquina de Hipólito Yrigoyen y Castro Barros.

—Lo conozco.

—Ahí, en treinta minutos. Vos sola. Si veo que llegás con alguien, me voy y revienta todo —la amenazó antes de cortar.

El miedo y la incertidumbre habían desaparecido tras oír la detestable voz de la Mariño. La mente se le había despejado. Solo importaba contrarrestar el daño que esa mujer le causaría a Diego si ella no intervenía. Oyó que Modesta regresaba de la farmacia.

—¿Qué pasa, mi niña? —le preguntó apenas la vio entrar en la cocina—. Se me ha puesto pálida.

—Estoy bien. Necesito que me prestes tu celular.

—Sí, sí, claro —balbuceó la mujer y se lo entregó sin preguntas.

—Modestiña, tengo que llevármelo por un momento. No puedo explicarte nada ahora. Solo necesito que confíes en mí.

—Claro, mi niña, claro. Pero, ¿dónde tiene que ir? Yo la acompaño —ofreció e hizo el ademán de ponerse de nuevo el abrigo.

—No. Tengo que ir sola. No te preocupes. No es nada grave. ¿Tiene carga? —dijo y le enseñó el aparato.

—Sí, lo cargué hace un ratito nomás.

Se dirigió al dormitorio de su madre y eligió, de entre las tantas carteras que tenía, una chiquita de espadaña y mimbre adquirida en el Caribe el año anterior, ideal para su plan porque poseía unos orificios cerca de la base por donde se enhebraba una cinta de gros color azul. La quitó fácilmente de modo tal de despejar los pequeños huecos. Acomodó dentro el teléfono de Modesta de modo tal que la cámara coincidiera con uno de los orificios y lo pegó con cinta de embalaje cuidando de no tapar el micrófono. Desde ese momento y hasta que la aventura terminase, el celular grabaría y filmaría todo cuanto acontecería. Solo esperaba que la batería resistiese. En verdad no sabía qué terminaría obteniendo con esas previsiones. Era consciente de que actuaba movida por el instinto.

Salió por la entrada de servicio, que daba sobre la calle Colombres. Caminó a paso rápido hasta la esquina con Hipólito Yrigoyen y desde allí prosiguió hasta Castro Barros. La divisó sentada junto a la vidriera del bar. Entró, avanzó esquivando las mesas del pequeño local y tomó asiento frente a ella. Con actitud casual, acomodó la cartera a un costado de modo tal que enfocase lo mejor posible el objetivo.

Carla le sonrió y Brenda la estudió. La había visto por última vez el día del nacimiento de su hijo. En esos dos años y cinco meses su cara se había deteriorado de manera ostensible, y el cabello, luego de soportar platinado tras platinado, se había vuelto pajizo. Estaba muy delgada, casi cadavérica. Vestía de modo recatado para sus antiguos cánones; tal vez no quería llamar la atención dadas las circunstancias.

Carla extendió la mano en el acto de pedir algo y Brenda frunció el entrecejo fingiendo no comprender.

—El celular —indicó la mujer.

—¿Para qué?

—Lo voy a apagar.

Brenda lo extrajo del bolsillo de la campera y lo colocó sobre la mesa. Carla lo apagó y lo dejó junto a ella.

—Para haber enterrado a un hijo, te ves muy bien —la provocó.

Brenda, que conocía su mordacidad y manipuleo, hizo oídos sordos. En cambio, preguntó:

—¿Cómo sabías dónde vivía?

—Lo llevé a Diego un par de veces en 2011, pero nunca entré. Él no quería que tu vieja me conociera.

—¿Qué querés?

—Supongo que habrás visto el video. —Brenda se quedó mirándola amotinada tras un silencio elocuente. —Sí, lo viste. La chica era menor de edad en el momento de la filmación.

—¿Por qué tenés vos ese video?

—¿Cómo por qué? Porque yo los filmaba mientras cogían.

La tomó por sorpresa y debió de reflejarlo en su expresión porque la mujer se echó a reír.

—Di y yo éramos muy… ¿cómo podríamos decir? Libres en el sexo. Nos gustaba experimentar cosas extremas. Con vos, supongo, se comportará como un caballero, pero su esencia es otra. Tarde o temprano saldrá afuera. —Se encogió de hombros. —Supongo que vendrá a buscarme para satisfacer los deseos oscuros que solo yo sé cómo satisfacer.

Brenda guardó silencio; se había prometido evitar las discusiones vanas con la Mariño. Se aproximó el mozo. Pidió un café que no pensaba tomar.

—¿Qué querés? —volvió a preguntar apenas el hombre se alejó.

—Sí —concedió la mujer—, vamos al grano. A mí tampoco me gusta estar acá mirándote la cara.

—Hablá, entonces.

—Si no querés que ese video del *gran* Moro Bertoni termine en todas las redes y programas de chimentos del país vas a hacer lo que yo te diga.

—Decime de una vez qué querés.

—Quiero guita, mucha guita, y que desaparezcas de la vida de Diego.

—¿Por qué no nos dejás en paz?

—Oh, sí que los voy a dejar en paz, pero solo cuando vos cumplas las dos condiciones que acabo de ponerte. Quiero cien mil dólares…

—¡Cien mil dólares! —exclamó en un susurro—. ¿Estás loca? Yo no tengo esa cifra.

—Pero tu vieja sí. Y se la vas a pedir.

—¿Por qué me pedís plata? Tu hermano es un hombre muy rico.

—¿Vos sos pelotuda o te hacés? Ah, perdón, quizá no lo sepas, después de tanto tiempo en Madrid y lejos de los quilombos de este puto país. Mi hermano está preso y todas nuestras propiedades y cuentas bancarias fueron embargadas. No disponemos de un puto peso, Brendita. Ya estoy harta de vivir garroneando. Lo llamé varias veces a Di para pedirle prestado, pero ni siquiera me atiende el teléfono.

Diego la culpaba de la muerte de Bartolomé ¿y esa loca se atrevía a llamarlo para pedirle dinero? Una de dos: era una egocéntrica de campeonato mundial o la droga le había dañado el cerebro.

Callaron mientras el mozo depositaba el café. Apenas se marchó, Brenda exigió saber:

—Si te diese la plata, ¿cómo puedo estar segura de que ese video no terminará en las redes igualmente?

—Si me dieses la guita *y si y solo si* vos desaparecieras, te doy mi palabra de que esas imágenes jamás serán de dominio público. Después de todo, yo lo amo a Di y no querría hacerle daño. Pero me encuentro en una situación muy complicada y…

—¿Por qué querés que desaparezca? ¿Por qué no nos dejás ser felices después de todo lo que sufrimos?

La máscara de ironía cayó súbitamente y el semblante de Carla sufrió una alteración tan radical que Brenda se asustó. Pegó la espalda al respaldo en un acto instintivo e inútil que pretendía ponerla fuera de su alcance.

—Porque te detesto —masculló con los dientes apretados—. Te he detestado desde siempre. Eras importante para Diego. El verano en que trabajó en la fábrica de tu familia y que vos ibas para estar con él, se lo pasaba hablando de vos. Brenda esto, Brenda aquello. Te quería como no quería a su hermana. Y yo te detestaba por eso. Se le iluminaban los ojos cuando te mencionaba. El día en que te conocí en el portón de la fábrica confirmé dos cosas: que estabas enamorada de él y que tarde o temprano te convertirías en un problema. A juzgar por cómo se dieron las cosas, tenía razón, ¿no? —Carla cayó en un mutismo en el que sus ojos verdes y fijos en Brenda comunicaban más que las palabras. —A vos te hizo un hijo. A pesar de que yo tomaba pastillas, él usaba forro por miedo a dejarme embarazada. La idea de un hijo conmigo le parecía la peor de las cagadas.

—Si de algo sirve, no lo buscamos. Él quiso que abortase —añadió.

—Pero amenazaste con dejarlo y él, con tal de no perderte, aceptó el hijo.

—¿Cómo sabés eso?

—Di me lo contó. Me llamó una noche por teléfono muy borracho. Lloraba porque querías dejarlo. ¡Dios! —exclamó—. ¡Cómo lo odié! Solo me quedaba el consuelo de que, frente a los problemas, seguía buscándome a mí. Ya ves, tarde o temprano, siempre vuelve a mí.

Brenda luchó por someter el dolor y la confusión causados por las odiosas revelaciones. Precisaba conservar la mente clara para lidiar con una de la talla de Carla Mariño.

—Entonces —evocó—, aquel día en el que me interceptaste con Mendaña y los matones, mentiste al decirme que te había sorprendido saber que estaba embarazada.

—No mentí —afirmó—. Di me había dicho que al final habías aceptado abortar. Cuando te vi por la tele durante el Cosquín Rock y me di cuenta de que seguías *muy* preñada, lo llamé para increparlo y me dijo que no te había obligado a abortar para no echarse a tu vieja en contra, que era la única que podía prestarle la guita para devolverle el préstamo a mi hermano.

Brenda se quedó muda, mirándola. La red de intrigas y de mentiras era interminable. Asqueada, harta y cansada, le preguntó:

—Si es cierto que lo amás, ¿por qué no lo dejás ser feliz?

—Por supuesto que lo dejo ser feliz —afirmó—. Puede ser feliz con quien quiera, con la Spano, por ejemplo, pero no con vos. ¿Qué pensaron? ¿Que podían pasearse por los programas más vistos de la televisión, refregarme su felicidad y yo soportarlo en silencio? Ese no es mi estilo.

—Con la Spano sí lo dejarías en paz porque sabés que en el fondo no sería feliz —dedujo Brenda—. No te importa Diego, no te importa que sea feliz. Solo pensás en vos.

Se puso de pie, aferró la manija de madera de la cartera y, cuando se disponía a recoger el celular, Carla la sujetó por la muñeca y la obligó a sentarse de nuevo.

—¿Dónde vas? No hemos terminado.

—Yo creo que sí —refutó—. Vos ya dijiste lo que tenías para decir. No tenemos nada más de qué hablar.

—No te hagas la pelotuda, Brenda. Aquí está en juego la reputación y la vida de Diego.

—Lo sé.

—Entonces, me vas a dar la guita y vas a desaparecer. Podrías volver a Madrid —sugirió con ironía.

—Ya te dije que no tengo esa suma de dinero. Tendré que hablar con mamá primero.

—Te doy una semana.

—¡Es muy poco tiempo!

—Una semana —reiteró Carla, implacable—. Ya verás vos qué cuentito le metés a tu vieja porque si se llega a enterar de que es para mí, el video encontrará su lugar en YouTube rápidamente. Para comunicarte conmigo llamá al mismo teléfono al que me llamaste hoy. Nada de trucos, Brenda, o me será muy fácil apretar *enter* y provocar una catástrofe mundial. Una semana —reiteró—. Hoy es martes 20 de agosto. Si el martes 27 no tengo los dólares en mis manos antes del mediodía, habré entendido que decidiste no cumplir el trato. Lo mismo si no escucho en los programas de chimentos que vos y el Moro Bertoni rompieron, entonces también habré entendido que no hay trato.

—¿Puedo irme?

—Una última cosa: ni una palabra de esto a Diego.

—Va a ser muy difícil ocultárselo. ¿Pensás que se creerá que lo dejo porque ya no lo amo?

—Una vez lo dejaste —le recordó.

—¿Qué te importa si se entera de tu extorsión? Dudo que lo sorprenda.

—Ese no es asunto tuyo —se obstinó Carla—. Y no creo que estés en condiciones de cuestionar nada, ¿no te parece, *Brendita*?

—Podría contarle y vos nunca enterarte.

—Oh, pero me enteraría, no lo dudes —aseguró con tal convicción que Brenda se desmoralizó.

Se puso de pie, aferró la cartera, recogió su celular y se marchó.

* * *

Caminó las dos cuadras que la separaban de su casa apretando los dientes y los puños. El desbarajuste de sensaciones, emociones y pensamientos era brutal. Sus dos polaridades, la uraniana y la neptuniana, amenazaban con quitarle la cordura. Le costaba respirar. No sabía qué hacer. En realidad, sí lo sabía: deseaba huir y esconderse. Caer de nuevo en las garras de esa maldita de Carla Mariño le resultaba una pesadilla intolerable, una broma macabra. Estaba cansándose de que el destino la obligara a lidiar con gente desequilibrada y con situaciones que la desestabilizaban.

Entró en su casa y se encerró en el dormitorio. Extrajo el celular de Modesta de la cartera, le quitó la cinta de embalar y verificó la calidad de la grabación. Si bien la imagen no era la mejor, nadie habría dudado de que se trataba de Carla Mariño. El sonido de sus voces, aunque perturbado por el murmullo constante del bar y el de los automóviles, se escuchaba con nitidez. Rebuscó en los cajones de su escritorio hasta dar con un *pen drive* para teléfono celular. Lo insertó en el aparato de Modesta, descargó el archivo y procedió a borrarlo. En esa instancia no sabía si el video le sería de utilidad; de todos modos, constituía una prueba irrefutable de la extorsión. ¿En cuántas ocasiones había visto en los noticieros a políticos y a empresarios acusados de corrupción gracias a trampas que les tendían con cámaras ocultas? En este caso procedería con prudencia porque lo que probaba el chantaje también exponía a Diego a una acusación por abuso de una menor.

Paralizada de miedo, confundida y angustiada, se sentó en el borde de la cama y se sostuvo la cabeza. ¿Qué consejo le habría dado Cecilia? Que se calmase, fue la respuesta inmediata, y que buscase el equilibrio que las fuerzas opuestas que contendían en su interior intentaban arrebatarle. Se sentó como los indios en el suelo e inspiró y espiró hasta conseguir bajar el ritmo cardíaco. El siguiente consejo de Cecilia habría sido que identificase la prioridad. «Mi prioridad es Diego», se respondió. Sin embargo, para salvarlo, ¿aceptaría someterse a la voluntad de un ser ladino y traicionero como la Mariño, que recurriría a la extorsión cada vez que se quedase sin dinero?

Abrió los ojos, asaltada por una claridad repentina que le dio mucha paz: si le había pedido a Diego que no existiesen secretos entre ellos, entonces le contaría todo, y juntos recurrirían a Tadeo González, que les brindaría el asesoramiento apropiado para salir del lío sin avenirse a las condiciones de la Mariño, porque de algo estaba segura: no se plegaría al chantaje de esa culebra, no le entregaría un centavo y por cierto no abandonaría al amor de su vida.

* * *

—¡Amor! —Diego le respondió la llamada con tanta alegría que le brotaron lágrimas.

—¿Dónde estás? —intentó preguntar con acento normal.

—En la casa de Arturo Jauretche. Vine a ver la obra —aclaró—. ¿Qué pasa, Brenda? ¿Estás bien?

—Sí, estoy bien —lo tranquilizó—. Apenas puedas, ¿podrías venir a casa?

—¿Nuestra casa o la de tu vieja?

—Nuestra casa. La tuya y la mía.

—Salgo para allá.

Diego llegó cuarenta minutos más tarde. Brenda, que había escuchado el ascensor que se detenía en el piso veintiséis, lo aguardaba en el vestíbulo. Se le echó al cuello apenas cruzó el umbral. Diego la abrazó con el vigor que ella necesitaba.

—No me asustes —le habló al oído—. ¿Qué pasa?

—Yo estoy bien —volvió a tranquilizarlo—, pero hoy sucedió algo.

—¿Qué? Decime, por favor.

—Sentémonos —propuso Brenda.

Se ubicaron en el sofá del salón. Diego le sujetó las manos.

—Están frías —se preocupó—. ¿Se trata de algo que te dijo la ginecóloga?

—No. Me fue muy bien con ella. Me recetó las pastillas y ya las compré. Lo que sucedió vino después. Estaba en casa, en casa de mamá —aclaró—, y Modesta me dijo que ayer había llegado un sobre para mí.

Brenda prosiguió con el relato y fue testigo de los cambios notables en el semblante de Diego, que poco a poco fue contorsionándose en una mueca de ira y desprecio. Se enfureció cuando le dijo que había consentido en reunirse con Carla. Se llevó las manos a la cabeza.

—¿Cómo se te ocurrió encontrarte con esa loca? —le reclamó, enfurecido.

—Le exigí vernos en un lugar público.

—¿Vos te creés que se habría refrenado de meterte un tiro o un puntazo en plena avenida 9 de Julio y Corrientes? Está siempre colocada, Brenda. No sabe lo que hace.

—Por favor —imploró—, no te enojes conmigo. *Necesitaba* verla. Quiere perjudicarte. ¿Cómo pensás que no iba a hacer algo para impedirlo?

Diego le besó la mano con reverencia. Mantuvo los labios apoyados en sus nudillos y los ojos cerrados. Respiraba de modo superficial y le causaba una agradable cosquilla.

—De solo pensar lo que pudo haberte hecho se me congelan las tripas —expresó.

—Me odia.

—Sí, desde que te conoció —ratificó Diego.

—No, desde antes —objetó Brenda—. Dice que vos siempre le hablabas de mí y que me querías más que a Lucía.

—Qué idiota fui —se lamentó y se cubrió la frente con la mano—. Qué imbécil. Era tan idiota cuando la conocí. Era un boludo confiado y lo peor era que pensaba que me las sabía todas. Ella, siendo como es, me enseñó mucho de la naturaleza humana. —Le destinó una mirada tan triste y avergonzada que le atravesó el corazón. —Perdoname, amor. Perdoname por haberte expuesto a esa basura. Me avergüenza que hayas visto ese video. No sabés qué vergüenza tengo.

—Eso no es lo peor —repuso Brenda—. Lo peor es lo que me pidió a cambio de no subirlo a las redes.

—¿Qué quiere? —preguntó con desprecio.

—Cien mil dólares y que te deje, que anuncie nuestro rompimiento en los programas de chimentos.

—¡Qué! ¡Hija de puta! ¡Hija de mil putas!

Abandonó el sillón, incapaz de estarse quieto. Caminaba por la sala dando largos pasos mientras escupía insulto tras insulto.

—Vos dejame esto a mí —expresó Diego—. La voy a llamar a esa loca de mierda…

—¡No! —Brenda se puso de pie y lo detuvo en su ir y venir. —Fue muy insistente al ordenarme que no te dijese nada. Amenazó con que lo publicaría si te lo decía.

—Te tengo miedo —le confió él—. Tengo miedo de que por salvarme estés pensando en dejarme. Tengo miedo de que te inmoles por mí.

—No voy a darle un centavo y no voy a dejarte, *nunca* —le aseguró—. Ya sufrimos demasiado a causa de sus intrigas. Pero tenemos que planear bien los pasos a seguir porque si ese video saliese a la luz, podría perjudicarte muchísimo.

—Quiero verlo —exigió Diego, y Brenda, de pronto acobardada, asintió.

Se dirigieron a la planta alta, a la habitación que Diego había destinado para escritorio. Brenda insertó el *pen drive* en el puerto USB de la computadora.

—Quítale el volumen, por favor —fue la única condición que impuso.

Diego le echó un vistazo apesadumbrado antes de asentir y enmudecer los parlantes. Brenda apartó la mirada apenas se ejecutó la grabación. Segundos después se obligó a mirarla. Diego la había congelado en una imagen borrosa. De pie junto a él, le puso una mano sobre el hombro en señal de apoyo.

—Era ella quien filmaba —comentó.

—Sí —confirmó Diego, y a Brenda la asombró lo tranquilo y desapegado que se mostraba—. Le gustaba filmarme mientras me cogía a sus amigas.

—¿Lo hacía a escondidas?

—No. Ella organizaba las orgías y después nos filmaba.

—¡Oh!

—Usaba una vieja filmadora que le había regalado el hermano. —Señaló la fecha que aparecía al pie derecho de la pantalla, 2 de agosto de 2014. —Esta fiesta la organizó el día de su cumpleaños.

«Leonina», determinó Brenda y comprendió tantas cosas. Diego apagó el video con un resoplido que comunicaba asco y hartazgo.

—¿Te acordás de ese día?

—Sí —admitió él—, estaba muy en pedo y lleno de frula, pero me acuerdo. Y me acuerdo de esa chica. Ahora entiendo por qué Carla te prohibió que me contases. Porque ella sabe que yo sé que la chica del video no era ninguna menor de edad.

—¡Oh! —se animó Brenda—. ¿Estás seguro? Parece de catorce, quince años.

—Seee —concedió con aire cansado—, parecía una colegiala y explotaba mucho su aspecto de nenita. Pero tenía la misma edad de Carla. Fueron compañeras del secundario y después bailaron juntas para un programa de cumbia en un canal de cable.

—¿Estás seguro de que eran de la misma edad?

—Muy seguro —ratificó—. En el dormitorio de Carla estaba la foto que se sacó en Bariloche con sus compañeros cuando fue de viaje de estudio. Ahí aparecía Nilda.

—¿Nilda se llama?

—Nilda Brusco —especificó—. Y estoy seguro de que si le pidiese que se presentara a declarar que era mayor de edad en el momento de la filmación lo haría con mucho gusto.

—¿Por qué estás tan seguro?

—Porque cuando Carla se enteró de que se había enamorado de mí y de que me había hecho un avance casi la mata. Tuve que sacársela de encima. A Carla le quedaron mechones de Nilda entre los dedos. —Brenda, todavía de pie junto a él, lo miró con expresión pasmada. —Así vivía yo en aquellos años. Después llegaste vos y fue como emerger de un pozo ciego tapado de mierda y oler el perfume más exquisito.

Brenda se inclinó y le besó la cabeza, y Diego le ciñó la cintura. Alzó la vista y la miró con tristeza.

—Quiero seguir siendo tu héroe —declaró.

—Siempre —susurró ella.

* * *

Determinar que la chica del video era mayor de edad le quitó dramatismo a la cuestión. Brenda insertó en el puerto USB de la computadora un adaptador, al cual enchufó el *pen drive* para celular y le hizo ver a Diego el encuentro con Carla Mariño en el bar. Lo observó y lo estudió mientras él miraba a su ex chantajearla. Diego no habló, no mudó el gesto, no ejecutó su famoso gruñido, no apartó la mirada de la imagen. Brenda detuvo la grabación cuando terminó la entrevista y Diego permaneció con la vista fija en la pantalla.

—No sé si servirá de algo —admitió Brenda—. Se me ocurrió que podía ser de utilidad.

Diego se volvió hacia ella y la contempló con una expresión angustiada.

—Quería que tuviésemos paz —expresó—. Después de todo lo que sufrimos, quería darte paz y felicidad. En cambio, de nuevo tenemos que enfrentarnos a esta mierda. Tengo miedo de que esto te afecte. Ver ese puto video, tener que escuchar la banda de pelotudeces que te dijo Carla… Tengo miedo de que sea demasiado para vos. —Se calló y le dirigió un vistazo cargado de ansiedad.

—En el pasado fue un problema porque me ocultabas las cosas y yo terminaba descubriéndolas del peor modo —reflexionó Brenda—. Eso era realmente doloroso, porque cuando el otro te oculta algo y no se sabe realmente por qué lo hace, entonces las especulaciones son muchas y siempre malas.

—Ya te dije que lo hacía para protegerte —le recordó Diego.

—Lo sé, pero no dio resultado.

—No lo dio, no —acordó él y bajó la vista.

—Si en cambio hablamos abiertamente, si nos contamos y nos explicamos todo, somos muy fuertes. Y nada podrá destruirnos. Si le permitimos al virus de Carla entrar de nuevo y lastimarnos, es porque no aprendimos nada. Y ella va a triunfar de nuevo.

—Entonces —habló él, decidido—, quiero que me digas todo lo que tenés en la cabeza en este momento. Te conozco, Brenda, y sé que hay cosas que no te cierran, que te hacen ruido, que te llevan a desconfiar de mí. Quiero saberlas. Todas —recalcó.

Brenda se quedó mirándolo, sorprendida ante la determinación de él. Habló tras esos segundos en silencio.

—¿Por qué la llamaste la noche de la recaída? ¿Por qué le contaste lo que había pasado entre nosotros?

—Estaba en un pedo que no veía, amor.

—Pero la llamaste —presionó Brenda—. Ella sabía algo que solo vos habrías podido contarle. La cuestión es que, frente a un problema, recurriste a ella. ¿Por qué? Encima después le dijiste que yo había abortado.

—¡Eso lo hice para protegerte, para mantenerla lejos de vos!

—Lo sé, lo sé —intentó calmarlo—. No estoy juzgándote —se apresuró a aclarar—. Simplemente quiero comprender qué te llevó a llamarla esa noche. Quiero conocerte en el mínimo detalle.

Diego, como siempre que debía racionalizar las emociones, se refregó la cara en una actitud exasperada.

—Una vez, cuando todavía estaba en la casa de recuperación, el padre Antonio me dijo que yo seguía soportando a Carla a mi lado porque ella avalaba al adolescente inmaduro que vivía en mí. No solo lo avalaba, sino que lo fomentaba. Lo hace para controlarte, me aclaró. Y como yo no quería crecer porque crecer significaba hacerme responsable y dueño de mi propio destino, entonces la mantenía conmigo. Cuando supe que iba a ser papá entré en pánico. Nada te obliga a madurar tanto como un hijo. Yo no era responsable de mi propia mierda, imaginate si iba a querer hacerme cargo de una criaturita que para todo dependería de mí. Pero vos no eras Carla. Vos no me permitiste escapar como un cobarde y me demostraste que eras capaz de cualquier cosa con tal de proteger a nuestro hijo. Fue como recibir un baldazo de agua helada darme cuenta de que, pese a amarme desde que tenías memoria, por ese rejunte de células estabas dispuesta a dejarme. Dios —exclamó y elevó los ojos al cielo—, qué cagazo tenía. Mi Brenda, la que me amaba y me idolatraba, iba a dejarme sin pensarlo dos veces por algo tan minúsculo que ni siquiera podía verse. Mi psicoanalista dice que ese fue el golpe más duro que recibió mi ego. Según él, mi ego es muy grande, otro síntoma de mi inmadurez —agregó con una sonrisa vergonzosa, que enterneció a Brenda—. Vos y Bartolomé me obligaron a terminar con una adolescencia que se había extendido demasiado. De igual modo, esa noche, la noche en que me puse en pedo, el Diego inmaduro y chiquilín todavía daba manotazos de ahogado. Por eso, estoy seguro, llamé a la persona que seguía alentándome a ser un pendejo eterno.

—Gracias por contármelo —expresó Brenda—. Es importante para mí que lo hayas compartido conmigo. Y quiero que sepas que estoy orgullosa de vos. Ver levantarse al héroe caído es casi mejor que verlo triunfar siempre.

Diego, sin embargo, le devolvió una mirada recelosa.

—Sé que hay algo más —manifestó—, pero quiero que vos me lo digas.

Brenda le escondió la mirada y se observó las manos entrelazadas y tensas.

—Ya sé que hablamos de esto tiempo atrás, pero quiero que lo hablemos de nuevo.

—Lo sé. Y sé de qué se trata. Pero quiero que vos me lo digas —insistió.

—No vi el video —admitió—, solo las primeras escenas, pero me afectaron mucho —confesó.

—Puedo imaginarlo, amor —se apiadó él.

—Y me pregunto si en verdad lo que vos y yo tenemos en la cama te satisface.

Brenda no se atrevía a soslayar el Plutón de Diego, ubicado en la Casa VII, la de la pareja, razón por la cual las afirmaciones de Carla cobraban sentido.

—Te veo y tengo ganas de hacértelo. ¿No es prueba suficiente de que me satisfacés?

Brenda no respondió y prosiguió con su línea de análisis.

—La otra vez me dijiste que practicabas el sadomasoquismo con Carla, pero este video revela que la cosa iba más allá de eso.

—Sí, iba más allá —admitió Diego—. A Carla le gustaba practicar el *swinging*, las orgías, y toda esa mierda.

—Yo no podría soportarlo —confesó Brenda.

—¿Y te pensás que yo podría soportar que otro te pusiese siquiera un dedo encima? ¡Por Dios, Brenda!

—Solo quiero saber si echás de menos esas prácticas. Pero no me digas que no para conformarme. No soy una nenita, Diego. A veces creo que siempre me vas a ver como a la nenita que tenés que proteger.

Diego la sujetó por la nuca y la besó profunda y concienzudamente. Cortó el beso y le destinó una mirada en la que el deseo resultaba tan ostensible que Brenda se encendió de inmediato.

—Siempre voy a protegerte, amor mío. Siempre. No me pidas que no lo haga porque es algo instintivo, casi animal. No puedo evitarlo.

—Como cuando me protegiste del payaso en el cumple de Lucía.

—Ya, como ese día —acordó él—. O cuando intervine para que el forro de tu ex dejara de acosarte. Pero quiero que quede claro que no te veo como a una nenita. Sos mi mujer, la madre de mi hijo, mucho mejor persona que yo, mucho más sensata e inteligente. La noche de Vélez, en el camerino, te observaba mientras vos te asegurabas de que Manu y Rafa se ocuparan de Fran, que lo llevaran a la casa, que no tomaran frente a él, y pensaba: «Mis hijos van a tener la mejor madre de la historia», y me sentí orgulloso de vos y también menos que vos, porque sos mucho mejor que yo. Por eso, porque te considero muy inteligente, te pido que me digas si realmente creés que extraño aquellas prácticas que eran parte de una época que quiero olvidar.

—No, creo que no, pero…

—Cuando te hago el amor, ¿sentís que falta algo?

—No —contestó con firmeza—. Para mí todo es perfecto.

—Y para mí también todo es perfecto. No pienses más en esto. Es lo que Carla quiere, entrar como un virus, como dijiste, y desestabilizarnos.

—Pero ya entró, Diego. Y ahora tenemos que hacer algo para evitar que te perjudique.

—Que lo suba a las redes —resolvió Diego—. Dejala. Lo mejor que podemos hacer es ignorarla. Siempre quiere ser el centro de todo.

—No estoy de acuerdo —objetó Brenda—. Podría perjudicarte muchísimo, no penalmente, ya sabemos que la chica era mayor de edad, pero sí podría perjudicar tu carrera y tu reputación. Nilda *realmente* parece menor de edad. Van a empezar a especular en los programas de chimentos. Ya me imagino lo que será eso. No tendremos paz. Y estamos a las puertas del recital en Córdoba. No quiero que esa loca se salga con la suya, Diego. No una vez más. No —subrayó—. Si no la frenamos ahora, siempre la tendremos entre los pies. Vaya a saber cuántos videos como ese tiene en su poder.

—Lo único que se me ocurre es denunciarla.

—¿Por qué no vamos a ver a Tadeo? —propuso Brenda y consultó la hora—. Son las cuatro y media. Todavía lo encontramos en el estudio.

Diego lo llamó y el abogado los invitó a su oficina cercana a Tribunales. Llegaron pasadas las cinco. La secretaria los acomodó en la misma sala de reuniones donde Diego, a fines de mayo de 2016, había sorprendido a Brenda con la noticia de su libertad.

—El doctor González los atenderá en un momento —anunció la secretaria—. ¿Quieren tomar algo?

Los dos se negaron. Brenda se ocupó de encender la computadora portátil y de preparar los dos *pen drives* en el caso de que González solicitase ver los videos. El abogado se presentó unos minutos después y los saludó con sincero afecto, aunque con expresión preocupada.

—Si están aquí —dedujo— es porque tienen un problema.

Brenda, ansiosa por revelarle los hechos, le extendió el sobre, que Tadeo recibió y estudió.

—Ayer entregaron en la guardia del edificio de mamá esto para mí —explicó—. Como verás, solo tiene mi nombre.

—¿Qué contenía?

—Una memoria USB y este post-it —dijo y se lo mostró.

González asintió.

—Es el número de un teléfono celular —determinó—. ¿Viste qué había en el *pen drive*?

—Un video —contestó.

—Un video —intervino Diego— en el que aparezco yo teniendo sexo con una chica.

González alzó las cejas e inspiró profundo.

—Es de 2014 —precisó Brenda para evitar malas interpretaciones.

—¿Lo viste? —la interrogó el abogado.

—Las primeras imágenes —admitió.

—Y llamaste al teléfono —infirió González.

—Sí —confirmó Brenda—. Era Carla Mariño. Para extorsionarme.

Tadeo González asintió con un movimiento lento y deliberado.

—Contame exactamente cómo se dio la conversación.

Brenda le relató los hechos y, al igual que Diego, el abogado le reclamó que hubiese ido sola a encontrarse con «esa desquiciada». Igualmente la felicitó por la iniciativa de filmarla. Solicitó ver la grabación. Brenda, que tenía listo el archivo, apretó *play*. Carla apareció en la pantalla. González siguió el diálogo con actitud reconcentrada y en un par de ocasiones pidió a Brenda que rebobinase.

—¿Quién es la menor de edad de la que habla Mariño? —se interesó González.

—Se llama Nilda Brusco —contestó Diego—, pero no es menor de edad. En 2014 tenía al menos veintiséis años, solo que, por su aspecto, parecía una adolescente.

—¿Estás seguro de esto que me decís, Diego? —presionó el abogado—. Es la cuestión más importante en este asunto.

—Estoy seguro —afirmó, y le relató lo mismo que a Brenda—. También estoy seguro de que si la contactase, aceptaría declarar a mi favor.

—Excelente, excelente —masculló el letrado—. Necesito hablar con la Brusco lo antes posible. ¿Cuándo podrías contactarla?

—No tengo su teléfono —manifestó Diego—, pero intentaré ubicarla en las redes.

—Bien, bien —aprobó González y le ordenó—: Hacelo ahora.

Diego extrajo su teléfono y se dispuso a navegar por Internet para rastrear a la joven. Brenda se inclinó sobre la pantalla para seguir la búsqueda. Por fortuna, Nilda Brusco era activa en las redes sociales. Diego la ubicó enseguida. Le dejó dos mensajes, uno en su cuenta de Facebook y otro en su usuario de Instagram.

—Yo, por mi parte —retomó González—, voy a llamar al fiscal que sigue la causa por corrupción en la que la Mariño está metida hasta el cuello. Sé que no estuvo de acuerdo cuando el juez de garantías le concedió la excarcelación. Decía que, con ella suelta, el hermano seguiría manejando sus asuntos turbios desde la cárcel.

—¿Conocés al fiscal? —se interesó Brenda.

—Sí, y muy bien. Era compañero de la facultad de mi hermano. Somos buenos amigos.

—Queremos denunciarla por extorsión —informó Diego—. En un principio pensé en no hacer nada, que subiese el video a las redes si se le antojaba, pero Brenda tiene razón: si no le ponemos un freno, nunca nos dejará en paz.

—Es un asunto delicado —opinó González—. Esta chica es parte de una red muy pesada de tráfico humano y de droga. No es ningún bebé de pecho. Tenemos que movernos con cautela para evitar exponerlos a vos y a Brenda en vano. —Recogió los elementos que descansaban sobre la mesa: el sobre, el post-it y los dos *pen drives*. —Esto me lo quedo yo —anunció—. Ahora mismo los pongo a buen resguardo en mi caja fuerte. Antes haré copias en un cedé de los dos videos. Es un medio más confiable que la memoria USB. ¿Tienen otras copias?

—No —confirmó Brenda—. Tadeo, solo tenemos una semana —le recordó.

—Lo sé, pero quiero que te quedes tranquila. Ahora mismo llamo al doctor Calabrese, el fiscal —aclaró—. Ustedes vayan. Apenas tenga una novedad, los llamo.

—¿Qué creés que pueda pasar? —quiso saber Diego.

—Quiero dos cosas —puntualizó el abogado—: evitar que el video se haga público y lograr que la Mariño termine presa. Esos son mis dos objetivos prioritarios. Y desde este momento me pondré en movimiento para alcanzarlos.

—Gracias —masculló Diego muy serio.

* * *

Siendo Virgo, junto con Escorpio, el signo más controlador del Zodíaco, Brenda comprendía la inquietud de Diego. Aunque confiaba en Tadeo González, le costaba delegar por completo el asunto en sus manos. Habría preferido ocuparse él mismo de resolver el lío del video. Además, se sentía responsable.

Apenas regresaron del bufete, Diego se cambió con ropas deportivas y se fue al gimnasio del edificio. A Brenda le pareció una buena idea que descargase la bronca y la impotencia en las máquinas. Ella, por su parte, aprovecharía para ordenar la casa, lavar ropa, cocinar algo para la cena. Se recogió el pelo en una cola de caballo y se puso manos a la obra. Le gustaba entretenerse con cuestiones cotidianas y normales y planificar la próxima compra del supermercado o la contratación de una persona que la ayudase con la limpieza. «Le voy a preguntar a Modesta si conoce a alguien de confianza», resolvió mientras cambiaba las sábanas. Distraerse con las tareas domésticas del hogar que estaban construyendo le brindaba una serenidad que provenía de la certeza de que, más allá de Carla y de su amenaza, la vida continuaría, y ellos, al igual que con las otras pruebas del destino, hallarían el modo de superar el nuevo desafío.

Se encontraba en la cocina cortando berenjenas cuando oyó que Diego regresaba del gimnasio. Detuvo la tarea y se quedó estática esperando. Él pasó de largo y se fue a la planta alta, seguramente a ducharse. Bajó cuando la comida estaba casi lista y Brenda ponía la mesa. Entró en la cocina, la abrazó por detrás y la besó en el cuello. Le deslizó las manos por debajo de la blusa y le acarició los senos, y Brenda supo que cenarían más tarde. Lo hicieron allí mismo, contra el borde de la mesa, sin palabras, sin quitarse la ropa, un encuentro furtivo, visceral y primitivo, que la enloqueció de deseo. Diego seguía enterrado en ella, temblando tras un alivio descomunal, tenso todavía, como si, pese a la potencia del orgasmo, no consiguiese sacarse de encima la rabia que lo consumía y que ella percibía en las entrañas.

Diego arrastró los labios y le mordió el lóbulo de la oreja.

—No soporto que mi mierda vuelva a tocarte, a perturbarte —susurró.

Brenda se giró. Diego la aguardaba con una mirada intensa, sin pestañeos.

—Si algo me enseñó la astrología es que lo que sucede fuera lo generamos nosotros con nuestra energía interna. Los eventos llegan a nuestra vida para que hagamos un aprendizaje. Si el destino nos puso este nuevo desafío, es para enseñarnos a luchar unidos, para que vos aprendas a confiar en mí, a apoyarte en mí, y para que yo aprenda a afrontar lo que me da miedo sin escapar. Quiero que dejes de culparte. Soy fuerte, Diego. Si pude superar la muerte de nuestro hijo, me siento capaz de cualquier cosa.

—Gracias por bancarme —pronunció con voz insegura—. Gracias por ser mía pese a todo.

—Amo ser tuya.

* * *

Horas más tarde yacían acostados en la cama; no lograban conciliar el sueño. Diego la ceñía entre sus brazos mientras Brenda descansaba la mejilla en su pecho y se entretenía enredándole los dedos en el vello.

—¿Amor? —susurró ella para no alterar el silencio del dormitorio a oscuras.

—¿Mmm?

—Hay algo que no entiendo. Si Carla es tan egocéntrica, ¿cómo soportaba verte con otras?

—Ella decía que de la muerte y de los cuernos nadie se salvaba. Por eso prefería tener un acuerdo conmigo en el que los dos podíamos coger con otros de un modo controlado, consentido y sin engaños. Así fue que nos volvimos *swingers*.

Diego guardó silencio. Brenda meditó sus palabras sin comprender, por más que se esforzase, tal filosofía de vida.

—¿Y vos te bancabas verla con otros?

—No te olvides de que cuando la conocí, Carla era tres años mayor que yo. Para mí era la mina más copada del mundo. Opuesta a mi vieja. Me encantaba que no fuese sumisa, que trabajase, que fuese ambiciosa, que tuviese objetivos en la vida. Era transgresora y siempre me desafiaba a probar cosas zarpadas. No quería que me viera como a un miedoso; ella despreciaba a los miedosos. Entonces me convencí de que romper los límites y las reglas era la única forma de seguir con ella. Y así lo hice. —Se quedó callado y Brenda creyó que no seguiría hablando. Se asombró cuando él retomó el discurso.

—Como dijo el padre Antonio, me controlaba a su antojo. Ahora comprendo que ese estilo de pareja era otro modo para controlarme. Y yo se lo permitía porque ella me alentaba a seguir siendo un pendejo irresponsable, que en el fondo solo tenía miedo de hacerse cargo de su propia vida.

—Puedo comprender por qué vos aceptaste ese modo de pareja —expresó Brenda—, pero ¿por qué ella le tenía tanto miedo a la traición? No es cierto que sí o sí tu pareja te meterá los cuernos.

Diego la besó la coronilla en la oscuridad y Brenda percibió que lo hacía con condescendencia.

—Estoy seguro de que tu viejo nunca le metió los cuernos a tu vieja —afirmó él—, ni tu vieja a tu viejo, pero creeme, es una ínfima minoría.

—Y estoy segura de que don Bartolomé nunca traicionó a Lita ni Lita a don Bartolomé —se empecinó Brenda—. Yo, por cierto, jamás te traicioné.

Diego soltó la risa por la nariz.

—Ni yo te traicioné a vos —aseguró—, pero Carla estaba segura de que tarde o temprano uno de los componentes de la pareja engañaría al otro porque, según ella, la monogamia es un mito ridículo.

—¿Por qué pensar así, tan negativamente?

Diego emitió un suspiro. De nuevo, Brenda creyó que no hablaría. Volvió a sorprenderla cuando manifestó:

—Para Carla no era pensar negativamente sino de un modo realista. Supongo que su historia explica mucho.

—¿Qué historia?

—El padre de Carla era el típico machista con todos los vicios y malas costumbres que te puedas imaginar. Usurero, puntero político, mujeriego, burrero… En fin, un pedazo de mierda. La madre de Carla, en cambio, era la típica ama de casa sufrida que soportaba en silencio que el marido llegase todas las noches a las tres, cuatro de la mañana, con perfume de otra y pintura de labio en la camisa. Se bancaba también que las amantes del padre llamaran a la casa y que él las atendiese y hablara en voz alta como si se tratase de un amigo. Carla me contó que ella fue testigo en más de una ocasión de esas charlas telefónicas. Hasta que llegó el día en que la sumisa ama de casa dijo basta. Agarró una de las pistolas que el marido coleccionaba… Parece ser que tenía una colección impresionante. Cuestión que mató al padre de Carla y después se suicidó.

—¡Qué! —Brenda se incorporó y encendió la luz del velador.

Diego movió la cabeza sobre la almohada y la miró con expresión neutra.

—Carla tenía catorce años. Ponciano, que es doce años mayor que ella, siguió con el negocio del padre, el de la usura y toda esa mierda, y se hizo cargo de la hermana menor. Desde ese momento la consintió en todo, supongo que para compensarla por lo que había perdido.

Brenda se derrumbó en la cama y buscó otra vez el cobijo de los brazos de Diego. Se quedó pensativa. Sentía tranquilo a Diego y eso le daba tranquilidad a ella.

—¿Amor?

—¿Mmm?

—Si vos y Carla eran *swingers*, ¿por qué te enojó tanto verla en el video con el productor?

—Porque lo hizo a mis espaldas. Tener sexo con otros era algo que ella y yo habíamos consensuado, una forma de evitar el aburrimiento de la monogamia y también un modo de probar que nos seguíamos prefiriendo pese a tener sexo con otras personas. Que ella cogiese con ese tipo sin hacerme partícipe implicaba una grave traición a lo que habíamos acordado. Siendo la manipuladora y la mentirosa que es, al principio me hizo creer que el tipo la había chantajeado: si cogés conmigo, no te voy a denunciar por posesión de estupefacientes.

—¿Por eso fuiste a su casa y lo golpeaste? —Diego emitió un gruñido a modo de afirmación. —Pero las cosas no fueron como ella te dijo, ¿no?

—Lo hizo por su ambición desmedida. Lo que Carla deseaba por sobre cualquier cosa era ser famosa. Lo quería desde siempre, desde que era muy chica, ella misma me lo confesó. Ser parte de Sin Conservantes y recibir la admiración de los seguidores, aunque no fuesen muchos, le dio una muestra de lo que habría sido si realmente se hubiese convertido en una especie de Madonna argentina. Estaba obsesionada con eso. Y bueno… Ya sabés el resto.

Brenda apagó la luz del velador y volvieron a sumirse en el mutismo inicial. Hasta que Diego habló para preguntarle:

—¿Qué quiso enseñarme el destino haciéndome conocer a una mujer que casi me destruyó?

Brenda se tomó un momento para reflexionar no solo la respuesta, sino la pregunta.

—Me parece que, por aquellos años, vos habrías usado cualquier cosa para intentar destruirte. No fue Carla la que casi te destruyó, sino tus decisiones. Elegirla como tu pareja fue una clara decisión destructiva. —Diego guardó silencio, y Brenda no distinguió si acordaba o discrepaba con su análisis. —En cuanto a qué quiso enseñarte el destino poniéndola a tu lado… Bueno, me parece que te obligó a llegar al extremo de las cosas, como cuando te vas en una curva porque la tomás a altísima velocidad. Tenías que derrapar para saber dónde encontrar el límite. A veces las personas necesitan golpearse para reaccionar.

—Pero, como dice mi abuela —intervino él con acento ligero—, Dios aprieta, pero no ahorca. Y cuando creí que me ahorcaría del todo, me la puso a Brenda en el descanso de la escalera. —Ella no hizo comentarios y Diego se preocupó. —¿En qué estás pensando?

—En que si no hubiese pasado esto hoy con Carla, tal vez nunca me habrías contado acerca de tu pasado con ella. Nunca hubiésemos hablado de esa parte de tu vida.

—No es una parte de mi vida que me haga sentir orgulloso —manifestó él con voz sombría.

—¿Por qué? —se interesó Brenda—. En aquel momento te parecía que estaba bien.

—Pero no por las razones correctas —precisó Diego—. Lo hacía sin mucha conciencia, más para agradar a Carla que por un profundo convencimiento de que la monogamia destruye las relaciones, que es la base de esa práctica.

—¿Y el sadomasoquismo? ¿Por qué lo practicaban?

—Porque nunca nada parecía bastar.

* * *

Al día siguiente, aunque ninguno lo mencionaba, transcurrieron la jornada a la espera de la llamada de Tadeo González. Diego hizo un poco de gimnasia, compuso un rato al piano, fue a visitar la obra de Arturo Jauretche, y todo con el celular a mano. Brenda, por su parte, practicó los ejercicios de vocalización, fue al supermercado, luego a la casa de su madre para hablar con Modesta acerca de una posible recomendación y por último visitó a Lita, donde se encontró con Diego que controlaba los avances de la obra. Los dos se movían con relativa libertad. Los periodistas y los paparazis habían comenzado a aflojar el seguimiento y ya casi no los molestaban. La asustaba imaginar el caos que explotaría si Carla se decidía a subir el video a las redes.

Diego recibió una llamada por la tarde, mientras tomaban unos mates con Lita. Brenda lo vio alejarse hacia las habitaciones y supo que se trataba de Tadeo González. Siguió conversando con la anciana fingiendo serenidad; no quería preocuparla. Recién pudo enterarse de los pormenores de regreso al departamento.

—El celular al que llamaste a Carla es robado —anunció Diego.

—¿Robado? —se sorprendió Brenda.

—A mí no me extraña viniendo de ella. No te olvides de que era o, más bien, *es* parte de una red de tráfico muy bien aceitada.

—¿Cómo supo Tadeo que el teléfono es robado? ¿Se lo dijo el fiscal Calabrese?

—No. Se lo contó un capo de la Federal, muy amigo de él. Van a intervenir ese teléfono y el tuyo, por si volviese a contactarse con vos.

La idea de que le interviniesen el teléfono la incomodó. Fingió no darle importancia para no alterar a Diego, a quien notaba nervioso.

—¿Qué más te dijo Tadeo?

—Mañana por la mañana tenemos que ir a Comodoro Py y presentar formalmente la denuncia en el juzgado.

Brenda se desalentó y de nuevo se cuidó de demostrarlo. Aunque se había opuesto a quedarse de brazos cruzados ante la amenaza de Carla, en ese momento la asustaba lo que les tocaría enfrentar.

—Tengo otra novedad —anunció Diego—. Esta mañana Nilda Brusco respondió el mensaje que le envié a través de su Instagram. Ya está en contacto con Tadeo.

—¡Oh, excelente! —se animó Brenda.

—Prometió ayudarme —aseguró él.

* * *

Al día siguiente, muy temprano, fueron a casa de Ximena y, desde allí, concurrieron a los tribunales de Comodoro Py en el Audi de Tadeo González. Nadie los seguía y por fortuna accedieron al despacho de la fiscalía sin inconveniente. Para asombro de Brenda, se encontraron con Nilda Brusco en el interior del recinto. Un empleado del bufete había ido a buscarla y la había conducido hasta allí.

Vestía con recato y, sin embargo, su aspecto no se correspondía con el de una mujer de más de treinta años. De cabello oscuro y larguísimo y de una figura exuberante, seguía luciendo, tal vez no como una adolescente, pero sí como una chica mucho menor.

A Nilda se le iluminó el rostro al ver entrar a Diego. Brenda supo enseguida que planeaba colgarse de su fama y de la de DiBrama. Igualmente, estaba agradecida de que hubiese aceptado comparecer ante las autoridades para exonerar a Diego.

—¡Di! —exclamó, y a Brenda le chirriaron los oídos. Lo abrazó y le plantó un beso en la mejilla. —¡Qué lindo volver a verte! Estás divino.

—Hola, Nilda —saludó Diego con cordial prudencia—. Te presento a mi novia, Brenda Gómez.

—Hola —dijo la aludida y se inclinó para darle un beso en la mejilla—. Gracias por estar aquí y por aceptar ayudarnos.

—¡Cualquier cosa por el gran Moro Bertoni! —exclamó y le apoyó la mano en el hombro.

—Señorita Brusco —intervino González—, soy el abogado de Brenda y de Diego. Habló conmigo ayer.

Tadeo se las ingenió para apartarla. La llevó hacia un rincón y le dio instrucciones. Brenda y Diego intercambiaron una mirada elocuente. Ximena, que no había ido a la fábrica para acompañarlos, se acercó y les dio charla banal para distraerlos. Resultaba evidente que Diego se sentía incómodo y avergonzado con su madrina a causa de la situación a la que había arrastrado a Brenda.

El fiscal Calabrese y su secretario asentaron la denuncia de Brenda y recibieron las pruebas del caso: el sobre, el post-it con el teléfono, el video de Diego y Nilda y la grabación en el bar producto de la cámara oculta. Luego, y por separado, tomaron declaración a Nilda. Su exposición quedó incluida en el expediente junto con la documentación que probaba su edad. De nuevo en la antesala, y tras la propuesta de Nilda de que almorzaran juntos, González volvió a intervenir.

—Señorita Brusco —dijo—, es altamente inconveniente para la causa que sean vistos en público. El señor Bertoni es un músico muy popular y podría perjudicarlo.

—Oh, sí, por supuesto —barbotó la chica visiblemente desilusionada.

Se despidieron poco después. En primer lugar salieron el empleado del bufete y la testigo y unos minutos después, tras haber recibido la confirmación de que no había periodistas, lo hicieron Brenda, Diego, Ximena y González.

—¿Y ahora qué? —quiso saber Diego.

—Ahora vayan a su casa y relájense —sugirió el abogado—. La Justicia se ocupará de esto ahora. Solo tenemos que esperar.

* * *

Un par de horas más tarde a Brenda le temblaron las manos mientras leía un mensaje recibido por WhatsApp. *Hija de puta, hiciste la denuncia. Ahora vas a saber de lo que soy capaz. Tendría que haberte liquidado hace mucho tiempo.* Se le deslizó el celular, que cayó ruidosamente sobre la mesa de vidrio de la cocina. Diego, que preparaba café, se dio vuelta abruptamente.

—¡Amor! —se asustó y caminó deprisa hacia ella—. ¿Qué pasó? Estás temblando.

Brenda recogió el teléfono y se lo extendió. Diego leyó el mensaje.

—¡Mierda! —masculló en tanto tomaba su celular y buscaba un número entre los contactos—. Voy a llamar a Tadeo —informó y lo puso en altavoz.

El abogado lo atendió enseguida. Diego le leyó el mensaje. El silencio del otro lado de la línea resultó elocuente.

—Tienen un topo en la fiscalía o en el juzgado —dedujo González—. Calabrese ya debe de estar al tanto del mensaje porque tiene intervenido el teléfono de Brenda —les recordó—. Déjenme hacer unas llamadas y me comunico con ustedes en breve.

Como la palidez de Brenda se acentuaba y tenía las manos heladas, Diego la condujo al balcón terraza para que tomase el sol de la inusual tarde cálida de finales de invierno. Se acomodaron los dos en la misma reposera de teca. Diego la mantenía aferrada y Brenda percibía en su cuerpo la rabia y la congoja que lo dominaban.

—Estoy bien —expresó—. Me tomó por sorpresa —se justificó—. Ya se me pasa.

—Loca de mierda —insultó Diego, excedido por la impotencia.

—¿Por qué me odia tanto?

—Lo que odia es que yo te ame tanto —precisó él—. Odia saber que sos el amor de mi vida. Pero con este mensaje se cavó su propia fosa. Esto va más allá de una extorsión —analizó—. Esta es una clara amenaza de muerte.

Tadeo González no volvió a llamar, sino que se presentó en el departamento de la calle Juana Manso en compañía de Ximena.

—Ya di aviso al fiscal —informó el abogado— para que se muevan rápidamente. De todos modos —aclaró—, estaban al tanto porque, como les comenté, tienen intervenido tu teléfono, Brenda.

—¿Qué piensan hacer? —se impacientó Diego.

—Allanar el domicilio y arrestarla.

—Hablando de domicilio —intervino Ximena—, si tienen un infiltrado en la fiscalía o en el juzgado, tal vez Carla ya sepa que Brenda vive aquí. Constituyó domicilio legal aquí cuando hizo la denuncia

—recordó—. Hija, ¿no sería conveniente, hasta que las aguas se calmasen, que volvieras a Madrid y que…?

—¡No! —se opuso Diego y, en un acto instintivo, pegó a Brenda a su cuerpo—. No —repitió más dueño de sí—. Perdón, Ximena —añadió, avergonzado—. Sé que todo esto es por mi culpa, pero yo no puedo separarme de Brenda. Otra vez no.

—Querido —dijo la mujer con acento benevolente—, no les pido que se separen. ¿Por qué no viajan los dos juntos? De paso se ocupan de finiquitar los temas de Brenda allá y traen el resto de sus cosas. Está prácticamente sin ropa —bromeó para quitarle dramatismo al asunto.

—En unos días empezamos la grabación del nuevo álbum —se excusó Diego—, ya tenemos alquilado el estudio.

—Y no te olvides, ma —terció Brenda—, de que el 14 de septiembre tenemos el concierto en Córdoba. Yo necesito ensayar.

Cayó un silencio sobre los cuatro. Diego se refregó la cara, frustrado, y soltó un bufido antes de manifestar:

—Sé que tendría que dejarla ir —admitió—, pero no puedo.

Ximena, con una sonrisa, le acunó la cara y lo obligó a inclinarse para besarle la frente.

—Y yo te entiendo, tesoro mío.

Tadeo González y Ximena cenaron con ellos. Pidieron carne y ensaladas en una parrilla de Puerto Madero e intentaron transcurrir un momento relajado evitando la cuestión de la Mariño. Sin embargo, al tiempo que se aproximaba el final de la comida, también se terminaba el interludio. González recibió una llamada en la que le informaron que la imputada se había dado a la fuga y que como resultado del allanamiento de su domicilio se habían incautado varias armas de grueso calibre y ladrillos de cocaína, lo cual avalaba la sospecha del fiscal: con la hermana en libertad, Ponciano Mariño continuaba manejando el negocio desde las entrañas de la cárcel. Ya se había cursado el pedido de captura para Carla y se había procedido a allanar la celda del ex intendente en busca del teléfono móvil que empleaba para comunicarse con el mundo exterior.

Enseguida ingresaron varios WhatsApp a los celulares de Brenda y de Diego. Eran de Francisco Pichiotti, de Millie, de Rosi, de Rafa, de Manu, todos comentaban lo mismo: en las redes circulaba un video «porno» del Moro Bertoni. Ya se hablaba de que estaba teniendo sexo con una menor.

Al rato llegaron Carmelo y Mariel Broda para analizar la situación y decidir el mejor curso de acción; había que contener el potencial daño a su carrera y a DiBrama.

—Emitan una declaración para la prensa enseguida —aconsejó González, y se pusieron a redactarla bajo su asesoramiento ya que, habiendo intervenido la Justicia, tenían que cuidar el secreto de sumario y evitar las indiscreciones.

También hablaron de la posibilidad de contratar de nuevo a los custodios de Vélez para proteger a Brenda. Diego insistía en que no debían tomar a la ligera la amenaza de la Mariño.

—La sé capaz de cualquier cosa —subrayó.

Los mayores se fueron de madrugada. Un cansancio demoledor obligó a Brenda a apoyarse en Diego para subir las escaleras. El miedo le succionaba la energía. Se ducharon juntos. Al terminar, Diego la secó con suavidad. Brenda lo observaba mientras él, acuclillado, le secaba los pies. La elasticidad y los movimientos fluidos de su cuerpo tatuado y sano, que con tanta fidelidad había tolerado años de drogas, alcohol y abusos y que a ella tanto placer proporcionaba, le causaba una profunda emoción. Amaba ese cuerpo por haber sido fuerte y por haber mantenido vivo a Diego.

Se puso de pie y se quedó mirándola.

—No habría vuelto a España —susurró Brenda—. No sin vos.

—Debería dejarte ir —admitió él de nuevo—, pero es imposible.

Brenda asintió. Diego siguió contemplándola con expectación y el entrecejo fruncido. Le sujetó la cara con decisión.

—Amor, con el video en las redes, la cosa se va a poner muy fea.

—Lo sé —aseguró ella—. Estoy preparada si vos estás conmigo.

—Hasta el final de mis días —prometió él.

Capítulo XXXI

Se desató el caos y, pese a la prudencia con que se había redactado la declaración de Diego, buscando evitar la violación del secreto de sumario, los medios de comunicación lo sabían todo, incluso el nombre de la chica con la que el Moro Bertoni tenía sexo en el video, lo cual avalaba la sospecha de la existencia de un alcahuete entre los empleados de la fiscalía o del juzgado. Tadeo González presentó un recurso ante el juez de la causa por ese motivo, que dispuso una investigación. De igual modo, el daño estaba hecho. Los periodistas y los paparazis los sobrevolaban como buitres.

Si bien las principales plataformas habían censurado y bajado la filmación poco después de que Carla la subiese, no había bastado para que miles de copias quedasen en las computadoras, los teléfonos y demás dispositivos electrónicos de medio país. Diego le ordenó a Mazzurco que bloquease la sección de comentarios de los seguidores de su cuenta de Instagram y de la de DiBrama debido a la vulgaridad de algunos. Asimismo, contrató a los guardaespaldas que habían protegido a Brenda en el campo vip de Vélez y alquiló una camioneta con vidrios polarizados para que se moviese con la mayor privacidad y libertad posibles dadas las circunstancias. Se esforzaba para que ella condujese una vida normal, y Brenda, con tal de verlo tranquilo, intentaba olvidar que los medios la acosaban con preguntas hirientes, que Carla Mariño seguía prófuga y que había un juicio en curso. Asistía a las clases con la Silvani, iba al supermercado, a la casa de su madre, a lo de Lita y participaba de los ensayos de DiBrama en el local de The Eighties hasta que estuviese lista la casa de la calle Arturo Jauretche.

Millie y Rosi le contaron que Diego las había llamado para pedirles que la apoyaran durante la tormenta desatada por culpa de Carla, y que los guardaespaldas y él estaban a su disposición para llevarlas y traerlas las veces que quisieran reunirse con ella.

—Está desesperado —añadió Millie—, aunque trata de no demostrarlo —señaló la escorpiana.

El lunes 26 de agosto, Diego organizó en su departamento una despedida para Francisco, que regresaba a España ese miércoles para comenzar las clases en septiembre. Para Brenda fueron unas horas sanadoras en las que rieron, evocaron, cantaron y se sacaron fotografías, que compartieron con los fans, ávidos por saber del Moro y de DiBrama.

La que estaba beneficiándose con la pesadilla era Nilda Brusco, que se presentaba en cuanto programa televisivo la invitasen para dar su versión de los hechos. Millie y Rosi la mantenían al tanto de los chimentos ya que Brenda se negaba a mirar la televisión o a leer lo que se decía de ellos en las redes. Nilda, en palabras de Rosi, estaba teniendo sus cinco minutos de fama y les sacaba el jugo.

—Habla pestes de Carla —señaló Millie—. Dice que es una cocainómana con serios problemas mentales y que el Moro la soportaba porque le tenía lástima.

—Dijo que el Moro y Carla eran *swingers* —comentó Rosi y guardó silencio.

Brenda ya estaba al tanto de que la información se había filtrado porque el día anterior, mientras salía del edificio de la calle Juana Manso rumbo a lo de Lita, varios periodistas le habían golpeado la ventanilla de la camioneta y preguntado a gritos si el Moro y ella *también* practicaban el *swinging*. Ahora confirmaba el origen de la filtración: Nilda Brusco.

—Es cierto, eran *swingers* —ratificó.

—¿Por qué?

—Diego dice que Carla creía que la monogamia era insostenible y que, antes de ser traicionada o de traicionar, prefería que de común acuerdo lo hicieran con otros.

—No es mala idea —apuntó Millie.

—Yo no lo soportaría —admitió Brenda.

—Ni el Moro soportaría que otro siquiera te mirase dos veces —refrendó Millie—, pero no todas las parejas son como ustedes, Bren. Lo de ustedes no es común ni corriente. Me los imagino todavía cogiendo a los ochenta años. A ver, vieja —dijo, imitando la voz de un anciano—, abrite un poco más que no veo dónde tengo que ponerla.

—¡Ay, sos de cuarta! —se escandalizó Rosi mientras Brenda se desternillaba de risa.

Más allá de las infidencias de Nilda Brusco, Brenda le estaba agradecida porque había insistido, dejado en claro y probado varias veces enseñando el documento de identidad que era mayor de edad en el momento de tener sexo con el Moro Bertoni.

—No me imagino a Diego cogiendo con una menor —incluso llegó a decir en un programa radial—. Es un tipo muy íntegro. Siempre me pregunté qué hacía él con una loca como Carla.

* * *

El escándalo mediático divertía al país, y sin embargo la cuestión era seria e involucraba a una banda de delincuentes sin escrúpulos. La policía seguía tras la pista de Carla Mariño mientras que, en la prisión, tras haber requisado las celdas del hermano y de Coquito Mendaña, habían obtenido, además de teléfonos celulares, droga y armas blancas.

En opinión de una fuente confiable de Tadeo González, los socios mexicanos de Mariño —los miembros del cartel proveedores de la cocaína— se hallaban inquietos y preocupados por el escándalo producido a causa de la detención del jefe de su red de distribución en el Gran Buenos Aires.

—Carla lo único que está logrando —opinó el abogado— es atraer más atención hacia los negocios del hermano, y por ende hacia la actividad de los mexicanos. Lo último que quieren los narcotraficantes es ingresar en el radar de las autoridades. Carla está jugando con fuego, y con esta gente no se bromea —señaló González, y a Brenda le sonó a premonición.

—¿Qué podría pasar? —quiso saber.

—Hasta ahora —comentó el abogado— los narcos están pagándoles los servicios del mejor bufete de Buenos Aires y bridándoles protección dentro de la cárcel. Pero podrían retirarles el apoyo de un momento a otro y dejarlos a la deriva. Este sería el mejor escenario.

—¿Y el peor? —volvió a interrogarlo Brenda.

—Hacerlos desaparecer para evitar que sigan levantando polvo. —Al leer la inquietud en su semblante, Tadeo le sonrió. —Quedate tranquila, Brendita. Ni vos ni Diego son de interés para esta gente. Nada les sucederá.

—Pero Carla sigue suelta —apuntó Diego— y yo no vivo pensando que pueda lastimar a Brenda.

—Tarde o temprano la atraparán —pronosticó González sin mayor asidero—. Cambiando de tema —dijo con expresión alegre—, me contó Ximena que mañana festejamos tu cumpleaños aquí.

—Sí —confirmó Diego—. Manu y Rafa me van a dar una mano y vamos a hacer un asado en la terraza. Como es miércoles —indicó—, lo empezaremos temprano para no irnos a dormir muy tarde.

Preparar el cumpleaños de Diego la mantenía distraída y la alejaba de la pesadilla que había comenzado el martes 20 de agosto cuando aceptó reunirse con Carla. Planear la comida, hacer las compras y pensar en los detalles —desde solicitar la autorización para el uso de la terraza hasta pedirle a Modesta que esa noche le diese una mano— la ayudaban a olvidarse de que Carla la había amenazado de muerte e intentado destruir la reputación y la carrera del hombre al que amaba.

En ese sentido estaba tranquila porque no solo el final apocalíptico no había tenido lugar sino que, pese a la crisis económica del país, las ventas habían aumentado y las entradas para ver a DiBrama en el estadio Mario Kempes de Córdoba se habían agotado un par de días atrás. Sin duda, la rápida intervención y la publicación del comunicado de Diego habían evitado lo que habría podido convertirse en una catástrofe. Brenda, sin embargo, seguía convencida de que, sin las declaraciones de Nilda Brusco, las derivaciones habrían adquirido un matiz muy distinto.

Esa noche, la previa al cumpleaños de Diego, mientras se relajaban en el sofá viendo un poco de televisión, Nilda se lucía en un programa muy popular del canal América.

—Ojalá no hiciera lo que está haciendo —masculló Diego.

—¿Por qué?

—Se está exponiendo demasiado. Al igual que nosotros, Carla también podría estar viéndola y escuchando lo que dice. La llamaría para advertirle —expresó—, pero Tadeo fue tajante: ninguna comunicación entre nosotros mientras dure el juicio.

—¿Entonces? —se preocupó Brenda.

—Le pedí a Tadeo que de algún modo le hiciese llegar mi mensaje. Me dijo que la había llamado apenas se enteró de que se paseaba por todos los programas de la tele.

—¿Y?

—Nilda desestimó el peligro y le dijo que esa era la oportunidad que había estado esperando para lanzar su carrera.

—¿Carrera de qué?

—De actriz.

—Tengo miedo de que le pase algo —manifestó Brenda—. Nosotros le pedimos que compareciera en tribunales y…

—No, Brenda. —Diego enmudeció el televisor y se volvió hacia ella. —Primero y principal, lo más probable es que a Nilda no le pase nada malo y esto realmente le sirva para hacerse notar en el mundo del espectáculo. Segundo, nosotros le pedimos, es cierto, pero si no lo hubiésemos hecho, la habría convocado el juez. Como fuese, su nombre y su declaración habrían terminado en el expediente.

—Tal vez tengas razón —murmuró, poco convencida.

Diego la obligó a encogerse entre sus brazos y la besó en la frente.

—Contame —dijo con la clara intención de distraerla—, ¿qué hiciste hoy?

No le diría que, escoltada por los dos guardaespaldas, había ido al shopping a comprarle los regalos, que los paparazis se habían mostrado muy fastidiosos y que uno, interesado en fotografiar de cerca las bolsas, la había asustado y se le habían caído al suelo. Un muchacho moreno, de unos treinta y cinco años y con unos ojos de una tonalidad verde jade, muy llamativos, la ayudó a recogerlas en tanto los guardaespaldas alejaban a los inoportunos fotógrafos. Tampoco le referiría, porque no tenía importancia, que, tras acabar las compras, había vuelto a ver al muchacho de los exóticos ojos en el estacionamiento subterráneo del centro comercial; se hallaba un poco alejado y con la vista fija en ella. También se abstendría de comentarle que, en esa segunda oportunidad, se había acordado de que ya lo había visto días antes a la salida del edificio de la calle Juana Manso, ocasión en la que también lo había observado a causa de la tonalidad inusual de sus iris. «Es un paparazi», reflexionó, aunque lo desestimó enseguida porque no tenía una cámara fotográfica. ¿Sería un periodista?

—Fui al súper a comprar lo que faltaba para el asado —dijo en cambio—. Por suerte conseguí mollejas, que tanto te gustan. Y arreglé con Modesta para que mañana a las tres de la tarde venga a darme una mano con todo.

—¿No iba a conseguirte a alguien para trabajar aquí dos o tres veces por semana?

—Sí, me recomendó a Consuelo, su mejor amiga. Estoy feliz porque a Consu la conozco desde hace años. Y es lo más. Pero justo tuvo que viajar a Perú porque su mamá está enferma. Modesta me dijo que apenas vuelva, ella me avisa y concertamos una cita.

* * *

El miércoles 4 de septiembre, el día del cumpleaños de Diego, Brenda se deslizó fuera de la cama temprano y, después de cambiarse la toallita femenina —se había indispuesto el día anterior—, se maquilló un poco, se peinó y se perfumó. Bajó a la cocina para preparar el desayuno y subió con una bandeja en la que el aroma del café se mezclaba con el de las medialunas tibias y los huevos revueltos con jamón. Además, había jugo de naranjas recién exprimidas y un favorito de Diego desde que era chico: rodajas de banana con dulce de leche. Depositó la bandeja sobre la cómoda y separó apenas los extremos del *blackout* para dar paso a un poco de luz.

Diego se rebullía en la cama con los ojos todavía cerrados. Brenda se inclinó y le besó la boca blanda y tibia de sueño.

—Feliz cumpleaños, amor de mi vida —susurró y soltó una exclamación cuando él la sorprendió al aferrarla por la cintura y obligarla a acostarse a su lado.

—Este va a ser el mejor cumple de la historia —pronosticó sobre los labios de ella con la voz más ronca de lo usual.

—Que seas siempre muy feliz —le deseó ciñéndose a él.

—Si ese *siempre* incluye a Brenda, lo seré.

—No sé qué harías para que no me incluyese —bromeó.

—Sé qué hacer para asegurarme de que ese siempre con Brenda dure para siempre.

—¿Ah, sí? ¿Qué harías?

—Pedirte que te cases conmigo.

La sonrisa se le desvaneció del rostro. Se incorporó y encendió el velador. Diego la observaba con una expresión neutra que, ella sabía, disimulaba la tensión y la expectativa que en realidad experimentaba.

—¿Casarnos por civil?

—¿De qué otro modo, si no?

—Pensé que no querías casarte, que el matrimonio te parecía una institución antigua, obsoleta.

Diego se incorporó y se apoyó contra el respaldo de la cama. La atrajo hacia él y la obligó a acomodarse entre sus piernas.

—Es cierto —admitió—, pensaba eso. Eso y un montón de pelotudeces más. Pero un día vi a Brenda Gómez en el descanso de la escalera…

—Decí la verdad —le exigió con fingida seriedad—, viste el culito de Brenda Gómez en el descanso de la escalera, porque fue eso lo que realmente te atrajo de mí. En realidad, tu amor por mí se basa en…

Diego le atrapó los labios entre los dientes y profirió su habitual gruñido al tiempo que deslizaba la mano para acariciarle las nalgas.

—Podemos hacerlo sin condón —anunció Brenda—. Ayer empecé a tomar la píldora.

—No podías darme mejor regalo de cumpleaños.

No tuvo tiempo de recordarle que estaba con la regla. Diego la colocó boca abajo, le quitó la bombacha y la penetró desde esa posición. Era tan fácil excitarse con él y despegarse de la realidad y de los problemas cuando lo recibía dentro de ella. Diego volvió a formularle la pregunta, aún agitado tras el orgasmo.

—¿Querés casarte conmigo? ¿Querés ser mi esposa?

—No hay nada que desee más en la vida, Diego. Lo he deseado desde que tenía cinco años y te dibujaba como un príncipe junto a la princesa, que era yo.

Diego la obligó a volverse y se colocó sobre ella. Brenda notó que los ojos le vibraban en la penumbra.

—Amor mío —susurró él con voz insegura—. Te amo tanto. A veces me asombra amarte de este modo.

—¿Qué modo?

—Sin límite, sin medida.

—De la misma manera que te amo yo.

—Pero me vuelve muy vulnerable —se quejó el virginiano controlador.

—¿Y qué solución hay?

Diego cayó en un mutismo intenso de ojos que la recorrían con avaricia y manos que la apretaban sin cuidado.

—¿Vas a casarte conmigo, entonces?

—Sí, y mil veces sí.

Diego le destinó su sonrisa, la que seguía robándole el aliento. Resultaba una experiencia notable la de alborotarse cada vez que él alzaba las comisuras y desvelaba los dientes para comunicar su alegría. Y sin embargo no fallaba: él sonreía y su corazón se aceleraba.

—Sos tan hermoso —pensó en voz alta y le acarició los labios estirados.

—Hermoso y feliz —bromeó él y se apartó para ir al baño a higienizarse.

Regresó minutos después. Brenda lo observó abrir el cajón de la mesa de luz y extraer una cajita de terciopelo rojo. Se incorporó sobre los codos y, movida por la curiosidad, terminó sentándose en la cama. Diego levantó la tapa y le enseñó el interior: dos anillos, el de plata y amatista que le había regalado para su cumpleaños de 2017 y uno nuevo, de platino a juzgar por el brillo, con un solitario.

—¡Amor! —se admiró Brenda mientras se deshacía de sus anillos—. Todavía lo tenés —dijo y señaló el de la amatista.

Diego, sonriente, extrajo el del diamante y se lo deslizó en el anular izquierdo. Tomó el viejo anillo y se lo colocó en el anular derecho.

—Este anillo que te regalé cuando cumpliste veintiún años —manifestó Diego— representa mi amor constante y el del diamante, mi amor eterno y mi protección.

* * *

Mabel Fadul y Lucía Bertoni los sorprendieron esa noche al llegar al festejo con Lita, Silvia, Liliana y Chacho.

—Hace semanas que Mabelita viene planeando esto —le explicó Lita, en verdad contenta—. Tenía muchísimas ganas de ver feliz a su hijo con vos, Brendita.

Brenda sonrió y asintió, pese a que ninguna de las mujeres, ni su futura suegra ni su futura cuñada, le caía en gracia. Le molestaba que se hubiesen presentado sin avisar porque quizás, de haberlo sabido, Ximena habría preferido no concurrir. Al ver la alegría de Diego, decidió convertirse en la mejor anfitriona. Ximena, al parecer, tomó la misma resolución, ya que saludó con gran simpatía a la ex amiga, aunque, a decir verdad, fue Mabel la que se acercó desplegando grandes muestras de cariño.

Un rato más tarde, Camila, Millie y Rosi la rodeaban para admirar la belleza del brillante que Diego le había entregado esa mañana.

—Lucía Bertoni está muy cambiada —comentó Camila—. Parece otra chica.

—A veces se aprende a golpes —señaló Brenda.

—Parece ser el modo en que aprenden los hermanos Bertoni —acotó Millie y le sostuvo la mirada.

—Así parece —ratificó Brenda.

—Pero el Moro sabe cómo hacerse perdonar —terció Rosi—. Se viene portando como el héroe de una novela romántica —agregó con la vista fija en el solitario.

Diego se puso de pie en la cabecera de la mesa y solicitó la atención de los invitados.

—Hoy, mi cumpleaños número veintinueve, es el más feliz que recuerdo —declaró—. Estoy rodeado de la gente que quiero y DiBrama ha alcanzado un lugar importante en la música nacional.

—¡E internacional! —acotó Manu, y Diego asintió.

—Pero sobre todo es el más feliz porque Brenda volvió a mí —agregó y la miró a través del espacio que los separaba.

Los demás aplaudían, silbaban y vitoreaban, y ellos se abstraían en la mirada del otro. Diego alzó las manos y los invitados se callaron.

—Esta mañana Brenda me dio el mejor regalo de cumpleaños. Le pedí que fuese mi esposa y me dijo que sí. Nos casamos en noviembre.

De nuevo explotaron los bravos y los chiflidos, los aplausos y las risas. Brenda se puso de pie y caminó hacia Diego, que la envolvió entre sus brazos. Se miraron, de nuevo indiferentes al bullicio que los circundaba.

—Gracias por esta segunda oportunidad —susurró él—. Gracias por ser mía.

—Es lo que siempre quise ser, de lo único que siempre estuve segura.

* * *

Lo que se había convertido en el circo mediático del año dio un súbito giro la mañana del martes 10 de septiembre cuando la prensa anunció que Nilda Brusco había aparecido asesinada en su departamento. La había hallado la amiga con la cual compartía la vivienda, que regresaba de un viaje a las Cataratas del Iguazú.

Los miembros de DiBrama ensayaban en The Eighties para el concierto de ese fin de semana en Córdoba cuando Millie, a eso de las cuatro de la tarde, le envió un mensaje a Brenda para avisarle.

—¡Oh, no! —exclamó.

—¿Qué pasa? —se preocupó Diego.

—Millie dice que Nilda apareció muerta en su departamento.

—¡Qué! —exclamaron Rafa y Manu al unísono.

Corrieron al despacho de Broda y encendieron el televisor. Sintonizaron el canal TN. Era la noticia del momento. Se mostraban las imágenes del edificio de la Brusco en un barrio residencial de General Arriaga. Personal de la policía científica ingresaba con sus monos blancos y sus maletines para recoger el material que ayudaría en la investigación. Fuentes policiales atendibles aseguraban que había sido apuñalada varias veces. La cámara tomó el momento en que sacaban el cadáver en una bolsa negra. Brenda, abrazada a Diego, escondió la cara en su pecho. Sabía quién la había asesinado y por qué. «Soy la próxima en su lista», dedujo.

Resultó imposible avanzar con el ensayo. Estaban demasiado convulsionados a causa de la noticia. Diego, en especial, se mostraba obsesionado y no se apartaba de la pantalla del televisor.

—Vamos a casa —propuso Brenda.

Diego se volvió hacia ella y debió de notarla demacrada porque la estudió con un ceño.

—¿Te sentís bien? Decime —exigió—. No quiero que por tomar las pastillas anticonceptivas termines desmayándote de nuevo.

—Estoy bien, solo un poco impresionada por lo de Nilda. —Pronunció el nombre y se le llenaron los ojos de lágrimas.

Diego chasqueó la lengua y la estrechó entre sus brazos.

—¿Qué pasa, Bren? —se preocupó Rafa.

—Ey —dijo Manu—, ¿por qué llora?

—Se siente culpable por lo de Nilda Brusco —explicó Diego.

—Nosotros le pedimos que compareciera para probar que no era menor de edad —aclaró entre hipos y sollozos.

—¿Creés que su muerte tiene que ver con la denuncia que hiciste por extorsión? —la interrogó Rafa, y Brenda asintió.

—¿Carla? —insinuó Manu, y Brenda volvió a asentir—. Hija de un camión de putas. Reventada maldita. Es muy capaz, la conchuda. Nilda se lo pasaba de programa en programa hablando pestes de ella. Carla es capaz de cualquier cosa.

La última frase se suspendió en el silencio del salón. Se despidieron con los ánimos por el suelo. Durante el viaje hacia Puerto Madero en la camioneta con los dos guardaespaldas, Diego no articuló sonido. Brenda, deprimida y asustada, tampoco habló. Al llegar, Diego le ordenó que se recostase; estaba pálida. Él permaneció en la planta baja y Brenda no tuvo duda de que estaba poniendo al tanto a los dos ex soldados de élite del giro que había dado la situación. Más tarde lo oyó hablar por teléfono con Tadeo González.

—Fue ella, Tadeo —aseguró Diego en voz baja, pues la creía dormida—. ¿Vos sabés algo?

González sabía poco y nada. Se enteraron de ciertos pormenores esa noche, mientras seguían la noticia por TN. Repetían una y otra vez el video de una persona sospechosa que ingresaba en el edificio a la hora que los médicos forenses, en un examen preliminar, habían determinado como la del deceso: la diez de la noche. Pese a que la imagen era poco nítida y en blanco y negro, de la actitud y de la vestimenta de la persona —gorra de béisbol y campera y pantalones demasiado holgados— se extraía una conclusión: intentaba ocultar la identidad.

Al día siguiente, mientras se preparaban para regresar a The Eighties y reemprender el ensayo, Diego encendió el televisor. Se comentaban los primeros resultados de la autopsia realizada al cadáver de Nilda Brusco.

—Recibió treinta y dos puñaladas —detalló el periodista.

Brenda apartó la vista de la pantalla y se encontró con la de Diego fija en ella. Y ante el espectáculo de sus ojos colmados de culpa, angustia y terror, los miedos y los pensamientos negros que la habían devastado el día anterior se esfumaron. Caminó deprisa hacia él y lo abrazó.

—Hablame —le suplicó—. No hagas como antes, que te tragabas todo. Decime qué estás pensando —le pidió, aunque ella ya lo sabía.

—Me consume la culpa. Yo te expuse a esa loca. Yo…

—Yo, yo, yo —repitió con firmeza—. Siempre yo. No, Diego, no depende de vos. Esto es parte de mi destino, y vos sos una pieza que el cosmos colocó para que yo viviese lo que tengo que vivir, lo mismo Carla Mariño. Entonces, nada es tu culpa. Simplemente es lo que tiene que ser. Si conservamos la calma y nos mantenemos unidos, lo vamos a superar. De lo contrario, no.

Diego bajó los párpados lentamente y apoyó la frente en la de ella.

—¿Qué hago, Brenda? —susurró—. ¿Qué hago para mantenerte a salvo?

—Amame y confiá en mí —contestó ella.

Diego emitió un bufido y curvó apenas las comisuras en un conato de sonrisa.

—No podrías estar más a salvo, entonces.

—Lo sé —afirmó.

* * *

Los días transcurridos en Córdoba ayudaron a disipar la nube negra que los seguía desde el anuncio del asesinato de Nilda Brusco. Diego se distrajo ocupándose de la instalación de los equipos, de los instrumentos y de las pantallas en el escenario. Brenda, Manu y Rafa promocionaron el espectáculo en la prensa local. Los guardaespaldas, discretos, los seguían a todas partes. Brenda no había estado de acuerdo con llevarlos a Córdoba. Lo juzgaba un gasto innecesario lejos de Buenos Aires, el foco del peligro. Diego se había empecinado, consciente de que transcurrirían la mayor parte del tiempo separados.

Tras haber cantado en el campo del Hipódromo Independencia de Rosario, Brenda se sentía preparada para enfrentar a un público aún más numeroso en el estadio Mario Kempes. También se sentía preparada porque, tras el duro entrenamiento con la Silvani y semanas de ensayos, había recuperado por completo las cualidades de su voz.

El concierto fue un éxito, y, a juzgar por el fervor con que los seguidores recibieron al Moro en el escenario, dejaron en claro que lo del video no había hecho mella en su cariño y respeto por el músico. Brenda, a quien Carmelo Broda le había contratado una asesora de imagen, se presentó en el escenario con otro atuendo que, si bien conservaba un estilo femenino y delicado en consonancia con su personalidad y sus facciones, era más osado. Se trataba de un vestido en corte quimono, ajustado al cuerpo y a la mitad del muslo, y confeccionado en una tela sedosa en tonalidad violeta tornasolada. A Diego le había encantado. El maquillaje iba en consonancia, lo mismo la *bijouterie*.

Brenda cantó con el alma para conquistar al público y, más que por ella y para cimentar su carrera, se daba cuenta de que lo hacía por él, por Diego, para verlo feliz. Los seguidores los ovacionaron y al día siguiente la prensa fue muy generosa con las críticas, más allá de que algunos sacaron a relucir los escándalos de las semanas anteriores y la muerte de Nilda Brusco.

* * *

A principios de octubre Ximena decidió tomarse unas semanas de vacaciones para ayudar a su hija con la organización de la boda. Planeaban realizar algo íntimo, solo la familia y los amigos, en la quinta de San Justo.

Entre los preparativos y la grabación del nuevo álbum de DiBrama, a Brenda le quedaba poco tiempo para recordar la amenaza de Carla Mariño o la espeluznante muerte de Nilda Brusco y, sin embargo, bastaba un instante para angustiarse. Lo peor era el *statu quo* en el que habían caído ambas causas. Nada se decía; todo parecía haberse frenado u olvidado.

La policía no había identificado a la persona sospechosa del video ni encontrado el arma del delito, un cuchillo de gran envergadura, según las observaciones de los forenses. Tras nuevos exámenes, los de la científica trabajaban sobre una huella digital parcial hallada en un pedazo de cinta de embalaje con la cual el asesino había maniatado a la víctima.

Las jornadas transcurrían, pesadas de trabajo y de compromisos, y la ayudaban a olvidar. Ya nadie hablaba del asesinato de Nilda Brusco; ahora los medios se ocupaban de la caldeada campaña electoral. Tadeo González los mantenía al tanto de los pocos avances de la causa por extorsión y amenaza de muerte.

—Mientras la Mariño no aparezca —les explicó en una oportunidad—, todo está congelado.

—Entiendo que una causa de extorsión no tenga gran importancia para la Justicia —señaló Diego—, pero ella está involucrada en una por tráfico humano y drogas.

—Exacto —acordó el abogado—. Al extorsionar y amenazar a Brenda, la Mariño perdió el derecho obtenido cuando pagó la caución. Si la atrapasen, aguardaría el juicio en la cárcel en lugar de hacerlo en libertad.

—Entonces, ¿qué esperan para atraparla? —se exasperó Diego.

—Encontrarla —respondió González con simpleza—. Es hábil y se mueve con prudencia.

—¿La policía sospecha de ella por lo de la muerte de Nilda? —se interesó Brenda.

—No tengo contactos en la bonaerense, pero estimo que debe de ser la primera en la lista de sospechosos —concluyó Tadeo—. Hay que esperar el análisis de esa huella parcial.

* * *

Brenda le propuso a Diego prescindir de los servicios de los guardaespaldas. Cobraban por hora y no justamente una bagatela. Era consciente de que su posición económica había girado ciento ochenta grados. En la actualidad ganaba importantes sumas de dinero. Ella, sin embargo, no olvidaba que la mayor parte se había destinado a saldar la deuda de treinta y dos mil dólares, a comprar el dúplex y el automóvil y a financiar el reciclaje de la casa de Almagro. Brenda quería que ahorrasen. La respuesta de Diego fue contundente: no.

—Hasta que no atrapen a esa loca, Tincho y Mauro —aludía a los custodios— te seguirán a sol y a sombra.

—Tal vez nunca la atrapen —se descorazonó—. Ya viste lo que dijo Tadeo el otro día, que podría haber huido del país con un pasaporte falso.

—Es solo una suposición —determinó él—. No estoy dispuesto a jugar a la ruleta rusa con lo único verdaderamente importante en mi vida: la tuya.

Como siempre, Brenda se plegó a las disposiciones de Diego para evitar alterarlo. Lo notaba estresado a causa de la salida del nuevo álbum. Se lo pasaba en los estudios revisando las grabaciones o preparando la campaña de lanzamiento y de promoción en las oficinas de Carmelo Broda. La situación económica del país no acompañaba, y Manu temía que fuese un fracaso. Proponía esperar hasta el año siguiente; tal vez la coyuntura mejorase. Diego y Rafa, en cambio, opinaban lo contrario. Había tensión entre los miembros, lo que aumentaba el nerviosismo de Diego.

* * *

Debido a que el lunes 14 de octubre sería no laborable, Brenda planeó que pasasen el fin de semana solos en la quinta de San Justo. Ximena y Tadeo viajarían a la costa, en tanto Camila y Lautaro lo transcurrirían con los Pérez Gaona. Quería que Diego se relajase durante unos días y se olvidase del mundo.

El viernes 11, Tincho y Mauro la acompañaron al supermercado para comprar provisiones y la ayudaron a subir las bolsas hasta el departamento, tras lo cual los convenció de que se fueran; ella no pensaba salir hasta que Diego regresase. La ponía nerviosa tenerlos en la casa sin hacer nada y cobrando una fortuna por hora.

—¿Está segura, señorita? —preguntó Mauro, siempre en su estilo parco y respetuoso.

Brenda insistió en que permanecería en la casa. Carecía de sentido, dadas las medidas de seguridad del edificio y del departamento, que ellos se quedasen. Tincho comprobó que la puerta de servicio, la que daba a la cocina, estuviese bien cerrada. Mauro se ocupó de controlar las contraventanas del balcón terraza. Brenda se preguntó quién osaría irrumpir a través del balcón de un piso veintiséis. «¿El hombre araña?», pensó.

Se despidieron, y Tincho usó su juego de llaves para cerrar la puerta principal, la del palier privado. Aunque eran excelentes profesionales y muy discretos, Brenda apreció el alivio que significó quedarse sola. Ansiaba que capturasen a Carla para recuperar la normalidad y la libertad. La búsqueda, sin embargo, se había enfriado.

Armaba la valija con algunas mudas cuando sonó el celular. Era Modesta.

—¡Modestiña!

—Hola, mi niña hermosa. ¿Cómo anda?

—Bien. Preparando todo. Nos vamos con Diego a San Justo.

—Ah, pero no se me vaya todavía. Aquí la tengo a la Consu, que acaba de volver de Perú. Me la está yendo a ver. Se puso muy contenta cuando le dije que usted la quería para trabajar en su casa.

—¿Está saliendo hacia aquí ahora?

—Si a usted le parece, mi niña. Acá me dice la Consu que en avenida Belgrano se toma el dos, que la lleva hasta Puerto Madero. En una hora, tal vez menos, estaría por allí. ¿Usted ya se va?

Desde hacía semanas quería organizar la cuestión del servicio doméstico. El lugar era grande y ella no daba abasto, sin mencionar que limpiar no contaba entre sus actividades favoritas y que el orden no formaba parte de sus atributos piscianos, más bien lo contrario. Si se esmeraba era por Diego, quien, fiel a su esencia virginiana, detestaba el caos.

—No, Modestiña, todavía no nos vamos. Que venga. La espero. Te paso la dirección exacta. —Se la dictó. —Decile a Consu que se anuncie en la garita. Ahora mismo les paso su nombre. ¿Cuál era el apellido? No lo recuerdo.

—Vallejos —respondió la empleada—. Consuelo Vallejos.

Acabó la comunicación con Modesta y dio aviso a los guardias para que le permitieran el acceso. Volvió a ocuparse de la ropa. Un rato más tarde, mientras llenaba un portacosméticos con los efectos personales de Diego, la sobresaltó el sonido del timbre. Era el de servicio; sonaba distinto del de la puerta principal. Se enojó con los guardias por haber obligado a Consuelo a ingresar por la parte posterior y se dijo que les aclararía que, en adelante, debían permitirle entrar por la recepción principal. Bajó corriendo las escaleras ensayando una disculpa para la mujer.

Abrió con una sonrisa, que se le congeló en el rostro al darse cuenta de que no se trataba de Consuelo. Era Carla Mariño.

Capítulo XXXII

El instante que perdió en reconocerla le sirvió a Carla para abalanzarse. Brenda intentó cerrar la puerta, pero era demasiado tarde: la Mariño ya tenía medio cuerpo dentro. Brenda se tambaleó hacia atrás impulsada por el vigor con que la mujer acabó de abrir la hoja de pesada madera. Tropezó con una silla y cayó al suelo.

Se puso de pie enseguida y echó a correr en dirección a la escalera. Si alcanzaba el dormitorio, reflexionó, podría encerrarse en el baño. Sin embargo, antes de haber cruzado la mitad del amplio salón, algo duro y contundente impactó en la parte posterior de su cabeza. Desestabilizada, se le trabó el pie en la alfombra sobre la que descansaba la mesa centro y, al caer, se golpeó la sien derecha con el borde de madera. Un dolor atroz la recorrió con una rapidez extraordinaria y, al tiempo que le nublaba la vista, le provocaba ganas de vomitar.

Entreabrió los ojos con dificultad al oír los pasos resueltos que se aproximaban.

—Te voy a cocinar a puntazos como hice con la traidora de Nilda —habló Carla por primera vez, y fue la calma y la decisión con que se expresó lo que aterró a Brenda.

La vio extraer un cuchillo, no uno de cocina, sino uno de esos de guerra que se veían en las películas de acción. Existió un instante en que supo que moriría. Entonces lo vio a Diego, no el Diego feliz de los últimos tiempos sino el atormentado, el Diego que su espíritu pisciano amaba aún más por saberlo débil y asustado. «No puedo morir», resolvió. «Si muero, Diego va a volver a caer en la droga y en el alcohol.» Ya nada lo rescataría del infierno, ni siquiera el juramento a Bartolomé.

Alzó la pierna y la empujó, pero la acometía una debilidad incontrolable, por lo que Carla se deshizo del escollo fácilmente. La mujer elevó la mano en la que empuñaba el cuchillo con la intención de clavárselo en el pecho. Brenda rodó hacia el costado y la puñalada se hundió en la lana de la alfombra. Intentó ponerse de pie. No lo consiguió. Desde la sien se originaban ondas de un dolor indescriptible que le debilitaba las piernas.

Carla se le echó encima y Brenda atajó una cuchillada con el antebrazo derecho, apenas cubierto por el algodón de la blusa. Soltó un grito apagado ante la sensación de quemazón en la carne. Siguió luchando, tratando de mantener la punta del cuchillo lejos del rostro. El dolor y la sangre, que chorreaba y se le filtraba entre los labios, le acentuaban las náuseas. Pese a la resolución inicial, Brenda sabía que estaba perdiendo la batalla. A Carla la dominaban la locura y el odio, dos fuerzas inexpugnables.

Se oyeron unos sonidos secos. Carla se volvió hacia la puerta principal, que se abrió de manera violenta. Brenda alcanzó a ver una figura completamente cubierta de negro. «El hombre araña», pensó, confundida y al borde del desvanecimiento. Detrás de la silueta entró otra, también vestida de negro. Llevaban pasamontañas que les ocultaban los rostros. Resultaba claro que se trataba de dos hombres.

—¡Quiénes son ustedes! —se aterrorizó Carla—. ¡No, no! ¡Déjenme!

Brenda, que apenas conseguía mantener los párpados abiertos, sintió que le quitaban a la mujer de encima. El alivio fue tremendo y tomó una inspiración profunda. Uno de los intrusos aferró a Carla por el cabello y la arrastró hasta sacarla del departamento. Sus alaridos se acallaron de modo abrupto.

El otro se inclinó sobre Brenda y le separó primero un párpado, luego el otro, con el índice y el pulgar enguantados. Estaba analizándole el reflejo de la pupila.

—¿Está muerta la chava? —preguntó el cómplice desde la puerta.

—Solo desvanecida —afirmó.

Se equivocaba. Brenda estaba aún consciente; incluso identificó el acento de sus voces mexicanas y reconoció los iris verde jade que se cernían cerca de su cara y que se destacaban bajo el pasamontañas negro.

La casa se volvió silenciosa. Brenda permaneció tirada en el suelo. Entre los párpados entrecerrados solo atisbaba una línea del cielo raso blanco y una parte de la lámpara de cristal que habían comprado dos semanas atrás y que uno de los chicos de Desafío a la Vida había instalado. Era muy bonita. Diego habría elegido otra, Brenda lo sabía. Le había mentido al afirmar que prefería esa y lo había hecho porque, como buen virginiano observador, notó que ella se enamoró de sus caireles, lágrimas y candelabros apenas la vio.

«Tengo que ponerme de pie y llamar por teléfono a Diego», se instó, solo que las náuseas y la debilidad le calaban en los huesos y la hacían temblar. Le resultaba imposible aun alzar la cabeza. Antes de perder contacto con la realidad —con la línea del cielo raso— oyó una voz familiar que la llamaba.

—¡Niña Brenda! ¡Niña Brenda! ¿Qué le ha pasado, mi niña?

* * *

Recuperó primero el sentido del olfato. Un aroma punzante aunque no desagradable la hizo fruncir la nariz.

—Está recuperando la conciencia —anunció una voz femenina y desconocida.

Hubo exclamaciones reprimidas, correteos y murmuraciones nerviosas hasta que sus fosas nasales detectaron la fragancia de Diego, Terre d'Hermès, uno de los regalos que le había hecho para su cumpleaños y con la cual él se perfumaba generosamente cada mañana, en especial la barba; a ella le daba risa, no sabía por qué. Ahora el exquisito perfume se suspendía sobre ella y la hacía feliz, la hacía sentir a salvo.

—Diego —dijo casi sin voz y quiso alzar la mano para tocarle el rostro, sin éxito.

—Aquí estoy, amor —lo oyó contestar, y le notó el timbre congestionado.

Al intentar abrir los ojos, la atacó un dolor agudo. Sofocó un gemido. Trató de levantar la mano de nuevo para tocarse la sien derecha, el foco del malestar. Alguien se la sujetó y le midió el pulso. Enseguida le aferraron la otra con una ansiedad y una reverencia que se contraponían al contacto desapegado y profesional de quien le medía el ritmo cardíaco.

—Abrí los ojos, Brenda —le pidió un hombre con firmeza, aunque de buen modo—. Vamos, lentamente, tratá de abrir los ojos.

Sabía con certeza que la otra mano era la de Diego. Si él estaba allí, se dijo, no tenía de qué preocuparse. Luchó contra el sufrimiento y despegó los párpados. Enseguida la asaltó la luz de una linterna que, alternadamente, aparecía y desaparecía.

—Reflejo fotomotor, perfecto —estableció el hombre, claramente un médico—. Pulso —continuó, como si lo dictase—, cincuenta y seis por minuto.

Poco a poco la visión iba ganando nitidez. Brenda comprendió que se hallaba en la camilla de un hospital y que la asistían un médico y una enfermera. Diego se hallaba a su lado y a los pies se encontraba Ximena.

—Mami —sollozó—, ¿qué me pasa?

Diego le besó los labios y la contempló con una amargura que la perturbó. Nunca había visto esa angustia en sus bellos ojos grisáceos. Le sonrió para serenarlo.

—Estoy bien, estoy bien.

Diego asintió e intentó sonreírle, pero los labios le temblaron y solo consiguió imprimirle a su expresión un aire de profunda tristeza. Ximena se había trasladado a la cabecera y le besaba la mano.

—¿Te acordás de qué fue lo que pasó, Brenda? —inquirió el médico; ella apenas movió la cabeza en la almohada para asentir—. ¿Qué te pasó? —insistió el hombre.

—Una mujer, Carla Mariño, entró en mi casa y me atacó.

Ximena ahogó un grito. Diego, en cambio, ganó una sobriedad súbita y anormal.

—Ese corte que tenés en el brazo, ¿cómo te lo hiciste?

—Me lo hizo ella, con un cuchillo. Quería matarme.

—¡Santo cielo! —sollozó Ximena.

Diego seguía contemplándola en silencio, aunque era tan fácil para ella oír los alaridos desgarradores que explotaban en su interior.

—Ya estoy bien, amor —lo animó—. Estoy bien.

—Pudo haberte asesinado —masculló con un acento raro, cargado de un pánico visceral.

—Hay que dar parte a la policía —anunció el médico.

—Ya fue hecho, doctor —dijo Tadeo González, y por primera vez ingresó en el campo visual de Brenda—. La policía científica está trabajando en el lugar del ataque. Hola, Brendita.

—Hola, Tadeo.

—Quiero que Brenda pase la noche en el hospital debido a la contusión cerebral que le ocasionó la pérdida de conciencia —explicó el médico—. Si no presenta síntomas, mañana le daré el alta.

—Necesitará custodia policial —indicó el abogado—. Su atacante sigue libre.

—Dispondré el traslado a una habitación y lo de la custodia —garantizó el médico—. Por favor, es perentorio que Brenda esté tranquila y descanse —dispuso y se retiró.

Con delicadeza infinita, Diego la cubrió con el cuerpo, le deslizó las manos bajo la espalda y la abrazó. Mantenía la cara hundida en su cuello y Brenda supo que lloraba. Percibía que intentaba refrenarse para no contrariarla, pero la angustia era demoledora e ingobernable. Lo abrazó, cuidando de no jalar la canalización en el brazo izquierdo. Le habló al oído.

—Amor mío, no estés mal. La pesadilla terminó.

—No, sigue suelta —expresó con ira en el llanto.

Brenda no tuvo tiempo de explicarle los hechos. Dos camilleros la sacaron de la sala de urgencias y la transportaron por un pasillo hasta el ascensor. Diego caminaba a su lado sosteniéndole la mano y jamás apartaba la mirada de la de ella. Ximena y Tadeo los seguían de cerca.

—¿En qué hospital estoy?

—En el Fernández —contestó uno de los camilleros—. Te vamos a poner en una habitación para que estés cómoda con tu esposo.

—Gracias —dijo y le sonrió a Diego, que le guiñó un ojo de pestañas húmedas y aglutinadas, y a ella le bastó ese gesto distendido para sentirse mejor.

La habitación era sobria, pulcra y desabrida. Diego dormiría en un sillón ubicado bajo una ventana larga que se hallaba cerca del cielo raso. Sirviéndose de movimientos hábiles y precisos, los camilleros la depositaron sobre la cama empleando la sábana de la camilla y le acomodaron el suero para evitar que lo tironease.

—No me duele ni un poco la herida —comentó Brenda mientras se estudiaba la venda en el antebrazo derecho y con la intención de calmar a Diego.

—Porque están inyectándote calmantes por el suero —explicó Ximena.

—Te dieron veinte puntos —añadió Diego con voz y semblante sombríos—. ¿Por qué estabas sola? ¿Por qué no estaban Mauro ni Tincho?

Brenda se quedó mirándolo, asustada, avergonzada de su insensatez.

—No te enojes —comenzó a balbucear y de pronto la asaltaron los recuerdos.

Tan preocupada la tenía Diego, su angustia y su sentimiento de culpa, que no había reparado cabalmente en la realidad: Carla Mariño había intentado asesinarla. Y como si se corriese un telón, vio las imágenes escalofriantes que había protagonizado. Revivió los hechos, pero también las emociones que la impulsaron a luchar. ¿Era posible que ella, la simple y crédula Brenda Gómez, hubiese estado a punto de ser apuñalada por Carla Mariño? La visión se le nubló y le tembló la barbilla. Se le escapó un sollozo y otro y otro más, y acabó llorando entre los brazos de Diego.

—Perdón —balbuceaba—, perdón. Les dije que se fueran... que se fueran... Para ahorrar.

Diego le siseaba al oído y le pedía que se calmase, que lo perdonara, que no había querido inquietarla. Ximena le acercó un sorbete y Brenda bebió agua mineral. Volvió a abrazarse a Diego y él a estrecharla. El desconsuelo la obligaba a pegarse a él, una especie de reacción instintiva frente a la catástrofe de la que se había salvado a duras penas. No conseguía acallar la voz que le susurraba: «Estuviste a punto de condenarlo de nuevo al infierno de la droga y del alcohol y todo por ser una idiota que quiere ahorrar».

* * *

Camila y Lautaro se presentaron un rato más tarde y les advirtieron que había un policía en la puerta. Manu y Rafa, que habían estado con Diego en el momento de recibir la noticia y que lo habían conducido hasta el Fernández, llamaron a la puerta y entraron. Brenda sujetó a Manu por la muñeca y lo miró con intención. Su amigo se mordió el labio, emocionado, y solo después de echar un vistazo en torno y comprobar que los demás cuchicheaban en un rincón, le confesó en voz baja:

—Creí que se volvía loco. Atendió la llamada de tu vieja y un momento después empezó a los gritos. No, no, no, gritaba. Rafa y yo no entendíamos qué mierda estaba pasando. Diego no podía explicarnos. Temblaba. Le temblaban los labios. Le temblaban las manos. —Manu hizo una pausa y la contempló con una sonrisa insegura. —Qué suerte que estás sana y salva, adorada Bren. Si no…

—Estoy viva por él —aseguró—, *para* él —añadió, y Manu asintió, incapaz de hablar.

Llamaron a la puerta. Eran dos inspectores de la policía; venían a interrogar a la víctima. A excepción de Diego y de Tadeo González en su calidad de abogado, a los demás se les solicitó que abandonaran la habitación.

—El médico nos autorizó a interrogarla durante pocos minutos —manifestó el inspector de aspecto más avejentado—. Pero en ataques como el que usted sufrió es preciso actuar con premura si queremos atrapar al victimario.

Brenda, aferrada a la mano de Diego y flanqueada por Tadeo González, refirió los hechos. A medida que avanzaba en el relato, los policías iban a su vez esclareciéndole ciertas lagunas, como que el elemento contundente que Carla le había arrojado era un jarro de cerámica, de esos grandes que se emplean para tomar infusiones o café; lo habían hallado en medio del salón. También le explicaron que los golpes secos que distrajeron a la atacante seguramente correspondían a los disparos realizados para destrozar la cerradura de la puerta principal. La policía científica, que aún trabajaba en el dúplex para recoger material, estaba analizando el calibre y el posible uso de un silenciador.

—¿Te voy a cocinar a puntazos como hice con la traidora de Nilda? —repitió el inspector más joven mientras tomaba nota en una libreta—. ¿Está segura de que eso fue lo que dijo?

—Sí, muy segura. Eso fue lo único que me dijo.

—Y de esos dos hombres de negro, los que se llevaron a la Mariño, ¿qué puede decirnos?

—Muy poco —mintió Brenda—. Cuando entraron estaba a punto de desvanecerme. Me parecieron altos —dirigió la mirada hacia Diego—. Un poco más bajos que él y de contextura fornida. Solo pude ver cómo uno de ellos agarraba a Carla del cabello y la arrastraba fuera de mi casa. Después perdí la conciencia.

—¿Cómo ingresaron en el edificio? —se cuestionó Diego—. A nuestro departamento entraron por la puerta principal —señaló.

—Aún no hemos determinado cómo accedieron al predio de la torre —admitió el inspector de más edad—. Los guardias en la garita no advirtieron nada a través de las cámaras de seguridad. Se toparon con uno en la recepción. Había subido a llevar un sobre. Lo neutralizaron con una pistola eléctrica, una Taser —aclaró—, y lo escondieron en la oficina del encargado, que estaba vacía.

—¿El guardia está bien? —se interesó Brenda.

—Sí —afirmó el más joven—. Lo tienen en observación en este hospital.

—¿Pudo describir a los atacantes? —se interesó Tadeo.

—A duras penas. Dice que actuaron con mucha velocidad. Se movían como profesionales.

—Señorita Gómez —retomó el inspector más viejo—, la señora que la encontró… —Consultó el anotador. —Vallejos —leyó—. Consuelo Vallejos. ¿Por qué fue a su casa?

—Quiero contratarla para que me ayude con las tareas domésticas. Por eso vino, para conocer nuestro departamento.

—Y usted abrió sin mirar creyendo que se trataba de ella, de Consuelo Vallejos, ¿es así? —remarcó el policía.

—Estaba esperándola, sí —ratificó Brenda—. Ya le había avisado a la guardia para que le permitiera ingresar. ¿Cómo pudo entrar Carla con toda la custodia que hay en nuestro edificio?

—Estamos trabajando para determinarlo —contestó el más joven—, pero creemos que se subió a un camión de Carrefour, el que emplean para entregar los pedidos a domicilio.

—Estaba decidida a cumplir con la amenaza de muerte que le había hecho —comentó el más viejo.

Los inspectores entregaron sus tarjetas personales a Tadeo González y se despidieron. La habitación se sumió en un mutismo tenso. Brenda alternaba vistazos acongojados entre Diego y González.

—¿Amor, qué pasa?

—Tadeo, le mentí a la policía.

—¿Cómo que le mentiste, Brendita?

—Uno de los tipos que se llevó a Carla… Yo ya lo había visto antes.

—¡Qué! —exclamó Diego.

—Tranquilo —intervino el abogado—. No la asustes.

Diego la obligó a beber agua. El abogado le pidió que, con calma, les relatase cómo habían sido las cosas. Brenda les contó acerca del muchacho que la había ayudado en el shopping a recoger las bolsas y que luego avistó en el estacionamiento subterráneo.

—En ese momento —explicó Brenda—, cuando lo vi en el estacionamiento, me acordé de que ya lo había visto en la puerta de nuestro edificio unos días antes. Lo reconocí por los ojos, que eran de un verde muy claro y que se destacaban en la piel bastante oscura. Pensé que se trataba de un periodista.

—¿Qué más podés referirme de ese hombre? —persistió el abogado.

—Tanto él como el otro tenían tonada mexicana o, bueno, no sé si mexicana, pero no argentina. Latinoamericana. El que arrastró fuera a Carla le preguntó al otro: ¿Está muerta la chava? Y el de los ojos claros le dijo que no, que estaba solo desvanecida.

—Es muy probable —decretó González— que fuesen de la banda de narcos que le provee la droga a Mariño. Es más —subrayó—, no tengo duda al respecto. Seguramente fueron enviados para eliminarla porque estaba haciendo demasiado ruido o vaya uno a saber por qué cosa. Con esta gente nunca se sabe.

—Tal vez para apretar a Ponciano —conjeturó Diego—. Primero vamos por tu hermana y si no hacés lo que queremos que hagas, vamos por tu mujer y tus hijos.

—Es muy probable —acordó Tadeo—. El caso Mariño está poniendo incómodo a medio mundo. Muchos involucrados tienen miedo de que suelte todo lo que sabe para obtener un buen acuerdo con el juez. Y si Mariño abriese la boca, más de un peso pesado de este país estaría en problemas muy serios.

—¿Por qué no lo matan a Mariño directamente? —se interesó Diego.

—Porque está en una cárcel de máxima seguridad y, desde que le confiscaron el celular, se encuentra en aislamiento. No es tan fácil llegar a él. Así como hay quienes lo prefieren muerto, hay quienes lo prefieren vivo. Este es un año electoral, no olviden eso. Esto es un todos contra todos.

—Qué basuras —masculló Diego con desprecio—. Pero ¿por qué seguir a Brenda? ¿Por qué entrar en nuestra casa?

—Está claro que sabían, gracias a los informantes que tienen en Tribunales, que habíamos iniciado una causa por amenaza de muerte contra la Mariño. Usaron a Brenda como carnada. Seguramente no podían encontrar a Carla —coligió el abogado— y prefirieron seguir a Brenda con la esperanza de que Carla cumpliera la promesa, lo cual hizo.

—Les debo la vida —dijo Brenda con acento débil y de pronto se sintió extenuada—. Ya no tenía fuerzas para seguir luchando. Me sentía tan mal.

—Te habías golpeado la sien, amor.

—Sí, con la mesita del salón —confirmó.

—Es cierto —intervino González—, les debés la vida. Pero si esto que acabás de confesarnos a Diego y a mí saliera de esta habitación y llegase a los oídos del tipo de los ojos verdes, volverías a estar en riesgo de muerte. Fuiste muy sensata en guardarte esta información y no compartirla con la policía —la congratuló—. Estos narcos tienen soplones en todos los niveles y en todas las instituciones. Pero ahora —dijo con una severidad que Brenda no le recordaba— quiero que nos jures que jamás volverás a mencionar esto a nadie, ni siquiera a tu madre, Brenda. Es por tu vida que te lo pido.

—Amor, te lo suplico, por nada del mundo vuelvas a hablar de esto con nadie.

—Con nadie —ratificó Brenda—, lo juro por la memoria de nuestro hijo. Si no se lo conté a los inspectores, fue porque el instinto me dijo que no lo hiciera. Por supuesto que no volveré a mencionarlo. Ahora solo quiero vivir en paz.

—No podremos hacerlo hasta saber qué fue de Carla —puntualizó Diego.

—La Mariño ya no existe —sentenció Tadeo González—. Tal vez nunca encuentren el cadáver, pero estoy seguro de que ya está muerta.

* * *

Un rato más tarde, el médico solicitó a las visitas que se retirasen y permitieran descansar a la paciente. Una enfermera, por su parte, inyectaba algo en el suero de Brenda. Debió de tratarse de un fármaco para obligarla a dormir pues los párpados comenzaron a pesarle minutos después.

Emergió de un sueño profundo, sin imágenes ni sonidos, una experiencia nueva que la confundió durante unos instantes, hasta que descubrió a su madre sentada al costado de la cama. Ximena se puso de pie enseguida y le sonrió.

—¿Te quedaste vos, mami?

—Diego y yo, amor mío —le refirió y le besó la frente—. Me pidió que me quedase. Tenía miedo de dormirse y él quería controlar que respirases. Cada cinco minutos te ponía el dedo bajo la nariz para comprobar que lo hicieras. No importó que le explicase que estabas siendo monitoreada y que si, dejabas de respirar, las alarmas saltarían. Él me decía que no confiaba en la tecnología.

«Virginiano controlador», pensó Brenda.

—¿Cómo te sentís?

—Bien, ma. Un poco mareada, pero bien. ¿Dónde está Diego?

—Fue a comprar café.

—Quiero ir al baño —anunció Brenda, y Ximena la ayudó a incorporarse y a bajar de la cama.

Su madre la sostuvo porque la habitación giró en torno a ella y perdió el equilibrio. Cerró los ojos y respiró profundo para ganar estabilidad. Caminó lentamente mientras Ximena arrastraba el soporte del suero. Encendió la luz del baño y lo primero que vio fue su imagen reflejada en el espejo. La impresionó el hematoma violeta que le avanzaba por la parte derecha de la cara, incluso tenía un derrame en el ojo. Se lo estudió rozándolo apenas con la punta de los dedos. No le dolía, tampoco el corte en el antebrazo, seguramente gracias a los analgésicos que inyectaban en el suero.

Orinó y se lavó las manos. Al salir, vio que Ximena no estaba y que Diego la aguardaba cerca de la puerta. Su expresión, una mezcla de ansiedad, culpa y alivio, la tocó profundamente. Sus cuerpos entraron en contacto y Brenda soltó un suspiro. Qué segura se sentía entre sus brazos.

—Te amo —susurró—. Más que a mi propia vida —remarcó.

Diego, con el rostro oculto, guardó silencio, y Brenda supo que luchaba por contener el llanto. Lo ciñó un poco más.

—En el peor momento —le refirió—, cuando ya no daba más, pensé en vos, en que no iba a dejarte solo, y seguí luchando. Si estoy viva es por vos.

—Gracias —balbuceó Diego con la voz quebrada y la instó a volver a la cama.

La ayudó a acostarse. La rehuía con la mirada. Brenda lo aferró por la muñeca y lo obligó a detenerse.

—¿Qué pasa, amor? ¿Estás enojado porque les dije a Tincho y a Mauro que se fueran? —Diego negó con la cabeza. —¿Entonces? ¿Por qué no me mirás?

Alzó la vista y a Brenda le impresionó la claridad con que sus ojos le comunicaron el miedo visceral que experimentaba.

—Sé que todo habría terminado si no hubieses luchado —le confió—. Si conseguí vencer a mis demonios después de la muerte de nuestro hijo, fue porque vos seguías aquí, en este mundo, lejos de mí, sí, pero eras parte de la realidad. Dios, cómo luché para recuperarte. —Brenda apretó los labios. —Todo lo que hice lo hice por vos. Por vos y por nuestro hijo, porque quería que se sintieran orgullosos de mí.

—Te amamos —aseguró Brenda— y nuestro orgullo no tiene límite.

—Tengo miedo de que mi pasado siga jodiéndonos la vida —manifestó de pronto.

—¿De qué modo? —se extrañó Brenda.

Diego la contempló a los ojos antes de hablar.

—Ponciano Mariño —pronunció y, tras una pausa en silencio, añadió—: Es muy capaz de culparme por la desaparición de la hermana e intentar vengarse golpeándote a vos.

—Vos no tenés nada que ver con eso —puntualizó Brenda enérgicamente—. Fueron esos tipos de negro.

—Lo sé, pero vos no lo conocés. Esto te lo digo para hacerte entender que aún no ha terminado el peligro. Tenés que dejarme que te proteja. Tincho y Mauro seguirán siendo tus guardaespaldas. Los demonios de mi pasado no han desaparecido del todo —insistió—. Me pregunto si alguna vez lo harán.

—Como sea —afirmó Brenda—, nosotros seguiremos haciéndoles frente. Porque si no, ¿cuál es la opción? —Diego alzó repentinamente las pestañas y le clavó la vista. —¿Cuál? —instó.

—No hay opción —aseguró él.

—No la hay, no —acordó Brenda.

* * *

Como era de preverse, alguien —un empleado del Fernández, una fuente policial, un funcionario del juzgado, no sabían quién— había vendido la información a la prensa, cuyas cámaras y reporteros los aguardaban a las puertas del hospital.

El sábado al mediodía, tras el alta, salieron en el Audi con vidrios polarizados de Tadeo. Los periodistas igualmente supieron que se trataba de ellos. Algunos paparazis en motocicletas los siguieron hasta la quinta de San Justo, donde Diego había decidido que pasarían unos días, como había sido la intención de Brenda para ese fin de semana largo. En tanto, Manu y Rafa, los dos en Buenos Aires, aguardaban la luz verde de la policía científica para disponer el cambio de la cerradura en la puerta principal. Lo mismo Modesta, que se preparaba para ordenar la casa y limpiar los rastros del ataque, en especial la sangre de Brenda, que había manchado el piso de madera y la alfombrita bajo la mesa centro.

El domingo, habiendo amanecido despejado, Diego quiso ir al cementerio a visitar a Bartolomé. Fueron con Ximena y Tadeo. Primero rindieron homenaje a Lidia y después caminaron por el tranquilo parque hasta el sitio donde descansaban el abuelo Benito, Héctor y el pequeño Bartolomé. Diego quitó las flores secas y colocó el ramo de rosas blancas que había comprado en el ingreso mientras los paparazis los fotografiaban.

Almorzaron en la galería de la quinta, el lugar favorito de Brenda. Diego la instaba a comer; estaba inapetente a causa de los analgésicos. Aceptó unos bocados de carne y de verduras por él, para que no se angustiara. Tomaban el café cuando sonó el celular de González, que, tras consultar la pantalla, se disculpó y se alejó hacia la piscina.

Ximena extendió la mano y acarició la mejilla de su hija, justo debajo del hematoma.

—¿Tenés sueño? —Brenda asintió. —¿Por qué no se van a tirar un rato?

A punto de abandonar la mesa, González regresó con un gesto consternado que obligó a Diego a ocupar la silla otra vez.

—¿Qué pasa? —se preocupó Ximena.

—Era mi amigo, el comisario de la Federal —dijo el abogado—. Menos de una hora atrás hallaron el cadáver de Carla.

Brenda ahogó una exclamación y se abrazó a Diego. Él permaneció rígido, la mirada fija en González, el ceño muy pronunciado.

—¿Dónde? —preguntó con voz clara.

—En un barrio de General Arriaga. Según mi amigo, se trata de un mensaje para Ponciano Mariño, un mensaje de los narcos —aclaró.

—¿Cómo un mensaje? —preguntó Ximena, desorientada—. ¿Qué mensaje?

El abogado alternaba vistazos preocupados entre ellos.

—¿Qué pasa, Tadeo? —exigió saber Diego—. ¿Qué le hicieron?

—La decapitaron. La cabeza la dejaron en la puerta de la casa de Mariño. La encontró su esposa esta mañana.

—¡Santo cielo! —se horrorizó Ximena.

Brenda empalideció y comenzó a temblar. A Diego le tomó unos instantes reaccionar. La ciñó entre sus brazos.

—Llevala a descansar, querido —pidió Ximena—. El médico dijo que tiene que dormir.

Diego la levantó de la silla y la llevó en andas hasta el dormitorio en la planta superior. La depositó en la cama y le quitó las zapatillas. La cubrió con una manta ligera. Bajó la persiana. Se desvistió y se recostó junto a ella, bajo la manta, y Brenda se acomodó de costado, frente a él. Le buscó el rostro en la oscuridad.

—¿Te sentís bien? —se preocupó Diego y la pegó a él.

—Sí. Pero quiero que me digas lo que sentís vos. No me ocultes nada, por favor. Sacá afuera todo. Lo que sea, yo lo voy a entender.

—No sé qué es lo que siento.

—Es lógico —expresó ella—. Los virginianos no procesan fácilmente la sorpresa.

—¿Por qué?

—Porque la sorpresa es algo que se sale del plan y ustedes viven siempre bajo un estricto plan.

—Mi plan es hacerte feliz y no lo estoy logrando.

—Superaremos esto —determinó Brenda—. La felicidad, para mí, no es estar siempre contentos, sino otra cosa.

—¿Qué cosa?

—La serenidad del espíritu. Y la única forma de sentir esa serenidad es sabiendo que te tengo a mi lado, que vos y yo estamos unidos.

—Amor —se emocionó Diego.

—Por eso —prosiguió Brenda—, cuando estés preparado, quiero que me digas qué sentís por la muerte de Carla.

El mutismo se propagó en la penumbra silenciosa del dormitorio. Brenda debió de quedarse dormida. Despertó gimiendo con la boca de Diego entre las piernas. Extendió los brazos y, a ciegas, lo obligó a cubrirla con el cuerpo y a penetrarla. Lo hicieron sumidos en la oscuridad silente, en la pasión descontrolada que había marcado su vínculo desde aquel primer beso en el gimnasio de la casa de recuperación. Lo hicieron sin palabras, sin pensamientos, solo impulsados por la necesidad imperiosa de fundirse en el otro para revivir una vez más la magia que creaban al amarse, la que nunca bastaba, la que nunca se tornaba repetitiva, una confirmación permanente de que lo de ellos no tenía explicación, no era común ni corriente, como había señalado Millie, trascendía la hipocresía humana y se conservaba siempre puro.

Aún agitada, y con Diego dentro de ella, Brenda apartó la boca de la él y alejó la cara.

—No, no, no —masculló.

Diego se incorporó súbitamente y encendió el velador.

—¿Qué pasa? —se preocupó—. ¿Te sentís mal? —exigió saber y le despejó con cuidado la frente para estudiarle el moretón.

—Hace tres días que no tomo la pastilla —confesó y lo miró con expresión desolada—. Culpa de todo lo que pasó me olvidé. Me olvidé —reiteró, angustiada.

El ceño de Diego se distendió. Le mordisqueó los labios.

—¿Cuál es el problema? —preguntó con acento ligero—. ¿No le dijiste a Fran que nunca cantaste mejor que cuando llevabas a nuestro hijo en la panza?

Brenda lo sujetó por las mandíbulas y lo obligó a mirarla.

—¿No te importa? —se extrañó.

—No lo sé.

—¿Cómo no lo sé? —se impacientó Brenda.

—A los virginianos no nos caen bien las sorpresas —le recordó con una sonrisa—. Y esta es una gran sorpresa.

—Por favor, decime, ¿es una sorpresa buena o una sorpresa mala?

Diego la contempló en silencio y con una sonrisa tan plácida que Brenda se relajó. Le hundió los dedos en el largo cabello y él dejó caer los párpados lentamente.

—Si me dieses otro hijo —expresó él con la voz más grave y ronca de lo habitual— sería la mejor sorpresa para mí. Nada me haría más feliz. Nada —recalcó.

* * *

Por la noche, durante la cena, Brenda rompió el silencio al preguntar:

—Tadeo, contanos todo lo que sepas del caso, por favor.

—¿Qué querés saber, Brendita?

—¿Se confirmó lo del camión de *delivery* de Carrefour?

Tadeo asintió.

—Uno de los muchachos del reparto confesó que la Mariño le dio plata a cambio de que le permitiese entrar en el edificio. Le dijo que era periodista y que quería entrevistar y fotografiar al Moro Bertoni mientras se ejercitaba en el gimnasio del edificio.

—¿Cómo habrán sabido los narcos que Carla estaba en nuestro departamento justo en ese momento? —se cuestionó Brenda de modo retórico—. Había entrado con el camión de Carrefour. No hubo modo de que la vieran.

—Le pregunté lo mismo al inspector Demigros.

—¿Demigros era el joven? —quiso puntualizar Ximena.

—No, el otro —señaló González—. La suposición más plausible es que, de guardia y atentos como estaban, la viesen bajar del camión y escabullirse por la zona de las cocheras hacia el ascensor de servicio. Según explicaron los de la vigilancia del edificio, los proveedores tienen la obligación de estacionar los camiones *fuera* del garaje subterráneo y, desde allí, bajar los canastos por la rampa de la cochera. Los hombres pudieron fácilmente verla a través del enrejado que circunda el predio.

—¿No hay rastros de los hombres que se la llevaron? —se interesó Ximena, y el abogado negó con la cabeza.

—Lo que sí se confirmó —acotó González— es que la huella parcial hallada en la cinta de embalaje era de la Mariño. Brendita, si lo que te dijo a vos cuando te atacó no había convencido a la policía para cerrar el caso de Nilda Brusco, esta prueba irrefutable lo hizo. La Mariño habría terminado en la cárcel por muchos, muchos años.

—Qué destino tan desgraciado —masculló Ximena.

—Siempre vivió desafiando el destino —expresó Diego, que había guardado silencio a lo largo de la comida—. Ahora lo veo con claridad —aseguró con acento tranquilo—. Carla siempre decía que quería vivir al máximo cuando en realidad quería destruirse porque no soportaba vivir. —Se volvió hacia Brenda. —Y yo habría terminado igual si no hubiese sido por vos.

—Vos no, querido —afirmó Ximena—. Vos no habrías terminado igual porque estás hecho de otra pasta, una que Héctor descubrió cuando eras muy chico.

—¿Qué pasta? —quiso saber él con una mirada y una sonrisa incrédulas.

—La mejor, la pasta de la que están hechas las buenas personas, las que cada mañana se levantan dispuestas a construir y hacer el bien. La pasta de las personas que aman incondicionalmente, como vos amás a mi hija.

—Es tan fácil amar a tu hija —declaró—. No tengo ningún mérito —afirmó.

* * *

Regresaron a Buenos Aires el martes por la mañana. Brenda sabía, gracias a Millie y a Rosi, que el asesinato de Carla Mariño y la conexión con Brenda y el Moro Bertoni contaban entre las noticias más destacadas de los medios. Un periodista de *Clarín* especializado en la crónica policial había titulado su nota «Celos, envidia y mucha droga». Otro de *La Nación* refería el vínculo entre el narcotráfico y el mundo de la cumbia y del rock. Carmelo Broda, que venía preparando una declaración desde el viernes, el día mismo del ataque, se la envió a Diego para que la revisara. En el texto, corto y claro, se obviaba detallar los pormenores del intento de asesinato —eran de público conocimiento— y se limitaba a confirmar el buen estado de salud de Brenda y a agradecer a los seguidores el apoyo y el interés tan bienvenidos en un momento de tribulación y dolor. En las líneas finales se hablaba de la fe en la Justicia argentina, que terminaría por esclarecer los hechos. Lo subieron a las redes de DiBrama y a las personales del músico el martes al mediodía. El apoyo de los seguidores fue masivo y todos expresaron su solidaridad con Brenda.

Las circunstancias, por sí convulsionadas, dieron un nuevo giro el jueves al mediodía cuando las autoridades del servicio penitenciario anunciaron que el ex intendente de General Arriaga, Ponciano Mariño, se había suicidado en su celda empleando un trozo de metal para cortarse las venas. Cómo un detenido en una prisión de máxima seguridad y en aislamiento se había hecho de un elemento de esa naturaleza era motivo de investigaciones en el interior de la cárcel.

—Creo que fue el último regalo de sus amigos los narcos —coligió Tadeo González— y que Mariño supo emplear. El mensaje que le mandaron con Carla fue contundente. Si quería ahorrarles a su esposa y a sus hijos un final similar al de la hermana, tenía que cerrar la boca para siempre.

Tras acabar la llamada telefónica con el abogado, Diego se dejó caer en el sofá. Se lo veía cansado, con aire abatido. El sombreado natural de sus ojos se había intensificado por la falta de buen dormir. Brenda se acomodó sobre sus rodillas. Se miraron.

—Hablame —pidió ella—. Decime qué sentís.

—Alivio —contestó enseguida—. A vos puedo confesarte que la desaparición de Ponciano me causa mucho alivio. Tenía miedo de que quisiera lastimarte para vengarse de mí. No quiero que pienses que me alegró su muerte, pero… —chasqueó la lengua y elevó los ojos al cielo—. Qué asunto de mierda —se lamentó.

—¿Y por Carla? —lo interrogó Brenda—. No hemos vuelto a hablar de ella desde que Tadeo nos avisó que la habían asesinado. ¿Qué sentís? No me ocultes nada, Diego. No te hace bien.

—No sé qué siento —admitió y se concedió un momento para meditar el asunto—. Alivio también, mucho alivio —dijo al cabo—. Conociéndola, sé que habría intentado lastimarte de nuevo. Además, siento culpa.

—¿Culpa?

—Porque no fui capaz de ayudarla a salir de la mierda en la que estaba.

—A duras penas pudiste escapar vos de ese círculo de droga y corrupción al que ella te arrastró, Diego. Hasta el último momento intentó hacerte cómplice de los negocios del hermano.

Diego la sujetó por la mandíbula y la besó con un ardor que la tomó por sorpresa.

—Siento lástima por ella. Carla no tuvo la suerte que tuve yo, la de encontrar a alguien como vos. Amor de mi vida —dijo tras unos instantes de silenciosa contemplación.

—¿Desde cuándo sabés que soy el amor de tu vida?

—Desde el día en que decidiste dejarme para proteger a Bartolomé. Dios —farfulló y descansó la cabeza en el respaldo—, nunca me voy a olvidar del pánico que sentí. Estabas tan decidida a dejarme por él. Ese día supe que ya no había vuelta atrás. Te habías adueñado de mi mundo entero y no valía una mierda si vos no estabas en él.

Capítulo XXXIII

El ambiente se caldeó debido a las próximas elecciones presidenciales, y el periodismo apuntó sus cámaras y sus micrófonos hacia el sector político, lo que ayudó a disipar la obsesión por Brenda y el Moro Bertoni, aunque los programas de chimentos seguían dedicándoles varios minutos diarios.

El moretón en el costado de la cara iba desvaneciéndose, y salvo una ocasional pesadilla en la que el rostro de Carla la despertaba por la madrugada, su vida regresaba a la normalidad. El lanzamiento del nuevo álbum, *La caída del héroe*, previsto para el 1º de noviembre, los tenía ocupados y distraídos, como también los preparativos para la boda, fijada para el sábado 23 de noviembre, siempre motivo de curiosidad en las entrevistas que concedían para promocionar *La caída del héroe*.

Quitados los puntos del antebrazo, y ya sin vestigios del golpe, Brenda y Diego aceptaron posar para una sesión fotográfica que la revista *Rolling Stone* utilizaría en su número de febrero 2020, el mes de San Valentín. Les habían anticipado que su imagen ocuparía la tapa y que planeaban titular la nota «El músico y la musa», ya que juzgaban fascinante su historia de amor y el rol fundamental de la música en su vínculo de pareja.

Participaron de varios programas televisivos y radiales. El trabajo era intenso y a veces estresante. Brenda se exigía disfrutar y no perderse en absurdas nimiedades. Ni siquiera en sus sueños más osados habría imaginado una historia tan feliz. Nada daba por descontado. Cada mañana, al abrir los ojos y encontrar a Diego junto a ella, la vivía como un nuevo milagro; no importaba que se repitiese, para ella siempre encerraba una magia que la dejaba boquiabierta. Por eso, cuando en medio de la vorágine consecuencia del nuevo álbum y de la boda, Brenda se dio cuenta de que llevaba un retraso de varios días, no se asombró. La vida era generosa, y ella seguía recibiendo a manos llenas. La desbordó una felicidad indescriptible, que supo ocultarle a Diego hasta tanto pudiese confirmarlo; su instinto, de todos modos, le indicaba que volvería a ser la madre de un varón.

Mandó a Consuelo —trabajaba para ellos desde hacía unas semanas— a comprar dos pruebas de embarazo. Ambos exámenes ratificaron su ilusión: estaba de casi un mes, porque no tenía duda de que lo habían concebido aquel 13 de octubre en la quinta de San Justo, y ese día era 11 de noviembre.

* * *

Diego la llamó y le pidió que se encontrasen en la casa de la calle Arturo Jauretche; quería mostrarle la obra terminada. Brenda amaba oírlo contento; estaba entusiasmado con la inauguración del sitio donde planeaba, poco a poco, instalar un estudio de grabación y una discográfica. A su virginiano lo impulsaban grandes y ambiciosos proyectos y eso lo colmaba de energía.

Hizo una escala en el shopping para comprarle un regalo. Llegó a la calle Arturo Jauretche pasadas las cuatro y media. Entró con sus llaves y se topó con Diego y el ingeniero de sonido que hablaban en la sala completamente vacía, sin muebles ni adornos. Un aroma agradable a pintura fresca le jugueteó bajo las fosas nasales.

Al verla, Diego le destinó una sonrisa hermosa y grande. Se quedó en el ingreso, olvidada del ingeniero, perdida en la admiración del hombre al que amaba desde siempre y que caminaba hacia ella sosteniéndole la mirada. Sus ojos le susurraban, le decían que estaba feliz. Le rodeó la cintura con un brazo y la besó en la boca.

—Marcos —se dirigió al especialista en sonido—, te presento a Brenda, mi prometida, mi futura esposa —añadió.

Títulos tan pomposos, casi anacrónicos, en labios de uno con anillos en casi todos los dedos, aros en las orejas, tatuajes, las sienes rapadas y un rodete en la cabeza sonaban incongruentes y sin embargo sonaban tan bien. El muchacho la saludó con simpatía y, luego de un rato de charla intrascendente, regresó al tema de su interés. Brenda los seguía por la casa, atenta a la conversación. Entendía poco, a decir verdad; se referían a cuestiones técnicas de las que ella nada sabía. Diego, en cambio, demostraba su conocimiento al realizar preguntas puntuales y al emplear un vocabulario que la excluía.

Diego acompañó a Marcos hasta la puerta de calle y, cuando regresó, permaneció en el umbral, la vista anhelante fija en Brenda.

—¿Y? ¿Qué te parece? ¿Quedó bien?

Brenda dejó caer la cartera y se echó en sus brazos. Diego la despegó del suelo.

—Quedó alucinante, amor. Hay una energía excelente aquí. —Cerró los ojos e inspiró profundo. —Vamos a hacer grandes cosas en esta casa.

—¿Sí, grandes cosas? —murmuró él mientras le mordía el cuello—. Podríamos empezar por bautizar cada habitación.

—Las bautizamos, una por una —le recordó Brenda—, en 2016.

—Pero hay que bautizarla de nuevo después de una reforma, ¿no lo sabías?

Brenda se echó a reír. Diego la condujo hasta la cocina y le hizo el amor sobre la mesada, sin condón, pese a que sabía que, desde el 13 de octubre, Brenda no tomaba la pastilla.

—Amor, te traje un regalo. —Diego, aún inmóvil y callado tras el alivio, emitió un gruñido. —En realidad —se corrigió Brenda—, no es exactamente para vos porque vos no lo vas a usar, pero lo compré pensando en vos, en la cara que pondrías cuando te lo mostrase.

—Me estás haciendo intrigar —confesó él—. Dame el regalo que no es para mí —exigió, y Brenda soltó una risita.

Se subió el calzoncillo y el pantalón y le entregó la bombacha, que había quedado tirada en el suelo. Regresaron al comedor. Diego levantó la cartera del suelo y se la pasó. Brenda extrajo el paquetito con moño. Él lo abrió con cuidado y descubrió un par de escarpines celestes. Frunció el entrecejo y se quedó mirando los minúsculos zapatitos con ojos brillantes. Brenda lo besó en la boca tensa.

—Vamos a ser papás de nuevo.

—¿Sí? —masculló él con acento torturado—. ¿En serio?

—Acabo de hacerme el test. Dos veces —remarcó. Diego despegó la vista de los escarpines para mirarla a ella—. ¿En qué pensás?

—En este mismo lugar me dijiste que íbamos a ser los papás de Bartolomé. —Brenda, de pronto emocionada, asintió. —Me asusté cuando me lo dijiste.

—Lo sé.

—Lo extraño, ¿es posible? Lo pienso mucho. No te lo digo para no angustiarte, pero lo pienso mucho. Todos los días.

Brenda lo abrazó, lo estrechó con fuerza.

—Yo también, amor mío, yo también. Nunca olvidaremos a nuestro bebé.

Diego fue calmándose. Brenda hurgó en la cartera hasta encontrar un pañuelo de papel tisú. Le secó los ojos y la cara. Diego se colocó los escarpines en los dedos índices y mayor y los hizo caminar. Rio, una risa congestionada y todavía cargada de emotividad.

—Qué minúsculos —comentó—. Y celestes —apuntó—. ¿Ya sabés que va a ser varón?

—Lo presiento. ¿Querías una nena?

—Quería un hijo tuyo, del sexo que fuese —le confió y cayó de rodillas delante de ella; le besó el vientre con actitud reverencial—. Te amamos, hijito —susurró.

* * *

El casamiento por civil tuvo lugar ahí mismo, en la quinta de San Justo, en la gran carpa que habían alquilado por temor a que el clima no los acompañase. Fue una previsión acertada pues la mañana del sábado 23 de noviembre amaneció lluviosa y fría. A Brenda, que exultaba de dicha, no pudo importarle menos.

—Casarse con lluvia trae fortuna —expresó Ximena—, al menos eso decía tu abuela. —La obligó a girar delante de ella. —Estás espléndida, amor mío —aseguró y la roció con perfume.

Brenda se echó un último vistazo en el espejo. Lucía distinta con el cabello recogido y la tiara de delicadas flores blancas y perlas en la coronilla. Con Ximena, habían elegido un vestido de *mikado* de seda en un rosa palidísimo, de un corte simple, muy entallado, largo hasta las rodillas, con breteles gruesos y escote barco. Los zapatos eran clásicos de cabritilla color manteca y con bastante taco. Brenda se acarició el vientre que ni siquiera formaba una pequeña elevación.

—¿Cómo está mi nieto? —se interesó Ximena, y sus miradas se encontraron en el espejo.

—Bien, ma. Supongo que tan contento como yo.

616

—Qué feliz estaría tu padre de saber que sos tan feliz, amor mío.

—Todos están aquí hoy, ma. Papá, el abuelo Benito y la abuela Lidia. Y Bartolomé.

—Ceci dice que sos una chamana, una bruja poderosa —añadió—, así que te creo.

Llamaron a la puerta. Era Lautaro. Venía a buscar a la novia. Contempló a su hermana en silencio, con los ojos escrutadores que lo caracterizaban.

—Estás lindísima —dijo tras esos segundos de contemplación.

«Si el escorpiano lo dice», meditó Brenda, «debe de ser que estoy realmente linda».

—Gracias, hermanito —dijo y lo besó en la mejilla.

Lautaro la sorprendió abrazándola y devolviéndole un sentido beso.

—Estoy feliz por vos, Bren. Muy feliz, posta.

—Lo sé. Gracias.

—Mis dos amores —intervino Ximena y los abrazó—. Soy tan feliz de saberlos felices. Eligieron compañeros maravillosos, como lo fue su padre para mí. Dios los bendiga, tesoros míos.

—Gracias, ma —dijo Brenda, y Lautaro se limitó a inclinar la cabeza en un gesto de reconocimiento antes de expresar:

—Tu futuro esposo ya está en la carpa charlando con el juez, que acaba de llegar. Me pidió que viniese a buscarte. Está un poquito ansioso.

—Yo también —admitió Brenda mientras Ximena le cubría los hombros con un chal de cachemira y seda en una tonalidad marfil—. Gracias, ma. Vamos —dijo y se tomó del brazo de su hermano.

Entraron en la carpa al sonido de *Tu héroe caído*, el *hit* del momento, que ya había alcanzado el puesto número uno del ranking. Brenda caminó aferrada a Lautaro como si temiese caer. Sentía la presencia de los amigos y de los parientes reunidos a los costados del improvisado corredor y sin embargo era incapaz de apartar los ojos de Diego, imponente en un traje oscuro con chaleco, camisa blanca y corbata de seda azul y lunares blancos. Lo que robó su atención fue el cabello peinado con gel y meticulosamente echado hacia atrás, sujeto con un rodete en la parte posterior de la cabeza. Estaba elegante al tiempo que escandalosamente hermoso y provocador con los aros que le cubrían los pabellones de las orejas y algunos tatuajes que le trepaban por el cuello y que ni la camisa ni la barba bien recortada cubrían.

Diego también la miraba solo a ella y le sonreía. Se adelantó un paso, ansioso por tomarla y murmuró un «gracias» en dirección a Lautaro. La besó en los labios antes de expresarle al oído:

—Estás tan diosa, amor mío. No puedo dejar de mirarte.

—Gracias. Y vos me dejaste sin aliento. Estás hecho un churro bárbaro —bromeó, y los dos rieron ante la perplejidad del juez y de los invitados, que seguían sus murmullos sin comprender palabra.

Tras la ceremonia civil, se aproximaron los padres Antonio e Ismael, que primero bendijeron a la pareja y luego, con las manos a pocos centímetros del vientre de Brenda, hicieron otro tanto con Benicio, así lo llamaron, porque Diego les había revelado el nombre de su segundo hijo.

* * *

La celebración que comenzó cerca de la una y media de la tarde se extendió hasta bien entrada la noche. Hacía rato que Brenda había abandonado los zapatos de taco alto y bailaba con cómodas zapatillas. Diego, por su parte, andaba con el pelo suelto y se había atado en la frente la bonita corbata azul de lunares blancos como si de una vincha se tratase. Brenda lo veía tan feliz bailando y cantando con los amigos que le costaba apartar la atención de él.

Abandonó un momento la pista de baile para ocuparse de los invitados que permanecían en las mesas. No eran muchos, la verdad, los amigos más íntimos y la familia. Se aproximó para charlar con la Silvani, que conversaba animadamente con Silvia Fadul, tal vez de música, ya que las dos eran profesoras. Leonardo, su sobrino, bailaba en la pista con Millie; parecían divertirse a juzgar por el modo en que se reían. En un principio Diego se opuso a invitarlo, pero ella terminó por convencerlo al explicarle que les estaba muy agradecida a él y a su tía, que le habían enseñado todo lo que sabía acerca del canto y de la voz humana.

Después de cerciorarse de que la Silvani estuviese cómoda, fue a visitar la mesa donde se hallaban Lita y Mabel, que había llegado el día anterior desde San Luis con Lucía. De David Bertoni no se hablaba, al menos no en su presencia. Se sentó junto a Lita, que enseguida le cubrió el vientre con la mano.

—¿Cómo está mi bisnieto?

—Saltando de alegría —respondió Brenda—, igual que yo. ¿Cómo lo están pasando? —preguntó y miró a Mabel, muy elegante en un vestido largo de tonalidad lila, aunque con cara de cansada o de preocupada.

—Más que bien, querida —contestó Mabel y, si bien intentó lucir contenta, su tono desmintió la afirmación—. Ver tan feliz a mi hijo me causa una emoción enorme.

—Y todo gracias a este ángel —intervino Lita y besó a Brenda en la mejilla—. Dios te bendiga, tesoro mío.

—Gracias, Lita.

Diego se aproximó, todo sudado y risueño, bebió un trago largo de gaseosa del vaso de Mabel y aferró a Brenda de la mano.

—Vamos a bailar, amor.

La condujo al centro de la pista y la encerró entre sus brazos. La contempló con una serenidad inexistente segundos atrás, como si solo ellos estuviesen dentro de la carpa y el silencio fuese absoluto. Brenda le devolvió la mirada con el aliento contenido. Él se inclinó y le habló al oído.

—Te amo profundamente. —Brenda lo oyó a la perfección, como si el batifondo en torno a ellos se hubiese esfumado. —Te amo más que a la vida, más que a todo lo que parece valioso. Te amo porque le diste un sentido a mi existencia. Te amo porque me rescataste del infierno y sé que por hacerlo perdiste lo que más amabas. —Calló de repente y Brenda lo escuchó respirar con afán. —Y te amo —retomó segundos después— porque, a pesar de que lo perdiste, todavía me seguís amando.

—Más que a mi propia vida, Diego —afirmó—. Y sabés que no lo digo por decir. No se trata de una frase trillada. Si estoy viva es por vos. Luché por vos.

Diego asintió sobre la frente de Brenda. Permanecieron de ese modo, las frentes pegadas, abrazados, en silencio, respirando el aire del otro, disfrutando del triunfo, hasta que Diego se apartó y carraspeó.

—Te compuse una canción para hoy. ¿Te gustaría escucharla?

—Amaría escucharla.

—Se llama *Sin fin* —dijo y se apartó para chasquear los dedos en dirección de Manu y de Rafa.

Manu se aproximó con la guitarra eléctrica ya conectada y Rafa colocó el pie y el micrófono delante de Diego. El disc-jockey cortó la música repentinamente y los invitados se congregaron en torno a Diego.

—Gracias por compartir el día más feliz de mi vida con Brenda y conmigo —manifestó Diego—. Gracias de corazón. —Se calzó la correa de la guitarra sobre el hombro izquierdo. —Para nadie es un misterio que estoy loco por esta chica —dijo y arrastró a Brenda junto a él.

—¡A mí me quedan algunas dudas! —bromeó Manu, y los demás rompieron a reír.

Diego le rodeó la cintura y la obligó a ponerse en puntas de pie para robarle un beso rápido e intenso, que arrancó vivas y aplausos a los invitados.

—Después de haber aclarado algunas dudas infundadas —bromeó Diego—, quiero compartir con ustedes el tema que compuse para mi esposa. Se titula *Sin fin*.

Diego rasgueó con el plectro las cuerdas de la guitarra eléctrica en un despliegue de gran habilidad y enseguida captó la atención del público. Se trataba de una balada de melodía dulce, que contrastaba con la voz ronca de Diego y la dotaba de una cadencia melancólica. En el estribillo, en cambio, el ritmo mutaba para volverse rápido y pegadizo.

Yo tengo una historia,
una historia sin fin.
Perdí la memoria
o la quise destruir.
Hoy la quiero contar.
Hoy la voy a compartir.

Si por miedo a perderte
me vuelvo a equivocar.
Si en el afán por tenerte
te vuelvo a lastimar.

Ya no voy a temerle.
Solo tengo que recordar:
nuestra historia es sin fin.

* * *

A eso de las diez de la noche ya no quedaban invitados, solo los familiares. Brenda entró en la casa para buscar sus cosas. Se preparaban para regresar a Capital. Al día siguiente partirían hacia España. Se detuvo al pie de la escalera al entrever por el resquicio de la puerta entornada del escritorio a Diego y a Lucía que conversaban en voz baja y con semblantes consternados. Lucía rompió a llorar y Diego la abrazó. Era raro ver a los hermanos juntos y de ese modo. Brenda subió las escaleras y se encerró en su dormitorio para arreglar el desorden y armar la valija.

Oyó que se abría la puerta a sus espaldas y supo que era Diego. La abrazó por detrás y le cubrió el vientre con las manos.

—¿Cómo está mi hijo?

—Feliz.

—¿Y mi esposa?

—Más feliz todavía.

Brenda giró en sus brazos. Lo contempló a los ojos y no le resultó difícil descubrir que algo lo perturbaba, algo que él planeaba no revelarle.

—Amé el nuevo tema. Va a ser un éxito.

—Hay que hacerle muchos arreglos —se justificó—, pero no veía la hora de cantártelo. A Manu se le ocurrió una introducción con saxo y Rafa dice que podríamos acelerar el tempo de las estrofas, más parecido al del estribillo.

—Va a quedar espectacular. Pero más allá de esos arreglos, es bellísima, así como la tocaste para mí. —Lo besó en los labios. —Nuestra historia sin fin. —Se quedó en silencio, mirándolo. Le resultaba tan fácil ver la tristeza en sus ojos. —Sé que tenés algo para contarme.

Diego negó con la cabeza.

—Ahora no —decidió—. Ahora estamos demasiado felices.

* * *

Diego se lo contó durante el vuelo a Madrid.

—Mi viejo tiene cáncer —expresó y, aunque intentaba mantener un gesto imperturbable, Brenda percibió su miedo.

—¿Dónde está el tumor?

—En el páncreas. Mi vieja no quería contármelo para no arruinarme el casorio, pero Lucía me lo confesó ayer, cuando terminó la fiesta.

Brenda asintió.

—¿Habrías preferido postergar nuestro viaje? —quiso saber.

—No, no —respondió enfáticamente y volvió a mirarla con ansiedad.

—¿Te gustaría viajar a San Luis cuando volvamos?

—No —contestó demasiado pronto—. No sé —murmuró después.

Brenda le tomó la mano y se la colocó sobre el vientre.

—Hacelo por nuestro hijo.

—¿Por qué por nuestro hijo? —se extrañó Diego.

—La astrología me enseñó tantas cosas, las más valiosas que sé, pero hay una que me sorprendió.

—¿Cuál?

—Nuestras cartas astrales no son un producto del azar sino de las cartas astrales de nuestros antepasados, sobre todo de nuestros padres y abuelos. Un astrólogo una vez dijo que somos una cascada de cartas astrales. Si vos tuviste dificultades con tu papá, que es fácil verlo en tu carta por la ubicación de Saturno y del Sol, es porque a su vez tu papá, estoy segura, tuvo una relación difícil con el de él.

—Sí, es cierto —afirmó Diego—. Mi abuelo Giuseppe era de esos tanos brutos y duros, violento muchas veces. Creo que mi viejo lo odiaba. Le tenía miedo también. No lloró en su entierro. Eso me impresionó, que no llorase ni una vez.

—Es así —ratificó Brenda—, lo no resuelto pasa a la siguiente generación hasta que uno toma conciencia y corta la cadena. Quiero que vos lo hagas por nuestro hijo, pero sobre todo por vos, para que tengas una relación plena de amor y compresión con Benicio. Si perdonás a tu papá, si tratás de entenderlo, vas a sentir mucha paz, amor mío.

—Siempre fue un hijo de puta —se endureció Diego.

—Fue el hijo de un hombre violento —le recordó Brenda—. No tuvo a nadie que le enseñara a ser amoroso y bueno.

—Yo lo tuve a tu viejo —concedió y se cubrió la frente con la mano—. Cómo lo amaba. Me gustaba imaginarme que era mi viejo de verdad.

—Papá te quería tanto como a Lautaro y como a mí. La vida te bendijo al poner a papá en tu camino.

—Sí, me bendijo —acordó—, pero lo que más le agradezco a Héctor es que te haya dado la vida a vos.

* * *

La primera semana en Madrid se ocuparon de finiquitar las cuestiones de Brenda y de entregar las llaves del departamento que alquilaba en Malasaña. Días antes, Cecilia había contratado una empresa de mudanzas para que embalase sus pertenencias y las guardara en un depósito. Brenda solo retiró las cajas con ropa y otros accesorios y lo demás lo donó a Medio Cielo, la escuela de astrología.

Pese a esas ocupaciones, les quedó tiempo para encontrarse con Francisco Pichiotti, que no cabía en sí de la alegría de volver a verlos. Habló mucho con Diego acerca de su futuro en el mundo de la música.

—Ya le dije a mi mamá, Moro —expresó el adolescente con una mueca tan seria como adorable—, que cuando termine el instituto me vuelvo a Buenos Aires. Quiero estudiar música allá.

—¿Y no la vas a extrañar a tu vieja?

—¡No! —contestó Francisco, escandalizado—. Bueno, un poco sí.

Diego, riendo, le desordenó el cabello largo de la coronilla, que el chico usaba igual que su ídolo.

—Venite para Buenos Aires, Fran. Brenda y yo te vamos a estar esperando.

—¡Joya!

Diego no se tomó a bien el mensaje que Gustavo Molina Blanco le envió a Brenda. Se había enterado por los hijastros de Cecilia de que estaba de regreso y pedía verla.

—¿Acaso no sabe que estás casada? —se enfureció.

—Claro que lo sabe, amor —intentó razonar Brenda—. Solo quiere saludarme.

—Seee… Y yo soy Freddie Mercury.

Brenda se sentó sobre sus rodillas y lo besó en la boca.

—Sos mejor que Freddie —aseguró.

—No trates de distraerme o cambiarme de tema —le advirtió.

—No terminé bien las cosas con Gustavo —se justificó Brenda—. Lo hice por Skype.

—¿Qué hay de malo con terminarlas por Skype? Además, ¿no es que solo estuvieron juntos un par de semanas? Tampoco es que estuvieron un año. Por Skype está perfecto. ¡Qué tanto quilombo!

Acordaron que lo encontraría en el bar del hotel. Al principio Brenda se sentía extraña, más bien incómoda, en presencia de Gustavo, que la miraba con ojos anhelantes y tristes. Poco a poco, mientras él hablaba de su trabajo y ella del regreso a DiBrama, fue ganando seguridad.

—¿Eres feliz, Bren? —le preguntó repentinamente.

—Sí, muy feliz —afirmó, y Gustavo asintió con una sonrisa nostálgica—. Quiero pedirte perdón por no haberte contado acerca de mi historia antes de que empezáramos a salir. Tal vez habrías elegido no comenzar lo nuestro.

—Aunque me la hubieses referido —aseguró el fotógrafo—, habría seguido adelante contigo. Eres una mujer por la que uno se juega el todo.

—Vos fuiste el único en dos años que me dio un poco de paz, de alegría. Gracias —dijo y extendió la mano a través de la mesa.

Gustavo se la estrechó. Brenda la retiró con suavidad.

—Espero que algún día encuentres a una chica que te haga tan feliz como te merecés.

Gustavo asintió y sonrió; su gesto, no obstante, comunicaba incredulidad. Dirigió la vista hacia el ingreso del bar.

—Por el modo en que me mira el gigantón que acaba de entrar, apuesto mis gayumbos a que es tu esposo.

Brenda estiró el cuello y sonrió.

—Sí, es él. —Alzó la mano y lo saludó. Diego no le devolvió el saludo ni la sonrisa. —No es tan malo como parece —lo justificó, un poco nerviosa.

—No te preocupes —la tranquilizó Gustavo—. Como hombre, lo comprendo. Yo también estaría celoso.

Diego alcanzó la mesa y Gustavo se puso de pie. Se estrecharon las manos en tanto Brenda los presentaba. Diego pegó una silla a la de ella y cruzó el brazo sobre el respaldo. Se inició una charla intrascendente acerca del viaje y de los problemas que habían tenido para cerrar la cuenta bancaria.

—Me ha dicho Brenda que pasaréis una semana en las Baleares —comentó Gustavo en el intento por cubrir un silencio.

—Sí, nos vamos mañana.

—¿A qué isla vais?

—A Mallorca —contestó Diego—. ¿La conocés?

—Sí. Incluso en invierno es paradisíaca —apuntó Gustavo.

—Solo quiero descansar —comentó Brenda—. Esta última semana en Madrid ha sido de locos, ni qué hablar de las previas a nuestro casamiento.

—Iréis al sitio ideal para descansar y para recuperar la serenidad. ¿Cuánto tiempo os quedaréis en Mallorca?

—Solo una semana —contestó Brenda—. Tenemos que estar de regreso en Buenos Aires el 16 de diciembre. Nos esperan dos conciertos antes de Navidad.

* * *

Brenda sabía que durante las dos semanas en España Diego había intercambiado mensajes con Lucía. Aunque él no lo mencionase, sospechaba que hablaban del estado de salud de David Bertoni. Incluso una tarde en la habitación del hotel de Palma de Mallorca lo había visto navegar en la página del banco; estaba casi segura de que había transferido dinero a la hermana.

De regreso en Buenos Aires, ocupados con los compromisos laborales derivados del nuevo álbum, se zambulleron en las actividades de DiBrama y en las visitas a la obstetra y a la ecógrafa, que les informó que el feto tenía nueve semanas de gestación —lo habían concebido a mediados de octubre— y presentaba un desarrollo perfecto.

Las dos familias pasaron la Nochebuena en la casa de Lita y comieron el almuerzo de Navidad en la quinta de San Justo. Para la última noche de 2019, Brenda estaba organizando una cena en su casa, pero los planes se trastocaron la madrugada del 27 de diciembre cuando los despertó el timbre del teléfono. Era Lucía.

Diego abandonó la habitación y regresó minutos más tarde. Brenda, que había aprovechado para ir al baño, se lo encontró sentado en el borde de la cama.

—¿Qué pasó, amor?

—Mi viejo —dijo, y la colocó entre sus piernas para abrazarla y hundirle el rostro en los senos—. Se descompensó. Está internado. Muy mal.

—Vamos —lo urgió Brenda—. Tenés que verlo.

—No sé si él quiere verme —dudó y alzó la vista para mirarla.

—Sí, quiere verte. Es lo que más quiere.

—¿Cómo sabés?

—Lo sé, Diego. Lo sé, y punto.

Compraron los pasajes por Internet y se prepararon para tomar el primer avión a San Luis, que partía muy temprano ese mismo viernes 27 de diciembre. Durante el vuelo, en el que Diego estuvo muy callado, Brenda le pidió al universo que no se llevara a David Bertoni, que le diese tiempo al hijo de encontrar al padre una vez más.

A Mabel la sorprendió ver avanzar a su primogénito por el pasillo de la unidad de cuidados intensivos. Se cubrió la boca para atajar la exclamación. Diego la abrazó y la mujer se largó a llorar.

—Tu padre quiere verte —dijo entre sollozos—. Es lo que más quiere, hijo: verte.

Diego cruzó una mirada con Brenda.

—Aquí estoy, vieja. ¿Cuándo puedo verlo?

Mabel se alejó para hablar con el médico. Dos hombres de unos sesenta años se aproximaron con sonrisas.

—Vos sos el Moro Bertoni, ¿no? El famoso roquero —señaló el que se destacaba por un notable bigote y una flacura extrema—. Nosotros somos compañeros de tu padre. De la remisería —aclaró—. Mi nombre es Claudio. Él es José —dijo, y apuntó al otro, retacón y gordito.

Diego los saludó con apretones de mano y presentó a Brenda como a su esposa.

—¡Qué bueno que hayas podido viajar para ver a tu papá! —se alegró José—. Está tan orgulloso de vos. A todo el mundo le dice que es tu papá. Nosotros en la remisería lo cargamos de tan baboso que está.

Le pidieron unas *selfies*, que Brenda juzgó una indelicadeza y que por fortuna no prosperaron ya que apareció Lucía y de mal modo los puso en su sitio.

—No se desubiquen. No es momento para *selfies* —decretó—. Vení, Diego. Ya podés ver a papá.

—Vamos, amor. —Diego la tomó de la mano con una exigencia que transmitía la ansiedad de su ánimo.

Los obligaron a cubrirse con batas y a lavarse las manos con un jabón antibacteriano. Mabel ya estaba dentro y Lucía prefirió no ingresar; serían muchos, alegó. Antes de cruzar el umbral del cubículo, Diego dirigió a Brenda una mirada de ojos desesperados. Ella le aferró la mano y se la colocó sobre el vientre.

—Aquí estamos tu hijo y yo para ayudarte a pasar este momento. Si estamos los tres juntos, todo es más fácil. Vas a ver —prometió.

Entraron. Brenda percibió en su carne el tremor de Diego. David Bertoni no era David Bertoni sino una sombra del hombre corpulento, atractivo y sano que ella recordaba. Si no hubiese sabido que se trataba de su suegro, no lo habría reconocido, tanto lo había devastado la enfermedad.

—David —susurró Mabel—, aquí está Dieguito.

Bertoni batió las pestañas y alzó lentamente los párpados. Él mismo se quitó la máscara del oxígeno y sonrió en dirección a su hijo. Diego apretó la cintura de Brenda sin misericordia y sin darse cuenta.

—Hijo. —David apenas despegó la mano del colchón.

—Aquí estoy, viejo. —Dio un paso delante y aferró la mano del padre, que lloraba quedamente.

—Estoy tan orgulloso de vos —susurró el hombre—. Todos te admiran. Qué suerte que no me hiciste caso. Qué suerte que seguiste tu sueño y… —Se le quebró la voz y lanzó un vistazo a Diego en el que se transparentaban la culpa y la agonía que estaba padeciendo.

Mabel intervino y le colocó la máscara del oxígeno.

—No te esfuerces, viejo. Quiero que te pongas bien para que después podamos charlar. Hay muchas cosas que quiero contarte, la más importante es que vas a ser abuelo. —David asintió y sonrió bajo la mascarilla transparente. —Aquí está mi esposa. —Brenda se acercó a la cama ortopédica. —¿Te acordás de ella?

David volvió a despejarse el rostro.

—Claro que me acuerdo de Brendita. Qué linda te has puesto.

—Hola, David —lo saludó y, a punto de preguntarle «¿cómo estás?» movida por la fuerza de la costumbre, calló, mortificada—. Gracias por el piropo —dijo en cambio.

—¿No me guardás rencor? —la sorprendió al preguntarle y, como Brenda se quedó en silencio, mirándolo, Bertoni aclaró—: Por haber sido tan mal amigo de tu madre.

—Nunca te tuve rencor —contestó una vez que resolvió ser tan sincera como lo estaba siendo el abuelo de su hijo—. No estabas entre mis personas favoritas —admitió, y David emitió una risita ahogada—, pero no sentía rencor, no. Habría debido sentirlo, pero tal vez te estaba demasiado agradecida por haberle dado la vida a la persona a la que amo desde que me acuerdo.

David asintió sobre la almohada.

—Digna hija de Héctor y de Ximena —declaró y cerró los ojos, evidentemente exhausto.

* * *

David Bertoni transcurrió la última noche de 2019 en la unidad de terapia intensiva. Contra todo pronóstico, el 2 de enero fue trasladado a una habitación de cuidados intermedios. Mabel hablaba de un milagro, producto de la aparición de Diego. Los médicos no se mostraban tan optimistas; el tumor era muy agresivo y la quimioterapia demostraba escasos resultados.

Debido a que la casa de los Bertoni —la casa de la infancia de David— era chica y con pocas comodidades, Diego y Brenda se instalaron en un hotel cercano al hospital. A partir del 2 de enero, contando con más libertad para visitar al enfermo, Diego pasaba gran parte del día con su padre. Muchas veces se quedaba en silencio viéndolo dormir. Prefería que Brenda no se expusiera a los virus hospitalarios, por lo que ella permanecía en la casa ayudando a Mabel con las tareas domésticas o salía a pasear con Lucía. Las dos estaban de vacaciones. Mabel trabajaba como empleada administrativa del municipio y Lucía, en un negocio de ropa.

David fue dado de alta el 7 de enero. Lo trasladaron en ambulancia hasta la casa, donde lo esperaban con una serie de comodidades dispuestas por Diego, como una cama ortopédica con colchón de gel para evitar las escaras y aire acondicionado en el dormitorio. Al igual que en el hospital, Diego se lo pasaba con su padre. En ocasiones, Brenda se les unía y conversaban los tres como si lo ocurrido en 2011 no hubiese existido.

David estaba débil, pero se esforzaba por levantarse y caminar unos minutos del brazo de su primogénito. Temprano por la mañana salían al jardín para que lo bañara el sol y lo colmase de energía. El simple esfuerzo lo agotaba, por lo que enseguida regresaba al dormitorio.

Brenda sospechaba que a veces tocaban temas ríspidos porque Diego se mostraba más devastado que de costumbre y por la noche se rebullía, incapaz de conciliar el sueño. Brenda lo abrazaba y lo obligaba a desahogarse.

—¿Cuánto tiempo vamos a quedarnos aquí? —se cuestionó Diego una madrugada—. Quiero volver a Buenos Aires, tengo tantas cosas que hacer, y no puedo porque siento que estaría abandonándolo.

—Cuando haya llegado el momento de volver —expresó Brenda— lo vas a saber. Ahora estamos aquí y no quiero que pienses en los compromisos ni en el trabajo. Manu, Rafa y Carmelo se ocupan de todo.

El día en que David Bertoni habló de la estafa, Brenda estaba presente.

—Te veo, Brendita —dijo—, y es como ver a tu padre, no porque te le parezcas físicamente sino porque estás hecha de la misma noble madera. Yo envidiaba a Héctor —confesó—. Envidiaba su bondad y al mismo tiempo que tuviese tanta autoridad. Era un líder nato. Todos lo respetaban, todos lo querían. Yo también lo quería —admitió y se cubrió el rostro—. Le fallé a mi amigo —dijo y se echó a llorar sin fuerza.

—No te agites, viejo —le pidió Diego.

—No, hijo, no, dejame hablar. —Brenda le pasó un pañuelo de papel tisú y Bertoni se secó el rostro.— No quiero irme con esta amargura. Tengo que pedir perdón. A vos, hijo mío, que me salvaste de cometer un error aún más grande que el que ya había cometido, y a Brenda, porque perjudiqué a su familia y a la empresa que había fundado su padre. A veces me pregunto por qué, sabiendo lo inteligente y rápido que sos con los números y con todo, te metí a trabajar conmigo en la fábrica.

Siempre admiré lo fácil que te resultaba la matemática. Me parecía un desperdicio que no quisieras seguir Ciencias Económicas siendo tan hábil con los números.

—La música es una especie de matemática —razonó Diego—. Tiene una lógica muy parecida —añadió.

—Debe de ser, hijo, porque dicen que sos un músico dotado —señaló David—. Y sí que lo eras con los números. ¿Cómo pude pensar que no te darías cuenta con lo rápido y observador que sos? —se cuestionó de nuevo.

—Tal vez me subestimabas —propuso Diego sin rencor.

—No, no —se apresuró a aclarar Bertoni—, conocía bien ese talento tuyo. Tal vez lo hice inconscientemente para que me frenaras. No sé dónde habría terminado si vos no hubieses expuesto todo a la pobre Ximena. Qué dolor debo de haberle causado. Pobre Ximena, tan buena mujer y tan excelente empleadora, siempre preocupada por sus empleados. —David Bertoni alzó la mirada y encontró las enturbiadas de Brenda y de Diego. —Dicen que es fácil pedir perdón; lo difícil es perdonar. Pero verán, para un pedante como yo pedir perdón no es fácil. Pero la vida se encarga de enseñarnos el valor de las cosas y este momento aquí, con ustedes, es para mí uno de los más importantes que he vivido. Estoy feliz de abrirles mi corazón y mostrarles toda mi vergüenza y mi arrepentimiento. No pretendo que me perdonen por el daño que les hice. Solo quiero que sepan que estoy arrepentido.

Hablar tanto y con tanto sentimiento lo agotó. Cerró los ojos, de pronto pálido. Brenda le acercó el sorbete a la boca.

—David, tomá un poco de agua, por favor.

—Gracias, Brendita.

—Ahora quiero que vuelvas a la cama, viejo. —Diego se inclinó para ayudarlo a incorporarse en el sillón que habían dispuesto junto a la cama. —Tenés que descansar.

David asintió, dócil y sumiso. Diego lo levantó y el enfermo se puso de pie. Sin el apoyo del hijo se habría desmoronado, tan delgado y débil se encontraba. Diego prácticamente lo llevó en andas y lo acostó. Le acomodaba el respaldo con el control remoto cuando David lo aferró por el brazo y lo obligó a prestarle atención.

—Sos mi orgullo, Dieguito. Vos y tu hermana Lucía. No los merezco. Te quiero, hijo mío. —Brenda percibió la incomodidad y la emoción de Diego, que se quedó mirando al padre con los labios sumidos. —Qué tarde te lo digo por primera vez, ¿eh?

—Nunca es tarde, viejo —masculló Diego con acento quebrado.

* * *

—Nos volvemos mañana —resolvió Diego el 14 de enero, cuando se cumplía una semana desde el alta de David.

—Como vos dispongas, amor —contestó Brenda.

—¿No estás de acuerdo? —se fastidió—. Me lo decís con una cara...

—Claro que estoy de acuerdo.

—Tenés turno con la obstetra el 17 —le recordó.

—Ah, me había olvidado —admitió.

—Pero yo no.

—Claro que no —ratificó Brenda—. Vos sos Virgo, preciso, previsor, planificador. Yo, en cambio, soy Piscis, tu opuesto complementario. Como dice Lautaro, tengo pajaritos en la cabeza.

—Amo tu cabeza —se ablandó Diego y la besó en la frente—, con sus pajaritos y todo.

Por la tarde Diego se hallaba en el dormitorio con David, que lucía muy demacrado; según Mabel, no había pegado ojo en toda la noche.

Esa mañana, tras haber decidido regresar a Buenos Aires, Diego habló por teléfono con el oncólogo; quería saber cuáles eran los planes para su padre. El médico fue brutalmente sincero al pronosticar que el paciente no soportaría otra sesión de quimioterapia en el estado de debilidad en que se encontraba. Habría que esperar a ver la evolución, solo que el tiempo apremiaba.

Diego leía un artículo del diario a David, interesado en las últimas medidas económicas del gobierno para paliar la situación, cuando Brenda entró con gelatina para el enfermo.

—Es de cereza —lo tentó—. Mabel dice que es tu preferida.

—No tengo apetito, Brendita.

—Tenés que comer, viejo —lo apremió Diego, que abandonó el diario y se hizo de la compotera con la gelatina—. Vamos, abrí la boca.

David obedeció.

—¿Cómo era mi nieto Bartolomé? —preguntó después de tragar.

Los tomó por sorpresa; era la primera vez que lo nombraba.

—¿Cómo era físicamente? —intentó precisar Brenda, y David asintió—. Lita me dijo que era igual a Diego de recién nacido.

—Mabel dice lo mismo —comentó David y aceptó otro poco de gelatina—. Dieguito era hermoso —afirmó—, rubio y colorado, gordo. Hermoso —reiteró con orgullo—. Bartolomé —repitió como si saboreasé el nombre y cerró los ojos—. Bartolomé Héctor —acotó.

* * *

A eso de las siete de la tarde, y como cada día, Diego ayudó a Mabel a bañar a David. Lo sentaban en un banquito de plástico en el receptáculo de la ducha y lo lavaban exhaustivamente. Lo secaban con golpeteos para evitar agredir la piel y le untaban una crema para prevenir las escaras. Cómodo y fresco, lo ayudaban a recostarse en la cama, cuyas sábanas acababan de cambiar Brenda y Lucía.

Esa tarde, tras el rito del baño, Diego se quedó a solas con el padre mientras las mujeres iban a ocuparse de la cena. Brenda se dirigió al dormitorio para preguntar qué tipo de pasta querían, si corta o larga, y al llegar al umbral se detuvo súbitamente. Percibió una energía nueva dentro de la habitación, más fría pese a que el aire acondicionado no estaba encendido, y más ligera, hasta perfumada. Se quedó quieta a la espera de no sabía qué, mientras observaba sin ser vista desde la penumbra del pasillo.

Sentía la inquietud de Diego, que no se atrevía a comunicarle al padre que había decidido regresar a Buenos Aires al día siguiente. Se hallaba junto a la cabecera mientras apuntaba el control remoto hacia el televisor y buscaba el programa de noticias que le gustaba ver a David a esa hora. Atentos, escucharon acerca de la epidemia de coronavirus que azotaba la provincia de Wuhan en China.

—¿A qué mundo estoy trayendo a mi hijo? —farfulló Diego con la vista clavada en la pantalla.

David le aferró el brazo. Diego se volvió hacia él.

—Vas a ser un padre excelente —afirmó.

—Me voy a equivocar muchas veces —presagió Diego, pesimista.

—Brenda te va a señalar cada error y vos vas a corregirlo.

—Sí —concedió—, ella me hace mejor persona. Pero más allá de que haremos cualquier cosa para que Benicio sea feliz, ¿a qué mundo lo estamos trayendo?

—Al mundo en el que su padre es feliz con la mujer a la que ama y en el que logró cumplir su sueño y convertirse en un roquero de fama.

Diego rio por lo bajo y palmeó el hombro del padre.

—No te sabía tan optimista, viejo, ni tan romántico —bromeó.

—Yo también soy feliz, hijo. Ahora soy feliz —recalcó, y dirigió la vista hacia delante, un poco hacia arriba, como si algo lo hubiese distraído.

—¿Viejo? —se preocupó Diego al notarle la mirada extraña, perdida—. ¿Te sentís bien?

—Bartolomé —susurró David con una sonrisa.

Tomó una inspiración profunda y soltó el aire con un sonido ronco.

—¿Viejo? —se alarmó Diego—. ¡Papá! ¡Papá, abrí los ojos! —le exigió al tiempo que le propinaba suaves palmadas en la mejilla.

Brenda entró de prisa y sujetó la mano inerte de su suegro. La sobrecogió un escalofrío, el mismo que la había obligado a frenar bajo el dintel.

—¡Papá! —exclamó Diego—. ¡Papá!

Los gritos atrajeron a Mabel y a Lucía, que se lanzaron sobre David para reanimarlo.

—¡Lucía! —dijo Brenda—. ¡Llamá a la ambulancia!

La chica extrajo el celular e hizo la llamada. Los diez minutos que tardaron en llegar a Brenda le supieron a diez horas. Por orden de Diego, habían extendido a David en el piso, donde él mismo procedió a darle un masaje cardíaco. Lo hacía con cierta habilidad, por lo que Brenda sospechó que había estado viendo videos y leyendo sobre el tema. Irrumpieron dos paramédicos y, tras una rápida revisación, diagnosticaron que había entrado en paro. Intentaron reanimarlo aplicándole descargas eléctricas con el desfibrilador, una, dos, tres veces. Por fin, lo decretaron muerto.

Mabel se arrojó sobre el cadáver de su esposo y se echó a llorar amargamente. Lucía, arrodillada junto a los padres, se mordía el puño y reprimía los alaridos de angustia. Diego sujetó a su madre por los hombros y la apartó de modo que los paramédicos pudiesen devolver a David a la cama. Mabel se abrazó a su hijo y siguió llorando.

—¡Me dejó sola! —sollozó—. ¡Se fue y me dejó sola!

Diego se mordía el labio, apretaba los ojos y ceñía a su madre, hasta que la mujer se deshizo del abrazo y regresó junto al hombre al que había amado incondicionalmente. Brenda se apresuró a consolar a Diego, que se había quedado abandonado en medio de la recámara con cara de perdido, los ojos anegados fijos en David, cuyo rostro poco a poco adquiría un aire sereno. Sin embargo, cuando Diego la abrazó, se dio cuenta de que había ido para que la consolase a ella, no tanto por la pérdida de su suegro sino a causa del dolor de Mabel, que ocupaba el dormitorio como una presencia, un sentimiento familiar que la aterrorizó.

Levantó la vista y se topó con la mirada de Diego. Y supo que él estaba pensando lo mismo que ella. «Nunca me faltes», le pedían a gritos sus ojos.

Epílogo

El 19 de marzo de 2020 en la Argentina se decretó la cuarentena obligatoria a causa de la pandemia por coronavirus. A Diego la noticia lo afectó de dos maneras. Por un lado, se volvió más controlador, obsesivo y meticuloso que en los meses anteriores; por el otro, se tranquilizó porque tenía a Brenda el día entero en casa, bajo su protección y cuidado.

Después de la muerte de David, y antes de la amenaza del virus, Diego desplegaba un comportamiento casi autoritario al que Brenda respondía con paciencia. Le resultaba fácil, debido a la experiencia sufrida con Bartolomé, comprender sus miedos e inseguridades, si bien le complicaba la vida que no le permitiese manejar, que le prohibiera levantar peso —ni siquiera la bolsa del supermercado—, que controlase lo que comía, si tomaba el ácido fólico diariamente, si cumplía con los ejercicios físicos recomendados por la obstetra. No quería que anduviese con el celular el día entero encima y de noche desconectaba Internet para evitar tanta exposición a las ondas. La mayor parte del tiempo, sin embargo, se mostraba amoroso y le untaba el vientre con cremas para combatir las estrías, le daba masajes en la cintura y en los pies y le leía libros sobre el parto, los cuidados del neonato y acerca de la psicología infantil; estos últimos eran sus favoritos y propiciaban largos debates.

La imposición de la cuarentena implicó grandes cambios para Brenda, que de pronto vio terminadas sus clases de canto, los encuentros con Millie y con Rosi, las visitas a Lita y a Ximena, los conciertos y las actividades más banales, como ir a la peluquería o al supermercado, ya que si bien estaba permitido salir para comprar alimentos, Diego se lo tenía prohibido. Se ocupaba él, que también compraba para su abuela, y solo una vez por semana. Al regresar, ponía a lavar la ropa y repasaba los productos con alcohol.

Por fortuna contaban con el desahogo de la terraza, donde Brenda se recostaba para leer o hacer videoconferencias con sus amigas y con

Ximena, mientras que Diego descargaba la energía en un pequeño gimnasio que había armado en una habitación de la planta superior, cansado de que en el gimnasio del edificio lo molestasen con *selfies* y autógrafos y las vecinas intentaran seducirlo.

Además, estaba enfrascado en la composición de una ópera-rock. Lo había convencido Leonardo Silvani, quien desde el casamiento salía con Millie. Una noche, a principios de febrero, las dos parejas fueron a cenar a un restaurante de Puerto Madero y los músicos, posicionados en ámbitos opuestos del arte que amaban, hallaron un punto de encuentro en los trabajos de grupos como The Who, The Pretty Things y en especial Pink Floyd, que habían compuesto álbumes calificados como de ópera-rock. Silvani se demostró un gran conocedor del género, lo que le valió el respeto de Diego, que empezó a mirarlo con otros ojos.

—Podrías componer una ópera-rock —le sugirió el tenor— y dramatizarla con mi compañía lírica.

—¿Qué historia contaría esa ópera-rock? —se interesó Millie.

—No sé —balbuceó Leonardo—, la que Diego quiera, siempre que tenga la cuota justa de drama e intriga para mantener al público sentado en las butacas.

—Entonces —propuso Millie dirigiéndose a Diego—, tendrías que contar la historia de ustedes dos. Tiene de todo —dijo y enumeró los ingredientes sirviéndose de los dedos de la mano—: pasión, desencuentro, intriga, ruptura. ¡Hasta asesinato! Todo —subrayó.

Diego y Brenda cruzaron una mirada, y ella descubrió el brillo de entusiasmo que iluminaba el semblante de su esposo. Amó verlo emocionado otra vez desde la muerte del padre, que lo había golpeado más duramente de lo que se atrevía a admitir.

Por eso, cuando debieron aislarse para protegerse del virus, Diego estaba ocupado con la composición de la ópera-rock, que había decidido titular *Sin fin* y cuya melodía de base era justamente la canción que había compuesto para ella e interpretado el día de la boda. Se lo pasaba escuchando y estudiando los trabajos de otros músicos, incluso óperas clásicas, en especial las de Verdi, que le servían de inspiración. También, por sugerencia de Leonardo Silvani, con quien mantenía largas videoconferencias, se interesó en las nueve sinfonías de Beethoven, de quien se convirtió en un adicto. En el dúplex siempre estaba sonando una sinfonía del compositor alemán y, mientras comían o se daban juntos un baño de inmersión, él le relataba la historia de cada creación. Lo tenía admirado que Beethoven hubiese compuesto la novena estando sordo como una tapia.

—Es que Beetho —lo llamó como lo había apodado— tenía la música en la cabeza y en el corazón, por eso no necesitaba el oído. ¡Qué groso, por Dios!

Brenda se deslizó en el jacuzzi y le rodeó la cintura con las piernas. Diego le acarició el vientre bastante voluminoso en el sexto mes de embarazo.

—Vos sos tan groso como Beetho —afirmó y le mordisqueó el labio inferior.

—Y vos estás buscando otra cosa —dedujo él—, por eso me venís a dorar la píldora.

—Sí, quiero otra cosa —confesó Brenda—, pero no estoy dorándote la píldora. Para mí vos sos el mejor músico de la historia.

—El amor es ciego —afirmó Diego entre risas— y, en nuestro caso, sordo también —añadió antes de apoderarse de su boca.

* * *

A lo largo del embarazo, Diego había sostenido largas conversaciones con su hijo que hacían reír a carcajadas a Brenda, a veces sonreír con ternura, otras lagrimear. Benicio conocía la voz ronca y rasposa del padre y reaccionaba cuando la oía, en ocasiones moviéndose, loco de alegría, a veces calmándose, en especial cuando Diego le cantaba.

A mediados de julio, Brenda ya llevaba casi dos semanas sufriendo contracciones leves; por lo general se iniciaban temprano por la mañana, la mantenían en vilo durante el día y desaparecían al anochecer, lo cual le permitía descansar. Diego se lo pasaba pegado a ella, a su panza, hablándole a Benicio David, como habían decidido llamarlo. Diego se lo había pedido con timidez, como tanteando el terreno, y ella había aceptado con una sonrisa.

En la madrugada del 18 de julio la despertó una contracción notablemente fuerte y se incorporó con tanta violencia que despertó a Diego, quien, medio dormido y en un acto instintivo, le cubrió la panza con la mano. Con la otra encendió el velador.

—¿Qué pasa, amor?

—Esta fue muy fuerte —explicó Brenda— y me duele mucho la cintura.

Diego se inclinó sobre la panza y la besó.

—Está durísima —se preocupó—. Benicio —lo llamó—, amor de papá, ¿ya querés salir, hijo?

A las siete de la mañana las contracciones se sucedían cada pocos minutos, por lo que Diego resolvió ponerse en marcha. Debido a una sugerencia de la obstetra, durante algunas semanas evaluaron y estudiaron la posibilidad de que Benicio naciese en su hogar. A Brenda la idea la fascinó, pero supo que Diego la rechazaría. Aunque la probabilidad de una complicación era muy baja, para él dejar algo librado al azar y luego tener que salir corriendo a la clínica implicaba un ataque frontal a su esencia virginiana, previsora y calculadora. Leyó y se embebió del tema, vio videos, analizó los pros y los contras en profundidad, hasta que se sintió listo para dar un veredicto: no. Tras haber atendido a sus razones, aun Brenda prefería la clínica, más allá de que su índole pisciana seguía susurrándole que habría sido mejor que naciese allí, en la intimidad del hogar.

Llegaron al sanatorio alrededor de las ocho menos cuarto. En el trayecto, Diego ya se había comunicado con la obstetra, con Ximena, con Mabel y con Lita para avisarles del inminente nacimiento de su hijo. Entre contracción y contracción, Brenda se echaba a reír al verlo tan nervioso; había creído que se desenvolvería con más serenidad.

Benicio David Bertoni nació ese sábado 18 de julio de 2020, a las catorce y siete minutos. Brenda fue categórica con Diego cuando le pidió que apenas lo viese asomar la cabecita consultara la hora y la memorizase. Quería que Cecilia le hiciera la carta natal; anhelaba saber todo de su hijo, conocerlo en profundidad.

Brenda lo oyó berrear antes de verlo y se largó a llorar de pura dicha. La partera se lo colocó sobre el pecho, algo que no había vivido con Bartolomé, y la emoción resultó desbordante, como si la ahogase la felicidad. Benicio gritaba, apretaba los puñitos y abría grande la boca, lo que hacía reír a Brenda entre lágrimas.

—¿Qué pasa, amor? Aquí está mamá. Benicio, Benicio —lo llamaba, pero el neonato seguía berreando sin pausa.

Diego se limpió los ojos con la manga de la bata antes de inclinarse sobre su esposa y besarla en los labios.

—Gracias, amor mío —susurró con voz quebrada—. Gracias, amor de mi vida.

Brenda permaneció en silencio, hechizada por el modo en que Diego estudiaba a su segundo hijo, ese hijo tan deseado y amado, que encarnaba la perfección de su amor. Lo vio besarle la cabecita, todavía mojada y con rastros de sangre, y la conmovió que lo hiciese con los ojos cerrados, los labios temblorosos y una reverencia infinita.

—Benicio —lo llamó, y el bebé se calló enseguida, como por ensalmo, lo que suscitó la risa entre el personal que asistía a Brenda.

—Es que esa voz del Moro Bertoni... —suspiró una de las enfermeras.

* * *

Dadas las restricciones impuestas por la cuarentena, nadie pudo concurrir al sanatorio a conocer al recién nacido. Las mujeres de la familia lo hicieron a través de los videos y de las fotos que Diego les envió. Lita y Mabel acordaron que, al igual que Bartolomé, Benicio era el vivo retrato del padre. Ximena, Silvia y Liliana refrendaron la declaración.

Brenda le envió un mensaje a Cecilia para avisarle del nacimiento y también para indicarle las coordenadas que le permitirían calcular su carta natal. Había nacido bajo el signo de Cáncer, era lo único que sabía, signo de agua, como el de ella, muy sensible y apegado a la familia, en especial a la madre.

Benicio empezó a berrear y Diego lo devolvió a los brazos de Brenda, que se descubrió el pecho y lo amamantó. Estaban sorprendidos con la abundancia de calostro, que le había empezado a brotar en la sala de parto con los primeros vagidos de Benicio. Saciado y agotado, su hijo se quedó dormido. Diego lo alzó con cuidado extremo y, sin necesidad de indicaciones, se lo colocó hábilmente sobre el pecho para hacerlo eructar. Luego lo depositó de costado en la cuna y se quedó contemplándolo, más con ansiedad que con ternura, como si temiese que dejara de respirar o que se ahogase con una regurgitación. Y cuando la enfermera de neonatología vino para llevárselo, él se lo impidió: su hijo permanecería con ellos todo el tiempo; nada de llevarlo a la *nursery*.

—Es para que Brenda descanse mejor —intentó disuadirlo la chica.

—Brenda va a descansar porque yo me voy a quedar aquí para cuidar a Benicio —decretó y le destinó una mirada dura y de ceño pronunciado, que obligó a la enfermera a batirse en retirada.

La pequeña familia Bertoni quedó a solas. Brenda se lo pidió y Diego le puso a Benicio en los brazos. Permanecieron en silencio, la vista fija en el recién nacido.

—No puedo dejar de mirarlo —admitió Diego—. Es tan perfecto.

—Es igual a vos, amor mío —afirmó Brenda y besó a su esposo en la mejilla barbuda—. Mirale los labios, igual de carnosos que los tuyos.

—Todas las chicas se los van a querer besar —bromeó Diego.

—Pero él solo va a querer besar a mamá —rebatió Brenda y acarició la nariz diminuta de Benicio con la de ella—. Él va a ser solo de mamá.

—¿Cómo solo de mamá? ¿Y de papá? —se quejó Diego.

—De papá y de mamá —aseguró—. Nuestro Benicio va a ser muy apegado a nosotros, a su familia.

—¿Por qué lo decís? —preguntó él con semblante esperanzado.

—Ceci acaba de enviarme un mensaje donde dice que no solo es canceriano, el signo de la familia y de la madre, sino que su Luna está en Cáncer, como la mía —acotó.

—¿La Luna? ¿Qué significa la Luna en astrología?

—Así como la Luna es el astro más cercano a la Tierra, en astrología representa lo más cercano a la persona, o sea la madre y la familia.

—¿Y decís que vos tenés Luna en Cáncer? —se interesó Diego y Brenda asintió—. ¿Quiere decir que él va a ser con nosotros como vos sos con Ximena, como eras con Héctor?

—Sí, a grandes rasgos, sí. Benicio será muy apegado a su casa, a nosotros, a sus cosas, a sus rutinas familiares. Va a preferir estar con la familia que con el mundo exterior.

La sonrisa de Diego la emocionó, como siempre, y se quedó mirándolo mientras él observaba con expresión fascinada y ojos ansiosos al pequeño Bertoni.

—Tenías razón, amor mío —dijo al cabo—, perdonar a mi viejo me dio mucha paz, pero sobre todo liberó a nuestro hijo de esa maldición que se repetía generación tras generación en mi familia.

—Pudiste llorar a David —le recordó Brenda.

—Sí, y es paradójico, porque por haberlo llorado, ahora voy a reír y ser feliz con nuestro hijo.

—Inmensamente feliz vas a ser con nuestro hijo, Diego —profetizó Brenda.

Apartó la mirada del bebé y la fijó en la de ella.

—Ya soy inmensamente feliz —afirmó.

FIN

Referencias de las canciones de este libro

Demons, ℗ 2013 KIDinaKorner / Interscope Records, interpretada por Imagine Dragons.

Wuthering Heights, ℗ 1978 Parlophone Records Ltd., interpretada por Kate Bush.

Rolling in the Deep, ℗ 2011 XL Recordings Ltd.,interpretada por Adele.

Insensitive, ℗ 1994 A&M Records de Canadá, interpretada por Jann Arden.

Hot N Cold, ℗ 2008 Capitol Records, LLC, interpretada por Katy Perry.

Don't Stop Me Now, ℗ 2014 Hollywood Records, Inc., interpretada por Queen.

En mi mundo, ℗ 2015 Walt Disney Records, interpretada por Martina Stoessel.

S.O.S. d'un terrier en détresse, © Universal Music Publishing Group, interpretada por Daniel Balavoine.

Some Nights, ℗ 2012 WEA International Inc., interpretada por Fun.

Love Me Like You Do, ℗ 2015 Universal Studios y Republic Records, una división de UMG, interpretada por Ellie Goulding.

Uncover, ℗ 2012, 2014 Record Company Ten AB, bajo licencia exclusiva de Epic Records, una división de Sony Music Entertainment, interpretada por Zara Larsson.

Dancing in the Dark, ℗ 1984 Bruce Springsteen, interpretada por Bruce Springsteen.

My Hometown, ℗ 1984 Bruce Springsteen, interpretada por Bruce Springsteen.

Smell Like a Teen Spirit, ℗ 2011 Geffen Records, interpretada por Nirvana.

November Rain, ℗ 1991 Geffen Records Inc., interpretada por Guns N' Roses.

El reino del revés, ℗ 2007 Sony BMG Music Entertainment (Argentina), S. A., interpretada por María Elena Walsh.

Agradecimientos

A la gran astróloga Beatriz Leveratto, quien con gran entusiasmo preparó y me leyó las cartas de Brenda y Diego, y habló de ellos como lo hago yo: creyendo que los dos existen.

A mi queridísima Milena de Bilbao, actriz y cantante. Gracias a ella conocí un poco del fascinante mundo de la música. Gracias, Mile. Te quiero infinito.

Índice